Richard
Powers

理察・鮑爾斯

施清眞——譯

樹冠上

THE OVERSTORY

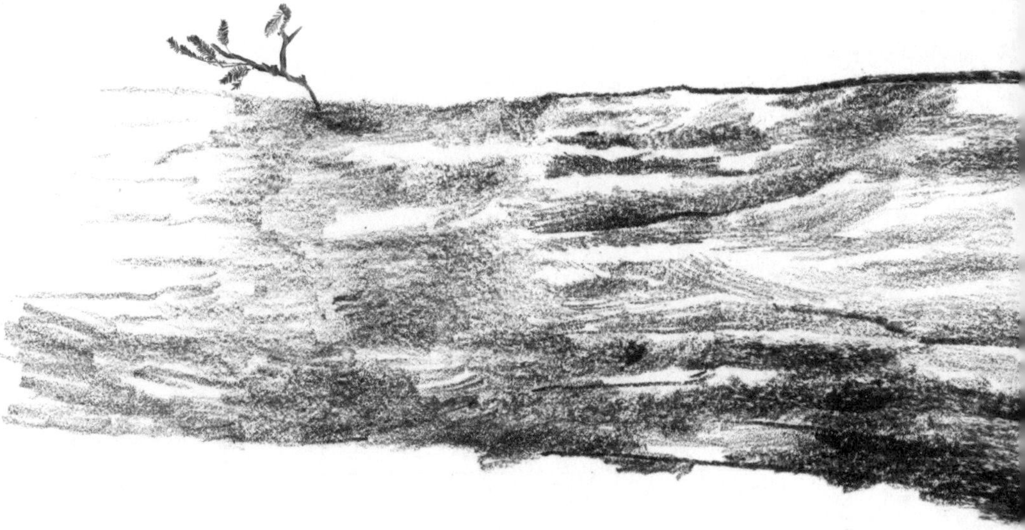

獻給阿伊達

Contents

導讀

敘事如樹，生命亦如是

我讀《樹冠上》

文◎吳明益（國立東華大學華文系教授）

多年前，在國內科普出版還不是很蓬勃的時候，我讀過一本名為《植物的祕密生命》（*Secret Life of Plants*）的書。這本書是以ＥＳＰ——extrasensory perception，或者翻譯為「超感知覺」來解釋一些植物的生理現象。這本全球的暢銷書事實從研究的標準來看是充滿瑕疵的，裡面既有科學驗證的植物感官研究（比方說根系聯繫、藉釋放化學物質來傳遞「訊息」……），卻也有大量未經科學解釋的「人的單方面臆想」，比方說深愛植物的人甚至會打長途電話與自己的植物聯繫，或種植者在另一處發生性高潮時長年所種植的植物亦會有反應。而ＥＳＰ也成了這本書爭議的一個觀點：如果植物的訊息傳遞現象是能用科學解釋的話，那就不是「超」知覺，而只是關於知覺定義的問題。

另一本經由相對嚴謹科學審視的《植物看得見你》就不會用「超」來定義，由於生存處境不同、演化不同，植物的感官與人類的概念當然不同。比方說依照《韋氏辭典》對視覺的定義是：「眼睛接受光線刺激後產生信號傳遞至大腦的生理感覺，信號經由大腦解讀後建構再現為空間中位於特定位置、具有形狀、明暗且通常有色彩的物體。」這當然是相當「人類中心主義」（Anthropocentrism）的定義，畢竟植物並沒有一種稱為「眼睛」的生理組織。但事實上，一般植物的頂端構造具有向光性，而它們亦具有一種叫「光週期性」（photoperiodism）的能力，能測度吸收的光照量，藉由「光敏素」（phytochrome）判斷不同光譜來辨識白晝或黑夜，而我們和植物都具有「隱花色素」（cryptochrome）來調節我們的「約日時鐘」（circadian clock）。

不過我倒是很喜歡《植物的祕密生命》那個迷人的副標題——「人與植物間不可思議的生理、情感與精神聯繫。」（A Fascinating Account of the Physical, Emotional and Spiritual Relations Between Plants and Man）這如你手上這本小說《樹冠上》裡那本半虛構的《神祕森林》所寫的：「你和你家後院的樹來自同一個祖先。十五億年前，你倆分道揚鑣。但即使是今日，即使你倆各自走過無盡漫長的歲月，那棵樹和你依然共享你四分之一的基因……。」

除了共同基因，當然還有人與植物間的跨物種情感，那是科學研究難以測度的。當我打開理察・鮑爾斯（Richard Powers）的這部小說，我馬上就感受到這是一本關於人和植物「生理、命運、情感與精神聯繫」的小說。小說的一開始「以樹之名」來對人類訴說，接著是九個人物帶出數種植物——栗子樹、桑樹、楓樹、橡樹、道格拉斯冷杉、榕樹、山毛櫸、銀杏……。讓這些植物與他們的家族、個人命運交纏交錯。當我讀前幾個故事時，以為這會是一本以森林背景，呈現百年來美國移民社會縮影的小說，如同幾代人都拍攝同一棵在幾波病害後唯一倖存的栗樹的霍爾家族，最終累積出來的那本相簿，讓讀者體會「五秒鐘快快翻動，四分之三世紀躍躍閃過」的家族與時代命運交錯故事，但隨著閱讀，才發現這八個故事在最後一個人物奧莉維亞出現後先是做了一個小說技術上的中斷，並以此為根，在接續的一個護樹運動事件後，開展出「樹幹、樹冠、樹籽」等段落，寫出一個既談樹的故事，也涉及環境運動與環境倫理，人與樹、人與人之間的情感，乃至於虛擬世界與資本世界交錯的回憶、無可挽回遺憾與心靈救贖的故事。

作者鮑爾斯是一位具有宏大敘事能力以及科學相關知識經驗的作家，他早期作品早已出現遺傳學、電腦工程等主題（如 *The Gold Bug Variations*），也關心過公害議題（如 *Gain*），甚至早在二〇〇〇年就已把虛擬實境納進他的小說思考裡（*Plowing the Dark*），二〇〇六年的《迴聲製造者》（*The Echo Maker*）可以說是鮑爾斯的代表作，這部小說描寫的是一名在事故中頭部受傷，居住在內布拉斯加州的男子，相信自己的姐姐是個冒名頂替者。這部作品獲得了國家圖書獎，愛特伍也稱這是一部「宏大」的作品。這個宏大來自於它的研究、主題，以及形式。

鮑爾斯還有一項令我感到興趣，與我個人非常意氣相投的特質，他曾經放棄研究生涯，原因是他厭惡學院裡太過形式上專業化的研究方式，卻普遍缺乏閱讀的熱情。據說他也為了寫這部《樹冠上》，選擇離開了史丹佛大學提供他的創意寫作教職（這已經是咸認學院裡最能提供創作空間的一個部門），並且從加州的帕洛阿圖（Palo Alto）搬到大煙山（Great Smoky Mountain）。就我的經驗，這未必是他完全無法在這個教職上獲得樂趣，而是他「宏大」的寫作意圖，從調查、動筆到修改，都與那些宣稱以「靈感」寫作的作家不同，它必然要耗盡他所有的時間，故事的複雜程度並且會讓他無可自拔之故。

《樹冠上》正是這樣的一部小說，小說裡除了他充滿熱情的植物知識調查外，還有他必然缺乏足夠經驗與心理摸索的中國移民角色、有越戰歷史、北歐移民史，涉及森林學也涉及經濟學……還有一個我斗膽推測，他應該也沒有太多經驗的「環境運動」現場——那些被稱為「綠色恐怖分子」的積極行動。

小說一開始顯然帶著某種古典筆觸，這是因為首先的故事與部分樹種的美洲自然史和家族命運有關，時間拉得很長，彷彿古典時期的家族小說。但隨著他描寫的時代漸漸往後，我感覺筆觸也隨之而變，這特別可以從施清真的譯筆看出來兩者的對應關係。當敘事進入「卡斯卡迪亞自治生態區」時，筆觸又一遍為自然散文風格，一段尼克與奧莉維亞生活在「蜜瑪斯」（他們為這棵巨大紅木所取的名字）的樹杈平臺上的愛情，寫得優美迷人。

鮑爾斯的意圖當然不僅如此，當故事開展到中後段的時候，他進一步展現他的情節布局能力，唯靈論者（spiritualist）、生態中心主義（Biocentrism）、生態恐怖主義（Eco-terrorism）這些從不同的角度造成不同視野的複雜關係，同時出現在幾個人物身上（這些以糖楓、銀杏……等自然名取代世俗名的環境運動分子，常被另一個立場的人視為恐怖分子），讓他們產生了大目標與個人情感選擇，在命運之下的掙扎。可以說是整部小說最為核心的議題，那些錯綜複雜的根系，終究通過同一個樹幹，開展成籠罩多人命運的樹冠。

小說裡還有一個鮑爾斯舊作就已涉及的議題，那就是這是一個虛擬取代真實世界的時代。正如書中提出的質疑：「人們為什麼願意放棄一個潛力無窮、多彩多姿的世界，把自己限制在一個卡通動畫般的區塊？」當遊戲創作者尼雷靠著一款類似「創世紀」的遊戲賺進鈔票，享有大名之後，他突然想把這個名為《主宰》的遊戲導入大氣層，納入水質、養分循環、礦產資源，創造栩栩如生、如假包換的大草原、濕地和森林，以及白化的礁脈、上升的海平面、天乾物燥而引發的野火。

而當虛擬遊戲正是出於我們對這迷人世界的仿造，那麼造物主究竟是誰呢？

鮑爾斯以自身的學識、經歷，加上過人的用功和投入，寫成這本結合自然與人世難題的小說，其間也洋溢著野地與文學的詩意。他會脫胎波斯詩人魯米（Rumi）的詩句，運用自然書寫者李奧帕德（Aldo

Leopold）的警句，還有全書我認為最重要的象徵——羅馬詩人奧維德（Ovid）的《變形記》。《變形記》既是神話也是史詩，既抒情也哲理，從宇宙創生、大地形成，直到人類統治世間……人的靈魂會變形成唯動物、植物、星星與石頭。那是人與自然物仍能對話的時代。

迷思、神話，正如故事人物植物學家派翠西亞回憶自己童年時讀刪節版《變形記》的經驗：她在各地採集種子都會看到類似的故事——「就在那麼一瞬間，人們忽然生了根、長了樹皮。就在那麼一會兒，樹依然可以開口說話、樹根一抬、四處走動。」

也許，也許「開天之初，當人類浩浩蕩蕩地與其他種種生物道別、踏上宏大的旅程，我們的老祖宗站在岸邊，把種種回憶張貼到未來。心存疑念、不願道別的先祖記下一件件過往，叮囑後世代代相傳。他們說著：千百年之後，當你們環顧四方，眼中卻只看到你們自己，千萬別忘了你們的過往、那個居住著其他生物的世界。如此說來，神話並非迷思，甚至確有其事，篇篇揭示老祖宗的回憶。」

最後，我想引述書中也引用的，我曾經深深著迷的生態論者洛夫洛克（James Lovelock）所說的——他認為地球是個生命體，彼此支援、競爭，也相互成為彼此存有的理由。他還以樹為喻：「地球或許生氣勃勃，但已不若先祖們眼中的她——她不是一位深謀遠慮、有所企圖的女神，而像是一株活力十足的大樹。大樹靜靜矗立，一動不動，僅僅隨風搖擺，然而它與陽光和泥土的對話卻是無止無休。它吸取陽光、水、礦物的養分，滋長茁壯，變換面貌，但一切都是如此低調，令人難以察覺。在我眼中，草坪上那株古老的橡樹跟我幼時所見一模一樣。」

這是一部「敘事如樹」的小說，也是一部暗喻人的「生命如樹」的小說。縱然西方有些評論者認為鮑爾斯偶爾會有命題太過宏大，而懷疑他的故事魅力是否能支撐，但我得說，這絕對不是鮑爾斯在落筆時會在意，也輕看了作品的後勁。通常我們所見的樹冠有多大，深藏地底下的樹根廣度通常相當，甚至超過，鮑爾斯為一本小說所經營的根系，遠超過我們的想像。他以栽植一棵樹的態度來寫一部小說，等待它以自身的方式「長成」，那些下過苦功面對泥土、暴雨、苦旱而發育成的根系，支持著樹冠上的萬千樹葉，化成無數姿態，吸引我們反覆展閱，讓人讀之不盡，如同迷人的生命真相。

人與植物之間隱含著一種玄妙的關係，實乃田野與林木所賜予的無上喜樂。我既不孤獨，亦非未受認可。它們朝著我點頭，我也點頭回應。枝幹在風雨中揮舞飄搖，在我眼中既是熟稔，亦覺生疏。我赫然一驚，卻也並非全然無悉，影響所及，一股高尚的思緒、一股美好的情感流竄我的心中，就像我認定自己思所應思、為所應為時的感受。

——拉爾夫・瓦爾多・愛默生[1]

地球或許生氣勃勃，但已不若先祖們眼中的她——她不是一位深謀遠慮、有所企圖的女神，而像是一株活力十足的大樹。大樹靜靜矗立，一動不動，僅僅隨風搖擺，然而它與陽光和泥土的對話卻是無止無休。它吸取陽光、水、礦物的養分，滋長茁壯，變換面貌，但一切都是如此低調，令人難以察覺。在我眼中，草坪上那株古老的橡樹跟我幼時所見一模一樣。

——詹姆斯・洛夫洛克[2]

樹……他看著你。你凝視他，他聽著你。他沒有指頭，他不會說話。但那樹葉……他汲取、生長、在夜間茁壯。當你沉睡時，你做了夢。樹和草亦如是。

——比爾・尼迪吉[3]

1 Ralph Waldo Emerson（1803-1882），十九世紀美國著名的思想家、文學家、詩人，曾任牧師，後棄職從事寫作。倡導自然哲學，肯定人性的尊嚴。

2 James Lovelock（1919-），英國知名科學家、環保主義者、未來學家，倡導「蓋婭假說」（Gaia hypothesis），依此假說，地球是一個超級有機體，生物圈具有自我調節的機制，藉由控制化學和物理環境，維繫生命的延展。

3 Bill Neidjie（1913-2002），澳洲北領地 Bunitj 族領袖、詩人，Gaagudju 語的最後守護者，亦為卡卡杜國家公園的創辦者。

樹

根

起初一片空無。而後無所不有。

薄暮時分，夜幕低垂，西部一個城市的公園中，種種信息從天而降，宛似大雨如注。

一名女子席地而坐，倚靠著一棵松樹。樹皮緊壓著她的脊背，有如生命沉重的擠壓。松葉清香，夜空沾染微微的松香，松幹強健，樹心傳來嗡嗡的戰歌。她調整音覺，專注於最輕微的音頻。松樹絮絮低語，以史前的話語訴說。

它說：日光和水無止無休地提問，永遠值得回覆。

它說：一個完好的回覆必須一再從頭開始，次次重新打造。

它說：大地的每一吋土壤都需要一種新的方式予以抓取。抽芽衍生的方式繁複無窮，任何一支香柏鉛筆都難以描繪探究。有些東西光是保持靜立，即可行遍四方。

女子就是這麼做。信息環繞著她傾洩而下，有如樹籽。

今晚，話語急急飄散，直至遠方。赤楊彎曲偏斜，提及多年之前的災禍。錐栗的錐狀白花撒落花粉；再過不久，白花將會長成刺球狀的果實。白楊複述夜風的八卦。柿子樹和核桃樹奉上行賄的禮物，花楸樹祭出血紅的繁花。古老的橡樹裊裊晃動，揭顯未來的天象。數百種山楂樹發出訕笑，嘲弄那個它們被迫共享的單一樹名。月桂樹堅稱死亡不足掛齒，即使一死也不算什麼。

芳香的夜空洋溢著某種氛圍，督促女子聽命行事：閉上妳的雙眼，想一想柳樹。妳所見的垂柳只怕不是垂柳。想像一下刺槐。妳想的肯定全都不夠真準。此時此刻，什麼東西在妳的上方盤旋？此時此刻，什麼東西飄過妳的頭頂？

更遙遠的樹木紛紛加入；令人心醉、踩著高蹺的紅樹林，青蔥翠綠、形若圓錐的荳蔻樹，瘤結叢生、矮壯粗拙的象木漆樹，有如火樹銀花的娑羅樹——你們眼中的我們，始終只是我們截斷的枝節。你們人類永遠不看我們的全貌。你們漏看了另外一半，甚至不止一半。地底下的我們，始終和地面上的我們一樣精采。

這就是你們人類最根本的問題。在你們眼中，生命與你們齊頭並行，渾然不覺。而在此根處，生命就在我們左右，目不暇給。培育土壤。循環供水。交換養分。產製天候。營造大氣。我們餵養、療癒、照護種種生物，數目之多，遠遠超乎你們所能計算。

一株株生氣昂然的樹木對著女子齊聲吟唱：若是妳的思維稍稍像一棵樹，我們就會對妳傾訴種種意義。

她倚靠著的松樹說：聽一聽。有些事情你們必須聽一聽。

尼克拉斯・霍爾

栗子當季。

人們朝著巨大的樹幹丟擲石塊。栗子環繞著人們落下，有如下起一場璀璨的冰雹。這個星期天，從喬治亞州到緬因州，處處可見這樣的光景。長居康考德小鎮的梭羅也參了一腳，但他覺得自己好像朝著一個具有知覺力的東西擲石，這東西雖然不像他那麼敏銳，但依然是他的血親。老樹是我們的父母，或許是我們父母的父母。若欲習知大自然的奧祕，你必須比其他人更加慈悲……

在布魯克林的展望山丘，初抵美國的約爾根・霍爾朝著被他打下、如大雨般墜落的栗子大笑。他的石塊一打中樹幹，食糧就成鏟抖落。人們有如竊賊般東奔西跑，在帽子、口袋、褲管摺邊裡塞滿掙脫了多刺外殼的栗子。你瞧，眼前果真是美洲新大陸的免費大餐——這個國家到處都是意外之財，連老天爺餐桌上的殘渣都成了財源。

這位挪威移民偕同他那群布魯克林船塢的友伴，在林間的空地升起熊熊的營火炙烤肥碩的栗子，大啖豐碩的戰利品。烤焦了的栗子甜中帶鹹，有如淋上了蜂蜜的馬鈴薯般豐潤綿密，既是樸實，卻也玄妙，吃在嘴裡，舒坦得難以形容。栗子的外殼尖銳多刺，但這只是擺擺樣子，而非真正的威脅。栗子想要掙脫多刺的護殼。每顆栗子都自願被吃下肚，好讓其他栗子有機會散播到遠方的田野。

當天晚上，約爾根吃烤栗子吃得陶陶然，因而在芬恩區[1]的一角跟薇宜・波伊斯求婚。薇宜是個愛爾蘭女孩，住在離他租屋兩條街的一排松木小屋裡。方圓三千英里之內無人有權提出異議，於是他們在聖誕節之前成婚。到了隔年二月，他們已入籍美國。初春時分，栗樹再度開花，一串串蓬鬆的穗狀花序在風中輕輕飄盪，遠遠望去，有如碧綠的哈德遜河面泛起一波波潔白的碎浪。

拿到公民之後，隨之而來的是一股強烈的衝動，想要一探這片未經雕琢的疆域，於是霍爾夫婦收拾打包，帶著可以搬動的家當上路，行經一座座浩大的美洲五葉松林，直入俄亥俄州陰暗的山毛櫸林，穿越中西部綿延的橡樹林，來到新近加入美利堅合眾國的愛荷華州，行抵狄蒙堡附近的墾荒區。在這個新成立的一州，誰願意開墾種植，政府就把先前劃分的土地交給誰。大草原地廣人稀，最近的一戶人家離他們也有兩英里。頭一年，他們犁田耕作，種植了四十八英畝的作物。工作極為艱苦，但畢竟是為了自己打拼，總是勝過為了其他國家的海軍造船。

大草原的冬季隨即而至。酷寒考驗他們的生存意志。一夜接著一夜，他們窩居在布滿坑洞的木屋，連血液都快凍僵。每天早上，他們得在水桶裡敲碎冰塊，只為了潑潑清水洗把臉。但他們年輕力壯，無拘無束，充滿鬥志——他們的生存也僅有賴於此。寒冬毀不了他們。最起碼還不行。他們壓下心中最深沉的絕望，一壓再壓，將之精煉為鑽石。

當播種的季節再度到來，薇宜懷孕了。霍爾把耳朵貼在她的肚子上。她看他一臉崇敬，不禁大笑。「小寶寶在說什麼？」

他以言簡意賅、聲若洪鐘的英文說：「餵我！」

該年五月，霍爾在他跟薇宜求婚時所穿的工作服口袋裡摸到六顆栗子。他把它們埋入東愛荷華州的泥地，種在木屋四周無樹無林的北美大草原。農場與栗樹的原生地相隔數百英里，距離他們大啖栗子的展望山丘也有一千英里。日子一個月一個月過去，東部那一片片青綠的森林也逐漸被霍爾淡忘。

但這裡是美利堅合眾國，在這個國度，人民和樹木都選擇最令人訝異的路程。霍爾種下樹籽，定時澆水，心中暗想：有一天，我的孩子們可以搖搖樹幹，免費吃一餐。

•••

他們的第一胎剛出生就夭折，被一種還沒有名字的病症奪走了性命。當時尚無致命的傳染病毒。天主是唯一奪走孩童性命的劊子手，依照只有祂知曉的時間表，把這些幼小的靈魂從一個世界送到另一個世界。

六顆栗子中，其中一顆未能發芽。但約爾根．霍爾養活了其餘五株幼樹。生命是造物者和受造物之間的較勁，霍爾漸漸變成這場戰爭的專家。相較於其他種種天天必須面對的掙扎，養活他的栗樹根本不算什麼。到了第一個農季之末，他的田地富饒豐盈，最健康的一棵幼樹也長到超過兩英尺[2]。

再過四年，霍爾家多了三個小孩，栗樹眼看著也會長成一片林地。細小的樹枝漸漸抽長，黃褐的枝幹布滿皮孔。鋸齒狀的扇形葉片蒼翠繁茂，相形之下，幼芽萌生的嫩枝顯得微小。大草原一望無際，有如青綠的大海，除了這幾棵幼小的栗樹和幾棵零星散布在河邊低地的大果櫟，霍爾自家的農場亦是草海中的一座島嶼。

就連瘦小的幼樹也已派上用場：

幼樹的葉片泡茶可治心臟疾病，

剛發芽的嫩葉可治潰瘍，
冷泡樹皮水可治產後出血，
暖熱的樹癭可以縮小嬰孩的肚臍眼，
樹葉加了黑砂糖煮滾可治咳嗽，
樹葉磨成的膏藥可治燒傷，葉片可減低床墊的噪音，
傷心欲絕之時，樹木的萃取液可抗鬱悶……

日子一年一年過去，有時精采萬分，有時乏善可陳。雖然平均收成量只是尚可，但約爾根感覺前景看好。每年耕犁之時，他始終向外擴展，多犁幾畝。薇宜確保壯丁一個接著一個報到，霍爾家的勞動大隊不斷擴增，人手不餘匱乏。

幼樹日漸茁壯，好像被施了魔法。栗樹生長快速：等到桴木可以用來做支球棒，栗木已經可以用來建個衣櫃。你若彎腰看看樹苗，可得當心別被刺傷眼睛。樹皮縱裂，紋理渦漩，有如理髮店的旋轉燈，遠遠望去，樹幹好像扭動著身子往上竄升。微風吹來，枝幹抖動，勾勒出忽而暗黑、忽而淺綠的光影，簇簇綠葉迎風伸展，爭相擷取更多陽光。八月盛暑，天氣悶熱，綠葉緩緩飄搖，起起伏伏，有如薇宜甩鬆她那頭曾經金澄的秀髮。等到這個甫近建國的國家再度面臨戰事，五棵栗樹已經長得比約爾根還高。

一八六二年無情的寒冬試圖奪走另一個小寶寶，結果只凍死了一棵栗樹。隔年夏天，長子約翰害死了另一棵。這孩子拔光半棵樹的樹葉，拿來當作玩具鈔票，怎料整棵樹居然死翹翹。

約爾根用力拉扯兒子的頭髮。「這是什麼感覺？你說、你說啊！」他大手一揮，劈劈啪啪掌摑兒子。薇

宜不得不擠到他們父子之間，以身阻擋約爾根的老拳。

一八六三年，徵兵令寄達。年輕力壯的單身男子先上戰場。約爾根・霍爾時年三十三，家有妻小，還有數百英畝的田地，於是獲得緩召。他始終沒機會貢獻己力，護佑美國。他有一片幅員較小的鄉野等著他維護。

美東的布魯克林，一位自願到醫院照護聯邦大兵的詩人寫道[3]：我深信一枚草葉可比繁星的運行。約爾根從未讀過這些詩文。他覺得詩文無異詭辯。他的眼中只有他的玉米、甜豆、瓜——種種作物即可揭露天主無言的心意。

大地再度回春，僅存的三棵栗樹花團錦簇，綻放出乳白的花朵。花香辛辣濃郁，帶點酸味，好像舊鞋或是酸臭的內衣褲。花朵而後結實，生出一丁點香甜的栗子。雖然產量稀少，但依然令約爾根和他疲憊的妻子想起當年布魯克林的那一夜——那一夜，栗子一顆顆地落下，有如天神恩賜的食糧，他開懷大啖，在城西的林中與薇宜互許終身。

「以後可以大量採收，」約爾根說。他已經在腦海中製作麵包、咖啡、濃湯、醬汁、蛋糕，種種皆是當地人知道這樹可以供給的佳餚。「吃不完的栗子就運到鎮上販賣。」

「還可以當作聖誕禮物送給鄰居們，」薇宜說。結果那年大旱，反倒是鄰居們出手相助，霍爾一家才保住性命。當滴水不剩，甚至連明天的用水都沒著落，又有一棵栗樹乾枯而亡。

時光荏苒，歲月流逝。栗樹褐黃的樹幹逐漸灰白。一年秋季，氣候乾涸，大草原裡只剩下少數作物依然挺立，僅存的兩棵栗樹因而成了閃雷的目標。其中一棵遭擊，原本可以用來製造搖籃、棺材等諸多的良木，這下付之一炬，倖存的樹身甚至不夠製造一張三腳凳。

唯一倖存的栗樹繼續開花。但它的花朵孤獨綻放，千百英里之內沒有另一棵栗樹跟它交配。雖是雌雄同株，但栗樹無法自花授粉。儘管如此，這棵栗樹仍將祕密隱藏於細長圓滾、生氣勃勃的樹幹中。它的細胞聽令於流傳自遠古的法則：保持靜立，耐心等待。不知怎麼地，這棵孤零零的栗樹知道何謂「經久」：當下並非恆久不變，總有一天熬得過去。它有工作要做。它得朝向群星攀升，卻也得穩穩立足於大地。或許誠如那位照護聯邦大兵的詩人所言：在百萬宇宙之前泰若自然，從容沉靜[4]。泰若沉靜，有如林木。

農場熬過了老天爺布設的亂局。內戰結束兩年之後，約爾根利用翻耕、犁地、播種、去劣、除草的空檔，建造了他們的新屋。年年播種收成，作物運入運出。霍爾家的男孩們隨同他們跟耕牛一樣健壯的父親下田。女孩們嫁到附近的農家，散居各地。村莊日漸擴展。農場旁邊的泥土小徑變成一條真正的道路。

么兒在波克郡的稅務局上班。次子任職於埃姆斯的銀行。長子約翰一家人留在農場，父母年老力衰之時，農事就由他接管。約翰．霍爾著眼效率，看重機械，力求進步。他買了一部蒸汽曳引機，曳引機既可耕犁，也可打穀，兼具收割和捆紮之效，運作之時，機器轟轟怒吼，好像一隻從地獄放出來的猛獸。

對那棵僅存的栗樹而言，諸多世事不過意味著樹幹添加了兩道縱痕、年輪增長了一英寸。它愈來愈粗壯，樹皮呈螺旋狀上升，有如圖拉真柱。扇形綠葉孜孜不倦，不斷吸取陽光，化為養分。它不單只是耐心承受；它繁茂生長，生氣昂然，樹形圓滿，散發出蓬勃的朝氣。

新世紀的第二個六月，約爾根．霍爾躺在二樓臥室的床鋪上，臥室鑲嵌著橡木，由他親手建造，如今他卻再也離不了。他望向天窗，凝視窗外一簇簇綠葉在空中搖擺閃動。他兒子的蒸氣曳引機在遠方轟轟作響，但約爾根．霍爾誤以為那是雷聲。枝幹交錯，光影在他身上投下斑紋。那些鋸齒狀的綠葉、那個他曾心存的夢想、那副欣欣向榮的願景，不知怎麼地，他又想起當年那餐栗實盛宴，往事再度歷歷在目。

他心想：什麼因素促成一棵如此挺直粗壯的大樹長出迴旋曲折的樹皮？是否因為地球公轉？說不定大樹試圖引起人們的注意？七百年前，西西里島一棵樹身寬達兩百英尺的栗樹，曾為一位西班牙王后和她麾下一百位騎兵遮擋暴風雨。床鋪上這位耆老從未聽過此事，但他辭世百年，甚至更久之後，那棵栗樹仍將屹立。

「妳記得嗎？」約爾根輕問握著他的手的女人。「展望山丘？我們那天晚上吃得真好！」他朝著綠葉叢生的枝幹點頭，遙想遠方的土地。「我請妳吃了一餐。妳給了我——妳給了我這一切！這個國家。我的一生。我的自由。」

但握著他手的女人不是他的妻子。薇宜已在五年前因肺部感染病菌而過世。

「睡吧，」他的孫女跟他說，輕輕把他的手擱回他削瘦的胸前。「我們全都在樓下。」

約翰．霍爾把他爸爸安葬在老人家親手栽種的栗樹下。一道三英尺高的鍛鐵柵欄圍繞著零零星星的墳墓。栗樹的蔭影遮蔽了墓園，生者與死者同享慷慨的庇蔭。樹幹粗壯到約翰無法環抱，最低矮的枝幹也已高到搆不著。

霍爾栗樹成了地標，亦是農民們口中的守護之樹。家家戶戶週日出遊之時用它來認路，當地人也用它幫遊客指引方向。遍植穀物的大草原，有如大海般一望無際，高聳挺立的栗樹，恰如海中唯一的燈塔。農場欣欣向榮。約翰累積了足夠的資本育種與養殖。他爸爸已經辭世，弟弟們也自立門戶，這下他大可放手採購最新型的機械。他的農械木棚裡滿是收割機、打穀機、割捆機。他大老遠跑到查爾斯城參觀一部雙缸氣動曳引機。當電話線接通，他率先申請，即使所費不貲，家人們也想不通那玩意有何功用。

這位移民之子執意追求進步，好像患了失心瘋，多年之後才找到一個有效的療方。他幫自己買了一臺柯達布朗尼二號相機（Kodak No.2 Brownie）。你按下按鈕，其他就交給我們。底片必須送到狄蒙沖印，而他很快就察覺這道程序比索價兩美元的相機更傷財。他拍攝他太太身穿薄棉印花布的洋裝、面帶靦腆的微笑、一臉企盼地站在新型絞衣機旁。他拍攝他的孩子們沿著田畦駕駛收割機、騎乘凹背的馱馬。他拍攝他的家人們盛裝歡慶復活節，女士們戴著無邊軟帽，男士們繫著蝴蝶領結，人人一臉正經。當他愛荷華州的小小家園再也沒有東西讓他拍攝，約翰就把鏡頭轉向**霍爾栗樹**，拍攝那棵跟他同樣歲數的大樹。

幾年之前，他送給小女兒一個動物實驗鏡[5]，當作她的生日禮物，即使日後她玩膩了，只有他一個人繼續使用。這會兒玻璃圓盤急急旋轉，他看著一列列振翅的飛雁和一隊隊急騁的野馬，影像是如此鮮活，牽動了他的思緒。他忽然想到一個絕妙的點子，幾乎可說是個了不起的計畫。不管自己還能活多少年，他決定年年拍攝栗樹，然後依照人類的時間感加速呈現，看看栗樹會是什麼模樣。

他在農械木棚裡建造一座三腳架，然後把一塊毀損的磨石架在屋子附近的山崗上。一九〇三年春分，約翰·霍爾架好布朗尼二號相機，拍下守護之樹掉光葉子的全身像。一個月之後的同一天，他在同一時間、同一地點再拍一張。每個月的二十一號，山崗上始終看得到他的身影。他全心投入，到後來這個例行公事變成一種儀式，下雨下雪，酷熱嚴寒，他照常拍照，好像是他個人對植物之神的禮讚。他太太不留情面地嘲弄他，他的孩子們也拿他開玩笑。「他等著栗樹做出什麼有趣的事情呢。」

當他匯集頭一年拍攝的十二張黑白照片，伸出大拇指迅速翻閱，他辛勤的成果呈現出小小的驚喜。一瞬之間，光禿禿的栗樹長出了葉子。下一瞬間，栗樹在燦爛的日光中繁茂生長。其實栗樹只是靜靜承受，堅持過活。但農民們被惡劣的天候磨練出耐性，況且若非執著於世世代代的夢想，恐怕沒有多少人願意年復一年、持續耕作。於是一九〇四年三月二十一日，約翰·霍爾再度登上山崗，好像他也可以再活一、兩百年，持續記錄分明就在眼前、我們卻始終視而不見的時光奧祕。

朝東一千兩百英里，在那個約翰．霍爾的父母曾經建造船隻、裁剪洋裝的城市，疾病無聲無息地來襲。兇手窩藏於為了營建華美花園而進口的中國橡木之中，悄悄從亞洲潛入美國。布朗克斯動植物園的一棵栗樹在七月間呈現十月的顏彩。葉片捲曲焦黃，帶點淡淡的肉桂色。一圈圈橘色的斑點不停擴展，布滿腫脹的樹皮。樹幹不堪一擊，輕輕一推就倒下。

不到一年，布朗克斯區的栗樹全都布滿橘色的斑點，足見樹木已遭害蟲侵蝕，一命嗚呼。每一棵受到感染的栗樹都隨著風雨釋放出大量孢子，市府的園丁花匠全體動員，聯手反擊。他們砍下病枝，放火焚燒。他們駕著四輪馬車噴灑石灰和硫酸銅。種種作為卻只是讓砍伐病樹的斧頭傳播更多孢子。一位紐約植物園的研究人員辨認出兇手是一種人們從沒聽過的真菌。他發表研究結果，然後前往郊區避暑。幾星期之後，當他返回市區，整個城市的栗樹已經沒有一棵救得活。

病魔橫掃康乃迪克州和麻塞諸塞州，年年躍進數十英里。成千上萬棵栗樹屈服於病魔之下。全國民眾目瞪口呆地看著新英格蘭地區的珍貴栗樹逐日減少。這樹造就了皮革業，產製了鐵路枕木、火車車廂、電線杆、燃材、籬笆、屋舍、穀倉、書桌、餐桌、鋼琴、板箱，紙漿木，隨時為人們遮陽，免費提供源源食糧，亦是全國砍伐量最高的樹種，如今卻漸漸從人們眼前消失。

賓州全境砍伐栗樹，砍伐面積達數百英畝，試圖阻緩害蟲侵襲。維吉尼亞州北境、栗樹密度高居全國之冠的州界，人們央求驅魔，試圖以宗教之力殲滅引發蟲害的妖孽。自北到南，從緬因州至墨西哥灣，幅員廣達兩億英畝的森林中，每四棵栗樹就有一棵藥石罔效；美國最完美的樹種，伐木業與農經業最重要的基石，東部數十種產業最可靠的林木，如今劫數難逃。

枯萎病的消息並未傳至愛荷華州西部。約翰・霍爾不受天候而阻，每個月的二十一日重登山崗。**霍爾栗樹**的枝葉愈長愈高。這樹有所追求，約翰心想——務農多年，他只有這麼一次突然冒出帶點哲理的念頭——這樹自有規劃。

五十六歲生日的前一晚，約翰凌晨兩點醒來，在床上東摸西摸，好像在找東西。他太太問他怎麼回事。他咬緊牙關說了一句：「待會兒就沒事。」八分鐘之後，他撒手西歸。

農場的重任落在他的長子和次子身上。長子卡爾想要註銷龐大的花費，無意延續父親逐月拍照的行徑。次子法蘭克希冀兌現父親古怪的探究，執意將之發揚光大，有如樹木頑強地擴展樹冠。他繼續拍了一百張照片，這部愛荷華州最古老、最簡短、最緩慢、最具企圖心的默片終於漸漸揭露出栗樹的目標。伸手翻翻這疊照片，你會看到這樹朝向空中伸展，彷彿試圖追尋。它在追尋伴侶嗎？或許吧。說不定追尋更多陽光。栗樹做出了表白。

當美國終於加入硝煙四起的世界大戰，法蘭克・霍爾隨同第二騎士團被遣往法國。他叮囑他九歲大的兒子小法蘭克繼續拍照，直到他返回家鄉。他一去就是一年，誓守承諾著實不易。小法蘭克沒什麼想像力，但他非常聽話，藉此彌補這方面的欠缺。

老法蘭克靠著傻運熬過了砲火滾滾的聖米耶戰役，結果卻在蒙福孔附近的阿爾岡被迫擊砲轟得粉身碎骨，屍骨甚至裝不滿一副松木棺材。家人們把他歷年來使用的帽子、煙斗和手錶埋入家族墓園，讓他長眠在那棵他月月拍攝、沒有機會多拍幾張的栗樹之下。

•••

如果天主有臺布朗尼二號相機，祂說不定會拍攝另一部短片：枯萎病的病魔虎視眈眈，瞬間撲向阿帕拉契山脈，直襲栗樹之鄉的核心。北方的栗樹高大雄偉，但南方的栗樹有如神祉。放眼望去盡是一座座栗樹林，株株參天，幾近完美。在南北卡羅萊納州，樹齡比美國古老的栗樹寬達八英尺，高及一百二十英尺，繁花盛開之時，一座座森林有如滾滾翻騰的白雲。優美直紋的栗木造就了許多山村。光是一棵栗樹即可產製多達一萬四十片木板。掉落在地的栗子深及小腿，足以餵養整個郡縣。年年皆是栗實累累的豐收年。

如今神祇日漸凋零，無一倖免。眾人齊心協力，用盡巧思，依然阻擋不了病害橫行。枯萎病沿著山脊迅速蔓延，扼殺一山又一山的森林。倘若站在南方山嶺的高處遠遠眺望，你可以看著栗樹一波波地變成灰白光禿的骨骸。伐木工奔波於南方十二州，急急砍伐尚未受到真菌侵襲的栗樹。甫近成立、經驗不足的「國家森林局」鼓勵伐木。*最起碼趁著栗樹還沒枯萎之時利用木材*。而在這項搶救木材的任務中，人們砍倒了每一棵說不定懷藏著抵禦病害祕方的栗樹。

田納西州一個五歲大的女孩，最先在幽祕的林間發現橘色的斑點，而來年之中，她的兒孫們也只能從照片上看到這些雄偉的栗樹。他們永遠無法親見栗樹年年成長，也無法感知象徵著母親童年的影像、聲響和氣味。年復一年，數以百萬計的枯木殘枝依然長出根櫱，掙扎求生，結果依然死於病害，但真菌存活於這些頑固的殘枝之中，卻是永遠不會消失。到了一九四〇年，真菌侵蝕了一切，連伊利諾州最南端的樹林都逃不過它的魔掌。四十億棵天然栗樹消褪為難解的謎團。除了一小批不知道為什麼活了下來的栗樹，只有那些被拓荒先祖們帶到西部各州，飄忽的孢子難以侵襲的栗樹，逃過了這場浩劫。

小法蘭克謹遵他對父親許下的承諾，即使父親早已褪色為模模糊糊、灰白迷濛的回憶。他依然每個月拍張照片，放入飄散著樹脂清香的木盒中。時光流逝，小法蘭克邁入青春期，由少年變成青年。他糊里糊塗地過日子，就像霍爾家族年年慶祝「聖歐拉夫日」，即便早已不知節日的意義。

小法蘭克缺乏想像力。他甚至聽不到自己心想：或許我很討厭這棵樹。或許我很喜愛這棵樹，甚至超過我愛我的父親。對一個事事可有可無、生來就得承受某些義務、注定直到老死才能解脫的男人而言，諸如此類的念頭毫無意義。他心想：這棵樹真是礙事。除非我們把它砍了，否則它對誰都沒用。但有些月分，當他透過相機的觀景窗看著延展的樹冠，他卻感覺這棵栗樹極具深意，甚至不禁一驚。

夏季時分，水分上升，穿越木質部，分散至葉背多達百萬的微小氣孔，天天都有一百加侖的水分從輕飄飄的樹冠蒸發，融入愛荷華州濕暖的天空。秋季時分，日漸發黃的樹葉讓小法蘭克的心中盈滿懷舊之情。冬季時分，光禿的枝幹在風中喀喀作響，嗚嗚低鳴，圓鈍的葉芽等著抽生，幾乎顯得氣勢洶洶。但春天時分，總有那麼短暫的一刻，淺綠的柔荑花序綻放出乳白的花朵，小法蘭克看在眼裡，心中興起某些念頭，即使他不知道自己該想些什麼。

這位霍爾家的第三位攝影師繼續拍照，就像即使他老早判定信徒們始終受到聖經故事的欺矇，他依然繼續上教堂。他因襲慣例，每月準時拍攝栗樹，但對小法蘭克而言，這個沒什麼意義的例行公事如同某種盲目的信念，激起一股甚至連務農都無法給予的使命感。每月一回，他關注一個根本不值得關注的東西，而這東西堅實穩固，寡言少語，一如人生。

二戰期間，這疊照片已達五百張。有天下午，小法蘭克興之所至，隨手翻翻。他自覺依然如同當年那個不明究理、傻傻地對父親許下承諾的九歲男孩，但這棵縮時攝影裡的栗樹卻變得讓人認不得。

當各地原生的栗樹一棵棵地消失，**霍爾栗樹**成了異數。一位愛荷華市的樹木學家專程來訪，證實了各方的傳言：有棵栗樹確實逃過了浩劫。一位狄蒙市的記者寫了特稿，以美國最完美的樹種為主題，報導這棵少數倖存的栗樹。密西西比河以東，地名包括「Chestnut」的處所不止一千兩百個。但你必須來到愛荷華州西部的一個農村才得以親眼瞧見一棵栗樹。新拓的州際公路沿著霍爾家的農場闢路而建，當一般民眾行駛於紐約和舊金山之間，放眼望去盡是無限延展、單調平坦的玉米田和大豆田，唯有霍爾栗樹孤獨挺立，彷彿一道青綠的噴泉。

一九六五年二月，布朗尼二號相機在酷寒中迸裂。小法蘭克換了一臺小巧的柯達Instamatic傻瓜相機。相片張張疊起，愈疊愈高，比他試圖閱讀的任何一本書都厚。但成疊照片之中，張張都只是那棵孤零零的栗樹。栗樹挺立於天地之間，無視周遭那片令人震懾、小法蘭克了然於心的空曠。開啟鏡頭、拍攝栗樹之時，小法蘭克始終背對著農場，照片因而隱埋了種種實情。二〇年代並未為霍爾家族帶來興旺；經濟大蕭條讓他們失去兩百英畝的田地，半數家族因而遷居芝加哥；小法蘭克的兩個兒子受到收音機廣播節目的影響，決定摒棄務農；親族的一個男孩在南太平洋捐軀，另外兩個男孩心懷愧疚活了下來；農械木棚裡換了一部又一部強鹿和卡特彼勒農耕機；有天晚上起了大火，穀倉在牲畜無助的哀號中被燒成焦土；數十場歡欣的結婚慶典、受洗儀式、畢業典禮；六樁婚外情；兩樁哀傷到足使鳴鳥噤聲的婚變；一位兒孫輩競選州議員，遺憾敗北；表親互訟，告上法庭；三樁意外的孕事；霍爾家族屢出新招，與當地的牧師和路德教會的半數教徒持久抗爭；海洛因和橙劑[6]隨著甥侄輩從越戰返鄉，引發種種後果；眾人閉口不談的亂倫事件，揮之不去的酗酒陰影，一個女兒跟高中英文老師私奔；乳癌、大腸癌、肺癌、心臟病，一個工人被穀粒螺旋運送機截斷了拳頭，一位表親的小孩在高中畢業舞會的當晚車禍過世；成箱成桶、不計其數、名為Rage、Roundup，或是Firestorm的化學農藥，一批批專利保護、經過基因改造的種子；眾人齊聚夏威夷，歡慶金婚紀念日，其後卻是禍事連連；親族散居亞歷桑納州和德州，享受退居生活。妒恨、膽識、容忍、出乎意料的慨贈，世世代代上演同樣戲碼，每一樁或可稱之為「人生閱歷」的故事全都發生在四四方方的照片之外。照片之中，春夏秋冬，季節輪轉，唯一不變的是那棵孤單的栗樹，縱裂的樹皮迴旋攀升，依循樹木生長的速度，逐步邁入前中年期。

霍爾農場不知不覺地步入絕境——愛荷華州西部的農場全都遭逢同樣命運。曳引機愈來愈巨大，鉀氮肥愈來愈昂貴，競爭對手愈來愈具規模、效率愈來愈高，利潤空間愈來愈小，土壤因為反覆行植而耗損，難以獲利。年年都有一戶鄰居不堪虧損，改為耕作規模龐大、產量奇高的單一作物。每逢災難臨頭，世人往往刻意漠視，小法蘭克亦然，他瞇起眼睛走向未來。他借了錢，欠了債。他賣了農田，出售耕作權。他跟他不該合作的種子公司簽了約。下個年度，他確信不疑——下個年度，狀況將有不同，事情將有轉機，他們會得救，他們始終會得救。

小法蘭克總共幫這棵孤獨的大樹拍了七百五十五張照片，連同他父親和祖父拍攝的一百六十張，總數將近一千張。臨終之前的四月二十一日，小法蘭克已經無法下床，於是他兒子艾瑞克開了四十五分鐘的車子來到農場，在山崗架好相機，再拍攝一張黑白照，照片中的栗樹，現已枝葉茂盛，生氣勃勃。艾瑞克把照片拿給老人家看看。這樣比試圖表白他對他爸爸的愛容易多了。

小法蘭克皺皺眉頭，好像嚐到苦澀的杏仁。「兒子啊，你聽好，我做出承諾，而且說話算話。你誰都不欠。別管那個該死的東西。」

他倒不如勒令那棵巨大的栗樹別再伸展枝葉。

五秒鐘快快翻動，四分之三世紀躍躍閃過。尼克拉斯．霍爾用拇指翻翻這疊為數將近一千張的照片，望尋數十年以來的神祕意涵。二十五歲的他，打算在這個他年年歡度聖誕節的農場小住幾天。他回得了家，算是幸運，因為很多班機都已取消。一場場暴風雪自西部橫掃，全國各地的航班都受到影響。

他和他爸媽開車過來祖母家。明天會有更多親戚從愛荷華州各地來訪。他翻翻照片，想起農場的種種往事。童年歡度佳節，家族團聚享用火雞或是高唱耶誕歌曲，盛夏國旗飄揚，煙火燦爛。春夏秋冬家族聚會，他和堂兄弟成群結黨，出外探險，放眼望去卻只有玉米田，無聊至極。不知怎麼地，這些往事似乎被寫成密碼，悉數藏匿於動畫般的栗樹中。他又翻了翻照片，年年月月在他眼前剝落，有如上了蒸氣的壁紙。

動物，始終是動物。先是狗犬——尤其是那些缺了一條腿的小狗，尼克一家一開進鋪滿碎石的車道，小狗們就興奮地狂吠，幾乎像是發狂。馬匹的鼻息溫熱濡濕，牧牛的鬃毛粗硬刺人。蛇隻捲繞著收成後的莖桿。郵箱旁邊偶見一個兔窩。有年七月，幾隻望似流浪貓的貓咪從門廊下面鑽出來，身上帶著凝乳的氣味，神祕兮兮。農場後門的臺階上躺著幾隻死老鼠，顯然是個小小的贈禮。

五秒鐘的短片勾起最初始的記憶，童年的畫面一一呈現：潛行於農械木棚，棚中一部部農機和用途不明的工具；坐在親族群聚的廚房裡，油氈地板陳舊龜裂，微微帶著霉味，泥牆的木質架柱內傳來撲撲通通的聲響，顯然是松鼠們在隱匿於架柱內的窩巢之間奔竄；隨同兩個小堂弟拿著古舊、圓頭把手的小鐵鏟挖地，尼克保證很快就會挖到岩漿，三個小傢伙一挖挖了好久。

他置身二樓的書房，坐在他祖父的掀蓋式寫字桌前，瀏覽這疊四代相承的照片。多年以來，霍爾家的農場累積不少舊物，諸如數以百計的餅乾罐和玻璃雪花球、閣樓裡那個裝了他爸爸成績單的木盒、一臺從他曾祖父受洗的教會搶救下來的腳踏式風琴、他爸爸和叔叔們的舊玩具、一組擦得雪亮的撞柱遊戲木柱、一套磁鐵桌上遊戲，種種舊物之中，這疊照片始終是他的最愛，怎麼看都看不膩。照片本身沒什麼了不起，不過是那棵他攀爬多次、閉著眼睛都爬得上去的栗樹，但若快快翻動，一棵圓柱般的大樹在他的拇指下昂然生長，望若擺脫桎梏，自行奮起，飯前禱詞還沒說完，四分之三世紀已從眼前閃過。他九歲的時候到農場過復活節，用餐時，他不停翻動這疊照片，一看再看，到後來他祖父賞了他一巴掌，然後把照片收進飄散著樟腦丸味道的衣櫃裡，藏在最高的架子上。但大人們一下樓，尼克馬上搬張椅子拿取照片，再度凝神觀看。

他是霍爾家的長子，照片注定歸他所有。**霍爾栗樹**獨一無二，放眼美國，沒有任何家族擁有這樣一棵大樹。霍爾一家世世代代拍攝同一棵樹，放眼愛荷華州，也沒有任何家族如此古怪。然而，大人們似乎發誓絕口不談為何拍攝栗樹。他的祖父母說不出緣由，他爸爸也無法解釋這疊有如手翻書的照片用意何在。他祖父曾說：「我答應了我爸爸，而我爸爸答應了他爸爸。」但他祖父也曾說：「這下你想事情的角度就不一樣囉，不是嗎？」的確如此。

尼克就是在農場上開始素描。火箭，古怪的汽車，群聚的軍團，想像中的城市，小男孩用鉛筆畫出夢想，筆觸逐年細緻，畫風逐年怪誕。而後他詳細觀察，立即描繪毛毛蟲有如森林般的細毛、木板地有如暴風雲圖般的紋理，質感更加不羈。手翻書般的照片依然讓他著迷，他在農場上看得心醉，因而開始素描大樹的枝幹。七月四日，當家中其他人擲馬蹄鐵玩樂，他仰躺觀望，凝視枝葉繁茂的大樹。枝幹隨風搖擺，光影不時變換，交織出一幅幅幾何圖形，圖形深淺不一，線條粗細不等，但始終完美均衡，遠非他的畫筆所能描繪。他一邊素描，一邊心想：若想一一辨識枝幹間數百片尖長的綠葉，而且像是認出他堂兄弟的臉孔般輕易辨識，他的頭腦不曉得必須好到什麼程度？

再次翻翻這疊神奇的照片，再次看看這部玄妙的短片，灰灰白白、如同花椰菜般的小樹再次長成直探擎天的大樹，時光匆匆而逝，不知不覺地，那個被祖父打了一巴掌的九歲男孩邁入青春期、信奉天主、夜夜祈禱卻依舊看著雪莉・哈潑的照片手淫、與天主相行漸遠、與吉他愈走愈近、因為半根大麻煙被捕、在希達瑞比茲（Cedar Rapids）的少年監護所實地體驗了六個月的牢獄生活，而坐監之時，他凝視鐵窗外的天空，素描眼中所見的一切，一畫就是幾小時，他當下感知，他必須盡其一生之力創作希奇古怪的事物。

他確信很難說服他爸媽。霍爾一家世代務農、經營飼料行，或是像他爸爸一樣販售農械，極為務實，他們腳踏實地，相信節氣，日復一日、年復一年地辛勤工作，連問都不問為什麼。尼克已經做好攤牌的心理準備。他演練了好幾個星期，一想到自己荒謬的請求就緊張得說不出話：*爸，我完全不想跟一般人一樣過活，畢業之後也絕對找不到工作，但你可得幫我出學費。*

他選了一個初春的夜晚。他爸爸一如往常躺在門廊的矮沙發上，閱讀麥克阿瑟將軍的傳記。尼克坐到旁邊的一張躺椅上，晚風輕飄飄地從紗門吹進來，吹散了他的頭髮。「爸，我想去讀藝術學院。」

他爸爸放下書本，抬頭看他，好像眼睜睜地看著霍爾家的血脈自此中斷。「我早就料到會發生這種事。」尼克就此離開家鄉，遠赴芝加哥，放手嘗試心願之中無可避免的種種錯誤。

在芝加哥就學時，他習知許多事情：

1. 人類的歷史即是漫無目標的渴求，而且愈來愈令人迷惑。

2. 藝術跟他想像中完全不一樣。
3. 雕刻在鉛筆筆尖的精緻人像，包覆在聚胺酯裡的狗大便，可被視為小人國的土石藝術——你想得出什麼東西，人們就做得出什麼東西。
4. 這下你想事情的角度就不一樣囉，不是嗎？

同學們嘲笑他小小的鉛筆素描和他超現實畫風的欺眼畫。但他一學期一學期地不停創作。到了大三，大家都知道有他這號人物，甚至酸溜溜地表示仰慕。

大四的一個冬夜，他在他那間跟雜物室一樣狹小的租屋裡做了一個夢。一個他心儀的女同學問他：什麼是你真正想要創作的藝術品？他兩手空空，朝天一攤，聳了聳肩。忽然之間，他的雙手冒出一滴滴鮮血，凝聚在掌心，不一會兒，兩灘鮮血之中長出兩棵挺直攀升、分支生長的大樹。他驚醒，掙扎著恢復意識。過了半小時，他的心跳終於恢復正常，這才意識到夢中的大樹源自一張張縮時拍攝、天祖父親手栽植的栗樹——一百二十年前，這位祖籍挪威、半生飄泊的老人家自行琢磨出愛荷華西部大草原的奧祕，種下了這批珍貴的樹種。

如今尼克坐在掀蓋式書桌前，再次翻翻這疊厚如書本的照片。去年他獲頒芝加哥藝術學院的雕塑大獎，今年他在芝加哥一家頗負盛名、過去二十五年卻漸漸式微的百貨公司盤點貨品。沒錯，他的確拿到了學位，據此文憑，他可以肆然創作讓他的朋友難為情、讓陌生人不開心的怪誕藝術品。郊區的一個私人儲物倉庫堆滿節慶街會的紙製道具和超現實風的舞臺布景，舞臺劇在芝加哥北郊的一家小戲院上映，撐了三天就謝幕。但這個來自務農世家、時年二十五的年輕人寧可相信他的創作顛峰依然指日可待。

再過一天就是耶誕夜，親友們明天才會群聚前來，但他祖母已經開心的不得了。近來她只期待兒孫來訪，讓這棟透著冷風的屋子人氣興旺。農場已不存在，只剩下屋子孤單矗立。霍爾家的土地皆已長期租給總部遠在數百英里之外的大公司，愛荷華州的土壤也已失去原有的富饒。但每逢聖誕佳節，即使只是短短幾天，屋裡依然擺上馬槽聖嬰、救世之主等裝飾，洋溢著歡樂的節慶氣氛，正如霍爾家一百二十年來的聖誕佳節。

尼克下樓。十點多了，他祖母和他爸媽圍坐在廚房的餐桌旁，桌上已經擺著香氣四溢的胡桃肉桂捲，多米諾骨牌遊戲也已開打。屋外天寒地凍，氣溫已降到冰點以下。為了抗禦從松木牆縫鑽進來的北極寒風，艾瑞克·霍爾調高舊式瓦斯暖氣爐的溫度，壁爐火光熊熊，家中的食物餵得飽五千人，一臺跟懷俄明州一樣巨大的新電視播放著沒有人在乎的足球賽。

尼克說：「誰有興趣跟我去一趟奧馬哈？」喬斯林藝術博物館有個美國地景的特展，車程僅僅一小時。他昨晚試圖說服大家時，長輩們似乎心動。這會兒人人卻望向別處。

他媽媽微微一笑，替他感到難為情。「我今天有點感冒。」

他爸爸補了一句：「尼克，我們待在家裡很舒服。」他祖母糊里糊塗地點點頭，表示贊同。

「媽，」尼克說。「你們真要命！不去就不去。我會回來吃晚飯。」

大雪橫掃州際公路，而且愈下愈大。但他是中西部人，更何況他爸爸早就幫車子換上全新的雪地輪胎，所以囉，大風雪哪算什麼。美國地景的特展非常精采。光是幾件查爾斯·希勒[7]的作品就足以讓他又是妒忌、又是感恩。他一直待到博物館趕人。當他走出博物館，天色已漆黑，吹積成堆的白雪迴旋飄揚，掃過他的靴鞋。

他好不容易開上州際公路，龜速地向東行駛。漫天大雪，路面白茫茫。每一位笨到試圖上路的駕駛全都緊盯彼此的尾燈，慢慢開過一片雪白。尼克的車胎幾乎是滑過路面。路肩的震動帶被大雪消音，他聽不到示警的聲響。

他開到高架橋下，碰到一段結了冰、毫無阻力的路面。車子猛然滑向路邊。他任由車子打滑，緊握方向盤，好像放風箏似地順勢牽引，直到車子朝著正前方行駛。他一下子打開遠燈，一下子關掉遠燈，試圖決定怎樣的燈光打在漫天大雪中比較不刺眼。開了一小時，他還開不到二十英里。

白雪之中，墨黑的隧道出了狀況，事發現場有如夜視攝影機拍攝的一景。一部十八輪大卡車撞上分隔島，迴旋倒轉，突然從尼克的車側冒了出來，離他還不到一百英碼。他猛打方向盤，急急轉彎繞行，車子滑向右側路肩，車尾右側撞上護桿，車頭左側擦過大卡車的後車輪。他慢慢滑行，直到車子完全停止，整個人開始發抖，甚至無法操控方向盤。車子自行徐徐前進，開進一個休息站，休息站裡擠滿了困在路上的旅人。

洗手間前方有個公共電話。他打電話回家，但是打不通。聖誕夜前夕，愛荷華州的電話線路全部中斷。他確信他爸媽肯定非常擔心。但唯一的明智之舉是窩在車裡、小睡兩個鐘頭，直到風雪平息、鏟雪車收拾了老天爺震怒的殘局。

他快要天亮就上路。雪多半已經停了，來往的車輛龜速前進。他慢慢開往家中。最困難的部分是開上交流道出口那個小山崗。他搖搖晃晃地開上坡道，轉進通往農場的小路。沿途雪花飛揚，路面布滿細雪。**霍爾栗樹**遠遠出現在眼前，放眼望去，白雪皚皚，只有栗樹依然矗立。屋子二樓的窗戶透出兩道微弱的燈光，他無法想像誰會一大早就起床。有人徹夜未眠，等候他的消息。

通往屋子的小路積滿了雪，他祖父那部舊鏟雪車依然停放在木棚裡。他爸爸到現在應該已經最起碼鏟了兩次雪。尼克不禁起疑。他冒著飛揚的雪花繼續往前開，但漫天雪花遮掩了視線，他只好把車停在半路上，走過最後一小段路，步行回家。他推開大門，哼著歌走進去。「外面的天氣真可怕！」但樓下無人歡笑相迎。

日後他不免懷疑，他是否一進門就已知情。但是，不，他不知情；他肯定在家裡繞了一圈，走到樓梯口，看到他爸爸俯臥、手臂不自然地彎折、整個人貼在地上，這才察覺大事不妙。尼克大叫，跪下去幫他爸爸，但已經沒什麼可幫。他站起來，兩步當作一步地上樓，但事事已如耶誕節的鐘聲一樣明晰，他也已了然於心。家中二樓，兩位女士蜷伏在她們的臥室裡，怎樣都叫不起來，好像決定在耶誕節前夕睡到自然醒。

一股無名的感覺竄過他的雙腿和身軀。他眼前一黑，漸漸被黑暗吞噬。他衝回樓下，那部老舊的瓦斯暖氣爐依然冒著熱氣，撲撲啪啪地吐出瓦斯，瓦斯往上飄，淤積在他爸爸最近加裝的天花板隔熱層中，恰是無形的殺手。尼克跌跌撞撞地跑出大門，在臺階上摔了一跤，跌到雪堆之中。他在嚴寒的白雪中翻滾，氣喘吁吁，試圖振作。當他抬頭一望，眼前只見那棵守護之樹。他凝視根根枝幹，大樹雄偉粗壯，孤獨寂寥，較低的枝幹搖搖擺擺，寬大的樹冠輕輕晃動，挺立於四散飛揚的雪花中。微風吹來，樹梢的細枝全都放肆擺動，喀嗒作響，彷彿這一刻是如此微不足道、如此轉瞬即逝，日後也將只是記載於年輪之中，直至一個天空無盡澄藍的冬日，讓那些映著藍天顫顫舞動的枝幹，為他們祈福祝禱。

---

1 Finn Town，十九世紀之時，紐約仍是北美重要的港口，挪威和芬蘭移民大量湧入，布魯克林西側的日落公園因而迅速擴展，其中一個地區被稱為「芬恩區」。

2 編按：約六十一公分。

3 這位詩人係指惠特曼（Walt Whitman）。

4 語出惠特曼的詩集《自我之歌》（*Song of Myself*）。

5 zoopraxiscope，英國傳奇攝影師麥布里奇（Eadweard Muybridge, 1830-1904）發明的一種器械，他把多張連續拍攝的圖像放在玻璃圓盤，旋轉玻璃投射影像，影像因而動態呈現，是現代動畫的前身。

6 Agent Orange，越戰期間，美軍在越南噴灑超過八千萬公升的劇毒落葉劑，迫使森林枯萎，讓北越游擊部隊無所遁形，這種含有戴奧辛的「橙劑」，導致越南境內新生兒天生缺陷，美國大兵也深受其害。

7 Charles Sheeler（1883-1965），美國精確主義畫家，同時也是攝影師，為「精確主義」（Precisionism）的代表人物。

咪咪・馬

一九四八年，馬思訓拿到三等艙船票的那一天，他爸爸開始用英文跟他交談。他即將遠渡重洋，航向美國舊金山，他爸爸說這是強迫練習，純粹為了他好。他爸爸的英文字正腔圓，帶著英國殖民官員的威風，他這個電機工程師側重實用性，差不多就好，遠遠比不上他的父親。「兒子，你聽好，我們家業堪慮。」

他們坐在上海宅院的辦事處，宅院半是交易處所，半是馬家私宅。南京路百業興隆，人聲鼎沸，聲聲滲入宅院二樓的辦事處，怎樣都看不出來家業堪慮。但話又說回來，馬思訓不涉足政治，眼界如同一個長時間在燭光中演算習題的書呆子。他爸爸是馬氏家族的一家之主，娶了元配，納了兩名小妾，研究藝術，專精書法，講起話來忍不住使用譬喻，而譬喻始終讓馬思訓難堪。

「我們馬家一路走來，成就斐然。你可以說我們從波斯、雅典，一路行抵中國。」

馬思訓點點頭，即使他自己絕對不會這麼說。

「我們胡人接下中國扔給我們的每一樣東西，重新包裝，轉手賣售。這棟宅院、我們在杭州的大宅……你想想我們熬過多少風風雨雨。馬家真是韌性驚人！」

馬守殷望向窗外八月的天空，遙想馬家商社熬過的種種劫難。列強侵略。拳匪之亂。颱風來襲，馬家的絲綢田產遭到重創。一九一一年革命起義，一九二七年清黨屠殺。他轉頭望向屋內陰暗的角落。鬼影幢幢，陰魂不散，先人們違例而亡，但即使是這位心懷哲思、年年聘僱朝聖者替他遠赴麥加朝聖的大家長也不敢明說先人們違逆了哪些規例。他手掌一攤，壓按紙張推疊的桌面。「連日本人也打不倒我們。」

事件發展變化難測，令馬思訓焦躁不安。他再過四天就要坐船前往美國，一九四八年間，只有少數中國學生拿到簽證、獲准赴美，而他是其中之一。幾星期來，他不停研究地圖，反覆閱讀入學許可，念誦一個個謎般的名詞：USS General Megis、Greyhound Supercoach、Carnegie Institute of Technology[8]。一年半來，他看了不少午場電影，跟克拉克．蓋博和弗雷．亞斯坦練習他的新母語。

因為不想丟臉，所以他勉強用英文說：「如果你要我待下，我就待下。」

「你想要待下？你顯然不曉得我在說什麼。」

他爸爸的瞪視讓他想到一闕自己胡謅的詩：

> 揉眼駐足三叉路，君問何以欲久留。
> 只願子知我之心，相對無語仍不曉。

馬守殷從椅子上起身，走到屋內另一頭的窗邊。他低頭看看南京路，街上熙攘喧鬧，跟往常一樣忙著發國難財。「你是馬家的救星。共產黨再過六個月就進城，然後我們全都……兒子啊，你得面對現實。你不是做生意的料子，你應該永遠待在學校裡研讀工程，但你的兄弟姐妹？你的表親、姑姑阿姨、叔叔舅舅？我們是有錢的胡人。大難臨頭之時，我們撐不了三個禮拜。」

「但是美國人……他們做了保證。」

馬守殷走回桌邊，伸手勾起馬思訓的下巴。「兒子啊，我這個不經世故、只知道養蟋蟀、玩賽鴿、收聽短波收音機的兒子，金山會把你生吞活剝。」

他鬆手，帶著兒子沿著長廊走進帳房的出納室，打開柵門，把一個檔案櫃推到一旁，眼前赫然出現一個保險箱。馬思訓壓根兒沒想過收納室的牆裡居然有個保險箱。他爸爸取出三個裹著絨布的木盒，馬思訓猜都猜得出來木盒裡裝了什麼：馬家自絲路到外灘所累積的財富，全已投入這些可以帶著上路的動產。

馬守殷檢視一把把金光閃閃的珠寶，仔細思量，然後逐一擱回盒裡，最後總算找到他想找的東西：三只玉戒，每只如同鳥蛋大小。他朝著亮處舉起戒指，玉石之中呈現美麗的景緻。

馬思訓張口結舌。「瞧瞧這顏色！」綠、綠、綠、綠、綠！貪婪、妒羨、清新、飽滿、純真，全都因它而生。馬守殷從掛在頸間的小袋裡取出一個小型放大鏡，套在眼窩上，最後再次鑑識三只玉戒。他把第一只遞給馬思訓，馬思訓盯著玉戒，好像那是來自火星的岩石。青綠的玉石之中隱隱浮現樹幹和樹枝，深淺不一，層次分明。

「你活在三棵樹之間。一棵是棗蓮樹。棗蓮樹在你的後方，它是波斯先祖的生命之樹，矗立在七重天的邊界，誰都無法跨越這條界線。啊，但是工程師不喜歡往回看，對不對？」

馬思訓不了解這番話。他聽不出他爸爸的嘲諷。他試圖把這枚玉戒遞回去，但他爸爸只顧著說話。

「另一棵是扶桑。扶桑在你的前方，它是遠東的仙樹，在那遙遠的仙境，據說藏有長生不老的仙丹。」

他摸摸放大鏡，抬頭一望。「你這會兒就要前往扶桑國。」

他把玉戒遞過去。玉石紋理細膩，逼真得令人難以置信。一隻小鳥飛越一簇綠葉的葉尖，彎曲的枝幹上垂掛著一排蠶繭。雕刻師傅的工具肯定是一根鑲了金剛石的細針。

馬守殷把放大鏡貼近眼窩，仔細檢視第三只玉戒。「第三棵在你的周圍。它代表當下。誠如當下，你走到哪裡，它就跟到哪裡。」

他把第三只玉戒遞給他兒子，他兒子問道：「這是哪一種樹？」

老父親解開另一個木盒的絨布。黑亮的雕花木盒一開，眼前呈現一幅卷軸。他解開卷軸的絲帶——絲帶繫得很緊，顯然很久無人拆解。卷軸徐徐開展，眼前呈現一個個僧人，人人皮膚鬆垮，比他們身穿的衣袍更多皺褶。一人拄著拐杖站在林間的空地。一人望向窄窗的窗外。一人坐在一棵盤結的松樹下。馬思訓的父親朝著松樹一比。「這一種樹。」

「這些人是誰？他們在做什麼？」

他爸爸凝視題字，字體非常古老，馬思訓看不懂。「羅漢。他們是佛陀證得四果的弟子，如今活在無所不曉的喜悅中。」

馬思訓根本不敢碰這件珍貴的古物。沒錯，馬家家財萬貫，子子孫孫大可遊手好閒，但錢財多到足以擁有這樣的珍寶？一想到他爸爸居然私藏這些珍寶，馬思訓不禁氣怒，而他可不是那種容易動怒的人。「我為什麼都不曉得？」

「你現在曉得了。」

「你要我怎麼做？」

「天啊，你的文法真糟糕[9]。你的電子學和磁力學教授肯定比你的英文老師稱職吧？」

「這東西多古老？一千年？一千多年？」

老父親摸摸兒子的手，安撫這個年輕人。「兒子啊，你聽好，保存家產的方式有限。這就是我的方式。我覺得我們可以收藏這些東西，好好保護它們。當世間重新步上正軌，我們會幫它們找個家，說不定是哪個地方的博物館，參訪的遊客一看到馬家的姓氏就會想到……」他朝著即將證得涅槃的羅漢們點點頭。「你想要怎麼做都行。他們歸你所有。說不定你會發現他們對你有何要求。最重要的是，千萬不要讓他們落入共產黨之手。共產黨會把他們拿來擦屁股。」

「我把這些東西帶去美國？」

他爸爸捲起卷軸，小心翼翼地用磨損陳舊的絲帶繫住卷軸。「一個來自儒教國家的胡人，帶著無價的佛教字畫，前往基督教的大本營匹茲堡，我漏說什麼了嗎？」

馬守殷把卷軸放回木盒，遞給兒子。馬思訓接下盒子，不慎把一只玉戒摔到地上。他爸爸嘆了一口氣，蹲下去從塵土飛揚的地上拾起這件珍寶，從馬思訓手中拿回另外兩只玉戒。

「我們可以烘烤月餅，把戒指藏在月餅裡。至於這幅卷軸字畫……我們得想個辦法。」

他們把藏放珠寶的木盒放回保險箱，把檔案櫃推回保險箱的前方，然後鎖上出納處的柵門，關上辦事處，走到樓下，父子倆暫且駐足戶外，看著來來往往的人潮，南京路景氣興旺，無視大禍將至。

「等我完成學業，一切穩定下來，」馬思訓說，「我會把東西帶回來。」

他爸爸凝視街道另一端，搖了搖頭，喃喃用中文說了一句話，彷彿講給自己聽：「你回不了一個已經不存在的地方。」

馬思訓帶著兩個置衣箱和一個硬紙板行李箱從上海搭火車到香港，抵達香港之後，他發現他在上海美國大使館取得的健康檢查證明不夠完備，船上的醫療官拒收，於是他不得不再付五十美金，讓醫療官再幫他體檢。

「梅格斯將軍號」剛剛除役，移交給美國總統輪船公司，作為太平洋航線的客輪，乘客多達一千五百人，有如一個小世界。馬思訓的艙房在亞洲人的樓層，比主甲板低了三層，時時不見天日。歐洲人的艙房則在主甲板之上，人人坐在休閒椅上，啜飲僕役服務生送上的冷飲，倘佯在陽光下。馬思訓跟其他數十人共用洗澡間，大家拿著水桶擦洗身子，甚至連衣服都不脫。船上供應軟趴趴的香腸、麵糊似的馬鈴薯、鹽醃的碎牛肉，質劣味差，難以下嚥。馬思訓不在乎。他正航向美國，即將進入知名的卡內基理工學院，攻讀電機碩士學位。亞洲人的樓層雖然汙濁，其實是個奢侈——最起碼這裡沒有從天而降的砲彈，也沒有人遭到強暴或謀殺。他成天坐在他的鋪位上，吸吮著芒果核，感覺好像天皇老子。

他們停靠在馬尼拉、關島、夏威夷，二十一天之後，終於抵達舊金山港灣，由此踏上扶桑國的福境。馬思訓提著置衣箱和破爛的硬紙板行李箱排隊等候通關，三個箱子上都寫著他的英文名字。這會兒他叫做思訓．馬——他昔日的自我內外翻轉，好像一件兩面都可以穿的輕便夾克。行李箱上覆滿五顏六色的布塊，諸如船上的貼條、南京大學的粉紅校徽、卡內基理工學院的橘色校旗。他感覺自由自在，好像是個美國人；他對來自世界各地的人民都充滿好感，當然除了日本人之外。

移民官是個女士。她檢視他的文件。「『馬』是你的教名[10]，還是姓氏？」

「我是胡人。沒有所謂的『教名』。」

「『胡人』？那是異教教派嗎？」

他一直微笑，不停點頭。她瞇起眼睛。在那個短短的一秒鐘，他滿心驚恐，以為自己露出馬腳。他謊報出生日期，寫下一九二五年十一月七日。其實他是農曆十一月七日出生。他不曉得如何換算成陽曆。

她問他打算停留多久、為什麼訪美、預計待在哪裡，這些資訊全已詳載在他的文件之中。這整個對話，馬思訓判定，擺明了是個考試，目的在於測試他記不記得自己寫下什麼。她指指他的置衣箱。「你可以打開箱子嗎？不，另外那一個。」

她檢查餐盒裡的東西：三個月餅，月餅周圍擺滿了皮蛋。餐盒一開，她就倒吸一口氣。「天啊，關上、關上。」

她一一翻檢衣物和電機工程教科書，特別注意一雙他親手修補的鞋子，仔細查看鞋底。一看到那個擺著卷軸字畫的盒子——馬守殷父子先前決定把字畫藏放在顯眼之處——她的眼睛馬上一亮。「盒裡是什麼？」

「紀念品。中國字畫。」

「請打開盒子。」

馬思訓腦中頓時一片空白。他想著他的賽鴿和普朗克常數，怎樣都不願多想這幅讓移民官起疑的字畫。字畫會害他補繳關稅，而他就算花光未來四年的生活津貼也繳不起，更糟的是，他說不定甚至因為走私國寶而被捕。

移民官一看到羅漢就皺起眉頭。「這些人是誰？」

「聖徒。」

「他們哪裡出了毛病？」

「他們證悟得道，快樂無比。」

「什麼意思？」

馬思訓對佛教一無所悉，英文能力也有限。這會兒他得跟一位美國女移民官解釋何謂證悟得道。

「意思是人類非常渺小，而生命非常龐大。」

移民官不屑地哼了一聲。「他們剛剛想出這番道理？」

馬思訓點點頭。

「這就讓他們快樂無比？」她搖搖頭，揮手示意他通行。「祝你在匹茲堡鴻運當頭。」

馬思訓變成溫斯敦・馬。神話之中，凡人變成禽鳥、野獸、樹木、花朵、河流，他只不過換了一個美國名字，再單純也不過。至於扶桑國——他爸爸口中的遙遠仙境——這些年來已從匹茲堡變成伊利諾州的惠頓市。溫斯頓・馬和新婚妻子在家中光禿禿的後院種下一棵結實的桑樹。桑樹歷史久遠，遠溯上古，全身是寶，人稱修復之樹；它是宇宙的中心，中空的樹幹蘊含著神道。它也是蠶絲之樹，為馬家帶來萬貫家財。他要種樹紀念他爸爸，即使他爸爸永遠無法親見。

他站在桑樹栽植之處，地上一圈黑色的土壤，宛如他的許諾。他甚至不願在粗棉工作褲上擦擦手，抹去手上的泥土。他那位來自家道中落的南方世家、祖上曾經指派牧師到中國傳教的太太夏綠蒂，笑笑地跟他說：「中國有句俗話說：『何時是種樹最佳時機？二十年前』。」

這位中國工程師微微一笑。「說得好。」

「『次佳時機？就是當下。』」

「沒錯，好吧！」他的神情轉為嚴肅。自昔至今，他從來不曾親手栽植任何東西。但當下就是次佳時機，漫長的未來由此起始，一切都會隨之改觀。

無數個「當下」已成過去。但在此當下，三個小女孩在她們的早餐樹下吃玉米穀片。夏日炎炎。桑樹果實累累。老大咪咪今年九歲，她帶著兩個妹妹坐在灑落一地的桑葚之間，姐妹三人的衣裙被漿果染得黑紅，哀嘆馬家的命運。「都是毛澤東的錯。」時值一九六七年的星期天早晨，她爸媽關上臥室的房門，威爾第的歌劇震天響，記憶中，咪咪小時候的每一個星期天早晨都是如此。「豬八戒毛澤東。如果不是因為他，我們會是百萬富翁。」

老么艾美莉亞暫停攪拌碗裡的玉米穀片。「誰是毛澤東？」

「世界頭號大壞蛋。他偷走爺爺擁有的一切。」

「有人偷了外公的東西？」

「不是媽媽家的那個外公。爸爸家的馬爺爺。」

「誰是馬爺爺？」

「我們在中國的祖父，」老二卡門說。

「我從來沒有見過他。」

「**沒有人**見過他。連媽媽都沒見過他。」

「爸爸也沒見過他？」

「他在勞改營。有錢人都被關在勞改營。」

卡門說：「爸爸為什麼始終不願意講到中國？我覺得很可疑。」她們的爸爸可疑之處多得很，這只是其中之一。

「我打牌如果打贏他，他就偷我的籌碼。」艾美莉亞從碗裡倒出牛奶澆樹。

「別再說了，」咪咪喝令。「擦擦下巴。不要用牛奶澆樹，妳會讓樹根中毒。」

「爸爸到底在做什麼？」

「笨蛋，爸爸是工程師。」

「我當然知道他是工程師。『我開火車喔，嘟、嘟、嘟！』他希望逗我大笑，每次都這樣。」

咪咪受不了這種蠢話。「妳知道他在做什麼。」她們的爸爸正在研發一款以汽車電池供電、跟公事包差不多大小、可以隨身攜帶的電話。全家人都已幫忙測試。他們得走到外面的車庫，坐在她爸爸稱之為「電話亭」的雪弗蘭汽車裡，每次打的都是長途電話。

「妳不覺得實驗室怪怪的嗎？」卡門問道。「每次進去都得登記，好像那裡是監獄？」

咪咪動也不動，靜靜聆聽。威爾第的歌劇從她爸媽的臥室流瀉而出。她們獲准在她們的早餐樹下進餐，但只有星期天才可以。星期天早上，就算她們一路走到芝加哥，也絕對不會有人曉得。

卡門跟著咪咪一起抬頭注視。「妳覺得他們整個早上在樓上房間裡幹嘛？」

咪咪聳聳肩。「妳不要學我想事情，好嗎？我真討厭妳學我。」

「妳覺得他們是不是光著身子、摸來摸去？」

「別噁心了。」咪咪放下她的餐碗。她得找個地方澄清思緒，這意味著她得爬到樹上。她踏入桑樹低矮的樹杈之間，一顆心怦怦跳。我的蠶絲坊，她爸爸始終說。只不過沒有蠶寶寶。

卡門大喊：「妳不可以爬樹。誰都不可以爬樹。我會跟爸爸說。」

「我會把妳跟小蟲一樣踩死。」

姐姐們的爭吵讓艾美莉亞大笑。咪咪暫停攀爬。桑葚顫顫地垂掛在她的四周。她摘一顆吃。果實香甜，有如葡萄乾，但她吃膩了。雖然小小年紀，但她已經吃了太多桑葚。枝幹曲曲折折，樹葉的形狀千變萬化，心形、五指形、三指形，令她頭昏腦脹。有些葉子的背面毛絨絨，好嚇人。一棵樹為何非得長出軟毛？桑葉葉面布滿凹痕，還有三條主葉脈，就像她們三姐妹。她伸手扯下一片樹葉，深知接下來即將面對的驚恐。桑樹流血了：乳白、黏稠的樹脂從傷口泌泌而出，她心想，蠶寶寶八成就是吃了這個，所以吐出蠶絲。

艾美莉亞開始啜泣。「住手！妳在傷害桑樹。我可以聽到樹在尖叫！」

卡門抬頭看著咪咪試圖觸摸的窗戶。「爸爸到底是不是基督徒？他每次跟我們上教堂都不肯禱告。」

咪咪知道她們的爸爸跟一般人不太一樣。他是個矮小、親切、俊秀、面帶微笑的胡人；他熱愛數理、美國汽車、選舉、露營；他謹遵長期規劃，購置打折物品，藏放在家中的地下室；他每天工作到很晚，坐在客廳的躺椅上看晚間新聞看到打瞌睡。每個人都喜歡他，尤其是孩童。但他從不說中文，連在中國城都不說。有時他會提起來美國之前的日子，通常是在他吃了奶霜冰淇淋之後，或是在國家公園露營、大家圍坐在營火旁之時。他說他以前在上海養蟋蟀和鴿子。他還說他有次削了桃子，把毛絨絨的果皮塞到女僕的罩衫裡，害她全身發癢。別笑我。事情已經過了一千年，我到現在還覺得愧疚。

但直到昨天，她才略知關於她爸爸的二三事。昨天那個糟糕的星期六，她從學校操場哭著回家。

「怎麼了？妳在幹啥？」

她在她爸爸面前擺出架式，怒氣沖沖。「每個中國人都是吃老鼠肉、崇拜毛澤東的共產黨嗎？」

他終於跟她述說另一個世界的前塵往事。咪咪大多聽得懵懵懂懂。但當他述說之時，爸爸變成深夜驚悚片的要角，片中黑影幢幢，配樂陰森，卡司多達千人。他跟她提及滯留的學者們因為「流亡人員安置法」而成為美國公民。他描述跟他一起來美的中國人，包括那位後來榮獲科學界最高榮譽的學者。美國政府和中國共黨居然競相爭取她聰明的爸爸，咪咪聽了大吃一驚。

「那個叫做毛澤東的傢伙。他欠我很多錢。等他還我錢，我就請全家到最高級的館子吃飯，保證妳嚐到最好吃的老鼠肉！」

她又哭了，直到他跟她保證他在任職貝爾實驗室之前甚至連老鼠都沒看過，她才擦乾眼淚。他好聲好氣地哄她。「中國人吃很多奇怪的東西。但老鼠肉不太受歡迎。」

他帶著她走進他的書房，讓她看看幾樣東西——即使過了一天，她依然不太明白自己看到了什麼。他打開一個上了鎖的檔案櫃，取出一個木盒，盒裡擺了三只玉戒。「那個姓毛的傢伙從來不曉得這回事。三只神奇的戒指。三棵象徵過去、當下、未來的樹。幸虧我有三個寶貝女兒。」他敲敲自己的太陽穴。「妳的爸爸啊，腦筋始終轉個不停。」

他拿起那只他稱之為「過去」的玉戒，讓咪咪戴戴看。碧綠的枝葉迴旋纏繞，令她無法移開視線。刻工精細，幾可亂真，枝幹層層交疊，立體感十足。誰有辦法在小小的戒指上雕出如此繁複的景象？

「這全都是玉。」

她的手猛然一動，玉戒滑落到地上。她爸爸蹲下來，小心拾起，放回盒裡。「太大了。我們等到以後再說。」木盒被擱回檔案櫃，她爸爸再把櫃子鎖好，然後蹲伏在他的衣櫃裡，取出一個漆盒。他把盒子放在繪圖桌上，慎重其事地打開盒子、解開緞帶、攤開卷軸，中國在她眼前緩緩呈現，大半有如神話傳奇，感覺不太真實。一行行中文字龍飛鳳舞，好像躍躍跳動的小火苗。每一劃都閃閃發光，好像她自己剛剛拿起毛筆寫就。誰寫得出這麼漂亮的字？她爸爸可以，如果他願意的話。

先是行雲流水般的題字，然後是一群骨架粗大的男子，人人滿臉笑容，但皮膚鬆垮，似乎活了幾百年。他們的眼神蘊含笑意，彷彿看盡造物主的詼諧，肩膀卻頹然下垂，彷彿承載難以負荷的世事。

「他們是誰？」

她爸爸細細端詳每一個人像。「這些傢伙？」他嘴唇一抿，略展歡顏。「他們是羅漢、尊者、小乘聖人。他們透悟了人生。他們通過了最後的考驗。」他伸手摸摸她的下巴，把她的小臉轉向他。他一露出微笑，門牙邊緣的金色縫隙就閃閃發亮。「中國超級英雄！」

她從他手中掙脫，仔細端詳這群聖者。一人坐在一個小山洞裡。一人繫著紅色的飾帶，戴著耳環。另一人佇足於高聳的懸崖邊，身後是陡峭的山崖和漫山的大霧。一人靠在一棵樹上，正如隔天咪咪將靠著桑樹跟妹妹們說起此事。

她爸爸指指如詩如夢的地景。「這個中國啊，歷史非常悠久。」咪咪摸摸那位樹下的男子。她爸爸拉起她的手，親親她的手指。「太古老了，摸不得。」

她盯著那位男子，男子的雙眼似乎看透一切。「超級英雄？」

「他們看出所有解答，任何事情都再也傷害不了他們。皇帝來來去去。清朝、明朝、元朝，全都只是大狗身上的跳蚤，共產黨也一樣。但這些傢伙？」他咂咂舌頭，豎起大拇指，好像在飛逝的時光中，這些小乘聖人最值得大家下注。

在那咂舌的聲響中，少女咪咪從稚女咪咪的肩上飄升，自遙遠的來年凝視各個羅漢。濛濛之中，另一個咪咪從少女咪咪的身後飄升，甚至比這個低頭凝視羅漢的少女更年長。時光在她面前開展，但不是循著直線延伸，而是宛若一組同心圓，她是圓心，當下的時時刻刻沿著圓周往外飄散。她未來的各個自我層層疊架，飄浮在她的上方、她的身後和身後，一一回到這個房間，再看一眼這幾個已經參透人生的傢伙。

「瞧瞧這顏色，」溫斯敦說，她未來的各個自我繞著她坍塌。「這個中國啊，實在有意思。」他捲起卷軸，放回漆盒裡，把漆盒擱回衣櫃裡的底板上。

這會兒咪咪置身桑樹之間，她心想，如果她可以爬得再高一點，說不定她可以窺視她爸媽臥室的窗戶、瞧瞧威爾第的歌劇對他們有何影響。但樹下已經爆發革命。「妳不可以爬樹！」艾美莉亞大喊。「下來！」

「妳給我閉嘴，」咪咪說。

「爸！咪咪上去『蠶絲坊』！」

咪咪摔到地上，只差一英尺就壓到她的小妹。她遮住小妹的嘴巴，試圖不讓小妹開口。「如果妳閉嘴，我就給妳看一樣東西。」

兩個妹妹一聽就知道這樣東西絕對有看頭。不一會兒，她們三姐妹已在威爾第歌劇的掩護下，有如突擊小兵，一起溜進她們爸爸的書房。檔案櫃上了鎖，但咪咪打開漆盒。卷軸在溫斯頓的繪圖桌上開展，眼前出現一個靜坐在樹下的人像，大樹多結多瘤，耐性十足。

「別碰！他們是我們的祖先。他們是天神！」

雖然熱愛生命的種種事物，但這位把家人們帶進車庫打長途電話到維吉尼亞州，讓她們用一具跟比一截柴火還大的話機跟外公外婆說話的中國電機工程師，心中只有他的國家公園。溫斯敦．馬花上半年的時間計劃六月的年度國家公園之旅，他在地圖上做記號，在旅遊指南裡劃線，把結果詳細記載在口袋筆記簿裡，他還親手綁製鱒魚毛鉤，釣餌奇形怪狀，好像農曆新年的袖珍舞龍。到了十一月，餐桌上已經堆滿各種紙張，大家甚至不得不在廚房角落的小餐桌享用感恩節餐點。而後六月到來，馬家五口擠進車身天藍、後座奇寬、沒有空調的雪弗蘭比斯坎[11]，車頂架上橫桿，冰桶裡擺滿冰鎮的果汁，浩浩蕩蕩地駛向千餘英里之外的優勝美地、錫安國家公園，或是奧林匹克國家公園。

今年他們重返他心愛的黃石公園。沿途每一處露營營地皆已登載在他的筆記簿裡。他記下營地編號，依據十二項不同的標準評分。冬天時，他將參照這些數據規劃路線，讓來年的旅程更加理想。他叫女兒們在後座練習樂器。咪咪吹小號，卡門吹黑管，這倒是容易，艾美莉亞拉小提琴，難度就高了。她們忘了帶書上路。兩千英里的車程，手邊沒有半本書可讀。駛經內布拉斯加州時，大姐二姐瞪著小妹，一瞪瞪了幾十英里，直到艾美莉亞再也受不了，開始嚎啕大哭。這樣也可以殺時間。

夏綠蒂索性放棄管控她們。當時大家尚未起疑，其實她已經漸漸陷入那個只有她一人的陰幽之境，而且逐年逐月，愈陷愈深。她坐在前座，手執地圖幫先生指路，嘴裡輕輕哼唱蕭邦的夜曲，神情恬靜從容，宛如車中的女神，殊不知老人痴呆症已在這一段段車程中悄然而至。

他們在沼澤溪[12]附近露營三天。卡門和艾美莉亞玩抽烏龜，一玩就是幾小時。咪咪跟著爸爸踏入小溪，父女兩人神閒氣定地拋投。釣線往空中一飛，劃出漂亮的弧線；抓牢釣竿，前後甩動，定著於十點鐘和兩點鐘的方向；毛鉤飛落水中，激起陣陣漣漪，她有點擔心魚兒說不定果真上鉤，但當魚兒咬住毛鉤、躍出水面，她卻感到又驚又喜。終其一生，她都會珍惜這些美好的回憶。

她爸爸站在水深及膝、冰冷清澈的溪水中，看來自由自在。他勘測淺灘，測量水速，端詳河底，望尋魚卵孵化之處——你若打算依照魚兒的方式思考，你就必須關注這些問題，好像計算聯立方程式地求取解答——但在此同時，他也知道有時純粹只是運氣。「這些魚為什麼藏起來？」他問他女兒。「牠們在幹啥？」

在他的人間天堂涉水而行，這就是她記憶中的爸爸。釣魚之時，他參透了人生，通過最後的考驗，躋身羅漢之列，與那軸神祕字畫的聖者們並行。這些年來，咪咪背著家人，偷偷觀賞那軸她爸爸衣櫃裡的字畫，現在她年紀夠大，已經知道畫中的男子不是她的祖先，但看到她爸爸神情安詳、心滿意足地立足於溪水之中，她不禁心想：爸爸果真是他們的子孫。

夏綠蒂坐在溪畔的露營椅上。她唯一的工作是解開父女釣者纏成一團的釣線，專心對付一個個錯綜微小的繫結。溫斯敦看著水面上的夕陽緩緩西沉，蘆葦由金黃變為暗褐。「瞧瞧這顏色！」過了幾分鐘，他在夕陽的餘暉中喃喃自語，又說了一次：瞧瞧這顏色！他心中的色彩光譜勾劃出誰也看不到的顏彩。

他們在路邊一個小湖的湖畔野餐。咪咪和卡門撿拾可以用來製作珠寶的石頭。夏綠蒂和艾美莉亞已經連續下了十六盤跳棋，正準備再下一盤。溫斯敦坐在折疊式的露營椅上，更新他的筆記簿。桌子附近傳來一陣可疑的騷動。艾美莉亞大喊：「熊！」

夏綠蒂一躍而起，棋盤被震得飛到半空中。她一把抱起小女兒，衝進湖裡。熊緩緩走向兩個撿拾石頭的小女孩，咪咪查核熊的肩膀是否隆起、臉是否下垂，她必須知道牠是灰熊或是黑熊，應對方式可是截然不同。一種熊會爬樹，另一種不會。但她不記得哪一種會，哪一種不會。「爬上去。」她對著卡門大喊，兩人各自爬上一棵黑松。

雖然只要慢慢再跨兩步就可以逮到她們，但熊顯然對她們失去興趣。牠站在湖畔，試圖決定今天是不是游泳的好天氣。牠看了看湖中那對母女，母親站在水深及胸之處，手中高舉年幼的稚女，好像正要為女兒施洗。牠靜靜站定，等著看看這個總是瘋瘋癲癲的物種接下來打算如何。過了一會兒，牠朝著溫斯敦晃過去，而溫斯敦依然動也不動地坐在露營桌旁，拿著尼康相機拍照。這個溫斯敦唯一容許自己擁有的日本貨不停發出喀嚓喀嚓、呼颼呼颼的聲響。

熊漸漸逼近，溫斯敦慢慢站起，然後他開始跟熊說話，喋喋不休地講著中文。營區附近有個粗陋的公廁，公廁的門剛好開著。溫斯敦跟熊說話，一邊婉言輕哄，一邊慢慢靠向門邊。此舉讓熊大惑不解，因而重新考慮目前這個狀況。不知怎麼地，一股悲傷漫過牠的心中。牠坐到地上，爪子朝著空中亂抓。

溫斯敦繼續說話。咪咪聽著這個陌生的語言她爸爸的口中源源而出，不禁深感訝異。溫斯敦從口袋裡掏出一把開心果扔進公廁，熊慢吞吞地追隨，慶幸有件事情讓自己分心。「上車，」溫斯敦先是大喊，而後輕聲低語。「快點！」她們依言照辦，熊甚至連頭都沒抬。但溫斯敦繞過去拿回露營桌和矮凳。他花了不少錢買這些東西，可不願白白丟棄。

那天晚上，咪咪在營火旁問她爸爸：「你剛才不害怕嗎？」她爸爸在她眼前起了變化，令她滿心敬畏。

他難為情地笑笑。「我的時候未到。下場可不是如此。」

這話令她打了寒顫。他怎麼可能預先知道他的下場會是如何？但她沒有繼續追問，反而只說：「你跟熊說了什麼？」

他眉頭一皺，聳了聳肩。他還能跟一隻熊說些什麼？「我跟牠道歉！我跟牠說人類很笨。我們打哪裡來，我們打哪裡去，全都忘得一乾二淨。我說：別擔心。人類很快就會離開這個世界，然後熊就又可以獨享上鋪。」

就讀於「曼荷蓮學院」時，咪咪是個所謂的「ＬＵＧ」（lesbian until graduation），七姐妹院校[13]之中，女女相戀屢見不鮮。學生們將之稱為拼拼貼貼的戀情。這樣的戀情甜蜜、逗趣、有益身心、略帶罪惡感、讓人難為情，可說是為了人生彩排，或說讓人們先做準備，坦然面對畢業後的世事。

她閱讀美國十九世紀詩選，在南哈德利[14]喝下午茶，如此混了三學期，最起碼比待在惠頓市開心。但一個四月天，她為了一門大二必修課閱讀愛德溫・艾勃特的《平面國》[15]，她讀到書中的主角「正方形先生」跨出他居住的二維世界，來到三維世界「立體國」。她忽然恍然大悟，有如通曉真理：世間只有度量衡值得採信。她必須追隨她爸爸的腳步，成為一個工程師。這甚至稱不上是個選擇。她生來就是工程師，始終就是如此。然而，誠如艾勃特筆下的「正方形先生」，她一回到「平面國」，她在曼荷蓮學院的朋友們就想要把她關起來。

她轉學到加州大學柏克萊分校。她打算攻讀陶瓷工程學，而柏克萊分校是其中翹楚。這所學校簡直像是停滯在時光之中，各行各業的菁英領袖和無怨無悔的革命分子一起學習，前者即將主導未來，後者堅信人類的潛能從十年前就開始走下坡。

她如魚得水，表現傑出，有如重生。她看起來像是一個手裡拿著可攜式計算器的小哈薩克人，大家都說從沒見過這麼可愛的甜姐兒喃喃念叨「霍爾—貝曲方程式」。人們視她為電影《超完美嬌妻》[16]裡的小女人，感覺怪怪的，但她滿喜歡。她坐在尤加利樹林裡，一邊解方程式，一邊看著學生們高舉標語示威，尤加利樹在乾燥的熱風中啪啪作響，學生們同樣受到天候影響，天氣愈好，示威愈激烈。

畢業前一個月，她穿上一套帥斃了的西裝參加面試，灰色的西裝時髦又專業，讓人覺得她勢不可擋，就像北加州遲早會發生的地震。她跟八家公司的校園代表面試，被其中三家錄取。她決定到波特蘭一家模具公司擔任鑄造部經理，因為這家公司最需要經常出差。他們派她到韓國。她喜歡上這個國家。四個月之內，她學會的韓文比她知道的中文還多。

她的妹妹們也漫遊四方。卡門落腳耶魯大學，攻讀經濟學。艾美莉亞在科羅拉多州找到工作，負責照料受傷的野生動物。惠頓市的家中，馬家的桑樹受到全面攻擊。樹上覆滿棉花般的棗粉介殼蟲。介殼蟲群聚在枝幹上，她爸爸噴灑再多殺蟲劑都沒有用。黑色的病斑玷污葉片。她爸媽束手無策，不知道如何解救這棵桑樹。愈來愈糊塗的夏綠蒂甚至喃喃自語，念叨著請一位牧師過來禱告。溫斯敦翻遍園藝學的經典，鉅細靡遺地在他的筆記簿裡寫下各種猜測。但桑樹依然隨著季節一步一步邁向衰亡。

咪咪又去韓國出差，回到波特蘭之後，她接到她爸爸的電話。他從他們家的電話亭——亦即馬家的車庫——打電話給她。他研發的話機已經減縮到靴子般大小，非常可靠，也很省電，貝爾實驗室甚至開始授權給其他公司。但溫斯敦可沒興趣跟女兒提及他畢生的辛勞終於開花結果，他只想談談他那棵失敗的桑樹。

「那棵樹啊，它在幹啥？」

「爸，樹怎麼了？」

「顏色不對，葉子一直掉。」

「你有沒有測試一下土壤？」

「我的蠶絲坊完蛋了。連一根絲都做不出來。」

「說不定你應該再種一棵。」

「何時是種樹最佳時機？二十年前。」

「是喔。你也常說次佳時機就是當下。」

「錯了。次佳時機是十九年前。」

咪咪從沒聽過這個樂觀進取、應變能力超強的男人如此低落。「爸，度個假吧。帶媽媽去露營？」但他們才剛開了一萬英里的車到阿拉斯加看鮭魚返鄉，他的筆記簿裡寫滿嚴密周詳、好多年才讀得完的見聞。

「麻煩叫媽媽過來聽電話。」

話筒另一端傳來聲響——車門開了又關，然後通往車庫的門開啟。過了一會兒，有人說：「*Salve filia mea*[17]。」

「媽？妳在搞什麼鬼？」

「*Ego Latinam discunt*[18]。」

「拜託不要這樣搞我，媽。」

「*Vita est supplicium*[19]。」

「麻煩再叫爸爸過來聽電話。爸？家裡一切可好？」

「咪咪，我的時候到了。」

「這話是什麼意思？」

「我的工作全部了結。我的蠶絲坊完蛋了。釣魚一年不如一年。這會兒我在幹啥？」

「你在說什麼啊？你在做你始終做的事情。」幫下一年的露營繪製圖表。在地下室堆滿成箱成打的肥皂、罐頭湯、玉米穀片，以及其他各種剛好在打折的東西。

「沒錯，」他說。但她明瞭這個她聽了一輩子的聲音。不管他所謂的「沒錯」是什麼意思，他都在撒謊。她提醒自己務必打電話給兩個妹妹，商討她們前景堪慮的家。爸媽情況不妙。怎麼辦？但東西兩岸的長途電話一分鐘兩美元，她手邊也沒有一具靴子大小的神奇話機。她決定週末就寫信給她們。但那個週末她得前往鹿特丹參加陶瓷燒結術研討會，寫信的事就被拋在腦後。

秋天之時，趁著他太太在地下室研修拉丁文，溫斯敦．馬——也就是昔日親友們口中的馬思訓——坐到那棵搖搖欲墜的桑樹下，臥室裡播放著威爾第的歌劇《馬克白》，窗戶傳出轟轟隆隆的樂聲，他舉起一支原木握把的 Smith & Wesson 六八六手槍，對準自己的太陽穴，把他蘊藏的無盡思維的腦袋瓜轟得四散紛飛，他畢生的悲喜與無盡的惆悵，就此噴濺在石板後院各處。一張宣紙攤放在他書房的桌上，紙上有一首用毛筆書寫的詩：

晚年惟好靜，萬事不關心。
自顧無長策，空知返舊林。
松風吹解帶，山月照彈琴。
君問窮通理，漁歌入浦深。

除了這首一千兩百年前詩人王維的作品，溫斯敦．馬沒有留下任何遺言。

咪咪人在舊金山國際機場，正要轉機到西雅圖勘查工廠。她在航站大廳佯裝購物，忽然聽到航班通報和尋人廣播中傳出她的姓名。她馬上頭皮一麻。客服處的人員還沒有把電話遞給她，她就已心知肚明。飛往伊利諾州途中，她一路不停想著：我怎麼可能沒看出來？為什麼這一切感覺像是很久以前就已經發生？

她媽媽茫然無助。「妳爸爸不想傷害我們。他有些想法。我不太明白。他這個人就是這樣。」她已經糊塗到以為轟然的槍聲不過是樹幹斷成兩截。她看起來好溫和、好安詳，似乎不曉得自己已經糊塗了，阿茲海默症已如河流般將她淹沒，除了與她共享這種不真實的平靜，咪咪什麼也不能做。她爸爸遺留的一切都得由咪咪收尾。除了移走遺體和手槍，沒有人亂動事發現場。一塊塊腦漿散布在石板和樹幹上，好像新品種的蛞蝓。她打起精神，拿起海綿和盛滿肥皂水的水桶，拼命刷洗遍地腦漿的露臺，有如一部效率奇佳的清潔機。她未能事先警告妹妹們，也未能阻止這樁她知道遲早會發生的悲劇，但她可以把後院刷洗得乾乾淨淨，永遠抹去槍殺的印記。刷洗時，她好像變了一個人。微風吹散她的頭髮。她看著血跡斑斑的石板地，一塊塊柔軟的腦漿都曾蘊藏著她爸爸的種種思緒。她彷彿看到他站在她身旁，饒富趣味地看著自己的腦漿散布在草叢間。*瞧瞧這顏色*！君問人生有何窮通之理？不過就是如此。

她坐在生病的桑樹下。風啪啪地吹著鋸齒狀的樹葉。樹皮痕紋累累，有如羅漢臉上的皺紋。她雙眼酸痛，有如困惑的小動物。桑葚染紅了每一寸地面，她看在眼裡，竟只想著希臘神話之中，桑葚沾染著自殺戀人的鮮血[20]。她不禁聲若游絲，喃喃低語：「爸、爸爸！你在幹啥？」

而後沉默喧囂嚎叫。

卡門和艾美莉亞到家了。三姐妹終於齊聚一堂。她們全都講不出道理，永遠也都不會明白。世間最不可能拋下她們的人居然就這麼走了，獨自踏上他的旅途。她們只好以回憶取代解釋，搭著彼此肩膀，輪流述說前塵往事。星期天的歌劇樂聲。規模浩大的自駕出遊。相偕參觀實驗室，實驗室中，個頭矮小的爸爸遊走於長廊之間，人高馬大的同事們對他讚譽有加，這位行動電話的先驅滿臉笑意。她記得他們一家四散奔逃、躲開大熊的那一天。媽媽高舉艾美莉亞踏入河中。爸爸跟熊講中文——兩個不同類種的生物，同處一片林木之中。

她們滿心震驚，靜思往事，默默祝禱。但她們在屋內悼念。咪咪的妹妹們不願接近後院。她們甚至看都不看桑樹，刻意避開爸爸的蠶絲坊。咪咪把她所知道的事情告訴她們。那通電話。我的時候到了。

艾美莉亞抱抱她。「這不是妳的錯。妳不可能曉得。」

卡門說：「他跟妳說了這些，妳卻沒告訴我們？」

夏綠蒂坐在一旁，微微一笑，好像全家依然在某處露營，她依然坐在湖邊幫她先生解開釣線一個個微小的繫結。「他不喜歡看到妳們三個吵架。」

「媽，」咪咪對著她大喊。「媽，夠了。請妳想清楚。他走了。」

「走了？」夏綠蒂對著女兒皺眉，好像女兒講了傻話。「妳在說什麼啊？我還會再見到他。」

三姐妹著手整理堆積如山的文件和筆記。咪咪從沒想過，親人雖已離世，法條規章可不會因而失效。生者依然飽受糾纏，長年陷入官僚體系的層層關卡，相較之下，親人離世之前的種種挑戰，似乎易如反掌。咪咪跟妹妹們說：「我們得均分他的東西。」

「均分？」卡門說。「妳的意思是拿走他的東西？」

艾美莉亞說：「我們是不是應該讓媽媽……？」

「妳也看到她的狀況。她甚至不曉得她人在這裡。」

卡門氣沖沖。「拜託妳不要忙著解決問題，行不行？妳在急什麼？」

「我想要幫媽媽處理事情。」

「丟掉爸爸的東西叫做『處理事情』？」

「均分。每個人分到應得的東西。」

「就像解一個複雜的二次方程式。」

「卡門，我們必須處理這些東西。」

「為什麼？妳想要背著媽媽把房子賣掉？」

「以她目前的狀況，妳覺得她有辦法自己料理這棟房子嗎？」

艾美莉亞伸手攬住她們兩人。「說不定我們暫時不談這些？我們三姐妹難得聚在一起。」

「現在我們都在這裡，」咪咪說。「下次三個人再碰面可能是很久以後。我們乾脆趕快把事情辦妥。」

卡門掙脫小妹的擁抱。「所以妳不會回家過聖誕節？」但她的口氣帶著悲傷，無異對姐姐和妹妹坦承：不管爸爸去了哪裡，她們的家已經隨著他而去。

夏綠蒂緊抓著幾樣小東西不放。「這是他最喜歡的毛衣。喔，不要拿走那雙防水靴。啊，我們出去健行的時候，他就是穿這條長褲。」

「她沒事，」當她們三姐妹單獨在一起，卡門說。「她在調適。她只是有點古怪。」

「我過幾個禮拜可以回來看一看，」艾美莉亞主動提議。「確定她沒事。」

卡門轉頭面向咪咪，顯然準備發火。「妳休想把她送到安養院。」

「我什麼都沒想。我只是試圖處理事情。」

「處理事情？好，妳這個偏執狂。爸爸幫我們待過的每一個露營營地評分，登錄在這十一本筆記簿裡，別客氣，全都交由妳處理吧。」

馬家三位小姐徘迴於一個銀盤前。盤上擺著三只玉戒，每只玉戒都刻著一棵樹，每棵樹都代表不同的時間點，各自伸展枝幹。第一棵是棗蓮樹，它固守著過去的邊界，誰都無法跨越。第二棵是松樹，樹身細長挺拔，象徵著當下。第三棵是扶桑，亦即未來，它是遠東的仙樹，仙境之中懷藏著人生的仙丹。

艾美莉亞瞪著玉戒。「哪一只戒指歸哪個人？」

「有個妥當的方法可以解決。」咪咪說。「當然也有十幾個不怎麼妥當的方法。」

卡門嘆了口氣。「好，妳說吧。什麼方法最妥當？」

「什麼都別說。把眼睛閉起來。數到三，大家各拿一只。」

一、二、三，三姐妹的手臂稍微擦撞，每個女孩各自尋得命定。當她們張開眼睛，盤中空空如也。艾美莉亞拿到永恆的當下，卡門拿到無奈的過往，留下飄渺的未來交付到咪咪手中。她戴上戒指——戒指來自她的故土，而她此生無緣探訪——戒指稍大，戴在手指上有點鬆，她摸摸手指上這只寶貴的遺產，不停轉來轉去，好像那是一個芝麻開門般的暗語。「好，接下來是菩薩。」

她們不曉得她在說什麼。但話又說回來，過去十七年來，艾美莉亞和卡門並沒有把這軸字畫掛在心上。

「羅漢，」咪咪用中文說，但發音不太標準。她在她爸爸以前綁製鱒魚毛鉤的繪圖桌上攤開卷軸，字畫比她們三人記憶中更古舊、更陌生，好像有人從另一個世界拿起筆墨、重新上色修繪。「我們可以把字畫委託拍賣所處理，款子大家均分。」

「大姐，」艾美莉亞說。「爸爸留給我們的錢還不夠多嗎？」

「要不大姐自己把錢收下。這不就合她的意嗎？」

「我們可以把字畫捐給博物館，藉此紀念思訓．馬。」這個名字由咪咪說出，聽起來美國味十足。

艾美莉亞說：「這樣也不錯。」

「而且一輩子都可以抵稅。」

「妳以為我們的收入都跟妳一樣多到必須繳稅？」卡門冷冷地說。

艾美莉亞捲起卷軸，捧在手中。「好吧，我們拿它怎麼辦？」

「我不知道。我們應該先請人估價。」

「大姐，妳負責吧，」卡門說。「妳不是最擅長處理事情嗎？」

•••

警察把手槍交還給她們。手槍亦由她們繼承，等於是歸她們所有。但她們的名字都不在許可證上。沒有人知道該怎麼辦。手槍擱在板條箱裡，放置在流理臺上，似乎嗡嗡作響，實在礙眼。它必須被摧毀，就像魔戒必須被擲入火山烈焰之中。但如何下手？

咪咪打起精神，拿起板條箱，從地下室扛出她高中時代的腳踏車，把箱子捆在後貨架上。然後她踩著踏板，一路騎向格倫艾林[21]，她爸爸就是在格倫艾林的槍枝專賣店購買這把手槍。她不確定店家是否願意回購。她不在乎。她可以把它捐出去。盒子壓著後貨架，重得不像話，她只想擺脫它。車子一部部從她身邊呼嘯而過，駕駛們面露不悅。這一帶是高級住宅區，居民們不至於窮到騎腳踏車，更何況板條箱在後貨架上晃來晃去，看起來好像一具小棺材。

然後出現一部警車。她試圖假裝沒事——馬家老小始終裝出這副模樣。警車跟在她後面慢慢開，警示燈一閃一閃，在正午的豔陽下卻幾乎無法察覺。而後警報器轟然作響，雖然持續不到一秒鐘，但已足夠顯示不可抗力的權威。咪咪搖搖晃晃地停下來，幾乎摔到路邊。無照攜帶手槍將受到強制處分。更何況手槍擦拭得乾乾淨淨，更是讓人起疑。她心臟狂跳，甚至嚐得到血液急湧到她的舌下。她戰戰兢兢地站在車邊，警察下車，走到她身旁。「妳剛才沒打信號。」

她不停點頭。她也只能不停點頭。

「別忘了伸手打信號。這是法律規定。」

而後咪咪人在芝加哥奧黑爾國際機場，等著搭機返回波特蘭。她聽到機場的尋人廣播一再呼叫她。每次她都嚇得挺直身子，每次卻又都是別人的姓名。班機誤點。一延再延。她靜靜坐著，不停扭轉手指上的玉戒，一百次、一千次、一萬次。除了這只玉戒和那幅價值連城、擱放在她隨身行李箱裡的古董字畫，世間萬物已不具任何意義。她只求心安。但如今她不得不生活在桑樹的蔭影下，無法脫離那棵彎曲的桑樹、那闕費解的古詩、那首漁夫的歌謠。

8 分別為：梅格斯將軍號、灰狗巴士頭等艙、卡內基理工學院。

9 書中父子兩人用英文交談。「你要我怎麼做？」的原文是「What you want I do?」，相當洋涇浜，所以馬守殷聽了不高興。

10 原文之中，移民官問他：「Is Ma your Christian or Family name?」「Christian name」可譯為「教名」或是「名字」。移民官只想知道「馬」是他的姓氏，還是名字。馬思訓聽到「Christian」，會錯了意。

11 Chevy Biscayne，雪弗蘭經典車款，一九五八年量產，一九七二年停產。

12 Slough Creek，位於蒙大拿州，是通往黃石公園的必經之地，設有露營營地，亦以飛釣著稱。

13 Seven Sisters colleges，十九世紀初期，美國女子高等教育起步，女子學院如雨後春筍般成立，東北部最有名的七所女子學院便被稱為「七姐妹院校」，其中包括「曼荷蓮學院」（Mount Holyoke）、「衛斯理學院」（Wellesley College）。

14 South Hadley，麻州西部的小鎮，亦是曼荷蓮學院的校址。

15 《平面國》（*Flatland*）是英國作家愛德溫．艾勃特（Edwin A Abbott）的科幻名作，艾勃特是神職人員，也是中學校長，在這本趣味橫生的小說中，艾勃特設計了二維和三維空間的世界，以圖形象徵階級，相當發人省思。

16 *The Stepford Wives*，美國推理作家伊拉．勒文（Ira Levin）一九七二年的暢銷小說，一九七五年拍成電影，二〇〇四年再度搬上大螢幕，由妮可．基嫚擔綱主演。

17 女兒啊，妳好。

18 我在學拉丁文。

19 生命就是受苦。

20 希臘神話中，皮拉穆斯（Pyramus）與提絲蓓（Thisbe）相約私奔，兩人約在一棵長滿白色桑葚的桑樹下，提絲蓓先到，但她看到一頭母獅，趕忙躲開，慌張中弄丟身上的斗篷，剛剛殺生的母獅拾起斗篷噬咬，剛好被皮拉穆斯撞見，皮拉穆斯以為提絲蓓慘死在獅口下，傷心欲絕，因而自盡。當提絲蓓走回桑樹下，看到皮拉穆斯拿著她沾血的斗篷躺在血泊中，立刻明白發生了什麼事，傷心之餘跟著情人一起自盡。眾神被他們的愛情感動，自此之後，桑樹的果實不再雪白，而是暗紅，有如這對戀人的鮮血。

21 Glen Ellyn，伊利諾州的小鎮，位居惠頓市東北方。

亞當・阿皮契

一九六八年，一個五歲的男孩畫了一張畫。畫裡有些什麼呢？首先是一位母親，母親提供畫紙和蠟筆，說了一句：*幫我畫些漂亮的東西*。然後是一棟屋子，屋子的大門懸空敞開，煙囪飄散出一圈圈白煙。接著是阿皮契家的四個小孩，從大到小，依序排列，好像一組量杯，而年紀最小的是亞當。畫紙的邊緣還有四棵樹——亞當不曉得如何把樹畫在屋子後方，所以他把樹畫在邊邊。老大莉蕾的榆樹，老二珍妮的梣樹，老三艾米特的鐵木，老么亞當的楓樹，每棵樹都從一模一樣的綠色根團之中抽高。

「爸爸在哪裡？」他媽媽問。

亞當不情不願地加上爸爸。畫中的爸爸雙手細瘦，有如火柴棍，手中握的亞當這張畫作，一邊大笑一邊說道：*這些東西是樹？你看看外頭。樹長得像這樣嗎？*

小畫家生性審慎，隨即在畫裡加上家中的小貓，然後畫出哥哥養在地下室的角蟾——地下室溫度濕暖，比較適合飼養爬蟲類。他想了想，接著畫出花盆下的蝸牛和破繭而出的飛蛾。還有他那棵楓樹的直升機種子和巷子裡那塊奇形怪狀的石頭——他覺得那說不定是隕石，即使大姐說它是塊煤渣。亞當畫了又畫，加上幾十種生物或是近似生物的靜物，直到畫紙上再也容納不下任何景物。

大功告成，他把畫作拿給媽媽，她把他摟到懷裡，即使對街的葛蘭姆夫婦過來家裡小酌，這會兒就在

他們母子面前。畫裡看不出來，但他媽媽只有小酌之後才會抱抱他。亞當從媽媽的懷中掙脫，以免畫作被壓皺。即使還是個小嬰孩，亞當就討厭被大人抱。每個擁抱都像是溫柔的小樊籠。

葛蘭姆夫婦微笑看著小男孩跑開。跑到樓梯的轉角處時，亞當聽到他媽媽悄悄說：「這孩子社交滯礙。據說學校的護理老師特別關照他。」

他覺得「滯礙」聽起來很特別，說不定是一種超能力。周遭眾人都得留心。稍後當他回到他跟哥哥共用的房間，他問他那八歲大、幾乎算是大人的哥哥艾米特：「『滯礙』是什麼意思？」

「意思是你是弱智。」

「什麼是『弱智』？」

「『弱智』的意思是你不是正常人。」

亞當覺得這樣也無妨。在他的眼中，正常人不太對勁，遠非地球上最佳物種。

過了幾個月，當他爸爸晚餐之後集合四個小孩，那張畫作依然貼在冰箱上。他們擠進家中的小書房，房裡鋪著粗毛地毯，擺滿樂樂棒球獎盃、手工菸灰缸、用通心麵堆製的雕塑。他們圍著爸爸坐在地上，爸爸窩在一本《樹木圖鑑口袋指南》之前。「我們得幫你們四姐弟找一個小小的『sibling』。」

「什麼是『sibling』？」亞當小聲地問艾米特。

「就是小樹嘛，而且帶點紅色。」

莉蕾輕蔑地哼了一聲。「『sapling』才是小樹，笨蛋。『sibling』是兄弟姐妹。」

「妳去聞屁屁吧，」艾米特回了一句。這個影像是如此粗鄙、如此野性，亞當甚至到了中年依然記在心裡。日後當他想起大姐莉蕾，浮現在他腦海中的多半是那次吵嘴。

爸爸喝令大家閉嘴，提出幾個選擇。鬱金香樹生長迅速，壽命持久，花朵絢麗，好像作秀。河樺細長挺拔，剝落的樹皮可以用來製作小舟。鐵杉形如尖塔，樹上結滿小小的毬果，更何況鐵杉終年長青，白雪中依然青綠。

「鐵杉。」莉蕾大聲說。

珍妮問：「為什麼？」

「我得跟妳解釋嗎？」

「當然是可以製作小舟的河樺，」艾米特說。「我們還需要投票嗎？」

亞當的小臉漸漸通紅，雀斑甚至幾乎看不見。他試圖阻止哥哥姐姐們犯下大錯，簡直是個不可能的任務，心急之下，他含著淚水，聲嘶力竭地說：「如果我們都錯了呢？」

爸爸不停翻書。「你這話是什麼意思？」

珍妮替他回答——她從她這個小弟學會說話之前就開始幫他釋義。「他的意思是，如果我們幫我們的小弟或是小妹選錯了樹呢？」

他們的爸爸試圖打消這個擾人的念頭。「我們只要選一棵像樣的樹就行了。」

噙淚的亞當不吃這一套。「不行。大姐整個人軟趴趴，就像她的榆樹。二姐姿態挺直，像是她的梣樹。哥哥是鐵木——你們看看他的模樣！我的楓樹會變紅，就像我一樣。」

「你說這話純粹只是因為你已經知道哪棵樹屬於哪個人。」

日後亞當將在課堂上跟心理系的大學生闡釋這番道理——到了那時，他已在大學授課，這個大家幫尚未出世的小查理選樹的夜晚已成過去，他自己也已超過爸爸當年的年歲。線索提示、促發效應、確認偏誤、因果誤導，種種瑕疵似乎內建於人類的頭腦之中，致使人類成為大型哺乳動物之中最難以捉摸的物種，而亞當的學術成就植基於這些認知謬誤。

「不，爸爸，我們必須選對，不能隨便亂挑。」

珍妮拍拍他的頭。「小瓜呆，別擔心。」梣樹是高貴的樹種，樹形優美，為人遮蔭，枝幹茂生，有如燭臺，葉片具有種種療效，幼樹即可用來當作柴火。

「小舟、小舟，我還得再說一次嗎？」艾米特大喊。鐵木強韌堅硬，連用斧頭都砍不斷。

他們的爸爸跟往常一樣操控了爭辯。「黑核桃樹在打折，」他說，民主程序自此告終。黑核桃樹挺拔高聳，木紋筆直，果實非常堅硬，甚至必須用鐵鎚才敲得開，這樹會在自己的樹根附近下毒，阻礙其他樹木的生長，但核桃木是上等良木，人們照常盜採。黑核桃樹擊敗全美各個樹種，獲選揭示小寶寶查理的未來，一切全是因緣際會。

小寶寶還沒出生，樹就送達家中。亞當的爸爸低聲詛咒，喃喃抱怨，奮力把裹在麻布裡的根團拖向草坪，綠油油的草坪上已經挖了一個地洞，亞當跟著哥哥姐姐站在地洞的邊緣，赫然看出一個大錯。他不敢相信居然沒有人出手干預！

「爸，等一等，那塊麻布！樹根沒辦法呼吸，樹快要憋死了。」

他爸爸嘟囔一聲，繼續跟樹奮戰。亞當二話不說跳進洞裡，試圖阻止樹遭到謀殺。根團重重地壓上他細瘦的雙腿，他放聲尖叫，他爸爸粗口咒罵，一把抓住亞當的手臂，用力拉出幾乎被活埋的小兒子，拖著小男孩走過草坪，把他甩到屋前的門廊。亞當俯臥在門廊的水泥地上大哭，倒不是因為自身的疼痛，而是因為他小弟的樹承受了如此殘忍的待遇。

查理自醫院返家，小小的身軀包在毛毯裡，看來相當無助。亞當等了一個月又一個月，他以為黑核桃樹會窒息而死，他的小弟也會被那床小丑圖樣的被毯憋死。但黑胡桃樹和小弟都活了下來，亞當因而更加堅信，生命始終試圖跟人們說些什麼，只不過人們充耳不聞。

過了四個春季，當樹枝冒出新芽，阿皮契家的孩子們為了誰的樹最美爭執不休。而後種子迸生，開花結果，秋季湧現層層顏彩，孩子們依然吵個不停。哪棵樹最健康、哪棵樹最強壯、哪棵樹最巨大、哪棵樹最漂亮，什麼都可以是爭執的重點。孩子們的樹各具強項：桲樹樹皮的皺褶形若鑽石，黑核桃樹的樹葉尖長繁複，楓樹的種子有如直升機般漫天飛舞，榆樹的樹冠高大優美，鐵木的樹幹筆挺強韌。

九歲大的亞當決定舉辦票選。他在蛋盒上割出一道小縫，製作出一個祕密投票的票箱。五張票，五棵樹。每個小孩都把票投給自己的樹。票選因而進入第二輪。艾米特用半條花生巧克力貢糖買了小查理的票，珍妮改變心意，把票投給亞當的楓樹，可見她真的很愛亞當。到後來鐵木和楓樹對決。雙方發狠拉票。珍妮幫亞當製作傳單。莉蕾擔任艾米特的競選總幹事。莉蕾和艾米特找到一首他們爸爸在高中紀念冊撰寫的詩，稍加竄改，作為競選標語：

別擔心你的工作微不足道
別憂煩你的酬勞少之又少。
即使一株雄偉的鐵木
也曾只是一粒果實，就像是你。

亞當和珍妮製作海報與之抗衡，海報上寫道：

來吧，糖人兒，投給楓樹一票。
北方的加拿大，一切全靠它。

「他們說不定看不懂。」「小瓜呆，這樣好嗎？」珍妮比亞當大三歲，比較熟知選民們的心態。「海報很好笑。大家都喜歡好笑的東西。」

他們以二比三落敗。亞當生了兩個月的悶氣。

到了十歲，亞當幾乎已成了獨行俠。孩童們找他碴。他哥哥帶他出去健行，偷偷在水壺裝滿加了冰的尿給他喝。在公園裡，他的朋友們跟他說他吃了太多洋芋片、頭皮漸漸發綠，他慌張跑回家跟媽媽哭訴，媽媽反而斥責他太容易受騙。他搞不懂大家為什麼做出這些事情。大家看到他丈二金剛摸不著腦，更是喜歡耍弄他。

他不太跟人打交道，但即使是最貧脊的空地也住著上百萬種生物。一本《昆蟲金獎指南》和一個瓶蓋打了洞的玻璃罐，孤寂的週日午後就成了採集者的美好時光。憑藉《化石金獎指南》，他判定屋前鋪路石的結塊是魚龍的牙齒，而魚龍絕種之時，哺乳動物在地球上連個跑龍套的小角色都稱不上。《水塘生物金獎指南》、《星象金獎指南》、《礦石金獎指南》、《爬蟲與兩棲動物金獎指南》，有了這些書籍相伴，人類幾乎與他毫不相干。

他採集樣本，時光逐月流逝。貓頭鷹唾餘和金鷹鳥巢。玉米蛇蛻下的蛇皮。硫化鐵，煙水晶，紋理有如一張張薄紙的雲母，他確信是舊石器時代箭頭的燧石碎片。他記下尋獲的日期，繫上一張小紙片，標注尋獲的地點。樣本占滿他和哥哥共用的臥室，沿著走廊蔓延到小書房。連神聖不可侵犯的客廳都成了展示空間。

一個冬天的午後，他放學回家，發現他採集的樣本全被燒了。他衝過各個房間，大聲哭嚎。

「甜心，」他媽媽解釋，「那些東西都是廢物。發霉、爬滿小蟲的廢物。」

他甩了她一巴掌。她跌跌撞撞地往後一退，雙手捧著刺痛的臉頰，瞪著這個小男孩。她不敢相信自己真的被他打得刺痛，也不了解他怎麼回事。這個六歲時曾經從她手上接下微濕的擦碗巾，跟她說換他接手的小男孩，怎麼會變成這樣？

那天傍晚，亞當的爸爸得知掌摑事件。他教訓兒子，用力擰絞兒子的手腕，直到扭斷了兒子的手腕。深夜，亞當手腕腫脹，有如《甲殼動物金獎指南》的蟹類一樣青紫，大家這才意識到他的手腕骨折。

春末時分，拆卸石膏的星期六，亞當爬上他的楓樹。他拚命往上爬，在樹上一直待到晚餐。陽光漫過層層綠葉，為周遭染上一片嫩綠。他凝視鄰居們的屋頂，察覺地面上的世界是如此美好，心中既是舒坦，也是感傷。掌狀的葉片有如一隻隻五指的小手，小手群聚揮舞，迎來輕柔的微風。微小的芽鱗數以千計地飄落，聲若細雨。松鼠高高在上，咬齧錦簇的花朵，吸取當中的汁液，淡黃鮮紅的花瓣紛紛散落，遍地殘花。亞當數了數，發現周遭竟有十五種緩緩爬行的小動物，諸如粉狀的水蠟蟲和扁平的小黑蟲，一隻隻在他斑斑點點的手腳爬來爬去，尋覓香甜的食糧。褐頭和黑頭的雀鳥急急飛過，齧食小蟲和蝴蝶留在細枝之間的卵筏。一隻啄木鳥在去年啄出的小洞裡飛進飛出。樹間蘊藏著種種生命，光是他這棵楓樹的生物就多於貝爾維爾[22]的全體居民，他的家人們卻永遠不會知曉這個令人驚嘆的祕密。

多年之後，他將置身離地兩百英尺的紅杉樹冠當中，俯視其下一群跟昆蟲一般大小，決議置他於死地的人們，回想著年少時在楓樹上的守望。

他十三歲的時候，大姐莉蕾的榆樹不到秋天葉子就開始變黃。亞當最先看出榆樹日漸凋萎。他的兄弟姐妹已不再關注。他們一個接著一個拋下鄰里之間的綠色天地，走向比較喧鬧、比較炫麗的人群，與其他人相伴。

莉蕾那棵榆樹所感染的病菌多年之前就已悄悄進襲。早在李歐納・阿皮契一時興起，秉持五〇年代的樂觀精神，幫他的長女種下一棵榆樹之前，荷蘭榆樹病就已蹂躪波士頓、紐約、費城以及素有「榆城」之稱的紐哈芬。但那些城市遠在天邊。李歐納確信專家們很快就會找出療法。

在孩子們年紀還小時，病菌橫掃底特律，芝加哥也隨之遭殃。榆樹是美國最受歡迎的路樹，高大優美的樹冠讓一條條大道變成綠色隧道，如今卻漸漸從世上消失。如今病菌來到貝爾維爾的郊區，莉蕾的榆樹也屈服於病菌的魔掌。家中只有亞當為它哀弔。他爸爸埋怨砍樹得花多少錢。莉蕾幾乎沒有察覺榆樹死了。她即將成為大學新鮮人，在伊利諾州立大學攻讀戲劇。

「你當然幫我選一棵榆樹了，爸，我還沒出生，你就跟我過不去。」

亞當從過來砍樹的工人手中搶下一塊榆木。他把木頭帶到地下室刨平，用木工工具組刻字。他在一本書裡看到這句話：*A tree is a passage between earth and sky*。他刻壞了passage，earth和sky也刻得歪歪斜斜，但他不管三七二十一，把榆木送給莉蕾當作禮物，為她餞行。她看了大笑，抱了抱他。她搬出去之後，他在一箱她打算捐給慈善機構的雜物之中看到刻了字的榆木。

時值一九七六年秋天，亞當迷上了螞蟻。九月的一個星期六，他看著蟻群爬過鄰居家的人行道，把掉在地上的冰棒碎屑扛回蟻穴。螞蟻大軍綿延數英碼，望似一張赭色的長毛地毯。牠們繞過種種障礙，行進路線之精巧，足以媲美任何聰慧的智者。他在草地上坐下，觀察身旁來來往往的蟻群。牠們幾近喧鬧地爬過他的襪子，直攻他瘦弱的小腿。牠們攀爬他的手肘，直探他運動衫的袖口。牠們巡查他的短褲，搔弄他的蛋蛋。他不介意。他看出了種種模式，簡直令人難以置信。蟻群全體動員時，顯然無人發號施令，這點似乎無庸置疑。然而，蟻群藉由高度協調的方式把黏答答的碎屑運回蟻穴。無人規劃，卻自有一套套方法；無人帶路，卻自有一條條途徑。

他回家拿他的筆記本和照相機。然後靈機一動，心生一計。他哀求珍妮給他一些指甲油。他二姐近來愈來愈愚蠢，成天只知道穿衣打扮，但她依然願意為這個小瓜呆弟弟做任何事情。曾有一時，她非常喜歡《金獎指南》系列，如今她的注意力卻已經轉移到人類，她再也脫離不了世間凡人的掌握。

她拿了五種不同顏色的指甲油給他，從鮮紅到墨綠，一字排開，有如彩虹。他走回戶外，開始著色。他把一小團紅棕色的指甲油塗在一隻蟻兵的腹部，然後逐一幫幾十隻螞蟻塗上同樣顏色。過了幾分鐘，他繼續著色，這次塗上澄桃。到了十點多，地上已經顯現五條不同顏色的路徑，路徑縱橫交錯，有如變化多端的康加舞隊形，優美得幾乎不真實。蟻群有所領悟；亞當說不出是什麼。使命感。意志力。某種非常不同、非常特殊的意識，人類憑藉著有限的智慧試圖理解，甚至認為不值一顧。

艾米特手執釣竿和魚餌走過去，看到他躺在草地上一邊拍照，一邊在筆記本上繪圖。「你他媽的在做什麼？」

亞當提高警戒，繼續記錄。

「你就是這樣度過星期六？難怪大家都搞不懂你。」

亞當才搞不懂大家。人們說一套做一套，追逐一些無意義的小玩意，令他百思莫解。他保持低調，繼續記數。

「喂！昆蟲小子！昆蟲小子——我在跟你說話！你幹嘛在草地上搞東搞西？」

亞當聽得出來他哥哥存心想要嚇唬他，心中一驚。他朝著自己的筆記本小聲說：「你幹嘛折磨魚？」

他哥哥踹了亞當一腳。「你他媽的在說什麼？魚不會有痛的感覺。笨蛋。」

「你哪知道？你沒辦法證明。」

「你要證明？」艾米特的手往下一伸，抓了一把青草，塞到他弟弟嘴裡。亞當無動於衷地把草吐出來。艾米特一臉鄙夷地搖頭，逕自走開，再次在一面倒的口角中稱勝。

亞當研究眼前這張五彩地圖。過了一會兒，他漸漸看出端倪：儘管沒有指揮中心打信號，螞蟻大軍依然有辦法傳遞信號。他稍微挪動食物。他驅散蟻群。他擺設障礙物，計算蟻群花了多少時間重回正軌。當冰棒碎屑被搬光，他把他午餐的麵包屑放在不同地點，計算蟻群花了多少時間搬光麵包屑。蟻群動作迅速，機靈狡詐——為了取得所需的物資，蟻群的狡詐足以媲美世間任何人。

聖公會教堂的鐘鈴整點報時。六點了——阿皮契家的野孩子們都得回家吃晚飯。他忙活了一天，累積了十二頁字跡潦草的筆記、三十六張標注了時間的照片、一個尚待驗證的理論，這些東西卻連一個壞掉的溜溜球都換不到。

整個秋天，除了上學、割草，或是在冰淇淋店打工，他的時間全都花在研究螞蟻。他繪製一張張圖表，螞蟻聰慧機靈，讓他敬佩得五體投地。螞蟻順應情勢，靈活萬變：你怎能不說牠們絕頂聰明？

到了年底，他報名參加科學展覽。作品名為：蟻群行為與智力之觀察。會場有些作品比他更花功夫，有些作品顯然出自家長之手。但沒有一位參賽者透過跟他一樣的眼光進行觀察。

評審們問道：「誰幫你忙？」

「沒有人幫我。」他說，口氣或許太過自傲。

「你爸媽？你自然課的老師？哥哥或是姐姐？」

「我姐姐給我指甲油。」

「誰給了你這個點子？你是不是照著一個你沒有引述的文章做實驗？」

一想到別人或許已經做過同樣實驗，他簡直傷心欲絕。

「你自己算出這些數據？你四個月之前就開始做實驗？暑假期間？」

他的眼中盈滿淚水。他聳了聳肩。

評審們什麼獎都沒給他——他連銅牌都沒拿到。他們說這是因為他沒有列出參考書目，而一篇正式的實驗報告必須詳列參考書目。但亞當知道真正的理由。評審們認為他抄襲。他們不相信一個小孩願意為了一個具有原創性的點子花上四個月的時間，而且不為什麼，純粹只因想要一試再試，直到看出一番端倪，滿心歡喜。

春天之時，他大姐莉蕾和幾個朋友前往羅德岱堡過春假。春假的第二天，她在海邊的一家小餐館外面坐上一部紅色的敞篷車，隨同一個她三小時前認識的傢伙開車兜風。自此之後行蹤不明，再也沒有人見過她。

他爸媽急瘋了。他們兩度飛往佛羅里達州。他們跟執法人員大吼大叫，花了非常多錢。時間一個月一個月地過去，依然毫無線索。亞當知道日後也不可能冒出任何蛛絲馬跡。不管誰拐走了他大姐，那人狡詐、慎思、周密，可說是個聰明人。

李歐納．阿皮契不願放棄。「你們都了解莉蕾。你們都知道她的個性。她又翹家了。直到確知她怎麼回事之前，我們不會安排任何悼念儀式。」

確知。他們當然確知。亞當的媽媽用莉蕾去年春天講的話，冷冷地回了先生一句：我還沒出生，你就跟我過不去。模式漸漸顯現，她也緊抓著不放。「這些年來各地的榆樹全都死光光，你卻幫她種了一棵榆樹？我實在搞不懂你在想什麼。你始終不喜歡她，對不對？現在她被人姦殺，倒臥在垃圾掩埋場，我們卻永遠不曉得在哪裡！」

李歐納打斷了太太的手肘。純粹是個意外——為了幫自己辯護，他跟每一個願意聽他解釋的人都這麼說。就在那時，亞當有所領悟：人類病情嚴重。這個物種撐不了太久。這只是一個脫軌的實驗。再過不久，世界就會重新回到那些睿智、健全、合群的物種手中。比方說蟻群和蜂群。

•••

珍妮把弟弟們帶到森林保護區，姐弟三人在在森林裡幫大姐辦了一個他們爸爸拒絕舉辦的悼念儀式。他們生起營火，講述往事。大姐十二歲的時候翹家，因為她偷偷罵了一聲「混蛋」被爸爸打了一巴掌；大姐十四歲的時候只肯用她初學的西班牙文跟家人溝通，因為她覺得大家都討厭她，想要藉此懲罰大家；大姐十八歲的時候飾演艾蜜莉・韋伯[23]，演活了這位回到人間、重溫自己十二歲生日的聰慧女鬼，全校師生莫不為之垂淚。

亞當拿起那塊他幫大姐刻了字的榆木，擲入營火之中。*A tree is a passage between earth and sky*。榆木雖非上等燃材，但依然輕易地燒了起來。一個個被他刻得歪七扭八的字霎時變得工整，消逝為墨黑的灰燼——tree、passage、earth、sky，依序火化成灰。

科展的評審們斷了亞當的研究心念，從此他再也不帶著筆記本到野外觀察。他對螞蟻失去興趣。他把《金獎指南》系列擺到路邊任人拿取。那些他偷偷藏起、以免淪為他媽媽吸塵器祭品的樣本，全都被他欣然丟棄。幼稚的玩意，沒什麼了不起。

高中生涯陰鬱灰暗，好像在地下掩體度過。他並不是沒有朋友，也不是找不到樂子。其實他兩者都不缺。他晚上喝得醉醺醺，跑到附近山坡上的水庫裸泳。他整個週末待在地下室，跟他那群半大不小、體重超重、面色蒼白、隨身攜帶集換式卡牌的哥兒們擲骰子，爭辯深奧難解的電玩規則，電玩裡的怪物狀似演化突變的巨蟲和殺人樹，遊戲的重點是把它們一舉殲滅。

「睪固酮作祟，」他爸爸如此解釋。這會兒他畏懼這個笨重的男孩，而亞當也心知肚明。「荷爾蒙有如狂風暴雨，放眼望去卻沒半個港口。」

亞當真想教訓他爸爸，但他爸爸說的沒錯。他也跟女孩們來往，但她們令他困惑。她們裝笨，當作自己的保護色。她們被動消極，神祕兮兮。她們講的是一套，想的卻是另一套，藉此試探你能否看透她們。她們希望你看透她們，但當你果真看透她們，她們卻因此討厭你。

他精心設計，布局安排，召集同學們夜襲鄰近的高中。他們把長達數英里的衛生紙懸掛在椴樹樹幹上，一條條衛生紙在樹上垂掛了幾個月，好像一串串潔白的花朵。他騎著他的越野腳踏車經過樹下，感覺自己是個天才型的游擊隊藝術家。

他和一個朋友探勘學校、超市和銀行，暗自規劃需要哪些裝備行搶。計畫愈來愈縝密。他們打聽槍枝售價，純粹只是好玩。執行規劃，掌控資源，對亞當而言，這些不過是個遊戲。他朋友卻是當真，幾乎有如信教般狂熱。亞當看著這個蠢蠢欲動的男孩，覺得非常有意思。一粒種子若是上下顛倒，掉落在地，它會不停翻轉，直到糾正錯誤，讓胚根植入土壤之中。但人類的孩童明知方向錯誤，依然認為值得一試，甚至不顧一切，繼續往前走。

他愈來愈知道如何應付每一門課。他琢磨出他花多少功夫就能過關，絕對不多花心思。老師們怎麼逼都沒有用。他的成績一落千丈，令他媽媽大惑不解。「亞當，怎麼回事？你的成績不應該這麼差！」但她講得有氣無力，意興闌珊。珍妮看著弟弟走下坡。她斥責、戲弄、懇求，試圖拉拔弟弟。但後來她也離家上大學，再也沒有人逼他為自己負責。

莉蕾始終沒有回返。他爸爸的搜救行動漸漸退燒，最後終於中止。他媽媽開始大量服用可待因[24]，很快就得繞行鄰近鄉鎮的各家藥局買藥。她已不再燒飯，也不再打掃。亞當的生活倒是未受影響。他調適，他進化，他是適者中的適者。

朋友跟他鬧著玩：你幫我解代數，我就給你三美元。他說沒問題，結果發現自己輕而易舉就賺到零用錢。老實說，這錢真是好賺，他甚至登起廣告。除了外文之外，任何學科、任何篇幅的作業，他都可以應付，而且依客戶所需，盡速提供。他花了一段時間才找到適當的定價，當他定下合理的價格，客戶們就照著規矩來。他試行數量折扣和事先繳款等方案，很快就成了一個成功的小實業家。他爸媽看到他又開始寫作業，一寫就是幾小時，不禁鬆了一口氣。他不再纏著他們要錢，更是令他們寬慰。這種狀況可說是三贏。美國迎向晨光[25]，自由市場發揮功效，每晚臨睡前，亞當莫不慶幸自己生在一個深具創業傳統的國家。

他動作超快，信譽超高，篇篇作業準時繳交。他很快就在學校裡建立一個最可靠、最受推崇的作弊專營店，甚至因而受到大家欣賞。他把大部分的現金存起來。他喜孜孜地看著存款簿的金額不斷攀升，暗暗計算從每一個受騙的老師身上賺了多少錢，瞎拚再多東西都無法帶給他同樣喜悅。

但是任何工作都必須做些犧牲。基於工作所需，他被迫學習各種饒富趣味，而他原本沒興趣的科目。

高中畢業前的初秋，亞當在公共圖書館幫同學趕一篇心理學報告，他對於美女與野獸之類的心理分析所知甚少，他這個同學甚至比他更不清楚。報告至少必須引述兩本書。無聊至極。他從他的座位上站起來，走到相關書籍的書架。他已經工作了數小時，快要變成鬥雞眼。在圖書館陰暗的燈光中，本本書冊望似手作小人的排屋。

一本書的書脊吸引了他的目光。萊姆綠的字母映著深黑的底色，字字似乎在眼前跳動：《我們心中的人猿》，作者魯賓．拉比洛斯基。亞當從書架上拿下這本沉重的書冊，癱坐到旁邊一張扶手椅上。他隨手一翻，書頁上出現四張卡片：

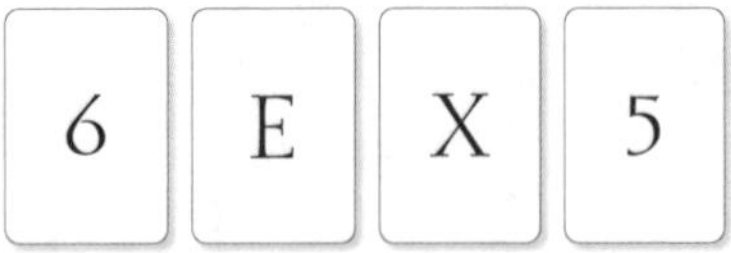

卡片下方有個說明：

每張卡片的一面是數字，另一面是字母。假設有人跟你說，一張卡片的一面若是母音，另一面就是奇數。如果你想要驗證這人的說法，請問你必須翻看哪一張，或是哪幾張卡片？

這下他精神來了。世事含糊不定，任何一件說得出明確解答的事情都是一帖解藥，襄助人們因應世事。他很快就想出解答，而且信心滿滿，認定自己絕對沒錯。但當他對照原書，卻發現自己居然答錯。起先他以為答案印錯了，然後他看出應該是顯而易見的邏輯。他告訴自己，他只是因為花了數小時幫同學寫作業，所以腦筋一片空白。他先前精神不集中。如果他夠專注，肯定可以答對。

他繼續閱讀。書中宣稱一般成年人只有百分之四答對。

有趣的是，你若把這個簡單的答案拿給答錯了的人們看一看，其中幾乎百分之七十五都會找個藉口解釋自己為什麼答錯。

他靠向椅背，跟自己解釋他剛才為什麼跟大多人一樣推諉塞責。第一排卡片下方還有另外四張卡片：

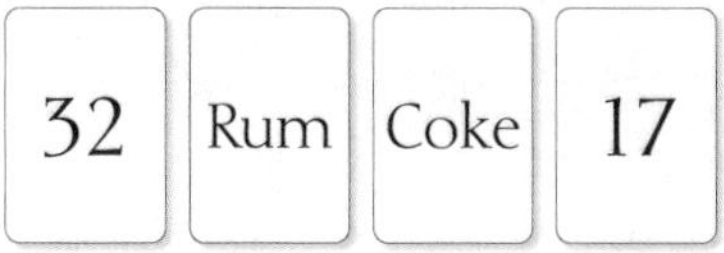

這排卡片的說明是：

每張卡片都代表酒吧裡的一位顧客。卡片的一面顯示他們的年紀，另一面顯示他們在喝什麼。如果法定飲酒年齡是二十一歲，你必須翻看哪一張，或哪幾張卡片才可判定是否每位顧客都沒有犯法？

答案如此明顯，亞當甚至想都不必想。這次他答對了，誠如四分之三的一般成年人。然後他讀到最有哏的一句話：這兩個問題其實如出一轍！他大笑，夜間在圖書館看書的銀髮族紛紛側目。人類真是蠢蛋。他的同類自以為傲，殊不知大夥的皮囊上方早就懸掛著一個**故障**的牌示。

亞當讀了又讀，無法釋手。書中一而再、再而三地顯示，所謂「智人」的物種連邏輯最簡單的問題都會答錯。但他們卻有辦法一眼看出誰熱門、誰冷門、誰行情看漲、誰行情下跌、誰應該大受讚賞、誰必須承受無情的制裁。依循邏輯、理智處事？智人們做不來。成群結黨、監看彼此？智人們展現終極而無盡的智慧。亞當茅塞頓開，彷彿大腦多出一個個區塊，隨時可供他注入新知。他放下書本，抬頭張望，剛好看到圖書館即將閉館，他們快要趕人囉。

回家之後，他繼續閱讀，直至深夜。隔天早上，他又拿起書本，邊吃早餐邊看。他幾乎錯過校車。他來不及把當天的作業交給客戶。自從開始經營作弊的小生意以來，他的信譽頭一次遭受重挫。早上三堂課，他把《我們心中的人猿》藏在桌下，偷偷閱讀。午餐前，他閱畢全書，從頭再讀一次。

這書真是精闢，亞當不禁責怪自己竟然沒有老早看出實情。人類背負既有行為和偏差偏誤的包袱。演化初期，人類需要這些心理機制，如今人類卻甩不掉這些早已過時、因循苟且的積習。種種望似乖僻、荒謬的選擇，其實都是人類許久之前為了解決其他問題而構思的策略。我們都被困在這副狡詐的肉體中，人人成了投機主義者，藉由監看彼此在稀樹草原上存活[26]。

其後數日，這書讓他開心得昏了頭。他以書中揭露的模式為後盾，想像自己把學校的每一個女孩當作實驗目標，比方說在她們的鞋跟滴上一滴指甲油，藉此觀測她們的行蹤。第十二章「影響力」最精采。如果他剛進高中就讀了這一章，他肯定終身都是學生會會長。這些跟他作對了一輩子的人們，行為舉止之中竟然隱藏著種種他曾在昆蟲身上觀察得知的模式，光是想到這一點，他就高興得暗自高歌。自從大姐失蹤之後，他頭一次感覺比較釋懷、比較舒坦。

•••

考季來臨，他科科成績斐然。他分析能力的成績高居第九十二百分位數。但依照平均分數，他在兩百六十九位畢業生之中僅僅排名兩百一十二。任何一所嚴謹的學府都不可能給他入學許可。

他爸爸揮揮手，叫他別在意。「你去讀二年制的專科學校吧。把過去一筆勾銷，重新來過。」

但亞當無需將過去一筆勾銷，他只需把他的過去呈現在能夠領會言外之意的人士之前。放寒假之前的一個星期六上午，他在飯廳的桌前坐下，提筆寫信，好像小時候在筆記本裡書寫田野觀察。他們童年那幾棵樹殘存至今，矗立在窗外。他記得曾有一時，他相信那幾棵樹和他們之間存有某種神祕的關聯。他曾以為樹如其人、人如其樹，於是他竭盡全力，讓自己表現得像是一棵看來熟悉、容易辨識、隨時可以產出濃郁的糖漿、初春陽光一照就綻放出花朵的楓樹。他愛極了他的楓樹，他愛它的單純、它的樸質。然而，人們卻迫使他變成另一副模樣。他提筆，在信紙的最上端寫道：

魯賓・拉比洛斯基教授
富督納學院心理系

富督納，加州

親愛的拉比洛斯基教授：

您的著作改變了我的一生

他把得救見證的敘事方式發揮到極致，詳述一個任性的小男生偶然見證了卓越的才華，因而受到救贖。他描述《我們心中的人猿》如何喚醒他的內心，即使這樣的覺醒或許為時已晚。他坦承自己始終不重視學業，直到無意間讀到這本書才改變心態，如今他期盼自己有機會在一所嚴謹的學府攻讀心理學，但他說不定得先花上好幾年在社區大學彌補成績。這些都無所謂，他寫道。他已受惠於拉比洛斯基教授，況且，誠如教授在書中第兩百三十一頁所言：「施惠之人或許尋求某些回報，但依然無損行善之心。」或許有朝一日，他會碰到一個主動施惠之人，若是如此，他就可以早日達成心願。

窗外，一陣微風吹過他的楓樹，枝幹軋軋作響，彷彿發出斥責。若非幾近絕望，他說不定會感到羞愧，臉頰通紅，有如楓葉。但他繼續胡謅，用了六種他在第十二章「影響」學到的伎倆潤飾信件。他感謝的言詞含納四種誘發人們採取行動的刺激：互惠原則、稀有性、肯定認可、懇求承諾。他把他的哀求藏匿在另一個他在第十二章學到的花招：

如果你希望人們幫助你，你必須讓他們覺得他們已經幫了一個無法形容的大忙。人們會竭盡全力保護自己足可傳承的事蹟。

當《我們心中的人猿》作者果真回信，他爸媽大吃一驚，亞當倒不怎麼訝異。拉比洛斯基教授寫道，富督納學院是一所小規模的另類學府，校方招收不按常規、質疑傳統教育的學生，錄取標準側重學生的特殊動機，而非只是一紙高中成績單。雖然無法做出任何承諾，但拉比洛斯基教授保證校方將認真考慮亞當的入學申請，亞當只需盡其所能，寫出一篇最具說服力的短文。

一張未署名的索引卡片以迴紋針夾在正式的信函上。有人用陰森森的藍墨水在卡片上龍飛鳳舞地寫道：「絕對別再呼攏我。」

---

22 Belleville，伊利諾州西南部的城市，根據二〇一〇年的人口普查，人口約四萬四千人。

23 這裡說的是美國劇作家桑頓．懷爾德（Thornton Wilder, 1897-1975）的名劇《*Our Town*》，艾蜜莉．韋伯（Emily Webb）是劇中的女主角。

24 codeine，一種鴉片類的止痛劑，低劑量可用於止咳，高劑量則用於麻醉或止痛。

25 Morning in America，一九八四年雷根總統的競選標語，意在締造樂觀進取的氣氛，宣揚一個美好、強大、人人都有工作的美國。

26 這裡的「稀樹草原」源自演化理論「稀樹草原假說」（Savanna Hypothesis）。根據這個理論，從某個時間點開始，由於氣候變化，導致森林不斷退化，致使部分類人猿失去先前賴以為生的森林家園，開始在草原生活，為了適應草原生活，人類祖先發生一系列變化，包括從四肢行走到直立行走，學習使用工具等。

雷・布里克曼和桃樂絲・卡薩莉

這樣的兩個人倒是常見。在他們的眼中，樹木幾乎不具意義。即使是生命中的春日，他們依然無法區分橡樹與椴樹。他們始終不在乎樹木，直到一九七四年，兩人在聖保羅市中心一個黑盒子般的小戲院走過舞臺，作勢跋涉整座森林，他們才改變觀感。

雷・布里克曼是位律師，事業剛起步，專擅智慧財產權法。桃樂絲・卡薩莉是位速記員，她的公司幫他的事務所服務。他看著她記錄證詞，無法移開視線。她十指靜靜地、流暢地移動，彷彿表演優美的芭蕾舞，令他大為驚嘆。她的十指有如表演啞劇般飛舞，他看在眼裡，彷彿聽到《熱情》鋼琴奏鳴曲[27]流瀉而出。

她逮到他的凝視，坦蕩蕩地瞄他一眼，逼他表白。他爽快回應，與其躲在遠處暗戀，只敢偷偷愛得死去活來，不如勇敢表態。她答應他的邀約，前提是由她挑選地點。他欣然同意，怎料其中竟然暗藏玄機。她安排他們參加業餘劇團的試鏡，拉著他一起試演莎翁名劇《馬克白》。

為什麼？她說沒為什麼。興之所至開開心，自由自在鬧著玩。然而，世間當然沒有所謂的「自由」。唯有古老的讖語得以預卜造化的氤氳，試說何者發榮滋長，何者實屬徒然。

業餘登臺讓人心驚膽跳。試鏡的過程簡直像是摸黑獵捕怪獸。他們兩人打從高中畢業之後就沒有登臺表演。但套句《馬克白》的經典對白，他們「鼓起勇氣，堅持勿懈」，近似自虐、膽顫心驚地玩樂，硬是開開

心心地度過這一晚。

「哇，」他陪她走出禮堂說。「剛才那是怎麼回事？」

「我始終想要假裝我會演戲。我只是需要有個同夥。」

「好，那我們安可的戲碼呢？」

「你挑一個吧。」

「下次我們挑個讓人不會神經緊繃的活動，好嗎？」

「你有沒有試過懸崖跳水？」

他們竟然都過關。他們當然都過關。他們還沒試鏡，角色就已非他們莫屬。這就是所謂的造化。他們天生就是麥德夫和馬克白夫人。

雷萬分驚慌地打電話給桃樂絲，好像他剛才把玩爸爸的獵槍，這會兒不慎走火。「我們不是真的必須登臺，對不對？」

「那是一個社區劇場，我想他們全靠你了。」

雖然才交往一星期，她已經非常清楚如何擺弄他。這個男人負責到令人難為情，他執著於擔負人們的希望與期盼，幾乎到了病態的地步。她卻衝動莽撞，十個他才應付得了一個她。她等於是跟他說：你不登臺表演《馬克白》，今後就別想跟我約會。他們應允登臺。

桃樂絲天生具有演戲的細胞。雷就難說了。第一次讀劇本對臺詞的那晚，連選角導演都懷疑自己是否犯了大錯。桃樂絲看著這個男人，至感訝異。她從沒見這麼差勁的爛演員。他只是唸臺詞，瘦高的身子狀似苦惱，聲調溫吞得令人咋舌，好像嘮嘮叨叨地為自己的存在辯護，一說說到地老天荒。

她從公共圖書館抱回一大疊方法派演技、如何融入角色等書籍。他處之泰然，以恬淡的態度面對一切。

「我若記得住這些臺詞，那就謝天謝地囉。」

兩星期之後，他幾乎有模有樣。三個星期之後，他慢慢展現出潛能。

「真不公平，」她說。「你最近一直練習嗎？」

沒錯，他的確透過某種他最近才察覺的方式勤練。他從未察覺法律本身就像劇場，早在你跟任何人打官司之前，你已經開始彩排。雷具備一項天賦：他善於扮演自己，而且極富張力，聲勢駭人。日後他將秉持這項天賦，成為一個傑出的版權與專利法辯護律師。此時此刻，他秉持這個單純的才華，讓他所飾演的麥德夫分外活靈活現。光是靜靜佇立、冷面超然、凝神專注，他就似乎有如神助，演活了麥德夫。

桃樂絲自小就知人識人，她能夠解讀對方嘴角與眼角的微小牽動，判定對方是否撒謊，而且絕對不會誤判。這項天賦無助於她的工作或是演技，但她的確想要藉此測試這個跟她談感情的男人。他們每星期花三個晚上排練，如此持續了五週，而她終於確信，為了拯救他前途慘淡的國家，雷．布里克曼真的可以拋下妻小，讓老婆小孩孤孤單單、毫無護佑地守在鄉間的城堡裡。

舞臺布置極具七〇年代風情，神祕兮兮。劇院免費入場，民眾不必花錢就看了一齣好戲。接連三晚，馬克白夫人癲狂自殘，震撼人心。接連三晚，麥德夫和手下們裝扮成樹木，襄助柏南大樹林移至當希南山。一棵棵橡樹果真從舞臺一頭移到另一頭。當毫不知情的馬克白宣稱自己絕對不會被打倒，試圖攻擊他的敵人們舉著粗壯的枝幹，龜速地左右挪移，速度慢到讓人覺得他們幾近凝滯。每天晚上，雷始終在心裡想個不停：

我面臨了某個召喚，它聲勢浩大，來自遠方，緩緩逼近，而我卻不明白它是什麼。

他的確不明白。對他發出召喚的是個天才樹種，類別多達六百餘種。它相當常見，變化多端，從熱帶南國到極地北國都有它的蹤影：所有樹種之中，就屬它最通才、最具代表性。它粗壯、盤結、嶙峋；它根莖蔓生，故若磐石。三百年生長，三百年佇立，三百年凋零。橡樹：「橡樹之心」[28]的禮讚，陸海軍團的基石，歷史建物的楣梁。

橡樹為他宣誓，暫且交託他重責大任，囑咐他全力抗敵。大好人麥德夫躲藏在橡樹被砍下的枝幹後方，企盼自己記得下一句臺詞，默禱今晚得以再度擊敗謀篡者。掩護他的枝幹閃閃晃動，流瀉出一個個奇形怪狀的光影，那是來自另一個時空的字碼，亦是經過一番深思的字符，讓他看傻了眼。他看不懂他的旗幟上寫些什麼，其實那是橡樹藉由數以億萬記的根毛為他書寫，它想要告訴他，其實oak和door來自同一個古字[29]。

閉幕酒會之後，雷和桃樂絲上了床。他們連日彩排，一同登臺，再加上桃樂絲鬼靈精怪，難以捉摸，兩人因而陷入某種懸而未決的情愫，但感情不可能始終懸而未決，雷一頭栽了進去，誠如挑戰懸崖跳水。暗夜中，他們膽敢輕聲述說內心深處最難以啟齒的情話與憂慮。但在微弱的燭光下，她依然能夠解讀他眼角最細微的牽動。

「你對你爸媽的觀感如何？你可曾歧視任何有色人種？你可曾扒竊任何東西？」

「我在受審嗎？妳為什麼拷問我？」

「沒為什麼。」她神情閃爍，難以捉摸。

他翻身仰躺，盯視天花板。「我從來沒有像那樣登臺。我覺得好像在跟天神們說話。」

「可不是嗎？」

他接著說：「妳覺得我們下一步怎麼走？」

她撐起身子，看著他的臉。「我們？你是說我們人類？」

「可以這麼說。但先從妳和我說起，再談到每一個人。」

「我不知道。我哪曉得？」

他聽出她的憤怒，覺得他能了解。他伸手拍拍床單，摸尋她的手。「我覺得這事注定會發生。」

「這事？」冷酷無情的馬克白夫人輕蔑嘲弄。「你的意思是命中注定？」

他感覺自己好像再度登臺，假扮為柏南森林，幾近凝滯地飄過舞臺。「我的收入不錯，再過五年就可以還清所有貸款，而且很快就會被升為合夥人。」

她緊緊閉上雙眼。再過幾年，砲彈將會從天而降，地球將是一片焦土，倖存的人們將登上火箭逃離地球，不知航向何處。

「如果妳不想做事，妳可以不必工作。」

她坐起，一隻手壓住他的小腹，緊緊制住他。「等等、等等，喔，老天爺啊，你在跟我**求婚**？」

他頭一歪，挑戰她，看她敢不敢答應。他勇敢剛毅，有如橡樹。

「因為我們上了床？只上了一**次**床？」她無需借重她的天賦也看得出她的嘲弄傷了他。「等等，難不成我是你的**第一次**？」

他動也不動，彷彿僵立在舞臺中央。「說不定妳應該在兩小時之前問我這個問題。」

「哎呀，我是說……結婚？」光是說出這兩個字，她就感覺嘴巴乾澀，心情疏離。「我哪能結婚？我應當……我不知道！我應當揹上背包，到南非自助旅行兩年。我應當搬到紐約格林威治村，哈草哈得陶陶然。我應當跟一個兼差幫中情局做事的小飛機駕駛談戀愛。」

「我有背包。專利法律師在紐約找得到事。至於開小飛機，嗯，我不敢打包票。」

這可真是出其不意。她大笑，搖了搖頭。「你在開玩笑。喔，你當真？搞什麼鬼？」她往後一倒，重重靠向枕頭。「我的天啊，你別逗我。再愛我一次吧，麥德夫！」

他們再度歡愛。這次似乎心有所繫。事後兩人靜默不語，她可以感覺他的鬢角濡濕。「怎麼了？」

「沒事。」

「我嚇壞你了？」

「沒有。」

「你撒謊。你頭一次沒跟我說真話。」

「或許吧。」

「但你愛我。」

「或許吧。」

「或許吧？你這是什麼意思？」

某個聲勢浩大、來自遠方、緩緩逼近，而他卻全然不明白的召喚為他陳述、為他發聲。然後他以行動表達了心意。

•••

雷的預料成真。他只花了五年就償還所有貸款，過後不久也升任為合夥人。他制裁違反智慧財產權的不法人士，要嘛喝令他們停止作假，要嘛逼使他們繳交罰金，堪稱業界翹楚。他執著於公平與公權，那股熱誠具有催眠般的魔力。你靠著屬於別人的東西賺錢。這個世界可不是如此運作。案件幾乎總是在庭外和解。

桃樂絲的預料也非完全失真。砲彈確實從天而降。但僅是中型砲彈，而且分散全球，規模不大，眾人無需逃離地球，最起碼目前無此必要。她倒是沒有辭職，人們宣誓講真話，他們講得再快，她都有辦法逐字謄錄，祕訣在於別管他們說了什麼，一旦在意，速度就打了折扣。

三年匆匆而過，彷彿只是一季。他們分手。而後兩人在社區劇場的浮生若夢[30]分飾男女主角，演出時舊情復燃，再次許下婚約。但她臨陣退縮，再度解除婚約。而後兩人到阿帕拉契山健行，共度了二十一天，再次互許終身。但過了不久又分手。而後兩人相約跳傘，又在空中打起手勢許下承諾。

每次復合大約持續五個月。第四次斬斷情絲之後，她受到重創，甚至辭去工作，好幾個星期不見人影。她的朋友們什麼都不肯說。雷哀求他們讓他知道她的近況——任何消息都行，就算只給他電話號碼都沒關係。他央請他們轉交一封封言詞懇切的長信，即使他們表明不願介入。後來她捎來一封短函，信中沒有表達歉意，但不至於冷酷無情。她不願明說她在哪裡。她只是陳述她不想被套牢，一想到簽署法律文件，下半輩子自此受到約束，她就感到無比驚恐，幾近窒息。

你知道我想要跟你在一起，這就是為什麼我不斷答應你的求婚。但一紙合約？法律效力？責權歸屬？誰擁有誰？喔，雷，你若是個失職的醫生或是破產的商人就好囉。卑鄙的房地產仲介也行。什麼都可以，唯獨不要是個智慧財產權律師。

收件人地址是個奧克萊市[31]的郵政信箱號碼，他回信，他跟她說世界各地都不准蓄奴。她永遠不會是任何人的財產。他不會為了她轉業；智慧財產權和專利法是他的強項，人們需要這一類法律，世間的財富有賴於此，而他非常在行，甚至可說是箇中翹楚。但若是為了她放棄業餘登臺，他倒是沒意見。

妳回來就好。我們可以同居，各開各的車，各設各的帳戶，各有各的屋子，各立各的遺囑。

信寄出去不久之後，她午夜時分出現在他那棟平房的臺階上，手裡拿著兩張飛往羅馬的機票。他的事務所略有微詞，但兩天之後，他跟她一起離開，踏上兩人的非蜜月之旅。在永恆之城的第三夜，他們啜飲一杯又一杯香檳，坍塌的古蹟流露出殘破的美感，街上洋溢著該死的樂聲，椴樹樹冠廣闊，花香濃郁，白色的小燈懸掛在優美的樹枝上，閃閃爍爍，氣氛極佳，於是她問了他一句：「管他的，雷，你意下如何？」那副口氣好像她決定跟他簽定合約，讓他變成她合法的資產，兩人永遠被契約綁在一起。結果他們背對許願池，閉上眼睛，把銅板從左肩往後丟，許下心願。此舉毫無創意，形同抄襲，他們說不定還欠了某人權利金。

他們總算返回聖保羅，剛好趕上十月啤酒節。他們發誓絕對不告訴任何人，堅決否認一切。但這對情侶一臉傻笑公開露面，朋友們一看就紛紛猜測。你們兩人在羅馬出了什麼事？喔，沒什麼。你不需要知人識人的天賦也看得出他們說了大謊。你們是不是被關了起來？你們是不是結婚了？你們倆結婚了，對不對？你們結婚了！

結婚與否其實完全沒差。桃樂絲搬回去。她堅持鉅細靡遺地記帳，每一筆共同支出都切實均攤。但當她遊走於他舒適美觀的藏書室、飯廳和小客廳，心中總是響起一個小小的聲音：當時候到了、當我想要當媽媽、當我變得怪裡怪氣、一心只想生小孩，屋裡的這些東西都將屬於我的小寶寶！

結婚一週年時，他寫了一封信給她。他花了一些時間措辭。這些話他絕對說不出口，於是他訴諸於文字，上班之前把信擱在早餐餐桌上。

妳給了我一樣我遇見妳之前，我絕對無法想像的東西。那種感覺就像我想到「書」，妳就放了一本在我手裡。我想到「遊戲」，妳就教我怎麼玩。我想到「生活」，妳就冒出來跟我說：「哎呀！你是說你和我啊。」

他說世間沒有一樣東西值得他送她當作禮物，讓他謝謝她所給予的一切。一樣都沒有，嗯，除了會成長的東西之外。我們這麼辦吧。他不知道他從哪裡想到這個點子。他已經忘了當年首度參加業餘劇團演出，必須飾演一位不得不假裝自己是一棵樹的男子時，他曾面臨某個聲勢浩大，來自遠方，緩緩逼近的召喚。桃樂絲一邊開車，一邊讀信。她下午得到法庭謄錄幾場聽證會，現正自己開車過去。

每一年，接近結婚紀念日的時候，我們逛一逛苗圃，找個東西種在後院。我對植物毫無所悉。我認不出它們，也不知道如何照顧它們。我甚至分辨不出兩株毛茸茸的綠色植物。但我可以學習，就像在妳身旁，我必須重新學習一切——我是誰、我喜歡什麼、我討厭什麼、我的生活領域多高、多寬、多深。

我們種的東西不見得都會生根發芽。每一株植物也不見得都會繁茂茁壯。但我們可以一起看著那些種得活、長得好的植物開滿我們的花園。

讀著讀著，她的雙眼淚光瀅瀅，竟把車子開上人行道，撞上路邊一棵粗壯的椴樹，車頭的護柵全毀。話說椴樹啊，它是深根性的樹種，跟橡樹非常不一樣，兩者的差異就像是男女大不同。椴樹是和平之樹[32]，蜜蜂經常在樹間築巢，椴樹花茶具有安神之效，可以治癒種種緊張與焦慮。這個樹種獨一無二，不可能與其他任何樹種混淆，因為在成千上萬種樹木之中，它的花朵和微小堅硬的果實懸掛在葉狀苞片之下，似乎只是執意而乖張地揭示自己多麼獨特。假以時日，椴樹會找上她，此番突襲只是初訪，她得花好多年才會完全領受。

她的右眼上方被方向盤劃了一道深長的傷口，縫了十一針。雷從辦公室趕到醫院，慌亂之中，他在醫院的停車場撞凹了一部BMW的後保險桿。當醫護人員帶著他走進手術室，他已是一臉哭兮兮。她直挺挺地坐在一張椅子上，頭上裹著繃帶，試圖閱讀。一切影像都是雙重。紗布布條的商標隱約像是Johnson & Johnson & Johnson & Johnson。

她看到他雙重的身影，眼睛一亮。「雷！雷！親愛的！怎麼了？」他衝到她身邊，她往後一縮，有點困惑。然後她了然於心。「沒事、沒事。我哪兒都不去。我們來種些東西吧。」

27 Appassionata Sonata，貝多芬F小調第二十三號鋼琴奏鳴曲《熱情》作品Op. 57。

28〈橡樹之心〉（*Heart of Oak*）是英國皇家海軍軍歌，由威廉．波恩斯（William Boyce）譜曲、David Garrick撰詞，目的在於鼓舞當時正值「七年戰爭」（Seven Years' War）的英國，一七五九年英國連連大捷之後，本曲大受歡迎，隨後成為皇家海軍的官方進行曲，

29 這裡所謂的古字係指「duir」，源自「德魯伊教」（Druid，一譯「德魯伊特」）。德魯伊教是歐洲上古時代塞爾特人信奉的宗教，教徒將橡樹奉為神樹，若想邁往永生與智慧，必須通過「橡門」，德魯伊教士亦稱「橡樹的賢者」，或是「透徹橡樹之人」。

30 *You Can't Take It with You*，一九三八年出品的美國經典愛情片，改編自一九三六年榮獲普立茲獎的百老匯舞臺劇，由法蘭克．卡普拉（Frank Capra）執導，詹姆斯．史都華（James Stewart）等人擔綱演出。

31 Eau Claire，威斯康辛州西部的一個市鎮。

32 在日耳曼神話中，椴樹（Tilia;Linden）象徵正義與公理，日耳曼民族將之視為聖樹，位於印第安納州的「國際世界和平樹」亦是椴樹。

道格拉斯・帕夫利克

道格拉斯・帕夫利克剛要開始吃早餐，警察就出現在他那棟東帕洛阿圖小公寓的門口。真正的警察喔。這招倒是不賴。你可以將之稱為寫實逼真。他們控告他持械行搶，宣讀他的「米蘭達權利」，告知他違反刑法第二一一條及第四五九條。當他們動手搜身，幫他銬上手銬，他不禁嘻嘻傻笑。

「你覺得我們跟你鬧著玩？」

「不、不。當然不是！」嗯，說不定多少是吧。

當披著睡袍的鄰居們站到陽臺上，看著警察押著道格拉斯走向路旁的警車，事情就變得不太逗趣。他微微一笑——事情不是你們想像的那樣——但他的雙手被銬在背後，微笑發揮不了太多功效。

其中一個警察把他押進後座。後座的車門沒有把手。警察朝著無線電對講機說了幾句，通報已將他逮捕到案。一切像在拍電影，簡直就是「裸城[33]」的場景，只不過今天是晴空萬里、陽光普照的八月天，況且他每天還有十五元美金可拿，一想到這一點，連電影的配樂聽起來都輕快多了。他十九歲，爸媽兩年前過世，原本在超市盤點庫存，最近被炒魷魚，靠著爸媽的人壽保險金過活。接下來兩個星期，他每天都有十五元美金可拿，算是一筆相當可觀的收入，更何況他什麼都不必做。

他被帶到警察局——真正的警察局——按了手印，除虱除蟲，雙眼蒙上布條。他們用力一推，把他押回

警車後座。當他們鬆開布條，他人已經在監獄裡。典獄長辦公室，警司長辦公室，一排又一排牢房，雙腿銬上腳銬。一切設想周全，令人信服。他不知道自己身在何處。在真實的世界中，這裡說不定是個辦公大樓。這項實驗的主事者隨機應變，他也且戰且走。

所有獄警和大多囚犯已在獄中。道格拉斯是五七一號囚犯。獄警們僅以「先生」相稱，人人身穿制服，戴著墨鏡，配戴警棍和口哨。雖是按小時計酬的志願者，但他們的舉動相當粗魯，動不動就拿起棍棒打人，想必試圖融入角色，取悅主事者。他們剝光道格拉斯的衣服，叫他穿上囚衣。此舉的用意在於打擊他的自尊，但他搶先了他們一步：他原本就已毫無自尊，何須勞煩他們打擊？當晚還點了好幾次名，擺擺樣子羞辱囚犯。晚餐是牛肉醬漢堡。這比他最近吃的東西可口多了。

快要熄燈之時，一〇三七號囚犯佯裝粗暴，表演得有點過頭。獄警們棍棒相向，制伏他。獄警們有人和善、有人強硬、有人瘋狂，這點已經無庸置疑。但當群聚一堂、相互影響，人人的品格都隨之下滑。

五七一號囚犯道格拉斯勉強闔眼，但他一昏沉入睡，馬上被拉下床接受另一次毫無必要的點名。清晨兩點半，他開始察覺不對勁。說不定這個實驗跟他們宣稱的不一樣。他意識到他們的實驗比他料想中更嚇人。但他只需熬過十四天。不管有何煎熬，他應該挺得過兩星期。

第二天，一號牢房的囚犯們一言不合起了口角，起先你推我、我推你，後來情勢惡化，一發不可收拾。八六一二號、五七〇四號夥同其他兩個囚犯把床推到一邊，堵住牢門，眾人都被拒於門外。獄警們向晚班同事求援。幾個小夥子推擠床架，扭打成一團。有人開始大喊：「這是模擬實驗。幹！這是他媽的模擬實驗！」

說不定不是。警衛們用滅火器鎮壓暴亂，銬起帶頭鬧事的幾個人，把他們全都關禁閉，而且是隔離拘禁。鬧事者沒有晚餐可吃。誠如獄警們對囚犯們的告示，進食是個特權。道格拉斯默默吃著晚餐。他知道挨餓的滋味。五七一號囚犯才不會因為這場小小的鬧劇餓肚子。如果他們想要藉著瘋癲抓狂打發時間，那就隨他們去吧。但沒有人可以妨礙他吃頓熱騰騰的餐點。

獄警們設立一間特權牢房。任何囚犯都可以搬到這間比較舒適的牢房，前提是必須提供關於暴亂的資訊。願意合作的囚犯可以洗臉刷牙，甚至享受特別的餐點。五七一號囚犯不需要特權。他會自己留意，但他不是報馬仔。事實上，沒有半個囚犯採納獄警們的點子。最起碼一開始沒有。

獄警們開始例行搜身，而且是脫光他們衣服搜查。抽菸成了特權。上洗手間成了特權。要嘛拉在便桶裡，要嘛就得憋兩天。他們被迫做些耗時耗力、無聊透頂、毫無意義的雜事。他們三更半夜被叫起來點名，還得清理其他人的便桶。任何人被逮到嘻嘻訕笑就得高舉手臂、頌唱〈奇異恩典〉[34]。五七一號囚犯因為種子虛烏有的小錯被罰做了數百下伏地挺身。

那個被全體囚犯稱為「約翰・韋恩」的獄警說：「如果我叫你們操地板呢？五七一號，你是科學怪人。你，三四〇一號，你是科學怪人的新娘。好，你們兩個他媽的親嘴。」

警衛們和囚犯們毫不考慮違逆自己飾演的角色，令人匪夷所思。這些人相當危險；連五七一號囚犯都看得出來。他們全都已經失控，而且拖他下水。他心想，說不定他終究挺不過兩星期。忽然之間，呆坐在他的小公寓，就著黯淡的燈光翻閱徵才廣告，幾乎是個奢侈。

點名時發生一些小狀況，八六一二號囚犯當場失控。「打電話給我爸媽。放我出去！」這怎麼可能？他必須待滿兩星期，人人都是如此。他開始怒吼。「這裡真是監獄。我們真是犯人。」

人人都看得出八六一二號囚犯的花招。這個混蛋假裝發瘋，想要藉此脫身，拋下他們在獄中天天鏟糞。

但大家很快就發現他果真瘋了。

「老天爺啊，我好熱！我他媽的打心眼裡發燙！我要出去！現在就放我出去！」

道格拉斯在雙瀑市[35]讀高中的時候看過一個傢伙發瘋。現在是第二回。光是旁觀就讓他腦筋一團混亂。他們帶走八六一二號囚犯。典獄長不肯說他被帶到哪裡。實驗必須繼續進行，絕對不可受到干擾。五七一號囚犯也是一心只想出去。但他不能害了其他人。他的牢友們會因而恨他一輩子，就像現在他好恨八六一二號囚犯。想來有點病態——他不是毫無自尊嗎？——但他想要保衛五七一號囚犯的聲譽。他可不想讓任何一個心理學家透過雙向鏡悄悄窺視，一邊錄影一邊說：啊，那一個——我們把那一個也逼瘋了。

一位神職人員來訪。這人是監獄牧師，一位貨真價實的天主教神職人員。每個囚犯都得到諮商牢房跟他談談。「請問大名？」

「五七一號。」

「你為什麼在這裡？」

「他們說我違法持械行搶。」

「你必須怎麼做才可以獲釋？」

這個問題沿著五七一號囚犯的脊椎直竄而下，卡在他的腸道之中。他應當做些什麼嗎？如果他什麼都沒做，或是想不出應當怎麼做呢？他們會不會一直把他關在這個鬼地方，甚至關到超過原本同意的期限？

隔天囚犯人人忐忑不安。獄警們利用眾人焦慮不安趁機欺侮。他們叫囚犯們寫信回家，但信中字句全由他們口述。親愛的媽媽，我搞砸了，我是壞蛋。其中一個獄警怒斥八一九號囚犯，把這個倒楣的傢伙罵得崩潰。其實獄警們從暴亂事件之後就盯上他，這會兒正好名正言順地關他禁閉。他的啜泣聲傳遍獄中。其他囚犯被叫到走廊上點名。獄警們命令他們一再念誦：八一九號囚犯做了壞事。因為他做了壞事，所以今晚我不能倒便桶。八一九囚犯做了壞事。因為他做了壞事……

四一六號囚犯取代了八六一二號囚犯。這傢伙發動絕食示威，他說動了兩個囚犯加入，但其他囚犯大罵他沒事攪和。一人惹事，全體遭殃。五七一號囚犯拒絕選邊。他不會加入任何人，但他可不會監視任何人。事事崩盤瓦解。人人反目相向。他不可以涉入；他承擔不起後果。他跟每個人說他是中立國。但獄中沒有所謂的中立國。

「約翰・韋恩」威脅四一六號囚犯。「你把那條該死的香腸吃下去，不然你會後悔。」四一六號囚犯不但不從，反而把香腸丟到地上，香腸滾了滾，沾滿地上的灰塵。眾人還來不及反應，他已經被押進隔離拘禁室，手裡還拿那條被他自己弄髒的香腸。「吃完了才准出來。」

獄方發出公告：今晚若有囚犯自願放棄被毯，四一六號囚犯就會被放出來。如果沒有人願意放棄，他就得在隔離拘禁室待一晚。五七一號囚犯躺在床上，身上蓋著被毯，心裡想著：這不是真實的人生。這只是一個他媽的模擬實驗。說不定他應該違抗主事者，誰管他們有何期望？他可以變成一個頂天立地的超人。但是，他媽的，大家都不願出頭。人人等著他今晚挨凍睡大覺。他不想讓大家失望。但又不是他指使四一六號囚犯要出那個愚笨的噱頭。他們大可無聊至極地捱過兩星期，一切也都沒事。

他整夜暖暖地躺在被毯裡，但他沒睡。他無法平息種種思緒。他心想：如果這一切都是真的呢？如果他被關兩年、十年、兩百年呢？如果他因為過失殺人被關十八年呢？他爸媽出去跳舞，回家途中跟一個喝醉酒的初中老師對撞，當場車毀人亡，那個酒駕老師不就被判刑十八年嗎？說不定全國各地已有數以百萬計的民眾入獄，只不過他始終不可能知道，如果他也是其中之一呢？他會是個無名小卒。他甚至不會是五七一號囚犯。真正的權威當局說他是什麼，他就是什麼。

隔天早上，會議匆促召開。典獄長和警司長被位階更高的要人召見。某位身居要職、聰明絕頂的研究者終於大夢初醒，意識到事情不能這麼胡搞。整個實驗簡直是他媽的違法。每一位囚犯都提前獲釋，重獲自由，擺脫僅僅持續六天的惡夢。六天！他們果真獲得釋放？感覺似乎不可能。五七一號囚犯幾乎記不得自己一星期之前是怎樣的一個人。

主事者先跟大家做簡報，然後讓他們重回真實世界。但受害的囚犯們心情緊繃，根本聽不進任何反思或是自省。警衛們為自己辯護時，囚犯們莫不怒氣騰騰。道格拉斯朝天一指，破口大罵：「你們這些主持實驗的傢伙、你們這些所謂的心理學家，你們全都應該因為違反道德去坐牢。」但他先前沒有放棄他的被毯。從今之後，他將永遠是那個不願選邊、不願放棄被毯的傢伙，即使只是在一個無關緊要、為時兩星期的模擬實驗之中。

他走出陰暗的牢房，踏入加州清亮、明媚的八月天。微風夾帶著茉莉花和義大利傘松的清香，輕撫著他的襯衫，吹亂他的頭髮。這下他知道自己身在何處：史丹佛大學的心理系館。沒錯，他身處這所工業鉅子利蘭·史丹佛創辦的最高學府，校園裡一排排高聳的棕櫚樹、一道道氣派的石砌長廊，洋溢著知識、金錢、權力的氛圍，好像有錢人的修道院，他始終不敢進來走走，連辦件雜事都膽怯，生怕有人看出他是個冒牌貨，動手將他逮捕。

他們給他一張九十元美金的支票，開車載他回去他在東帕洛阿圖的小公寓。他躲在他的小窩裡，大嚼油炸玉米片，猛灌啤酒，看他那部天線歪斜的黑白電視。三星期之後，他在電視新聞上看到美軍在寮國的任務失利，損失了一百多部直升機，而他甚至不曉得美國出兵寮國。他把啤酒罐擱在小木桌上，強烈感覺自己似乎在某人的松木棺材上留下一圈水漬。

他頭重腳輕地站起來，感覺好像回到四一六號囚犯被關在隔離拘禁室的那一夜。他撥了撥現今依然濃密、日後將早早大把掉落的捲髮。某些現況絕對是他媽的一團糟，包括他自己在內。現今世上，一些三十歲的年輕人死得不明就裡，好讓另一些三十歲的年輕人可以攻讀心理學、撰寫某些狗屁倒灶的實驗報告，他怎能活在這樣的世間？他非常清楚這是一場打不贏的仗。但他的心意已定。隔天早上，百老匯大道的徵兵中心大門一開，他已經在門口排隊。他有了一份穩定的工作，而且終於問心無愧。

技術軍士道格拉斯．帕夫利克應募入伍。其後幾年，他駕駛貨機，執行了兩百多趟任務。他是大力神運輸機[36]的裝卸長，負責運載一噸噸防護器械和A級爆炸物。他把軍械補給品送往戰火激烈、漫天煙霧的地區，去程的機上裝滿重型卡車、裝甲運兵車、罐頭口糧，回程的機上滿是屍袋。舉凡關注現況之人都知道戰爭早已失去意義，但在技術軍士道格拉斯．帕夫利克的盤算中，關注現況不如保持忙碌，前者的重要性絕對遠低於後者。只要他始終有事可做、同袍們的收音機始終播放節奏藍調，他就不在乎他們是否早晚會輸掉這場無意義的戰爭。

他一脫水就會昏厥，因而得到「發昏小子」的綽號。他經常忘了喝水，最起碼白天忘了這回事。晚上就不同了。太陽下山之後，呵叻[37]的大街、帕蓬夜市的妓女戶、曼谷的市區，到處都是踽踽而行的美國大兵，泰國勝獅啤酒有如湄公河般竄流四方。幾杯私釀烈酒下肚之後，他變得比較風趣、比較誠實、比較不像個混蛋、比較有辦法跟嘟嘟車司機對談人生時運之類的哲學問題。

「你現在可以回家囉？」

「還不行，老兄。仗還沒打完呢！」

「仗打完了。」

「對我而言還沒有。總得有人留下來關燈。」

「大家都說仗打完了。尼克森、季辛吉等等。」

「幹你娘的季辛吉，老兄。諾貝爾和平獎，他媽的鬼扯蛋！」

「沒錯，幹你娘的黎德壽[38]！現在每個人都回家囉。」

道格拉斯已經不太清楚何處是家。

沒事做的時候，他哈草哈得飄飄然，隨著「稀土樂團」[39]和「三犬之夜」[40]的樂聲搖頭晃腦地打節拍，一混混了幾小時。要不他就到大城[41]和披邁[42]的寺廟閒晃，寺廟大多遭到砲轟，不知怎麼地，他看著坍塌的佛塔，心中略感寬慰。傾覆的尖塔已被柚木吞沒，毀壞的柱廊皆已化為碎石，再過不久，叢林終將攫獲曼谷。洛杉磯遲早也會淪落。沒關係。這不是他的錯。純粹只是歷史演進。

龐大的軍事基地即將關閉，一隊隊戰鬥轟炸機即將離境。數以千計的小生意因應無意義的戰事而生，甚至欣欣向榮。泰國人全都知道接下來會如何。他們被迫與鬼佬結盟，現在看來卻似乎選錯了邊。但道格拉斯碰到的每個泰國人都親切無比，對這些毀了他們家園的鬼佬表現出無盡的善意。當服役期滿，這場沒完沒了的戰爭終於結束，他說不定會留在泰國。他已經在這裡待了好一段時間，他應該待下來，彌補美軍的貽禍。他已經認得上百個泰國字。*Dâai*。*Nitnoi*。*Dee mâak*[43]。但目前他是個短暫的過客，駕駛一座有史以來最可靠的運輸機，工作相當穩定，最起碼還可以再撐幾個月。

他和同組機員們檢查大力神運輸機，準備執行任務。過去幾星期，他們天天駕機前往高棉金邊國際機場補充軍備。如今軍備再也不需補充，他們的任務變成協助撤離。再過一個月，說不定兩個月，人員將會全部撤離，絕對不會再拖下去。越共已經蔓延四方，有如夏日的暴雨。

他坐上駕駛座，扣上安全帶，飛機升空，一如往常。低頭一望，叢林環繞著水稻梯田，大地依然繁茂青綠。四年前，綠意有如一條綿長的絲帶，一路延伸過河，直達南中國海，而後橙劑他媽的從天而降，一千兩百萬加侖彩虹除草劑截斷了綠色的絲帶。

運輸機飛入曠野，不到幾分鐘就遭到炮轟。這怎麼可能？他們接獲的指示都說運輸機可以直飛金邊。高射炮擊中客艙和貨艙，砲彈的碎片掃過引擎機師佛爾曼的眼睛。碎裂的彈殼劃破領航員尼爾森的腰窩，某些濕熱黏稠的東西從他的體側流了出來，看來情勢不妙。

整組機員力圖鎮靜，氣氛詭異。這個有如恐怖片的場景早已出現在他們的夢中，如今終於身臨其境，一時之間，他們難以置信，不知如何應變。不一會兒，他們回過神來，趕緊協力照顧傷者，檢視災情。兩臺引擎冒出兩道細細的黑煙，而且都在右翼。這下完了。不到一分鐘，黑煙變成濃煙。史超柏急急轉向，朝向泰國飛去。僅僅兩百公里就能平安著陸。大力神運輸機光靠一臺引擎也有辦法飛行。

然後他們開始墜落，好像鴨子俯衝入湖。貨艙後座冒出陣陣濃煙。道格拉斯還沒大喊「撤退」就知道怎麼回事：飛機起火了！更糟的是，運輸機載滿了燃油和易燃器械。他奮力走向熊熊火焰。他必須趁著棧板起火前趕到貨艙。他、李文和布萊戈拼命拆解貨品。一條在炮火中爆裂的輸氣管噴出白花花的蒸汽，熱氣向他襲來，燙傷他的左臉。他甚至感覺不到疼痛。最起碼目前還沒感覺。

他們總算把所有貨品推出機外。其中一塊棧板飛出機艙時起火爆炸，貨品隨之轟然引爆，四散紛飛。道格拉斯也騰空飄浮，好像一粒具翅種子般墜向地面。

數百英里之下，三個世紀之前，一隻沾滿花粉的黃蜂從青綠的樹梢，緩緩爬下特定的一棵榕樹，在隱匿於榕果中的小小花海產卵[44]。世間有七百五十種榕樹，每一種榕樹都有專屬的榕果小蜂專司授粉。不知怎麼地，這隻小蜂找到了命中注定與牠相屬的榕樹。小蜂產卵，功成身亡。牠授粉的果實成了牠的墳穴。

孵化之後，蜂幼蟲以榕果中的花海為食，但牠們可沒有破壞餵養牠們的小花。雄蜂跟牠們的姐妹交配，然後在這座舒適的果香囚房中撒手西歸。雌蜂從榕樹中現身，全身沾滿花粉，飛向他處，展開無止無盡的尋覓。雌蜂們拋下的榕樹長出小小的果子，顏色鮮紅，比道格拉斯鼻尖上的斑點還小。一隻紅耳鵯在榕樹間覓食，吃下了果子。小鳥進食消化，果子隨著一團鳥糞從空中墜下，落到另一棵樹的凹處，就在此處，果子躲過了上百萬種可能的劫難，經由陽光和雨水的呵護，長成了幼苗。它生長；它的氣根垂懸而下，漸漸包圍了它的宿主。數十年、數百年悄悄流逝。騎在大象背上的戰鬥已成陳跡，取而代之的是登月實況轉播和核能氫彈。

幼苗長成大樹，樹幹生出枝幹，枝幹生出橢圓綠葉。大樹枝一彎一拐，細枝側生，趨近地面，日漸壯大，長成新的樹幹。假以時日，一株主幹變成了一片樹林，傘狀的樹冠朝向四面八方蔓生，三百根主枝和兩千根細瘦的枝條密密麻麻地交疊，彷彿自成一片小樹林。但它依然只是一棵榕樹。一棵印度榕。

•••

裝卸長道格拉斯・帕夫利克在萬里無雲的晴空中翻滾，好像一個笨手笨腳、肚皮先著水的跳水客。風聲呼嘯，他被吹昏了頭。災禍飄浮在高高的雲端，再也無需他操煩。他一心只想寬恕這個世界，忘卻一切，直直墜落。他跟隨大風，飄過半個呵叻府，大地急急逼近之際，道格拉斯總算回過神來。他試圖把降落傘轉向水稻梯田，這樣一來，他就可以頭上沾了水、身上沾了稻、平安無事地降落。但套索纏成一團，他滑過了目標，錯過了稻田，降落傘眼看就要墜地。混亂之中，扣在他小腿上的配槍竟然走火，子彈從他膝蓋骨下方射入，打碎了他的脛骨，撕穿了他的靴子，從鞋跟射出。他的尖叫聲劃穿天際，身軀搖晃翻騰，滾入榕樹的枝幹之中，這棵花了三百年光陰長成一片樹林的大榕樹剛好接住了他，防止他繼續下墜。

枝幹戳穿他的飛行服。他的降落傘有如蠶繭般將他團團裹住。他一身刮痕，被火灼傷，挨了子彈，脛骨破碎，終於不支昏厥。這位飛官臉面朝下、手腳大張、俯臥在距離地面二十公尺的葉叢之間，被一棵古老神聖、宏偉巨大的榕樹緊緊抱住。

一輛巴士載滿了進香客前來朝拜聖樹。他們穿過岩柱般的倒掛根幹，走向主幹。一座神龕設置在曲折蜿蜒的樹幹之間，上面放滿了鮮花、念珠、鐘鈴、籤紙、聖線、紋痕累累的神像。進香客一邊誦經，一邊穿過綿延伸展的根幹迷宮，列隊走向神龕祭壇，人人抱著焚香和裝了香辣春雞、蓮花花環和玉蘭花串的錫鐵餐盒。三個小孩跑在最前頭，興高采烈地唱著農歌，小嘴飛快地張合，幾乎喘不過氣來。

進香客靠向神龕。他們獻上花環，樹枝上原已懸掛五顏六色的花環，這時看來更是絢爛。就在這時，天塌了下來，一個龐然大物有如火箭般轟然墜入上方的葉叢之中。焚香、花環、錫鐵餐盒頓時四散紛飛，兩位進香客甚至被震倒在地。

紛亂稍息。進香客抬頭一看。一個巨人般的鬼佬懸掛在他們上方，眼看就要從枝幹間墜地。他們朝著鬼佬大喊大叫。他沒反應。大家七嘴八舌，商討如何伸出援手，幫他掙脫榕樹和降落傘的束縛。技術軍士道格拉斯．帕夫利克一醒來就看到幾個泰國人站在板凳上伸手戳他。他以為自己仰躺飄浮在大氣之中，人們懸空向他靠攏，爭相抓住他。他腿上和臉上的傷口劇烈疼痛。他咳出一滴滴鮮血。他心想：我翹辮子了。

不，他耳邊響起一個聲音，樹救了你一命。

Mái kâo chai。聽不懂。他在泰國待了四年，就數這三個字最有用，此時此刻，他嘴裡又啪啪冒出這三個字。話一出口，他又昏了過去，繼續他漫長、迴旋的墜落。這次他滾滾翻騰時，身下的大地豁然大張，將他納入。他深深墜入地底，直入華美繁複的樹根王國。他沒入地下水層，墜向時光的初始，投身一個奇妙物種的巢穴，而他先前再怎樣都無法想像世上存在著如此令人驚嘆的物種。

當地的小診所不敢醫治美國士兵的腿傷。一個職員開著一部土灰色的馬自達送他到呵叻，車子的天線上繫著一面佛教輪迴的小旗，沿途隨風飄蕩，行進時，車子的聲響有如嘈雜的水上快艇，所經之處也同樣留下一道油黑的濃煙。道格拉斯吃了太多藥，昏昏沉沉地坐在後座，看著一公里又一公里的青綠悄悄溜過。低矮的稻田，綿延的山丘，放眼望去，蒼綠繁茂。有水斯有魚；有土斯有稻[45]。颱風一來，這一帶都將像艘香蕉葉編成的小船般沉沒。明年此時，越共們將下榻泰國的五星級旅館享受日光浴。一棵樹救了他一命。事事都說不通。

當小診所幫他注射的止痛藥漸漸失效，道格拉斯哀求司機動手了結他。司機比了比嘴巴，手指繞著嘴巴比劃。No Angrit[46]。

道格拉斯的脛骨壞死。呵叻基地的醫生草草處理了他的傷勢，把他送往曼谷第五軍醫院。他同組的機員全都逃過一劫，而根據戰後的報告，這大多歸功於他。他自己這條小命則歸功於一棵樹。

•••

空軍不需要瘸子。他們給他一副拐杖、一張飛回舊金山國際機場的免費機票、一枚空軍十字勳章。他在米慎區的當鋪典當勳章，拿到三十五美金。他不確定當鋪是幫助受傷的退伍軍人，或是狠狠敲他一筆。但他沒必要知道。裝卸長道格拉斯・帕夫利克為了協助解救自由世界所做的努力，自此劃下句點。

宇宙像是一棵印度榕，樹根在上，樹枝在下，而他桎梏其中。三不五時，話語沿著樹幹逆勢而上，在道格拉斯的耳邊絮絮響起，彷彿他依然倒懸在空中：樹救了你一命。他始終只聞其聲，不知其意。

生命倒數計時。九個年頭，六個工作，兩段夭折的戀情，三個州的汽車車牌，兩噸半差強人意的啤酒，一個揮之不去的噩夢。又值秋末冬初，道格拉斯・帕夫利克拿起圓頭鐵槌，在路面上敲出一排坑洞，公路繞經養馬場，通往布萊克富特[47]，路面原本就不太平整。他的用意在於減緩人們的車速，這樣他才可以站在圍欄旁，稍微看清他們的面貌。十一月一到，他就得再等好一陣子才得以享受這種樂趣。

餵了馬、為馬兒朗讀之後，他整個星期六都忙著在路上敲洞。伎倆奏效。如果車子開得夠慢，他和小狗就跟著車子慢跑，直到駕駛要嘛搖下車窗打招呼、要嘛對著他們掏槍。其中兩個駕駛有問有答，好像真的跟他談天。一個傢伙甚至停車跟他攀談一分鐘。道格拉斯意識到在外地人眼中，此等行徑可能相當怪異。但這裡是愛達荷州，而且當你一天到晚只看到馬，你對許多行徑就會比較寬容，也會知道許多事情不能光看表象。

事實上，道格拉斯日益堅信，人們十之八九誤將共識視為事實，這是人類最嚴重的缺失。你若想要影響一個人的看法，最有效的方式莫過於找一群人在旁邊大聲嚷嚷，而且屢試不爽，萬無一失。你把三個人聚集在室內，他們八成會判定地心引力是個萬惡法則，應當立即聲討，因為其中一個人的叔叔深受其害，從屋頂摔了下來。

•

他試著運用這套把戲影響別人，卻是成效不彰。但他第四節腰椎打了鋼釘，手邊存了一小筆退休金，曾經獲頒一枚空軍十字勳章和一枚遲來後到、背面讓他想到馬桶座的紫心勳章，而且雙手靈巧，什麼東西都做得出來，種種因素相互加乘，他當然有資格自以為是。

他拿著鐵鎚敲敲打打，走起路來依然一跛一跛。他的臉頰日益瘦長，不知不覺愈來愈像這一群由他照顧的牲畜。他一年當中有七個月的時間獨居，養馬場那對老夫婦來來去去，輪流在其他住處休閒養生。群山將他三面環繞。電視上只看得到螞蟻賽跑。但他依然多少想要知道自己為數不多的私人之見是否受到他人的認可。他人的認可：這種病態的心理會害死整個物種。然而，十月的第二個星期六，他依然整天在屋前的路上敲敲打打，希冀人們會因大大小小的坑洞減緩車速。

他正要收工，走回穀倉幫比利時役馬老酋長朗讀尼采時，一部紅色的道奇汽車以幾近光速的車速衝上山坡。坡道陡峭，駕駛一看情勢不對，馬上穩穩地滑向一側，車技令人激賞。道格拉斯和小狗跨步慢跑。等到他們趨近車旁，車窗已經搖下。一個髮色鮮紅的女子探身到車外。我們肯定很有得聊，道格拉斯心想，注定會交上朋友。「為什麼只有這一段路況特別糟糕？」

「叛亂分子，」道格拉斯解釋。

她搖上車窗，飛速駛離，就此揚長而去，甚至沒有回頭看他一眼。這下沒戲唱了。道格拉斯忽然感到心灰意冷，又是一個令人難以承受的打擊。他垂頭喪氣地回家，甚至沒有力氣為馬兒朗讀一小段《查拉圖斯特拉如是說》。

那天晚上，氣溫降到華氏二十度以下，雪花沙沙地掃過他的臉，好像整個戶外成了一所潔膚去角質的美顏館。他開車過去一趟布萊克富特，花了一個月的薪水囤積什錦水果罐頭，以免初雪飛揚，車子無法上路。結果他在一家撞球酒吧大肆揮霍，好像不把錢當錢。

「你必須準備好沐浴在你自身的烈焰之中[48]，」他跟為數不少的酒客說。前五七一號囚犯再度開講，而他始終一再坦陳，當年他該為而不為，沒把自己的被毯拿給獄友。打了八局花式撞球之後，他荷包滿滿，身上的現鈔比離家時還多。回家後，他趁著地面還沒有凍到無法挖掘時把鈔票埋在北端的牧地，連同其他積蓄一起藏在地底。

這裡的冬天沒完沒了，感覺比歷史文明更加漫長。他意氣消沉。他用他那堆鹿角製作工藝品，諸如一盞檯燈、一座掛衣架、一張椅子。他想到那個紅髮女郎和那些與她同樣嬌美，他卻一個都追不上的女子。他聆聽各種小動物在閣樓上跑跑跳跳。他總算讀完《尼采文選》，接著挑戰《諾斯特拉達姆士全集》，他逐頁閱讀，讀完一頁就直接撕下來丟進爐子裡當柴火燒。他把馬匹刷洗得乾乾淨淨，每天輪流騎著牠們在室內跑馬場舒展筋骨。他為牠們朗讀米爾頓的《失樂園》，因為《諾斯特拉達姆士全集》讓人心煩。

春季時分，他帶著他那把點二十二口徑的手槍走進矮樹叢。但他不忍心按下扳機，連一隻懶散的野兔都捨不得射殺。他曉得自己不太對勁。當他的僱主們初夏回到養馬場，他跟他們道謝，辭去工作。他不確定他要去哪裡。自從他卸下裝卸長的職務之後，他再也不曉得自己的歸屬，此等領悟已經成了無法達致的奢望。

他想要繼續西行。問題是，美西沿海人口密集，高樓林立，跟美東沿海沒什麼兩樣，不管西行或是東行，開到終點同樣紛擾。儘管如此，他那部福特老爺車性能尚可，他剛換了輪胎，手邊攢了一些錢，他可支領榮民殘障年金，而且有個朋友住在奧瑞岡州，於是他開車上路，沿著優美的鄉間小路穿越山嶺，一路駛向波伊西。打從自天空墜落，落入印度榕的懷抱，他的生活還算過得去，實屬萬幸。他回想過往，驅車西行，汽車收音機的訊號斷斷續續，歌曲彷彿從月球上播放，寂寥之中帶點電音效果，別具一格。反正他沒在聽。他已經沉醉於綿延無盡、有如綠色高牆的恩格曼雲杉和亞高山冷杉。他把車停在路肩，下車小解。在荒涼的山脊之中，他可以站到公路的中央線尿尿，也不會有半個人知道。但誠如他先前經常在朗讀中對馬兒的訓誡，野蠻的行徑有如走下滑坡，一不注意就益發不可收拾。於是他跨過路邊，步入林中。

他拉下拉鍊，瞪視荒野，等著小解，就在這時，道格拉斯・帕夫利克看到林間深處應是蔭影重重之處，居然透出一道道日光。他拉上拉鍊，前去查看。步道漸漸被林下植物掩沒。他挑了一條最短的步道，走著走著，眼前又出現一道道日光，他睜眼一看，前方竟是……你甚至不能說那是一片空地，而是如同月球表面。一根根殘幹在他眼前延展，景況荒蕪淒涼。地面布滿黴紅的熔渣，處處可見木屑和殘木。放眼望去，四面八方都像是一隻被拔了毛的巨鳥，好像外星人發射致命的雷射光，世界奄奄一息，只求一死。他這輩子只看過一次類似的景況。越戰期間，陶式化學和孟山都研發的橘劑淨空山林，但眼前的皆伐更有效率。

他跌跌撞撞地穿過一片稀稀落落、掩人耳目的樹林，走回路邊，穿越馬路，凝視另一側的森林。更多樹木遭到砍伐，光禿禿的空地一路延伸到山下。他發動卡車，往前行駛。道路兩側蔥鬱翠綠，望似森林。但他已看穿假象。他正開車穿越一條最虛假、最造作的的林間小徑，綠意有如一層薄紗，其後卻是一個個面積有如獨立小國的坑口。眼前的樹林純粹是個道具、一個聰明的障眼法。這些樹木就像是幾十個被雇來補位的臨時演員。

他在一個加油站停下來加油。他問收銀員：「他們是不是在這一帶進行**皆伐**？」

那人收下道格拉斯的鈔票。「你他媽的說對了。」

「還種些掩人耳目的樹木像拉上投票亭布幕掩飾？」

「他們說那是『景觀廊道』，用來美化環境。」

「但是……這裡不都全是國家森林嗎？」

收銀員一語不發地瞪著他，好像這個問題愚蠢得像是騙人。

「我以為國家森林是為了保護林地。」

收銀員輕蔑地呸了一聲，顯然極為不齒。「你想的是**國家公園**。**國家森林**的用意在於讓人花小錢砍伐樹木，賣給那些願意出錢的買主。」

嗯，資訊可能造成困惑，知識可能難以消受。道格拉斯養成習慣每天攝取新知，而他今天獲知的資訊縈繞在他心中，久久未能消散。快要開到本德市[49]時，他的怒氣開始高漲。接連兩天，他眼見成千成百英畝的森林消失無蹤，但讓他生氣的不止於此。他可以接受公園的護林員和巡山員一點一點地積存由威爾豪瑟公司[50]買單的退休金，但他們居然刻意耍花招，忝不知恥地沿著公路植樹，企圖拉上一層掩人耳目的布幕，而且效率驚人，他想了就生氣，甚至想要動手揍人。行車途中，他每一英里都受到耍弄，正如他們的規劃。一切看來如此真實、如此原始，似乎從未遭到破壞。他覺得自己好像置身《吉爾伽美什史詩》的杉古山——他去年在養馬場的圖書室翻到這本巨著，而且唸給馬兒們聽——見識造物主初創的森林。結果吉爾伽美什和他的渾小子朋友恩奇卻已呼嘯而過，摧毀一切。這種故事見怪不怪，不足為奇。問題是你可能開車橫越全州，卻始終不知情，這才讓他生氣。

開到尤金市[51]之後，道格拉斯花了大把鈔票，乘坐一部小小的雙翼機在空中繞一圈。「我這些錢能繞多大一圈，你就開飛機載我繞多大一圈。我要從空中看看地面是什麼模樣。」

地面看起來像是一隻病懨懨、側腹的毛被剃光光、等著挨刀動手術的牲畜。四面八方都是一個模樣。那幅景象若在電視上播放，伐木肯定明天就叫停。其後三天，道格拉斯成天呆坐在朋友家的沙發上。他沒錢，欠缺政治智慧，口才也不好。他沒有理財的頭腦，也沒有社會資本。他有的只是眼前一片片遭到皆伐的森林，無論睜眼或是閉眼，那幅景象始終揮之不去，苦苦糾纏。

他探詢打聽。然後他決定受雇植樹，拖著一條半還算管用的好腿栽種樹苗，說不定他可以讓光禿禿的大地重現生機。他們提供裝備，給他一把鐵鏟和一個裝滿樹苗的提袋，每粒種子索價幾分錢，一個月之後，樹苗若是依然存活，他們就依約付他二十五分錢。

道格拉斯冷杉[52]：美國最具經濟價值的樹木，所以囉，何不栽種一座全都是道格拉斯冷杉的林場？每一英畝可蓋五棟新屋，何樂不為？他知道自己幫中介商植樹，到頭來樹木依然賣給那些砍倒原生巨杉的混蛋。但他不必征服伐木業，甚至無需幫大自然報仇。他只需賺錢餬口，試圖甩除林木遭到皆伐的景象，而那幅景象已經有如蠹蟲鑽入邊材似地深深竄入他的腦海中。

他成天在死寂的林間晃蕩，來回行走於滿地泥漿的山坡。淤泥堆疊，寸步難行，他走著走著滑了一跤，死命抓住糾結的樹根、細枝、樹幹、殘株，拖著身子匍匐爬行，勉強前進。遍地殘屑，無人打理，任其腐化於紛亂的林木墳場。他成了跌跤大王，專擅以上百種姿勢跌跤。他彎下腰，在地上挖個小洞，放入樹苗，靴尖輕輕踩踏泥土，填滿埋了樹苗的小洞。如此這般，一再重複，樹苗有如星芒般密布，好像朝向四方撒拋了漁網。陡峭的山坡，光裸的溝壑，處處可見他的身影。一小時數十次，一天數百回，一星期千萬趟，直到他三十四歲的身軀腫脹痠痛，好像被毒蛇咬傷。有些時日，倘若手邊有把銼刀，他甚至願意鋸掉他那條不管用的跛腿。

他睡在植樹者的營區，營區裡都是肯吃苦、好相處的嬉皮和偷渡客，大夥忙到晚上全都累攤了，連話都懶得說。夜晚躺臥在床、痛得全身僵硬時，他經常想到一句諺語——他受雇於養馬場時，曾為馬兒們朗讀這句話，但那彷彿是上輩子的事——「倘若手中拿著樹苗時，有人告知彌賽亞即將到來，你先種植樹苗，然後出去迎接彌賽亞[53]。」當時他和馬兒們都不太明白這話的意思。如今他終於明瞭。

伐木的氣味令他不知如何是好。受了潮的香料櫃。浸了水的羊毛。生了鏽的鐵釘。發了酵的青椒。種種把他帶回童年時代的香氣。種種在他心中注入無比歡樂的芬芳。種種讓他陷入心田深處、久久無法脫逃的嗅味。還有那個悶悶的聲響，好像有人拿著枕頭矇住了他的耳朵。遠方某處，鐵鋸和伐木歸堆機怒吼叫囂。他忽然領悟到一個意義非凡的真理：樹木倒塌之時驚天動地。但樹木種下之時卻是無聲無息，樹木生長之時亦是無形無跡。

有些時日，破曉時分漫天大霧。晨間寒氣逼人，中午卻曬得他臀部發麻。午後的天空是如此蔚藍，他仰躺在地，凝視藍得放肆的天空，直到眼中湧起淚水。有時，山雨毫不留情地下了又下，彷彿老天爺對他發出訕笑。雨水時而凝重，色如鐵灰；時而羞答答，好像試演怯場。他的雙腳被淋得溼答答，幾乎冒出青綠的苔蘚。高聳入雲、針葉若刺、樹樹交纏的巨杉曾經在此生長。有朝一日，它們必將重返。

有時他跟伐木工們一起工作，其中一些人說著他從沒聽過的語言。他碰到一些健行客，人人都想知道他們年少時的森林為何不見蹤影。季節工來來去去，像他這樣的死硬派留守營區，堅持不懈。大多時候，只有這個單調、辛苦、可惡的工作與他相伴：蹲下，挖洞，植插，站起，靴尖踏土，封住小洞。

他的道格拉斯冷杉看起來好稚嫩、好矮小，宛如煙斗通條，也像是玩具火車組的道具樹。遠遠望去，一株株低矮的樹苗散布於光裸的林相中，好像一個快禿頭的男人剪了個小平頭。但每一棵他親手插植的樹苗都是沿襲自千萬年前的魔術戲法。他數以千計地把它們送到世間，每一株都值得他的喜愛、他的信賴，就像他衷心想要信賴人類。

你別打擾它，但你可不是放它單飛；你把它交給空氣、陽光和雨水，每一株說不定都會增胖成千上萬磅。他親手栽植的任何一株樹苗都可能見證其後六百年的時光，也可能比規模最龐大的工廠所立起的煙囪更高聳。它的樹冠可能是野鼠世世代代的家園，它的樹幹可能是數十種昆蟲的食糧。每個年頭，它可能下起針雨，數以百萬計的針葉掉落在它自己低矮的枝幹上，層層泥土積存其間，培育出屬於它的空中花園。

一生之中，任何一棵這些細長的小樹都可能迸出數以百萬計的毬果，小小的雄毬果略呈黃褐，釋放出黃色的花粉，隨風散布全州，雌毬果懶懶低垂，鱗片螺旋密生，鱗尖冒出有如鼠尾的白絲，他看在眼裡，感覺比他自己這條小命更令人愛憐。來日它們將重返山林，而他幾乎可以聞到樹脂的清香，彷彿天天都是聖誕佳節，勾動心中濃濃的渴慕。

道格拉斯・帕夫利克在一個面積有如尤金市市中心的皆伐區工作，一邊插植樹苗，一邊跟它們說再見。撐著點。撐個一、兩百年就行了。對你們這些傢伙而言，真的不算什麼。你們只要比我們活得久就行了。然後世界只剩下你們，你們再也不會受欺負。

33 Naked City，一譯「不夜城」，一九四八年的黑白驚悚警探片，朱爾斯．達辛（Jules Dassin）執導，全片在紐約街頭拍攝，寫實逼真，是警匪片的經典之作。

34 西洋歌曲〈*Amazing Grace*〉，一譯「天賜恩寵」。

35 Twin Falls，愛達荷州南部的大城，與奧瑞岡州相鄰。

36 Lockheed C-130 Hercules，美國洛克希德．馬丁公司研發生產的中型運輸機，它是美國最成功、服役時間最久、生產最多的現役運輸機，也是美軍戰略空運之中最重要的輔助力量。

37 Nakhon Ratchasima Province，一譯「那空叻差是瑪府」，位於泰國東北部，距離曼谷約兩百六十公里。

38 黎德壽（1911-1990），原名潘廷啟，越南政治人物，前越南社會主義共和國領導人之一，亦是越共要角。

39 Rare Earth，一譯「好地球合唱團」，活躍於六〇年代晚期至七〇年代初期的美國迷幻搖滾樂團，是Motown旗下少有的白人樂團。

40 Three Dog Night，一九六七年成立於加州，七〇年代初期盛極一時，是美國頗具影響力的搖滾樂團。

41 Ayutthaya，曼谷北郊的觀光勝地，歷史悠久，是世界遺產之都。

42 Phimai，位於泰國東北部，是泰國重要的歷史景點，「披邁石宮」素有泰國的吳哥窟之譽。

43 daai，可以。nit noi，一點點。dee mâak，很好。

44 一般人以為榕樹不開花直接結果，其實每一顆小小的果實中就有一片小小的花海，是謂「隱頭花序」。這一片花海中可分成三種花：雄花、雌花和蟲癭花，蟲癭花的花房中空，方便榕果小蜂產卵化蛹。

45 In the waters there are fish; in the fields, there is rice。語出素可泰王朝的蘭坎亨大帝（King Ramkhamhaeng）的碑石。

46 意即「No English」。我不會講英文。

47 Blackfoot，愛達荷州南部的城市。

48 尼采名言，語出《查拉圖斯特拉如是說》，原句為：「you must be ready to burn yourself in your own flame; how could you rise anew if you have not first become ashes」，中譯為「你必須準備好沐浴在你自身的烈焰之中：你怎麼可能重生呢，如果你不先化為灰燼？」

49 Bend，奧瑞岡州中部的城市。

50 Weyerhaeuser，全球性的森林產品整合公司。
51 Eugene，奧瑞岡州西部的大城。
52 編按：Douglas fir，又稱花旗松、黃松，原產於北美洲的針葉樹。
53 語出西元一世紀著名的撒該拉比（Rabban Yochanan ben Zakkai）。

尼雷・梅塔

那個日後將促成人們蛻變為其他形體的男孩坐在家裡看「電子公司[54]」的錄影帶，他們家在聖荷西，樓下是一家墨西哥糕餅店。他那個原籍拉賈斯坦邦的媽媽正在廚房裡忙活，家裡瀰漫著黑荳蔻辛辣的香氣，跟從樓下緩緩飄上來的肉桂香不太搭調。屋外，在那素有「果樹林[55]」之稱的聖塔克拉拉河谷中，杏仁樹、櫻桃樹、梨樹、胡桃樹、李樹、黃杏樹的幽魂飄飄蕩蕩，綿延四方，曾有一時，河谷之中放眼望去盡是果樹，近日卻已淪為矽谷的犧牲品。男孩的爸媽依然將這片河谷稱為金洲。

男孩那個瘦高、原籍古吉拉特邦的爸爸抱著一個超大的紙箱，巍巍顫顫地走上樓梯。八年之前，他初抵美國，身上帶著兩百美金，頂著固態物理學的學位，而且不介意比他的白人同事們少拿三分之一的薪水。如今他任職一家正在重寫人類歷史的公司，亦是該公司第兩百七十六號員工。他抱著沉重的紙箱，搖搖晃晃地走上三樓，嘴裡輕哼著他兒子最喜歡、父子倆睡前經常合唱的歌曲：*Joy to the fishes in the deep blue sea, joy to you and me*[56]。

男孩聽到他的腳步聲，衝到樓梯口。「爸！那是什麼？給我的禮物嗎？」這個七歲的小戰士以為世界多半都是他的禮物。

「尼雷，拜託，先讓我進去。你得說聲謝謝。沒錯，那是一個禮物，我們兩人的禮物。」

「我就知道！」男孩雀躍地繞著咖啡桌踏步，碰碰球的鋼珠被震得嘩啦作響。「我提早十一天拿到生日禮物！」

「但你得幫我組裝。」他爸爸把桌上的雜物挪到地上，扛起箱子擱到桌上。

「我是最佳幫手。」男孩寄望他爸爸聽聽就忘。

「你也得很有耐性，這方面你得加強，記得嗎？」

「我記得，」男孩跟爸爸保證，動手拆開箱子。

「有用的東西全靠耐性。」

爸爸按著男孩的肩膀，帶著他走向廚房。媽媽擋在門口。「別進來！我很忙。」

「喔，哈囉，胖媽。我買了那組電腦套件。」

「這下你才跟我說。」

「一組電腦套件！」男孩興高采烈地尖叫。

「我就知道你會買那組電腦套件！好吧，你們父子到一旁玩。」

「胖媽，這可不只是玩玩。」

「不是玩玩？那你們就到一旁工作，跟我一樣做些正經事。」男孩一邊尖叫，一邊拉扯爸爸的衣角，把爸爸拉回桌邊。媽媽在他們身後大喊。「１ＫＢ還是４ＫＢ？」

爸爸得意洋洋地說：「４ＫＢ！」

「我就知道！好吧，閃邊站，你們到一旁做出一些有用的東西吧。」

他爸爸從箱子裡取出玻璃纖維的綠色背板，男孩看了不高興地噘嘴。「這就是電腦套件？那個東西有什麼功用？」

他爸爸露出最狡詰的微笑。有朝一日，這個東西將重新定義所謂的「功用」。他把手伸進箱子裡，拿出最重要的組件。「來，尼雷，看看這個東西！」他舉起一個長約三英寸的晶片，欣喜地點了點頭，向來嚴肅的臉上露出幾乎可說是驕傲的神情。「你老爸幫忙製造了這個東西。」

「爸，這就是微處理器？看起來好像一隻蟲腳四四方方的昆蟲。」

「啊，但你想想我們在裡面放進了什麼。」

男孩看了看。他記得他爸爸兩年前跟他講的床邊故事——一個個高瞻遠矚的專案經理和勇於創新的工程師，承受了比白猴神哈奴曼跟他猴子軍團更多的挫折與苦難，堅持創造出一個前所未見的工程奇蹟。他七歲的小腦袋恍然大悟，神經細胞灼灼運作，千億個微小的神經元錯綜相連，有如一棵棵枝枒蔓生的樹木。他咧嘴一笑，機伶但不太確定。「幾千個電晶體。」

「啊，我兒子真聰明。」

「讓我拿一下。」

「小心、小心，別亂晃。我們可別在這個小東西活起來之前就毀了它。」

男孩忽然一臉驚恐。「它會活起來？」

「沒錯！」他爸爸微微一笑。「前提是我們必須下對指令。」

「然後它會做些什麼？」

「尼雷，你要它做些什麼？」

男孩雙眼大張，眼前這組電腦套件似乎變成了精靈。「我們要它做什麼，它就會做什麼？」

「我們只需琢磨出如何把我們的計畫裝進它的記憶。」

「我們可以把我們的計畫裝進**那裡**？它裝得下多少計畫？」

男孩的爸爸頓時默不作聲——有些時候，簡單的問題反而讓他說不出話。他迷失在自己有如宇宙般浩大的思緒中，過了一會兒才回過神。「有朝一日，它裝得下我們每一個計畫。」

他兒子輕蔑地哼了一聲。「這個小東西？」

這個瘦高的男人急急在書櫃上層摸尋，取下家中的剪貼相簿，翻了幾頁之後，他得意地大喊。「來，尼雷，過來看看。」

照片很小張，顏色青綠，帶點神祕感。破裂的石塊中鑽出糾結成團、有如巨蟒粗壯的青綠樹根。

「兒子啊，你瞧。一粒微小的種子落到這座神殿的屋頂上。數世紀之後，神殿被種子壓得坍塌，但它依然繼續生長。」

數十條糾結的枝幹和樹根進占毀損的石牆，分支有如觸角般向下延伸，填滿狹窄的縫隙，撐裂了石塊。一條粗壯無比的樹根爬過門楣，好像鐘乳石似地直逼下方的門框。尼雷看著大樹的探索，甚感驚恐，卻又無法移開視線。枝幹尋覓砌石的縫隙，沿著窄長的石縫伸展，感覺幾乎具有獸性，好像大象的象鼻。它們似乎明白自己的方向，也找出法子徐徐前往。男孩心想：有個東西慢慢地、刻意地打算把人類每一棟建築物變成泥土。但他爸爸把照片舉到尼雷面前，好像照片證實了最燦爛的前景。

「你瞧見了嗎？如果毗濕奴可以把如此巨大的菩提榕擺在這麼一丁點的種子裡……」他往前一傾，捏捏兒子小拇指的指尖。「我們可以把多少東西裝進我們的微處理器！」

接下來的幾天，他們組裝出他們的電腦。各個零件焊接無誤。「嗯，尼雷，這個小玩意可以做些什麼呢？」

男孩想著種種可能性，不禁目瞪口呆。他們可以讓它執行任何指令，他們要它做什麼，它就可以做什麼。唯一的難題是如何選擇。

他媽媽從廚房裡大喊。「拜託教它烹調秋葵。」

他們教它說聲哈囉。他們還教它跟尼雷說聲生日快樂。父子合寫的程式發揮功效，開始運作。男孩剛滿八歲，但在那一刻，他尋獲歸屬。他找到了法子，具體呈現出內心的期盼和夢想。

他們合寫的程式碼幾乎馬上開始演化。一個簡單的迴圈指令延伸為五十行漂亮的程式碼，有些部分還可拆解，以供日後使用。尼雷的爸爸接上一部卡帶放音機，加載儲存他們辛勤工作的成果。但音量按鈕必須調整得剛剛好，不然讀取錯誤，他們的心血也就毀於一旦。

其後幾個月，他們從4KB進階16KB，然後很快躍升到64KB。「爸！我們這部電腦是史上最強！」

男孩迷失在自己的邏輯思維所架設的世界。他把電腦當作他的小狗，每天花幾小時訓練它，成功地馴服它。它只想玩耍。丟顆砲彈轟炸你的敵人。別讓老鼠接近你已採收的玉米。轉動一下幸運之輪。尋找並摧毀象限中每一個外星人。趁著可憐的粉筆小人被吊死之前把字拼出來。

他爸爸坐在一旁，看著自己釋放出的小怪獸。他媽媽拉了拉圍裙，大聲斥喝他們父子。「你看看你兒子！他成天坐在那裡打字，好像一個嗑了藥的苦行僧。他上癮了，比嚼帕安[57]更糟糕。」他媽媽的斥喝將持續多年，直到兒子開給她的支票源源而來，她才噤聲。男孩始終沒有停下來回答。他忙著創造各個世界。起先規模都很小，但全都屬於他。

尼雷擅寫序列程式碼。日後他將讓自己重生，以不同種族、性別、膚色、教徒等面貌再活一次。他將喚醒腐爛中的屍體，噬食少年的靈魂。他將在蔥鬱的樹冠層搭起帳篷，躺臥在高聳的懸崖崖底，泅泳於各個星系的海洋之中。他將窮盡一生之力，投身一項規模浩大、源自矽谷的密謀，接管人類的智能，促成自從文字書寫以來最重大的變革。

有些樹如同煙火般鋪展，有些樹如同錐筒般聳立。有些樹直直抽高，毫無波紋，探向三百英尺之上的天空。寬廣、圓滾、柱形、歪扭、圓錐狀、三角錐狀，樹形千變萬化，唯一的相同之處是枝幹岔生，有如毗濕奴揮舞著一隻隻手臂。在枝葉鋪展的樹種中，最令人驚嘆的莫過於榕樹。條條榕根有如刀鞘，寄主被包圍、被吞沒、被絞死，腐爛的軀幹依然被榕根圈住，彷若受困於一個空蕩的牢籠。畢缽羅、菩提榕、佛陀之樹，它們葉片寬大，造型獨特，滴水葉尖，煞是奇特。菩提榕氣根林立，一木成林，樹幹數以百計，竭力爭奪陽光。那棵他爸爸照片中吞噬寺廟的菩提榕，始終常駐男孩心中。它會隨著每一組新增的程式碼加速生長。它會不斷鋪展、尋找縫隙、探索種種逃逸的路徑、搜尋下一棟讓它吞噬的屋舍。其後二十年，它會在尼雷的手中持續茁壯。

然後它會開花結果，男孩也將獻上這份遲來的祝福，謝謝爸媽早先送給他一個永誌難忘的生日賀禮。他以此對他清瘦的爸爸致敬，謝謝爸爸當年拖著那個龐大的紙箱爬上三樓。他以此稱頌毗濕奴，感念這位他只經由印度漫畫書結識、始終不解其意的天神。他以此與人類道別，申斥這個蔑視生靈、側重數據的物種，他以此喚醒逝者，讓他們對他再次表達關愛。眾多樹幹從同一株樹上垂落而生。有朝一日，他爸爸播下的種子亦將吞噬世界。

他們搬進矽谷山景城的一棟屋子，屋子竟有三個臥室，奢華得令巴布爾・梅塔不解。他依然開他那部二十年的老爺車。但他每隔五個月就幫他的電腦升級。

麗圖・梅塔一看到木箱就心慌。「這不是沒完沒了嗎？你會害我們破產！」

車庫塞滿了過時的裝備，車子甚至開不進去。但不管多麼陳舊，每一個配件都是出自一群勇於創新的工程師之手，複雜精巧，令人讚嘆，父子倆都捨不得丟棄任何一個已被淘汰的工程奇蹟。

摩爾定律[58]的龜速令尼雷氣餒。他急需容量更大的記憶體、速度更快的微處理器、解析度更高的像素。他這輩子十分之一的時間都花在等待下一個突破極限的更新。這些微小的組件蘊藏著某些躍躍欲試、想要掙脫的事物。或許應該這麼說：這些袖珍緘默的組件之所以存在，目的在於展現人類甚至無法想像的事物，而尼雷幾乎知曉那些事物的模樣。如果他寫得出下一組神奇的程式碼就好囉。

他漫不經心地遊走於校園中，好像揚棄自己的童年。他知道如何跟他的哥兒們廝混；情境喜劇的主題曲，收音機播放的熱門歌曲，芳齡十五、他應當愛得死去活來的性感小明星，這些他應該知道的行話，他全都了然於心。但夜晚時分，他夢見的不是誰在操場上幹架，或是誰在學校裡講八卦，而是一組組精簡、漂亮的程式碼。他夢想著一個個數據來回傳輸於記憶體、暫存器、累加器，流暢自如，精采絕倫，讓他甚至不知道該如何跟朋友們形容。就算他為他們示範，他們也不曉得如何解讀他寫出的程式碼。

每一個程式都引向不同的景況。一隻青蛙試圖穿越繁忙的街道。一隻人猿丟擲木桶自我防衛。一個個長相滑稽、皮膚斑駁、來自異次元空間的生物湧入尼雷的世界，而他只有短短的一瞬間看得到它們的真面目，一旦錯過短暫的窗口，這些原本難得一見的生物就變成尋常的模樣。日後人們會以為他這樣的孩子患了亞斯伯格症，他會被迫接受認知行為治療，也得服用抗焦慮劑之類的藥物，撫平他跟人互動時的摩擦。大家或許看不出來，但他早已知曉：人們這下麻煩大了。曾有一時，人類的命運或許交由那些調適良好、善於社交、心性穩定的人控管。現在一切都需要升級，舊有的標準再也不管用。

他依然孜孜不倦地閱讀。夜晚時分，他捧著史詩般的巨著，書中揭露逼真的醜聞和史實，本本離奇古怪，動人心弦。代代相承的星際方舟，宛若玻璃花園的拱頂城市，難以計數的平行世界，全都令他愛不釋手。有個故事他已經期待多時，即使他毫不自覺。當他終於碰巧讀到它，他就再也忘不了。故事之中，外星人登陸地球。他們的個頭非常矮小，但消化力極強，行動力飛快，好像沼澤裡的小飛蚊，肉眼甚至難以追蹤。對他們而言，地球的一分一秒有如歲歲年年般漫長。在他們眼中，人類不過是靜止不動、宛若雕像的肉塊。他們試圖溝通，但得不到回覆。既然毫無高等生物的跡象，外星人只好鑽進這一尊尊動也不動的人體雕像，慢慢將之風乾熟成，好像醃製一塊臘肉，為了漫長的返鄉旅途作準備。

世上只有他爸爸比那些怪物更值得尼雷的關注。他們心意相通，連話都不用說。父子倆一同坐在鍵盤前，頭貼著頭，臂抵著臂，才是他們最開心的時刻。他們嘲弄彼此，咯咯輕笑，他爸爸也始終歪著頭，好像唱歌似地輕聲提示：「尼雷，小心！別濫用你的力量！」

整個宇宙等著被賦予生命。若是聯手，他們絕對有辦法用最微小的原子創造萬物。尼雷需要旋律與歌曲，但他的電腦卻默不作聲。於是父子倆創造出自己的鋸齒波，急急按動小小的壓電喇叭，開了又關，關了又開，直到喇叭終於傳出聲響。

他爸爸問道：「你怎麼變得如此專注？」

他沒有回答。他們都知道答案。毗濕奴已將世間萬般生物植入他們小小的八位元微處理器，而尼雷會一直坐在電腦螢幕前，直到他的怪物們獲得自由。

成年之後，尼雷只需拖曳一個可愛的圖示，放進一個樹形圖，輕按滑鼠，即可創造出當年他和爸爸在地下室努力了六星期才創造出的事物。但那股難以言喻、期待創新的悸動卻已消逝。有朝一日，在那個耗資數千萬的辦公室園區，他將在紅杉飾邊的大廳掛上一個牌匾，牌匾一掛多年，蝕刻在牌匾上的銘言出自他最喜歡的書：

> 人人應該都有能力想出種種點子
> 而我對這樣的未來充滿信心[59]

十一歲的尼雷為了風箏節幫他爸爸製作風箏——不是真正的風箏，但比真正的風箏更棒。他們父子可以一起放這只電腦風箏，無需擔心山景城的居民會把他們視為崇拜牧牛的笨蛋。他在一本名為「Love at First Byte」的油印版雜誌上讀到一種新技術，決定動手嘗試。原理精巧機伶，令人稱嘆：你草繪一張張風箏，把它們像是翻頁動畫般上傳到視訊記憶體，然後你就可以在電腦螢幕上放風箏。當小小的風箏頭一次在螢幕上撲撲飛舞，他感覺自己有如天神。

他絞盡腦汁想要寫出一個程式，讓風箏可以自行隨著音樂飛舞。使用者鍵入簡單的字母和號碼，選擇希望聽到的曲目，風箏就會隨著旋律飄動。這個點子妙極了，尼雷想到就心花怒放。爸爸可以讓他的風箏隨著古吉拉特邦的家鄉小調飛舞呢。

尼雷的活頁夾筆記本裡寫滿了注釋和圖表，還有一張張電腦印出來的最新修訂版。他爸爸拿起筆記本，好奇一問：「尼雷先生，這是什麼？」

「你別碰！」

他爸爸咧嘴一笑，蹦蹦跳跳地走開。啊，祕密的小禮物。「遵命，我的小主子。」

尼雷趁他爸爸不在的時候埋頭苦幹。他把筆記本帶到學校——那一道道長廊有如迷陣，處處可見籌畫有方的霸凌，日後當他設計地域奪寶之戰，經常以此為本——黑色的筆記本看起來頗為正式，他假裝抄筆記，其實是寫程式。他的老師們以為他聽課聽得入迷，因而致感榮幸，不疑有他。

他這套把戲暢行無阻，直到吉爾賓小姐的「美國文學」才被識破。今天的課程是史坦貝克的《珍珠》。尼雷滿喜歡這本小說，尤其是小寶寶被蠍子螫了一口的那一段。蠍子是一種了不得的生物，尤其是巨蠍。

吉爾賓小姐嘮嘮叨叨地講述珍珠的象徵意義。對尼雷而言，珍珠就是珍珠，他苦思如何讓風箏隨著音樂起舞，這才是值得思索的問題。他翻閱一張張電腦印出來的資料，忽然靈機一動：何不試試巢狀迴圈？這個主意太妙了，就像老天爺拿著閃亮的粉筆，把他的腦袋瓜當作黑板，活靈活現地幫他畫出來。他不禁暗自嘟囔：「喔，這就對了！」

課堂爆出笑聲。不巧的是，吉爾賓小姐剛剛才問了一句：「沒有人願意看到小寶寶丟了小命，對不對？」

吉爾賓小姐目光如劍，沒有人敢說話。「尼雷，你在做什麼？」他知道他最好什麼都別說。「筆記本裡寫了什麼？」

「電腦作業。」全班再度哄堂大笑。電腦作業？他吃錯藥了嗎？

「你在修電腦課？」他搖搖頭。「把筆記本拿過來。」

走到講桌途中，他考慮是否應該假裝跌倒、扭傷腳踝。他把筆記本遞過去。吉爾賓小姐翻了翻。素描、流程圖、程式碼。她眉頭一皺。「回去坐下。」

他依言照辦。吉爾賓小姐繼續講課，他則鬱鬱不樂，既是羞愧，也覺得自己受到不公平的對待。下課鈴響，同學們全都離開之後，他走回吉爾賓小姐的講桌旁。他知道她為什麼討厭他。他這種人會讓她那種人絕跡。

她把筆記本翻到畫滿風箏的那一頁。「這是什麼？」

她不知道什麼是風箏節，她不了解有個像他爸爸一樣的父親是什麼感覺。她是個來自北加州小城的金髮女郎。機械是她的仇敵。在她眼中，邏輯扼殺了心靈美好的一面。「電腦作業。」

「你很聰明，尼雷。文學哪一點讓你厭煩？你擅長圖解句子。」她等著他回答，但他比她有耐性，依然不吭聲。她只好輕扣筆記本，繼續說道：「這是某種遊戲嗎？」

「不是。」最起碼不是她認為的那種遊戲。

「你不喜歡閱讀嗎？」

他為她感到抱歉。如果她了解閱讀可以達到何等境界就好囉。銀河帝國及其大軍橫掃星系，發動一場場持續千百年的星際大戰，而她卻擔心那三個可憐的墨西哥人。

「我以為你喜歡《返校日》[60]。」

他覺得這本小說還不賴，甚至讓他感動得心頭微微一緊。但這跟他拿不拿得回筆記本有何關係。

「你對《珍珠》沒興趣嗎？書裡講到種族歧視，尼雷。」

他站在原地眨眨眼，好像初逢智商過人的外星人。「我可以拿回我的筆記本嗎？說不定讓我看一眼就好。我不會再把它帶到課堂上。」

她的臉垮了下來。連他都看得出來她覺得受到背叛。她以為他跟她同一國，但最近這幾個星期，他卻她身邊悄悄溜走，投入敵人的陣營。她摸摸他的筆記本，眉頭再度一皺。「我暫時沒收，直到一切恢復正常。」

再過幾年，學生們會因為更無謂的小事射殺師長。放學之前，他去了一趟她的辦公室。「先前妳上課的時候，我在臺下工作，真的非常抱歉。」

「工作？尼雷，你覺得那樣叫做工作？」

她希望聽到懺悔。她希望他謝謝她伸出援手，讓他不至於在全班同學專心聽講、擷取小說精華之時偷偷玩遊戲。他花了五十小時幫他爸爸設計風箏，此時此刻，他的心血卻在四英尺之外，拿不回來。她想要羞辱他。他心中怒火翻騰。「我可以拿回我該死的筆記本嗎？拜託？」

這話彷彿甩了她一巴掌。她怒目相視，準備迎戰。「你居然咒罵老師。這樣的行為會被記過。你爸媽會怎麼說？」

他愣住了。他媽媽會像拍打 jhatka[61] 肉片一樣狠狠甩他一巴掌。

吉爾賓小姐看看手錶。時間已晚，她不能叫他去找校長。她的男友再過十分鐘就來接她下課。他們會一起翻閱這本滿是象形文字的筆記本，嘲笑這個固執的印度小男孩。他居然膽敢聲稱自己不是玩遊戲？她權威感大發，成為校方的中流砥柱。「你明天第一堂課上課之前過來找我，我們談談接下來你該怎麼辦。」

尼雷熱血翻騰，雙眼灼熱。

「你可以走了。」她眉毛一揚，示意下令。「明天早上七點整見。」

他得想一想。他沒搭校車，走路回家。天氣好得令人難以置信：晴空萬里，溫度適中，空氣中飄散著月桂和尤加利樹的清香，宛若人間仙境。他沿著熟悉的街道拖拖拉拉地前進，比往常的速度慢了一倍，走過一棟棟木造平房——再過不久，人們將以一百五十萬美金的天價買下這些中產階級的屋舍，結果卻只是拆毀重建。他必須想個辦法應對。他對老師出言不遜，以往完美的形象因為一個可怕的字眼毀於一旦。他對白種人不敬，肯定讓他爸爸擔心得發慌。耐性，尼雷。含蓄。記得嗎？你記得嗎？閒話會在印度移民的小圈圈裡傳開。他媽媽會羞愧而死。

他沿著綠樹成蔭、光影迴旋的街道而行，再過四條街就到家，他轉個彎，抄近路穿過附近的小公園——每次他爸媽逼他出門走走，他就到這裡閒晃。小徑蜿蜒，穿過一排枝葉低垂的橡樹，橡樹年代久遠，遠溯加利福尼亞仍為西班牙殖民地時，枝幹隨風搖擺，有如幻影。就算他先前注意到這個樹種，八成也只在電影之中，比方說雪伍德森林[62]，或是巴格沃斯森林[63]，片中的林木有如替身演員，目的在於嚇唬進香客，或是挑釁流浪漢。當好萊塢需要樹木入鏡，他們就選擇這個附近唯一上相的闊葉樹種。

橡樹枝幹扭曲，奇形怪狀，如夢似幻，彷彿對他招手。其中一根格外粗大，探向地面，好像打算就此生根。他伸手一抓，往上一躍，隨即搖搖晃晃地坐在樹間，彷彿又是個七歲孩童。他就這麼坐在懸桁般的橡樹上，盤點自己完蛋了的一生。他俯望樹下，人行道上，兩個小孩揮舞著木棍敲打小石頭，一個彎腰駝背的白髮女子牽著臘腸犬散步，他想了想，幾乎可以從吉爾賓小姐的觀點檢視目前這個爛攤子。她訓誡他，這倒也沒錯。但她竊取他的資產。他在有如守望臺的樹間細細思量，目前這個局面可說是處於吉爾賓小姐所謂的「道德模糊地帶」。

他在糾結的枝幹間挪動身子，想到《返校日》書中的兩個男孩。他彷彿可以看見他們玩起那個白人貴族學校的遊戲，從他們的樹上跳入他們的河中。遙望樹下，微風一吹過枝幹，焦黃青綠的加州大地就隨之輕晃。他對他爸媽的世界一無所知，但有件事卻如同數理般錯不了。對印度移民而言，送命事小，丟人事大。吉爾賓小姐說不定已經致電詳述他犯了什麼錯。想到這裡，他的頭開始抽痛，嘴巴也覺得苦澀。他幾乎已經聽見他媽媽哭嚎：你讓那個老鼠色頭髮的女人羞辱我們全家？過不了多久，消息就會傳到遠方那個到處都是他姑姑阿姨、叔叔舅舅、堂表兄弟姐妹的國家，人人就會知道他做了什麼好事。

喔，還有他可憐的爸爸。多年以來，他刻意當個隱形人，只為了讓自己可以在金洲定居謀生，他會一臉驚恐地瞪著尼雷，心中暗想：這麼一個傲慢到以為自己可以頂撞美國師長的小孩，以後怎麼討生活？

尼雷從高高在上的橡樹樹穴凝視下方的人行道，思緒有如雜亂無序的程式碼。忽然之間，他心生一計，彷彿瞧見了輕而易舉的脫身之道。如果他故意受點小傷，說不定可以贏得幾張同情票。你不能痛打一個受傷的小男孩，不是嗎？他感到驚恐，也覺得興奮，恰如收看《陰陽魔界》[64]的心情。不，這個點子太瘋狂。他必須自認倒楣，回家面對懲罰。他往前一探，好好觀賞眼前的景象。他恐怕好一陣子沒辦法再爬到樹上。他肯定會被他爸媽禁足好幾個月。

他嘆氣，跨向下方的樹枝，準備下樹。然後他滑了一跤。

日後的年歲之中，他會有許多時間思索樹枝是否猛然抽動、橡樹是否故意跟他作對。但此時此刻，他直直下墜，樹枝狠狠地打在他的身上，左右開弓，讓他覺得自己像顆彈珠臺的鋼珠。地面朝著他急急逼近。他摔到水泥人行道上，尾椎骨先著地，劈啪斷裂。

時間停頓。他仰躺在地，尾椎骨斷裂，盯視上方。樹冠形若穹頂，盤繞迴旋，光影燦燦，隙紋累累，彷彿將要崩裂，散落在他的周遭。成千成百的綠葉朝他包攏，數以萬計的青綠光點宛若祝禱，亦似脅迫。樹皮碎裂；樹木清晰映現。樹幹化為一個個交疊而上、持續擴展的都城，木質部細胞架構出活絡的網路，傳送能量與液化的日光，水分沿著細長的維管束而上，流經莖葉，從飄搖的葉尖蒸散而出，在此同時，光能轉化的養分沿著維管束運送到根莖，這簡直像是一部巨大高聳、直指天際、含括億萬個獨立組件的星際電梯，時時刻刻將空氣送入天空、將天空儲入地底，從無到有，排列出種種可能：這一組自寫的程式碼是如此完美、如此精妙，他怎能親眼目睹？驚嚇之餘，他雙眼一閉，尼雷就此當機。

過了好幾天，他在醫院裡醒來，全身動彈不得。他的手臂和大腿插滿導管，兩塊楔型墊片緊貼著他的耳朵，確保頭部不能亂動。他只看得到天花板，而那可不是一片天藍。他聽到他媽媽大喊：「他張開眼睛了！」他不明白她為什麼啜泣地講了好多次，難不成他張開眼睛是件壞事？

他打了麻藥，飄浮在朦朦未知的迷霧中。有時他是一連串程式碼，存在於一個比市城更巨大的微處理器之中。有時他是個旅者，遊走於那個當電腦的速度終於趕得上他的想像、他將領銜創建的驚喜國度。有時他被巨大醜怪、四分五裂的觸鬚緊緊追趕。

他癢得發狂。腰部以上每一個抓不到的地方都好像著了火。當他終於恢復意識，他看到他媽媽蜷伏在他床邊的椅子上，她察覺到他的呼吸起了變化，從夢中驚醒。不知怎麼地，他爸爸也在他身旁。尼雷不禁擔憂：爸爸的上司若發現他不在辦公室，不知道會怎麼說？

他媽媽說：「你從樹上摔下來。」

他搞不清楚。「摔下來？」

「沒錯，」她再次強調。「你摔了下來。」

「我的腳為什麼在管子裡？預防我踢壞東西？」

她揮揮手指，然後按在嘴唇上。「一切都會沒事。」

他媽媽向來不會這麼說。

護士調低止痛藥的劑量。藥劑漸漸耗盡，痛苦漸漸加劇。眾人前來探視。他爸爸的上司，他媽媽的牌友，人人面帶微笑，彷彿正在做柔軟操。他們安慰的話語嚇壞了他。

「你吃了不少苦，」醫生說。但尼雷哪有吃苦？說不定是他的軀體、他的替身。但他自己呢？他的核心編碼可是一點都沒變。

醫生一隻手垂在身側，雙眼緊盯著空白的牆面，相當和善。尼雷問他：「你可不可以把那個像是虎頭鉗的東西從我腿上移開？」

醫生點點頭，但並非表示同意。「你需要時間復原。」

「我沒辦法移動我的腿，很煩耶。」

「你專心養傷，然後我們再談談接下來該怎麼辦。」

「可不可以把靴子脫掉？我連腳趾頭都動彈不得。」

然後他了解了。但他還不滿十二歲。他始終生活在自己設想出來的世界裡。他還不知道他將錯失多少美好的事物。他依然擁有那個他籌畫中的天堂。

他爸媽可不一樣；他們崩潰了。他們無法置信，哀傷沮喪，他記不清他們花了多少時日自怨自艾，他也記不清他們花了多少年月求神問卜，求助於另類醫療，期盼奇蹟。許久以來，他爸媽的愛無異加重了他的刑罰，直到他們終於認命，接受他們的兒子是個廢人。

一天過了一天，他依然躺在牽引床上。他媽媽出去辦事。說不定是故意出門。吉爾賓小姐從門口走進來，笑臉盈盈，精神十足，比他記憶中更漂亮。

「老師，哇！」

她的臉看起來不太對勁。但話又說回來，從他這種角度往上看，大家的臉看起來始終不太對勁。她走過來，摸了摸他的肩膀，嚇到了他。

「尼雷，我很高興見到你。」

「我也很高興見到妳。」

她微微顫抖。他心想：她曉得我的腿怎麼了。整個學校都知道。他想要跟她說：這又不是世界末日。反正這個世界也不是挺重要。她談到班上的狀況、同學們正在閱讀哪一本書。《獻給阿爾吉儂的花束》[65]。他答應他也會讀一讀。

「大家都想念你，尼雷。」

「老師，妳看。」他指指牆上一張超大的摺疊卡片，整個九年級都在卡片上簽了名。她失聲痛哭。他什麼都不能做，深感無助。「沒關係，」他跟她說。

她猛然抬頭，一臉企盼。「尼雷，你知道我絕對無意……我絕對想不到……」

「我知道，」他說，暗自希望她趕快離開。

她伸手拭去淚水，然後把手伸進公事包，拿出他的筆記本。筆記本滿是他幫他爸爸寫的風箏程式。「這是你的，我不應該……」

他好開心，甚至沒聽她接下說了什麼。他以為筆記本已經永遠遺失，成了另一樣他這輩子再也無法尋回的事物。

「謝謝妳，哇，真是太謝謝妳了！」

她輕嘆一聲。當他抬頭一看，她已經轉身跑開。他有點難過，但一打開筆記本，哀傷之情馬上不翼而飛。他躺著翻閱失而復得的頁張，漸漸想起一切。好多心血結晶、好多絕妙點子——全都沒丟，盡數保存。

六年光陰匆匆而過。尼雷．梅塔轉大人，當年的男孩一下子抽高，變成一個長相古怪的少年。十七歲的他，身高六尺，體重一百五十磅，輪椅不離身，雙腿乾枯皺縮，有如細枝，但出奇修長。他的臉頰稜角分明，有如洲陸版塊，臉上冒出一簇簇青春痘，嗓音從女高音變為男中音，頭髮留得跟不剪髮、不剃鬍的錫克教徒一樣長，但他沒有綁出一個髮髻，而是任憑一束束粗硬的髮絲飄過削瘦的臉頰，垂落在瘦骨嶙嶙的肩頭。

他以配備齊全的輪椅為家，輪椅宛若星際戰艦的艦長寶座，時時伴隨他航向未知的旅程，倘佯於他腦海中千奇百怪的國度。有些不良於行的人會變胖，但那些人餐餐進食，他只靠一小包葵花籽仁和兩罐無咖啡因的可樂就可以過一天。其實他很少白白耗費卡路里。他成天坐在特製的電腦桌前，電腦機身和電腦螢幕所需的能量都比他多。他的手指在鍵盤上飛舞，他的雙眼在螢幕上掃描，但他的大腦耗費大量葡萄糖，每天十八小時，一個指令接著一個指令，精心慎重地架構出他設計的原型。

史丹佛大學給了他入學許可，十七歲的他成了新鮮人，比一般大一新生還小兩歲。校園離他家不遠，電腦系接獲他爸爸公司創辦人的慷慨捐贈，系館朝氣蓬勃，前景大好。尼雷從十二歲就在校園晃蕩，早在正式入學之前就幾乎是電腦系的招牌人物。你知道那個印度男孩吧？他瘦瘦高高、肌肉不太發達、坐在一張奇特的輪椅上？

校園裡的六棟系館可說是研發聖地。種種創見有如魔豆似地一夜之間茁生迸發，靈感可能來自跟朋友們的閒聊，或是地下一樓的電腦室，尼雷經常待在電腦室寫程式，這些寫程式的小夥子不太愛說話，但星期天晚上，他們通常暫且不管程式碼，聚在一起啜飲汽水、分食披薩、鬼扯哲學。

有人說：「我們是演化的第三階段。」醬料順著他的嘴角滴流。

他們似乎都這麼想。生物演化是第一階段，過程以紀元計數。文化演化是第二階段，過程僅僅耗時十數世紀。現在每隔二十星期就是另一個電子世代，程式亦不斷加速。

「每十八個月，晶片的電晶體數目就加倍？『摩爾定律』可不是隨便說說。」

「假設這個定律直到我們翹辮子都還管用，那我們大概還能再活六十年。」

大家默默計數，加倍四十次，哇，這個數字太驚人，人人不禁咯咯輕笑。棋盤上的米粒可是堆得滿天高[66]。

「電晶體數目增加萬億倍。程式速度加快百萬倍，比我們正在寫得半死的程式更漂亮、更有深度。」

人人暫不作聲，暗自驚嘆。尼雷歪著頭看看碰都沒碰的披薩，凝視邊邊的麵皮，好像那是一個幾何習題。「程式是活的，」他幾乎自言自語。「它們自學。它們自創。」眾人哄堂大笑，但他反而更加堅持。「它們跑得好快，甚至以為我們根本不在這裡。」

一剛開始，寫程式的目的在於方便大家免費下載，純粹是慈善事業。他通常在公眾領域找個種子程式，改寫一下，加入新的應用功能，打開一二〇〇鮑率的數據機，撥接到一個當地的電子布告欄，上傳他改寫的程式，誰想要繼續改寫都可以下載。不久之後，他創造的生物就在全球各地的主機裡滋生，天天有人繼續創造新的生物，簡直有如寒武紀大爆發[67]，只不過速度快了十億倍。

尼雷免費贈送他的第一個傑作。那是一套回合制的電玩，遊戲裡有一隻肆虐全球各大都會的怪獸。即使每次下載耗時四十五分鐘，數以百計、遍布數十個國家的玩家依然趨之若鶩。反正閒著也是閒著，花點時間讓怪獸肆虐東京又如何？接著他設計了一群蹂躪美洲大陸的征服者，照樣免費贈送，照樣造成轟動。Usenet裡甚至有個群組，專門交換遊戲策略。每次打電玩，你就進入一個栩栩如生、身臨其境的新世界，任何一個在超商幫顧客打包的小弟都可以是個壯碩的飛車手。

他設計的電玩引發仿效。愈多人抄襲他的點子，尼雷愈容易接受自己受限於輪椅的一生。他送出愈多，得到愈多。他侷限於輪椅，成天待在地下一樓的電腦室，但這是優勢，而非劣勢，從他所在之地，一個個全新的洲陸具體成形。他不求回報，免費贈送漂亮的程式碼，人人都可免費複製，遊戲資源終於不再匱乏，空虛的心靈也得到慰藉。尼雷．梅塔因而小有名望。人們在撥接式電子布告欄和電玩新聞群組裡向他致謝。大學的小夥子在聊天室談論他，好像他是托爾金筆下的人物。在網路的世界裡，沒有人知道他是一個瘦高、癱瘓、少了輪椅就動彈不得的怪胎。

但到了他十八歲生日之時，天堂冒出了藩籬。先前免費贈送程式碼的善心人士們逐漸取得版權，收取費用，甚至厚顏無恥地創組私人公司。即使他們只是輕裝便服地販售磁碟片，但你可以看出事情的走向。公用程式漸趨封閉。網路的禮物文化逐漸式微。

尼雷在新聞群組竭力抗辯。他利用空閒的時間重新設計他最有名的電玩，善加改進，上傳到公用領域。侵權盜版？或許吧。但每一個所謂「版權所有」的專利都必須仰賴過去數十年分文未取的創見。整整一年，尼雷扮演俠盜羅賓漢，隨同一群嬉鬧的夥伴在無政府狀態的森林中紮營，露宿於一棵比大地更古老的巨樹下。

他花了四個月設計一套角色扮演電玩，圖像以十六位元高解析度呈現，六十四種絢麗的色彩讓畫面栩栩如生，勢必為他迄今的最佳贈禮。一個春末的傍晚，他出去尋找靈感，幫他的星球設計一群超現實的怪獸，結果晃到史丹佛大學的總圖書館。他在館中檢視一本本科幻漫畫雜誌的封面，翻閱蘇斯博士[68]的著作，有些圖片看起來頗似他童年漫畫書中的鬼怪植物。

他需要休息一下，於是他駕著輪椅穿越校園，去電腦教室看看大家在做什麼。時值黃昏，薄暮的顏彩柔柔地籠罩校園，四分之三的年頭，暮色總是這樣妝點校園。他朝著他在電腦教室的小隔間前進，好像電玩遊戲的主角般穿梭行進。他的右側是橢圓形的大草坪，青綠的棕櫚樹大道蜿蜒伸展；他的左側是融合了西班牙與羅馬建築風格的迴廊，聖塔克魯茲山遠遠矗立。他曾跟著爸媽在附近的紅杉步道健行，但那似乎是上輩子的事情。山的後方即是大海，他那部無障礙廂型車開過去約莫半小時。海灘和海灣並非禁地。他三個月前才去過。幾個朋友扛著他走到海邊，幫他坐在沙灘上，他眺望大海，凝視俯衝而下的海鳥，聆聽海鳥幽靈般的怒言。他的朋友們游泳、玩飛盤、沿著沙灘跑跳追逐，消磨了好幾個小時，當大夥準備打道回府，只有他依然意猶未盡。

他操控輪椅，沿著通往紀念庭園的殘障步道前進，行經羅丹的《加萊義民》雕像。今晚有得忙，他得積存一些零嘴補充體力。他朝著方院前進，移往後方的出口和學生活動中心，中心的販賣機種類最齊備。他一心想著他的星際遊戲，無心看路，幾乎撞倒一群忙著拍照的日本觀光客。他一邊道歉一邊後退，一不注意輾過一個老太太的腳趾頭。這個頭一次出國的老太太哈腰鞠躬，一臉窘困。尼雷趕忙告退，猛然把輪椅往右一旋，抬頭一看，望見一棵奇形怪狀的巨樹。巨樹的樹幹粗壯渾圓，有如球根，亦似象腿，他從沒見過這麼令人難以置信的植物，而這正是他遍尋不獲的靈感源頭。巨樹矗立在紀念教堂入口處的一側，彷彿穿過蟲洞，來自另一個星系，生氣勃勃，卻又如夢似幻。園丁們肯定昨晚趁著天黑偷偷把樹扛到這裡，不然他怎麼可能過去幾個月、每天傍晚經過這裡，卻沒有注意到這麼一棵奇樹？

他駕著輪椅來到樹旁，開懷大笑。樹幹看起來像是一支超級巨大、上下顛倒的火雞滴油管。枝幹偏斜，歪七扭八，看來笨拙。他伸手摸摸樹皮，觸感堅硬。這樹長相荒誕，似乎心懷鬼胎，實在太完美了。樹旁有個小小的牌示：BRYCHYCHITON RUPESTRIS，昆士蘭瓶幹樹。這個樹名相當直白，無需多做解釋。巨樹肯定跟尼雷一樣是個外地入。

世間怎麼可能有棵如此奇特的樹？他怎麼可能從來沒注意到它？他的眼角閃過大大小小的黑影。他的背後有些動靜。他強烈感覺自己受到盯視。他腦海中響起無聲的頌唱：轉頭看看。轉身看看！他駕著輪椅在原地轉了一圈，試圖尋求適當的角度。一切看起來都怪怪的。中庭變了樣子。他彷彿縱身一躍，跳進了一個星際林園。形形色色的翠綠身影從四面八方好奇地打量他，熱切地跟他揮揮手，各個因應異星的氣候而生，奇形怪狀，姿態萬千。它們來自亙古，相形之下，恐龍像是突然冒出來的暴發戶。這些殷殷召喚、深具感知的身影逼得他往後一靠。他從來沒有嗑過藥，但那種飄飄然的感覺肯定如同此時的心境。一縷縷乳白嫩黃的輕煙；一道尚未著地就蒸發消散的紫色瀑布。八棵有如怪奇實驗品的大樹跟他招手，棵棵形似正要開向其他星系的迷你星艦方舟。

尼雷啟動輪椅，繞著中庭轉了一圈又一圈。群樹微微發光，如同議會長老般環繞著他，靜靜地看著他轉圈。他截癱的身軀興奮地緊繃，駕著輪椅繞過另一棵有如蘇斯博士書中的怪樹，這樹跟先前那棵昆士蘭瓶幹樹同樣詭譎。他看了看牌示：絲棉樹，樹種來自巴西森林，如今森林卻以每天十萬英畝的速度減縮。他細細觀看，粗韌的樹幹布滿瘤狀的尖錐，意欲抗擊千萬年前早已絕跡的草食獸類。

他繞過一棵又一棵樹，碰一碰它們，聞一聞它們，聽一聽它們在風中簌簌作響。他們來自炎熱的島嶼、乾燥的曠野、近日才受到侵擾的中亞荒原。珙桐、藍花楹、蝟絲蘭、香樟、鳳凰木、泡桐、瓶子樹、紅桑，棵棵彷若來自異星，他在遙遠的星系尋找它們，怎知它們卻潛伏在中庭，靜悄悄地等候著他。他撫摸它們的樹皮，感覺集結成群的細胞搏搏躍動、輕輕哼鳴，有如銀河各個星系的文明。

日本觀光客走回停在街上的巴士，消失了蹤影。尼雷呆立在空蕩的中庭，有如一隻試圖逃避猛禽捕食的小兔。他只落單了幾秒鐘，但在那短短的瞬間，一棵棵有若外星侵略者的大樹已將一個點子植入他的大腦。將來會有一套電玩，它會比現今電玩豐富億萬倍，世界各地不計其數的玩家也將同步上線快打，而尼雷必須讓它呈現在世間。其後數十年間，他將漸進式地研發、階段式地推出，這套電玩會讓玩家們置身一個生動鮮活、熱鬧滾滾、萬物皆是生靈的世界，這個世界充滿千百萬種不同的生物，而且急需玩家們的協助。你必須琢磨出這個瀕臨危急存亡的新世界對你有何要求，這就是遊戲的宗旨。

幻願自此打住，他回到現實，重返史丹佛大學的方院。幻願飄渺，褪入深綠的林葉之間，與樹木融為一體。尼雷保持靜立，一心只想著方才消逝的幻願。他思索「摩爾定律」，隱隱明瞭自己該怎麼做。他必須休學。這會兒他不能把時間浪費在課堂上。他必須一步一步慢慢來，為了長久做打算。他會完成最近正在設計的遊戲，把這套角色扮演的精巧電玩標價出售，實實在在地賺一筆。他的粉絲們將忿忿叫囂。他們會在全國各地的接撥式電子布告欄上抹黑他，指控他是最可惡的叛徒。但以十五美金換取一個驚險刺激的異星世界，這套電玩實在非常划算。他會用他第一套電玩的利潤研發續集，而續集將更具企圖心，比原先的版本高明數十倍。如此一步一步慢慢來，終將達成他方才所見的幻願。

他駕著輪椅，離開紀念教堂，夕陽緩緩西下，山嶺沒入自身的陰影之中，斑斕的深藍漸漸化為迷濛的墨黑。高高在上、崎嶇不平的岩層上，石楠屬灌木處處攀爬，褪下一片片朱紅的樹皮。月桂樹為林場的草地鑲邊。河谷之中，脫皮樹蔓生，橘紅的樹皮褪落，露出乳白之中帶著青綠的新皮。沿海的峭壁上，橡樹群聚而生，高聳矗立，而就是這種橡樹讓他成了廢人。濱水廊道處處陰涼，飄散著腐敗松葉的氣味，紅杉在此研擬一個必須花上千年才得以實現的計畫；如今他受到召喚執行計畫，即使他自認計畫源自於他。

---

54 The Electric Company，美國公共電視製播的兒童教育節目，一九七一年開播，一九八五年停播。二〇〇九年曾經復播，僅維持了三季。

55 Velley of Heart's Delight，一譯「心神雀躍之谷」，或是「快樂心之谷」，係指高科技事業雲集的美國加州聖塔克拉拉河谷，昔日果園林立，如今已不復見。

56 美國經典搖滾樂團「三犬之夜」（Three Dog Night）的名曲〈*Joy to the World*〉。

57 pann，印度檳榔。

58 Moore's Law，一九六五年，英特爾（Intel）創始人之一戈登．摩爾（Gordon Moore）撰文表示，晶片上可容納的電晶體數目，約每隔十八個月便會增加一倍，性能也將提升一倍，摩爾定律引領半導體發展超過半世紀。

59 原文：Every man should be capable of all ideas, and I believe in the future he shall be。語出波赫士的《虛構集》（*Ficciones*）。

60 《*A Separate Peace*》，美國作家約翰．諾斯（John Knowles, 1926-2001）的經典名作，繁中版由寶瓶文化出版。

61 錫克教徒食用的肉品，宰殺動物時，直接砍頭讓動物速死，這樣一來，動物死亡時不會過度痛苦。

62 Sherwood，英國皇家森林，據說是羅賓漢出沒之處。

63 Bagworthy Woods，英國作家R．D．布萊克莫爾（Richard Doddridge Blackmore, 1825-1900）筆下的森林，布萊克莫爾最有名的小說《*Lorna Doone*》就是以此為場景。

64 *Twilight Zones*，美國電視劇，一九五九年開播，一九六五年停播，每集半小時，黑白拍攝，劇情怪誕詭異，是驚悚科幻片的經典。

65《*Flowers for Algernon*》，美國作家丹尼爾．凱斯（Daniel Keyes, 1927-2014）的成名之作，首先於一九五九年以短篇形式發表，榮獲一九六〇年雨果獎最佳短篇小說獎，而後於一九六六年改寫為長篇小說，再度榮獲當年的星雲獎的最佳長篇小說獎。繁中版由皇冠出版。

66 這裡說的是印度的一則寓言。一位術士發明了棋盤遊戲獻給國王，國王愛不釋手，決定重賞術士。術士請國王在棋盤的第一格放一粒米、第二格放兩粒米、第三格放四粒米，以此呈等比級數增加，直到填滿六十四格，不消說，米粒的數目多到驚人。

67 Cambrian Explosion，寒武紀起始於五億四千萬年前，在那之前的數百萬年間，海藻等生物已經開始出現，而後在短短兩百萬年之間，動物成群出現，多數動物王國的主要群體都可以在寒武紀的化石中找到，此謂「寒武紀大爆發」，亦即生物演化史上最難解的謎團之一。

68 Dr. Seuss，蘇斯博士（1904-1991），美國最受歡迎的童書作家。

派翠西亞・威斯特弗德

時為一九五〇年，年幼的派翠西亞・威斯特弗德跟她即將讀到的少年塞帕里索斯[69]一樣，迷上了她的寶貝小鹿。她的小鹿是由細枝所製，但跟真鹿一樣活靈活現。她還有胡桃殼黏製的松鼠、楓香樹果實做的小熊、皂莢樹豆莢做的小龍、頭戴橡實小帽的小仙子和一個松果天使，天使僅僅毬果大小，黏上兩片冬青葉當作翅膀。

她為這些小動物製造了精美的屋舍，門前小徑鋪了小石，還有菌菇所製的家具。她讓它們睡在木棉花瓣被毯的小床上。她守護它們，有如引領王國的聖靈，而這個王國的各個市鎮全都挨靠在隱匿的樹瘤之間。節孔成了百葉窗，若是瞇起眼睛、朝內張望，她彷彿瞧見樹木跟她招手，邀請她這位古早年前失散的遠親進去坐坐。她跟她的小動物一同生活在這個想像中的王國，遠比真人的世界更豐饒、更有趣。當她那個木製洋娃娃的小頭被扭斷，她把洋娃娃種在花園裡，深信它會長出另一副身軀。

她的細枝小動物都會說話，即使它們大多都像派蒂一樣無需言語。她兩個哥哥翻譯她神祕的語言，幫她跟他們滿心驚慌的爸媽溝通，爸媽甚至認定她智能不足，把她帶到奇利科西[70]的診所檢查，結果發現她的一隻耳朵的內耳畸形。診所幫她配了一副拳頭大小、她極為厭惡的助聽器，當她終於可以流暢自如地說話，她的思緒卻被這副醜怪的助聽器遮掩，致使字詞含糊、結結巴巴，跟她不熟的人們通常聽得一頭霧水。更糟的

是，她的臉歪歪的，而且毛髮濃密，附近的孩童看到她就逃跑，躲開這個人不像人、鬼不像鬼的小女孩。橡實小人寬容多了。

只有她爸爸了解她的林中世界，也只有他始終了解她每一句含混的話語。她在爸爸的心中占了首位，她兩個哥哥也可以接受。爸爸說不定跟他們打壘球、玩躲貓貓、講些老少咸宜的笑話，但他把最好的一面留給他的花草女孩小派蒂。

他們父女的感情好到讓她媽媽看不過去。「你們說說看，天下哪有像你們父女這樣的小圈圈？」

比爾．威斯特弗德是個農業推廣員，他帶著派蒂上路，跟他一起視察俄亥俄州西南方的農場。她坐上那部破破爛爛、車側鑲著松木飾板的帕卡德汽車，充當爸爸的副駕駛。戰爭劃下終點，世事漸趨好轉，美國人民醉心於科技，認定科技是美好生活的關鍵，而比爾．威斯特弗德想要帶著女兒出去見見這個欣欣向榮的世界。

派蒂的媽媽表示反對。小女孩應該去上學。但她爸爸的軟式權威占了上風。「她在任何地方都不會比在我身邊學得多。」

耕地綿延無盡，車子是他們的流動教室，到處都可以上課。他轉頭看她，方便她讀他的唇語。她被他說的故事逗得大笑，興沖沖地回答他的每一個問題。銀河的群星，或是一片玉米葉的葉體素，何者數目比較繁多？哪些樹種先開花後長葉、哪些樹種先長葉後開花？為什麼樹木頂端的葉子比樹木底部的葉子小？如果你把你的名字刻在一棵山毛櫸離地四英尺的樹皮上，五十年之後，你的名字將距離地面多遠？

她最愛最後那個問題的答案：四英尺。沒錯，五十年之後，依然是四英尺。不管山毛櫸長得多高，你的名字永遠距離地面四英尺。半世紀之後，她依然最喜歡那個答案。

就這樣，橡實打造的小王國一點一滴地擴展版圖，轉變為植物學的天地。她成了她爸爸最得意的門生，其實他也只有她這麼一個學生，因為全家人當中，只有她看得出他的領悟：植物肆意固執，狡詐多端，自有所求，就跟人類一樣。車程之中，他告訴她綠色植物可以拐彎抹角地布設出哪些奇蹟。人類的行為直來直往，毫不令人稱奇。世間其實是由其他體型較大、行動較慢、活得較久、耐力較佳的物種發號施令，它們控制天候、豢養地球、製造人類呼吸的空氣。

「樹是大自然最絕妙的點子，所以大自然讓樹不停演化，一再創新。」

他教她分辨糙皮山胡桃和鱗皮山胡桃。除了她之外，學校裡甚至沒有半個人知道山胡桃和霍布葉鐵木有何區別。這點讓她覺得非常奇怪。「我班上的同學以為黑胡桃樹跟白梣樹長得一模一樣。他們瞎了嗎？」

「他們是植物盲。我們只看得到跟自己相似的事物，小派蒂，妳說可不可悲？」

她爸爸跟這個所謂「智人」的物種也不太處得來。他經常處於兩難的局面，一方是世代相傳的農家，這些純樸良善的農人試圖征服大地，但成效欠佳，一方是經營有方的企業，這些野心勃勃的商人試圖販售農耕器械，幫助農家掌控自然，他夾在中間，深感挫折，當壓力大到他無法承受，他嘆口氣，喃喃對著聽力不佳的派蒂說：「唉，幫我買一塊山坡地，讓我遠遠離開城市吧。」

他們開過一片曾經遍植山毛櫸的原野。「山毛櫸是最討人喜歡的樹種。」樹基穩固，樹形優美，粗壯結實，卻不失典雅。果實纍纍，餵養種種前來取食的小動物。樹幹灰白光滑，不像木材，而像卵石。褐黃的樹葉安然度過寒冬——這叫做「枯而不落」，她爸爸告訴她——周遭的硬木樹種樹葉落盡，相形之下，山毛櫸顯得格外閃亮。它的枝幹結實優雅，像極了人們的手臂，幹尖朝天伸展，好像高舉雙手、奉上祭禮。春天之時，樹影朦朧花白，但秋天一到，高大挺拔、枝幹開展的山毛櫸將周遭染成一片金黃。

「它們怎麼不見了？」小女孩的話語帶著濃濃的哀傷，聽來沉重。

「因為它們碰上我們。」她覺得她聽到爸爸輕聲嘆氣，但他始終直視前方的路面。「農夫們看到山毛櫸就知道哪裡適合犁耕。山毛櫸偏好白堊土和石灰石，石層上還覆蓋著一層最肥沃、最適合耕種的壤土。」

他們開車造訪一座座農場，見證了枯萎病和逐漸流失的土石層。他帶她看了許多令人難以置信的景象：數十年前，有人把一部腳踏車留在一棵梧桐樹旁，物換星移，樹皮的形成層居然吞噬了腳踏車的橫桿，蔚為奇景。他們還看到兩棵榆樹枝幹交纏，合體為一。

「我們非常不了解樹木如何生長，幾乎不曉得它們如何開花、分支、掉葉、自行癒合。我們把它們孤立起來，只知道幾個樹種的少許習性。但所有物種之中，就屬樹木最不孤立、最合群。」

她爸爸是她的水、空氣、泥土、日光。他教她如何看樹、如何讀樹，他跟她解說，每一方寸的樹皮下都充滿活跳跳的細胞，執行種種至今依然令人想不透的任務。他開車到溪畔。「看看這裡！妳看看這裡！」溪水潺潺，四下靜謐，眼前一片幸未遭到砍伐的闊葉樹林，樹幹狹窄細長，葉片寬大，累累下垂，遠遠望去，整棵樹好像是隻長毛牧羊犬。他叫她把海綿質感的大葉子碾碎，湊到鼻子前聞一聞。氣味辛辣嗆鼻，聞起來像是瀝青。他從地上拾起一個形若醃黃瓜的黃色果實，高舉到她面前。她很少看到他如此興奮。他拿出他的瑞士刀，把果實對切，露出綿密的果肉和亮晶晶的黑色果籽。她一口咬下，開心得想要尖叫。顧不得滿嘴都是口感有如布丁、滋味有如奶油糖果的果肉。

「泡泡果！唯一產地不在熱帶的熱帶水果。美洲大陸最可口、最怪異、最巨大的原生果實。這是我們俄亥俄州的土產，但沒有人知道！」

他們知道。女孩和她的父親。有生之年，她始終沒有告訴任何人這片闊葉林在哪裡。它將永遠只屬他們父女——年復一年，秋季時分，溪畔澄黃的泡泡果。

重聽、口拙的派蒂看著爸爸，方知何謂真心喜悅。你必須體認，人類的智慧不及微風之中閃閃發光的山毛櫸。你知道風雨來自西方，正如你知道世事無常。世間沒有所謂的「確切之知」。你只能仰賴謙遜的心和看顧的眼。

他察覺她在後院把楓樹的翅果綁在一起，編成一隻隻小鳥，臉上閃過一絲奇特的神情。他拾起其中一顆翅果，舉向釋放它的大樹。「妳有沒有注意到楓樹在上升氣流中釋放的翅果比在下沉氣流中釋放的翅果多？這是為什麼呢？」

這些問題是她的最愛。她想了想。「因為翅果可以飄散得更遠？」

他一隻指頭擱在鼻上。「答對了！」他看看楓樹，眉頭一皺，再一次搜尋心中的題庫。「妳覺得樹材從哪裡來？這個小東西如何長成那一棵大樹？」

她瞎猜。「因為泥土？」

「我們如何找出答案？」

於是父女聯手設計出一個實驗。他們把兩百磅的泥土裝進穀倉裡一個木桶，然後從殼斗中拔出山毛櫸三角形的小堅果，秤一秤重量，按入土中。

「如果妳看到一棵樹的樹幹上刻滿了字，那棵樹八成是山毛櫸。人們一看到它那光滑灰白的樹皮，就會情不自禁地想要在上面寫字。可悲的人們喔，他們想要看著畫了大心的情話逐年增長。痴心的戀人們，殘忍似情焰，在樹上刻下心上人的芳名，唉，他們豈能知曉，或是豈能留意，樹木之美遠勝於女子的容顏[71]。」

他為她解釋 beech 如何隨著語言的演進變成 book。他說 book 源自 beechtree，承襲自遠古的母語。他說最古老的梵語文字就是寫在山毛櫸的樹皮上。派蒂想像他們栽植的小小種子生長茁壯、樹身布滿字字句句。

但這本寫滿了字句的樹材巨書從何而來？

「接下來的六個年頭，我們必須幫樹澆水除草。妳十六歲生日的時候，我們再秤一秤樹和泥土的重量。」

她聽他說話，了然於心。這就是科學，而且比任何人對妳許下的誓言可靠一百萬倍。

假以時日，她幾乎跟她爸爸一樣專業，看得出來農作物為何枯萎，或是遭到何種蟲類啃食。他不再隨時來個小考，而是開始徵詢她的意見。他當然沒有當著農夫們的面請教她，但回到車上之後，他們父女就一起動腦，自由自在地商討蟲患。

她十四歲生日時，他送給她奧維德的名著《變形記》。這個譯本刪去了猥褻不當字句，扉頁還有他的題字：送給我親愛的女兒，她了解我們的家譜樹多麼浩大、多麼寬廣。派翠西亞翻到第一頁，開始閱讀：

讓我這就為你唱首歌，頌唱人們如何變成其他形體。

她盯著字句，想起過往；曾有一時，橡實幾若小人，松毬望似天使。她閱讀全書。故事古怪，流暢易讀，遠溯上古。不知怎麼地，篇篇讀來熟悉，好像她生來就曉得這些故事。書中的寓言似乎不只描述人們變成其他生物，而是別有意涵；不知怎麼地，面臨巨難的那一刻，人們再次接納心中那股始終從未真正消失的野性，因而轉變形體。這會兒派翠西亞的軀體也正在變形，變為她根本不想變為的模樣。她的胸部和臀部漸漸隆起，雙腿之間長出毛髮，她萬分苦惱，覺得自己幾乎像隻古老的猿獸。

她最喜歡那些人們變成樹木的故事。達芙妮在阿波羅快要抓到她、傷害她之前，變成一棵月桂樹[72]。殺死奧斐斯的女子們被大地穩穩制住，眼睜睜地看著自己的腳趾頭變成樹根、手臂變成樹幹[73]。她讀到少年塞帕里索斯的故事，阿波羅把他變成一棵柏樹，好讓他永遠哀悼被他誤殺、受他寵愛的小鹿。少女茉蠟偷偷爬到父親的床上、與父親同床，而後變成一棵香桃木[74]，她讀得臉紅心跳，臉頰變得有如櫻桃、蘋果、甜菜般潮紅。包西氏和腓利門接納陌生人，結果陌生人竟是天神，天神獎勵他們，把他們變成橡樹和椴樹，永世相守[75]。

她快滿十五歲了。秋日已至，白晝漸漸變短，天黑得愈來愈早，樹木們接獲信號，自此不再產製糖分，甩除所有脆弱的枝葉，準備迎接寒冬。樹液滴落，細胞變得可以浸透。水分從樹幹中流出，凝聚而成天然防凍劑。

她爸爸一一為她釋疑。「妳想想！樹木困在原地，承受強風和零下三十度的酷寒，而且沒有任何保護，但它們想出辦法生存，真是了不得。」

那年深冬，比爾．威斯特弗德天黑之後從一處農地開車回家，帕卡德汽車開上一段結了透明薄冰的柏油路，車子打滑，衝進溝渠，他整個人飛出車外，從二十五英尺的高處墜地，摔進一排一百五十年前農家種來當作樹籬的桑橙木。

在爸爸的葬禮上，派蒂朗讀《變形記》，含著淚光宣揚包西氏和腓利門的故事。她的哥哥們以為她傷心欲絕，致使失去了理智。

她不肯讓她媽媽丟棄任何東西。她留下他的手杖和扁帽，將之視為聖物。她保存他珍貴的藏書——「生態保育之父」奧爾多．李奧帕德[76]的著作、約翰．繆爾[77]的典籍、他的植物學教本、他協助撰寫的農業推廣手冊，她一一善加保存。她找到他那本成人版的《變形記》譯本，上面寫滿了註釋，有如人們在山毛櫸的樹幹上刻滿了字。開頭第一句，她爸爸在底下畫了三道線：讓我這就為你唱首歌，頌唱人們如何變成其他形體。

高中生涯幾乎讓派蒂了無生趣。她是樂團的中提琴手，楓木所製的提琴頂著她的下巴，琴聲裊裊，楓香入鼻，勾起昔日種種回憶。她加入攝影社和排球隊。她勉強交了兩個朋友，他們不太了解植物，但最起碼對動物頗知一二。她不戴首飾，偏好法蘭絨襯衫和牛仔褲，隨身攜帶瑞士刀，長髮編成辮子、梳成髮髻。

她媽媽再婚，繼父夠聰明，不至於試圖改變她。有個沉默寡言的男孩愛上了她，男孩盼了兩年，夢想與她一同參加高中畢業舞會，她狠心拒絕，好像拿著白橡木樁刺穿吸血鬼心臟似地粉碎了男孩的夢想，男孩大受打擊，但她非得這麼做不可。

十八歲的那年夏天，當她準備前往肯塔基州研讀植物學，她想起穀倉木桶裡的山毛櫸。羞愧之情直竄心頭；她怎麼可以忘記這個實驗？她兩年前就該實現對她爸爸的承諾。但她直接跳過甜蜜的十六歲。

七月的一天，她花了整整一下午挖出山毛櫸，碾碎樹根上每一寸泥土，然後秤一秤山毛櫸和泥土的重量。原本不到一盎司的小堅果居然比她還重了。但泥土的重量跟當年差不多，約略輕了一、兩盎司。樹材的重量顯然全都來自周遭的大氣，不然還能如何解釋？她爸爸早就知道。如今她也知道。

她把他們的實驗樹移植到屋後一處——往昔的夏夜，他們父女喜歡坐在這裡，聆聽眾人所謂的寧靜。她想起她爸爸口中的人類。可悲的人們啊，他們就是忍不住想要在山毛櫸上寫滿字。但是有些人——有些父親——渾身都是樹木寫下的話語。

離家上大學之前，她用她的瑞士刀在光滑灰白、有如書頁的樹皮上刻了一道凹痕，凹痕極為微小，恰恰距離地面四英尺。

東肯塔基大學讓她變了一個人。派翠西亞像是一株向陽的花朵般盛開。她遊走在校園中，六〇年代的氛圍讓人感覺生氣勃勃。氣候變了，清朗的山風滾滾吹來，白晝的氣息久久不散，事事充滿希望，不再受制於因循的思緒。

她寢室的盆栽植物多得放不下。同一層樓的學生當中，不只她一個人在書桌和床鋪之間種花蒔草，但只有她的陶土花盆貼著一張張記錄數據的小紙條。她的朋友們種植滿天星和藍眼菊，她栽植金雞菊、假含羞草和其他實驗性質的花草。然而她也照顧一株真柏盆景，盆景針葉尖細，枝幹有如俳句般充滿詩意，純屬玩賞，毫無科學價值。

有些晚上，樓上的女孩們下來看看她在做什麼。她們興致勃勃，決定幫她打造新造型。我們來把草姐派蒂灌醉。我們來幫草姐派蒂跟那個生態小子配對。她們譏諷她的嚴謹，嘲笑她的使命感。她們強迫她聽貓王，她們支使她穿上無袖、合身、極簡設計的洋裝，幫她梳了一個高聳蓬鬆的髮髻。她們稱她為「葉綠素皇后」。她跟她們不是同一國。她通常聽不太清楚她們說些什麼，即使她聽得清楚，她們的話語通常沒什麼意義。但這群瘋瘋癲癲、跟她同一物種的女同胞確實令她莞爾；她們處處神奇，卻依然需要別人的讚美讓自己快樂。

大二那年，派蒂在校園的溫室找到一份工作——每天上課前，偷得兩小時的浮生之樂。基因學、植物生理學、有機化學伴隨她度過午後。她每晚在她的研究小間用功，待到圖書館閉館，然後看看閒書，直到熄燈入睡。她的確試著閱讀朋友們推薦的書籍，諸如《流浪者之歌》、《裸體午餐》、《在路上》，但最令她感動的依然是ＤＣ皮阿提[78]的自然歷史系列。她從她爸爸的書架上取得這一本本書冊，如今它們時時提振她的心神，書中的文句有如枝幹般伸展，為她擷取朗朗日光：

王朝衰亡，新興帝國崛起；絕妙的點子源源而生，偉大的畫作相繼完成，世界因為科學和創新而改觀；但人們依然全都說不準這一棵橡樹將存活幾世紀，或是它已見證多少朝代更迭……

在那一處，小鹿蹦跳，鱒魚彈躍；在那一處，陽光暖暖地照著你的頸背、你的馬兒大口啜飲冰冷溪水；在那一處，你吸進的每一口氣都是如此美好，那也正是白楊生長之處……

書裡還提到她爸爸心愛的山毛櫸：

且讓其他樹種執行大地的使命。且讓山毛櫸靜靜挺立，在其屹立不搖之處，見證歷史的榮景。

她始終沒有變成一隻天鵝。但大四的她已經不是當年那隻醜小鴨，更何況她知道自己喜歡什麼，也知道她打算如何度過一生，對任何年級的青年學子而言，這樣的女孩相當新奇。那些沒被她嚇走的人找上了她，想要結識這個敏捷、樸拙、直率、時時規避社會常規的女孩。更令她驚訝的是，她甚至有人追。她的某些特質勾動男孩的心。當然不是她的長相，而是她的步伐。她行走時帶著一股讓人猜不透的氣勢，雖然極為輕微，但依然吸引人駐足而視。男孩們說不出那是什麼。或許是她獨立的思維——光是這一點就非常吸引人。

當男孩們來電相約，她叫他們帶她到里奇蒙墓園野餐——該墓園自一八四八年就開始服務逝者。有時男孩被嚇跑，這也無所謂。如果他們堅持留下、跟她聊聊樹木，她就答應再跟他們出去。她在田野調查的筆記本裡寫道，慾望的面貌竟是無窮無盡，實乃演化最奸巧的伎倆。在花粉紛飛的春日中，連她都變成一朵不僅只是差強人意的鮮花。

一個名叫安迪的英語系男孩守在她的身旁，月復一月，靜心等候。他跟她一起在樂團演奏，他喜歡哈特．克萊恩[79]、尤金．歐尼爾[80]、《白鯨記》，即使他說不出為什麼。他可以讓禽鳥停佇在他的肩頭。他始終心懷期盼，等待某人挽救他漫無目標的一生。有天晚上他們一起打撲克牌，他說他覺得她或許就是那個人。她牽起他的手，帶著他走向她的小床。他倆笨拙生嫩，褪盡一層層衣物。十分鐘之後，她成了他的人，就算後悔，也已來不及。

研究所才是人生的起步。有些早晨，派翠西亞．威斯特弗德一覺醒來，甚至不敢相信自己如此幸運。森林學系。印第安納州的普渡大學西拉法葉分校付錢讓她選修她已渴望多年的課程。她在大學部開授植物學，賺取學雜費和住宿費——其實就算她得自掏腰包授課，她也不介意。她還得長時間待在印第安納州的森林裡做研究。這裡簡直是萬物有靈者的天堂。

但到了第二年，她看出其中的玄機。在森林經營學的課堂上，教授宣稱殘幹和風鏟木必須從森林地面清除、搗成紙漿，藉此維護森林健康。但這樣似乎不對。一座健康的森林需要枯樹。枯樹打從一開始就是森林的一部分。鳥類用得上它們，小型哺乳動物以它們為家，不計其數的昆蟲把它們當作食糧，以枯樹維生的物種多到連科學家都數不清。她想要舉手發言，如同奧維德一般，為大家誦唱萬種生物如何變成其他形體。但她缺乏數據。她只是一個從小在森林的枯枝中玩耍的女孩，憑著她的直覺說話。

她很快就看出這個研究領域有欠周詳，不僅只是普渡大學，全國大專院校都是如此。主掌美國林業的人們夢想著以最快的速度栽植出整齊劃一、同質一致的森林，口口聲聲繁茂的幼齡林、衰敗的老齡林、平均生產量、經濟伐期。她確定研究領域的大老們勢必凋零，或許是明年，或許是後年，他們的信念將如樹幹般倒下，從中冒出豐美的下層林叢，這正是她嶄露頭角之地。

她對大學部的學生宣揚這套隱密的革命思維。「二十年後做個回顧，你們肯定不敢相信森林學系的學者們居然把哪些現象視為理所當然。每一位嚴謹的研究人員都不免發出這種老掉牙的感嘆：我們先前怎麼看不出來？」

她跟其他研究生合作愉快。她參加系上的烤肉，跟同學參加鄉村歌曲演場會，她跟著大家嚼舌根，講講系上閒話，但依然保有一部分個人隱私。某個溫暖、微醺、玩瘋了的夜晚，她跟植物生理學系的一個女研究生莫名其妙地談了感情。派翠西亞把這段令人難為情的插曲埋藏在內心深處，從不提及，也不想起。

她私底下有個猜疑，其他人卻從未這麼想。儘管毫無證據，但她確信樹木是社交性的生物。這一群靜止不動的生物，共同生長在龐大錯綜的環境之中，肯定已經逐步形成各種方式與與彼此溝通，豈非顯而易見？放眼大自然，樹木很少是個獨行俠，但這個信念卻讓她踽踽獨行，豈非相當諷刺？如今她總算碰到一群志同道合的朋友，但連他們都看不出這個顯而易見的事實。

普渡大學取得一部「四極柱氣相層析質譜儀」的原型樣機。老天有眼，這部儀器歸她使用，算是獎勵她一路走來始終如一。有這部儀器，她就可以測量美東的參天古樹把哪些揮發性有機化合物釋放到空氣中、這些氣體對鄰近的動植物產生什麼影響。她跟她的指導教授鼓吹這個點子。人們對於樹木產製了什麼毫無所悉，如今時機成熟，這個全新的青綠世界等著人們探究。

「研究結果有什麼用？」

「說不定沒什麼用。」

「妳為什麼非得到森林裡進行這個研究？校園裡的實驗林不行嗎？」

「你不會到動物園研究野生動物。」

「妳覺得人工栽植的樹木跟森林裡的樹木有所不同？」

她確定當然不同。但教授輕嘆一聲，言下之意不言自明：女孩子研究科學就像灰熊騎腳踏車，不是不可能，但古怪荒誕。「我可以幫妳保留一塊實驗林的林地，這樣比較不費事，節省妳不少時間。」

「這事不急。」

「好吧，這是妳的博士論文，浪費的也是妳的時間。」

她開心至極，毫不介意浪費她的時間。田野調查可不光鮮。她必須把編了號的塑膠袋貼在樹枝末端，然後定時收回。她默默地、靜靜地做了又做，時復一時，日復一日，絕不間斷，在此同時，周遭的世界動盪不安，政治暗殺、種族暴動、叢林野戰，處處喧鬧紛擾。她成天在森林裡工作，背部爬滿了恙蟲，頭皮長了蝨子，滿嘴枯枝落葉，眼睛蒙上花粉，蛛網有如圍巾似地罩住她的臉頰，毒藤蔓有如手環似地繞住她的手腕，她的膝蓋被木渣刺得百孔千瘡，她大腿內側被蚊蟲咬出點字般的紅斑，她的鼻尖布滿一粒粒孢子，但她的心中充滿歡喜，有如日光般燦爛。

她把樣本帶回實驗室，花了一個個冗長的時辰苦思濃度和分子量，試圖判定每一棵樹釋放出哪些氣體。化合物肯定數以千計。甚至成千上萬。分析程序枯燥至極，但她開心極了。她將之稱為「科學研究之弔詭」。數據分析是一份最傷腦筋、最耗精力的工作，但它也可以鍛鍊你的大腦、刺激你的心思、讓你一窺先前未能瞧見的景象。更何況她得以在斑駁的日光和細雨中工作，吸進腐植層中飄著麝香的勃勃生機。置身林間之時，她爸爸再度與她相伴，鎮日相隨。她請教他種種問題；光是把問題大聲說出口，她就可以看得更清楚。架狀菌為什麼只生長在樹幹上的某個高度？一棵樹釋放出的能量相當於幾塊太陽能光電板？花楸樹和梧桐樹的樹葉為什麼大小迴異？

光合作用是個奇蹟，她跟她的學生們說；光合作用是化學工程的壯舉，造物者宏偉的創建全都有賴於它。地球上千千萬萬令人眼花撩亂的生物全都搭了光合作用的便車，倚賴這個驚人又神奇的機制。植物吃下日光、空氣、水，積存下來的能量繼而操持萬事、產製萬物，這不是生命的奧祕嗎？她帶頭探路，引領學生們直探植物世界的密所：數以百計的葉綠素分子匯入天線複合體。不計其數的天線複合體組合為類囊膜。類囊膜層層相疊，疊成一個葉綠體。上百個有如太陽能發電廠的葉綠體為一個植物細胞提供動力。數以百萬計的細胞構成一片樹葉。一棵絕美的銀杏樹有著百萬片樹葉，隨著微風簌簌作響。

百萬乘以百萬，好多個零；各個宛若圓亮的小眼睛，灼灼地盯著她。她不能因而麻木，也不能受到震懾；她必須在兩者之間找到平衡，小心翼翼地主導。「千億萬年前，一顆正在自我複製的細胞僥倖習知如何轉化有毒的氣體和貧脊的火山岩渣，造就了今日這片萬物繁生的大地，人們企盼、畏懼、喜愛的一切也因而具體成形。」學生們覺得她瘋了，但她不以為意。他們的未來有賴這些綠色生物神機妙算的餽贈，而在遙遠的未來，他們終將想起她說過什麼，這樣就已足夠。

深夜時分，教學研究讓她疲累不堪，無法繼續工作，於是她讀一讀她心愛的約翰・繆爾。她閱讀《墨西哥灣千哩徒步行》和《我的山間初夏》[81]，感覺自己的性靈飄向天花板，像個蘇菲教徒似地旋轉飛舞。她把她最心愛的字句抄錄在田野調查筆記本的扉頁，當系上派系鬥爭愈演愈烈，驚慌受怕的人們冷酷相向，讓她感到心煩氣躁，她就偷瞄一眼。這些字句給了她動力，讓她撐過難熬的一日：

樹與人，我們全都同遊銀河……每次行走於林間，一個人的收穫始終遠遠超過他的尋求。莽莽森林，乃是通往宇宙最明晰的路徑[82]。

草姐派蒂拿到了博士學位，成為「威斯特弗德博士」——正式的書信往來之中，她使用這個稱謂，藉此掩飾她的性別。她的博士論文以鵝掌楸為題，誰都料想不到鵝掌楸涵管狀的花朵竟然如此繁複，它產製出多種不同香氣，散發出具有多種用途的揮發性有機化合物。她依然不清楚這個機制如何運作。她只知道它繁複而優美。

她前往威斯康辛大學進行博士後研究，在麥迪遜分校追尋奧爾多．李奧帕德的足跡。她尋覓那棵高聳的洋槐，洋槐的總狀花序香味撲鼻，種子形若豆莢，相傳繆爾就是受到洋槐的震懾，成為一名自然主義者。但那棵改變世界的洋槐已在十二年前遭到砍伐。

博士後研究升格為兼任教職。薪資微薄，但她所求不多。她不重視娛樂，也不在乎象徵社會地位的物品，多虧如此，她少了兩項主要支出，生活預算不會超支。更何況森林裡處處都是免費的食糧。

她在城東的一座森林研究糖楓。重大的突破通常肇因於長期的醞釀和偶發的意外，她的突破也不例外。一個悶熱的六月天，派翠西亞來到她的森林，赫然發現其中一棵貼了塑膠袋的楓樹遭到昆蟲全面襲擊。起先她以為過去幾天收集的資料悉數損毀，後來她決定隨機應變，於是留下那棵受損楓樹和附近幾棵楓樹的樣本。回到實驗室之後，她擴增觀察清單，增列幾種有機化合物。其後幾星期，她發現一些連自己都不敢相信的事實。

另一棵楓樹也受到蟲襲。她再度測量估算，數據卻也再度令她困惑。秋季已至，她那些產製有機化合物的樹葉搖搖顫顫，紛紛掉落到森林地面。她做好準備，迎接冬季，潛心教學，一再查驗她的數據，試圖接受它們匪夷所思的意涵。她漫步林間，不斷思索她應該發表研究成果，或是再做一年實驗。她林中的紅櫟樹綻放出赭紅的顏彩，山毛櫸閃爍著銀閃閃的灰白。耐著性子似乎才是明智之舉。

隔年春天，數據得到證實。她又做了三次實驗，終於信服。受到蟲襲的楓樹如同泵浦般噴出某種成分殺蟲，保住自己性命，這點倒是沒什麼爭議性。但另外幾項數據卻讓她起了雞皮疙瘩：當鄰居遭到蟲襲，那些距離稍遠、未受蟲害的楓樹也加強防衛機制。它們似乎接獲警告。它們似乎耳聞林中的蟲害，因而做出準備。她盡可能控制種種變數，結果始終相同。只有一種解釋說得通：受傷的樹發送警告，而其他樹聞到了。她的楓樹正在通風報信。它們相連相繫，透過空氣傳播，分享遍及林間的免疫系統。這些沒有腦子、靜止不動的樹木懂得保護彼此。

她不敢輕易相信。但數據一再證實。當她終於接受數據結果，派翠西亞手腳發燙，熱淚一滴滴滾下臉龐。據她所知，在浩瀚無盡、充滿奇遇的生命圈，從來沒有人一窺這個微小，但千真萬確的演化奇蹟，而她是有史以來第一人。生命自言自語，而她悄悄竊聽。

她盡其所能地嚴謹撰文，把結果寫成一篇論文，論文之中全是化學名詞、濃度分析、比例數據，完全經由她的氣相層析質譜儀佐證。但結語，她忍不住提出她的看法，說明數據代表的意涵：

我們必須將單株樹木視為社群的一員，唯有如此，單株樹木的生化行為才說得通。

派翠西亞・威斯特弗德教授的論文被一份頗具聲望的期刊接受。審稿人感到錯愕，但她的數據相當紮實，雖然有違常理，但沒有人挑得出毛病。論文刊出的那一天，派翠西亞覺得自己多多少少償還了對生命的虧欠，就算她明天就撒手西歸，她也已解開一個生命的小小謎團。

她的論文引起媒體關注。她接受一份科普雜誌的專訪。她聽不太清楚電話裡的問題，結結巴巴地回答。但專訪刊登之後，其他報刊雜誌紛紛轉載。「樹木彼此交談。」她收到一些來自全國各地的信函，跟她詢問細節。她受邀在森林學會的中西部分會發表演說。

四個月後，那份刊載她論文的期刊出現一封三位樹木學家聯合署名的讀者投書，這三位最受同業尊崇的男性學者直指她的研究方法有偏差、統計數據也有問題。未受蟲襲的樹之所以加強防衛，原因可能出於其他機制。說不定這些樹已經遭到蟲襲，只不過她沒有注意到。樹木傳送信息、警告彼此？三位學界大老語帶嘲諷，嘲弄她的主張：

派翠西亞・威斯特弗德對演化單位的誤解幾乎令人窘困……即使所謂的信息「已被接收」，這也絕不意味這個信息「已被傳送」。

簡短的投書中四度提及「派翠西亞」，卻隻字不提「博士」，三人的署名倒是不忘加上博士的頭銜。一方是兩位耶魯大學教授和一位西北大學的系主任，一方是一位名不見經傳、在威斯康辛大學麥迪遜分校兼任授課的女子，你說哪一方會占上風？結果學術界沒有人願意花時間複證派翠西亞・威斯特弗德的研究結果。那些來函徵詢進一步細節的研究者不再回信給她。報章雜誌原本刊載她令人稱奇的研究結果，後續報導卻是冷酷無情地破解她這番所謂的迷思。

派翠西亞依照原訂計畫，在森林學會中西部分會發表演說。會議室狹小悶熱。她的助聽器尖銳嘯叫。她的幻燈片卡在轉盤裡。提問者口氣不佳，充滿敵意。派翠西亞站在講臺後方回答問題，感覺自己又是當年那個口齒不清的小女孩——上天讓她再受語言缺陷之苦，藉此懲罰她先前的傲慢。研討會持續了三天，簡直度日如年。當她在旅館或是會場走過眾人身旁，大家就用臂肘推推彼此：*她就是那個認為樹木具有智慧的女人*。

麥迪遜分校沒有續聘。她慌張失措地另覓新職，但求職季節早就過了，她甚至找不到一份幫其他研究者刷洗玻璃器皿的工作。世上種種物種，沒有一種比人類更深諳黨同伐異之道。她沒有實驗室可用，怎能為自己辯白？她三十二歲，卻只能在高中代課。學界的朋友們喃喃地表示同情，但沒有人公開為她辯護。她的生命逐漸失去意義，猶如楓樹在秋季漸漸褪盡綠意。寂寥之中，她不停回想究竟出了什麼事，如此度過漫長的幾星期，最後終於決定拋下一切。

她太怯懦，不敢屈從於那個她幾乎每晚試圖入睡前必定想過的念頭。痛楚制止了她。她不怕痛；但她不願讓她媽媽、她兩個哥哥和僅存幾個朋友傷心。只有置身森林之中，她才逃得過那種苟延殘喘的羞愧。她重重踏步，走過冬日的林間步道，伸出凍僵手指撫摸馬栗黏膩的枝椏。下層林叢布滿足跡，彷彿有人在雪地上潦草寫出譴責之詞。她聆聽森林，傾聽那些始終帶給她力量的喋喋聲響。但她的耳中全是普羅大眾震耳欲聾的智語。

她有如受困井底，如此過了半年。盛夏一個清朗的週日早晨，她不經意地在溪畔一處橡樹林的樹下發現幾朵鵝膏菌[83]，菌菇極美，但形狀頗似人體某個器官，看了讓人臉紅。她把它們採下，放進採集袋，帶回住處。在家中，她烹煮了一人獨享的週日盛宴：雞柳以奶油、橄欖油、大蒜、紅蔥頭香煎，淋上白酒，加入適量的死亡天使菌菇提味，分量不多不少，剛好足夠使她的腎臟和肝臟當機。

她擺好餐具，坐下來享用聞起來健康開胃的一餐。沒有人會知道內情，而這正是計畫高明之處。每年都有業餘的真菌學者把剛長出來的鵝膏菌誤認為白林地菇[84]，甚至將之誤認為草菇。她的朋友、家人，或是以前的同事只會以為她採錯菌菇當作晚餐，就像她搞錯她那充滿爭議的研究，除此之外不會多想。她叉了一口熱騰騰的餐點，送到唇邊。

某個小小的聲音制止了她。信息流竄她全身，比任何話語都精微。*這樣不行。一起來吧。什麼都別怕。*

叉子掉回盤中。她赫然覺醒，好像從夢遊中醒來。叉子、餐盤、菌菇盛宴：她睜眼看著，一切宛若一陣潑鬧，漸漸煙消雲散。又過了一秒鐘，她甚至不敢相信心中那股獸性的恐懼幾乎迫使自己做出什麼事。他人之見讓她甘願以最痛苦的方式了結。她把整盤餐點倒進廚餘垃圾處理機，今晚餓肚子，但這股飢餓比任何餐點都舒心。

那一晚，她在鬼門關前走了一遭，得以重新來過，人生自此真正開展。其後的歲歲年年，再大的挫折都不會比她剛才打算對自己做出的事情更糟糕。她再也不受他人之見所擾。如今她可以自由自在地研究探索、發掘一切。

接下來的幾年似乎是一段失落的歲月。外人看來確實是如此：派翠西亞・威斯特弗德隱身於低端的就業族群。整理儲物紙箱，掃地拖地，在中西部北境、中央平原各州打零工，一路朝向西部山脈前進。她無法取得實驗器材，也不隸屬於任何學術團體。但她並未試圖在實驗室謀職，或是兼任授課，即使以前的同事們鼓吹她遞表應徵。她的老朋友們幾乎都把她列為學術界人事傾軋的犧牲品。其實，她正忙著學習一種新的語言。

既然無事可忙、心無所屬，於是她跟外界說拜拜，揚棄所謂的職場成就，退居青綠的森林。她不再論理，也不再推測。她只是觀察、記錄、在田野筆記簿裡素描——她什麼都可以不要，唯獨少不了衣物和這一疊筆記本。她凝聚目光，瞇眼注視。許多夜晚，她與她心愛的繆爾露宿於雲杉和冷杉之下，渾然不知自己身在何處。遠處水聲淙淙，她聞了聞，不禁四下張望，夜色墨黑，她以茂生的地衣為床、十六英寸厚的黃褐松葉為枕，大地生氣勃勃，她感覺土地的汁液流竄向上，潛入她的身軀，直入環繞著她、盯視著她的擎天巨樹。她的自我重歸大自然，與周遭萬物融為一體，再不分離，而這正是大自然的本意。我只是出去走走，最終卻待到日落，而我發現，走出戶外，其實是走入內心[85]。

她用木材生火，就著火光閱讀梭羅。她讀著：難道我不該與大自然息息相通嗎？我自己不也半是綠葉和腐土嗎[86]？她讀著：盤據在我心中的是怎樣的泰坦天神？神祕奧祕，令人讚嘆！你想想，我們生活在大自然之中，天天見證，與之親近——岩石、樹木、拂過我們臉頰的微風！堅實的大地！真實的世界！習見的常理！親近！親近！我們身為何人？我們身在何處[87]？

她四處漂泊，往西行至更遙遠之處。一旦習知如何搜食，一點小錢就足以過活，著實不可思議。大地四處皆有免費的食糧，你只需知道去哪裡找。有天她來到一個從未造訪的州，在國家公園附近的加油站稍作歇息。她走進洗手間，在臉上潑些水，瞥見鏡中的自己。她看起來飽經風霜，比實際年齡蒼老。她已人老珠黃。再過不久，她就會嚇壞人。嗯，反正她始終很嚇人。心懷怨恨、憎恨自然的人們奪走她的前途。驚慌害怕的人們譏諷她，因為她說樹木彼此傳送信息。她不跟他們計較。這些都不算什麼。最讓人畏懼的事物總有一天會變得讓人稱奇，然後人們就會依循歷經四十億年塑造的法則，停下腳步，看看眼前究竟是些什麼。

一個晚秋的午後，她駛經猶他州中南部，沿著科羅拉多高原的西側前進，把她那部破舊的二手老爺車停在「魚湖國家森林區」的景觀公路旁——她先前待在拉斯維加斯，現正沿著鄉間小路開往鹽湖城，從無知賭徒的罪惡之城駛向狡詰聖徒的宗教之府。她下車，沿著西側的小丘走入一座森林。白楊矗立在午後的日光中，沿著山脊一路延展，直至視線之外。北美顫楊。一簇簇金黃的樹葉飄浮在細長的樹幹上，有如銀閃閃的雲朵，偶爾閃過一抹最淺白的綠光。空氣凝滯，但白楊微微顫動，宛若迎向微風。周遭萬物全然寂靜，唯有白楊嘩啦顫動。它的葉柄細長扁平，即使最輕微的山風也會把它吹得東搖西晃。她環顧四周，葉片數以百萬計，映著澄淨的藍天，忽而鎘黃，忽而金黃，一閃一閃，有如明鏡。

白楊的葉片有如神諭，促使風聲似可聽聞。它們為呆滯的日光上色，使之充滿令人期盼的顏彩。樹幹挺直光裸，基部隨著年歲變得粗糙，愈接近新生的枝幹，樹色愈是白皙光滑。淡綠的地衣在樹幹上畫出一圈圈的潑墨畫。她站在林間，感覺有如置身一間灰白的密室、一處通往來生的玄關。空中閃爍著燦燦日光，地面滿是落葉和枯枝。山脊一望無際，帶著乾枯的氣味。周遭的氛圍有如泌流的山澗，舒心而美好。

派翠西亞．威斯特弗德環抱住自己，無緣無故地哭了起來。白楊是納瓦荷族的日光之樹，樹中蘊藏著聖頌[88]。大力神海格力斯自陰界返回人間，頭上戴的就是白楊製成的花圈。原住民部族的獵人們沖泡白楊樹葉，以防邪魔近身。白楊是北美洲最廣為散布的樹種，亞洲、歐洲、非洲都看得到它的近親樹種，但剎時間，她卻感覺白楊是如此稀少、如此罕見。她曾攀越山嶺，直入北境遙遠的加拿大，放眼望去盡是松柏，唯有白楊堅守山頭，打破單調的地景；她曾行遍新英格蘭和中西部北境，素描白楊婆娑的夏影；她曾在落磯山脈的白楊樹林紮營，夜宿崎嶇多石的山頭，聆聽融雪之後的溪流嘩啦嘩啦地流下山谷；她曾在白楊樹上看到原住民的樹刻，印蝕著知識的密碼；她曾仰躺在地，閉上雙眼，置身西南偏遠的山間，遙想白楊永不停息、窸窸窣窣的聲響。如今她小心翼翼地踏過掉落的枝幹，再度聽到窸窣之聲。沒有任何一種樹木發出這種聲響。

白楊在難以察覺的微風中搖擺，她漸漸看出種種隱匿的情事。一棵白楊的樹幹被熊爪刮傷，一道道裂痕宛若熊隻留下的密碼。裂痕深長，高過她的頭頂，然而裂痕年代古老，周邊都已變黑；山林之中畢竟許久不見熊蹤。根莖盤結，自小溪溪畔蔓延而下。她仔細端詳，暴露在外的根莖望似獨立，實則是個廣及數十英畝的地下渠道，透過這個廣泛分布的地下渠道網，水分和礦物質得以輸送到貧瘠的岩層，嘉惠生長在岩層之間的白楊。

她走上山坡，坡頂是一片小小的空地，樹木已被鏈鋸砍光，顯然有人試圖整治森林。她拿出栓在鑰匙圈上的小型放大鏡，把鏡頭對準一截殘株，估算年輪的數目。被砍倒的樹木中，年齡最大的約莫八十歲。八十，她想了想，不禁微微一笑。周遭這一萬五千棵白楊生自同一個龐大的根系，根系年代久遠，上溯千餘年，樹齡八十的白楊只能算是小寶寶，豈不令人莞爾？枝幹的年歲約莫八十，但在地表之下，它們的年歲卻是十萬，甚至更加久遠。若說這個龐大相連、無性繁殖、形似森林的生物已經活了將近一百萬年，她也不會感到訝異。

這就是為什麼她駐足此地：她想要看看地球上最長壽、最龐大的有機生物。放眼望去的每一棵白楊全都同一棵雄樹，方圓百餘英畝之內的白楊，基因竟是一模一樣。這簡直是匪夷所思，她怎麼想都想不通。但話又說回來，威斯特弗德教授心知肚明，世間處處皆有匪夷所思之事，樹木戲耍人類，就像是小男孩戲耍金龜子。

她把車子停靠在路邊，馬路另一端，白楊沿著山谷搖搖顫顫，朝向魚湖延展。五年前，一個逃難到美國的中國工程師偕同家人造訪優勝美地，途中行經魚湖，曾跟三個女兒在此露營。不久之後的將來，這個以普契尼歌劇女主角為名的大女兒，將因犯下損失高達五千萬美金的縱火罪遭到聯邦調查局通緝。

兩千英里之外的東岸，一個出生在愛荷華農家的青年藝術家，正要前往大都會博物館朝聖，他走過中央公園唯一一棵顫顫巍巍的白楊，卻沒有注意到它。三十年之後，他將再度走過這棵白楊樹，而他之所以活到再度見到白楊，純粹只因他應允那位以普契尼歌劇女主角為名的女孩，無論情況多麼糟糕，他絕對不會自殺。

同一天的午後，北方落磯山脈綿延起伏的山脊之間，一個退休的飛行員在愛達荷瀑布市[89]附近的農場裡，幫他以前連隊的老朋友建造馬廄。朋友基於同情雇了他，而且提供食宿，這位退伍軍人打算盡快交差，早早了事。但今天他用白楊木搭建畜欄外牆。白楊木雖然不是上等木材，但被馬踢了也不會碎裂。

聖保羅市郊區、距離艾莫湖市[90]不遠之處，兩棵白楊在一個智慧財產權律師家中的磚牆旁悄悄生長。他只稍微注意到它們，當他那個坦率不羈的女友問起，他跟她說它們是樺樹。假以時日，律師將因二度中風而癱倒，白楊、樺樹、山毛櫸、松樹、橡樹、楓樹，各個樹種都將淪為他得花上半分鐘才說得出來的一個單字。

美國西岸，正在崛起的矽谷中，一位籍貫古吉拉特邦的印度裔美國少年和他爸爸攜手合作，在他們笨重黑白的電腦上創造出粗拙的白楊。他們正在寫一個電玩程式，而這個遊戲讓少年覺得自己正走過一片原始的森林。

這些人對草妲派蒂都沒什麼意義。然而，他們的生命早已息息相關，有如地下根莖般深深相連。他們的關係有如一本翻閱中的書冊，隨著時間逐漸披露，終至親如家人。派蒂尚未知曉，但透過未來的視鏡，過往總是清晰多了。

多年之後，她自己也將寫出一本名為《神祕森林》的文集。書中開宗明義地說道：

你和你家後院的樹來自同一個祖先。十五億年前，你倆分道揚鑣。但即使是今日、即使你倆各自走過無盡漫長的歲月，那棵樹和你依然共享你四分之一的基因……

她站在坡頂的空地上，望過一個淺淺的溝壑，遙看遠方。放眼望去盡是白楊，但是沒有一棵是從種子生長，真是令她百思莫解。上萬年來，整個美西這一帶，只有極少數的白楊從種子生長。許久之前，氣候變遷，白楊的種子再也無法在此存活。但它們藉由根莖繁殖，延展蔓生。北方冰層覆蓋之處可見白楊樹群，樹齡甚至比冰層更古老。白楊望似靜止，實則緩緩遷移——厚達兩英里的冰層消融之前，一群群不朽的白楊就已後撤，而後隨著冰層再度北進。生命從未聽命於理性。而所謂的「意義」過於青嫩，成不了氣候，難以主宰生命。世間種種戲碼集中在地表之下——一首首群唱的交響樂詩歌，意欲讓派翠西亞辭世之前好好聆聽。

她俯視這片迷人的白楊，猜想她這棵巨大無比的雄性複製樹[91]打算朝向何處前進。千萬年來，他已漫遊山嶺溝壑，尋找一棵輕顫的雌樹授粉。她走到另一個山坡，眼前赫然出現一副景象，她看了心中一緊，好像有人在她胸前重打一拳。白楊樹群的正中央冒出一個住宅區和一條條新建的道路。一棟棟幾天之前才完工的別墅占地數英畝，截斷了這個世上最精美、最繁複的根莖系統。威斯特弗德教授閉上雙眼。她已見證美西各處都有樹木從頂端開始枯死。白楊正在凋萎。它們被各種有蹄的畜獸啃食，它們因為防治森林大火而遭到砍伐，整片林木因而逐一消失。如今她看著一片自從智人離開非洲就遍布山嶺的白楊被一棟棟別墅所取代，她凝視著點點金光，心知樹木與人類正為了土地、水源、空氣而交戰，而她聽得出來——她耳邊的聲響甚至高過窸窸窣窣的樹葉——哪一方會因打贏了一仗而全盤皆輸。

八〇年代初期，派翠西亞朝向西北部前進。美國本土依然可見擎天紅杉，原生的紅杉林散布在北加州，甚至一路延伸到華盛頓州。她打算趁著樹還沒被砍光時，看一看原生紅杉林的模樣。一個濕冷的九月天，她置身卡斯卡德山脈西側[92]，目睹了前所未見的景象。從中距離望去，她抓不出比例，山中的樹木似乎不比東岸最有分量的梧桐和鵝掌楸高大，但就近一看，這種錯覺立即消失，她的情緒陷入紛亂，只能不停盯視、不停大笑。

鐵杉、大冷杉、扁柏、道格拉斯冷杉：一株株高聳巨大的針葉樹消失在她上方的薄霧之中。北美雲杉樹瘤盤結，瘤球巨大，有若廂車；同等斤兩的木材和鋼鐵，前者比後者更強韌。單單一根樹幹就可裝滿一部大型載木車。即使發育不良的小樹都足可在東岸的森林中稱王，每一英畝的林木種類最起碼也多出五倍。巨樹參天，她仰頭眺望，置身迢迢的下層林叢，感覺自己極為渺小，好像那些她小時候用橡實所製的小人。巨樹將空氣化為堅實的樹幹，樹幹上任何一個節孔都可以讓她住下。

林間喀格喀格、啁啁啾啾，驚擾了大教堂般的靜默。四下綠光瀅瀅，讓她覺得似乎置身碧綠的深海。種種顆粒從天而降：一團團輕飄飄的孢子，殘破的蛛網和小動物的皮屑，蟎蟲的殘骸，星星點點的小蟲糞便和小鳥羽毛……萬物攀爬相疊，爭相奪取丁點日光。如果她在原地站得夠久，藤蔓說不定會吞噬她。她靜默前行，每一步都踏碎上萬隻小蟲；她望尋步道，在這片被原住民視為全知的土地上追尋前人的足跡。林地隨著她的踩踏輕彈，有如一張鬆軟的床墊。

她沿著開闊的山脊而行，走入河畔盆地。她一邊漫步，一邊揮動手杖，氣溫陡降，好像穿過遮陽帷幕。樹冠篩濾日光，甲蟲遍布的林地染上點點光影。每一棵大樹都遮掩了數百株幼苗的日光，致使它們只能畏畏縮縮地擠成一團。每一寸潮濕傾倒的木塊都沾滿劍蕨、青苔、地衣、細若砂土的葉渣。苔蘚密生，自成一座微型森林。

她壓按迸裂的樹皮，手指隨即下陷，深及指節。她撥開枯枝，望見森林腐解的盛況。樹幹層層碎裂，爬滿各種生物，顯然已經腐解了數百年。細枝彎折扭曲，詭譎怪異，銀光閃閃，彷彿吊掛的冰柱。空氣中充滿種種微生物腐化的氣味，她從來沒有聞過如此強烈、如此肥沃的腐味。萬物不停凋零，每一立方英尺都堆滿了腐化中的生物，覆蓋著輕細若塵的真菌絲和沾滿露珠的蛛網，數量之多、範圍之廣，令她頭昏眼花。菌菇沿著樹幹的一側爬升，有如一階階梯田。鮭魚的腐屍餵養樹木。每一根筆直的樹幹都布滿某種她說不出名稱的綠色生物，生物整個冬天浸泡在霧氣中，有如海綿般輕軟，亦如粗呢般鬆厚，一路爬生，直至超過她的頭頂。

放眼望去，處處皆是死亡之跡，雖是沉鬱，卻也優美。她看出她求學時極力抗拒的治林學說源自何處。瞧瞧周遭這幅絕美的腐化之景，你若因而認定老邁即是衰亡、層層交疊的腐物等於是植物的墓地、人們必須揮斧剷除、森林才可回春，倒也不以為過。她看出人類為什麼始終懼怕一片片幽閉的密林，密林之中沒有巨樹挺立的美景，而是某種壅塞、駭人、癲狂的景象。當寓言故事變調、當殺人魔電影營造驚恐的氛圍，受到詛咒的孩童和剛愎自用的少年必定徘徊於密林之中。林間藏匿著比野狼和女巫更可怕的事物，無論如何薰陶都壓制不了這股最原始的驚恐。

龐大的森林誘使她不停前進，她走過一棵巨大的美西紅杉，樹幹筆直高聳，樹圍幾乎足以比擬一棵美東山茱萸的樹高。她輕撫一片片從樹幹上脫落的樹皮，觸感堅韌，入鼻馨香。紅杉的樹頂已被削斷，取而代之的是燭臺狀的大樹枝。靠近地面的心材已經腐朽，露出一個洞口，整家小動物都可以穴居其中。雖然歷經千年歲月，垂掛著鱗狀葉片、與十二層樓齊高的枝幹，依然結滿毬果。

她對紅杉講話，第一批踏入林中的先人，想必也是這麼說。「造物主萬歲。我在這裡。我在樹下。」起先覺得有點愚蠢，但是愈說愈順口。

「謝謝你賜予籃子和箱盒。謝謝你賜予球帽、衣帽和裙子。謝謝你賜予搖籃。床鋪。尿片。木舟。划槳、魚叉和魚網。棍棒、材火、柱桿。防腐蓋屋板和木瓦。時時帶來光明的火媒。」

物物皆是紓解，亦是解脫。如今她再也找不到理由打住，索性盡情道出她的感激。「謝謝你賜予種種工具。五斗櫃。露臺。衣櫥。鑲板。我忘了……謝謝你，」她遵循先人的指引，繼續說道。「謝謝你所有的饋贈。」她依然不知如何打住，於是又補了一句：「我們真是抱歉。我們不明白你們得花多大工夫才能夠重新茁長。」

她在土地管理局覓得一職，擔任荒原巡查員，協助現今與未來的世代保育一片片山林，山林之中，人類只是過客，而非常駐久留，她居然有幸協助維護，簡直像是林中那些擎天巨樹一樣令人難以置信。向來無拘的她必須穿上制服，但他們花錢讓她悠然背上裝備、查閱地形地圖、挖設引流槽、望巡煙霧和林火、敦促民眾帶走垃圾、遵循大地的韻律、依照四季的節令度過時日，她豈可抱怨？土地管理局負責收拾人類留下的殘局，叢叢野花間、偏僻的觀景臺上、冰冷的溪水中、奔流的瀑布下、高冷杉的枝頭散置著難以計數的紙屑、紙袋、啤酒罐拉環、錫箔紙、空罐、瓶蓋，全都必須一一清除。即使政府單位只能發揮這點效力，她也甘願繳稅支援。

土地管理局分給她一間小木屋，木屋位於一座古老的香杉林旁，沒有自來水，淘氣的野生動物時時來訪，數目遠超過行經木屋的遊客。她的主管因木屋的簡陋向她致歉。她卻只能大笑。「你們不了解。你們一點都不了解。這裡有如阿爾罕布拉宮[93]。」

明天她將健行二十五英里——林間步道旁的樹上掛著牌示，她打算鬆開牌示的釘栓，好讓樹皮的形成層繼續生長。她還得巡視山脊的另一側，那裡有棵巨大的雲杉，林務局四〇年代架設的路標已被樹皮吞噬，現在只看得到「當心」二字。

夜幕低垂，一如往常下了雨。她走到屋外的林間空地，靜坐在傾盆大雨之中，身上只披著一件寬鬆的棉質襯衫，聆聽樹木生出一個個新細胞。她回到屋內，拿起一盒易點燃火柴在廚房裡劃亮煤油燈，拎著煤油燈走進臥室。一隻尾巴蓬鬆的林鼠重重踱步，彷彿敲打電報，預報牠即將突襲她那些一文不值的私人物品。林鼠上星期叼走了一對髮夾，今晚天色太暗，她甚至無法搜尋方才被牠掠奪的物品。她用屋角錫桶裡的冷水擦擦身子，上床休息，頭一沾枕、枕頭的霉味一入鼻，她就被帶入遠古的森林之中——在那裡，我們的祖先只是過客；在那時，未來依然蘊含著無窮無盡的絕美。

•••

她開心工作了十一個月。荒野從未對她形成威脅，瘋癲的露營客也只叨擾了她兩次。雨下個不停，周遭萬物長了黴菌。巨樹吸足了傾盆而下的雨水，水氣簌簌地送回大氣之中，有如溪流。孢子四處飛揚，散布在每一寸潮濕的林地上。她的雙腳都長了足癬，黴菌一路蔓延到膝蓋。有時當她躺下、閉上雙眼，她感覺苔蘚慢慢蒙住她的眼瞼，雙眼說不定再也張不開。她成天胼手胝足，在灌木叢中砍出一個幾平方英尺的缺口，用來儲放物品。到了年底，這個下層林叢的小缺口再度覆滿灌木和樹苗。人類鍥而不捨地進襲這片綠色大地，但稍有進展就遭到重挫，她想了想，不禁竊喜。

她有所不知，但當她在窮荒僻壤整修火圈、清理非法露營客留下的啤酒罐和衛生紙，一份學術期刊刊載了一篇論文。期刊頗具聲望，堪稱學術界的翹楚。論文中指出，樹木空傳信號，它們的香氣喚醒鄰近的樹木，同時發出警訊。它們感覺得到自己受到攻擊，也可以空召友樹提供救援。作者們引用她那篇多年之前飽受譏笑的論文。他們重新驗證她的研究結果，把她的實驗延伸到意想不到的領域。那些她已經忘了差不多的語句漸漸傳開，挑動其他研究者的心，有如嗅聞了飄散在空中的費洛蒙。

有天早晨，她在林中陌生的一處，清理從偏遠步道飄過來的落葉。她察覺下層林叢有些動靜，而這種狀況最值得警戒。她慢慢走近，看到兩位研究員——每年夏天總有一些漂泊不定的研究員開著破破爛爛、裝滿實驗器材的拖車，駐紮在距離她的小木屋兩英里的林間空地上。她非常不想撞見這些與她以前同一幫的研究員，始終盡量避免跟他們交談。今天她躲在一旁觀看。從這個距離，透過眼前的樹木望去，這兩個男人真像馬戲團裡笨手笨腳、用後腳站立、打扮成伐木工的狗熊。

這兩人劈砍林叢，慢慢逼近一個他們感興趣的角落。其中一人輕輕鳴叫，幾近完美地模仿鳥鳴。她晚上聽過這種叫聲，即使從未見過是哪一種鳥。這人模仿得幾可亂真，甚至騙得過她。他再度鳴叫。居然有隻禽鳥咕咕回應，令人難以置信。接下來是個二重唱：男子興致高昂，高聲引誘，禽鳥隱身樹間，愛理不理，勉強回應。忽然之間，空中閃過一道斑紋，禽鳥赫然現身。那是一隻象徵智慧與魔法的貓頭鷹，也是派翠西亞生平首見的斑點鴞。斑點鴞只能生存在原生林，如今已瀕臨絕種，科學家們甚至提議封閉經濟效益高達數十億美元的原生林，試圖藉此保育。斑點鴞拍拍翅膀，停在距離他們三英碼的樹枝上，看來神祕而莊重。禽鳥與男子們互相打量。一方拿起相機拍照，另一方只是轉轉頭、眨眨牠的大眼睛。然後斑點鴞振翅飛去，男子們繼續埋頭做筆記，派翠西亞不禁懷疑自己是不是在做夢。

過了三星期，她在同一個地點掃除入侵植物。臭椿毛茸茸的細枝在她指間留下一股咖啡和花生醬的異味。她飛快爬上曲折的山坡，再度撞見那兩位研究員。他們在她前方幾英碼的坡道上，蹲在一截傾倒的圓木旁。她還來不及溜走，他們就看到她，對她招手。她被逮到了，只好招手回應，朝向他們走去。年紀較大的那一位側躺在地，把一隻隻小小的生物裝進標本瓶。

「粉蠹蟲？」他們朝著她轉頭，一臉訝異。枯腐的圓木曾是她最心愛的研究科目，她一時忘我。「我還在學校的時候，老師告訴我們，倒下的樹幹不過是路障，只會引發林火。」

側躺在地的男子仰頭望著她。「我的老師也這麼說。」

「為了安全與整潔，把它們燒個精光。最重要的是，不要讓它們滾入溪流之中。」

「把它們清除乾淨，促進森林健康。」

「制定法規，讓這個蕭條的樹林恢復產能！」

他們三人全都嘻嘻輕笑，但聽起來像是按著傷口苦笑。促進森林健康，難不成這一座座生存了四億萬年的森林全都等著我們這些新手前來療癒？人們以科學為藉口，刻意視而不見。這麼多的聰明人忽略了最明顯的事實，怎麼說得通？只要瞬眼一望，你就看得出來傾倒的圓木遠比健全的樹幹生氣勃勃。但面對頑強的教條鐵律，就算你親眼瞧見，又能如何？

「嗯，」側躺在地的男子說，「這會兒我就跟那個上了年紀的混蛋唱反調！」

派翠西亞笑了笑，暗自希望忘卻傷痛的過往。「你們在研究什麼？」

「真菌、節肢動物、爬蟲動物、兩棲動物、小型哺乳動物、糞便、蛛網、穴居、泥土……我們認為一截枯腐的圓木可以發揮的種種功效。」

「你們研究了多久？」

兩位男子互看一眼。年紀較輕的那位遞過去另一個標本瓶。「六年多囉。」

六年！在這個研究領域中，大多計畫頂多持續幾個月。「你們怎麼找得到經費，讓計畫持續這麼久？」

「我們打算持續研究這截枯腐的圓木，直到它完全分解。」

她又笑了笑，笑意之中帶點放肆。一截傾倒在潮濕林地上的香杉樹幹得花多少時間才會完全分解？這個計畫恐怕得由他們的曾玄孫輩來完成。她離開學術界已有一段時間，在這段時間內，科學研究漸趨怪誕癲狂，而她始終認為科學研究應當如此。「你們早在圓木消失之前就從人間蒸發囉。」

側躺在地的男人坐起。「研究林木就有這個好處。早在大家責怪你遺漏了顯而易見的事實之前，你就翹辮子囉！」他盯視她，彷彿她也是一個值得研究的科目。「威斯特弗德博士？」

她眨眨眼，望似貓頭鷹般困惑。然後她想起來她制服胸前的口袋上有個佩章，隨便哪個人都看得到。但博士？他肯定知道那段已被她埋藏的往事。「對不起，」她說。「但我不記得曾經見過你。」

「妳沒見過我！好幾年前，我聽過妳演講。俄亥俄州哥倫布市的森林學研討會，妳提到空傳信號，我非常佩服，甚至訂購了那篇論文的抽印本。」

那不是我，她想跟他說。那是另一個人——一個倒臥在某處、漸漸腐朽、來日不多的人。

「他們抨擊妳，真的有夠狠。」

她聳聳肩。年紀較輕的研究員在旁觀看，好像一個參訪史密森尼博物館的孩童。

「我就知道學術界一定會還妳清白。」她一臉困惑，他一看就了然於心，也明白她為什麼身穿荒原巡查員的制服。「派翠西亞，我叫亨利，這位是傑森。請妳過來研究站看看。」他的語調溫和，但相當迫切，好像面臨某種關鍵時刻。「妳八成想要看看我們這個小組在做些什麼。妳會想要知道妳缺席的這段期間，妳的研究有何進展。」

假以時日，威斯特弗德博士做出讓自己最訝異的發現：她說不定有辦法喜愛她的同類。她倒不是跟每個人都處得來，但她花了精神，而且盡量心存寬容，最起碼對這三十幾位經常來往的同事，她抱持著這樣的心態。這些同事收留了她，讓她在卡斯卡德山的法蘭克林實驗林區找到寄託，她在垂伊爾研究站待了數十個月，這輩子從未如此開心、如此富有成效。小組的資深研究員亨利．法羅將她納入研究計畫，讓她可以支領獎助金。另外兩個奧瑞岡州的研究小組也將她列入職員名單，讓她支領薪資。錢不多，但他們給她一部黴跡斑斑的拖車，方便她在實驗林區進行研究，她也可以就近使用流動實驗室，充分利用研究所需的試劑與滴管。相較於土地管理局的小木屋，實驗林區的公廁與公共澡堂簡直奢侈得不像話——木屋沒有衛浴設備，她只能利用晚間在門廊上以冰冷的海綿擦澡。除此之外，公用的食堂備有熱食，即使有些時日，她工作得非常專注，同事們甚至必須過來提醒她該吃飯了。

她在學術界的聲譽就像是狄密特之女[94]，從冥界漸漸爬升，終究重見天日。幾篇零星發表的學術論文證明她當初的研究正確無誤。年輕的研究者在一個又一個樹種找到輔佐的證據。皂莢樹通風報信，知會彼此附近有群覓食的長頸鹿。楊柳、白楊、赤楊亦是如此。人們發現它們全都空傳信號，警告彼此昆蟲來襲。她的聲譽是否恢復，其實並不重要。她不太在乎這片森林之外發生了什麼事。她所需的一切都在這裡——樹冠之下隱藏著世間最繁複的生態環境，身處其間，她再無所求。溪流陡峭，嘩啦嘩啦流過一堆堆小石，溪水冰冷得讓人感覺不到疼痛，鮭魚卻是在此交配產卵。山脊之間，瀑布奔流，苔蘚把水色染得青綠，斷枝順著瀑水奔騰而下，氣勢更形磅礴。下層林叢屢見缺口，到處冒出一叢叢悄悄群聚而生的鮭莓、接骨木莓、越橘莓、雪莓、多刺小灌木、鐵木、熊果。挺拔的巨樹有如擎天綠柱，高達十五層樓，樹幹跟汽車一樣粗壯，樹冠是個青綠的屋頂，遮蔽了其下的世界。周遭生氣勃勃，迴盪著生命之聲。無影無形的鷦鷯嘰嘰啾啾，辛勤的啄木鳥叩叩噠噠。柳鶯吱吱。畫眉喳喳。松雞三三兩兩，嗶嗶飛過林地。夜晚時分，貓頭鷹咕咕叫，叫聲淒涼，讓她打了寒顫。還有永不停歇呱呱叫到天荒地老的樹蛙。

藉著研究這片有如伊甸園的森林，她的同事們做出種種令人稱奇的發現，再再證實了她的猜疑。經由遲緩而漫長的觀察，人們終於了解自己對樹木的看法真是可笑。簡而言之，褐黃豐饒的土壤本身即是多種無名的微生物，說不定上百萬種無脊椎動物賴以為生，但土壤亦散布腐朽、植基於腐朽，而她才剛剛開始推測其中的奧祕。跟一群志同道合的友伴坐下來用餐，一同分享令人驚嘆的發現與數據，她真喜歡這種感覺。他們群聚於此，同心觀看。鳥類學家、地質學家、微生物學家、生態學家、演化動物學家、土壤專家、水質學家，人人都是在地專家，通曉難以計數的精微事實。有些人投身意圖持續兩百餘年的計畫，有些人活脫脫就是《變形記》的人物，形貌似人，但已逐漸蛻變為青綠的植物。兩者相輔相成，架構出奇特的共生組合，就像他們研究的林木生態。

一座機制良好的森林包含數以百萬計的循環系統，而這些錯綜複雜、肉眼難見的系統需要各種各樣的枯萎與凋零，以此作為中介，促使循環暢通。若將森林清掃得乾乾淨淨，這些不計其數的自我修復機能就會逐漸乾涸。這套森林學的新教理已經得到精妙的驗證：一縷縷苔癬飄浮在空中，苔癬只生長在最古老的樹上，亦將不可或缺的氮氣注入生態系統之中。活躍於地底的田鼠齧食菌菇，亦將孢子散布到森林各處。真菌與樹根相繫相生，關係極為密切，讓人幾乎分辨不出孰為菌絲、孰為鬚根。高聳的針葉樹偶爾從樹冠層中冒出幼根，幼根往下延伸，藉由累積在樹杈的泥土維生。

派翠西亞專注於道格拉斯冷杉。這種杉樹如箭桿般筆直，樹幹粗壯，竄至雲間一百英尺才發叉。它們自成一個獨特的生態系統，上千種無脊椎動物以樹為家。冷杉架構出城市的雛型，亦是工業用樹的王者，若無道格拉斯冷杉，美國的地景必然大不相同。她最心愛的幾棵冷杉零散矗立在研究站旁，她可以用頭燈找到它們。最巨大的一棵樹齡肯定六百年；這樹好高，幾乎突破了地心引力的極限，只怕得花上一天半的時間，才可以把水從根部運送到六千五百萬片針葉的最尖端。非但如此，這樹的每一根枝幹都散發出釋放心靈的清香。

這些年來她持續觀察道格拉斯冷杉，她清楚這些擎天巨樹有何能耐，想了就開心。當兩棵道格拉斯冷杉的側根在地底不期而遇，它們就交會相融。經由這些自行嫁接的節瘤，兩棵樹的維管系統合而為一，連為一體。不計其數、綿延千里的地下菌絲連結成一個巨大的網路，她心愛的冷杉藉由這個網路餵養彼此、療癒彼此、維繫病弱幼樹的生命、將養分和代謝物納入公有倉棧……多年之後，人們才會看到全貌。加拿大、歐洲、亞洲的研究者將借助更快速、更精良的網際網路，開心分享實驗數據，而這些數據也將證實樹木確實相輔而生。她的冷杉甚至比她臆想中更合群。它們沒有所謂的個體。它們甚至不是個別的物種。林中的一切皆是森林。物競天擇無法自外於無窮無盡的攜手共進。樹與樹的競爭，其實就像葉與葉的角力。最終而言，大自然的獠牙與利爪似乎並非全然沾滿紅色的鮮血[95]，最起碼這些生態塔底層的綠色植物沒有獠牙，也沒有利爪。但是樹木若是共享倉棧，就算彼此競爭搏鬥，每一滴鮮血肯定只是漂浮於青綠大海的星點。

他們希望她回去柯瓦利斯[96]教書。

「我不夠格。我真的依然一無所知。」

「我們可沒有因而不做研究！」

但亨利．法羅請她考慮一下。「等妳願意考慮，我們再談一談。」

•••

研究站的管理員丹尼斯．沃德每次當班都帶些小禮物給她，諸如蜂巢、蟲癭、被溪水沖洗得漂漂亮亮的小石頭。兩人目前的關係讓派翠西亞想到當年她和她那群田鼠：田鼠定期造訪，來去匆匆，略帶羞怯，換得一些不值錢的小玩意，然後躲了起來，好幾天不見蹤影。當年派翠西亞漸漸對那群木屋裡的林鼠產生好感，如今她也漸漸喜歡上這位個性溫和、慢手慢腳的男士。

有天晚上，丹尼斯幫她帶來晚餐。餐點的食材全都採自林間，栗茸燉鍋，佐以他用灌木柴火烘烤的麵包。今晚他們只是閒聊。他們通常也只是閒聊，這樣就已讓她心滿意足。「樹還好嗎？」他一如往常地問道。她略過生物化學的專有名詞，盡量跟他聊聊今天做了什麼。

「出去走走？」他們用回收水清洗碗盤之後，他問了一句。她最喜歡這個問題，而且始終回他一句：「出去走走！」

他肯定比她大十歲。她對他一無所知，也不多問。他們只聊工作，諸如她研究道格拉斯冷杉的樹根、研究進展極為緩慢，或是他試圖管控各個研究員、勸服大家遵守最基本的規定，簡直是個不可能的任務。她的年歲已邁入深秋。今年四十六歲，已經比她爸爸過世時的年紀還大。她早已過了花樣年華，但身旁竟有逐蜜之蜂。

他們沒有走太遠；林間空地不大，周遭太暗，步道上伸手不見五指，想要走遠也不行。但他們不必走遠就已深入她心愛的林間。腐土、殘枝、落葉、朽木，周遭瀰漫著死亡的氣息，卻又是如此蔥鬱豐盈；碧綠的樹木根莖盤結，擴及四方，高聳入雲。

「妳是個快樂的女人，」丹尼斯說，聽來既似問語，也似斷言。

「此時此刻，我是。」

「妳喜歡在這裡工作的每一個人，真是不容易。」

「他們看重植物，很難讓人不喜歡。」

但她也喜歡丹尼斯。他讓她想起她心愛的林木；人與樹頗為近似——血紅素和葉綠素的分子結構幾乎完全相同——慢手慢腳、沉默寡言的丹尼斯更是模糊了兩者的界線。

「妳自力更生，就像妳的樹。」

「丹尼斯，你說到重點了。它們並非自力更生。這裡的一切都得跟其他的一切商量。」

「我也是這麼想。」

這話全憑他的直覺，她聽了不禁大笑。

「但妳有妳的生活習慣。妳有妳的工作，時時都有動力。」

她什麼都沒說，頓時感到驚慌。她正要邁向知天命的中年，卻中了感情的埋伏。

他察覺她因為不安而緊繃；貓頭鷹咕咕叫了幾聲，他依然一語不發，然後冒出一句：「我跟妳說，我喜歡幫妳燒菜。」

她重重地嘆口氣，順著他的話說下去。「我喜歡有人幫我燒菜。」

但一切比她料想的容易多了。話一出口，她感覺如釋重負。他說：「如果我們各住各的？只是偶爾過來看看對方？」

「嗯……說不定行得通。」

「我們各做各的事，見面吃晚餐，就像現在！」他試圖把兩人的現況跟他不按牌理出牌的提議扯在一起，似乎連他自己都感到訝異。

「沒錯。」她依然不敢相信自己如此幸運。

「但我希望簽一些文件。」他眺望西方，凝視遠處的冷杉林，夕陽顯然已經漸漸西下。「因為這樣一來，我過世之後，妳就可以支領養老金。」

黑暗之中，她牽起他微微顫抖的手。這種感覺真好——當一條樹根歷經數個世紀，終於尋獲另一條可以與之交纏的樹根，肯定也是同樣感覺。世間情意千萬種，各有源頭，一個比一個獨特，每一個都不斷為生命添加光景。

69 Cyparissus，希臘神話中的美少年，極為太陽神阿波羅寵愛，一日不慎誤殺自己心愛的鹿，傷心欲絕，阿波羅於心不忍，將他變成一棵柏樹，長伴他心愛的鹿。

70 Chillicothe，俄亥俄州南部的城市。

71 引自英國詩人安德魯・馬韋爾（Andrew Marvell, 1621-1678）的詩作《花園》（*The Garden*）。

72 阿波羅中了愛神邱比特之箭，愛上河神之女達芙妮（Daphne）。達芙妮不領情，阿波羅卻不停追趕，達芙妮身心俱疲，河神不忍心，便將愛女變成一棵月桂樹。

73 奧斐斯（Orpheus）痛失愛妻尤莉迪絲（Eurydice）之後，了無生氣，一心尋死，流浪到荒野，突遇一群酒神的女信徒，她們飲酒作樂之餘，想要拉他同歡。奧斐斯嚴詞拒絕，竟激怒了這些爛醉如泥的女信徒，她們七手八腳的拔刀亂砍，將他撕裂，頭顱與琴都丟入河裡。

74 茉臘（Myrrha）的母親誇口女兒的美貌與女神維納斯不相上下，維納斯勃然大怒，對茉臘下咒，使她愛上了自己的父親。茉臘知道無法與父親結合，於是產生輕生的念頭，企圖上吊自殺，但被乳母所救。乳母心疼茉臘，於是幫助她與父親亂倫。在乳母幫助下，茉臘與父親基尼拉斯（Cinyras）同床十二夜，但在第十二夜，基尼拉斯終於發現與他交歡的女人是自己的女兒，暴怒之下拿刀準備刺殺茉臘。茉臘向眾神呼救，眾神於是把她變成了一棵香桃木。

75 包西氏（Baucis）和腓利門（Philemon）無意之間招待天神宙斯，宙斯應允他們之請，把他們變成椴樹和橡樹，永遠在一起。

76 Aldo Leopold（1887-1948），美國生態保育之父，晚年作品《沙郡年紀》是自然保育的聖經，繁中版由果力文化出版。

77 John Muir（1838-1914），美國環保運動的先驅，力倡生態保護，人稱「國家公園之父」。

78 Donald Culross Peattie（1898-1964），美國植物學家、博物學家和作家，被譽為當代閱讀最廣泛的美國自然作家。著作頗豐，廣受好評，啟發了大自然寫作的時代。代表作之一《絮語四季》（*An Almanac for Moderns*）繁中版由新雨出版社發行。

79 Hart Crane（1899-1932），美國著名的詩人，詩作廣泛使用象徵與隱喻，用字遣詞略為艱澀，在世時評價不一，三十二歲投海自盡，身後倍享盛名。

80 Eugene O'Neill（1888-1953），美國最負盛名的劇作家，亦曾榮獲諾貝爾文學獎。

81《*A Thousand-Mile Walk to the Gulf*》，一九一六年出版。《*My First Summer in the Sierra*》，一九一一年出版。

82 語出約翰・繆爾一八七八年的文集《*A Wind-Storm in the Forests of the Yuba*》。

83 Amanita bisporigera，又稱死亡天使菌菇，可阻止細胞新陳代謝，而且從腎臟和肝臟開始，煮熟食用一樣致命。

84 Agaricus silvicola，俗稱木蘑菇，與鵝膏菌同為傘菌屬，味道鮮美。

85 語出約翰．繆爾，《*John of the Mountains: The Unpublished Journals of John Muir*》。

86 語出《湖濱散記》。

87 語出《*The Maine Woods*》。

88 白楊是印第安原住民的聖樹，納瓦荷族（Navajo）將之視為日光之樹，夏瓦族（Cheyenne）的日舞木屋也是白楊木所製。

89 Idaho Falls，愛達荷州東部第一大城，亦為愛達荷州通往蒙大拿州、黃石公園、大堤頓公園的公路交會點。

90 Lake Elmo，明尼蘇達州的小城，距離首府聖保羅市大約二十公里。

91 aspen clone，一譯「克隆樹」，白楊是無性生殖，藉由地下根莖生長，可說是不斷複製自己。

92 Cascades Mountains，北美洲主要山脈之一，北起加拿大英屬哥倫比亞省，穿越美國華盛頓州和俄勒岡州，最終到達加利福尼亞州，沿線有十多座火山，湖光山色，景緻優美。

93 Palacio de la Alhambra，西班牙南部格拉納達的阿拉伯宮殿，由摩爾王朝修建，是西班牙的知名景點。

94 狄密特（Demeter）是豐產女神，專司農務與穀物，與天神宙斯育有一女珀爾塞福涅（Persephone），珀爾塞福涅貌若天仙，被冥王看上，強行劫走到冥界，狄蜜特傷心憤怒，不思農務，大地因而乾涸，宙斯只好出面斡旋，冥王應允珀爾塞福涅半年在冥界、半年在陽間，於是一年就有了春夏秋冬。

95「Nature, red in tooth and claw」，英國桂冠詩人丁尼生（Alfred Tennyson, 1809-1892）以此描述大自然的「腥牙血爪」，這句話也反映出達爾文主義的世界觀：大自然對所有的生命只會構成威脅，因此，生命與大自然是處於敵對狀態。

96 Corvallis，奧瑞岡州中西部的小鎮，亦為奧瑞岡州立大學所在地。

奧莉維亞・范德葛芙

雪深過膝，行進緩慢。奧莉維亞・范德葛芙像隻駝畜，步履蹣跚地踏過雪堆，走回校園邊的公寓。最後一堂「線性迴歸與時間序列」總算結束，她再也不必上這門課。方院的排鐘隆隆敲了五響，但冬至將至，周遭已如子夜般漆黑，夜色自四方襲向奧莉維亞，鼻息在她的上唇印下薄薄的寒霜，她猛一吸氣，咂咂吸回口中，一顆顆冰粒沾附在咽喉。天寒地凍，冷冽的空氣有如鋼絲般灌入她的鼻腔。再走五條街就到家，但她可能凍死在這裡，沒錯，確實有可能。這倒是新奇，她覺得很刺激。

大四的十二月。學期即將結束。就算她這會兒跌了一跤、狗吃屎地摔到雪堆裡，她用滾的都可以滾過終點線，撐過這個學期。還有什麼尚未了結？「線性分析」的期末考，「總體經濟」的期末報告，「世界名畫」的一百一十張幻燈片——這門選修課非常好過——再過十天和一個學期，她就永遠跟大學說拜拜。

三年前，她以為精算等同會計。當輔導老師跟她說精算攸關價格和風險機率，她覺得這門學科聽來嚴謹，帶點古怪，於是她當場宣布：好的，就是這一門。如果一個人一生之中必須像是奴婢似地投身某個行業，核算死亡理賠金額倒也不是最糟的選擇。更何況系上只有三個女生，讓她略感懼怕，卻也興奮——她必須挑戰現況，證明女生也可以出頭，這可真是刺激。

但那股刺激感早已疲軟。她已經考了三次精算師執照，三次都沒過關。部分原因在於資質不足。但也可

歸咎於一夜情、哈大麻、徹夜跑趴。她會拿到學位；這點她依然辨得到。如果拿不到學位，她願意體驗畢不了業的種種風險。誠如精算學的驗證，風險只不過是另一組數據，奧莉維亞也時常跟她那群熱心過頭的朋友們這麼說。

灰濛之中，她在街角轉個彎，走上紅檜街。頭一個走過雪地的人隨意踩踏，留下歪歪斜斜的足跡，其他那些背著大背包的學生依循足跡蹣跚而行，踩踏出更多泥濘的腳印。大風勁揚，吹積出堆堆新雪，雪堆之下，龜裂的人行道因鼓脹的樹根緩緩抬升，狀似速度極為遲緩的地震波。她抬頭看看。即使這個鳥不生蛋的鬼地方沒有什麼值得留念，她日後依然會想念這一盞盞街燈。街燈古意盎然，散發出乳白的光芒，有如直立的蠟燭，柔和的燈光照亮學生租屋區的小徑，一路直通她自己那棟亂七八糟、美式哥德風的公寓，公寓曾是某個外科醫生的華宅，現在分隔成五個各自具備消防梯的小房間，還有八個信箱。

街燈照亮公寓前一棵孤零零的大樹，曾有一時，這個樹種覆蓋了整個地球，它是個活化石，通曉森林之祕的種種生物之中，它是最年長、最怪異的一員。它的精子必須奮力漂游讓卵子受孕，它的樹葉跟人的臉孔一樣千形萬狀，在街燈的映照中，它的枝幹架構出令人讚嘆的側影，而且短枝簇生，奇形怪狀，即使是冬季，你也認得出它是什麼樹。她已經在那棵樹下住了一整個學期，始終沒有注意到它。今晚她又從樹下走過，依然視而不見。

她蹣跚地走上白雪覆蓋的階梯，踏進擺滿腳踏車的玄關。她用力帶上大門，但冷冽的寒氣依然從門縫中鑽進來。日光燈的開關在玄關的另一頭，好像故意戲弄她。她摸黑沿著狹窄的通道走了六步，一不注意被腳踏車的變速器割傷了腳踝。她大聲咒罵，回音嫋嫋，飄上樓梯。過去一整個學期，樓友們開會時，她始終怒氣沖沖地撻伐腳踏車。但即使大家投票表決，玄關依然擱滿腳踏車，她凍僵了腳踝也被劃了一道深深的傷口，而且沾滿機油，她勃然大怒，理直氣壯地大喊：他媽的、他媽的、他媽的！

其實這些全都不重要。再過短短五個月，她的人生就要展開。就算她依然租屋而居，住處破破爛爛、沒有熱水、樓下就是她打工的廉價早餐店，她也可以冠冕堂皇地過她的日子，自己的過失和劣行自己擔。

有人在樓梯頂竊笑。「妳沒事吧？」笑聲壓不住，悶悶地從廚房飄下來。她如往常地發火，樓友們覺得很好笑。

「沒事。」她大喊。到家了。一九八九年十二月十二日。柏林圍牆正在坍塌，從波羅的海到巴爾幹半島，數百萬受到壓迫的民眾走上冬日的街頭。她的腳踝被劃傷，玄關滿地是血。那又如何？她彎下腰，拿著一張乾淨的衛生紙按住傷口止血。傷口劇痛，讓人抓狂。

樓友們在樓上等著擁抱打招呼：兩人出於習慣，一人面帶嘲諷，一人冷淡漠然，一人暗戀了她半年，神情乞憐而渴慕。她厭惡樓友們沒完沒了、一文不值的擁抱，但她依然親切地擁抱大家。今年初春，他們互相賞識，視彼此為至交，興致高昂地租屋同住；到了九月底，這群開口閉口我愛你的年輕人卻已成天口角，爭執不休。我的刮鬍刀上沾了誰的毛髮？有人偷了我擱在冰箱裡的大麻。哪個他媽的傢伙把吃剩的火雞肉塞進廚餘垃圾處理機？然而她已經看得到終點，什麼都不在乎。

廚房好香，有如天堂，儘管並沒有人請她坐下來一起吃飯。她查看一下冰箱。情況不妙。她已經十小時沒有進食。但她決定再熬一會兒。如果她可以熬到她的一人派對之後再進食，餐點肯定更加美味可口，她也會開心得像是跟神仙共舞。

「我今天離婚了，」她大聲宣布。

掌聲與喝采聲零零散散地響起。「總算離了，」那個她最不喜歡的前好友說。

「沒錯。我婚後大半日子都花在辦離婚。」

「先別改回妳原來的姓。夫姓好聽多了。」

「結婚？妳當初哪根筋不對？」

「妳的腳踝看來不妙。妳最起碼得把機油擦乾淨。」隨之又是一陣竊笑。

「你們的好意，我心領囉。」奧莉維亞偷拿一瓶暗褐色的啤酒——冰箱裡也只剩這個東西沒有發臭——悄悄溜回她閣樓上的房間。回房之後，她往床上一躺，頭也不抬就喝光整瓶啤酒。這可得憑本事。她腳踝上的機油和鮮血弄髒了床單。

那天下午，趁著「經濟學」和「線性分析」兩堂課之間的空檔，她和戴維最後一次在法院見面。如今他們總算離了婚，法院的裁判不會讓她更傷心。她的確有些悔恨。大二的春天，她一時衝動，把自己的一生交付在另一人手中，那種孤注一擲的感覺好動人、好天真。過去兩年來，他們的爸媽因為他們的愚行而大怒。他們的朋友們也始終不了解。但她和戴維打定主意要證明大家全都錯了。

他們以他們的方式相愛，即使所謂的「相愛」多半是嗑藥嗑得飄飄然、大聲朗讀波斯詩人魯米的詩作、然後死去活來地做愛。但婚姻讓他們變成恐怖情人。第三次大打出手、嘶吼怒罵之後，她折斷了第五節掌骨，兩人也總算看清事實：他們必須清醒過來，斬斷情絲。他們名下沒有不動產，也沒有小孩，應該只花一天半就可以辦好離婚手續。但這兩個像是大孩子的年輕人卻花了十個多月，多半是仍被舊情勾動慾火。

奧莉維亞把喝乾了的啤酒跟其他空瓶一起擱在電暖器上，伸手在床邊的一堆雜物裡翻尋，直到找到她的

ＣＤ播放機。離婚需要追悼儀式。婚姻是她的探險，她必須做個紀念。戴維留下魯米詩集，但兩人喜愛的電音ＣＤ大多歸她所有，手邊的大麻也足夠將心中的悔恨轉變為笑聲，今天的她就需要大聲狂笑。她當然擔心「線性分析」的期末考，但還有三天可以準備，更何況當她哈草哈得飄飄然，讀書通常更有效率。

即使一開始就被感情沖昏了頭，她也早該知道，不管跟誰交往，如果頭一次約會就撒了三次謊，這段感情恐怕不值得投入。他們漫步於學校植物園盛開的櫻花樹下，她聲稱自己深愛所有會開花的植物，這話倒是不假，最起碼在那一刻是真的。她跟他說她爸爸是人權律師，這話倒也不算完全失真。她還說她媽媽是個作家，這話則是鬼扯。她倒不是以她爸媽為恥。事實上，她小學的時候，有個小女生說她爸爸「軟弱無能」，她痛揍了對方一拳，結果被留校察看。但她偏好一個事事令人稱趣的世界，而在那個世界中，她爸媽卻遠遠不及他們應有的面貌。因此她稍微加油添醋，為了這個她已經決定與他共度餘生的男孩，把她爸媽打點得體面一點。

戴維也撒謊。他宣稱他不需要大學文憑，他還說他參加國家考試、成績斐然、國防部已經聘僱他。這番謊言是如此荒誕，甚至可說是動聽。但她的確欣賞天馬行空的傢伙。他們漫步校園，春櫻有如雪花般飄落，他突然掏出一個古意盎然的錫盒，盒頂是個鬍鬚蠟油的廣告，盒裡擱著六支細長的大麻菸，她大驚，因為她只在學校的反毒廣告裡看過這種玩意。她當然很快就熱衷此道，隨著大麻騰雲駕霧，凌駕於庸碌眾生之上。她就此愛上大麻，而這段戀情持續發展，這位情人也不斷付出，注定與她長相廝守，不像她跟戴維的短命戀情。

她選了一張電音ＣＤ按鍵播放，坐到她心愛的窗邊座椅上，稍微抬高窗臺，迎進冷冽的夜風，朝著有如死亡陷阱的防火梯吞雲吐霧。電話鈴響，但她沒接。鈴聲持續，響個不停。她沒有答錄機。誰會想要使用一種逼得妳非得回電的裝置？她計算鈴聲，將之視為某種禪修。電話響了十二聲，在此同時，她已朝著天寒地凍的戶外吐了兩圈蓬鬆的大麻雲朵。來電者鍥而不捨，近似癲狂，誰會如此苦苦糾纏？她想了想，終於想通了。只有她的前夫會做出這種事：打電話追查她的行蹤，意欲挑起最後一次戀人的爭執，藉此紀念這個日子。

•••

三年前，奧莉維亞帶著一隻泰迪熊布偶、一把吹風機、一臺爆米花機、一個高中排球校隊的獎章來到校園，怎知課程之外的種種更加啟迪人心，喚醒了小奧莉維亞的心智、性慾、社群理念。明年春天，她打算帶著一張滿江紅的成績單、兩個舌環、一個肩胛骨上的華麗刺青和心中的一本剪貼簿走出校園，剪貼簿裡盡是她之前無法想像的光景。

她基本上仍是個好女孩。她只是打算再使壞幾個月，然後她就會改邪歸正，步入正途，朝向西部前進——每一個誤入歧途的好人到頭來都在西部落腳。不管她在何處落腳，行抵該地之後，她會有很多時間盤算如何利用她這個一文不值的學位。若有必要，她可以是個腦袋靈光的女孩。她也知道如何上點薄妝讓自己更加嬌美動人。事事蓄勢待發；世界正朝著她開展。既然歐洲似乎前途無量，她說不定到柏林瞧瞧。維爾紐斯[97]或是華沙也行，某個一切歸零、重新打造秩序的所在。

樂聲敲打著她的筋骨，將她的思緒帶入迷濛飄緲之境。她感覺全身酥麻，好像蜘蛛群聚在她的皮下。她把手掌貼在大腿上，脈搏撲通撲通，滑翔攀升，直至遙遠的天際。她腦中很快就五彩繽紛，眼前迸現出絢麗的光芒，世間種種亂象也顯得微不足道。宇宙浩大，她得以暫且遨遊於鄰近的銀河星系，只要她不濫用她的威力，或是傷害任何人，她高興衝撞什麼都無所謂。她愛極了這趟馳騁之旅。

然後她的心中響起隆隆樂聲。她關掉音樂，試圖盤算出如何跨越大海般的房間。她站起來，腦裡嗡嗡響，整個人似乎飄升到另一個境界。她的笑聲推著她往前走、幫著她穩住腳步。她滑向房間的另一頭；她的乳頭閃閃發光，好像寶貴的珍珠。過了一會兒，她來到了她想要來到的地方，靜立一秒鐘，試圖回想她為什麼必須來到此處。發自她心中的樂聲好奇妙、好響亮，她根本聽不到任何思緒。

她坐到書桌前，從抽屜裡翻出音樂筆記簿。五線譜在她眼前飄動，像極了某種神祕的符碼，但她已經建構出一套系統，藉此保留下一首首恍神時發自心中的曲調。五彩旋律線、音符密度、音符位置都是暗碼，幫她保留老天爺致贈的旋律。隔天大麻藥勁消退，她可以看著這些草草記下的暗碼，再度聽到樂聲，感覺有如哈了二手大麻菸。而且不花半毛錢。

今晚她心中的樂團敲打著不知名的樂器，彈奏一首不知名的樂曲。天使們若想為上帝獻奏，肯定就是這樣的樂聲。她深受震撼，重重地坐回椅子上。她從未聽過心中傳出如此美妙的樂聲，這將是她畢生最精采的傑作。她開始啜泣，真想打電話給爸媽。她真想下樓走回廚房，給她的樓友們大大的擁抱，而且這回可是出自真心。樂聲似乎說道：妳不知道妳散發出多麼閃耀的光芒。它說：有個東西正等著妳，而妳自小就等待這個澄淨完美的東西。那股與神同在的狂喜荒誕至極，她不禁大笑，甚至帶點癲狂，嘲笑自己靡爛的心靈。

但樂聲令她全身酥麻。她忽然好想洗個熱水澡。她的淋浴間跟她的房間都是從閣樓裡闢出空間胡亂搭建，朝北的牆上蒙著一層薄薄的冰霜，若想好好洗個澡，祕訣在於先放熱水、然後再脫下衣物。等到她踏進ＤＩＹ的淋浴間，她已經餓得不支倒地，浴室裡冷熱氣流迴旋交纏，忽如酷暑，忽如寒冬。她看看地面，淋浴間的地上滿是鮮血。她尖叫。然後她想起自己的腳踝被劃傷。當她拿著肥皂清洗滲血的傷口，她可以聽到樓友們再度竊笑。人類看來如此脆弱，怎麼有辦法倖存至今、做出種種狗屁倒灶的事情？

清洗傷口真痛。傷口又深又長，參差不齊，難看極了。如果留下疤痕，她可以用另一個刺青掩飾——說不定刺個腳鍊的圖案。她沿著大腿塗抹肥皂，她的皮膚觸感光滑，哪個剛離婚的女孩不想擁有如此光滑的肌膚？每個觸摸都帶電。她的軀體亮了起來，索求快感。

有人用力敲門。「妳還好嗎？」

她花了一秒鐘才說得出話。「拜託別煩我。」

「妳剛剛尖叫。」

「那是『剛剛』。謝啦！」

她走回臥室，慢慢回過神來。她的身子裹著熱騰騰的浴巾，因為慾求而發燙。冷冰冰的空氣掠過她的肌膚，連這樣都勾起她的性慾。世間還有什麼比自行攀越極樂高峰更暢快？她甩掉浴巾，手腳大張，趴到床上。她慢慢鑽進被子裡，愈拖愈久，愈來愈爽。她把手一抬，伸進立燈的燈罩裡關燈，讓自己陷入舒心的黑暗之中。但當她微濕的手輕輕一按廉價燈座的開關，這棟違建華宅的電流全數竄入她手腳，湧進她體內。她的肌肉霎時緊縮，好像科學實驗的受試者，手中揪緊奪走她性命的電流。

她赤裸裸、濕淋淋地躺在床上，全身不斷抽搐。她的手在空中顫動，試圖從胸肺深處擠出「救命」二字，但她已因觸電張不了口。心臟停止跳動之前，她終於勉強發出含混不清的哭號。樓友們在樓下聽到她的哭號——這是她今晚第二次嘶喊——聽來如此露骨、如此私密，人人不禁臉紅。

「奧莉維亞喔。」一位樓友邪邪一笑。

「我們最好問都別問。」

她死去的那一刻，整棟屋子暗了下來。

97 Vilnius，立陶宛首都。

樹幹

一座中度安全管理監獄裡，一名男子坐在他牢房裡的桌前。他因為樹而入獄——沒錯，樹是元凶，他對樹的摯愛是幫凶。他依然說不出他做了多麼嚴重的錯事，或是他會不會出於自願再做一次。桌子的木紋寫出了答案，他只能從中得到解答，但他讀不懂他掌下迴旋的木紋。

他的手指輕撫木頭桌面的紋理。他依然試圖理解這一個個歪七扭八的木紋怎麼可能出自單純至極的年輪。或許是切割的角度，說不定端視切鋸的工具落在年輪何處。這事有點神祕，如果他的腦子稍微不一樣，他說不定比較想得通。如果他是另一種不一樣的生物，他說不定有辦法理解。

木紋在他的手指下迴旋環繞，觸感不均，抑或寬顏色淺，抑或窄顏色深。他領悟到自己正凝視著四季的輪迴、節氣的變化、春季的茂生、秋季的慢活，這是一首強弱交疊的大自然之歌，而樹木的年輪錄下碰恰碰恰的節奏，雖已花了一輩子觀看林木，但思及至此，他依然深感震懾。木紋曲折蜿蜒，有如地形圖裡的山脊與溝壑。淺白之處往前急竄，深暗之處望似停滯。一時之間，他似乎從這個切割的角度看出全貌。他讀得出一圈圈年輪，他看得出一段段歷史。然而，他依然有如一個目不識丁的文盲。風調雨順，年輪較寬；氣候異常，年輪較窄。除此之外，他一無所知。

如果他讀得出來，如果他能夠翻譯……要是他稍微不一樣，他說不定可以得悉陽光如何映照、雨水如何滴落、風從哪個方向吹向樹幹、風勢多麼強勁、持續了多少時日。他說不定可以解讀土壤的設想多麼周到、寒霜的迫害多麼凶殘。他說不定可以細述這一棵樹在世的各個季節受了多少罪、吃了多少苦、缺了什麼、多了什麼、逃過了多少攻擊、度過了多少豐年，熬過了多少暴雨、面臨了多少威脅和機緣。

他的手指撫過監獄的木桌，試圖習知這個陌生的紋跡，像個繕寫室的修士般字字謄寫。他輕撫木紋，思索這個年代久遠、難以理解的萬年曆試圖述說的種種情事；在他這間沒有四季變化，只有固定一套氣候的牢房中，這一棵記取了歲月更迭的樹，究竟想要跟他說些什麼？

在那一分又十秒鐘，她沒有脈搏，沒有呼吸，沒有生息。然後奧莉維亞觸電的身軀跌過床邊，摔到地上。撞擊力之強，她那顆已無生息的心臟居然又開始跳動。

她全身赤裸，動也不動地躺在松木地板上；稍後當她的前夫登門造訪，本來想跟她大吵一架之後上床歡愛，推開門就撞見她這副模樣。他趕緊把她送到學校的附設醫院，她在醫院裡醒來，依然滿眼昏花，而且肋骨瘀青、一隻手被燙傷、腳踝有道深長的傷口。醫師助理想要知道詳情，但奧莉維亞說不出所以然。

一臉雀斑、焦躁不安的前夫把她交由醫生們照護。醫生想要檢查她的神經機能，建議做個掃描。但奧莉維亞趁著沒人注意時落跑。這是一所大學附設醫院，人人忙得不可開交，她悠然走過大廳，看起來健康得很。誰會擋她？她回到她的公寓，關在臥室裡。她的樓友們走上閣樓探看她的狀況，但她拒絕開門。整整兩天，她躲在房裡，一步都沒邁出去。每次有人敲門，她就在房內大喊：「我沒事！」她的樓友們不知道該打電話給誰。門後偶爾傳來悶悶的腳步聲，除此之外毫無動靜。

奧莉維亞睡睡醒醒，直挺挺地躺在床上，抱著瘀青的肋骨，試圖回想發生了什麼事。她跨過了鬼門關。在那失去脈搏的幾十秒鐘，某些強悍浩大，但絕望落寞的形影找上了她。他們向她懇求，讓她看見一些光景。但在她復活甦醒那一刻，一切全消失無蹤。

她找到塞在桌子後面的音樂筆記簿。五顏六彩塗鴉促使曲調重現，讓她又聽到觸電之前迴盪在她腦海中的旋律。藉由這些旋律，她慢慢想起當時大部分的景象。她看到自己在閣樓的房間裡趾高氣昂地晃蕩、耽溺於自己的軀體，感覺有如看著動物園的鳥獸在畜欄裡繞圈子。有生以來，她頭一次意識到所謂的「獨處」其實是個自相矛盾的措辭。即使在你最孤單的時刻，有些東西也已悄悄與你融為一體。她失去生息時，有人跟她說話了。她的腦袋被當作一個螢光幕，映現出種種只聞其聲、不見其人的思緒。她穿過一個五光十色的三角形隧道，來到另一端的空地。在這裡，神靈們——她也只能這樣稱呼他們——解除了她的束縛，讓她看透一切。然後她再度墜入這副拘禁了她的身軀，種種令人讚嘆的光景隱隱散去，化為無形。

她心想：說不定我頭腦受傷。她不時閉上雙睛，嘴唇微微顫動，訴說無聲的話語。跟我說發生了什麼事。這會兒我該怎麼辦？過了好一會兒，她才察覺自己在祈禱。

她翹掉每一堂期末考，打電話跟她爸媽說她不會回家過聖誕節。她爸爸大惑不解，然後傷心難過。通常她會扯著嗓門大喊，試圖以音量蓋過她爸爸的怒火。但任何人的怒火都傷害不了一個已在鬼門關走了一遭的女孩。如今她沒有必要躲藏。他們看著她——活生生、了不得的神靈們知道她是誰。

她爸爸聽起來有點失落——夜晚時分，當她躺在床上，確知自己絕對找不回她失去生息時所見的光景，心中也有同樣感受。她聽得出爸爸的恐懼，赫然驚覺她的律師爸爸懷藏如此深沉的懼意。有生以來，她頭一次想要安慰他。「爸，我搞砸了。我碰到了瓶頸，不知道怎麼走下去。我需要休息一下。」

「回家吧。妳可以在家裡休息。妳不該一個人過節。」

他聽起來好疲倦。她爸爸始終一板一眼，即使應該感性，他依然秉持理性。在她眼中，他始終顯得陌生。現在她不禁懷疑他說不定也曾經沒了心跳呼吸。

他們聊了好久；多年以來，他們父女從來沒有如此交心。她跟他描述死亡的感覺。她甚至試圖跟他提起空地上那些帶領她見證各種光景的神靈們。即使她用了「衝勁」、「精氣」等等不會嚇壞他的字眼，他依然兩度幾乎跳上車子、行駛六百五十英里過來接她回家。她說服他打消念頭。失去生息的七十秒已賦予她神奇的力量。他們之間的一切都已更動，好像這會兒他是孩童、她是父母。

她提出一個從未提出過的請求。「請媽媽過來聽電話。我想跟她聊聊。」這會兒奧莉維亞甚至想要了解她媽媽的怒氣，緩言撫平。講到最後，母女兩人都淚眼汪汪，對彼此做出各種荒唐的承諾。

她一個人在公寓裡過聖誕節，獨自待到新年。烈酒大麻全被她丟進馬桶裡沖掉。成績單寄達：兩科被當，一科D-，一科C。成績分散了她的注意力，讓她暫且忘卻那些她拼命試圖記起的光景。她整天幾乎什麼都沒吃。冰風暴來襲，城鎮覆上一層石刻般的寒冰，吹斷了橡樹和楓樹的大樹枝。她坐在床上，膝蓋抵在胸前，音樂筆記簿擱在大腿上，心中一片空無。她站起來走了幾步，地板上那個戴維發現她倒臥之處，這會兒赤腳踏一踏，感覺依然溫熱。她活著，而她不明白為什麼。

夜深人靜，她無法成眠，躺在床上看著天花板，回想失去生息的那一刻。生命曾經在她耳邊喃喃低語，為她指點方向，她卻未能一一記下。她的禱詞說得愈來愈順。我靜止不動。我專心聆聽。你們對我有何要求？除夕夜，她不到十點就上床休息。兩小時之後，她被槍砲聲驚醒，嚇得尖叫。然後她瞥見時鐘，赫然領悟那是煙火的聲響。九〇年代正式登場。

她的樓友們大年初一回返。他們把她當作病人般看待。近來她不再擺著臭臉，他們反而有點怕她。她在廚房裡坐下，周遭眾人嬉戲笑鬧、喝得爛醉、試圖忽略有如幽靈般坐在桌邊的她。她居然從未察覺他們的哀傷，也從未注意他們的苦惱，想來令人訝異。然而他們依然認定自己活得安適自在，卻也難以置信。他們覺得一張墊片和幾捲膠帶或許就足以填補生命的縫隙，抵擋一切外來的侵襲。在她眼中，他們是如此不堪一擊，卻也無比親愛。

學期開始的第一天，奧莉維亞坐在講堂的一角，聽著臺上聰慧的講師試算足夠讓保險公司和逝者感到雙贏的保險費和賠償金。「保險是文明社會的基石，」講師說。「沒有共擔風險，就沒有摩天大樓、好萊塢鉅片、大型農業、醫療體系。」

她旁邊的空位窸窣作響。她轉頭。她連日祈禱、期盼求見的神靈們出現在她眼前不到幾英寸之處。他們回來了，朝著她招手。他們敦促她站起來走出講堂，而他們要她做什麼，她都願意聽從。她披著大衣走下講堂的石階，穿過寒冷的方院。她穿梭於教室、圖書館、大一新生宿舍等建築物之間，不假思索地走了又走，完全聽從神靈們的指引。一時之間，她以為目的地是校園南端的內戰墓園，而後她察覺自己正走向她停放車子的停車場。

她坐進車裡，心知接下來得開好長一段路。她把車子停在公寓前，進屋拿些東西，來回三趟就搬光房裡每一樣她覺得值得保留的東西。她把衣服堆放在後座，開車離去。

車子開上州際公路。她很快就開過市區西北方的莎草草原和橡樹林。覆滿白雪的田野冒出一株株晚秋的殘株，有如星點。她聽命於神靈們，開了好長一段時間。他們的信息不太穩定，有時字字清晰，有時充滿雜訊，好像訊號來自另外一個城市的收音機。她心甘情願聽命於他們，執行他們的心願。

開著開著，公路朝向西南延伸。她吃了一條置物箱裡的穀物能量棒當午餐。她的小皮包裡擺了幾張紙鈔，還有一張戶頭裡將近兩千美元的簽帳金融卡。她的心中沒有任何計畫。但她記得耶穌提過花朵，還說無需為了明天憂煩[1]。以前求學時，修女們強迫大家背誦聖經；她特別挑了這段經文跟老師作對，因為她知道師長們開口閉口個人責任。她喜歡那個搗毀商攤、結交無賴、崇尚共產的耶穌，而這樣的耶穌肯定嚇壞每一位奉公守法、買地置產的基督徒。*一天的難處一天當就夠了*[2]。開到半路，她心中忽然閃過一股強烈的懊惱。*我錯過了統計推論*。這倒是符合現況。她的人生走到這個階段，已然錯過一切。如今任何推論都失去意義，再過不久，她將會知曉。

印第安納州比她預期中近，天黑得也比她預期中早。冬至剛過，依然七早八早就天黑。她餓得真想好好吃一餐，也累得不停撞上積了雪的減速標線。神靈們半小時前就不見蹤影。她漸漸失去信心。一邊開車一邊禱告，可不容易。眼前盡是空曠的玉米田，典型的中西部公路路景。她不知道自己為什麼在這裡。然後神靈們悄悄坐回乘客座，她又撐過了一百英里。

戴維曾告訴她，餐風露宿時，量販店的停車場是最佳休憩處。她很快就找到一家量販店，慢慢把車開進停車場明亮的一角，把車停在監視器下方。她低著頭快步走進洗手間，順便買些零嘴，然後回到車上，準備在後座休息過夜。她鑽進三大落衣服底下，默默祈禱，靜靜等候，凝神傾聽，沉沉入睡。

一九九〇年的印第安納州。在這裡，五年即是一個世代，五十年堪稱遠古，更古早的一切皆可稱為傳奇。雖說如此，土地記得人們忘卻的一切。她休憩的停車場曾是一片果園，園中的果樹皆由一位性情溫和、瘋瘋癲癲的史威登堡教徒栽種。這位仁兄衣衫襤褸，頭上套個小錫鍋，遊走於附近各處，宣揚新天堂，搗滅人們的營火，以防營火殺害小蟲。他為人古怪，卻非常虔誠；自己滴酒不沾，卻大量釀製蘋果酒，產量足以運銷鄰近四州，數十年來，每一位九歲到九十歲的美國拓荒先祖都喝了他的蘋果酒而微醺。

她一整天都遵循蘋果籽強尼[3]的腳步，駛入內陸地區。她在她爸爸帶回家的漫畫裡讀過這人的事蹟。漫畫中的蘋果籽強尼是個超級英雄，具有讓作物破土而出的超能力，但書裡提都沒提他是個非常精於操作房地產的慈善家，雖然貌似窮酸，但臨終之時擁有一千兩百公頃全國最肥沃的土地。她始終以為他只是個迷思，殊不知迷思是經過扭曲、融入記憶的事實，它是投寄自過往的囑咐，暫駐記憶的一角，期待預報未來。

一說到蘋果，人們當然最先想到它卡住了亞當的咽喉。它既是誘惑，也是善惡之果；它既是永生，也象徵死亡；它的果肉鮮甜多汁，果籽卻含有氰化氫；你必須全盤接受它，不能只看它的片面。它擊中一位學者的腦袋，造就一門研究領域[4]；它擺放在一場婚宴的禮桌上，引發無止無盡的戰爭[5]；它維繫眾神的生命[6]；它是凡人的原罪，卻也為凡人帶來意外之喜。祝福從亞當吃禁果開始，因為最終帶給人類救恩[7]。

再來談談蘋果籽。蘋果籽變化多端，高深莫測，結成怎樣的果實，誰都說不準。上一代穩重古板，下一代卻可能狂野不羈。甜味變成酸味，苦澀也可能變成順口。若想保持一個品種的滋味，唯一的方式是把接穗枝條嫁接到新生的砧木。事實上，奧莉維亞有所不知，Jonathan、McIntosh、Empire，這些冠上名號的品種，全都來自同一棵母樹。果農們隨機取樣，手氣甚佳，培育出這些可口的品種。

奧莉維亞的爸爸說不定會跟她說，冠上名號的蘋果可以取得專利。她曾經因為一個案子跟她爸爸發生爭執。一位農民沒有支付年度權利金，擅自留下大豆種子，而且重新栽種，她爸爸協助一個跨國公司起訴農民，她知道了之後勃然大怒。「大豆是個生物，你怎麼可以擁有它的專利權？」

「當然可以。而且應當如此。保護智慧財產權可以創造財富。」

「大豆呢？誰付給大豆權利金？」

他眉頭一皺，帶著評斷的神情看著她，彷彿說道：妳是誰家的小孩？

她露宿一夜的停車場曾經隸屬那個頭戴錫鍋帽、遊蕩四方的蘋果傳教士，他確知嫁接會造成樹木的痛苦，所以他從工坊的果渣中挑揀出蘋果籽，播撒在偏西之處，栽植出一片果園。不管他播灑了哪些種子，它們全憑自己的意思生長，進行難以臆測的實驗。他大手一揮，有如施展奧妙的魔法，賓州和伊利諾州之間的田野搖身變為蘋果園。她開了一天的車，駛過那片田野，這時露宿一個曾經種滿蘋果樹的停車場。那些難以臆測的蘋果樹已經消失無蹤，人們也早已忘懷。但土地依然記得。

她早起，凍得發僵，衣物堆疊在身。車裡處處都是神靈，盈盈發光。他們無所不在，秀美絕倫，就像她心跳停止的那一晚。他們飄入她的身軀，忽進忽出。他們並未責怪她忘了他們賜予的信息。他們只是再一次將信息注入她的心中。他們的回返令她滿心歡愉，甚至喜極而泣。他們的話語皆無聲，世間豈有如此渾然天成的話語？他們甚至稱不上他們；他們是她的一體、她的至親。他們是萬物的使者──她見過他們、聽過他們，但她忘了他們、忽略了他們。他們是她失散的親人，她必須找回他們、讓他們重現生機，而猝死讓她開了眼，賜予她全新的視野。

妳先前微不足道，他們嗡嗡哼唱。但妳再也不是毫無價值。妳逃過一死，因而擔負了最神聖的使命。

什麼使命？她想要問道。但她必須保持靜默，一動不動。

生命的關鍵時刻已經到來。前所未見的考驗已在眼前。

她靜靜地坐在後座，身上堆疊著一落落衣物，見證了永生。神靈飄飄渺渺，跨越死亡的界線，來到這家量販店的停車場，在此露面，求助於她。朝陽緩緩升起。兩位顧客從店裡走出來。天剛亮，他們推著購物車，車裡擱著一個跟她車子一樣大的紙箱。她屏氣凝神，思緒聚焦。告訴我吧。跟我說你們想要什麼，我會照著做。一部卡車駛過，嘎嘎開向卸貨平臺。神靈們在嘈雜的聲響中一哄而散。奧莉維亞頓感驚慌，他們的話還沒說完，她依然不知道他們有何囑咐。她慌慌張張地亂翻皮包，試圖搜尋紙筆，最後終於在一包喉糖的背面草草寫下：逃過、考驗。但這幾個字不具任何意義。

晨光燦燦，天已大亮。她尿急，膀胱幾乎爆破。再過一分鐘，她就會不顧一切地小解。她下車走進店裡。一個年紀稍大的男子說聲歡迎光臨，好像她是個老朋友。店裡洋溢著幸福歡樂，好像正在開變裝派對。

最裡頭的牆面裝了一長排電視，有些小若麵包盒，有些大若磐石，各個尺寸一應俱全，放映著同一個晨間節目，數百位跳傘客同時在半空中做禮拜。她以跑百米的速度衝過一長排電視螢幕，直奔洗手間。解脫的感覺真是暢快。憂傷卻又悄悄湧上心頭。給我一個提示，她一邊擦乾雙手、一邊默默哀求。跟我說你們要我怎麼做。

長長一排電視螢幕上，騰空做禮拜的跳傘客已被另一群人取代。大小不等的電視螢幕上，人們以鏈條緊緊相銬，坐在一部挖土機前方的壕溝裡，根據小小的字幕，那裡是加州一個名為「索拉斯」的小鎮。鏡頭一轉，跳接到另一個畫面：十二個人圍著圓圈，圈住一棵他們幾乎無法環繞的大樹。大樹望似特效。即使鏡頭拉得很遠，依然只拍到大樹的底端。巨大的樹幹沾了藍漆。記者解說這場對峙，但電視牆上反覆出現同一棵大樹，奧莉維亞深受震懾，根本沒聽到旁白。鏡頭跳離，轉而拍攝一名約莫五十歲的女子，她頭髮往後梳，穿著一件格紋襯衫，雙眼炯炯有神，宛若信標燈。她說：「這裡有些樹早在耶穌誕生之前就存在。我們已經砍伐百分之九十七的老樹，難道不能設法保存僅存的百分之三？」

奧莉維亞呆住了。先前在車子裡伏襲她的神靈們再度湧現，齊聲說道：這個、這個、這個。但她一察覺自己必須投以百分之百的關注，這則新聞就已播畢，繼續播出下一則。她站在原地，盯著電視上爭辯火焰噴射器是否應該受到憲法第二條的保障。銀閃閃的神靈們緩緩消失。天諭崩解，沒入一部部電視機之中。

她頭昏眼花，慢慢晃出龐大的量販店。她飢腸轆轆，但她什麼都沒買，甚至無法想像進食。她坐進車裡，心知這下她必須繼續朝著西邊前進。太陽在她身後灼灼攀升，她的後視鏡盈滿日光。雪花染上朝陽的顏彩，潔白的田野泛著粉嫩的光澤。西方的天際，青灰的雲朵漸漸發亮，雲朵之下的某一處，生命的關鍵時刻靜靜等候。

她必須打電話給她爸媽，但她無法跟他們解釋發生了什麼事。她又開了五十英里，試圖重新解析方才所見。印第安納州的農田已經收割，一塊塊澄黃、焦褐、漆黑的農地延伸到地平線的另一端。路面開闊，行車稀少，沿途的鄉鎮全都不值一顧。兩天前，她若沿著這樣的公路行駛，肯定開到時速八十。如今她謹慎行進，好像她的性命說不定有點價值。

接近伊利諾州州界時，她開上一個山坡。路的另一頭有個平交道，柵欄的警示燈一閃一閃。一列橫越美國腹地的貨運火車慢慢駛向北方紐蓋瑞市和芝加哥，列車綿延數英里，車輪緩緩壓過鐵軌，哐鏘哐鏘，聲響持續，聽來有如雷鬼音樂。列車無止無盡；她耐心等候。然後她注意到火車載運的貨品。一節節車廂鏗鏗駛過，車廂裡滿載一棧板又一棧板的規格木材。一截截被切割得等長等寬的木材緩緩移動，有如悠悠的溪流，望似無盡。她開始計算究竟有多少節車廂，但數到六十就停止。她從沒見過這麼多木材。她的腦海中頓時浮現一幅地圖：此時此刻，這樣的列車穿行於全國，駛向四面八方，滿足各大都會及其衛星城市的需求。她心想：他們為我安排了這幅景象。接著又想：不，這樣的列車隨時可能駛經此地。但現在她受到指點，得以瞧見。

最後一節滿載木材的車廂駛過，斑紋的柵欄升起，紅色的警告號誌不再閃爍。她沒有移動。後面的駕駛按她喇叭。她依然動也不動。那人猛按喇叭，一溜煙地超她的車，一邊從他車裡高聲怒罵，一邊對她比中指，好像打算開槍斃了她。她閉上眼睛；眼中隱隱浮現那群以鏈條相銬、圍著巨樹而坐的人們。

四十億年演化史上最奇妙的物種，需要我們的援助。

她大笑，張開眼睛，眼中已盈滿淚水。我知道了。我聽到了。沒問題。

她望向左後方，看到一部車子從另一個方向緩緩駛來，車子停到她旁邊，車窗敞開，一個亞裔男子從車裡問了一句：「妳還好嗎？」男子穿了一件印著NOLI TIMERE的運動衫，她意識到他已經問了她兩次。她微微一笑，點點頭，揮手致歉。先前她熄火、靜觀木材如溪流般移動，這時她啟動引擎，繼續緩緩駛向西方。不同的是，現在她知道她將開往何處。加州索拉斯。周遭閃爍著光點，傳遞著信號。神靈們環繞著她，哼唱新曲。世界在此開展。這裡只是起點。生命無所不能。妳怎樣也料想不到。

在這之前的好多年，遠在西北方的明尼蘇達州，雷．布里克曼和桃樂絲．卡薩莉參加慶功派對，過了半夜才回家。今晚是《靈慾春宵》的首映會，他們在聖保羅市的社區戲院登臺，兩人方才飾演年輕的夫婦尼克和哈妮，劇中小倆口受邀跟幾個新朋友小酌，因而見證人類做得出怎樣的勾當。

幾個月前，剛開始排演時，四個主角相當欣賞這齣舞臺劇的尖酸與悖德。「我這個人瘋瘋癲癲，」桃樂絲跟其他三人說。「我自己也承認。但劇中這四個人——天啊，他們是不折不扣的失心瘋。」到了首映當晚，他們四人全都神經緊繃，針鋒相對，真的打算給對方一點顏色瞧瞧，演出因而格外生動。這是布里克曼夫婦迄今最成功的表演。雷演活了默許縱容的尼克，演技令眾人震懾。桃樂絲在短短兩小時之內急轉直下，由天真無邪轉變為奸狡世故，演技亦是精湛。他們幾乎不需要排練就召喚出心中的魔障。

下週五是桃樂絲四十二歲生日。過去幾年來，他們花了十五萬美金做人工受孕，卻一次次失敗。舞臺劇首映三天之前，他們接獲最終的壞消息。他們再也沒有機會繼續嘗試。

「這就是我的命，是嗎？」桃樂絲坐在乘客座，雖然今晚演出成功，但她垂頭喪氣，低聲啜泣。「好事壞事全都歸我所有。我應當承擔，對不對？」

雷成天保衛智慧財產權，但「財產權」卻是他們婚姻的痛處。他始終無法完全說服他太太，若想讓大家多賺點錢，最有效的方式莫過於起訴那些竊取創意的人。兩人小酌之後照樣爭吵。「這些都是我的私人用品。我難道不可以擺在車庫裡拍賣？」

桃樂絲厭惡自己的工作。人們興訟，而她必須用她那個狹長的速記鍵盤逐字記下各個指控，而且照章全收，一個字都不可遺漏。她只想當媽媽。有了小孩，她的工作說不定並非毫無意義。若是當不成媽媽，她自己搞不好也會興訟。

雷已經練就一身本事，面對她的指控依然保持靜默。他悄悄告訴自己——而且也不是頭一次——他從來沒有奪走她任何東西。與其說他奪走了什麼，倒不如……唉，不提也罷。他拒絕多想。他可以不想什麼才叫公平，這是他的權利。

其實他也無需多想。她已經幫他想好了。他按下遙控器，打開車庫的門。他們慢慢把車開進車庫。「你應該離開我，」她說。

「桃樂絲，拜託妳別再說了。妳讓我抓狂。」

「說真的，你走吧。你去其他地方，另外找個人跟你共組家庭。男人始終這麼做。他媽的，男人到了八十歲依然可以讓小妞懷孕。我不介意，雷，我真的不介意，這樣才叫公平，你是個公平的傢伙，對不對？哎喲，你沒話說？你什麼都沒說，完全不為自己辯護。」

沉默是他最初和最終的王牌武器。

他們走進家門。有夠髒亂，兩人都這麼想，即使兩人都無需明說。他們把手中的雜物丟在沙發上，走到樓上，走進各自的衣櫃間更衣，站在各自的洗手槽前刷牙。今晚的演出堪稱前所未有的成功。戲院頗具規模，觀眾掌聲熱烈。安可聲此起彼落。

桃樂絲一腳往前一踏，姿態略為誇張，好像聽到警察叫她踢正步。她把牙刷舉到嘴邊，不停揮來揮去，然後一手握緊刷柄，咬住牙刷末端，失聲痛哭。

雷是當晚的指定駕駛，想要喝醉都不行，他放下牙刷，走到她身邊。她往前一傾，把頭靠向他的鎖骨，牙膏一滴滴地從她的嘴裡順著他的格紋睡袍流下，和著唾液沾了他一身。她的話語斷斷續續，好像嘴裡含著小石頭。「我只想在開演前站在大廳，對每一個走進戲院的人說：**你他媽的小寶寶沒了！**」

他說動她吐掉嘴裡的牙膏，用一條小毛巾幫她擦嘴，帶著她走到床邊——最近兩個月，床鋪冷冰冰，多半像是一個雙倍加寬的松木箱——他扶她上床，在她身邊躺下。「我們可以去一趟俄國。」他花了太多時間扮演一個假惺惺的男子，現在總算可以用自己的語調說話，感覺真好。「或是中國。世界上有好多需要爸媽疼愛的小寶寶。」

她把頭埋在微濕的枕頭裡，含混不清地說道：「那不會是我們的小寶寶。」

「當然會是的。」

「我要一個小小雷，一個跟你小時候一模一樣的小傢伙。」

「小寶寶的性別哪可能——」

「或是一個長得像你的小女孩。男孩女孩都行，我無所謂。」

「親愛的，別這麼想。孩子是靠我們養育，而不光是靠我們的基因——」

「基因歸你所有，他媽的。」她用力拍拍床墊，試圖猛然坐起，結果摔了個筋斗。「**唯一你真正擁有的**

東西。」

「其實基因不歸我們所有，」他說，刻意不提基因可以申請專利，歸屬於企業。「我們去一趟那些有太多嬰孩的國家，領養兩個小寶寶，視如己出，陪他們玩，教他們明辨是非，他們會親親愛愛地跟我們一起成長，我才不管他們的基因是誰的。」

她拉著枕頭蓋住頭。「這是什麼話？你可真博愛。我們何不養隻小狗？這樣吧，我們乾脆弄些植物，這就種在後院，然後忘得一乾二淨。」說著說著，她忽然想起他們忘了以往的承諾，近兩年的結婚紀念日都沒有栽種東西。她一躍而起，想要收回先前從嘴裡冒出的字字句句，但他往前一傾，她的肩胛骨剛好撞上他的下顎，他嘴巴一闔，咬到一側舌頭，大叫一聲，然後緊緊捧住臉頰，痛得抽搐。

「喔，雷，我真該死！我沒有……我不是……」

他朝空中揮揮手。*我沒事*。或是：*妳哪裡不對勁？*甚至：*離我遠一點*。即使已經結婚十年，而且同臺演出不少齣業餘舞臺劇，她依然看不明白他想說什麼。屋外的後院裡，他們這些年種下的東西已經繞著屋子成長茁壯，它們不費吹灰之力地改造周遭環境、賦予周遭意義，正如它們輕而易舉地化無為有，藉由空氣、日光、雨水產製糖分與木材。然而，人們卻什麼都沒聽見。

五條州際公路直通西方，有如手套的五根手指，而伊利諾州位於樞紐。奧莉維亞選了中間的一條。如今她有了目標——她將沿著最快捷的路線行進，趕在最後那些有如星艦般的巨樹被伐倒之前抵達北加州。她在闊德[8]越過密西西比河，沿著八十號公路行駛，夜宿愛荷華州州界一個號稱全世界最大的卡車休息站。休息站有如一個小城鎮，加油機多得不可計數，她還沒決定選用哪一部就已凍得發僵。她的停車位周圍停了數百輛大卡車，好像一大群爭相獵食的鯊魚。

太陽下山了。奧莉維亞租了一個沐浴間，梳洗一番，感覺自己又是個文明人。她沿著一條忙碌的穿廊式街道漫步，街道兩側都是餐廳，販售上百種摻了玉米的食品，諸如玉米糖漿、玉米飼料雞、玉米飼料牛。街上還有一家牙醫診所、一間按摩院、一個樓高兩層的展示中心、一座揭示世界多麼仰賴卡車的博物館。電玩遊戲室、電影院、展覽室、小酒吧一應俱全。她看到一個壁爐，壁爐兩旁擺著軟綿綿的沙發椅，她挑了一張窩著，不知不覺打了瞌睡。過了一會兒，一名警衛踢踢她的腳踝，把她吵醒。「不可以在這裡睡覺。」

「我只是打瞌睡。」

「不可以在這裡睡覺。」

她回到車裡，鑽到她的成堆衣物底下，昏昏沉沉地睡到天亮。然後她走回餐廳大街，買了一個馬芬蛋糕，把四張一元紙鈔換成二十五分錢的銅板，找到一具公共電話，準備面對最嚴厲的指控。但她的心中卻是出奇地平靜。她會曉得該說什麼。

接線生請她投下多枚銅板。她爸爸接起電話。「奧莉維亞？現在是清晨六點，怎麼了？」

「沒事！我很好。我在愛荷華州。」

「**愛荷華州**？發生了什麼事？」

奧莉維亞微微一笑。現今發生的事情太宏大，電話裡說不清。「爸，我沒事。我很好、我非常好。」

「奧莉維亞？哈囉？奧莉維亞？」

「我在聽。」

「妳出事了嗎？」

「不，爸爸，我一點都沒事。」

「奧莉維亞。**妳到底怎麼了？**」

「我……我交了一些新朋友。他們……嗯，他們指派了一些工作給我。」

「什麼性質的工作？」

四十億年演化史上最奇妙的物種，需要我們的援助。神靈們既已指示，一切似乎不證自明，她也無需多做解釋。舉凡有責任感的世人都應該看得出來。「美西有項重要的計畫。他們需要志工，我受到召募。」

「『召募』？什麼叫做『召募』？妳的課業怎麼辦？」

「我這學期不打算修課。這就是為什麼我打電話回家。我需要休息一陣子。」

「妳說什麼？別胡鬧。妳還差四個月就畢業，怎麼可以**休息一陣子？**」

這話大致沒錯，但聖徒和即將躋身億萬富翁之列的小夥子都做過這種事。

「妳只是累了，小薇。只剩下幾個月，很快就過了。」

奧莉維亞看著聚在一起吃早點的卡車司機。前一生，她觸電身亡；這一生，她來到全世界最大的卡車休息站，打電話跟她爸爸解釋說銀閃閃的神靈們選了她、指示她保護世間最奇妙的物種。這似乎怎麼樣都說不通。電話另一頭的聲音愈來愈迫切。奧莉維亞不禁微笑：她爸爸哀求她的等於是回到過去那段嗑藥、跑趴、隨隨便便跟陌生人上床、冒著性命危險跟人打賭的日子，但那樣的日子與冥界無異，而這趟朝向西方前進的旅程，等於是把她從冥界拉回人間。

「妳的房租拿不回來。申請退還學雜費也太遲了。拜託妳念完這學期，妳可以暑假再去當志工，我確信妳媽媽——」

奧莉維亞聽到她媽媽大喊：「我確信妳媽媽怎麼樣？」

奧莉維亞聽到她媽媽扯著嗓門叫她自己付學費等等。人們在她身旁走來走去。她感覺得到他們的焦慮——人人漫無目標，滿心渴求。她自己也曾過得懵懵懂懂；她養尊處優、自我陶醉、彷彿是個長不大的青少年，她尖酸刻薄、愛慕虛榮、追求時髦、只知道包庇自己。如今，她受到了召喚。

「小薇，」她爸爸對著聽筒輕聲說。「懂事一點。如果妳不想再撐一學期，妳就回家吧。」

一股愛意流竄心頭，長大之後，她頭一次感覺如此強烈的愛意。「爸，謝謝。但我非得這麼做不可。」

「非得做什麼不可？小薇，妳打算去哪裡？甜心，妳在聽嗎？」

「我在聽，爸。」昔日那個女孩隱隱現形、拉扯著她、在她耳邊唸唱：抗爭、抗爭、跟他抗爭。但如今確實必須抗爭，而且另在別處。

「小薇，別走，我這就過去接妳，大約……」

一切如此明晰、如此顯然，但她爸媽無法瞧見。一件意義重大、令人開懷、不可或缺的事情等著她進行。但人們必須先擺脫無窮無盡的利己和自負。

「爸，我很好。等到情況明朗一點，我再打電話給你。」

電話中傳來錄音提示，一位女士請她再投入三枚二十五分錢的銅板。奧莉維亞的零錢用罄。她僅有一個信息，來自那個在一整牆的電視螢幕上雙眼炯炯有神的女子，神靈們稍加修改，如今他們口述示令，清晰無比，就像在聽筒另一端跟她說話：世間最奇妙物種的需要妳。

透過休息站的玻璃門，奧莉維亞看著數十座加油機，望向遠處平坦寬廣的八十號公路、白雪覆蓋的田野、頻繁忙碌的東西向交通。她爸爸講了又講，用盡所有法學院傳授的說服伎倆。天空變化無窮，令人稱奇。一望無際的西方染上點點紅暈，東方卻一片豔紅，彷彿熟透的石榴。電話喀噠一響，無法通話。奧莉維亞掛了電話，說不定自此與父母永別。她無牽無掛，迎向陽光，什麼都難不倒她。

她駛離卡車休息站，心懷對世間眾人的摯愛，再度開上州際公路，陽光又在後視鏡中閃閃爍爍，冰雪堆積的鼓丘起起伏伏，她開過冬日的皚皚白雪，車輪壓出雙道深溝，一路朝向地平線伸展。沿途的名勝寥寥無幾，但每個景點都令人莞爾。胡佛總統紀念圖書館[9]、夏普勒斯拍賣會[10]、阿瑪納村[11]，各有一番趣味。公路的交流道出口亦是趣味橫生，威爾頓—馬斯卡丁[12]、拉朵拉—米勒斯堡[13]、紐頓—蒙洛[14]、亞爾督納—邦杜蘭特[15]，各個聽起來都像是小說中剛愎自用、古怪癲狂的南方世家子弟。

一股莫名的情緒漫過她心頭，無以名狀，但溫煦動人，激起十足的勇氣。她沒有任何資源，唯一確知的是此行的目的地，至於抵達之後應該做些什麼，她也不太明白。車外天寒地凍，寂寥荒涼，她的家當全都留在她的公寓裡，但她手邊有一張提款卡，銀行戶頭仍有一小筆急用金，心中存有一股揮之不去的使命感，身旁還有一群她僅能猜想、地位極為崇高的朋友。

時間一小時一小時消逝，有如天上飄過的雲朵。她已經開到狄蒙[16]和康索布拉夫[17]之間的大平原，放眼望去只見結了冰的禾殼，除此之外一片雪白。開著開著，她忽然瞄見某個身影。她轉頭一看，瞧見有個男人站在右方路肩的雪堆裡，他揮動著手臂，似乎想要搭便車，遠遠望去，男人宛若鬼魅，身上的手臂好像比毗濕奴還多，其中一隻高舉一幅旗幟，她看不清旗幟上寫些什麼。

她放鬆油門，輕踩煞車。就近一看，啊，原來是棵大樹。大樹直入雲霄，若是把它砍倒，木材說不定裝得滿先前她在印第安納州瞧見的載貨列車。裂紋密布的樹幹扶搖直上，離地數十英尺才長出龐大的枝幹。大樹矗立在州際公路的一側，彷彿一座頂著擎天的巨柱，方圓數十英里之內，只見大樹與地平線另一端的一座農舍。乘客座的神靈們一陣騷動。奧莉維亞駛近大樹，逐漸辨識出懸掛在大樹枝上的招牌漆著幾個大字：免費樹木藝品。神靈們急急搔動她的頸背。

她在下一個交流道出口開下公路。匝道的停車標誌下方掛著一張手繪的海報，海報上的字跡龍風鳳舞，有如葡萄藤蔓，指示她右轉。她沿著省道開了半英里，看到另一個標示，指示她往回開向那棵神奇的大樹。她沿著蜿蜒的小徑前進，眼前赫然出現一塊空地，空地上種了闊葉樹，棵棵繁花盛開，好像此時正值晚春，有如伊甸園般美好。她凝神觀望，在這天寒地凍、遭到遺忘的一隅，她彷彿撞見一扇敞開的門戶，門外隱藏著璀璨的夏日。她再湊近一百英碼，望見一座穀倉，穀倉的磚牆上畫滿令人稱奇的欺眼畫，賦予牆面截然不同的風貌。她轉進鋪了碎石的車道，把車子停在穀倉旁，走到車外，站到牆壁前面觀賞壁畫，即使就近欣賞，畫中的視覺效果依然令她暈眩。

「妳過來看看藝品？」

她猛然轉身。一名男子細細端詳她，男子身穿牛仔褲和寬鬆的淺灰運動衫，頭髮有如銅器時代的聖哲，光裸的雙手環抱著手肘，鼻息宛若白花花的蒸汽。他比她大幾歲，神情哀傷，帶點驚慌，好像不敢相信真有顧客上門。他身後二十英尺的農舍大門微微開啟。大樹矗立在農舍的一側，傍著農舍伸展，奧莉維亞忽然有種感覺：好久以前，某人種下這一棵樹，純粹只是因為想要引起她的注意。「沒錯。我覺得過來瞧瞧也無妨。」

她渾身哆嗦地站著，真想去車裡拿她的禦寒大衣。他上上下下打量她，好像打算掉頭就跑。「嗯，妳是頭一個上門的顧客。」他修長的手指朝向彩繪的穀倉一比，好像文藝復興時期「耶穌受難圖」的聖手。「妳想不想參觀一下藝廊？」

他帶著她走上一座小山丘，低頭走進一棟屋舍。電燈開關啪地一開，眼前出現一個半似遊民垃圾堆、半似法老王陵墓的穴室，圖騰、畫作、護身符散置各處，鋸木架上也掛滿各種法寶，望似草包信徒盲目地崇拜敬神，件件藝品好像出自一位新石器時代泛神論者之手，而且最近才被考古學家挖掘出土。

奧莉維亞微微搖頭，一臉困惑。「你打算送掉這些東西？」

「行不通，對不對？」

「我不明白。」她其實想說：這簡直是荒唐。但自從她聽到神靈們的話語之後，言辭又有何意義？她想了想，忽然有點擔心：這會兒她置身荒郊野外，身邊這位男子再怎麼慷慨大方，說不定都是個怪胎。但她看他一眼，立刻心知肚明：這人最怪異之處是他那顆純真無邪、稚氣未脫的心。

而且他確實極具藝術天賦。她往前一傾，細看一幅略具黑色詼諧的畫作。即使穀倉燈光晦暗，畫中景象依然清晰可見。一名男子躺在一張狹長的小床上，低頭凝視著樹枝的枝梢，樹枝從窗戶伸進屋裡，恰好就在他的眼前。畫作旁邊貼了一張綠色的貼紙，貼紙上標注著$0。她慢慢晃到另一幅畫作，畫作彩繪在一塊內嵌式的門板上，畫中一處林間空地，沿途枝幹濃密，錯綜交纏。

她看看堆滿類似畫作的桌子，一張一張全都是樹，樹枝穿過窗戶、牆壁、天花板，悄悄竄入各個看似牢固的房間，彷彿以房裡的人們為目標，探尋人們身上的暖意。在一些畫作中，彩繪的畫名飄浮在超現實景象之上：家譜樹，金錢樹，樹木鞋撐，捕風捉影之樹。另一張桌上擱著四座雕像，座座皆由黑陶雕塑，形似審判日的亡魂從冥界招手。每一件創作都掛著標注$0的綠色標籤。

「好吧。首先……」

「既然妳是我的第一個顧客，我把兩件當作一件賣給妳。」

她放下手中的畫作，看著畫主。他的手臂交叉在胸前，緊抓著自己的雙肩，好像趁著世人尚未動手之前先幫自己穿上束縛衣。「你為什麼這麼做？」

他聳聳肩。「誰不喜歡免費藝品？」

「你應該在紐約和芝加哥出售這些創作。」

「別跟我提到芝加哥。我用粉筆在格蘭特公園彩繪人行道，一畫畫了兩年半，不曉得遭到多少人踐踏。」

她噘嘴，聽候指示。但神靈們先前將她引至此地，這會兒卻棄她不顧。「我是頭一個下車看看的人？」

「可不是嗎？一瞧見那個招牌，誰不會想要下車看看？但話又說回來，離這裡最近的小鎮開車也得十幾分鐘，而且鎮上只有五十位居民。我的確想過說不定我會碰到逃犯。嗯，妳該不會是逃犯吧？」

她得想一想，她必須弄清楚目前這種狀況跟她被賦予的使命有何關聯。她從一張桌邊走到另一張桌邊。康乃爾木盒[18]擺滿了精雕細琢的木製藝品，展現超現實之風。陶瓷碎片、綴珠、輪胎膠片拼湊的物件，看起來像是樹根和根鬚。「這些都是你的創作？它們全部都是……」

「我的樹木創作時期，歷時九年兩個月。」

她端詳他的臉孔，答案肯定隱藏在他的神情之中，而她試圖看出蛛絲馬跡。說不定她可以為他解惑，但她甚至不曉得他的心中有何疑惑。她朝著他跨步，他踉蹌後退，伸出他的手，她握住，兩人互報姓名。奧莉維亞．范德葛芙暫且握住尼克拉斯．霍爾的手，試圖探尋出他的心意。然後她鬆手，轉身再看看藝品。「幾乎十年？而且全部都是……樹？」

不知怎麼地，他聽了大笑。「再過五十年，我就跟我祖父一樣。」

她看著他，一臉困惑。為了釋疑，他帶著她走到另一頭的一張牌桌。他遞給他一本手製的厚書。她翻開第一頁，書頁裡是一張鋼筆繪製的畫片，畫中的幼樹栩栩如生，精美至極。下一頁也是同一張畫片。

「翻翻看。」他動一動大拇指，作勢翻書。

她照辦。畫中的幼樹盤旋竄升，生氣勃勃。「天啊！這是外面那棵大樹。」他笑了笑，沒有反駁。她又翻了一次。效果逼真，活靈活現，絕不可能單憑想像。「你怎麼畫得出這些畫片？」

「我摹擬照片。一個月一張，連續七十六年，從不間斷。我來自一個世代皆是強迫症的家族。」

她繼續隨意瀏覽。他在旁觀看，焦躁不安，神情急切，好像是個快要破產的小店店家。「什麼東西讓妳看得順眼，我都可以幫妳包起來。」

「這是你的農場？」

「我家族的農場。他們剛剛把農場賣給邪惡的大企業和相關子公司。我有兩個月的時間把東西搬空。」

「你怎麼過活？」

男子咧嘴一笑。「妳以為我曉得怎麼過活?妳未免太抬舉我了。」

「你沒有收入？」

「人壽保險單。」

「你賣保險？」

「不，我領保險金。最起碼直至目前為止。」他看看堆積在桌上的藝品，好像一個半信半疑的拍賣者。

「我三十七歲了，交不出漂亮的成績單，甚至可說一事無成。」

男子的疑惑從心中流露，好像柴火散發出熱氣，她站在兩英碼之外都感覺得到。「為什麼？」她忽然問了一句，話一出口自己都嚇一跳。

「為什麼把這些東西送掉？我不知道。我覺得它們像是某種形式的藝品、某個系列的終曲。好比樹送光了它的一切，不是嗎？」

這樣的類比令她心頭一震。藝術與橡實：兩者皆各有初衷，散布亦無遠弗屆，但大多有違本意。

男子冷眼瞧瞧鋸木架和木板地。「妳可以說這是火災之後的大拍賣。不——菌疫之後的大拍賣。」

「這話是什麼意思？」

「來，」他朝著穀倉大門走去。「我帶妳瞧瞧。」

他們抄近路穿越覆滿寒冰的田野，走過農舍。她停下來從車裡抓了一件禦寒大衣；他只穿了牛仔褲和寬鬆的運動衫。「你不冷嗎？」

「我始終覺得冷，這樣有益健康。大家都穿得太暖。」

尼克帶著她橫越農場，走向大樹。大樹有如巨獸般矗立，在白燦燦的天空下擴張延展。數以百計的粗幹、數以千計的細枝、數以萬計的小枝交錯相疊，架構出千奇百怪、優美絕倫的斜角，幸賴先前穀倉裡那些精巧的藝品，她已經知道如何賞析這幅美景。

「我從沒見過這樣的樹。」

「很少人見過。」

先前從公路上遙望，她看不出大樹粗拙的美感。現在就近觀望，她注意到它的樹幹扶搖直上，然後分叉生出第一層繁茂的主枝，若非剛才那本手翻書，她八成看不出它是多麼優美。「這是什麼樹？」

「栗樹。又稱作東岸的紅杉。」

她一聽全身起了雞皮疙瘩。她的使命受到確認，即使她並不需要認可。他們行經滴水線，走過樹冠下。

「現在全都不見了。難怪妳從來沒看過。」

他跟她娓娓道來：他的天祖父種下這棵栗樹、他的高曾祖父在二十世紀初開始幫樹照相、枯萎病幾年之內橫掃全境、這個美東最出名的樹種悉數盡毀、只有這棵離群索居、遠離任何病菌的栗樹活了下來。

她抬頭凝視繁茂的枝幹，每一根都讓她想起穀倉裡那些落魄的雕像。這名男子的家庭出了事：她看得出來，就像是瞄小抄看到了答案。非但如此，他在這棟他祖先興建的農舍住了十年，以這棵逃過一劫的大樹做為素材，從事藝術創作。她一手貼上裂紋密布的樹幹。「而你可以……不再管它？繼續過你的日子？」

他畏縮退步，好像被嚇到。「不、不。它已經用不上我。」他繞了一圈，走到大樹幹的另一邊，修長的手指再度一指，橘色圓點已從幾個地方散開，勾勒出一圈圈乾巴巴的紋路，逐漸散播到整棵樹幹。他按按圓點。他一按，圓點就凹進去。

她輕撫軟趴趴的樹幹。「噢、太糟了。它怎麼了？」

「很不幸地，它已難逃一死。」他們從樹旁走開，漸漸遠離這個凋零中的天神，一步一步走回屋子。他在後門的臺階上踢踢靴子，甩掉靴子上的積雪，然後朝著穀倉揮揮手。「拜託妳拿一、兩件東西上路，好嗎？讓我今天開開心。」

「讓我先跟你說一說我為什麼來到這裡。」

他在廚房的爐子上幫她燒水泡茶——十年前他跟家人說再見、開車前往奧馬哈參觀博物館的那個早晨，他爸媽和奶奶就是坐在這個廚房裡。他的訪客忽而皺眉、忽而微笑，訴說她的故事。她描述那個改變她一生的夜晚——大麻、濕淋赤裸的身軀、致命的檯燈插座。他靜坐聆聽，面紅耳赤地緊抓著每一個細節。

「奇怪的是，我不覺得自己瘋了。在那之前，我的確瘋瘋癲癲。我知道瘋癲是什麼感覺。現在我只覺得……我不知道怎麼形容，我覺得我終於看到了明顯的事實。」她捧住熱騰騰的茶杯。

垂死的栗樹在她心中激起一股他無法完全理解的騷動。她年輕、無拘無束、任性衝動、充滿使命感。依據每一項可靠的評估標準，她都不僅只是普通瘋癲。但他希望她像這樣在他的廚房裡講些瘋話，徹夜跟他攀談。家裡有個伴，感覺真好。這人在鬼門關走了一遭呢。「妳聽起來不像是瘋了。」他撒個小謊。最起碼不至於瘋癲傷人。

「說真的，我知道我自己聽起來不太像話。復活、怪異的巧合、來自量販店電視牆的信息、肉眼難見的神靈，這些都不是正常人會說的話。」

「嗯，既然妳自己都這麼說……」

「但我可以解釋。這一定說得通。說不定一切已在我的潛意識中，而我終於注意到除了我自己的事物。說不定早在我害自己觸電的幾個星期之前，我就聽說那一群抗議砍樹的人們，如今我終於時時瞧見他們。」

他知道聽命於鬼魂是怎麼回事。多年以來，他始終獨居，躲在自己的世界裡草繪他那棵垂死的栗樹，他哪有資格反駁任何人的說理？生者的行徑千奇百怪，比任何怪奇物語更怪誕。他深思這番尖酸的隨想，暗自輕笑。「過去九年多來，我埋頭製作各種沒有用的靈異小玩意。我已經非常習慣祕密信號。」

「但這點我就想不通。」她凝視著他，狀似乞憐。熱茶的霧氣蒙上她的臉頰，屋外白雪皚皚，愛荷華州的荒原訴說著一個古老而重要的故事，她卻不解其意。「我沿著公路一直開，看到你的招牌掛在一棵樹上，那棵樹看起來……」

「嗯，妳知道的，如果妳繼續再開幾英里，說不定……」

「但我**不知道**。我不知道我該相信什麼。說不定我根本不該相信任何事情。我們總是錯了，始終都錯了。」

他看到自己在她的臉上添上亮麗的戰彩。

「你覺得它是什麼都行，但某些東西的確試圖引起我的注意。」

他花了將近十年研究**霍爾栗樹**，如今有個人認為他的心血或許並非徒然。這就值了。他聳聳肩。「有些事情不看則已，一看就覺得真是瘋狂。」

她的焦慮苦惱瞬間化為信心決然。「我正有此意！何者比較瘋狂？相信周遭存有我們看不到的神靈？或是為了露臺和木瓦砍掉世上最後一片原始紅杉林？」

他點點頭，暫且告退，轉身上樓。過了一會兒，他拿著一本舊地圖誌和一套百科全書下樓——他祖父一九六五年從一個周遊各地的推銷員手中買下這套百科全書。加州古樹參天的原生林中，確實有個地方叫做索拉斯。林中的紅杉確實跟三十層樓一樣高聳，跟耶穌基督一樣悠遠。她一點都沒瘋，一點都不會傷人。他看著她；她神采奕奕，因為使命感而容光煥發。不管她心中的願景引領她走向何處，他都願意追隨。即使願景無法實現，他也願意跟著她前往任何她想要前往之處。

「你不餓嗎？」她問。

「我當然餓。餓肚子有益無害。人人都應該餓餓看。」

他用融化的起司和辣椒粉幫她煮了燕麥粥。他跟她說：「我得在夜裡想一想。」

「你跟我一樣。」

「怎麼說？」

「我睡著的時候最容易聽見心中的聲音。」

他讓她睡在他祖父母的房裡——自從一九八〇年的聖誕節之後，除了撢撢灰塵，他從未入內。他的房間在樓梯底下，整個晚上，他躺在這個他自小的臥房裡，聆聽心中的聲音。他的思緒朝向四方伸展，尋覓啟示與靈光。他發覺自己的生命毫無目標，不管講得多麼好聽，他的確沒有任何事情值得追求。

當他醒來，她已經穿著從車裡拿來的另一套衣服，在廚房裡用那包他任由象鼻蟲侵食的麵粉做鬆餅。他披著他的法蘭絨睡袍，在桌子的主位坐下，含混不清地說：「我月底之前必須把這棟屋子搬空。」

她朝著鬆餅點點頭。「沒問題。」

「而且我得處置我的藝品。除此之外，我到年底之前都閒閒沒事。」

他望向多重窗格的窗外。透過**霍爾栗樹**，天空藍得不像話，簡直像是一個小學生以手指作畫，幫天空塗上一層又一層藍色的油彩。

春神再度迎向咪咪·馬——生平第一遭，她的春天裡少了爸爸。垂絲海棠、梨樹、紫荊、山茱萸爆發出雪白粉嫩的花朵。每一片無情的花瓣都在嘲弄她，尤其是那棵桑樹，她真想放火燒光每一棵繁花盛開的樹木。爸爸再也看不到這副絢麗的景象。但繁花依然溢滿枝頭，無視人間的悲喜，璀璨奪目只為當下。

隔年春天也不好過，第三年的春天同樣傷神。工作讓她變得堅強，要不就是繁花不再令人驚艷。到了五月，咪咪累積的里程數幫她拿到了白金卡。他們派她去韓國。他們派她去巴西。她選修葡萄牙文。她習知不管哪個族裔、膚色，或是教派，人們對客製化陶瓷模具的需求沒有上限。

她開始慢跑、健行、騎自行車。她報名各種課程，先是國標舞，接著是爵士舞，然後是森巴舞，學了森巴舞就永遠揚棄其他舞蹈。她開始賞鳥，觀測到的鳥種很快就多達一百三十種。公司將她升任為地區經理。她選修大學時代為了攻讀機械工程而棄之不顧的學科，諸如文藝復興時期的藝術鑑賞、現代詩學。她各個領域都想嘗試，魚與熊掌都想兼得、舉凡一切都想涉足，換言之，她的目標是成為一個道地的美國人。

一個同事說動她參加公司的曲棍球隊，而她很快就上了癮。她在全球四大洲都有男性牌友，其中兩大洲也有男人願意跟她上床。她跟一個女孩在聖地牙哥待了一星期，女孩胃口奇大，葷腥不拘，床上功夫極佳，即使事先做出協定，女孩最後依然因她心碎。她愛上一名已婚男子，男子是另一個曲棍球隊的隊員，兩家公司打球之時，他始終對她非常禮遇。他們約定十二月在赫爾辛基相會，兩人佯裝男未婚、女未嫁，在永夜之中度過奇妙的三天。自此之後，她再也沒見到他。

她幾乎結了婚。悔婚不到一秒鐘，她就忘了自己為何幾乎踏上禮堂。她邁入三十、三十一、三十二大關，是眾人眼中可靠的工程師。睡夢之中，她始終穿越遼闊無邊的機場，置身吵吵嚷嚷的人群之中，聽見機場廣播呼叫她的姓名。

公司把她調到總部；她的年薪多了九千美金，但她幾乎沒什麼感覺，反而只想再度遠行，滿足心中的渴求。但她工作的處所確實由工廠的小隔間晉級到高階主管的辦公室，辦公室有扇落地窗，俯瞰一片松林，松林望似渺小，有如一處私密的都市叢林，不知怎麼地，讓她想起昔日與家人們自駕出遊的終站。

她用一些她媽媽不曉得她偷偷拿走的物品裝飾辦公室。一只行李箱，箱上貼滿卡內基理工學院、梅格斯將軍號、等三角旗幟；一個置物箱，箱上印刻著一個她唸不出的名字；兩張加了框、擱在她辦公桌上的照片，照片裡的老先生老太太據說是她的爺爺奶奶，兩張照片之中，老先生老太太的手裡拿著孫女們的照片，其中一張孫女們的面目模糊，另外一張的三個小女孩看不出是哪個族裔，三人拘謹地坐在沙發上，假裝自己是土生土長的惠頓市人，年紀最大的女孩似乎打算橫行霸道地融入美國社會，哪個人認為她不算數，她就動手打人。

她把她爸爸的字畫掛在牆上，有如展示名貴的古物。她知道她不該讓字畫受到陽光曝曬，即使是夕陽西下、透過落地窗映入的丁點日光也不行。她不該在一幅如此古老而珍貴的藝術品背面上膠。她也不該把這麼一件無價之寶留置在外，值晚班的任何人都可以把它捲起來放進口袋。她更不該在牆上掛上一幅讓她想起她爸爸的字畫，每次抬頭一看，她就想起自殺身亡的他。

頭一次踏進她辦公室的同事經常問起畫中即將得道的佛陀弟子。她的耳邊響起她爸爸頭一次讓她觀賞字畫時所說的話：這些傢伙？他們通過了最後的考驗。有些時日，她坐在桌前，一副女強人之姿，桌上的報價單和估價單愈堆愈高，她抬頭一望，瞧見牆上那幅字畫，感覺自己跟她爸爸一樣無法通過最後的考驗。當陰鬱的思緒擠壓她的心頭，她就望向落地窗外，凝視她的松林，松林之中，三個野丫頭曾經無拘無束地嬉戲，撿拾湖邊的松果當作錢幣。有時她幾乎因而靜心。有時她幾乎看到她爸爸蹲在地上，把營地的各個細節寫在那本字跡滿滿的筆記簿裡。

她的同事們經常聚在她辦公室裡吃午餐，前提是她的午餐不包括皮蛋。今天中午她吃雞肉三明治，各色人種皆可放心入內。其他三個經理和一個人事部的渾小子擠在她的辦公室打個小牌，咪咪也參一腳，舉凡任何涉及無謂風險、讓人暫且忘卻一切的遊戲，她都樂意加入。她唯一的要求是她要坐在主位。

「哪個位子是主位？」

她指指落地窗。「看得到風景的位子。」

其他人放下紙牌，抬頭一望，瞇著眼睛聳聳肩。好吧；窗外不過是一條林蔭大道和一片樹林。美國西北部別的沒有，就是樹多。各個海拔高度都長滿了樹，處處可見相互推擠、潛行蔓生、遮掩天空的林木。

「松樹？」行銷部的副總猜測。

那位覬覦咪咪職位的品管部經理大聲說：「黃松。」

「威拉米特谷[19]的美西黃松，」素有「百科全書先生」之稱的研發部經理說。

紙牌在辦公桌上傳來傳去，一疊疊一分錢的硬幣換手。咪咪輕撫手上的玉戒。她始終把雕刻著圖紋的部分朝向自己，這樣人們才不會受到誘惑，砍斷她的手指盜取玉戒。她轉了轉玉戒，枝幹盤結的桑樹繞著她的手指旋轉。她朝著莊家揮揮手，一副公事公辦的模樣。「拜託喔，給我幾張用得上的牌。」

她拿到另一張用不上的牌。她又抬頭一望。正午的日光漫過她的松林，在青綠的針葉之間灑下點點星芒，宛如空中千百個吊飾，古老的樹幹煥發出橙橘、赤褐、朱紅的光影。那個想要搶她工作的品管部經理說：「你們有沒有聞過樹皮的味道？」

「聞起來像是香草，」品管部的傢伙自問自答。

「那是傑弗萊松，」「百科全書先生」大聲宣告。

「你們瞧瞧，這下誰又成了專家？」

「不是香草，而是松脂。」

「我跟你們說，」品管部的傢伙再度發言。「黃松。香草味。我修過一門課。」

「百科全書先生」搖搖頭。「錯了。那是松脂的味道。」

「我們派個人下去聞一聞吧。」眾人咯咯輕笑。

品管部的傢伙用力拍桌。紙牌四散紛飛，銅板嘩嘩落地。「我出十元美金。」

「這才像是人話！」人事部的渾小子說。

大家還搞不清怎麼回事，咪咪已經走向門口。

「喂！牌還沒打完耶。」

「數據驗證，」工程師之女馬經理說。再走幾步她就跨出門外。還沒走近松林，松脂的清香已經向她襲來。那是遼闊西部的氣息，象徵她童年唯一一段無憂無慮的時光。松樹隨著風聲歌唱。種種回憶湧上心頭。她把臉貼向樹幹上暗黑的裂紋，吸進蘊藏著兩億年光陰的松香，滿心震撼。她無法想像這樣的香味用途何在，這時卻對她發揮某些功效，控制了她的心靈。它聞起來不像香草，也不像松脂，而是兩者的精華，彷彿心靈的奶油焦糖、一小束鳳梨薰香。它既是刺鼻，卻也超凡，獨具一格，無與倫比。她吸進一口，閉上眼睛，心中只有樹。

她站在樹幹旁，鼻子緊貼著樹皮，親密得近乎怪異。她自行服用一劑劑松香，好像安寧病房的患者自行施打嗎啡，如此持續了好一會兒。松香沿著她的氣管直竄而下，經由血液湧向軀體各處，穿透血腦障壁，進入她的思緒。松香緊緊抓住她的腦細胞，直到她內心最隱密的一角又出現那個國家公園，她和她已逝的父親站在松樹樹蔭下，魚兒藏匿在蔭影中，他們父女並肩而立，等候魚兒上鉤。

一位女子從人行道上走過，看到她在嗅聞樹皮，不禁懷疑是否應該打電話叫救護車。咪咪沉醉在甜蜜的回憶和濃郁的松香之中，滿心歡喜，於是喜孜孜地看了她一眼，藉此安撫她。牌友們站在她辦公室的落地窗邊看著她，好像她變成危險人物。她靠回樹幹，再次吸進那股無以名狀的香氣，緊閉雙眼，召喚字畫中的羅漢。隱約之中，她看到羅漢站在松樹下、嘴角微微上揚、神色興味盎然、即將參透生死、悟出生命之道。一股無名的情緒忽然流竄她的全身。日光更加耀眼；松香更加濃郁。她彷彿超脫了肉體，隨著童年的回憶緩緩飄揚。她從樹幹旁邊抽身，滿心幸福安適。就是這樣嗎？我得道了嗎？旁邊的樹上貼著一張手寫的海報：

市民大會！五月二十三日！

她晃過去讀一讀，市府正式發布聲明，乾枯的針葉和樹皮引發火災，年復一年清理這些老樹也所費不貲，於是市府決定以比較安全、比較容易清理的樹種取代松樹。反對移除松樹的團體要求舉行公聽會。

來讓大家知道你的感受！

他們想要砍掉她的樹。她轉頭望向她的辦公室。她的同事們臉貼著玻璃窗，八成正在嘲笑她。他們揮揮手，用力拍拍玻璃窗，其中一人用可拋式相機拍了一張她的照片。她的鼻間依然盈滿一股言語難以形容的香氣。姑且說它是回憶。姑且說它是預卜。香草，鳳梨，奶油焦糖，松脂。

一個快滿四十歲的男子在二一二號公路旁的酒吧散財，酒吧名為「幹架小酒館」，鄰近一個名為「大馬士革」的小鎮，幹架與戰亂，倒也不失貼切，但此「大馬士革」並非敘利亞的首府，而是奧瑞岡州的小鎮。

「他媽的，大家來慶祝一下。把錢花在喝啤酒才是王道。」

當然有人響應。「大財主，我們慶祝什麼？」

「我的第五萬棵樹。栽植季節的每一個月，我一天九小時、一星期五天半、風雨無阻、從早忙到晚，一做做了將近四年。」

掌聲稀疏響起，一人高聲叫好，人人都說這值得喝一杯。

「這種差事老傢伙做起來真是吃力。」

「你在你的伐木區種滿了樹？」

「他們再過幾年就又把樹砍倒，你曉得吧？」

道格拉斯．帕夫利克面帶微笑，啜飲便宜的啤酒，聆聽諸位陌生人的話語，試圖不要回話。他又拿出一張二十美元的鈔票，劈劈啪啪往吧檯上一放，揮揮他那支硬木手杖，說要請大家喝酒。名為唐姆和戴伊的兩位傢伙隨即湊了過來。

他們邊喝邊打撞球。道格拉斯球技奇差。他花了四年與爛泥殘枝搏鬥，成天彎著身子種植幼苗，神經系統大受損傷，原本殘缺的壞腳也更不行，結果手腳劇烈顫抖。說不定舊金山灣區的地震儀都偵測得到。唐姆和戴伊一局接著一局、一球接著一球，把他打得落花流水，兩人覺得勝之不武，幾乎不好意思拿他的錢。但道格拉斯可樂了，他回到大城市，狂飲泛起泡沫的廉價啤酒，漸漸記起與陌生人相伴的樂趣。今晚他會睡在真正的床鋪上，也會洗個熱水澡。五萬棵樹。

唐姆一開球連打三球入袋。這是他今晚第二次一開球就占了上風。說不定他很快就又打贏這一局。道格拉斯不在乎，哪個人贏球都無所謂。

「嗯，五萬棵樹，」唐姆說，他純粹只想讓道格拉斯分心，而道格拉斯就算沒跟任何人閒聊也打不出好球。

「沒錯。這下我死都瞑目。」

「泡馬子呢？山上有女人嗎？」

「伐木工很多都是女的，大多是暑假上山打工，她們什麼都來，百無禁忌。」種種樂事浮上心頭，他分了心，一桿就把母球打入球袋，連這樣他都覺得好笑。

「你幫誰種樹？」

「誰花錢雇我，我就幫誰種。」

「多虧有你，外頭多了很多新鮮氧氣，少了很多溫室氣體。」

「大家有所不知。你們曉得他們用樹木製造洗髮精嗎？安全玻璃？牙膏？」

「我不曉得。」

「鞋油，冰淇淋增稠劑。」

「房屋，對不對？書本、紙張、船隻、家具。」

「大家有所不知。現在仍是『木器時代』。木材是地球上最廉價、最寶貴的東西。」

「老兄，說得好。再來一局？二十美金？」

他們一打打了幾小時。道格拉斯似乎千杯不醉，而且居然反敗為勝。唐姆和戴伊憤憤地走開，另外兩人過來遞補。道格拉斯請他們二人喝酒，跟這兩位深夜酒客解釋他慶祝什麼。

其中一人顯然想要爭奪今晚的混蛋總冠軍，甚至力爭本星期王座。「我不想潑你冷水，老兄，但你曉得光是英屬哥倫比亞每年就砍伐兩百萬輛卡車的木材？只有英屬哥倫比亞喔！你得花四、五百年種樹，說不定勉強——」

「我知、我知。我們打球吧，來，開球吧。」

「你幫忙種樹的那些公司？你知不知道你種下的每一棵樹苗、他們都可以用來抵稅？你多種一棵樹，他們的年砍伐量就跟著提升？」

「不可能，」道格拉斯說。「這不對吧。」

「可能、可能、絕對錯不了。你栽種小寶寶，好讓他們砍伐老爺爺。而且等到你的小樹長大，它們會是單一作物，特別容易罹患疫病。老兄啊，這些樹像是專為害蟲而設的得來速餐館，害蟲才爽呢。」

「好、好，拜託你他媽的閉嘴。」他舉起他的撞球桿，抬起頭來。「你贏了，老兄，我沒興致了。」

咪咪退出隔天中午的牌局，走到戶外，在松樹下吃她的午餐。

「我們還是可以用妳的辦公室吧？」人事部的渾小子說。

「請便。」

她倚著橙橘光影的樹幹而坐，仰頭觀望透過層層針葉流洩而下的光影，想像樹下那位羅漢吐氣吸納、靜坐等候。印度王子悉達多捨卻皇位、盡棄榮華之時，想必就是這種感覺。他坐到一棵壯美的菩提樹下，立誓說直到參悟人生之道才起身，如此過了一個月、兩個月，而後他從人世的幻夢中醒來，真理灼灼地竄入他的心中，一切竟是如此單純，藏匿於光天化日之下。在那一瞬間，王子悟道成佛，佛光至今依然廣布世間，菩提樹也繁花盛開，結出一粒粒肥碩紫黑的無花果。

咪咪不敢企盼有此宏大的頓悟，連千分之一都不敢奢望。說真的，她心中毫無企盼，光是坐在樹下就已讓她陶醉。她別無所求；那股無以名狀的香氣就已足夠。這片松林。那股蘊藏著兩億年光陰的松香。那一段他們家最開心、最無慮的時光。那一片屬於他們家的鄉野。她又站在那個世間唯一了解她的男人身旁，兩人一起在溪中釣魚，而小溪至今猶存，溪水依然潺潺。

一個推著雙胞胎嬰兒手推車的女人在附近的長椅上坐下，稍事歇息。「坐在樹蔭下乘涼真不錯，不是嗎？」咪咪說。「妳知道市府打算砍掉這些樹嗎？」

示威抗爭。激烈爭辯。她向來不喜歡鼓吹變革的激進人士，他們始終咄咄逼人，跟你說些與你毫不相干的事情。但過了一分鐘，她竟然跟那位面帶懼意的年輕媽媽提起二十三日的市民大會，而她爸爸的鬼魅站在不遠之處的松樹下，朝她微微一笑。

咪咪吸進滿腔松香，走回恆溫空調的辦公室之時，道格拉斯．帕夫利克才正醒來，好一會兒才漸漸意識到自己在汽車旅館的房間裡。昨晚他在酒吧散財，花了兩百美金請大家喝酒，打撞球又輸了一百美金，但這些全都無所謂。他帶著無比的擔憂醒來，這才令他害怕。現在他一心只想著年砍伐量，而且愈想愈焦慮，難不成他受騙上當、白白浪費四年光陰、甚至做出更不可原諒的錯事？

旅館免費供應早餐，但用餐時間早已結束。櫃檯人員賣給他一顆橘子、一條巧克力棒、一杯咖啡，而柑橘、巧克力、咖啡都是取自樹木的無價珍寶，三樣寶貝給了他活力，讓他來到公共圖書館。他找到一位館員幫他找資料，這位先生從架上搬下三大本法令規章，兩人一起研讀。答案令人沮喪。那個大聲嚷嚷的混蛋酒客說的沒錯：栽種幼樹無益於山林，反倒方便大企業取得許可，進行更多大規模的皆伐。當他終於接受這個無可辯駁的事實，已是晚餐時刻。除了那三樣來自樹木的寶貝，他整天都未進食，但一想到吃東西，他就覺得噁心。他說不定永遠都吃不下東西。

他必須出去走走。此時此刻，他只能這麼做。其實他最想衝回被砍得光禿禿的山腰，種下未來的滿山青綠。這是他衷心的渴求、他心靈的寄託。手執鐵鏟，肩負滿滿一袋青綠的樹苗，還給山林一片青綠。他以為這就是所謂的希望，如今希望卻已破滅。

他走了一整夜，只停下來吃了一個漢堡，算是跟自己的身體妥協，但他一口口地吞下肚，嚐不出任何味道。夜涼如水，晚風習習，有那麼半英里，他幾乎忘了心中那股沉重的憂慮。但種種問題依然縈繞腦際：接下來的四十年，我該做什麼？哪個行業人們插不上手，無法聯手把樹砍光當作肥料？

他走了好久、走了好遠，他避開波特蘭市中心，隨著一股說不出名字的香味而行，走到一個住商混合的幽靜社區。他在街角的雜貨店買了一瓶青綠色的果汁，邊喝邊讀張貼在門旁告示板上的啟事。聰明的貓咪行蹤不明。精氣平衡。廉價長途電話。然後是這一則：

市民大會！五月二十三日！

他問櫃檯的小夥子那座公園在哪裡。小夥子看起來好像被老鼠咬了鼻子。「公園很遠，你走不到。」「跟我說就是了。」他先前竟然已經走過那裡。他沿著原路往回走，還沒瞧見就聞到一股香味，小小的公園清香撲鼻，有如一塊上帝的生日蛋糕。這些被宣判了死刑的樹枝葉尖細、三根一束，樹皮縱向龜裂，露出橘紅色的板塊。啊，老朋友！他決定露宿在松樹下的一張板凳，讓松樹撫慰他。天黑了，但附近似乎很安全——最起碼比駕著運輸機飛越高棉上空，或是喝得爛醉在酒吧呼呼大睡安全多了。他想要在這裡睡一覺。去他媽的實不實際，去他媽的守不守法，何不讓一個傢伙露宿樹下、枕著如同小雨般飄落的樹籽、沉沉墜入夢鄉？二十三日，他突然想到，市民大會距今只有四天。

當他墜入夢鄉，夢境栩栩如生，多年以來從未如此清晰。這次他們在高棉叢林墜機。史超柏上尉被困在某個危險萬分的灌木叢中，李文和布萊戈在附近著地，但道格拉斯找不到他們，過了一會兒，他們再也不回應他的喊叫。他又落單，孤零零地被一棵巨大的榕樹吞噬。他在直升機的聲響中驚醒，泛光燈掃過樹冠，似乎正在搜尋他的下落。

今晚直升機變成卡車。工人們攜帶裝備，魚貫下車。一時之間，他們仍是步兵，在最後的砲戰中前來格殺道格拉斯的村莊。然後他清醒過來，看到鏈鋸。他看看手錶：剛過半夜。起先他以為自己睡了四天四夜。他起身站直，前去偵查。

「喂！」他走近擱放裝備之處。「哈囉！」戴著硬殼帽的工人們猛然轉頭，好像聽見瘋子說話。「你們該不是準備動工吧？」

他們繼續幹活，忙著幫工具上油，拿著膠帶圍封施工現場，開著活動吊車到預定地點設定吊臂。

「你們有沒有搞錯？再過幾天才是公聽會。你們看看海報。」

某個貌似工頭的傢伙走向他，倒不是威脅恐嚇，而是奉命執法。「這位先生，我們必須請你在我們開始砍樹之前離開。」

「你們要砍樹？現在是三更半夜，伸手不見五指。」其實不然。兩排弧光燈緩緩推近、漸漸就位，哪稱得上漆黑？然後他明白了。「等等。」

「市府的命令，」工頭說。「你現在就得移到膠帶的另一側。」

「市府的命令？這他媽的是什麼意思？」

「意思是你得移到膠帶的另一側。」

道格拉斯拔腿奔向命中該絕的松林。大家都被嚇呆了，過了一秒鐘，戴著硬殼帽的工人們才奔跑追趕，他快要衝到其中一棵樹就被逮到，他們抓住他的雙腳，有人用長柄修剪桿的桿托敲了他一記，他被敲得摔到地上，瘸腿先著地。

「別動手。這樣不對。」

兩個砍樹的工人把他壓在地上，直到警察露面。現在是清晨一點，在警察眼中，他不過是另一個趁著市民們入睡之時搗毀公物的現行犯。這回他被冠上公害罪、妨礙公務、拒捕三項罪名。「你以為這事很可笑？」其中一位警察把他銬上手銬，厲聲質問。

「你如果搞得清狀況，你也會覺得這事很可笑。」

在第二街的警察局，他們問他叫什麼名字。「五七一號囚犯。」他們從他牛仔褲口袋裡強行掏出他的錢包，這才得知他真正的姓名。然後他們不得不將他隔離，以免他煽動其他囚犯鬧事。

早上七點半，咪咪已經進了辦公室。一張阿根廷的訂單出了狀況，離心泵的葉輪有問題，必須趕快處理。她把咖啡擱在桌上，打開桌上的小燈，啟動她的電腦，等著連上公司的區域網路。她轉身看看窗外，一看不禁嚎叫。原本綠樹成蔭之處，如今只見一大片青灰的積雨雲。

不到兩分鐘，她已經站在光禿禿的空地上，她曾凝視注目、尋求心中片刻安寧的松林，現已失去蹤影。她腳上甚至還穿著晨間運動的球鞋，尚未換上她的後空涼鞋。松樹林被砍得一乾二淨，彷彿始終不存在。地上連一根樹幹或樹枝都沒留下，只有木屑和散落的針葉鋪蓋著新伐的泥地。黃澄的木材裸露在外，最外圈的年輪湧出樹液——年輪一圈又一圈，比她的歲數多得多。

喔，還有那股氣味——剛被砍下的松樹飄散出失落與哀戚，漸漸吞噬她的企盼與回憶，令她思慕、令她緬懷的松香正在緩緩消散。天空飄下小雨。她閉上雙眼，怒氣竄入心中，人類怎能如此狡詐、世間怎能如此不公？昔日的傷痛一一湧上心頭，全都極不公平，但她卻永遠找不出解答。當她再度睜開眼睛，真理湧入她的腦際。雖未散發出真理之光，但她確已茅塞頓開。

事事萌芽增生，進展迅速。尼雷設計出他那套異星文化的電玩。這個瘦高孱弱、坐在狀似科幻輪椅上的男孩，多多少少依然想要免費贈送他的電玩。但總有那麼一刻，你必須將你優美靜謐的小窩轉化為增進營收的財源，電玩遊戲和現實生活都是如此。

電玩遊戲必須經由公司發行，即便公司只是個幌子。他在紅木城那棟設有無障礙坡道的小套房即是公司總部。公司也需要名稱，即便整家公司不過是一個二十出頭、肢體殘障、以輪椅代步的印度裔美國青年。但幫公司命名竟然比創造電玩中的星球更困難。接連三天，尼雷嘗試各種排列組合，自創各個新字，要嘛就差那麼一點點，要嘛已被其他公司採用。他吸吮一根肉桂口味的牙籤——他今晚又是什麼都沒吃——瞪著一張贗造的公司信紙，「Redwood」一字忽然從收件人地址上蹦了出來，幾乎像是有人在他耳邊輕聲提示。他馬上用製圖程式草繪出一個商標，形似史丹佛大學校徽上那棵高聳的大樹。「紅杉電玩」於焉誕生。

他把公司的第一套電玩命名為《森林預言》。他使用最先進的桌上出版軟體設計廣告，把這幾個字置中，放在頁面最上方：

全新的星球近在咫尺

接著他把廣告刊登在全國各地的動畫及電腦雜誌內頁。門洛帕克[20]的一家光碟燒錄公司日產三千片磁片。他雇了兩個以前史丹佛大學的朋友在東西兩岸促銷。不到一個月，《森林預言》悉數售罄。尼雷燒錄更多磁片，很快就又全部賣光。市面上居然有這麼多符合遊戲基本規格的硬體裝備，真是令人吃驚。玩家們口耳相傳，《森林預言》聲名遠播，利潤源源湧入，他一個人很快就忙不過來。

他簽下五年租約，租下一個曾是牙醫診所的辦公樓層。他雇了一個祕書，稱她為「行政主管」。他雇了一個駭客，稱他為「首席程式設計師」。他簽約聘僱一個擁有會計學位的傢伙，而這人搖身一變，成了業務經理。組合出一個團隊，感覺如同營建《森林預言》的母星。很多人遞了履歷表，誰瞧見電動輪椅上冒出他骨瘦如柴的身軀而未露出畏懼之色，他就聘僱誰。

有些新進員工捨棄配股，寧願支領現金，著實令人驚訝。他們欠缺想像力，完全看不出人類朝著什麼方向前進。他試圖說服他們，但他們為了保險起見，依然選擇現金。

業務經理很快就挑明告訴尼雷，他不能繼續佯裝「紅杉電玩」是一人公司。他必須將之企業化。於是「紅杉電玩」成為法人。尼雷做夢都夢到擴充與成長。這是一個全新的產業，前景看好，潛力無窮。他只需再推出幾套暢銷電玩，每一套都為前一套加成，利潤也將等比成長，然後他就可以依照史丹佛校園中那些奇形怪狀的樹木所示，讓世界在彈指之間呈現全新的風貌。

白天若是沒有忙著管理公司，尼雷就繼續寫程式。電腦程式依然令他著迷。選定一個變數，確定程序語言，形式完善的副程式在一個更繁複、更聰穎、更能幹的架構中各司其職，好像各個胞器構成一個細胞。簡單的指令衍生出自主的行為，字碼化為行動，這是未來最重要的創新。撰寫程式之時，他彷彿又是那個七歲的小男孩，世間萬物潛能無窮，全都含納在他爸爸懷裡的組裝電腦之中，隨同他爸爸上樓而來。

「紅杉電玩」推出續集時，《森林預言》的銷量依然相當可觀。《新森林預言》發色數高達兩百五十六色，逼真得令人難以置信，包裝也經過專家設計，看起來有模有樣，但玩法不變，玩家們依然在輝煌燦爛的星河中進行探勘。人們不在乎老調重彈，你給得再多，他們都不會滿足。大家非常喜歡一個不受限的世界，遊戲也沒有真正的輸贏，重點在於維持大家的興趣，盡量拉長打電玩的時間，就跟做生意一樣。

《森林預言》尚未跌出排行榜前十，《新森林預言》就已躍登榜冠軍。玩家們在網路布告欄上貼文，提及他們在偏遠星球發現的珍奇怪獸，怪獸是動物、植物、礦物的合體，狂野古怪，難以預測。許多玩家發覺誘捕遊戲中的動植物比找尋銀河星系的寶藏有趣多了。

這兩套電玩比許多好萊塢電影更賺錢，而且成本低多了。尼雷的企圖心更加旺盛，將所有利潤投入第三部，九個月之後、當《森林天諭》上市，定價高達五十美元，令人咋舌。但對與日俱增的玩家們而言，《森林天諭》提供前所未有的全新體驗，五十美元真的不算什麼。

一家名為「數位藝術」的大公司提議收購他創設的品牌。這個提議從各方面看來都合情合理。未來各項產品的行銷將交由專人負責，這樣一來，「紅杉電玩」就可以專注於研發。尼雷不想經營一家公司；他想要創造種種世界。「數位藝術」的收購計畫擔保他不必再為金錢擔憂，讓他永遠不愁擁有一張最頂級的輪椅。

原則上同意被收購的那一晚，尼雷睡不著。他躺在他那張電動護理床上，護理床可以上下移動，床邊還掛了一排他媽媽縫製的收納袋。子夜左右，他的雙腳忽然像是正常人般痙攣。他必須起床。如果看護在身旁，這倒也不難，但吉娜再過幾小時才上班。他按了一個按鍵，床頭緩緩升至九十度，他伸出手臂，繞住右手邊的豎桿，把左半邊身子甩到罩槓前。他長年肌肉萎縮，兩隻前臂望似漂流木的殘片，手肘關節腫脹突出。他使盡吃奶的力氣才讓自己坐起，雙肩微微顫抖，但總算不至於一不注意就又往後躺平。他搖晃一下，藉此移動上半身，好讓自己把手臂甩到身後，撐住自己坐直。第一步驟完成。還有五十二個步驟，甚至不止，端視你如何計算。

為了方便導管插入，他的運動褲通常拉到膝蓋，只要一拉就可以穿上。他身子儘量往前伸，腰部幾乎彎起，這樣一來，他的頭和肩膀就可以挺直，方便雙手伸向臀部。他用力把右手臂塞到左大腿下，他大腿的肌肉已經所剩無幾，甚至可說沒什麼肉，但他畢竟還有兩隻腳，足以固定他的上半身，讓他顫巍巍地坐直。

他抓住運動褲，左手的手肘撐住身子，暫且喘口氣。然後他用力撐起臀部，手忙腳亂地拉扯褲襠，掙扎了好一陣子，終於把左褲管拉到腰際。他嘆口氣，頹然往後一躺，削瘦的肩胛骨撞上床鋪，再度感到精力耗竭。藉由腳蹬之助，他再次拉抬自己，重複先前的步驟，把右褲管也拉到腰際，運動褲終於好端端地抵在腰間。撫平褲管也快不來，但現在是深更半夜，他有的是時間。然後他握住頭頂上的橫桿、穩住身子、伸手抓取懸掛在床邊的一個掛鉤，鉤上掛著一副U型的帆布吊兜，他在床上躺平，一寸寸地移進吊兜裡，吊兜貼著上半身，裹住雙腿，腰間有條繫帶，用來拉抬雙腿。

他再次伸手抓取，握住吊兜架的架頭，沿著架子專屬的橫桿拖動，把架子拖到他的正上方。然後他把吊兜的四個扣環扣到架上，一邊各兩個。接著他把搖控器咬在嘴裡，檢查一下扣環，咬住開關鍵，直到吊兜架拉著他升起。他把搖控器固定在吊兜上，從床的一側卸下裝了導管的尿袋，然後雙手捧著尿袋，牙齒咬住導管，把尿袋裝進一個他已經裹在身上的背包，接著按下吊兜架的按鍵，雙手抓牢，升到空中。

當他懸空挪位，從床上移到床邊的輪椅，整組機件總是不免搖顫晃動，似乎不太穩定。他曾一不注意亂動一下，重重著地，整個人摔到金屬支架之間，痛苦不堪地躺在自己的尿液裡。但今晚毫無差錯。輪椅的座椅必須調整，輪子的位置必須重新設定，但他完美著地。坐定之後，他每個步驟倒著做一次，解開扣環，拆卸吊兜架，好像魔術師胡迪尼似地從吊兜中脫身，甚至無需撐起身子。套上寬大的上衣不費事，至於穿鞋，雖然他那雙懶人鞋跟小丑的鞋子一樣大，穿脫依然必須花點功夫。但現在他行動不再受限，憑藉搖桿和節流閥之助，他可以輕易地呼嘯而行，好像模擬飛行裡的王牌飛官。穿衣穿鞋依然折磨人，但前後只花了三十多分鐘。

再過十分鐘，他已經來到廂型車旁，等待升降鋼板降到地面。他駕著輪椅移到方形的鋼板上，升起鋼板，駛過寬闊的車廂，開進裝備齊全的前座。升降鋼板縮回，車門悄悄關上，他把輪椅固定在儀表控制臺之前，踏板和煞車都是手控，與他的手腕齊高，連肌肉萎縮的手臂都能夠操作。

他下達數十個指令，開抵史丹佛大學，把車停好，下車駕著輪椅來到校園的中庭。他三百六十度地迴轉，四下探勘，如同六年前一般，再度被那些有如來自異星的奇樹環繞。珙桐、藍花楹、蝟絲蘭、香樟、鳳凰木、泡桐、瓶子樹、紅桑，全都像是來自另一個遙遠的星系。他記得它們曾在他耳邊說悄悄話，跟他提到一個注定由他設計的電玩。那款遊戲將吸引全球難以計數的玩家，玩家們將發現自己置身一座叢林的正中央，叢林生氣勃勃、栩栩如生、潛能無窮、遠遠超乎任何人的想像。

今天晚上，樹木守口如瓶，什麼都不肯跟他說。他手指輕敲乾巴巴的大腿，靜靜等候，耐心聆聽。四下無人。月亮有如一具耀眼的話機，只要抬頭一看，瞧見他所瞧見的明月，世間任何人都可以跟他通話。他想要憑藉意志力促使這群珍奇的樹木給他提示。異星奇樹搖動怪誕的枝幹，撲撲啪啪地一同在風中飄搖，嘮嘮叨叨地對他述說。回憶在他心中緩緩湧出，有如樹液。一時之間，晃動彎折的樹枝似乎指向中庭的另一側，指引他望向艾斯康迪督小學[21]、巴拿馬街[22]、羅布利奇路[23]……

他朝向樹枝指示的方向前進。遙望南方，聖塔克魯斯山聳立，圓潤的山頭俯視一棟棟磚瓦校舍。這下他想起來了：多年之前的一日，他跟他爸爸走在山脊的森林步道上，忽然看見一棵巨大的紅杉，紅杉高聳壯麗，樹齡顯然超過千年，不知怎麼地逃過了伐木工的鏈鋸，孤零零地矗立在山間。他恍然了悟：他肯定因為這棵樹而把他的公司取名為「紅杉電玩」。他不加思索，當下就知道自己必須向它請益。

小路東歪西拐，直上山脊，正午時分就不好開，黑暗之中更是危險。他來回晃動，好像坐進了晉升到《森林預言》第二十九級就可以建造的飛行艙。這個時候路面空空蕩蕩，沒有人看著這個瘦骨嶙峋、雙腿殘障、有如樹人的小夥子用細瘦的手指操控一輛經過改裝的廂型車。開上山脊之後，他在「天際大道」[24]右轉——「天際大道」因舊金山的纜道得名，而當年為了興建舊金山，附近的山嶺被砍伐一空。他依稀記得這條路。就算記憶稍有閃失，步道應該還在。只要再等一下，那棵擎天大樹遲早會從林下葉層中浮現。

他開過隧道般的次生林，百年之間，次生林已經相當高聳，在如此漆黑的夜裡，甚至足以讓他誤以為是原生林。路邊一個停車的小空地看來眼熟，勾動他的回憶，促使他停下車子。乘客座的置物箱裡有支手電筒，他搭著升降鋼板下車，在鬆軟的泥地等候，雖然輪椅的車胎厚實堅固，他依然不確定自己能夠駕著輪椅走多遠。但冒險探奇不就是由此起始嗎？

剛開始的一百英碼還好，然後他的左輪胎撞上濕滑的斜坡，開始滑動。他操控搖桿，急急後退，猛然旋轉，希望能夠從側邊脫困。泥土飛濺而出，輪胎愈陷愈深。他拿起手電筒往前揮動，暗影幢幢，有如伺機而動的幽靈。每次聽到樹枝折斷的聲響，他都以為絕種的掠食巨獸重現江湖。一部車子沿著天際大道開過來，引擎聲愈來愈近，尼雷扯著微弱的嗓門大喊，像個瘋子似地狂揮手電筒。但車子呼嘯駛過。

他坐在全然黑暗中，不禁懷疑人們在這樣的地方如何存活。太陽一升起，某個健行客就會發現他。說不定還得再等一天。誰知道多少人到這條步道健行？背後傳來一聲尖叫。他急急揮動手電筒，但燈光的範圍有限。他的心臟撲撲狂跳，過了好一會兒才恢復正常。

就在這時，他看到了。它融入陰暗的周遭，離他不到十二英碼，就在他的正前方。他知道他先前為什麼沒有瞧見：它太巨大；大得沒道理，大得幾乎稱不上是生物。他拿起手電筒一照，樹幹直入雲霄，無止無盡，超乎人類所能理解，無論燈光落在何處，皆是微小的一點，而在那直竄天際、筆直挺拔的樹幹頂端，存在著一個生生不息、合作無間的生態系統——不消說，它正是加州紅杉。

宏大的樹冠世界之下，一個微型男子和比他更微型的兒子仰頭觀望。父子倆人加起來甚至比這棵巨樹的板根矮小。尼雷看在眼裡。回憶有如一行又一行剛剛植入他心中的程式碼，源源不斷地湧現。父親往後一仰，朝著天空伸出雙手。毗濕奴的菩提榕！尼雷，榕樹回頭把我們給吞了！

當年那個站在大樹旁的小男孩聽了大笑，現今這個坐在輪椅上的年輕人同樣莞爾。

爸，別傻了，那是紅杉！

父親侃侃而談：世間所有的樹木全都生自同一根系，樹木枝幹茂生，散布四面八方，世世代代做出不同的嘗試，延續同一棵樹的壽命。

我的小尼雷，你想想，怎樣的程式才有辦法支持這棵巨樹的運作？這裡面有多少碼元？這裡面有多少程式在跑？這些程式的功能何在？它們想要達到什麼目標？

尼雷靈光乍現；林間一片漆黑，他揮著手中小小的手電筒，聽著那擎天巨樹簌簌作響，終於找到他所追尋的答案。枝幹只想不停抽出新枝。電玩只想讓玩家一直玩下去。他絕對不可以賣了他的公司。他們父子最初合寫的程式裡保留了一批原型程式碼，而他還不曉得如何應用。如今他看到了他的下一步。他打算重新利用那批原始程式碼，構建出新的程式。這就像是演化：保留過去成功的因子，重新加以利用，生命的枝幹因而不停抽出新枝。

這下子他可不能等到明天才被登山客發現。他又心生一計，雖然稱不上靈光乍現，但可應急。他脫下上衣，扔到被卡住的輪胎之前，然後推動搖桿，輪胎有了阻力，不一會兒就脫困。他回到車裡，打著赤膊開下山脊，藉由成千上百個指令與副程式，車子回到紅木市，他也坐回他的工作桌前。

隔天他致電「數位藝術」，撤銷原定的併購計畫。對方的律師團勃然大怒，威脅告上法庭。但他們之想要併購「紅杉電玩」，其實只是因為尼雷。他是「紅杉電玩」唯一值得爭取的資產。若是得不到他的善意回應，這項計畫毫無意義。

併購計畫既已報銷，於是他把員工們召集到會議室，跟大家宣布下一個計畫。「紅杉電玩」將創造一個全新的地球，玩家在這個尚無人煙的美麗新世界各據一隅，營建他的王國。他可以開礦、砍樹、犁田、建屋、創設教堂、市集和學校——他可以在他行跡所及之處營建他想要營建的一切。科技有如一棵枝葉遼闊的巨樹，他可以攀爬每一根枝幹、探尋每一個新知，石器工藝、國際太空站，種種知識全都在他掌握之中，他可以依循任何一個時代的精粹，隨心所欲，興之所至，打造出任何一個他想要打造的頂尖文明。

但這其中暗藏玄機：數據機的另一端還有其他玩家，他們也在這個美麗的新世界打造屬於他們的文化，而且想要占有你統御的領土。

不到九個月，一套不對外公開的電玩遊戲在公司裡流傳，「紅杉電玩」因而陷入停頓。員工們一開始打就入迷，什麼都不想做，人人廢寢忘食，連男女朋友都懶得理會。再打一回。再打一回就好。

這套電玩名為《主宰》。

尼克和他那位開車順道經過的訪客攜手合作，花了兩星期清空霍爾家的屋宅。狄蒙市的親戚過來買下尼克的車子，取走祖傳的遺物，拍賣公司隨後上門，每一件或可賺點小錢的家具和家電都被貼上綠色貼紙，肌肉糾結的彪形大漢把生銹的農耕機械扛上一部長達二十四英尺的大卡車，運到鄰近的縣郡抵埠寄售。尼克沒有設定底標。世代累積的物品有如隨風飄揚的花粉一樣消散。然後這棟屋宅再也不是霍爾家的家產。

「我的祖先們兩手空空來到愛荷華州，我也應該兩手空空離去，妳說是嗎？」

奧莉維亞摸摸他的肩膀。他們花了十四天十三夜一起清空屋子，好像一對務農半世紀，挺過了種種古怪氣候的老夫妻，這會兒終於決定退休搬到亞利桑那州，窩在棋盤前，額頭貼著額頭一起上西天。怪事接踵而至，似乎無止無盡，尼克想了就睡不著。他將隨同一個女孩前往加州，女孩因為他那個怪誕的招牌開下州際公路，而且聽得見無聲的話語。嗯，尼克拉斯．霍爾心想，這才是真正的行為藝術。

人們跟陌生人上床。人們跟陌生人成婚。人們花了半世紀同床共枕，結果依然形同陌生人。這些尼克全都知道；他處理了他的爸媽與祖父母身後留下的屋宅，發現種種只有死亡才會揭露的傷心事。結識一個人得花多少時間？五分鐘就行了。你再怎樣都不會改變第一印象。那個與你乘車共駕、一起駛過人生旅程的伴侶？那人始終只是搭個便車，開不了多久就跟你說拜拜。

其實，他們的痴迷確有交集。他們各自持有祕密信息的二分之一。除了試圖拼湊信息，他還能怎麼辦？就算他們掌控不了情勢、夢醒時分一無所獲，他所犧牲的不也只是孤獨的守候？

午夜時分，尼克坐在先人們空蕩的臥室裡，就著檯燈微弱的燈光閱讀。他在這棟屋裡窩了十年，早已感覺自己蟄居在一個偏僻的小木屋。他一再閱讀百科全書裡關於紅杉的章節，習知紅杉至為高聳，如同足球場般寬闊，殘幹製成的地板容納得下二十四人跳方塊舞。

他閱讀關於心理疾病的章節，論及精神分裂症之時，百科全書說：信念若是符合社會規範，就不該被視為妄想。

他那個新朋友一邊輕聲哼歌，一邊準備上路，她蹙眉的神情令他屏息。她年紀輕，誠懇樸實，毫無懼色，心中的使命感比中世紀修女的聖召更強烈。他非得跟她一起開車上路，正如他非得畫出他的夢境。反正他也得上路。如今他有了目的地，還有人跟他一同前往，兩者皆是他生命中前所未有的奢華。

隆冬時間身處同一個屋簷下兩星期，而他沒有碰她，甚至試都沒試，這才稱得上精神有問題。她知道他不會碰她。在他身邊時，她不為任何雜念所擾，甚至連緊張的感覺都沒有。她對他毫不設防，正如湖面無畏微風輕拂。

拍賣公司的卡車運走霍爾家最後一批家產。隔天早晨，他們共享一頓冷冷的餐點。昨晚他們睡睡袋，這會兒他們坐在松木地板上，旁邊曾經擱著那張尼克的天祖父百餘年前親手製作的橡木桌，地板上仍見桌腳留下的小凹洞，讓人永遠緬懷橡木桌。她只披著一件下襬長長的棉布襯衫，內褲若隱若現，拐杖糖般的條紋一閃一閃。

「妳不冷嗎？」

「在鬼門關走了一遭之後，我好像都不覺得冷。」

他把頭轉開，拍拍她光裸的大腿。「妳——妳可不可加件衣服？我會受不了耶。」

「拜託喔，你又不是沒看過裸女。」

「我沒看過妳這個裸女。」

「裸女不是都一樣嗎？」

「這我就不知道囉。」

「哈！這裡有女孩住過，而且是最近。」

「錯！我是個清心寡慾的藝術家。這是我的特點。」

「浴室的鏡櫃裡有除皺霜和指甲油。」她住口，臉頰一紅。「除非你……」

「喔，不，哪有這回事。至於女孩，嗯，只有一個。」

「說來聽聽？」

「我發現栗樹罹患枝枯病之後，她就說拜拜了。八成是被嚇跑。她覺得一個人不應該成天只畫樹枝。」

「這倒提醒了我。我們應該找個地方存放你的畫作。」

「存放？」他想起芝加哥那個私人儲物倉庫，不禁苦笑——他二十歲出頭的重要創作都存放在那裡，直到他放了一把火，把它們變成一件巨型的概念藝術品。

她看懂了他那個恍惚的神情，好像又在聽錄神靈們的指示。「埋在屋子後面如何？」

綠釉與紋裂——他想到以前在藝術學院讀過的地下陶器，忽然覺得也不錯，最起碼相較於試圖把作品送給開車路過的陌生人，這個主意並不差。「有何不可？讓它們在地底下分解。」

「我還想用泡泡棉把它們包起來呢。」

「我跟妳說，不管前一陣子多麼暖和，現在是一月，如果想要在地上挖洞，我們就得租部鏟斗機。」然後他記起一事，不禁露出微笑。「來，把妳的大衣穿上。跟我走。」

不一會兒，他們並肩站在農械木棚後面的坡地上——坡地被木棚擋住，先前從屋裡看不到——盯著一堆小石子和旁邊一個頗為可觀的地洞。

「我跟我的堂弟小時候經常在這裡挖地，想要一路挖到熔融的地心。我們從沒想過把地面填平。」

她仔細端詳。「嗯，不錯，你們真有先見之明。」

他們埋了藝品。那一疊照片——那本記錄了百年來栗樹成長的手翻書——也埋入土中。地洞裡比地面上任何一處都安全。

那天晚上，他們又待在廚房裡，為明天上路作準備。她穿著厚厚的運動衫和緊身褲，稍微比較像樣。他來回踱步，心裡七上八下，好比縱身躍入大海。半是驚慌，半是興奮：事事懸置空中，難以預卜。我們過日子，我們探頭望，然後一切化為烏有。我們知道接下來將會如何——這都是因為那顆我們上了當、吃下肚的禁忌之果。為何把果子擺在那裡，然後禁止人們摘食？分明就是算準了果子會被摘食。

「那些幫妳管事的人，這會兒他們說些什麼？」

「事情不是那樣，尼克。」

他雙手一合，抵著下唇。「不然是怎樣？」

「他們在說：檢查一下機油。這下你滿意了嗎？」

「我們怎麼找到他們？」

「你是說那些幫我管事的人？」

「不，那些抗議者、護樹的人。」

她大笑，碰了碰他的肩膀。她最近喜歡這麼做，而他只願她不要這樣。

「他們總是設法上報紙，找到他們並不難。如果我們快要開到那裡，卻依然找不到他們，我們就自己發起群眾運動。」

他試著笑笑回應，但她似乎非常認真。

隔天早晨，他們啟程上路。她的車子裝滿了東西，幾乎溢出車外。朝西開了五小時之後，他們已經熟知彼此的大小事，除非面臨生死存亡的大災難，不然人們八成不會像這樣交心。他一邊開車，一邊跟她說起當年那個下大雪的夜晚——臨時起意開車到奧馬哈看展，回到家中卻發現爸媽和祖母因為瓦斯中毒而送命——他從來沒有跟任何人提起此事。

她碰了碰他的胳臂。「我懂。我幾乎都懂。」

又過了十小時，她說：「你似乎不說話也很自在。」

「我有很多機會練習。」

「這樣不錯。我得多跟你學學。」

「我想問妳……我的意思是……妳的心態、妳的靈氣，好像妳是為了某些事情贖罪。」

她像個十歲的孩童一樣大笑。「說不定我真的在贖罪。」

「為了什麼贖罪？」

奧莉維亞遙望西方的地平線，答案隨同遠山湧現在她眼前。「為了過去那個不可理喻的自己。為了過去那個什麼都不在乎的自己。」

「什麼都不說，其實相當舒坦。」

她試了試，似乎贊同，車內因而靜默。他心想：如果我非得跟哪個人一起坐牢，或被困在核爆避難所，我絕對選她。

在鹽湖城郊區的汽車旅館，櫃檯人員問說：「一張大床或是兩張雙人床？」

「兩張雙人床，」尼克說，她又如同孩童般大笑。他們彆扭地輪流使用浴室，然後各自躺在床上，隔著兩英尺的間隙閒聊。相較於先前沉默的車程，這會兒兩人可以說聊得不亦樂乎。

「我從來沒有參加過任何示威。」

他心想：這怎麼可能？她在學校肯定是個激進分子。但他很訝異自己居然只回了一句：「我也沒有。」

「誰會不願參加這個群眾運動？」

「伐木工。崇尚自由意志的人。對人類前途充滿信心的人。需要露臺和屋頂的人。」他的眼皮漸漸沉重，隨即墜入夢鄉，有如植物般沉靜安穩。

內華達州遼闊無際，荒涼至極。冬日的沙漠，讓人感覺世間種種算計皆是徒勞。她開車時，他偷偷地凝視她，她連聲讚嘆，好像充滿無限的敬畏。然後他們駛入山區，碰上大風雪。尼克不得不跟路邊的不肖車商購買雪鏈。內華達山脈白雪皚皚，開抵唐納山口時，他被擋在一輛大卡車後面，兩旁的車輛呼嘯而過，他憑著直覺，勉強擠進左車道，加速超車。然後前方一片雪白，擋風玻璃好像蒙上一層紗布。

「奧莉維亞？他媽的，我看不見！」

車子撞上路肩，打滑轉向。他慌張駛回車道，加快車速，搖搖晃晃地往前衝，只差幾英寸說不定就在這場大雪中送命。

開了幾英里之後，他依然顫抖。「天啊，我幾乎害死妳。」

「不，」她說，好像有人跟她擔保。「你不會。」

他們從西側山脊駛出山區，不到一小時，車外的世界已從白雪覆頂的松林變為青綠遼闊的中央谷地，公路兩側的多年生植物開了花。

「加利福尼亞，」她說。

他甚至沒有試圖掩藏笑意。「我想妳說對了。」

道格拉斯出庭，當眾陳述己見。

「你被控妨礙公務，」法官說。「你認不認罪？」

「庭上，所謂的『公務』跟別人在你家車道留下一坨狗屎一樣卑鄙。」

法官拿下眼鏡，揉揉鼻梁。他低頭凝視一疊疊卷宗。「很不幸地，這跟你的案子無關。」

「為何無關？庭上，可否請您開釋？」

法官用兩分鐘的時間為他開釋。私人地產。市府政令。完畢。

「但是市府試圖扼殺民主。」

「法院的目的是執法。」

「庭上，我是個受動的退伍軍人，他們頒給我一枚紫心勳章和一枚空軍十字勳章，過去四年來，我種了五萬棵樹。」

這話引起了法官注意。

「我走了不曉得幾千英里的山路，種下一棵棵小小的樹苗，希望能夠稍微扭轉我們所謂的『進步』。然後有人跟我說，我所做的一切只是方便那些混帳東西砍更多樹。我很抱歉，但當我親眼瞧見他們在公園裡幹的蠢事，我真的氣瘋了。事情就是這麼簡單。」

「你有沒有坐過牢？」

「這個問題很難回答。可以說有，也可以說沒有。」

法官審慎思量。被告妨礙私人園藝公司受市府之託進行的公務，但那時是深夜，他沒有毆打任何工作人員，也沒有破壞任何地產，於是法官判處道格拉斯緩刑七日，外加兩百美元罰緩，或是三天勞動服務、協助市府的樹藝師種植奧瑞岡梣樹。道格拉斯選擇種樹。當他從法院趕回汽車旅館，他的卡車已經被拖吊。拖吊工人獅子大開口，索價三百美元，否則不還車。他請他們暫時把車子留在拖吊場，等他設法湊錢。他到處都藏了一些錢。

他賣命幫市府種了七天樹，比強制性的勞動服務多了四天。「為什麼？」樹藝師問。「你沒有必要這麼做。」

「梣樹是個高貴的樹種。」韌性極強，可以用來製作工具的把手和棒球的球棒。道格拉斯非常喜歡梣樹的樹葉，羽狀複葉蔭開了日照，萬物蒙上柔柔的光，感覺溫和多了。他也喜歡梣樹的錐狀翅果。他不介意多多栽種，即使沒有人強制他這麼做。

他工作得愈辛勤，樹藝師愈不好意思。「公園那樁事啊，市府做得不光彩。」雖然只是小小的讓步，但就一個拿市府薪水的人而言，這話簡直像是搞破壞。

「你他媽的說的沒錯。趁著深夜偷偷動手，而且搶在預定的公聽會之前。」

「人類鬥得你死我活，」樹藝師說。「跟大自然一樣。」

「人類他媽的一點都不了解大自然或是民主。你可曾想過那些瘋子說不定沒錯？」

「那要看你說的是哪些瘋子。」

「環保瘋子。他們有些人在賽尤斯洛國家森林區[25]守望。我還碰過其他一些人在安普瓜國家森林區[26]示威。他們從奧瑞岡各地突然冒了出來。」

「年輕小夥子和大麻客。他們為什麼看起來都像是巫僧拉斯普丁[27]？」

「哎呀！」道格拉斯說。「拉斯普丁很有型。」他希望樹藝師不會以為他有意煽動而報警。

他沒有馬上離開波特蘭。他回去公共圖書館，認真研究這群森林游擊軍。先前那位館員繼續熱情相助。這人似乎有點欣賞道格拉斯，即使道格拉斯飄著一股異味。或許正因如此，所以他才得到圖書館員的賞識。有些人就是喜歡土壤的氣味。他注意到一篇報導，鮭魚越橘野生保護區[28]附近有個活動，一個環保組織在保護區訓練人們如何在集材道設立路障，他只需贖回他的卡車。但首先他得自己做個小小的游擊抗爭。他不確定返回事發現場合不合法，若是再來一次公民抗令，他很可能再度入獄，但道格拉斯喜歡心懷某種使命感、深覺自己高高在上、冷眼俯瞰世間，甚至不介意再被抓起來。

他愈接近公園，愈是怒火中燒。還不到中午。他的肩膀、脖子、和那隻瘸腿再度隱隱作痛——那群惡棍對老百姓施暴，把他狠狠摔到地上，他怎能不痛？但怒火並未加重他的氣勢，其實正好相反，他反倒彎腰駝背，好像被人在胸口打了一拳，等到他走近松林，他已步履蹣跚。

被砍得只剩樹墩的松樹依然泌出松脂。他頹然地靠著樹墩坐下，掏出一支細頭麥克筆和他的駕照，把麥克筆和駕照貼平樹墩，好像在幫樹動手術，開始倒數。時光在他的手指下飛逝——洪災與旱害，寒流與酷暑，歲歲年年，時令節氣，全都寫入大小不等的年輪之中。當他數到一九七五年，他劃下一個X，寫下1975，然後他倒退二十五年，在逆時針的方向劃下另一個X，寫下1950。

他不停倒數，每隔二十五年劃下記號、寫下日期，一直數到樹墩的中心。他不知道波特蘭創建於何年，但早在白人來到此處之前，這棵松樹顯然已是一株健壯的幼樹。道格拉斯輕撫一圈圈年輪，手指滑向樹緣；直至近日，樹木依然生長，年輪依然擴增，他嘆了一口氣，拿起麥克筆，沿著年輪，寫下幾個粗黑的大字：

CUT DOWN WHILE YOU SLEEP。

他還在幫其他樹墩做記號時，咪咪走到戶外用餐。怒氣已是她午餐時的新牌友，伴隨她坐在長椅上吃辣椒滑蛋三明治，一同看著最近被砍得稀稀落落、好像禪宗庭院的公園。自從他們半夜偷偷砍樹之後，她已經打了多通電話、參加一個沒什麼用的公聽會，她甚至跟兩位律師商談，而律師們都勸她公理是個空想。她只能每天中午走到戶外用餐，一邊盯著光禿禿的樹墩，一邊嚥下她的怒氣，不然還能如何？這會兒她看到一個男人蹲伏在地、在受傷的樹木上做記號，不禁勃然大怒。「你又要搞哪些花招？」

道格拉斯抬頭一望，眼前彷彿出現拉麗妲的身影。拉麗妲是帕蓬紅燈區的酒吧女郎，他曾深深愛上她，若能挨近這樣一個女孩，叫他在公路上敲出再多坑洞他都願意。「拉麗妲女郎」步步向他逼近、拿著薄片夾心餅乾威脅他。

「謀殺它們還不夠嗎？你還得汙損它們？」

他放下手上的東西，指指樹墩上的圖像。她暫且住口，低頭看看——一圈圈年輪標注著年代，愈接近中心，年代愈古早。她爸爸舉槍自盡、腦漿濺灑後院的那一年。她大學畢業、拿到這份破工作的那一年。馬家一家四處逃竄、躲開野熊的那一年。她爸爸把字畫拿給她看的那一年。她出生的那一年。她爸爸來美國就讀卡內基理工學院的那一年。最外圈是幾個粗黑的大字：**CUT DOWN WHILE YOU SLEEP**。

她轉頭一瞥那個蹲在地上的男人。「喔，天啊，真是對不起，我以為你是……我幾乎朝你的臉上踢一腳。」

「那些砍了樹的傢伙搶先妳一步，我已經被他們踹了幾腳。」

「等等，**那時你在現場**？」她眉頭一皺，每次計算屈服應力，她就露出這種表情。「如果我也在現場，我八成會出手打人。」

「到處都有大樹遭到砍伐。」

「沒錯。但這是**我的公園**。我的寄託。」

「妳知道嗎？當妳看著那些山嶺，妳會心想：人類將會消逝，但山嶺永遠存在。只不過啊，人類噗哧噴氣，好像發情的公牛，山嶺全都遭殃。」

「我跟兩位律師談過。一切全都合法。」

「當然合法。法律保障不法之人。」

「你能怎麼辦？」

這個瘋瘋癲癲的男人目光灼灼。他望似第十二羅漢，笑看人類種種愚行。他猶豫不決。「我可以信任妳嗎？我的意思是，妳該不是過來偷走我一顆腎臟吧？」

她大笑。這就夠了——他信得過她。

「好吧，妳聽好，妳該不會剛好拿得出三百美金吧？或是有部可以開了上路的車子？」

當布里克曼夫婦獨處一室，兩人就埋頭閱讀。大半時間，他們同在一起，各自孤寂。他們不再參加社區劇場的演出；自從兩人為了那個不存在的嬰孩大吵一架，他們再也不曾同臺演出。布里克曼夫婦的演藝生涯已成過去；他們從未對彼此明說，但兩人心知肚明，無需言語。

於是，書本取代了小孩。他們各有各的閱讀偏好，由此亦可看出他們依然秉遵年少時的夢想。雷偏好大部頭的史學巨著，書中提及各個偉大的文明國度，國勢蒸蒸日上，邁向未知的將來。他只想閱讀那些逐漸躍升的生活品質、提振自由的科技創新、拯救人類的技術突破，一讀讀到深夜。桃樂絲需要超越這些領域。她喜歡的故事不講大道理，而是探觸人們內心。激情、熱情、親密、私密，這些才是她的救贖。對她而言，一切有賴於說不說得出可是、做不做得出一件超越限度的小事、能不能夠暫且掙脫時間的箝制。

雷的書架按照主題分類，桃樂絲則是按照作者的姓氏。他偏好當代名著，她非得跟早已逝去的作者交流，而且愈陌生愈好。雷一開始讀一本書，不管多麼艱澀，他一定強迫自己從頭讀到尾。桃樂絲不介意掠過作者的哲思，直接跳到令她感興趣的章節，而在這些章節中，通常有個人物直探她的內心，帶給她莫大驚喜。

時光荏苒，他們邁入四十大關。任何書冊一進他們家就永遠待下。雷的目標是準備就緒；他希望每一個無可抗力的狀況都有一本專書可以諮詢。桃樂絲熱衷於支撐獨立書店；她在堆積如山的回頭書裡尋寶，保存那些被人忽視的作品。雷心想：你永遠不知道哪天終於找到機會閱讀那本五年前買的磚頭書。桃樂絲心想：你永遠不知道哪天非得拿下那本破爛的舊書，翻到離結尾還差十頁之處，讀右頁倒數第三段，重溫那段讓你悲喜交加的文句。

不知不覺之中，他們的屋子成了圖書館。書架放不下去的書，她就讓它們橫躺堆疊，結果書被壓歪了，讓雷抓狂。有一陣子，他們試圖以添購家具解決問題。他書房的兩扇窗戶之間多了一對櫻桃木書櫃。客廳通常用來放置電視之處擺了一個胡桃木大書櫃。一個楓木書櫃搬進了客房。他說：「這樣應該可以讓我們支撐一陣子。」她大笑，因為每一本她讀過的小說都告訴她，所謂的「一陣子」都如此短暫。

桃樂絲的母親過世。他們不忍心丟棄她的任何一本書，所以全數接收，將之納入家中足使君王眼紅的藏書。桃樂絲在市區一家古書店找到一套價錢非常合理的《威佛利小說全集》[29]。「十八元八十二分！你看看卷首及卷尾的扉頁，紋理多麼素雅！」

「妳知道我們可以怎麼做嗎？」走向收銀臺時，他隨口說出一個點子。他悄悄把一本《智能機械時代》[30]擱在她的小說全集旁。「樓上小房間那個古裡古怪的牆壁？我們可以請木工幫我們做一個內嵌式的書櫃。」

他們對那個小房間曾經滿懷憧憬，但所有憧憬早在買下架上本本書冊前就已破滅。她點點頭，試圖微笑，探向內心搜尋適切的字彙。她不知道那個字彙。她甚至不知道那個字彙正是她的心境。*可是*。那個字彙是*可是*。

每年聖誕節，他們總會鬧個笑話，即使兩人始終無意開玩笑。他們約定互贈一本書——每年總有這麼一次，他們試圖改變彼此的閱讀偏好。今年他送她一本《改變世界的五十個點子》。

「親愛的，你真是太周到了！」

「這書真的改變了我。」

他永遠不會改變，她心想，在他的唇邊輕輕印上一吻。然後輪到她執行他們的耶誕節儀式：今年她送他一套《珍．奧斯丁四大名著》的最新增訂版。

「桃樂絲，親愛的，妳讀懂了我的心！」

「你知道嗎？你也可以試一試讀懂她的心。」

多年以前，他的確試了。但他覺得珍．奧斯丁的小說狹隘而封閉，好像掐住了他的咽喉，幾乎讓他窒息。耶誕假期，他們足不出戶，各自窩在沙發上，閱讀對方致贈的禮物。除夕夜，他們勉強撐到午夜，兩人躺在床上，肩並著肩、腿貼著腿、雙手依然穩穩按著面前的書頁。雷同一段讀了十幾次，讀得昏昏欲睡；字字句句有如帶著翅膀的種子，在空中迴旋飛舞。

「新年快樂，」當水晶球終於緩緩降下，他輕聲說道。「又熬過了一年，不是嗎？」

他們倒了一杯冰鎮在床邊的香檳，她跟他碰杯，一邊啜飲、一邊說：「我們今年應該勇於嘗試、做些不一樣的事情。」

書架上本本都是前一年的新年新希望，早已堆放不下。《簡易印度料理》、《黃石公園百大步道》、《美東雀鳥指南》、《美東野花圖鑑》、《人煙罕至的歐洲》、《你所不知的泰國》，釀製啤酒和葡萄酒的手冊，碰都沒碰的外語書刊。事事有待他們嘗試，處處有待他們探索，他們活得像是輕狂、健忘的神祉。

「危及性命的冒險，」她補了一句。

「我剛剛也這麼想。」

「說不定我們應該報名參加馬拉松。」

「我……我可以當妳的教練，或是……妳想怎樣都行。」

「某件我們可以一起做的事情。學開小飛機？」

「或許吧。」他已經累得幾乎昏睡。「再說吧。」他放下酒杯，拍拍大腿。

「好吧。再讀一頁就熄燈？」

她陷入想像人物的世界，心中的傷痛卻是一點都不假。她直挺挺地躺著，試圖不要讓自己的啜泣聲吵醒他。他們怎麼緊緊抓住了我的心、好像他們果真重要？我為什麼受到這個虛幻之地的左右？他們的窺視，她根本不該瞧見，但她隨意一瞥，全都看在眼裡；他們不知道她的存在，她卻看著他們無畏無懼地走向早已設定的未來。

不知怎麼地，結婚紀念日的那一天，布里克曼夫婦又忘了栽植任何東西。

紅杉讓他們一句話都說不出來。尼克沉默地開車。連稚齡的幼樹都有如天使。開了幾英里，他們駛經一棵壯美的紅杉，樹幹巨大挺直，升向天際，離地四十英尺才開始分叉，樹枝甚至跟東部大多樹種一樣粗壯，他看著它，心中赫然感悟：他對樹木的了解太狹隘，他必須認真思考樹木的真義。令他震懾的不是紅杉的尺寸——或說不單只是它的尺寸——而是它的樹幹。紅棕色的樹幹樸拙挺直，有如古希臘神殿的立柱；它立基於青苔蔓生的林地，從與肩齊高的蕨草中直直竄升——挺拔筆直，毫無彎折，有如一尊屹立不搖的神像。當樹冠層終於形成，高度是如此驚人、距離樹根是如此遙遠，甚至可說是另一個世界，高居眾生之上，更加趨近永恆。

奧莉維亞神閒氣定，旅途的激奮似乎已從心中散去。她好像認得這個地方，即使之前最西也只到過聖路易市的六旗遊樂園[31]。他們沿著一條穿越濱海森林的小路行駛，開著開著，她大喊一聲：「停車。」

他把車子停到路肩，地面積了好幾英尺的針葉，踩上去感覺鬆軟。車門一開，空氣香甜，令人開懷。她從乘客座下車，慢慢晃向最近的一小片紅杉林。當他走到她身旁，她滿臉淚痕，目光灼灼，盈滿喜悅。她不可置信地搖搖頭。「這就是了。這就是**它們**。我們到了。」

•••

找到護樹人士並不難。北加海岸到處都有不同的組織動員抗爭，地方媒體幾乎天天都有關於示威行動的報導。尼克和奧莉維亞餐風露宿，在車裡睡了幾晚，試圖摸清楚這群來自各方的烏合之眾——這群人臨時集結，所謂的「組織」也是且戰且走，說他們是烏合之眾，實不為過。

他們得知有些人自願在索拉斯附近紮營，營地是一片泥濘的田野，地主是個退休的漁民，向來支持護樹人士的主張。營區吵吵擾擾，活動五花八門，但缺乏一致性。靈活敏捷的年輕人高聲宣揚信念，隔著帳篷星羅棋布的田野大喊大叫，人人戴著閃亮的鼻環、耳環、眉環，梳著雷鬼頭，長長的髮辮跟一身五顏六色的衣衫糾結交纏，身上飄散著濃濃的泥土味、汗水味、廣藿香精油、廣植於附近林間的大麻，洋溢著理想主義的神采。他們有些人待了兩天，有些人一身菌絲，據此研判，說不定已在營區待了好幾季。營區是「生命抵禦軍」的眾多中心之一。這個群眾運動沒有領導人，相當雜亂無序。尼克和奧莉維亞偵查營區，跟大家攀談。他們跟一位名為摩西的老先生一起吃晚餐，共享炒蛋和燉豆。摩西也提問，探究他們的底細，試圖說服自己他們不是「威爾豪瑟公司」、「波伊西林木公司」，或是「洪堡林業」的間諜。

「我們怎麼被分派到……任務？」尼克問。

「任務」二字讓摩西聽了大笑。「我們這裡沒有所謂的『任務』，但工作可是做不完。」

他們為幾十個人烹煮晚餐，餐後還幫忙清理。隔天有個示威遊行。尼克繪製海報，奧莉維亞跟著大家一起誦唱。一位髮色豔紅、身材削瘦、穿著格紋襯衫的女子披著一條大圍巾走過營區。奧莉維亞抓住尼克。「就是她！我在印第安納州的電視牆上看到她！」

摩西點點頭。「那是『恩媽』。就算拿著擴音器說話，她聽起來也像是史特拉底瓦里小提琴拉出來的琴聲。」

夜幕逐漸低垂，恩媽在摩西帳篷旁的空地上跟大家說明狀況。她瀏覽圍坐在地上的人們，跟熟面孔點頭致意，跟新面孔說聲歡迎。「很高興看到這麼多人還待在營區。往年到了這個時候，伐木秀因為下雨而延至春季，你們很多人都已經回家過冬。但近來『洪堡木業』一年四季都不歇手。」

群眾噓聲四起。

「他們試圖在法令制止他們之前盡量砍伐。但是他們沒想到會碰上諸位！」

喝采聲此起彼落，源源不絕，好像白浪般掩沒尼克。他轉頭看看奧莉維亞，牽起她的手。她捏捏他的手以示回應，好像這不是他第一次滿心歡喜地觸摸她。她神采飛揚，一臉決然，尼克看在眼裡，不禁再度讚嘆。她憑著感覺就把他們大老遠地帶到這裡——快到了、這邊、這邊、快到了——輕聲下達神靈諭示、只有她聽得見的指示。然而他們果真來到這裡，好像自始至終都曉得去向。

「你們很多人已經在這裡待了好一陣子，」恩媽繼續說。「大家做了許多有意義的事情！舉牌抗議，街頭行動劇，和平示威，全都令人稱許。」

摩西摸摸他的大光頭，高聲嘶吼：「我們這就給他們一點顏色瞧瞧、嚇嚇他們。」喝采聲加倍高昂。連恩媽都露出微笑。「嗯，或許吧！但是『生命抵禦軍』崇尚非暴力行為。諸位新加入的朋友，我們希望你們先接受消極抵抗的訓練，同時保證絕不採取暴力，然後再加入行動。我們不容許公然搗毀他人財產……」

摩西再度嘶喊：「但你如果在汽車的軸距塗上一層快乾水泥，效果可是相當驚人！」

恩媽微微牽動嘴角。「這是一項非常漫長、非常廣泛的全球性群眾運動，而我們是其中的一部分。如果抱樹運動[32]的婦女甘願受到威脅與毆打、如果巴西的卡耶坡印第安人甘願奉獻自己的性命，那麼我們也辦得到。」

天空飄起小雨。尼克和奧莉維亞幾乎沒有察覺。

「你們大多人都已經很熟悉『洪堡林業』。如果你沒聽過這家公司，請聽我說，他們是將近百年歷史的家族企業，總部所在地是加州僅存的工業市鎮，員工以市鎮為家，公司管理相當先進，提供極佳的福利，退休金也相當優渥，而且照顧自己人，很少雇用零工，更可貴的是，他們選優伐採，兼顧生產量和永續性。

「這家公司慢慢砍伐老樹，所以他們尚可供給數十億板英尺的針葉材，而沿岸各地的競爭對手，早已無樹可砍。『洪堡林業』尚有二十萬英畝林地，其中百分之四十的區域仍有原生林。但相較於那些追求最高利潤的公司，『洪堡林業』的股價持續走低，換句話說，依據市場經濟原則，有人必須出面整頓，教導這些老派公司如何經營。你們記不記得『垃圾債券大王』亨利．韓森？那個去年因為勒索詐騙而入獄的傢伙？他設計了這筆交易。他先叫一個朋友大量收購『洪堡林業』的股票，企圖惡意收購。基本而言，你發行垃圾債券籌募資金，利用這筆資金進行惡意收購，而把債務賣給儲貸銀行——這表示到頭來民眾必須幫你紓困，作法真是高超——然後你一再抵押公司，藉此償清來路不明的債款，同時掏空退休基金、花光儲備金、賣光所有值錢的物品，把剩下的債務丟給下一個上當的傢伙。以搜刮進行搜刮，從頭到尾不花自己半毛錢，妙透了！

「現在他們已經進行到倒數第二階段：賣光清單中每一塊可以販售的木材，藉此大撈一筆，這表示許多樹齡高達七、八百年、樹幹粗得超乎想像的巨樹將被送進鋸木廠，變成一塊塊木板。『洪堡林業』砍伐的速度是業界的四倍，而且動作愈來愈快，試圖超前法令的腳步。」

尼克轉向奧莉維亞。這女孩比他年輕多了，但他已經漸漸向她尋求指引。她板著臉，難過地閉上雙眼，淚水流下她的臉頰。

「我們顯然不能等候政府立法。等到法令生效，這個改頭換面、效率奇佳的『洪堡林業』將會砍光每一棵古老的巨杉。所以我請問諸位：你可以提供什麼協助？時間、勞力、現金，我們全都樂意接受。現金更是出奇有用！」

她講完話之後，群眾報以熱烈的掌聲與喝采，然後大家走回幾處營火旁享用扁豆湯。昔日的奧莉維亞懶得燒水煮泡麵，寧可偷吃樓友們冰箱裡的食物，今日的奧莉維亞主動幫忙烹調晚餐。她幫大家舀湯時，尼克注意到這群已經好幾個禮拜沒洗澡的傢伙，故意擺出一副無動於衷的模樣，好像身邊沒有多一位如同森林女神般嬌美的女孩。

一群示威者剛剛返回營區，他們由一個叫做黑鬍子的男人帶頭，把一部停在路邊的堆土機塗滿黏稠的糖漿。他們坐在一閃一閃的營火旁，人人得意洋洋，打算天黑之後再度出擊，到山腰的另一邊探測「洪堡林業」的監視器材。

「我不喜歡破壞別人的東西，」恩媽說。「我真的不喜歡。」

摩西一笑置之。「我們沒有破壞任何貴重的東西，他們卻破壞了無價的森林。我們打的是消耗戰。我們迫使伐木小隊修理機器，暫時停工幾小時，耗費他們的時間和金錢。」

黑鬍子怒視營火的火光。「『洪堡林業』只會搞破壞，憑什麼我們應當跟他們搞親善？」

二十幾個志工開始爭相發言。尼克在愛荷華州鄉間待了多年，這會兒像個從小聽收音機長大的小孩頭一次現場聆聽交響樂。他一頭撞進一群拜樹族之中，這些人崇尚大自然，人人有如德魯伊教教徒[33]，先前的漫漫冬夜，他曾在家中的百科全書裡讀到這些人的故事：多多納的橡樹神諭[34]、英國和高盧的德魯伊教聖林、日本的神社神木[35]、印度掛滿珠寶的許願樹、馬雅的木棉樹[36]、埃及的西克莫無花果樹[37]、中國尊貴的銀杏樹，各自揭示古文明宗教之密。他花了十年幾近痴狂地素描栗樹，那些都是習作，目的在於創作這些人需要他創作的藝術。

奧莉維亞靠過來。「你還好嗎？」他的答覆盡在他那咧著大嘴的笑意之中。

突擊小隊準備再度上路。黑鬍子、刺針客、食苔人、啟示者，個個宛若爭奪棕櫚枝、月桂枝、橄欖枝的戰士[38]。

「等等，」尼克跟他們說。「我們試試新花樣。」他請他們坐在營火旁的矮凳上，幫他們彩繪臉部。他拿起畫筆，蘸了一些一個叫做花仙子的女人用來書寫標語的綠色乳膠漆，順著他們頭顱的輪廓、額頭的線條、顴骨的起伏，行雲流水般地手繪迴圈與螺旋，讓人想起毛利人離奇的刺青。紮染的T恤搭配彩繪的臉部，效果驚人至極。突擊小隊的戰士們後退一步，帶著欣賞的眼光打量彼此。他們被標注了記號、修改了面貌；他們似乎變成另一種生物，充滿上古符碼帶給他們的力量。

「他媽的老天爺啊！他們肯定被嚇得屁滾尿流。」

摩西搖搖頭，看著尼克的傑作。「不錯、不錯，我們得嚇嚇他們。」

奧莉維亞一臉驕傲地走向尼克，伸出雙手從背後摟住他。過去這些日子，他們白天開車橫越鄉野，晚上並肩睡在厚厚的睡袋裡，她難道不曉得這個親暱的舉動會對他造成什麼影響？說不定她曉得，但是不在乎。

「太棒了，」她在他耳邊悄悄說。

他聳聳肩。「或許不太管用。」

「相當迫切。這點我可是極為確定。」

那天晚上，在飄著細雨的紅杉林中，他們坐在覆滿針葉的林地上，在林木的見證下，各自取了新名字。起先他們覺得此舉有點幼稚，但講述故事、創作藝術，豈不都是稚氣未脫之舉？為什麼他們不能為了這份新工作取個新名字？同一樹種可能擁有十幾個不同的名稱。Texas Buckeye、Spanish Buckeye、False Buckeye、Monillo，其實說的都是「墨西哥七葉樹」。有些樹木名稱繁多，有如楓樹散播種子般不知節制。「美國梧桐」別稱「懸鈴木」，亦稱「法國梧桐」，好像一個人有個抽屜，裡面擺滿了假護照，各有不同的姓名。「椴樹」俗稱 Tilia，在一地被稱為 lime，在另一地被稱為 linden，椴樹蜜或是椴木的名稱卻是 basswood。光是「長葉松」就有二十八個名稱。

奧莉維亞遠離營火，在黑暗中打量尼克，她瞇起眼睛，試圖看出某些跡象，方便她幫他取名。她把他的頭髮塞到耳後，伸出冰涼的雙手托住他的下巴。「『守護者』。聽起來還好嗎？你是我的守護者。」

旁觀者，觀察者。自許為「守護者」。他咧齒一笑。她看穿了他。

「現在該你幫我取名。」

他伸手，抓起一把小麥般的顆粒；再過不久，它們就永遠不會如同塵土般輕盈。他手掌一攤，葉片在他的指間散開。「銀杏。」

「真有這種東西？」

沒錯，他告訴她，銀杏是植物界的活化石，早在開花的樹種、最古老的松柏之前就已存在，曾有一時，它們是河流源頭的原生植物，消失了數百萬年之後，重返此地滋生成長。銀杏遠溯眾樹之始；自有樹木，即有銀杏。

•••

她窩在他身邊，兩人在小帳篷裡過夜。周遭都是志工，人人散發出暖意，感覺安全溫馨。他躺著，凝視她的脊背，她的胸腔微微起伏，充當睡衣的運動衫從肩膀滑落，露出肩胛骨上的刺青：*A change is gonna come*[39]，字字花俏絢麗。

他盡量躺直，難掩下身的腫脹——好一位心生狎念的修士。他記數耳中隆隆的心跳聲，直到慾念如潮水般消退。昏昏入睡之際，一個念頭宛如蛛網般盤據在他的腦中。外星人肯定搞不懂地球人的命名，為什麼用上眾多不同的名稱標注一樣東西。但此時此刻，他躺在這裡，挨著這個新認識的女孩，雖然兩人相識僅僅幾星期，感覺卻像是分離了生生世世之後再度聚首。尼克和奧莉維亞，守護者和銀杏；四人聚首，再無缺憾，迎向一月的夜空，紅杉高高在上，俯視樹下的他們——那片直入雲霄、永世長存的紅杉。

派翠西亞·威斯特弗德坐在木屋的梯背椅上，手裡握著筆，聆聽昆蟲低鳴，希冀從中尋求靈感。將近十一點了，字字句句不知已被她修改了多少次，她已腸枯思竭。晚風透過窗縫飄進來，帶著堆肥和杉柏的氣味，勾動一股深沉的渴求，感覺熟悉，卻似乎沒什麼意義。森林召喚她，她必須前往。

整個冬天，她絞盡腦汁，試圖描述她工作的喜悅、她畢生的志業、她研究的成果。短短幾年當中，她的研究發現已得到證實：樹木在空中和地底跟彼此說話，它們經由土壤的網路架構出共享行為，藉此照顧彼此、餵養彼此。樹木建立的免疫系統跟森林一樣廣大。她花了一章詳細描述一截枯木如何賦予無數動植物生命。你若移除殘株，啄木鳥就會餓死，若無啄木鳥，象鼻蟲將毫無忌憚，其他樹木也就遭殃。她描述核果、總狀花序、圓錐花序、總苞，你可能天天從它們旁邊走過，卻終生不曾察覺。她描述赤楊有如黃金般珍貴、一粒一英寸高的胡桃可能有一條長達六英尺的細根、樺樹的樹茸可以填飽肚子、一朵霍布葉鐵木的花序包含數百萬粒花粉、原住民漁人用碾碎的胡桃葉迷魚捕魚、柳樹可以清除土壤中的戴奧辛、多氯聯苯和重金屬。

她詳述綿延無盡的真菌菌絲如何潛入樹根、密布四方的菌絲如何供給樹木礦物質、樹木如何以真菌無法產製的糖分作為酬賞。

> 地底下發生了非常神奇的事情，事情持續進展，而我們剛剛學著會如何觀看。一叢叢菌絲將樹木連結成一個個龐大聰穎的社群，社群廣為散布，擴及數百英畝，架構出一個個龐大的網

路，方便樹木交換資源與信息……

森林中沒有單獨的個體，也沒有單一的事件。禽鳥和它棲息的樹枝實為一體。一棵大樹所產製的養料，其中三分之一說不定用來餵養其他生物。就連不同的樹種都會結盟。砍下一棵樺樹，鄰近的一棵道格拉斯冷杉說不定跟著受罪……

東部雄偉的森林中，橡樹和山胡桃同步結果，藉此抵禦以果實維生的小動物。消息一傳開，另一樹種的眾多樹木，無論生長在亮處或暗處、植根於多水或缺水之地、果實豐碩或毫不結果，全都一起加入，連結為一個社群……

森林藉由地下的枝狀網路療癒自己、塑造自己。在塑造自己的過程中，它們也塑造了森林體系中數以千計的其他生物。說不定我們應該把森林想像為一片龐大無比、無遠弗屆的地下神樹。

她鉅細靡遺，一一講述：榆樹挑起了美國革命；一棵樹齡達五千年的牧豆樹在地表最貧脊的沙漠中生長；即使絕望躲藏，安妮．法蘭克瞥見窗外的七葉樹，心中依然燃起希望；跟隨太空人完成登月之旅的種子，在地球各地發芽茁壯；世間珍奇的物種千千萬萬，我們卻沒有察覺；我們的祖先曾對樹木知之甚詳，如今我們說不定得花上數世紀重新習知。

她先生丹尼斯住在十四英里之外的鎮上。他們每天見一次面，一起享用丹尼斯用當季食材幫她烹調的午餐。竟日竟夜，她僅有樹木與她為伴，她也僅能藉由文句為它們發聲。

期刊論文始終讓她頭痛。每次發表一篇文章，昔日的回憶依然浮上檯面，即便她只是十幾位合著者之一。當新同事加入團隊，她更加焦慮。她情願早早退休，也不願把她曾經承受的歧視與不公加諸在這些親愛的同事身上。但相較於為大眾書寫，期刊論文可說是輕而易舉。科學研究存檔歸檔，幾乎沒有人在乎，但這本她逐字琢磨的著作不一樣，她肯定受到媒體訕笑與誤解，出版公司也不可能回本。

她苦惱了整個冬天，試圖跟素面謀面的讀者們講述她知道的一切。過去幾個月，她吃足了苦頭，卻也萬分欣喜，再過不久，這個苦甜參半的過程就會告一段落。八月之後，她將結束她的田野調查，把實驗室的裝置收拾打包、將把有審慎採集的樣本送到她即將執教的大學——沒錯，即使難以置信，但她果真即將重執教鞭。

今晚靈感拒絕露臉。她應該乾脆上床休息，看看會不會從夢中得到啟示。但她反而歪著頭瞄了瞄廚房裡那部古董冰箱上方的時鐘，還不到半夜，她還有時間慢慢晃過去水塘。

快要月圓了，木屋附近的雲杉在月光下搖晃擺動，彷彿幽幽訴說著神諭。雲杉沿著步道直通水塘，紅交嘴雀經常棲息在樹梢，排出一粒粒種子。今晚，雲杉如同往常一樣忙碌，在暗夜之中調節碳量。越橘莓、黑醋栗、紅乳草、奧瑞岡葡萄、西洋蓍草、西達葵，不久之後都將綻放出美麗的花朵。植物聰明絕頂，早已盤算出大自然的律法，人類卻依然搞不清楚花朵有何功用，她想了想，不禁再次詫異。

今晚林中細雨綿綿、霧氣濛濛，有如她靈感滯澀、混沌不清的心緒。她踏上步道，潛行於她心愛的黃杉林。一條小徑穿過林中，晚冬的月光照亮了小徑，她幾乎每晚都在這條小徑上散步，小徑帶著她來來回回、往往返返，就像一句她知之甚詳的迴文：*La ruta nos aportó otro paso natural*[40]。杉樹夜間排放、尚未一一登錄的氣體減緩了她的心跳、舒緩了她的呼吸，如果她想的沒錯，甚至改變了她的心情與思緒。森林宛如一所藥局，其中多種藥方，人們依然一無所知。樹皮、木髓、樹葉皆具強效分子，療效亦有待檢測。她的樹受到刺激就分泌出茉莉酮酸，而茉莉酮酸是香水的主要成分，為柔美的香氣添增一股神祕而奇妙的氛圍，好像跟人們說：聞我、愛我、我碰到麻煩囉。而它們全都碰到麻煩。世間每一棵樹、每一座森林、甚至那些美其名曰「休耕」的林地，全都陷入困境。她甚至不忍心跟她這本小書的讀者們一一描述。憂患來自四面八方，有如竄流各處的大氣氣流，遠遠超乎人類的預料或是掌控。

她走向水塘旁的空地。夜空之中，星光耀目，她抬頭觀望，自有了悟：人類之所以始終跟森林興戰，原因就在於此。丹尼斯曾告訴她伐木工人常講的一句話：我們來讓那個樹林透點光。森林令人們恐慌。林中太多未知的事物。人們需要閃亮的天空。

她的老位子空著，靜候著她。她坐到水塘邊那截覆滿苔癬的圓木上，望向河水的另一方，在那一刻，她的思緒豁然清朗，先前苦苦尋覓的文句立即湧現。她始終想要幫原生林中的古樹取個名字，讓這些調節碳量和天然代謝物的巨樹有個朗朗上口的稱謂。現在她終於尋獲：

真菌採礦，為它們寄居的樹木提供礦物質。它們獵捕跳蟲，用以餵養它們的寄主。樹木則將把多餘的糖分儲存在真菌的突觸中，分送給病弱、缺光、受傷的同伴。森林自己照顧自己，甚至調節當地的天候。

臨死之前，一棵樹齡達五百年的道格拉斯冷杉把它儲存的養分送回根部，經由它的真菌夥伴將它寶貴的遺產捐贈給公眾，這是它的遺願，也是它的盟約。我們不妨將這些高齡的慈善家稱之為「仁心樹」。

讀者們需要這麼一個名詞讓奇蹟聽來更生動、更鮮活。人們比較容易理解跟自己相似的事物——許久之前，她已從她爸爸那裡學到這一點——而每一位慷慨大方的善心人士都會理解、也都會愛上「仁心樹」。憑著這三個字，派翠西亞．威斯特弗德決定了她的命運，改變了她的前程，甚至影響了樹木的未來。

隔天早晨，她洗把冷水臉，幫自己打了一杯濃稠的亞麻漿果汁，邊喝邊讀昨天寫出的章節，然後坐到松木書桌前，立誓非得寫出一段值得午餐時跟丹尼斯分享的章節，否則絕不起身。紅色鉛筆帶著柏木的香氣，令她精神一振。她一字一字地推敲琢磨，一棵高聳的道格拉斯冷杉天天把數百加侖的水從樹根運送到數百英尺高的樹梢，想必就是這種感覺。她靜坐在紙張之前，等候自己振筆疾書，或許這個孤獨的過程，讓她最為貼近樹木的啟迪。

最後一章難倒了她。她的行文必須兼具真實性與實用性，讓讀者們感覺希望無窮，簡直是個不可能的任務。她可以書寫挪威雲杉，這棵樹齡將近千年的古樹生長在瑞典山區，看來似乎只有幾百歲，但在布滿微生物的地層之中，它的年歲卻遠溯九千多年。此時她試圖以文字捕捉它的神韻，但它早在人類創造文字數千年前就已存在。

她花了一整個早上，試圖以十個句子表達九千年的傳奇：枝幹枯萎凋零，卻始終從同一根系再生，如此生生不息，永生不朽。這就是她希望表達的樂觀與希望。但事實始終比較無情。將近中午時，她漸漸寫到了現況：由於人類造成的氣候暖化，原本始終以灌木型態曲生的挪威雲杉，有史以來頭一次迅速生長，貌似一棵成樹。

但諸多事實、諸多希望，若是說不出用途，人類依然無動於衷。於是，她以她冗贅幼稚的文筆，試圖書寫這棵千年古樹的用途。樹頂光禿、隨著氣候變遷不斷死亡、不斷再生的挪威雲杉點醒我們，世界之所以生成，不在於中用與否。沒錯，這正是挪威雲杉的用途。然而，對樹木而言，我們的用途何在？她想起佛陀所言：樹是庇護、餵養、保衛眾生的神奇寶物。它甚至為拿著斧頭砍伐它的人們遮蔭。她寫下這些字句，全書大功告成。

丹尼斯中午準時露面。他幫她帶了他今日的傑作花椰菜杏仁千層麵，她不禁心想——而近來她一星期好幾次這麼想——世上只有丹尼斯讓她大半時間自己過日子，她嫁給這麼一個男人，兩人平順地過了幾年，真是幸運。丹尼斯脾氣好、有耐性、心地善良，他支持她和她的工作，對她幾乎沒有任何要求，而且為人慷慨，非常熱心。

享用丹尼斯烹調的美食時，她為他朗讀她今早書寫的挪威雲杉。他專心聆聽，一臉敬畏，好像一個開心聆聽希臘神話的孩童。她朗讀完畢。他鼓掌。「喔、小寶貝，太棒了。」她這把年紀，還有人叫她「小寶貝」，聽了真是舒坦。「我不想跟妳說，但我想妳大功告成了。」

這話令人心驚，但他說得沒錯。她嘆了一口氣，望向廚房窗外，屋外三隻烏鴉正在密商，打算進襲她的堆肥桶。「好，現在我該做什麼？」

他爽朗一笑，好像她說了什麼有趣的話。「妳用打字機打出來，寄給妳的出版公司。妳已經遲了四個月囉。」

「我不能。」

「為什麼不能？」

「從頭到尾都不對，連書名都錯了。」

「『樹木如何挽救世界』？哪裡不對？樹木不會挽救世界嗎？」

「我確定它們會的，即使世人不屑理睬。」

他咯咯輕笑，動手收拾髒碗盤——他打算把髒碗盤帶回家，因為家裡有濾器、洗碗槽和熱水。他看看站在廚房另一頭的她。「妳可以把書名取為『森林救兵』。這樣一來，妳就不必非得說誰挽救了誰。」

「我真的很愛你。」

「誰說妳不愛我？小寶貝，妳跟大家分享妳生命的喜悅，這應該讓妳很開心，不是嗎？」

「你知道的，丹尼斯，我最近一次在大眾面前曝光，結果極不理想。」

他朝著空中揮揮手。「那是上輩子的事情囉。」

「那些人有如狼群。他們不只討厭我，他們想要毀了我！」

「但妳的聲譽已經恢復，研究也受到證實。」

她真想跟他分享她從未跟任何人提起的事情：有段時日，她是如此悲觀沮喪，甚至幫自己烹調了一頓致命的林野盛宴。但她說不出口。那個早已成為過往的女孩讓她非常羞愧，她幾乎不敢相信自己居然想要走上絕路。她怎能戲劇化地否定一切，把生命當作兒戲？於是她絕口不提自己幾乎把致命的野菇送入口中，這是她對丹尼斯唯一的隱瞞。

「小寶貝，近來妳簡直是女先知。」

「我多年以來被視為賤民，女先知的名號有趣多了。」

她幫他把髒碗盤拿到車上。「我愛你，丹尼斯。」

「拜託別再這麼說。我會被嚇到。」

她用打字機打出原稿。她修改了一些字句，刪去了一些段落。這會兒有一章名為「仁心樹」，專門講述她心愛的道格拉斯冷杉和它們地底下的福利國度。她提及全國種種森林，從十年之內長到一百英尺高的三角葉楊講到五千年間逐漸凋亡的狐尾松。然後她去了郵局，付了郵資，投寄原稿的那一刻，她心中的焦慮一掃而空。

六星期之後，她辦公室的電話鈴鈴響。她討厭電話。一個你看不到的人在遠處跟你悄悄耳語，只聞其聲，不見其人，讓人感覺彷彿思覺失調。除了傳達壞消息，人們幹嘛打電話給她？原來是她的編輯從紐約打電話來——她沒見過她的編輯，也從未見過紐約。「派翠西亞？妳的書。我剛看完！」

派翠西亞心頭一緊，等著聽壞消息。

「太棒了！誰曉得樹木竟有那些能耐？」

「嗯，數十億年的演化過程，自然造就出一套本事。」

「妳**寫活**了它們。」

「它們本來就是活生生。」但她想起她十四歲時爸爸送給她的那本書。思及至此，她曉得她必須把這本著作獻給她的爸爸。還有她的先生。假以時日，世間人人都會改變形體，蛻變成另一種生物。

「派蒂，妳知道嗎？因為妳的書，所以我注意到捷運站和我辦公室之間的路樹？妳寫的仁心樹？真是嘆為觀止！我們付給妳的預付金實在太低。」

「你們付給我的預付金比我過去五年的收入還多。」

「我們兩個月就可以回本。」

派翠西亞只想重拾昔日那段幽靜、隱姓埋名的時光，然而，誠如樹木可以感覺來自遠方的威脅，她已察覺那樣的日子已經一去不復返。

《主宰》上市，自此只能全力以赴。《主宰》在北美發行兩個月之後，「紅杉電玩」的總裁暨主要持股人坐在他住處的電腦前，進入《主宰》的世界。他的住處在公司總部頂樓，公司最近將總部遷至鄰近史丹佛大學的小山坡，玻璃大樓簇新閃亮，開放式的中庭種了粗壯的義大利石松和紅杉，在小辦公間工作時，感覺如同在國家公園露營，整個空間像是遊樂場，有點怪誕，但也利於冥思。

尼雷的辦公室隱匿在總部頂樓，你必須搭乘一座掩藏在防火樓梯間後方的私人電梯才可到達。辦公室的正中央是一張裝備繁複的電動床，而尼雷幾乎已經不再使用。上床下床耗時四十分鐘，更別提近來連躺在床上感覺都像行將就木。他在跟時間賽跑。他睡在他的椅子上，每次很少超過四十分鐘。他的電玩世界仍有待改進，他無時不刻思索如何研發、如何突破，各個點子在他腦子裡滾滾翻騰，有如復仇三女神似地折騰他。

他坐在一個超大的電腦螢幕前，螢幕架在一個工作檯上，工作檯夠高，方便他把椅子滑到桌下。螢幕後方是全景玻璃窗，從窗外看出去就是蒙特貝羅山的山峰[41]。山景加上天窗外閃亮的星空，幾乎是他僅有的戶外視野。如今他涉足電玩世界，就像今天，他沿著各個洲陸的海岸探險，起初漫天大霧，而後大霧散盡，眼前呈現一個個新世界。《主宰》的基本構想來自於他，程式多半也出自他手，他花了好幾個月一步一步架構出各個途徑，一切了然於心，應該不會再感到驚奇，但《主宰》依然令他脈搏加速。點一下滑鼠、敲幾下鍵盤，他就再度親臨一個原始新世界。

這套遊戲其實沒什麼看頭。你聞不到、摸不到、嘗不到、感覺不到，純粹是二度空間。遊戲的企圖心不大，圖像未盡完美，新世界的模式跟聖經中的創世紀一樣單純。但他一開始打，《主宰》就緊緊抓住他的心，牢牢吸引他的注意力。地界、氣候、零散的資源，次次不同。他的對手可能是征服者、探險家、大官僚、守財奴，也可能是自然主義者、人道主義者、激進的烏托邦主義者。他從來不知道這種地方竟然存在。然而，前往該處的感覺就像回返家園。他始終期待這麼一處遊樂場，甚至早在從那棵背叛他的橡樹摔下來之前，他就翹首以待。

今天他決定當個智者。撥接式電子布告欄傳出一個謠言，據說有個攻略方式非常厲害，玩家們將之稱為「啟蒙」，雖然只是謠言，但已傳遍全球，積分最高的玩家們力促取締。即使身為智者，他也必須取得足夠的煤炭、黃金、礦石、岩石、木材、食物、聲名、榮華，才可負擔與日俱增的人口。他必須探索未知地域，籌設通商路徑，掠奪鄰近村落，爭取文化、藝術、經濟與科技優勢。《主宰》呈獻種種意義深遠的選擇，幾乎一如真實人生。今天早上，電腦的圖像看起來有點參差不齊，尤其是相較於正在研發的《主宰2》。但尼雷向來不太在乎圖像。你眼睛看得到的永遠取代不了你心裡想要的，而他和其他五十名個《主宰》的玩家只想在一個不斷成長的世界裡不斷改變、不斷創新。

他感覺微微絞痛。過了幾分鐘，他才察覺那是飢餓的感覺。他應該吃點東西，但吃東西真是花時間。他駕著輪椅來到迷你冰箱旁，抓了一罐能量飲料和某種類似雞肉千層酥的食品，他直接吞下肚，連微波爐都懶得用。晚上他會好好吃一餐——嗯，說不定明天。當他正在指使他一組最能幹的木工以香柏木材建造方舟，電話響了，原來是記者來電。媒體想要採訪這位新興產業的明日之星，這個印度小夥子才二十出頭，卻已為全球無數茫然無依的小夥子建造了一個值得流連之地，媒體當然感興趣。今天早上，他同意跟記者談談。

記者聽起來跟受訪者差不多大，而且好像有點膽怯。「梅塔先生？」

他爸爸才是梅塔先生——尼雷已幫他爸媽買了一棟庫比蒂諾[42]的華宅，宅中備有游泳池、家庭劇院、水塘，水塘旁邊還有一座花梨木雕製的印度教寺廟，他媽媽每星期在廟中膜拜，祈求眾神為她兒子帶來快樂和一個真心接納他的女孩。

他從玻璃窗裡看到自己的身影：皮膚黃褐，骨瘦如柴，前臂鼓脹，關節粗腫，頭顱大得幾乎滑稽，望似一隻伺機捕食的螳螂。鏡像中的他睥睨一切，目光挑釁。「請叫我尼雷。」

「喔，天啊，好、好，哇！尼雷。我是克利斯。謝謝你接受採訪。好吧，首先請問你：你當初知道《主宰》會這麼暢銷嗎？」

尼雷知道——早在這套電玩流通市面之前，他就曉得了；早在置身天際大道、受到擎天大樹感召的那一晚，他就已經知道。「或許吧。沒錯，我知道。測試版本一推出，公司立刻陷入停頓，專案經理不得不強加取締，叫大家不要只顧著打電玩。」

「哇賽！你有沒有銷售數據？」

「《主宰》在十四個國家都賣得很好。」

「你覺得《主宰》為什麼大賣？」

《主宰》之所以成功，原因其實相當簡單。《主宰》摹寫出尼雷童年的願景。猶記他七歲之時，他爸爸拖拉著一個大紙箱爬上樓梯，嗯，尼雷，這個小玩意可以做些什麼呢？小男孩對這個黑盒子的期望其實相當天真：他希望回到那段充滿神話的初始歲月；在那時，人們能夠到達的處所都長滿了柔韌的綠樹；在那時，世間萬物的生命依然值得一顧。

「我不知道。這套電玩的規則相當單純。世界對你做出回應。事情的進展比在真實生活中快速。你可以看著你的王國成長。」

「我……我必須跟你坦承，我好喜歡《主宰》！我昨天一直打，只想看看下一回會如何，一直打到凌晨四點才停手。當我從電腦螢幕前站起來，整個臥房搖搖晃晃、不停跳動。」

「我知道你的意思。」尼雷了解；除了「站起來」，尼雷全都感同身受。

「你覺得玩家們的大腦會不會因為《主宰》而產生變化？」

「會的，克利斯。但我認為事事物物都會讓大腦產生變化。」

「你讀了《時代》雜誌上星期那篇關於電玩成癮的報導嗎？人們每星期花五十小時打電玩？」

「《主宰》不是電玩。它是一套思想遊戲。」

「好吧。但你必須承認，人們因而浪費了不少寶貴的時間。」

「《主宰》確實有如聖體鐘[43]。」他可以感覺電話線另一端冒出一個漫畫對話框，框內有個小問號。「吞噬時間的聖體鐘。」

「你會不會覺得這樣破壞生產力？」

尼雷遙望山頂上一小塊光禿之處——半世紀之前，人們砍光了那裡的森林。「不，我不覺得……稍微破壞一下生產力，說不定也不賴。」

「嗯，好吧，不管怎麼說，《主宰》破壞了我過慣的日子。我不停發現那本兩百二十八頁的電玩手冊裡沒有提到的點子。」

「沒錯，正因如此，所以大家一直玩下去。」

「玩遊戲的時候，我覺得我有個目標，始終有些事情可做。」

沒錯、沒錯、沒錯，尼雷真想這麼說。《主宰》很單純、很容易了解，你不會無緣無故陷入含糊的謎團，你不會親眼目睹人性的醜惡，你會正當獲取應得的土地。或許那就是所謂的「有意義」。「我覺得很多人在《主宰》裡比在現實生活中自在。」

「或許吧。最起碼很多跟我同齡的人都這麼想。」

「沒錯。但我們正在研發下一個版本，我們打算推出各種新角色和新玩法，針對不同的玩家做出不同的設計。我們希望《主宰》是一個屬於大家的優美境地。」

「哇！太棒了！好，請問你對公司接下來有何打算？」

公司已經漸漸不是尼雷所能掌控。樹狀組織圖不斷擴增，他根本搞不清圖中的小組和部門。矽谷頂尖的創投公司天天登門造訪，希望加入他的團隊。波士頓高科技園區的軟體工程師，甫近拿到喬治亞理工學院和卡內基美隆大學學位的社會新鮮人，這些年輕人從小就玩尼雷免費致贈的電玩遊戲，如今迫不及待地想要為他工作，一起打造逐漸成形的電玩產業。

「我但願我能告訴你。」

克利斯唉聲嘆氣。「如果我求求你跟我說呢？」

他聽起來像極了一個健健康康、行動自如、信心滿滿的小夥子。說不定是個白人，而且長相英挺。這樣的傢伙魅力十足，樂觀進取，想必依然不知道人類一旦陷入驚恐、受到傷害，或是有所需求，可能會對其他同伴、其他生物做出什麼好事。

「提示一下？」

「嗯，其實說來簡單。接下來我們將推出更多驚喜、更多地點、更多生物，一切都將加乘。請你想像一個更豐富、更複雜的《主宰》，甚至比目前的版本複雜四十倍。我們根本不知道那樣一個地方會是什麼模樣。」一切都來自這麼一丁點的種子。

「喔，聽起來真棒、真……美。」

尼雷心中一陣刺痛。他真想說：再問一次。我還有很多可以說。

「我可以問一問關於你的事情嗎？」

尼雷心臟忽然砰砰跳，好像試著藉由床邊那組扣環拉抬身子。拜託、不、不，請不要問。「當然可以。」

「我讀過不少關於你的報導。你公司的員工們說你是個隱士。」

「我不是隱士。我只是……我雙腿不管用。」

「報導裡也提到這一點。你怎麼經營公司？」

「電話。電郵。簡訊。」

「為什麼報導中沒有你的照片？」

「我不上相。」

克利斯頓時啞口無言。尼雷真想跟他說：沒關係。人生不就是這麼一回事嗎？

「你是第二代移民，成長的過程中會不會覺得——」

「喔，不會。嗯，我覺得不會。」

「怎麼說？」

「我覺得這對我沒什麼影響。」

「但是……身為印裔美國人的感覺如何？你難道不會覺得——」

「我跟你說我怎麼想。我當過甘地、希特勒、約瑟夫酋長[44]。我曾揮舞長達六尺的巨劍，身上只穿著比基尼鎧甲，而這種鎧甲啊，說真的，沒什麼保護作用。」

克利斯大笑。笑聲爽朗，充滿自信，非常悅耳。尼雷不在乎克利斯長得什麼模樣。他不在乎克利斯是否重達四百磅、滿臉青春痘。一股慾望在他心中竄流。你想不想跟我出去吃頓飯？但約一個人外出等於邀一個人入內。我們不會怎麼樣。說真的，我們不能怎麼樣。我什麼都做不來。我們可以只是……找個地方坐下來聊聊，我們無需畏懼、無需擔心、無需承諾，只是坐下來聊聊大家都忙著上哪裡去。

不可能。只要瞧見尼雷奇形怪狀的手腳，這個信心十足、笑聲爽朗的記者八成作嘔。但這個名叫克利斯的傢伙深愛尼雷的電玩遊戲。他會徹夜打電玩，一直打到清晨。尼雷寫出的程式正讓這個年輕人的大腦產生變化。

「這就是重點。我當過各種人物。我住過各種處所。石器時代的非洲，其他星系的外圍，全都是我的住處。我認為再過不久，如果軟體和硬體不斷進步、給予我們更多空間，我們想讓自己變成什麼、就可以讓自己變成什麼，即使不是馬上辦得到，但也為時不遠。」

「這……這聽起來有點極端。」

「沒錯。或許吧。」

「電玩遊戲不是……大家仍然想要賺錢。大家仍然想要聲譽和社會地位。政治。競爭。永遠都會存在。」

「永遠？或許吧。」尼雷緊盯他的螢幕，一個世界已然成形，這個世界存在於虛擬、即時、匿名的空間之中，而且遍及全球，無遠弗屆，所謂的「社會地位」，完全取決於你累積了多少票數。

「人們依然是血肉之軀。誰不想要真正的權力、朋友、情人、獎賞、成就？」

「沒錯。但我們很快就可以把這些收在口袋裡。空間是個符碼、是個象徵，未來我們都將生活在虛擬空間，在那裡買賣交易、談情說愛。我們的世界將是一套時時記分的電玩遊戲。這些東西？」他朝著四周揮揮手，好像平常人一樣比手畫腳講電話，即使明知克利斯看不到他。「這些你說人們真正想要的東西？真實的人生？再過不久，我們甚至不會記得以前的日子怎麼過。」

一部雪弗蘭汽車沿著三十六號公路往北行駛，略為超速。公路緩緩爬升，坡道的另一頭赫然出現十二具黑色的棺木，棺木擱在公路中央，阻礙了行車。駕駛踩下煞車，雪弗蘭熄火，停在這場聲勢浩大的葬禮前方。棺木上方有條繩索，繩索綁在兩棵跟燈塔一樣壯碩的大樹上，橫跨公路路面，一隻母獅在繩索上爬行，一副安全吊帶緊緊繫在她纖細的腰間，吊帶被幾個鉤環扣在安全鋼索上，她拱起脊背，尾巴東搖西晃，尊貴秀美的的獅頭懶洋洋地擺動，檢視一幅勾在樹上的橫布條。

一部福斯汽車從南邊開過來，駕駛在棺木前方緊急煞車，輪胎在地面上留下一道道滑痕。駕駛按了兩下喇叭，然後注意到那頭母獅。即使這一帶廣植大麻、奇人怪事屢見不鮮，眼前這副景象依然令人側目，駕駛不禁呆呆觀看，甚至可說興味盎然。母獅年輕，身段柔軟，只穿著緊身衣褲，肩胛骨上刺著*A change is gonna come*，搖頭晃腦，東張西望。母獅與橫布條奮戰；駕駛們好奇地靜候。又有一部車子開了過來。北向交通停滯不前。

路旁有座平臺，一隻黑熊站在臺上拉扯橫布條的一側，試圖沿著繩索拉開橫布條。黑熊的鼻口和凹陷的雙眼都是精美繪製的紙面具，面具的眼孔非常小，黑熊非得搖頭晃腦才看得清眼前的東西。不到幾分鐘，南北向交通都開始塞車。兩個傢伙下車，雖然煩躁，但依然忍不住被這兩隻野獸逗得大笑。母獅爪子一揮，橫布條終於鬆解，好像船帆般在風中撲啪飄動：

別再犧牲處女森林地

橫布條的周邊畫著精緻的花朵和蕨葉，彷彿一份中世紀的手稿。一時之間，堵在車陣中的人們莫不凝神觀看，其中幾位困在車裡的駕駛甚至不約而同地鼓掌。有人搖下車窗大喊：「小美人，妳還是處女喔？我來幫妳解決問題！」母獅居高臨下，跟大家揮揮手。受困的人們比個手勢回應，有人豎起大拇指，有人比中指。母獅高高在上地凝視眾人，狂野的面貌激起人們心中的騷動。

其中一位駕駛衝向棺木。「你們的福利津貼全靠我伐木繳交的稅金。你他媽的滾開，不要擋在路上！」

他踢踢黑色的棺木，但棺木動也沒動。母獅從項圈上拿下一個口哨，用力吹了三下。棺木同時開啟，一具具軀體從棺木裡起身，好像審判日已至。黑熊動手丟擲煙霧彈，情勢因而更加混亂。棺木裡冒出不同動物，各個色澤鮮豔，活靈活現。一隻麋鹿，頭上一對大大的鹿角，有如天使的翅膀；一隻花栗鼠，嘴裡一副大大的暴牙，有如一雙筷子；一隻閃爍著桃紅和珠光青銅顏彩的安娜蜂鳥；一隻巨大無比、有如達利抽象畫般古怪的鯢魚；一隻軟趴趴、黃澄澄的香蕉蟲。

受阻的駕駛們被這群死而復生的動物逗得大笑。掌聲再度響起，夾雜著更多粗口咒罵。動物們忽然狂舞。車內眾人莫不焦躁心慌；他們想起自己第一本童話繪本、第一次輕撫書頁，而書裡的小動物就是這樣繞著圈子瘋狂奔馳。眾人因狂舞的動物分心，母獅和黑熊趁機各自解下安全吊帶，急急從棲身之處爬下來。當車陣的盡頭傳來警車的警笛聲，大家起先還以為另一場鬧劇登場。警車鬼鬼祟祟地沿著路肩開過來，車行緩慢，動物劇場的人們趁機四處奔逃、竄入林下葉層。人們逃竄時，一個年長的婦人和一個手執掌中型錄影機的男子跟著消失在林中。

兩天之後，這段影片在全國的新聞媒體播出。群情譁然，反應兩極化。拉起橫布條的人們是英雄。不，他們是譁眾取寵的無賴，應該鋃鐺入獄。他們是禽獸。沒錯；他們是一群聰慧、無私、狡詐的禽獸，他們想出法子暫且封鎖公路，而且讓人覺得事事似乎如他們所願。

亞當·阿皮契四年大學生涯，可在那天下午做出歸結。那時他坐在前排的老位子上聽課，魯賓·拉比洛斯基教授站在講臺上，這是期末考前的最後一堂課，魯賓先生細細檢視各項實驗數據，數據顯示講授心理學簡直是浪費時間，選修這門「情感與認知」的眾多學生聽了大笑。

「我給各位看看一些數據。各位應該知道何謂『定錨效應』、『因果關係基礎比率』、『稟賦效應』、『可得性偏誤』、『信仰偏誤』、『確認偏誤』、『相關性錯覺』、『提示效性』？我們在課堂上讀過這些心理學概念，各位應該相當熟悉。我請受試者自行衡量、判別自己如何受到這些因素影響、幫自己打個分數。這些是控制組的分數，這些是修過這門課的學生們的分數。」

兩組分數幾乎相同，臺下笑聲四起。兩組受試者都認為自己意志堅強、思緒清晰、想法獨立。

「我們又設計了幾個不同的實驗，受試者不知道實驗主題，依然幫自己打分數。實驗組的學生大多在選修這門課不到六個月之後受試。請各位看看數據。」

笑聲轉為哀嘆。實驗數據一再顯示受試者盲目而缺乏理性。修了課的學生們寧可花兩倍的功夫省下五美元，而不願老老實實賺取五美元。學生們懼怕黑熊、鯊魚、閃電、恐怖分子，程度甚至更勝於懼怕喝醉酒的駕駛。百分之八十的學生自認比一般人聰明。當被問及玻璃罐裡裝了多少顆糖豆，學生們胡亂把結果灌水，只因聽信旁人荒謬的猜測。

「心理機制的功能在於讓我們傻傻地忽略我們是誰、我們想些什麼、我們如何應付各種狀況。我們全都受到彼此的牽制，深深蒙蔽我們的理智。我們承襲演化過程的制約，認定其他人肯定正確。即使理智稍微占了上風，我們依然擺脫不了其他人的影響。

「這麼說來，各位可能有此一問：我幹嘛站在臺上囉哩囉嗦？我幹嘛年復一年拿人薪水、繼續在大學講授心理學？」

這會兒大家的笑聲中帶點同情。亞當非常佩服這套聰明絕頂的教學方式。他對自己發誓，多年之後最起碼會有他這麼一個學生記得今天這堂課。不管實驗歸納出什麼結論，他都會謹記魯賓先生今天這番話，藉此敦促自己更明理、更睿智。最起碼他會試圖違抗課堂上這些數據。

「學期剛開始的時候，我請各位填寫一份問卷。各位說不定早就忘了這回事。現在我們來看看各位如何作答。」拉比洛斯基教授瞄了瞄答案，一臉怪相，嘴唇緊閉，狀似痛苦。竊笑聲傳遍課堂。「各位或許不記得當時我請問各位……」拉比洛斯基教授撥弄一下領帶，左手手臂劇烈晃動，再度一臉怪相。「抱歉。」他蹣跚走下講臺，邁出門外。眾人竊竊私語。不一會兒，走廊上傳來轟然巨響——難不成一落紙箱倒了下來？五十四名學生坐在原位，靜候其變。吞嚥聲隱隱迴盪在走廊上。但大家依然文風不動。

亞當瞄一瞄身後的同學們，大家要嘛朝著彼此皺眉頭、要嘛忙著低頭做筆記。他轉頭看看那個始終坐在他左側，跟他相隔兩個座位的女孩。這女孩相當不得了：醫學系預科，淡褐色的肌膚，嬌美卻不自覺，課堂筆記鉅細靡遺，而且字跡非常工整，他不禁又做起白日夢：倘若下課之後跟她到小酒館喝一杯、聊一聊今天這堂課，該有多好？但學期再過兩天就結束，這樣的機會不多了。

她也轉頭看他，神情困惑。他搖搖頭，不禁對她傻笑。他湊過去跟她說悄悄話，她也輕聲回應。說不定他依然有機會。「凱蒂・吉諾維斯。旁觀者效應。達爾利和拉坦納一九六八年的實驗[45]？」

「但教授真的沒事嗎？」她的鼻息帶著肉桂的香味。

「記不記得我們必須回答自己是否願意幫助……」

一個女學生扯著嗓門叫大家打電話叫救護車。但等到醫護人員開著救護車來到方院，拉比洛斯基教授已因心肌梗塞辭世。

「我不懂，」醫學系預科的美女跟他坐在小酒館的包廂裡，看來心有餘悸。「既然你認為他打算親自示範『旁觀者效應』，你為什麼一直坐在座位上？」

這是她第三杯冰咖啡，咖啡因似乎有點超量，讓亞當感到不安。「這不是重點。重點在於其他五十三位學生，大家都認為他心臟病發作，但沒有人出面干涉，妳也是其中之一。我以為他在跟我們開玩笑，讓我們了解他的用意。」

「那你應該站起來揭穿他！」

「我可不想破壞這場好戲。」

「你五秒鐘之內就應該站起來。」

他重重一拍包廂的桌子。「我站不站起來有差嗎？」她嚇了一跳，縮到包廂角落，好像他打算對她動粗。他雙手一攤，朝她靠過去，打算跟她道歉，但她再度畏縮。他愣住了，雙手懸在空中，頓時明瞭她為什麼畏縮。

「對不起，妳說的沒錯。」拉比洛斯基教授的最後一堂課果然沒錯：研習心理學確實沒什麼用。他付了酒錢，走出小酒館。隔週他們一起考期末考，學校派了一個人監考，她坐在與他相隔四個座位之處，在那之後，他再也沒有見過她。

•••

加州大學聖塔克魯茲分校最近增設社會心理學研究所，他拿到入學許可，校園在半山腰，俯瞰蒙特利灣，景緻迷人。他想不出哪個地方會比這裡更不適合攻讀博士學位——說真的，這裡讓人什麼都不想做。但從另一方面而言，你若想在碼頭上跟海獅交朋友、半夜光著身子爬到樹上吸大麻、躺在草坪上仰望群星思索論文題目，這裡倒是最理想。兩年過去了，其他研究生都叫他「偏誤小子」，因為在每一堂社會建構的課堂上，碩士班研究生亞當·阿皮契經常拿著研究報告跟大家說，既有的認知偏誤會讓人類永遠做不出對自己最有利的事情。

他徵詢指導教授的意見。蜜艾柯·凡·戴克教授剪了時髦的短髮，講話輕聲細語，咬字清晰。其實她規定他每隔兩星期跟她碰個面、到她的辦公室談一談，希望藉由強制性的會面為他的論文重新注入活力。

「你不要庸人自擾，拖拖拉拉。」

他哪有庸人自擾？這會兒他斜躺在她辦公室的沙發上、兩隻腳翹高、盯著坐在辦公桌旁的她，一派輕鬆自若，好像她正在幫他做心理分析。師生倆都覺得這樣很逗趣。

「拖拖拉拉？沒這回事！我根本不知道該怎麼辦。」

「你不知道原因嗎？你想太多了。你不妨把論文視為一份篇幅較長的學期報告。你不必拯救全世界。」

「我不必嗎？我可不可以最起碼拯救一兩個州或是國家？」

她笑笑；她的笑容讓他心跳微微加速。「亞當，你聽我說，你不妨假裝論文跟你的前途沒有關係，你也不必藉由論文得到同儕的認可。想想你自己，你想要發現什麼？哪個題目會讓你快快樂樂地花兩年做研究？」

他看著她那張漂亮的小嘴滔滔不絕地說話，她也沒有祭出課堂上常用的科學術語。「妳所謂的快快樂樂做研究……」

「重點是你想要知道什麼。」

他想要知道她可曾色瞇瞇地想著他，哪怕僅有一次。這並非難以置信。畢竟她只比他大十歲。而且她看起來相當……嗯，就說是精力充沛吧。他心中升起一股奇怪的衝動，想要跟她述說自己如何走到這步田地。他好想跟她盡述他的學術歷程，從他幼時在螞蟻的肚子塗上指甲油，一直說到他親眼目睹自己敬愛的大學教授猝逝，他一路走來，如今卻不知如何走下去，這會兒他來到她的研究室尋求論文題目，說不定她可以為他指引方向。

「我感興趣的是……解盲。」他偷偷瞄她一眼。如果人類宛如某些無脊椎動物、一受到對方吸引就變成亮紫色，該有多好？若是果真如此，人們就不會始終緊張兮兮。

她緊抿雙唇。她肯定知道自己這種表情多麼嬌俏。「解盲？你的意思是不是解除各種心理效應的盲點？」

「人們可不可能與他們所屬的小圈圈背道而馳、違背小圈圈的理念，自行做出道德判斷？」

「你想要研究轉化潛能是否隨著內團體偏私而波動？」

他點頭，但這一連串學術術語讓他心煩氣躁。「這麼說吧：我覺得我自己是個好人，也是一個好公民。但假設我是一個羅馬帝國的好公民，在那個時代，為人父者有權處死自己的孩兒，有時甚至是他的責任。」

「嗯，而你身為一個好公民，當然想要保持正面特性。」

「我們全都受制於社會認同，被我們的社會身分綑綁。即使當我們面對千真萬確、無可抗拒的事實，我們依然……」他彷彿又聽到同學們的嘲弄：啊，偏誤小子又來了。

「不，我不贊同。你的假設顯然不成立，否則內團體怎麼可能重新結盟？社會認同可以轉化。」

「是嗎？」

「當然是的！以美國為例，人們原本認定女性心性薄弱、沒有能力投票，日後主要政黨提名一位女性競選副總統，期間不過數十年。從德雷德．斯科特案[46]到解放黑奴也不到十年。孩童、外國人、囚犯、女性、黑人、身心殘障者，他們全部都由附屬品成為自主的個體。我出生的那個年代，大猩猩的聽證權簡直有如天方夜譚，等你到了我這個年紀，人們肯定無法想像我們竟然否定大猩猩的智慧。」

「請問老師到底多大年紀？」

凡．戴克教授大笑，秀美的顴骨染上一層紅暈；沒錯，確實如此。以她的膚色，想瞞也瞞不住。「論文題目，拜託。」

「我想要判定哪些人格因素會讓某些受試者質疑人們怎麼可能如此盲目……」

「……其他人卻依然試圖鞏固內團體的忠誠度。嗯，這下你的論文有著落了。這可以是個題目，但你必須進一步簡化，定義也必須更加詳細。你不妨檢視歷史文獻，有些人支持某個觀點，即使社會上每一個講道理的人都覺得他們很瘋狂，他們依然堅信不移，你不妨研究一下這些人的心態。」

「比方說什麼觀點？」

「目前有些人宣稱道德權威不是人類的專利。」

他精神一振，在椅子上坐直。「這話是什麼意思？」

「你想必看了新聞報導。沿海地區由北到南，有些人冒著生命危險保護植物。我上星期讀到一則報導，有個男人試圖把自己拴在一部機器上，結果被機器截斷了雙腿。」

亞當的確看了新聞報導，但予以忽視。這會兒他不知道自己為何忽視。「植物權？植物人格化？」他知道一個小男孩曾經為了保護小樹的幼苗、甘冒著被活埋的危險跳進洞裡。那個小男孩早已不存在。「我討厭激進分子。」

「是嗎？為什麼？」

「我不喜歡他們護衛所謂的『正統』，一天到晚只會喊口號，無聊至極。我不喜歡那些綠色和平組織的傢伙把我攔下來、正經八百地跟我說教。任何一個如此理直氣壯的人都不了解……」

「不了解什麼？」

「人類是如此脆弱、如此無知，我們看錯了一切，幾乎到了無可救藥的地步。」

凡・戴克教授眉頭一皺。「嗯，幸好我們的研究主題不是你。」

「這些人果真打算訴諸非人類的新道德秩序？或是只是感懷美麗的綠色植物？」

「這下嚴謹的心理學訓練就派上用場。」

他暗自偷笑。但他心中湧起一股莫名的情緒，他無法抗拒、無法躲藏，只能順勢前進。他知道自己該如何走下去。「植物權激進分子的認同形成與五大人格因素。」

「或說：當護樹者擁抱樹木，他真正擁抱的是誰？」

陽光映照卡斯卡德山，西側山脈閃閃發光，咪咪和道格拉斯緩緩開上林務道路，路上擠滿車輛，小小的停車場人來人往，這不是示威遊行，而是嘉年華會。這位陶瓷模具公司的經理問她身邊的瘸腿榮民：「這些人是誰？」

道格拉斯從車旁走開，臉上帶著他那蠢蠢的、呆呆的、有如陽光花朵般的笑容。咪咪漸漸喜歡上這樣的笑容，你若從收容所抱回一隻小狗，說不定就會懷抱同樣的心情看著小狗耍把戲。他朝著群眾揮揮他那飽經風霜的手，滿臉笑意，好像一個搞笑的牛仔。「人類啊，永遠搞得出新花樣。」

咪咪快步趕上他。這麼多人到場，令她頭昏眼花。「他們在幹啥？」

道格拉斯把那隻聽力尚可的耳朵湊向她。「妳說什麼？」群情激昂，吵吵嚷嚷，而他的耳朵已因當年開運輸機不太靈光。

她碰到了一個願意費心聆聽的男人，想來依然驚喜。「我爸爸以前經常這麼說：他們在幹啥？」

「他們在幹啥？」

「嗯，他的意思是：那些人到底想要怎樣？」

「他是個怪人嗎？」

「不，他是中國人。他相信英文應該更簡潔、更有效率[47]。」

道格拉斯用力拍拍額頭。「妳是中國人！」

「半個中國人。你以為我是哪一國人？」

「我不知道。嗯，某個膚色比較黑的國家。」

咪咪知道真正的問題是：她在幹啥？他居然有辦法把她拉到這裡參加示威，想來訝異。除了小時候憎惡毛主席，她從未參與任何政治活動。讓她不爽的是市政府，他們怎麼可以如此狡詐、半夜襲擊她的松樹？至於這些距離市區大老遠的樹木，拜託喔，她是工程師耶！樹木不就應該被善加利用嗎？

但她聽了兩場演講，她身邊這個天真的傻瓜還陪著她參加一場集會，她再也無法袖手旁觀。這些高聳的山脈、這些蔥鬱的林木——如今她親眼瞧見，它們就已隸屬於她。因此她來到此地，參加這場公眾示威，她那位移民父親倘若在世，肯定會因為擔心她被遞解出境，或遭到拷問毒打而把她拖回家。「你看看這些人！」

抱著吉他的老太太，拿著太空水槍的小小孩。想要證明自己輸人不輸陣的大學生。推著嬰兒車的雅痞父母，嬰兒車尺寸可觀，功能齊備，宛如軍中的悍馬運輸車。手執海報的小學生，海報上寫著感性的標語：**尊重你們的先輩。我們需要地球之肺**。人們緩緩走向林道，樂福鞋、運動鞋、低跟涼鞋、帆布鞋，噢，當然還有工裝靴，靴鞋五顏六色，遠遠望去，宛若虹彩。衣著服飾更是多樣化，扣領棉布襯衫、防皺牛仔褲、紮染運動衫、法蘭絨襯衫、工裝襯衫，甚至還有那種道格拉斯十五年前送進當鋪的美國空軍飛官夾克。小丑裝、泳衣、連身服——什麼都有，唯獨沒有西裝。

群眾大多乘坐巴士前來，巴士由四個不同的環保單位提供，附近若無抗爭目標，各個單位就彼此槓上。一隊背包客花了兩天長途跋涉，來到此地共襄盛舉，人人戴著有如橡實圓頂的毛線帽，試圖力抗資本主義的洪流。幾個當地人過來看熱鬧。在這樣的荒郊野外，方圓百里之內的居民大多受惠於伐木業，若是沒有伐木業，他們的生計就成問題，於是他們也自製海報、親手寫上標語：**伐木工人才是瀕臨絕種！地球優先！我們將會砍伐其他星球！**

兩個鬢長及胸的男人扛著錄影機在周圍晃來晃去，一個一頭灰髮、身穿運動休閒服、頭戴羊氈紳士帽、套著無袖背心的女人訪問任何一位願意受訪的人。林間深處，一個男人和一個女人拿著擴音器跟大家說話，營造現場的氣氛。「大家好！你們真棒！謝謝大家踴躍出席！準備到林中走走了嗎？」

現場爆發熱烈的喝采，群眾沿著碎石小路緩緩前進，走向集材道。道格拉斯跟大家同步，咪咪隨行在側，加入一群揮舞彩虹旗幟、粗口高聲咒罵的示威群眾。現場氣氛嬉鬧歡愉，示威群眾生氣盎然，天色蔚藍，萬里無雲，咪咪跟陌生人手挽著手沿著緩坡前進，眼界因而大開。終其一生，她始終不知不覺地服膺爸媽殷殷訓示的原則：在這世間可別製造噪音。她、卡門、艾美莉亞——馬家三姐妹全都遵從訓示。不要引人注目；你沒有權利。沒有人虧欠你。放低姿態，投票支持主流政見，頻頻點頭，好像一切都說得通。這時她卻自找麻煩，表現出一副她說不定可以改變現況的模樣。

群眾十人一列，並肩穿越集材道，列數多到數不清。他們哼唱〈*This Land Is Your Land*〉、〈*If I Had a Hammer*〉，咪咪自從小時候參加夏令營之後就沒唱過這些民謠，歌曲朗朗上口，讓她想起她純真的童年。道格拉斯面帶微笑，五音不全地跟著哼唱。領隊走在最前頭，趁著歌曲之間的空檔拿著擴音器高喊：皆伐代價慘重！解救我們最後一片森林！群眾受到煽動，紛紛跟著呼喊。

咪咪非常受不了自認公正善良。她向來不喜歡滿懷信念的人士，但她更憎惡鬼鬼祟祟施加公權力。她已聽說這片山林發生了什麼事，事事令她作嘔。一家財力雄厚的林業公司跟遊說團體聯手，意圖趁著法院做出重要判決之前加速砍伐。早在所謂的「林木所有權」和「林地使用權」之前，這一片片溫帶針葉林就已在此生長了數世紀，如今卻遭到非法砍伐，逐日消失。她準備用盡一切方式牽制這群竊賊。即使自認公正善良也無妨。

他們走過濃密的森林，群眾已經合唱了三回。筆直的樹幹劃穿流洩而下的日光，她們三姐妹曾把這一道道斜斜的光束稱為「金手指」。周遭盡是高聳入雲、她叫不出名字的大樹，樹幹纏繞著藤蔓，或是有如路障似地傾倒。萬種氣味、萬種生息，她真想脫光衣服在林間奔跑。林下葉層冒出一棵棵細瘦的小樹，她手掌一縮就圈得住樹幹，但它們說不定已經在此藏匿了一百年，靜候迎向日光。綠葉成蔭的成樹卻是粗壯無比，樹幹粗得幾個示威者都無法環抱。

透過有如城牆垛口的青綠樹梢，各方景觀盡入眼簾。咪咪拉拉道格拉斯的衣袖，示意他看一看。遙望東北方，深邃的溪谷之下和陡峻的山坡之上，到處皆是優美健壯的針葉林，白霧籠罩著高聳的樹梢，正如數百年前歐洲船隻初探北美西海岸的那一日。但遙望南方，濃密的針葉林卻出現一個大缺口，山腰上處處可見瘋狂的破壞痕跡——枝枒狼藉的林中空地被澆上汽油，放火焚燒，連真菌都燒得一乾二淨，然後噴灑大量除蟲劑，這樣一來，除了林業公司打算種植的單一樹種，其他植物短期之內全都無法再生，咪咪還獲知，這樣的植樹方式無法永續，種了幾輪之後，泥土就耗損殆盡。從這裡望去，你會覺得就連山坡上綿延生長的樹木都處於交戰狀態。一方方青綠的林木逼向一方方泥濘的空地，一路延伸到地平線的那一端。群聚於林中的人們呢？各個自目的團體互相攻擊，自古以來就是如此，但連最咄咄逼人的滋事者都說不出緣由。何時才會終了？當下。如果你信得過這一群吟誦歡笑、沿著集材道的輪印前進、試圖說服伐木工人的示威者，你會認為一切將在當下了結。

路面愈來愈窄，碧綠的林木愈來愈濃密。樹幹粗壯無比，咪咪相形渺小，也讓她感到迷失。厚厚的青苔覆蓋一切。連蕨草都跟她的胸部齊高。她身邊的瘸腿男子叫得出樹名，但咪咪心高氣傲，不好意思求教。儘管她在這個州已經住了十年，儘管她一再嘗試讀通田野圖鑑和二叉式檢索表，她依然分辨不出大枝松和砂糖松，更別提美洲花柏和肖楠。指果松、白松、馬尾松、赤松、大冷杉，在她眼裡全都只是綠濛濛的針葉林。

茂密的林下葉層——更是提都別提。她只認得薩拉爾漿果、酢醬草、延齡草。但其餘的植物高深莫測，悄悄沿著小徑攀爬，準備抓攫她的腳踝。

道格拉斯指指左前方。「妳看！」藍綠迷濛的光影中，七棵粗壯的大樹排成一列，筆直無比，有如歐基里德的黃金直線。

「這怎麼可能？莫非有人……？」

他大笑，拍拍她的肩膀。他的掌心暖暖的，感覺真好。「往回想。從好久、好久以前開始回想。」她照辦，依然不得其解。道格拉斯暫且賣個關子，再逗逗她。

「幾百年前，大約就在拓荒先輩們不管三七二十一決定到西部闖蕩，某棵巨樹倒下來，後來樹幹腐爛，變成一座完美的苗床，一群幼樹把它當作犁溝，好像上帝拿著鋤頭把它們種下！」

斑紋般的日光投射林間，前方某個東西被照得閃閃發光，有如朝露洩漏了蛛網的形跡。萬般生物緊密相連，交織成一張張繁複的生命網，網脈卻是無比精細，任何人都無法探究追蹤。誰知道其間蘊藏著何種療方？原始林地已經所剩無幾，眼前這一小片林地中說不定蘊藏著新一代的阿斯匹靈、新一代的奎寧、新一代的紫杉醇[48]。難道我們不該讓它保持原貌，暫且放它一馬？

「很棒，不是嗎？」

「沒錯，道哥。」

這個男人曾經試圖解救她的松樹，用他的身子擋住鋸樹的電鋸。若是沒有碰見他，她不可能來到此地，更別說置身這個瀕臨滅絕的天堂。但她敢打賭他可不只稍微瘋癲而已。他那副天不怕、地不怕的模樣嚇壞了她。他目光閃爍、凝神緊盯前方的大樹，隱隱帶著未被馴服的野性。他東張西望、一臉讚嘆地看著群眾，開心得像是一隻獲准回到屋裡的小狗。

「妳聽到了嗎？」道格拉斯問。

她聽到了；她整個早上都聽在耳裡。前方四分之一英里之處，悶悶的吱嘎聲愈來愈清晰。集材道的另一頭、透過一叢叢蒺藜望去，黃褐色和橘色的機器挖鑿大地——平路機和鏟土機擴建集材道，直逼林間深處。

「唉，老天爺喔，咪咪，妳看看他們對這個漂亮的地方做出什麼好事。他們在幹啥？」

示威者行抵閘門口，鐵條焊接的閘門橫架在路面，領隊停步，一幅幅橫布條在群眾周邊飄揚。手執擴音器的女子對大家說：「我們即將跨入伐木區，這表示我們即將非法侵入木材廠的地產。諸位若是不願被捕，請留在原地。你們在場抗議依然非常重要。媒體會關注你們的感受。」

掌聲啪啪啪啪，有如松雞的振翅聲。

「諸位若是願意繼續前進，我們在此致謝。好，我們現在就越界。保持秩序、保持鎮定，不要受到挑釁，這是一場和平的抗爭。」

部分群眾慢慢走向閘門。咪咪眉頭一揚，看了道格拉斯一眼。「你確定？」

「我他媽的當然確定。不然我們幹嘛來這裡？」

她心想，他所謂的「這裡」是這片即將以高價出售的國家森林，還是這個前景堪慮的地球。她聳聳肩，甩開所有哲思。「我們走吧。」

他們往前再走十英碼，正式非法侵入。轟鳴之聲愈來愈響亮，令人懼怕。不到半英里，他們就槓上人類最智巧的發明。她叫不出樹名，但她認得出這些鋼鐵猛獸。空地的另一側有部伐木歸堆機，這種機器抓攫尺寸較小的樹幹，用力拔起，然後削除細枝，把樹幹砍成一塊塊特定長度的木材，而且效率奇佳，一片一組伐木工人必須耗時一週的林地，伐木歸堆機一天之內就處理完畢。還有一部自動式伐木集運機，工人們可以用來堆疊砍下的木材，方便運輸。他們還看到一部單斗裝載機和一部鏟土機，想必是用來挖填路基，方便壓路機整地。她已習知種種伐木器械的名稱與用途，有些器械鉗住高達五十英尺的大樹，食物處理機還沒切碎一條紅蘿蔔，大樹就已嘎嘎倒地。有些器械把木材像是牙籤般疊起，用卡車運送到伐木廠，伐木廠中，二十英尺長的樹幹叉在巨大的支架快速轉動，被削成一張綿延不斷的薄木片。

幾個戴著硬殼安全帽的工人擋下他們。工頭說：「你們非法侵入。」手執擴音器的女人說：「這裡是公有土地。」——咪咪已經像個女學童似地崇拜這位女士。

另一個手執擴音器的示威者下達指令，群眾隨即朝著四方散開，並肩坐在塵土飛揚的地面，逐漸占據整條集材道。咪咪和道格拉斯手挽著手，加入這道逐漸成形的防線。咪咪屏氣凝神，雙手交握在胸前，玉戒上的桑樹壓按著另一隻手的手心。等到伐木工察覺怎麼回事，防線已經成形。人鏈橫跨路面，頭尾兩側的示威者還用自行車鋼索把自己扣鎖在路邊的樹上。

兩位伐木工走向手挽著手的群眾，他們加裝了鋼心的靴尖差一點踢到咪咪的眼睛。「他媽的，」其中一位金髮男子說。咪咪看得出他果真火大。「你們這些人什麼時候才會長大、搞清楚狀況？你們為什麼不管好自己的事，讓我們繼續幹活？」

「這是所有人的事，」道格拉斯回了一句。咪咪扯一扯他的袖子。

「你知道哪些地方才有問題嗎？巴西。中國。他們在那裡發了瘋似地砍樹。你們應該去那裡抗議。你們有膽就去那裡抗爭，告誡他們不可以跟我們一樣賺大錢，看看他們怎麼想。」

「你們正在砍伐美國最後一片原生林。」

「你們哪知道什麼叫原生林？就算百年老樹倒下來打中你們，你們也不曉得那是一棵老樹。這些山坡地我們已經砍了幾十年，而且我們持續種植。每砍倒一棵成樹，我們就栽種十棵幼樹。」

「你們哪有再種？一直在種的是我。十棵弱不經風的小樹換一棵這些睿智的古樹。」

咪咪看著工頭大談成本效益分析。說來有趣，在資本主義者的心中，你因為放慢腳步而損失的金錢，始終比你已經賺到的利潤來得重要。其中一個伐木工踢踢靴子，一小團泥土打上道格拉斯的臉。咪咪鬆開手臂打算幫他擦拭，但道格拉斯把她挽得更緊。

另一團泥土掃了過來。「喔！抱歉。我沒留意。」

咪咪勃然大怒。「你這個下三濫的流氓！」

「妳有本事就去跟那些傢伙申訴。妳可以從牢房裡控告我。」

伐木工朝後一指，警察正沿著林道大批湧入，他們打散人鏈，用手銬把大家銬在一起，結果咪咪和道格拉斯之間隔著兩個陌生人，兩側還各有兩個陌生人。大夥被留置在泥地上，等著警察收拾殘局。

「我想上廁所，」咪咪跟右前方一個警察說。半小時之後，她跟同一個警察又說了一次。「我真的很想上廁所。」

「不，妳不行。真的不行。」

尿液從她的腿間流下。她開始啜泣。跟她銬在一起的女人們倒抽一口氣，露出不悅的神情。

「對不起，真的對不起，我實在憋不住。」

「噓，沒關係，」道格拉斯隔著兩個上了手銬的陌生人說。「別多想。」她啜泣得更厲害。「沒關係，」道格拉斯不停重複。「就當我伸手摟住妳了，我有在認真想喔。」

啜泣聲歇止——多年之後，她才會再度落淚。咪咪乖乖地被收押，身上帶著尿騷味，好像一截被小動物撒了尿做標記的樹樁。警察局的女警幫她按指紋時，她感覺自己活得灑脫、活得盡興，自從她爸爸過世之後，她頭一次如此無愧於心。

雷坐在書房裡看書，感覺有人在他的後腦勺印上一吻。那一吻明快精準，像枚線導的小砲彈，正是桃樂絲近來的招牌親吻。這樣的輕觸始終令他不寒而慄。

「我出去練唱囉。」

他歪著頭看看她。她四十四歲了，但在他眼中，她依然如同二十八歲。他心想，這八成是因為他們沒有小孩。她依然有如一朵盛開中的鮮花，百分之百嬌媚動人，好像違逆了歲月，即使邁入中年，依然像個可愛的小姑娘。她穿著牛仔褲和合身的純白碎褶罩衫，搭配一條雪青色的披肩，披肩鬆鬆地垂在肩頭，繞著脖子圍了一圈，遮住唯一洩漏她年齡的頸間肌膚。她的頭髮垂落在披肩上，散發出栗棕色的光澤，依然是當年他們頭一次約會、她爭取飾演馬克白夫人時的長度。

「妳真漂亮。」

「哈！幸好你的視力大不如前。」她搔了搔她剛剛印上一吻之處。「這裡的頭髮愈來愈稀疏囉。」

「時間是一部長了翅膀的馬車[49]。」

「我想像不出那種馬車的模樣。那種馬車怎麼跑得動？」

他伸長脖子看著她。她手裡握著一本淺綠色的樂譜，樂譜貼著她的大腿，部分封面被遮住，他勉強看到幾個粗黑的大字：

BR　MS

其下還有幾個小字：

Ein Deu　equiem[50]

音樂會排訂在六月底。她將跟百餘名團員一起登臺——她是少數頭髮尚未花白的女團員，除此之外並不顯眼——眾人齊聲合唱：

Siehe, ein Ackermann wartet
auf die köstliche Frucht der Erde
und ist geduldig darüber,
bis er empfahe den Morgenregen und Abendregen.

看啊，農夫忍耐等候地裡寶貴的出產，直到得了春雨秋雨。

這會兒練唱最重要。近來她接二連三地培養種種嗜好，目的在於填滿每週的時間，以免感覺度日如年。游泳、救生、炭筆素描、粉彩寫生，樣樣都來。在此同時，雷卻退守到書房一隅，將之視為自己的堡壘。他工作的時間愈來愈長，多多少少希望幫他們再買一棟房子。新屋會比較漂亮、比較寬敞，就算周遭沒有青綠的田野，最起碼會如同他們想像中一樣僻靜。

「我們排練了好多次。」每星期兩次，每次兩小時，而她一次都沒錯過。

「排練真有趣。」她根本已經準備過頭。最近這幾週，她在家裡勤奮練唱，甚至今晚就可以從頭唱到尾，而且一句都不會遺漏。「你確定你不要一起參加？我們還需要幾位男低音。」

她始終令他訝異，這時更令他驚愕。如果他一口答應，她會怎麼做？「說不定秋天吧。試一試莫札特。」

「你成天在忙，不無聊？」

人們始終把自己的問題投注在他人的生活中，希冀得到圓滿的解答。他笑笑。「目前還好。我在忙這個。」他舉起手裡的文件讓她瞧瞧。「樹木是否應該具有法律地位？」她朗讀標題，眉頭一皺。雷低頭檢視文件，看來困惑。「作者似乎認為，法律認定只有人類才可能受害，可見法律有所缺失。」

「這樣不妥嗎？」

「作者想要擴大權利的極限，讓非人類的生物也受到法律保障。他想要讓樹木也享有智慧財產權。」

她咧嘴一笑。「這下你們的業務不就完了？」

「我不知道我應該一笑置之，把這東西扔到一邊，或是放火把它燒了。自己乾脆也做個了斷？」

「讓我知道你決定怎麼做。我十點至十一點之間到家。想睡就睡，別等門。」

「我已經想睡了。」他又笑笑，好像自己剛說了笑話。「妳夠暖嗎？天氣會變涼。把外套扣上。」

她站在走廊上打量他。他又來了；他們又得面對那種怒氣突如其來，誰也占不了上風，兩人都不開心的時刻。「我不是你的財產，雷。我們說好的。」

「妳這話是什麼意思？我沒說妳是我的財產。」

「你當然說了，」她丟下一句，掉頭離去。直到大門啪地關上，他才恍然大悟。外套。鈕扣。大風勁揚。好好照顧自己。妳屬於我。

她沿著街道朝西行駛，經過一棵棵橘黃的楓樹。他懶得盯視她的尾燈，也懶得看她在哪裡轉彎。他們都不笨，何必自取其辱？她夠聰明，肯定會先開過排練的大禮堂，更何況他前幾個晚上已經站在窗邊，盯視她的尾燈。種種迫切絕望、令人厭惡的行徑，他全都做了。詳看電話費帳單，查驗陌生的電話號碼。檢查她換下衣物的口袋。翻遍她的皮包搜尋字條。他沒看到任何字條，只瞧見自己的羞慚，有如法庭的物證，逐一呈現眼前。

他的多疑與猜忌早已一發不可收拾，心情急轉直下，比他當年跟她相約跳傘時更加恐慌。察覺之初心慌意亂，不久之後化為哀傷，如同他喪母之後的心情。而後哀傷變質為崇高的道德感，他暗藏心中，什麼都不說，偷偷在旁評斷她。過了幾星期，道德感日漸膨脹，他的心中再也按捺不下，終究爆發為難以化解的苦澀尖酸。那人是誰？為什麼？多久了？多常見面？他一再自問，一再捉狂。

他何必在乎？妳不想扣鈕子就別扣。如今他只想安安靜靜地在她身邊多待一會兒，能待多久，就待多久，直到有一天，她會摧毀一切，只為了懲罰他已察覺。

她把車子停在禮堂後面的停車場，甚至進去待了一會兒，這倒不是因為方便日後證明她的確是去參加彩排，而是因為她想讓自己的沉淪更刺激、更瘋狂。當百餘名團員魚貫走上活動平臺，她悄悄從後門溜出去，好像打算拿取某樣留在車裡的東西。不到一分鐘，她已經開上被雨淋得濕滑的街道，渾身打顫，生氣勃勃，心臟發瘋似地狂跳。她要去讓人愛，那人會緩慢地、溫柔地、一再地愛她，她對他沒有義務、沒有負擔、沒有約束，除了他名叫亞當，她對他一無所知。種種思緒流竄她的全身，好像剛打了迷藥，令她酥麻。

她要使壞。她又是個壞女孩，壞得愚蠢，壞得開心。她要做些她從沒想過自己做得出的事。她要做出新的嘗試，她要更了解自己，她要活得更大膽、更鮮活、更開心。她要坦陳自己喜歡什麼、不喜歡什麼，她不要再說些無聊的小謊，意興闌珊地說些場面話。她要把過去三十年擲入熾熱的烈焰。神奇璀璨，精采絕倫，她怎能不心驚？等到她看到那部停在路邊的黑色ＢＭＷ、悄悄坐進車裡，她已經冒著冷汗、兩腿之間一片溼滑，好像一個青嫩的十六歲少女。

四十八分鐘的狂歡，前所未有的體驗。完事之後，她幾乎立刻陷入渺茫，好像他鬧著玩、說不定對她下了藥。她記得自己張開雙腿坐在一張超大的床上，不停傻笑，好像酒醉的姐妹會小公主；她記得自己身形飄渺、滿懷哲思、有若女皇、宛如天神；她記得布拉姆斯的樂聲如潮水般湧來，而後直直墜落，雙腿和雙肺隱隱作痛，彷彿剛跑完馬拉松；她記得他一邊幫她手淫、一邊在她耳邊低語——她貪婪地擷取一個個含糊不清、半帶威脅、半帶虔敬的音節，卻不太知道他說些什麼。

一波又一波的歡愉中，她經常想到那些她心愛的婚外情小說，各個細節閃過腦際，確切得令她心驚。她記得自己心想：這會兒我譜出了一段無疾而終的戀曲。深情的晚安吻，停在路邊的黑色汽車，三條街之外的禮堂；沿著濕滑的人行道走了十步之後，她已將狂野的今晚歸諸於她的想像，彷若只是小說的情節。

她走回禮堂裡，好整以暇地踏上活動平臺，等著加入眾人的大合唱，在此同時，男中音引吭高歌：「我如今把一件奧祕的事告訴你們，我們不是都要睡覺，乃是都要改變，就在一霎時，眨眼之間，號角末次吹響的時候。[51]」

一把開心果和一顆蘋果——雷小口小口地吃著他的晚餐。閱讀進度緩慢，事事令他分心。他盯著果核的底部，依稀記起蘋果花凋萎之後，花萼並不會隨之脫落——換作另一時日，他哪會曉得何謂「花萼」。不到一分鐘，他已經三度擱下文件，抬頭張望，靜候真相如同傾倒的橡樹般砸穿屋頂、重重打上他。四下沉寂，毫無動靜。他等不到真相、等不到傾倒的橡樹、等不到任何東西上門了結他。他什麼都等不到，日復一日，天天如此，慢慢地、狠狠地折騰他。分分秒秒如此寂寥、如此乏味，當他低頭看看手錶，暗想桃樂絲為何還沒回來，赫然發現只過了不到半小時。

他低頭凝視手中的文件。這篇文章讓他更加心煩。樹木是否應具有法律地位？換作上個月，他肯定整晚琢磨這個巧妙的論點。什麼可被擁有？誰有權利聲稱擁有？何謂「權利」？地球生物眾多，為什麼只有人類享有權利？

但今晚字句在他眼前跳動。八點三十七分。歸他所有的一切都在走下坡，而他甚至不知道什麼引發了災禍。這篇文章的邏輯相當荒謬，但他愈來愈無法抗拒。孩童、女性、奴隸、原住民、病患、精障者、身障者，數百年之間，他們全已成為法人，受到法律保障，想來難以置信。這麼說來，樹木、老鷹、溪河、山嶽為什麼不能控告人類盜竊侵占和無止無盡的傷害？這種想法簡直是個駭人的惡夢，就像現在他緊盯著手錶上動也不動的分針，有何正義公理可言？他以維護智慧財產權為志業，保護眾人有權合法使用的物產，但此時此刻，他卻覺得自己畢生的努力如同戰爭的罪行，好像他做了什麼人民一起義就會把他關進大牢的事情。

這項提議聽起來勢必古怪、驚駭，或是可笑，原因或許在於我們如何看待一個沒有權利的物品。除非該物品得到應該享有的權利，我們只會從它對我們是否有用的觀點看待它——而所謂的「我們」，係指當下擁有它的那群人。

八點四十二分，他滿心焦慮，陷入絕望。這會兒他願意無所不用極其地欺騙她、讓她覺得他毫不知情。她突來的瘋癲終將煙消雲散，那股讓她變了個人的狂熱終將退燒，她會好轉，羞愧之心會讓她恢復往昔的模樣，她也會記起每一件事。過去這些年。他們的義大利之旅。他們相約跳傘。他們業餘登臺。她一邊開車一邊閱讀他周年紀念日寫給她的信，不慎撞上路邊的樹，差一點送了小命。他們在共同建造的後院裡攜手栽種的一切。

溪流和森林不會說話，所以不具法律地位，這種說法並不合理。公司行號不會說話，國家、地產、嬰孩、無行為能力者、都市，或是大學院校也不會說話。律師們代為發聲。

重點是絕對不可以讓她發現他已知曉。他必須擺出愉悅、聰穎、幽默的模樣。她一起疑，他們兩人就毀了。她或許能夠承受一切，唯獨嚥不下寬恕。

但種種隱瞞令他痛苦萬分。他始終只能扮演誠摯認真的麥德夫。八點四十八分。他試圖專心。長夜漫漫，分分秒秒在他眼前無限延展，好像被判兩個無期徒刑。他只有這篇文章陪伴他、折磨他。

究竟基於怎樣的心態，我們不單只想滿足基本的需求，還想控制萬物、拒絕將它們視為生命體、讓它們屬於我們、操控它們、跟它們保持某種心理距離？

文章一頁頁在手指下閃過。他不知道自己在讀些什麼，也無法判定這篇文章是精采萬分，或是廢話連篇？他整個自我都在消融。他享有的特權、他擁有的事物，全都從他指縫間溜走。那個自他出生以來就信奉的漫天大謊、那些自我欺騙的華麗詞藻，全都遭到剝奪。他再也無法睜眼說瞎話，再也無法信奉康德所言：至於非人類的萬物，我們無需承擔任何責任。它們只是工具，只為了服膺某個目的而存在。那個目的即是人類。

開車回家途中，嫌惡感有如決堤的洪水般掩沒了她。但連嫌惡感都像是解脫。如果一個人能夠看清自己最醜惡的一面……如果一個人能夠老實面對自己、完全接受自己……難道不是解脫？激情過後，她又希望自己純潔良善。路旁小餐館透出燈光，光影之中，她瞥視後照鏡裡的自己，看到鏡中的自己試圖規避她鬼祟的瞥視。她心想：我會叫停。我會走回正軌，正正當當做人。這事不一定非得一發不可收拾。她可以把過剩的精力投注於即將舉行的音樂會，在那之後，她會找些其他的事情忙，好讓自己保持理智，穩當度日。

開過十條街，駛經列辛頓街時，她卻已計劃下一次的相會。再一次就夠了，好讓她重溫那股如同在山脈縱橫的原野間滑雪的刺激。她不會可笑又可悲。沒錯，她上了癮，但她不會可憐兮兮地發誓戒癮。她不知道何者上了癮：她的肉體，或是她的心緒？她只知道她會跟著自己的感覺走，萬般沉淪也無所謂。等到她開上他們家那條綠樹成蔭的街道，她已經恢復平靜。

她進屋，臉頰被凍得紅通通。她隨手關上大門，披肩垂落在身後，〈德意志安魂曲〉的樂譜從她手裡掉了下來，她彎腰撿起，當她直起腰，他們兩人的目光相遇，吐露了一切。畏懼，反叛，懇求，挑釁，種種情緒再度浮上心頭，好像想要回家看看老朋友。

「嗨！你一直黏在那張椅子上喔。」

「練唱可好？」

「好極了！」

「很好、很好。妳唱哪一部分？」

她走到他的椅子旁，步履之間帶著兩人熟悉的韻律。她抱抱他，*Ziemlich langsam und mit Ausdruck*[52]，他還來不及站起來，她已經悄悄從他身邊走開，逕自踏進廚房，飄散著汗水和漂白劑的氣味。「嗯，我沖個澡再上床睡覺。」

她很聰明，但始終沒有耐性掩飾。她也從未想過他輕而易舉就看得出來。她在浴室待了二十分鐘，然後繼續練唱她的布拉姆斯。

她換上孔雀圖案的睡衣，身子被熱水沖得通紅潔淨，精神也為之一振，她上床，問了一句：「那篇文章讀得如何？」

他花了一秒鐘才想起整個晚上試圖讀些什麼。我們需要神奇的迷思……

「滿難的，我今晚不太專心。」

「嗯。」她翻身，側躺著看他，閉上眼睛。「說來聽聽。」

我覺得我這麼想並不為過，其他人也提過同樣的主張，就我們看來，地球本身是一個有機體，人類只是其中一部分，功能或許在於提供智識。

「作者認為舉凡生物都應該享有權利。他宣稱樹木若是因為它們獨特的創意得到酬賞，世界勢必更加富足。如果他說的沒錯，我們的社會體系恐怕……我所有的心血……」

但她呼吸的韻律變了，看來已經緩緩墜入夢鄉，好像一個玩耍了一天的小寶寶。

他關掉床邊的小燈，翻身背向她。但她依然喃喃說著夢話，整個人緊貼著他的脊背，尋求他散發的暖意。她光裸的臂膀摟住他，他心中不禁隱隱刺痛——這個女人嗜讀情節曲折的磚頭書、拉著他高空跳傘，這個女人飾演風趣、癲狂、無拘無束、不可馴服的馬克白夫人，她是他生平所見過最棒的業餘女演員，她是他的摯愛、他的妻子。

守護者和銀杏深入紅杉林。他拖拉著一整個背包的補給品，她一手拿著營區的攝影機，一手緊抓著他的臂膀，好像一個橫渡海峽的泳客依附著橡皮救生筏。她不時捏捏他的手腕，示意他看看某個色澤鮮艷、一閃而過、他們卻不知其名的小東西。

昨晚他們在冰冷的泥地上打地鋪，以蕨草為床，以泥壤為界，彷彿置身孤島。他躺在一個尿跡斑斑的老舊睡袋裡，她也有她自己的睡袋，兩人在柔美高聳的紅杉下歇息。「妳不冷嗎？」他問。

她說不冷。他相信她。

「痠痛嗎？」

「還好。」

「害怕嗎？」

她的雙眼說：*為什麼會害怕？*她的雙唇說：「我們應該害怕嗎？」

「他們的勢力非常龐大。『洪堡林業』的員工幾百人，還有幾千部機器。公司隸屬一個資產數十億的國際財團，法律幫它撐腰，民意也站在它那一邊，我們則是一群在露宿林中的無業遊民。」

她微微一笑，好像戲謔地看著一個問她中國人可不可能挖個隧道從地底下冒出來的幼童。她從睡袋裡伸出一隻手，悄悄探進他的睡袋裡。「請相信我，神靈們跟我說了，快要發生大事囉。」

她握住他的手沉沉入睡，彷彿試圖引導他，始終沒有放手。

他們沿著曲折的小徑而行，走下一條排水溝，路面漸漸變成一團團爛泥，往前再走兩英里，小徑連路面都看不見，他們必須自行劈砍出路。日光透過樹冠層流洩而下。他看著她穿越一片酢漿草與藍星花密布的林地，根據她自己的說辭，僅僅幾個月前，她是個尖酸刻薄、自私自利、酗酒嗑藥、被學校退學的臭婊子，現在她是——嗯，她是什麼？就說她已欣然接受自己相當平凡吧，但別忘了她的友伴們絕非凡人。

紅杉著實神奇。它們嗡嗡地歌唱。它們散發出一波波精力。它們的樹瘤奇形怪狀，令人心馳。她抓住他的肩膀。「你看看那邊！」十二棵高聳的紅杉有如使徒般圍成一個神奇的圓圈，圓圈是如此完美，彷彿昔日小尼克在飄著細雨的週日拿著圓規畫出的小圈圈。母株早在數百年前凋亡，十二棵幼樹環繞著殘樁生長，如今高聳入雲，均勻對稱，好像雕出一朵羅經花。尼克腦中閃過一個念頭：如果有人雕塑紅杉聳立的英姿，不管以其中哪一棵為雛型，肯定皆為藝術的里程碑。

他們沿著潺潺的小溪前進，看到一棵巨大的紅杉傾倒在岸邊，樹幹沿著溪岸延伸，連側面都比奧莉維亞高。「我們到了。恩媽說就在我們的右手邊。來，從這邊走過去。」

他先瞧見那一片絕美的紅杉。數目不多，但每一棵的樹齡都超過六百年，樹幹挺拔，竄向視線之外的雲霄，樹身赤褐，勻稱堅實，有如神殿的梁柱，樹齡比周遭任何一種生物都古老。但它們的樹幹卻被噴上白色的號碼，好像有人在一隻活牛身上刺青、標示出各個屠宰的部位。有人在一場大屠殺之前下了訂單。

奧莉維亞舉起可攜式攝影機開始拍攝。尼克卸下他的背包，身輕如燕地走了幾步，然後從背包裡取出各色噴漆，在一叢稚嫩的馬尾草上一字排開。六罐噴漆深淺不一，遠遠望去有如一個調色板。他一手拿著紫紅色噴罐、另一手拿著檸檬色噴罐，慢慢走向被做了標號的紅杉。他仔細端詳白色的數字，舉起手中的噴罐，開始噴漆。

稍後她拍攝的影片將經過剪接配音，以電郵的方式傳送給每一個支持「生命抵禦軍」的記者。但此時此刻，影片中只聽到森林的種種聲響，偶爾夾雜著聲聲驚嘆——哇、太棒了、你怎麼想出來的？尼克走回擱在草地上的各色噴罐，選了另外兩個顏色。他動手噴漆，後退幾步，檢視成果。各種圖形活靈活現，跟陳列在博物館裡的展品一樣生動。然後他走向另一個被標上醜怪數字的紅杉，再度開始作畫。一個個數字很快就難以辨識，取而代之的是一隻隻蝴蝶。

他轉移目標，專注於那些樹幹上只畫了一個藍勾的大樹。隨筆一勾就宣判一棵樹的死刑，而放眼望去，到處都是被判死的樹。他拿起噴罐，動手彩繪那些沒有任何標記的樹，直到無法分辨哪些樹被作了記號、哪些樹只是被看熱鬧的人們塗鴉。一個下午就這麼過去；他們早已習慣用森林時間計時，忘了如何計算時間，似乎一眨眼就完成了任務。

奧莉維亞四處拍攝這片面貌一新的樹林。原本經過精密算計、標上顯眼號碼之處，現在只見黃斑弄蝶、鳳蝶、藍閃蝶、線灰蝶、眼蝶。你說不定會以為這是一片墨西哥山間的雲杉聖林，絢爛斑斕的蝴蝶年年在此計劃遷徙。兩人一下午就撤銷了估價員和測量員一週的工作成果。

尚未剪接的影片傳來聲音：「他們還會回來。」他說的是那些幫樹標上號碼的人們。他們會回來用更加萬無一失的方式標記打算砍伐的樹。

「但你表現得好極了。我們已經造成他們損失。」

「或許吧。但說不定伐木大軍長驅直入，掠奪一切，就像他們先前砍光了穆瑞特林區。」

「現在我們已經拍了影片。」

攝影機錄下她的聲音，你可以從那她銀鈴般的話語中聽出她的樂觀與自信。她似乎果真相信，友愛終將釋放人心，世間種種問題也將迎刃而解[53]。然後畫面全黑，影片告終。沒有人知道影片裡的一男一女接下來如何，沒有人瞧見他們是否在林間一叢叢蕨草和玉竹之間竊竊私語。唯有難以計數、不見形影、潛行於泥土之下、爬行於樹皮之內、蹲伏於樹枝之間、跳躍、攀爬、棲息於樹冠層的微生物得以瞧見，就連參天的紅杉也只是靜默地吸吐，不予注視。

丹尼斯的卡車撲撲通通地沿著碎石坡道駛來，派翠西亞四分之一英里之外就聽到聲響。這個聲響令她欣喜，而且是不自覺地感到開心。碎石嘎吱嘎吱，引擎呼颼乎颼，她聽在耳裡，就像聽到輕躍於林間的黃眉林鶯啁啾啁啾，心情一振。卡車本身也是個野生奇觀，但這玩意天天出現，有如春分般準時。

她沿著坡道晃盪，這才察覺過去二十分鐘等得多麼心焦。沒錯，他會帶著午餐過來，還有她的郵件——郵件是她與外界的聯繫，往往令她憂喜參半。柯瓦利斯的實驗室說不定寄來最近的數據，但是丹尼斯才是她近日最需要的心靈慰藉。他是她的聽眾、她的定心丸，她心想，她二十二小時才見到他一次，相隔是否太久？這種感覺令她心驚，卻也令她歡喜。她走近停下的卡車，後退一步讓他打開車門。他結實的手臂攬住她的腰，鼻子親暱地輕觸她的頸際。

「丹尼斯，我最喜愛的哺乳類動物！」

「小寶貝，等妳看看我們中午吃些什麼再說。」他把郵件遞給她，抓起冰桶。他們走上斜坡，朝著木屋走去，兩人並肩而行，步履一致，默默前進。

她在木屋前廊的小桌旁坐下，趁著他準備午餐之時翻閱郵件。重要資訊！事關您的保險，請立刻拆閱！這套騙人的把戲真是高招，她在這裡都被找到，怎麼可能？她已遠離塵囂數十年，她的個資卻是炙手可熱的商品，她在她的小木屋閱讀梭羅之際，這些資訊不知道已經被買賣了多少回。她希望買主們沒有花太多錢。不：她希望他們被大敲一筆。

沒有來自柯瓦利斯的郵件，但她的經紀人寄來一個大信封。她把它擱在桌上，直到丹尼斯端出兩隻香氣四溢的彩虹鱒魚，大信封依然端立在她的餐盤旁，尚未拆封。

「還好嗎？」

她點點頭，又搖搖頭。

「該不是壞消息吧？」

「不。嗯，我不知道。我不敢拆封。」

他把鱒魚分放在兩人盤中，拿起大信封。「賈姬寄來的。妳害怕什麼？」

她不知道。法律訴訟。嘲笑譏諷。官方信函。請立刻拆閱。他把大信封遞過去，輕拍一下她的手背，以示鼓勵。

「丹尼斯，你對我真好。」她動手拆封，好多東西從大信封裡掉了出來。書評。書迷來函。賈姬也寫了一封信，信紙上夾了一張支票。她看看支票，驚呼一聲。支票飄落，正面朝下，掉到始終潮濕的泥地上。

丹尼斯拾起支票，拭去塵土，他看了看支票，吹了一聲口哨。「哇！」他眉毛一揚，看了看她。「他們該不會標錯了小數點吧？」

「而且標錯了兩位數！」

他大笑，肩膀劇烈起伏，好像他那部古董卡車試圖在零度以下的冬夜啟動。「她說這本書賣得很好。」

「這怎麼可能？我們得把錢還回去。」

「妳寫了一本好書，派蒂。人們喜歡好書。」

「這不可能……」

「別太開心。這筆金額哪會很大？」

但這筆金額很大。她這輩子在任何一家銀行都沒有這麼多存款。「這筆錢不是我的。」

「不是妳的？這話什麼意思？妳花了七年寫書！」

她沒聽到他說話。她的耳中只有赤楊在風中飄搖的聲響。

「妳可以把錢捐出去。開張支票給美國森林協會，或是那個拯救栗樹的機構。妳可以資助研究團隊。好了，吃魚吧。我花了兩小時抓魚呢。」

午餐之後，他為她朗讀書評。不知怎麼地，在丹尼斯低沉的嗓音中，書評聽起來多半不賴。甚至深表讚賞，人們說，我以前根本沒有察覺。人們說，我開始注意到種種事情。然後他為她朗讀讀者來函。有些人只想表達謝意。有些人將她誤認為大地之母。有些人讓她覺得自己是專門幫人解決疑難雜症的「寂寞芳心小姐」。我家後院有棵大果櫟，肯定已經兩百歲。去年春天，大果櫟的一側生病了，看到它慢慢凋落，我好難過。我能做些什麼？

很多讀者提到「仁心樹」，也就是那一棵棵樹齡古稀、臨終之前把自己積存的養分捐獻給公眾的道格拉斯冷杉。

「小寶貝，妳聽聽：『妳讓我從不同的角度檢視人生。』這應該是個讚美吧？」

她笑笑，但聽起來像是一隻被捕獸器逮到的山貓。

「喔，妳聽聽，這可重要了。一個全國最受歡迎的廣播節目說要訪問妳，他們正在製作一個關於地球未來的系列報導，需要有人為樹發言。」

他的話語飄盪在隨著疾風搖擺的冷杉樹梢。人世喧擾，無所不在。人們有求於她。人們看錯了她。人們打算硬生生地把她拉回他們誤稱的世間。

摩西走入營區，看來疲憊。示威行動在各處展開，他們上個週末就有十三人遭到拘捕，人力大受折損。

「我們有棵寶貴的大樹需要保護。哪個人志願到樹上待一會兒？」

守護者還搞不清這個要求，銀杏一隻手已經高舉在空中，臉上閃過一絲神情，似乎說道：謝天謝地，終於讓我等到了。

「妳確定嗎？」摩西問道，好像他並非剛好應驗神靈們的預卜。「妳在樹上最起碼得待個幾天。」

她一邊打包，一邊叫尼克不要擔心。「如果你覺得你在樹下可以多做點事……我一個人也會過得很好。他們不敢傷害我。你想想媒體會怎麼說！」

除非跟她在一起，他不可能過得好。就是如此簡單、如此荒誕。他沒有告訴她。但他那副緊緊相隨、唯唯諾諾的模樣，豈非不言而喻？她當然曉得。她聽得到無影無形的神靈們說些什麼。她當然聽得到他轟然的思緒、他砰然的心跳、他竄流的熱血，即使是在無止無盡的雨聲之中。

他們先把行囊扔過閘門，自己再跟著跨越。銀杏、守護者、洛契一行三人——洛契是他們的嚮導，這棵大樹的地面補給由他負責——再度踏上「洪堡林業」的地產，非法侵入私人土地。行囊沉重，步道陡峭，近來陰雨綿綿，林間的步道泥濘不堪。幾星期之前，他們連三英里都撐不了，這會兒他們已經走了五英里，守護者氣喘如牛，深感羞愧，他故意落在後頭，以免她聽到他呼哧呼哧地喘息。步道爬升到一處濕滑的峭壁，行囊的重量，再加上踩了就陷進去的爛泥，致使他舉步維艱，每一步都像在撐竿跳。他停下來喘口氣，冷冽的空氣流竄他的全身。銀杏步履穩健地走在前方，好像一隻神奇的小獸。能量從鋪滿針葉的地面升向她的雙腳。每一個沾滿爛泥的步伐都為她注入活力。她看起來簡直是翩翩起舞。

怯懦讓尼克感覺更加沉重。他不想被逮捕。他也有點懼高。唯一促使他攀上岩壁的動力是愛意。她的動力則來自使命感；她覺得自己必須拯救世間每一個生命。

洛契伸手一指。「看到手電筒的燈光嗎？那是兀鷹和火花。他們聽到我們的聲音了。」他伸手窩住嘴巴，大聲呼叫。林間高處的燈光又閃了幾下，似乎有點不耐煩，這也逗得洛契大笑。「這兩個混帳東西等不及回到地面，你們看得出來吧？」

尼克穩住身子，而他甚至尚未離開地面。他們吃力地走完最後幾百英碼，來到一處山溝。樹叢之間隱隱可見一個側影，那個東西龐大得令人難以置信。

「我們到了，」洛契說——就算他不說，他們也知道。「那就是蜜瑪斯。」

尼克不禁喃喃自語，話語含糊，聽起來似乎是：喔，老天爺啊，我的老天爺啊。過去幾星期，他已經看了不少雄偉的大樹，但沒有一棵像是蜜瑪斯：這樹甚至比他天祖父的農舍更加寬廣。夜幕低垂，暮色將他們團團圍繞，他們宛如置身遠古，謁見聖賢，親迎神祇。樹幹壯碩，有如一座孤山，直升天際，彷彿忘了歇口氣。站在樹下仰頭探望，你會以為這樹是北歐神話中的世界之樹[54]，樹根密布冥界，樹冠遮掩世間。離地二十五英尺之處，樹幹長出次幹，根根比**霍爾栗樹**更加粗壯。樹幹繼續抽高，次幹繼續側生，整棵樹看起來像是支序分類學的習作，宛如演化的樹狀圖——樹根、樹幹、樹枝一脈相承，歲歲年年，不斷攀升。

守護者一拐一拐地走到銀杏仰頭凝視之處，心想是否來得及反悔。但即使在漸漸灰暗的天光中，她的臉龐依然因為使命感而灼亮。自從她緩緩駛入他愛荷華州的碎石車道，她始終有點激躁，如今所有的激躁全都緩緩流逝，取而代之的是決然的使命感，圓睜的雙眼流露出執著與哀傷，彷彿一隻孤單的倉鴞。她張開手臂貼著溝紋累累的樹幹，看起來簡直像是試圖依附著寄主的小跳蚤。她頭一歪，望向雲端的樹梢。「怎麼找不出法子？除了以身相護，我們怎麼可能找不出法子保護這棵大樹？」

洛契說：「如果沒有人賠錢或是受傷，法律才懶得鳥你。」

樹基兩個巨大的樹瘤之間有個洞口，樹洞之內布滿燒黑的裂紋，面積大到他們三人今晚可以在內歇息。漆黑的煙痕順著樹幹沿升，道道都是美國建國之前的古早林火所留下的傷疤。樹冠層有個小缺口，想必是雷電劈砍的痕跡，枝幹似乎依然唉唉叫痛。枝枒交錯的樹間傳來歡呼聲，但那兩人距離地面好遠，身影難以瞧見。兩人聽來疲倦至極，只想過個安全、乾爽、溫暖的夜晚，即使僅僅幾小時也好。

上方有些動靜。守護者大叫一聲，把銀杏拉到一旁。樹間降下一條繩索，繩索幾乎跟守望者的中指一樣粗，懸在半空中搖晃。

「我們幹嘛需要繩索？把我們的行囊綁在上頭？」

洛契咯咯輕笑。「你們用它爬樹。」他拿出一副安全吊帶和幾個鉤環，動手把吊帶繫在守護者的腰間。

「等等，這是什麼？這些是釘書針？」

「嗯，吊帶有點磨損。別擔心，你的重量不是靠著釘書針和膠帶支撐。」

「幸好不是。這個看起來像是鞋帶的小玩意支撐得了我的重量？」

「這個小玩意載送過比你更重的物品。」

奧莉維亞站到兩個你一句、我一句的男人中間，拿起安全吊帶。她把吊帶繫在自己的腰間，洛契幫她扣上鉤環，然後用兩個普魯士抓結把她跟攀樹繩繫在一起，抓結可以上下滑動，一個在她的胸前，另一個在她的腳蹬旁。

「看到了嗎？你的重量讓這兩個抓結跟繩索緊緊繫在一起。但當你鬆開抓結……」他把一個抓結沿著繩索往上一拉。「在腳蹬上站起，盡量把胸前抓結往上拉，身子往後一傾，讓繩索支撐你的重量，坐回安全吊帶，儘量把腳蹬的抓結往上拉。然後在腳蹬上站起，重複先前的步驟。」

銀杏大笑。「就像一隻毛毛蟲？」

一點都沒錯。她挪動。她站起。她後仰坐下。然後她再站起、再往上挪動，攀爬著無形的階梯，一步一步拉拔自己，一吋一吋遠離地面。守護者站在樹下，仰望她憑著直覺在空中攀爬，她的身軀在他上方扭動，他想了想，感覺好私密，不禁面紅心跳。她是那隻攀爬世界之樹的松鼠拉塔托斯克[55]，為了天堂、冥界、人間傳遞信息。

「她是天生好手，」洛契說。「好像在天上飛舞。她不到二十分鐘就會爬到樹頂。」

確實如此；即使爬到樹頂之時，她每一塊肌肉都不停顫抖。上方傳來喝采聲，歡迎她的到來。地面上的尼克感到強烈的妒意，當安全吊帶再度降下，他馬上伸手抓過來，繫在腰間。爬到離地一百英尺之時，他開始感到恐慌。這條繩索怎麼可能支撐他的重量？它擰來擰去，而且發出吱吱嘎嘎的怪聲。他引頸眺望，看看還得再爬多久。唉，好像得爬到地老天荒。然後他犯了大錯，探頭往下一看。洛契在地面慢慢地轉圈，丁點大的臉孔朝上，好像一朵快要被人踩扁的藍星花。守護者滿心驚恐，全身肌肉不聽使喚。他閉上眼睛，喃喃自語：「我辦不到、我完蛋了。」他感覺一股重力要拉他下去，讓他無止無盡墜落，他雙腿發軟，喉頭一緊，把兩團穢物吐到風衣外套上。

但奧莉維亞在說話，字字句句彷彿在他耳邊。*尼克，你做到了。我已經看你做了好幾個星期。來、先伸出一隻手。*她說。*再伸出一隻腳。坐下。拉一拉抓結。站起來。*他張開眼睛，凝視蜜瑪斯的樹幹，他從未見過如此巨大、強壯、寬闊、年邁、穩固、鎮定的東西。五十萬的白晝，五十萬個黑夜，它守護著人世，而這會兒它希望他置身它的樹冠層。

樹頂傳來熱烈的招呼。上方的人們抓住兩個鉤環，把他拉向大樹。奧莉維亞在各個平臺上跑跑跳跳，平臺之間以繩梯相連。兀鷹和火花早已跟她解說守則，他們只想趁著暗夜降臨之前趕緊離開。他們拉住繩索，爬到地面跟洛契會合，洛契在樹下大喊，字字句句穿過漸漸聚攏的墨黑飄忽而上：「過幾天就會有人過來接替你們。你們只要好好待在樹上，別摔下來就行了。」

然後尼克就跟這個操控了他一生的女子獨處。她牽起他的手，他先前緊抓繩索，這會兒雙手依然無法放鬆。「尼克，我們在蜜瑪斯的懷抱裡。」

她直呼這樹的名字，好像它是個老朋友、她已跟它聊了好久。四下一片漆黑，針葉在風中飛舞，他們並肩而坐，離地兩百英尺，置身一個兀鷹和火花稱之為大宴會廳的樹杈平臺。平臺由三扇木門拚釘而成，長七英尺，寬九英尺，三片可以拉動的防水布權充牆壁，為他們遮風擋雨。

「比我在大學的寢室寬敞，」奧莉維亞說。「也更舒適。」

下方的樹枝架著另一個面積較小的平臺，繩梯可達。一個集雨的木桶、一個廣口瓶、一個可密封的提桶即是盥洗間。上方六英尺之處還有一個平臺，權充儲藏室、廚房、書房，堆滿飲水、食物、防水布、補給品。兩根樹幹之間架著一張吊床，床裡擱著前任護樹者留下的書籍，數量頗為可觀，是謂空中圖書館。整座三個樓層的樹屋倚架在一根巨大無比的分叉幹上，風一吹就搖擺晃蕩。

一盞煤油燈照亮了她的臉。他從沒看過她如此決然。「過來。」她拉住他手腕，向她靠過來。「來，靠近一點。」難不成他想要跟她保持距離嗎？她抱住他，好像確知生命有求於她。

深夜時分，某個柔軟溫熱的東西擦過他的臉。他以為那是她的手，或是她挨向他時垂落的髮絲。即使睡袋有如貢船般緩慢搖擺、令人略感暈眩，他的心中依然洋溢著幸福——有幸與自己心愛的人同處斗室，豈能不感恩？一隻小爪子湊近他的臉，爪尖迅雷不急掩耳地戳了他一下。守護者一躍而起，嚇得尖叫。「他媽的！」他摸黑衝向平臺的邊緣，但身上的安全索制住了他。他揮拳拍打輕飄飄的防水布牆，不知名的小動物尖叫地衝向樹枝。

她立刻起身，緊緊抓住他的手臂。「尼克。住手。**尼克！**沒事、沒事。」大禍臨頭的感覺慢慢消散。她連珠炮似地說話，他逐漸聽出她不斷說著：「那是鼯鼠，牠們已經在我們上方蹦跳了十分鐘。」

「老天爺啊！為什麼？」

她笑著拍拍他，拉著他再躺下。「這你得問牠們了。嗯，不曉得牠們會不會再跑回來？」

她親暱地用鼻子頂頂他，小腹貼著他的脊背。睡神不會降臨。有些生物的住處離地面好高，離人類好遠，根本不曉得什麼叫做害怕，這會兒因為他神經兮兮的本性，在護樹的頭一晚，他就讓鼯鼠們嚐到了恐懼的滋味。

日光點點，凝聚在他的臉上。他幾乎一夜無眠，但醒來時照常感覺神清氣爽，準備迎接勤勉的一日。他翻身側躺，掀開防水布，天空忽而蔚藍、忽而暗褐，原為青藍，而後金光閃閃，各色顏彩朝他漫過來。「**妳看看！**」

「好，我們一起看看。」她在他耳邊悄悄說，聲音帶著睡意，但聽來急切。「哇，天啊！」

他們一起瞭望，有如測量員登高探視一片新發現的土地。眼前的景觀令他心頭一震。雲朵、山脈、亙古的紅杉、水濛濛的薄霧，賦予人類生命的大自然是如此豐盈、如此繁美，令他目瞪口呆，久久無法言語。蜜瑪斯的主幹生出一根根的側枝，有如佛陀平伸的五指，側枝模仿母樹，生出一條條細枝，根根交錯，條條交纏，沒有人解得開這麼一個錯綜複雜的迷陣。

白霧籠罩樹冠。透過樹冠之間的縫隙，他們望見高聳的道格拉斯雲杉，簇絨的樹頂輕輕搖擺，宛如一幅濛濛的山水畫。青黃交錯的樹尖劃穿灰濛飽滿的樹冠，而樹冠比樹尖更有看頭。遙望四周，幻影般的古生代神話無限延展，陸地上首度出現生命之跡的那個早晨，肯定就是現在這般光景。

守護者拉開另一片防水布，抬頭觀看。蜜瑪斯的樹幹繼續探向雲端，樹頂距此最起碼幾十英尺。枝條交錯的樹冠消失在低矮的雲層中，四處可見真菌與苔蘚，好像天國的油漆桶濺出一團團墨彩。他和銀杏蹲踞之處肯定比摩天大樓更高，他往下看，森林的地面好像小女孩用橡實和蕨草搭建的娃娃屋。

他忽然擔心自己會摔下去，雙腿不禁發軟。他趕緊放低防水布。她瞪著他，褐色的雙眼閃過一絲戲謔，他幾乎可以聽到她咯咯輕笑。「我們到了。我們千里迢迢來到這裡，這裡就是我們的歸屬。」她看來就像受到召喚，前來協助這個四十億年演化史上最奇妙的物種。

處處可見一叢叢雲杉升出宛如雲海的樹冠層。它們形似青綠的積雨雲，或是火箭的羽流。從地面上觀之，鄰近最高聳的紅杉看起來頂多像是中型的肖楠木，只有在離地七十碼的高處，尼克才得以真確了悟：這幾棵古老的紅杉，甚至比海洋中最巨碩的鯨魚大五倍。巨大的紅杉一路延展，直下他們三人昨晚攀爬的溪谷，從這個距離望去，森林煥發出更青藍、更濃烈的顏彩，幾乎融入周遭的藍天。他讀過這些樹和這些霧林間各處，樹木啜飲空中的水氣。紅杉不同於其他樹木，它們高聳筆直，比較粗壯，樹瘤也比較多見，它們汲取霧峰的水氣，將水蒸氣濃縮，傳送給細枝和樹幹。尼克抬頭瞄一瞄廚房，他們的集水設備在廚房中順利運作，將一滴滴水珠導入瓶中。他昨晚覺得這套設備真是靈巧——不花一毛錢就可以用水！——但相較於樹的創意，他們的設備真是粗糙。

尼克看著眼前的奇景，彷彿翻閱一本永遠翻不完的手翻書。大地遼闊無邊，一山高過一山。他的眼睛漸漸適應華美豐饒的地景。五座不同顏色的森林沐浴在水濛濛的薄霧中，每一座都是尚待發掘的生物群落。然而，他瞥見的每一棵樹都屬於一個德州的金融大老，這位德州佬從沒見過紅杉，只打算把它們全都砍光、以砍伐林木的所得償還收購林木的債務。

他感到身旁傳來一股暖意，這才想起他有個同伴。

「我得暫停一下，不然膀胱會爆炸。」

他看著奧莉維亞飛快爬下繩梯，衝向下方的平臺。他心想：*我真的應該移開視線*。但如今他居住在離地兩百英尺的樹間。鼯鼠在旁監視。亙古的薄霧讓人感覺回到了數百年前的遠古。他覺得自己正在變成另一種生物。

她蹲在廣口瓶上方，嘩啦嘩啦地撒了一泡尿。他從沒見過女人小便——自古至今，世間絕大多數男性臨終時或許都會這麼說。忽然之間，這種儀式性的掩飾感覺卻如同野生動物紀錄片裡某些怪異的行徑，比方說魚類可以順應所需改變性別、蜘蛛交配之後吞吃伴侶。他似乎聽到字正腔圓、莊嚴隆重的旁白喁喁細語：*離群索居時，每一個人都可能做出令人訝異的改變*。

她知道他在看。他曉得她知道。著眼當下，赤誠相待：這樣才符合此處的調調。結束小便後，她走到平臺的邊緣，把瓶口斜斜一傾，尿液被風帶走，過不了一會兒就融入薄霧之中，紅杉也有辦法善加利用。「該我了，」她回來時，他對她說。然後她俯視他蹲在可密封的提桶上，洛契下次露面時，他們會把提桶送下去，讓他拿去做堆肥。

他們吃頓露天的早餐。兩人一邊讚嘆景觀，一邊用冰冷的手指把榛果和黃杏乾送進嘴裡。靜靜坐著，瞭望四方：他們的新工作就這兩項職務。但他們畢竟只是凡人，很快就無法消化眼前的美景。她說：「我們來探險。」大宴會廳周圍的樹道布設著繩梯、繩環、繩扣和鉤環，她把安全吊帶交給他，然後用三條尼龍繩幫自己做了一副。「打赤腳。附著力比較好。」

他東搖西晃地踏上一根搖擺的樹枝，大風勁揚，蜜瑪斯的樹冠層顛顛簸簸。他會一命嗚呼。他會從二十層樓高的樹上摔到蕨草遍布的地面。但他已經漸漸習慣這種恐懼感。更何況這也不是最可怕的死法。

他們朝著不同的方向前進。樹蔭濃密，他們不可能瞧見彼此，試都甭試。他繫緊安全索，坐進他的安全吊帶，沿著一條木桶般粗大的枝幹慢慢挪動，樹皮飄散出檸檬般的清香，一根細枝斜斜生長，承負著多到令人難以置信的毬果，各個都比彈珠還小。他摘下其中一個，在手掌中碾碎，種子有如粗磨的黑胡椒般落出，其中一粒黏在他的生命線上，這麼一粒微小的種子居然可以長成一棵擎天巨樹、穩穩支撐離地兩百英尺的他，怎能不令人驚嘆？巨樹宛若一座要塞高塔，整村村民都可以在此歇息，甚至還有空間出租。

她從高處大喊：「越橘莓！這裡有整整一叢越橘莓！」

小蟲四處飛舞，五彩繽紛，色澤斑雜，好像袖珍版的驚悚片怪獸。他慢慢移到一個怪異的交叉口，小心絕不往下看。過去數百年間，兩根巨大的樹枝有如雕塑黏土般交融生長，他抓住高聳的枝頂，發現枝頂中空，雨水聚集其中，儼然是個小水池，種種植物沿著池畔生長，池面處處可見星點般的甲殼動物。某個東西在暗處移動，小小的身軀布滿栗色棕、褐色、黑色、黃色的斑點。過了幾秒鐘，尼克脫口而出：蠑螈！一隻性喜潮濕、足長一寸的小東西怎麼可能沿著乾燥崎嶇的樹皮、爬過相當於三分之二個足球場的高度？說不定一隻小鳥一不注意把這個到了嘴的美食丟落到樹冠層中。嗯，不太可能吧。這個光滑的小東西吸氣吐氣，胸膛一起一伏。它的祖先肯定一千年前就相中這樹，其後五百個世代搭著便車登高，沒錯，這是唯一說得過去的解釋。

尼克慢慢沿著原路往回移動，他剛踏上大宴會廳，銀杏剛好也回來。她開心地甩掉她的安全吊帶。「你絕對不會相信我找到什麼。一棵六英尺高的鐵杉！而且長在這麼深的泥土裡。」

「天啊，奧莉維亞，妳剛才徒手爬樹？」

「別擔心，我小時候爬過很多樹。」她在他臉上輕輕一吻，以免他繼續念叨。「而且啊，你知道的，蜜瑪斯說他不會讓我們墜落。」

她把晨間所見繪入線圈筆記本時，他在一旁幫她素描。他適應孤寂的能力比她強多了。他多年來蟄居愛荷華州的農舍，在這個巨獸般的樹間度過一日簡直如同外出赴宴。她不一樣；她打心眼裡依舊是個大學女孩，耽溺於分分秒秒接踵而來的新鮮事，至今尚未完全戒癮。霧氣散盡。約莫正午時分，她問道：「你覺得現在是幾點？」她的口氣並不焦躁，而是驚嘆。太陽還沒有升過他們的頭頂，但兩人已經感覺比昨天此時成熟多了。他擱下素描，抬頭看看迷陣般的枝幹，搖了搖頭。她咯咯輕笑。「好吧，你覺得現在是**哪一天**？」

但過不了多久，一下午、半小時、一分鐘、半句話，或是半個字，感覺全都一樣。他們陷入毫無韻律的生活節奏。光是穿越九英尺的平臺都像橫越國境。分分秒秒。十分之一的永恆。或是三分之二？她再度開口，聲音柔和得令他心碎。「我從未意識到旁人如同一劑讓人上癮的藥品。」

「而且藥性最強。或說最常被濫用。」

「你得花多久才能……戒癮？」

他想了想。「沒有人百分之百戒得了。」

⁂

她準備午餐時，他幫她素描。她午睡時、她在兩百英尺的高空哄騙小鳥或是逗弄老鼠時，他也幫她素描。她努力想要放慢腳步，在他看來有如一齣在紅杉林中上演的人間戲碼。他素描紅杉密布的溪谷和散布各處、高過眾樹的巨杉。然後他擱下素描簿，好好觀賞變幻無窮的暮色。

「妳聽到了嗎？」他問。遠方傳來嗡嗡的聲響。有條不紊，持續不斷。鐵鋸和引擎。

「我聽到了。他們無所不在。」每次砍倒一棵巨杉，伐木團隊就更加逼近。寬達十英尺、樹齡達九百歲的巨杉不到二十分鐘就被砍倒，一小時之內就被鋸成段塊。當一棵巨杉倒下，即使相隔甚遠，聽起來依然像是大教堂被炮彈擊中。地面熔毀。蜜瑪斯震顫，他們離地兩百英尺的平臺跟著搖晃。世間最古老、最巨大的紅杉，只怕逃不過這場最後的浩劫。

她在吊床的書堆裡找到一本《神祕森林》。書封是一棵史前的紫杉，紫杉的樹身和樹根都清晰可見。封底宣稱這書是年度驚喜暢銷書，已被譯成二十三種文字。「你要不要我幫你朗讀一段？」

她高聲朗讀，好像小時候站在全班同學面前念誦大家都必須默記的一首《草葉集》長詩。

你和你家後院的樹來自同一個祖先。

她暫停，望向他們樹屋的透明防水布之外。

十五億年前，你倆分道揚鑣。

她又暫停，好像計算一下。

但即使是今日，即使你倆各自走過無盡漫長的歲月，那棵樹和你依然共享你四分之一的基因……

他們就這麼鑽研作者的心思，天黑之前慢慢讀完整整四頁。他們用小小的野餐鍋爐燒了熱水，拿著裝了熱水的鋼杯泡了泡麵，就著燭光吃了一餐。等到他們吃完泡麵，黑夜已經統御大地。伐木工的引擎歇止，取而代之的是黑夜之中千百種他們無法解讀的叫陣。

「蠟燭最好省著用，」她說。

「沒錯。」

還有好幾個小時才就寢。他們躺在搖搖晃晃的平臺上，置身兩人承諾守護的樹間，在黑暗中喋喋不休地聊天。在這上頭，他們面臨著最原始、最根本的險境。當夜風勁揚，那種感覺就像乘坐臨時搭建的船筏橫渡太平洋。當夜風停歇，靜默凝滯於兩人之間，沒有過去，沒有未來，唯有此時，唯有此地。

黑暗之中，她問：「你在想什麼？」

他在想他的一生在這一天達到巔峰。他在想他有幸活到見證了他希望見證的一切、目睹了自己暢意開懷。「我在想今晚又會很冷。我們說不定得把兩個睡袋的拉鍊拉在一起。」

「好啊，我贊成。」

銀河每一顆星星在他們上方灼灼發光，星光有如牛奶般濺灑，流洩在藍黑的樹梢。夜空曾是最佳良方，而後旁人集結而至，凝聚成藥性更強的藥劑。

他們把睡袋的拉鍊拉在一起。「你知道嗎？」她說，「如果我們其中一個從平臺的邊緣摔出去，另一個也會跟著往下摔。」

「不管妳到哪裡，我都願意跟隨。」

天空還沒全亮，他們就在樹下傳來的引擎聲中醒來。

那張非法集會的罰單花了咪咪三百美金。其實還好。她曾經花了兩倍的價錢買了一件冬天的大衣，心中的快意卻只有一半。她被捕的消息已經傳遍公司。但她的主管們是工程師。如果她有辦法讓她的團隊準時交貨，就算她在聯邦監獄裡辦公，公司也不在乎。當一千名示威民眾舉著標語到奧瑞岡州府的林務局總部示威、要求改革「林木採伐計畫」的批准程序，咪咪和道格拉斯亦前往助陣。

四月初的一個星期六，他們開車前往海岸山脈參加示威。在五金行工作的道格拉斯休假一天。晨間風光美不勝收，他們朝南行駛，一邊開車一邊收聽頹廢搖滾和即時新聞，窗外日光盈盈，昏濛粉淺的天色化為一片湛藍。後座的一個大背包裡放著兩副廉價的游泳護目鏡、用來裹住鼻子和嘴巴的運動衫、改裝過的水壺。還有一對自行車U型鎖、鐵鍊、兩副同樣款式、上了安全鎖、警察專用的手銬。示威雙方似乎進行軍備競賽，而示威者漸漸覺得他們的花費說不定甚至超過警方。警方的花費由大眾買單，但說來奇怪，大眾堅信種種稅收形同竊盜，免費贈送屬於他們的林木卻很ＯＫ。

他們在岔路轉彎，開到示威現場。道格拉斯瞄了一眼停車場的車輛。「嗯，沒有電視臺的轉播車。一部都沒有。」

咪咪咒罵一聲。「沒關係。別緊張。我相信報社肯定派了記者過來。還有攝影記者。」

「如果上不了電視新聞，乾脆不要示威。」

「現在還早。他們說不定還在路上。」

道路的另一頭歡呼連連，宛如射門得分之後觀眾熱烈喝采。隔著樹木望去，示威雙方正面對峙。有人叫罵挑釁。然後有人的外套受到拉扯，引發一陣小小的騷動。他們互看一眼，邁步快走，來到雙方對峙的林間空地。周遭的樹木已被砍伐殆盡，現場有如一席喧鬧的劇場。示威者圍成兩個圓圈，雙雙圍著一部巨大無比的履帶式挖土機，挖土機的伸臂高懸在眾人上方，好像一隻長頸的恐龍。伐木工和造材工也圍成一個圓圈，將亂哄哄的示威著團團圍住。四下望去只見樹林，附近可說是人煙罕至，或許正因如此，示威雙方更是火大，情勢顯得格外緊張。

咪咪和道格拉斯跑上斜坡。一聽到鏈鋸轟轟作響，她馬上拉著他的手臂。一部部重型機械雷霆萬鈞地列隊前進。不一會兒，一群手執伐木電鋸的工人聲勢喧囂地穿越林中。工人們懶懶地、俐落地揮動電鋸，宛如手執鐮刀的死神。

道格拉斯停下來。「幹，他們瘋了嗎？」

「這只是作作樣子。沒有人會拿著電鋸砍殺無辜手無寸鐵的民眾。」但就在咪咪說出這話之時，操作單斗裝載機的工人卻無視兩名女子把自已銬在裝載機上，逕自轟轟隆隆地發動引擎，拖著她們往前開。示威者紛紛不可置信地驚呼。

工人們暫且不管受到挾持的挖土機，動手砍伐一片冷杉，試圖讓大樹壓垮戴著手銬、圍成圓圈的示威者。道格拉斯喃喃自語，從咪咪身邊跑開。咪咪還來不及反應，他已經扛著大背包衝向情勢混亂的示威現場。他擠進人群之中，好像一隻躍入白浪的雪達犬，橫衝直撞地疾行於示威者之間，邊走邊拍拍大家的肩膀。然後他指指前方那些遭到砍伐的大冷杉。「大家趕快爬到樹上，愈多人愈好。」

有人大喊。「警察在哪裡？每次發生狀況，他們就不見人影。」

「快點，」道格拉斯嘶吼。「這些樹不到十分鐘就會被砍光。趕快行動！」

咪咪還來不及抓住他，他已經衝向一棵枝幹低矮、他一抓就跳得上去的冷杉。他一跳到樹上，冷杉的枝幹等於是一座梯子，直通八十英尺的空中。二十四名垂頭喪氣的示威者精神大振，跟著他拔腿飛奔。工人們斜斜一望，赫然看見發生了什麼事。他們趕緊追過去，穿著工裝釘鞋的雙腳能跑多快、就跑多快。

頭幾個示威者一路衝到樹邊，手忙腳亂地爬到樹上。咪咪看到一棵枝幹低垂到連她都抓得到的冷杉，她爬到二十英尺的高處，忽然感覺有個東西猛力夾住她的雙腿。她一頭跌入多刺的灌木叢中，肩膀撞上一塊滿苔癬的石頭，整個人往上一彈。有個東西重重制住她的小腿肚。道格拉斯從三十公尺高的樹間，朝著襲擊咪咪的男人大喊：「我會殺了你，我對天發誓，我會扯斷你這個大白痴的腦袋！」

坐在咪咪小腿肚上男人慢吞吞地說：「但你得先爬下來，對不對？」

咪咪氣沖沖地吐掉嘴裡的泥巴。她的襲擊者把他的脛骨用力壓入她的小腿肚。她痛得放聲哀號。道格拉斯急忙沿著一根樹枝爬下來。「不！」咪咪大喊。「待在樹上！」

幾個示威者受到牽制，臥伏在地。但有些人順利跑進樹邊，縱身抓住樹幹，爬到樹上，在後追趕的工人們無法逼近，伸長了手也抓不到他們的鞋子。

咪咪呻吟。「放開我。」

制住她的伐木工開始動搖。他們的人數遠不及示威者，這會兒他制住一個身材嬌小、頂多只爬得上一棵矮樹的亞洲女子，因而無法分身。「妳得承諾妳不會亂跑，」他說了一句。

他講得客客氣氣，讓她嚇了一跳。「如果你們公司遵守承諾，現在就不會發生這種狀況。」

「妳到底答不答應？」

人與人的互信，始終有賴於不可靠的承諾。她答應。伐木工一躍而起，加入人單勢薄的同伴，大夥擠成一團，試圖挽回目前的局勢。他們若是砍伐冷杉，肯定有人喪命。

咪咪盯視樹間的道格拉斯。她看過那種樹。她爸爸那軸字畫裡的第三個羅漢，不就是站在那種樹之前？她怎麼花了這麼久才看出來？工人們又拿起電鋸，大喇喇地在空中揮舞，劈砍低矮的灌木叢，堆疊在冷杉前方的落木區。一個伐木工朝著冷杉的樹基一砍，咪咪看呆了，嚇得叫不出聲。他們顯然決定不管示威者的死活，執意砍伐。巨杉迸裂，眾人尖叫。巨杉倒下，驚天動地，咪咪閉上雙眼，等到她張開眼睛，粗壯筆直的樹幹已經壓穿眼前這片冷杉。樹上的示威者緊緊抱住樹幹，驚恐呻吟。

道格拉斯連聲咒罵伐木工。「幹！你們瘋了嗎？你們這樣會害死人！」

工頭大喊：「你們非法侵入！」工人們布設另一個落木區。有人拿出一把重型老虎鉗，動手剪開示威者銬在挖土機上的手銬，好像修剪一叢山茱萸。空地上的示威群眾驚慌逃竄；非暴力的示威行動畢竟純屬空想。在冷杉林中，一個伐木工把電鋸斜斜切入另一棵命中該絕的冷杉，意圖讓大樹朝著三英尺之外的另一個樹坐者倒下。被當成目標的樹坐者放聲尖叫，但尖叫聲被電鋸聲掩沒，況且工人們戴著護耳的耳罩，根本聽不到聲響。但他們看得到他瘋狂地揮動手臂，因而暫且住手，好讓那個驚慌失措的樹坐者手忙腳亂地爬下來。雙方的衝突正式白熱化。先前遭到封鎖的重型機械開始移動，九位樹坐者從樹梢摔下來，伐木工們得意洋洋地揮舞他們的電鋸，示威民眾退卻，好像從火邊逃開的小鹿。

咪咪信守承諾，坐在原處。後方喧囂紛亂，陣陣鼓噪。她轉頭一看，瞧見一閃一閃的燈光，心中暗想：鎮暴警察。二十個全副武裝的警察從一部裝甲卡車跳下來，人人戴著黑色的防彈頭盔和全臉式面罩，套上防彈背心，手執高功能鎮暴盾牌。警察掃蕩空地，圍捕非法侵入的示威者，遭到逮捕的示威者被銬上手銬，即使那些手腕上垂掛著半截手銬的示威者也不例外。

咪咪站起來。有人伸手重重搭上她的肩膀，壓著她再坐回地上。她急急轉頭，看到一個警察，那人頂多二十歲，神情驚慌。「坐下！別動。」

「我哪兒都不去。」

「妳再講話就會後悔！」三個利用星期六前來護樹的民眾快步經過，沿著小路往回走向他們的車子。菜鳥警察大喊：「站在原地別動，全都給我坐下！馬上給我坐下！」

他們略為畏怯，轉身一瞧，果真坐下。附近幾個伐木工大聲叫好。菜鳥警察猛然轉身，衝向另一群試圖逃散的示威者。一個警隊在樹下散開，兩人一組，拿著警棍敲打樹坐者的雙腳，剩下的五個樹坐者宣告放棄，唯獨道格拉斯依然堅持，他爬得更高，從背包拿出手銬，右手銬上手銬，左手繞過樹幹，跟右手銬在一起。

咪咪抱頭大喊：「道格拉斯，下來。我們沒戲唱了。」

「我下不去！」他搖一搖手銬，他已經把自己銬在樹上，看起來像是抱著大樹。「我得熬到電視臺來採訪。」

這個碩果僅存的死硬派發瘋似地猛踢警察架到樹上的梯子，甚至身手矯健地踢倒其中一座，連工人們看了都鼓掌叫好。但四個警察很快就逼近他的下方。道格拉斯把自己銬在樹上，無法移動。警察把老虎鉗往上推，試圖剪斷手銬的鏈條。但他把手臂往後一縮，讓鏈條緊靠在樹幹上。工人們遞上斧頭，但道格拉斯把手指嵌入鏈條之中。警察只搆得到他的腰部。簡短商議之後，他們拿起工業用大剪刀剪開他的長褲。兩個警察按住他的雙腳，第三個警察剪開他那件破舊的牛仔褲，一直剪到褲襠。

咪咪瞪視。她從沒看過道格拉斯光裸的大腿。過去幾個月，她始終猜想她說不定遲早會的。他藏不住他的慾望，他對她的渴求，就像兩人共飲一杯冰涼的巧克力奶昔時，他臉上的讚嘆一樣明顯，唯一令人不解的是，他頂多只把手擱在她的頸背，除此之外沒有做出任何驚人之舉。幾星期之前，她做出了結論：他八成在戰時受了傷。這時她看著他在嚇呆了的群眾之前被脫光了褲子，一隻腳懸掛在半空中，蒼白的大腿皮包骨，而且皺巴巴，好像老先生的大腿。不一會兒，他的另一隻腳也露了出來，被剪開了的牛仔褲懸掛在他的腰際，好像一塊破爛的橫布條。然後警察祭出殺手鐧：摻了辣椒素的催淚瓦斯。

圍觀的群眾紛紛高喊。「他被銬住了，老兄。他動不了！」

「你們打算拿他怎麼辦？」

警察舉起噴霧罐，對準道格拉斯的鼠蹊，開始噴霧。催淚瓦斯火辣辣地噴過他的生殖器和睪丸，「史高維爾辣度單位[56]」高達數百萬。道格拉斯銬在樹上，懸在半空中，氣喘吁吁，幾乎無法言語。「他……他媽……他媽的……」

「老天爺啊，他動不了。別管他吧！」

咪咪轉頭看看誰在大喊，結果竟然是個伐木工。工人矮壯結實，一臉鬍鬚，好像格林童話裡怒氣騰騰的小矮人。

「解開手銬！」其中一位警察喝令。字字句句堵在道格拉斯的嘴裡，除了發出有如空襲警報的嗚嗚聲，他說不出半句話。他們又朝著他噴霧。原本靜靜坐在一旁、等候警方收押的示威者開始反抗。咪咪氣憤填膺地站起來，高喊一些說不定過了一小時就不記得的粗話。她周遭眾人也站起來。大家聚集在道格拉斯的樹下。警方把他們往後推。樹上的幾個警察又朝著赤裸的鼠蹊噴霧。道格拉斯原本低聲呻吟，這下嘴裡卻冒出可怕的喘息聲。

「解開你的手銬，你就可以下來。就是那麼簡單。」

他試圖說些什麼。有人從樹下大喊。「你們這些畜生，讓他講話。」

警察靠過去，距離近到聽得到他小聲說：「我把鑰匙掉到地上了。」

警察用虎頭鉗剪開手銬，道格拉斯重獲自由。他們把他抬到樹下，彷彿從十字架上扛下耶穌。他們不准咪咪接近他。

當折磨人的拘留程序告一段落，她開車載他回家。她買了市面上每一種軟膏，試圖幫他擦洗傷口。但他的皮肉有如一條蹦跳的鮭魚，碰都碰不得，更何況他非常害臊，不肯讓她看到他的私處。

「我沒事。」他躺在床上，對著天花板喃喃自語。「我會好好的。」

她每天晚上過來看他。他的皮膚一整個禮拜都是橘色。

《主宰2》銷售驚人，全年所得幾乎等同某些州一整年的稅收。《主宰2》剛剛失去新鮮感，《主宰3》

即刻上市。全世界六大洲的玩家湧入這個更上一層樓的新世界，加入拓荒者、朝聖者、農民、礦工、戰士、牧師的行列。他們編製指南，創設聯盟。他們建造樓房，交換一些程式設計師從未預料到的貨品。

《主宰4》是一套3D電玩。這是一項非常龐大的工程，需要雙倍的程式設計師和美術設計師，公司幾乎因而破產。這套電玩的解析度是上一套的四倍，遊戲空間多出十倍，任務也多出十二項。三十六種新科技。六種新資源。三種新文化。種種奇景和傑作令人目不暇給，玩家探索好幾年都探索不完。即使處理器持續推陳出新，速度也愈來愈快，《主宰4》對玩家們的硬體配備依然是個考驗。

事事的發展皆有如尼雷多年之前的預見。瀏覽器登場——所謂的「時間」與「空間」更是失去意義。按一下滑鼠，你就置身世界頂尖實驗室CERN；再按一下，你就可以收聽聖塔克魯斯的地下音樂；再按一下，你就可以閱讀麻省理工學院的報刊。伺服器成長驚人，網站、搜尋引擎、鬧道器日新月異。陳舊擁擠、過度開發的工業世界造就了電腦的發展，而在電腦世界中，各項發展可謂無止無盡。起初，網路令人難以想像；發展至今，網路已是不可或缺，每十八個月就改變世界的面貌。《主宰》上線，加入行列，全球上百萬寂寞的男孩因而移居到這個全新的夢幻島。

置產安居的時代宣告終止。電玩遊戲的價值日增，已經晉升為全球最炙手可熱的商品。就複雜度和碼行數而言，《主宰5》超過任何一套操作系統。就精巧度和敏捷性而言，《主宰5》的人工智能勝過去年的星際探測器。電玩乃是人類發展的動力。

但對於住在公司總部頂樓的尼雷而言，這些都沒什麼意義。他的公寓裡擺滿電腦螢幕和數據機，各個機件一閃一閃，有如聖誕燈飾。他擁有各式各樣的電子產品，諸如火柴盒般大小的模組，或是比真人還高的機架，件件神奇精妙，簡直就像變魔術。連尼雷小時候最荒誕的科幻小說都未能預測這些奇蹟。但他依然心焦，甚至更加不耐。他只想著下一個突破、下一個進展，總有一天，他會設計出一套簡樸優美的遊戲，事事物物也將再度改觀，他等不及那天的到來，心中的渴求更勝以往。他造訪校園中庭的花園，求教那一棵棵有如外星智者的大樹，請問它們接下來應有什麼進展。但大樹們靜默不語。

他深受褥瘡所擾。他骨質疏鬆，骨頭愈來愈脆弱，外出即是風險。兩個月前，他坐上廂型車時撞斷了一隻腳——當你感覺不到自己的雙腳，這種傷害在所難免。上床和下床時，他的手臂老是撞上床沿的鐵架，撞得瘀青累累。他真想置身內華達山的山麓，坐在步道盡頭的小湖湖畔，看著交嘴雀颼颼飛入雲杉枝頭、試圖用尖細的喙嘴撬食毬果裡的種子，若是真能如此，他願意放棄一切，甚至用他的公司換取。但那是一個永遠難以達成的夢想。他永遠辦不到。如今他只能在《主宰6》裡外出探奇。

在《主宰6》的世界裡，即使玩家暫且離席，他的領地依然欣欣向榮，持續擴展。各式各樣的經濟型態並行發展，生氣勃勃。人們果真願意在這些城市裡進行交易，制定法律。景物華美至極，甚至可說是為了浮誇而浮誇。人們願意支付月租在此居住。這是一個冒險之舉，但在《主宰》的世界裡，任何冒險都不會致命。你若不敢放膽一試，才有可能斷送小命。

尼雷已經分辨不出自己的心境何時沉著、何時迫切。他坐在窗邊，一坐坐了好幾個鐘頭，然後飛快寫出一封封洋洋灑灑的備忘錄給研發小組，嘮嘮叨叨地重申他鼓吹多年的要點：

> 我們必須做得更加逼真……更加鮮活！動物們應該走走停停、閒晃漫步、專心凝視，就像它們活生生的原型……我要看到一隻野狼搖頭晃腦、齜牙咧嘴、彷彿打從心眼裡露出青光。我要看到一隻黑熊用爪子耙開蟻丘……

讓我們以世間的一切作為樣本、建造出一個維妙維肖的處所。真正的疏林草原，真正的溫帶森林，真正的沼澤溼地。凡・艾克兄弟在《根特祭壇畫》裡畫了七十五種可以辨識的植物[57]，我希望人們可以從《主宰7》辨識出七百五十種虛擬植物，而且每一種植物都具有獨特的行為……

他埋頭撰寫備忘錄時，員工們敲門入內，拿出文件讓他簽署，呈報糾紛等他裁決。他們瞄了瞄那支豎立在椅子旁邊的巨大手杖，毫無嫌惡或是憐憫之色。這些年輕的網民已經習慣他的模樣，甚至再也沒有注意到那條沿著椅架延伸的導尿管。他們知道他的身價。當天下午，「紅杉電玩」普通股以四十一點二五美元收盤，比去年上市時高出三倍。這個骨瘦如柴、癱坐在輪椅上的年輕人持有公司百分之二十三的股分。他讓他們全都成了有錢人，也讓自己跟《主宰》裡最偉大的君王們一樣富有。

他送出最新一份篇幅有如小冊子的備忘錄，不到幾分鐘，心情再度鬱悶。於是他拿起電話，撥了他爸媽家的號碼——每當心情沉到谷底，他始終這麼做。他媽媽接起電話。「噢，尼雷，真高興聽到你的聲音！」「我也是。媽，你們好嗎？」她說什麼都無所謂。爸爸一天到晚打瞌睡。他們打算回印度一趟。車庫裡飛來一大群瓢蟲，氣味非常強烈。說不定她很快就會改變造型，剪個完全不同的髮型。她陶醉於自己的話語中，興之所至，無所不談，種種細節既是可悲，又是可笑，跟任何虛擬世界都搭不上線，是謂人生。

但今天她很快就問到那個要命的問題。「尼雷，我跟你爸爸前幾天又在討論，說不定可以幫你在我們這個圈子裡找個伴。」

這些年來，他們要嘛旁敲側擊，要嘛正面質問，不曉得已經提了多少次。眾人何必對任何女孩施虐、硬是拉她跟他配對？「不，媽，我們談過了。」

「但是，尼雷……」她無需明說，他也知道她的意思……你身價上千萬，說不定更多，你甚至不肯告訴你自己的媽媽！你究竟做出多少犧牲？感情不都是需要培養嗎？

「媽？我早該跟妳說，我認識了一個女孩。嗯，其實她是我的一個看護。」聽起來幾乎可信，不是嗎？電話線另一端靜默無聲，他幾乎看得到她隱忍不言、滿懷希望的模樣，想了令人心碎。他需要一個靠得住的名字——一個他記得住的芳名。盧琵。盧圖。「她叫做盧琶爾。」

她重重地吸了一口氣，居然哭了起來。「噢，尼雷，我好高興！」

「媽，我也是。」

「你會明瞭什麼是真正的幸福！我們什麼時候可以見到她？」

他不知道自己邪惡的心靈為什麼未能預見這個小小的難題。「快了，快了。我不想把她嚇跑！」

「你的家人會嚇到她？她是怎樣的女孩？」

「說不定下個月？下個月底？」他暗自希望在那之前世界就已滅亡，這樣一來，他就不必在虛擬女友跟他媽媽見面之前的幾天，宣告兩人已經分手。他已經可以感覺他的虛擬分手會讓他媽媽多麼傷心。但他可以讓他媽媽在這個真實的世界、在這個短暫的時刻，開開心心地為他設想未來。等到他快要掛電話，他已經保證最起碼提前十四個月通知鄉親，以便大家預購機票、裁製紗麗、騰出時間參加婚禮。

「天啊，這些事情需要時間準備，尼雷。」

當他們掛了電話，他手一抬，重重地往桌上一拍。聲音聽起來極不對勁，再加上一陣劇痛，他馬上知道自己最起碼掐斷了一根指頭。

劇痛之中，他搭乘私人電梯到公司大廳，大廳華美氣派，處處可見紅杉飾邊，出錢的當然是數以百萬計、只想待在電玩世界的玩家。他滿心憤怒，熱淚盈眶，但他只是悄悄舉起腫脹扭曲的手掌，客氣地對一臉驚恐的接待員說：「我想我得去一趟醫院。」

他知道他們醫治了他的手之後、他將面對何種局面。他們會斥責他。他們會逼他打點滴、叫他發誓準時進餐。接待員慌張打電話時，尼雷抬頭瞄了牆壁一眼，牆上掛著那句波赫士銘言，年輕的他，依然將之視為人生的指引：

> 人人應該都有能力想出種種點子，而我對這樣的未來充滿信心。

派翠西亞覺得「波特蘭」聽來凶險。專家證人聽來更可怖。預審聽證會的早晨，她躺在床上，感覺自己中風了。「丹尼斯，我辦不到。」

「不可以辦不到，小寶貝。」

「你是指道德層面，或是法律層面？」

「這是妳畢生的職志。妳不可以放棄。」

「那不是我畢生的職志。我的職志是聽樹說話！」

「不是，那是妳的娛樂。妳的職志是告訴大家樹木說些什麼。」

「他們申請禁制令，試圖阻止大企業在國有土地伐木。那是法律問題，應該由律師們來解決。我懂什麼法律？」

「他們想要聽一聽妳對樹的了解。」

「**專家證人**？我是哪門子專家？」

「跟他們說說妳知道什麼就行了。」

「這正是問題所在：我什麼都不知道。」

「妳就當作在幫學生上課吧。」

「但臺下不是一群滿懷理想、熱衷求知的二十歲大學生，而是一群為了數百萬美金興訟的律師。」

「不光是金錢，派蒂，還有另一樣東西。」

沒錯，確實如此。她勉強起身，雙腳踏上冰冷的地板。這場聽證會攸關另一樣東西。它跟金錢截然不同，而且需要所有專家為它作證。

丹尼斯開他那部破爛的卡車載她上路，車程將近一百英里，等到車抵達法院，她的雙耳已經隆隆作響。朗讀開場證詞時，她幼時的語言缺陷又開始作祟，甚至變本加厲。法官不停請她再說一次。派翠西亞拼命想要聽清楚每個問題。但她依然跟大家訴說樹木的神奇與奧妙。字字句句從她心坎裡泉湧而出，有如寒冬之後的樹液。森林之中沒有所謂的個體。每一棵樹都仰賴彼此。

她撇開私人情感，專注於科學界同意的事實。但當她作證時，種種數據聽來卻像是高中生人氣指數一樣不牢靠。很不幸地，對方的律師也意識到這一點。他拿出一封學術期刊的讀者投書，也就是當年那封由三位樹木學家聯合署名、害她聲譽掃地的信函。研究方法不周。統計數據有誤。派翠西亞．威斯特弗德對演化單位的誤解幾乎令人窘困……熱血流竄她的全身。她想要銷聲匿跡，永遠不要被人瞧見。今早丹尼斯開車把她載到這場公審之前，她為什麼沒在煎蛋裡加進一些有毒的菌菇？

「那篇論文的論點和數據，日後都得到證實。」

等她察覺對方布下陷阱，卻已為時太晚。「妳當年推翻既有的理念，」對方的律師說。「妳怎能保證未來的研究不會推翻妳現在的理念？」

她無法保證。科學研究一如四季，任何學說自有盛衰興亡。再者，科學研究首重可複製性，就算她擔心害怕，研究者也已開始複製她的實驗，誰能保證結果如何？她無法在法庭上解釋這些科學研究的精微之處。她也無法信誓旦旦地在法庭上宣稱，森林學的研究終將匯集為她和她同仁們所提倡的新森林學。她甚至無法宣稱森林學是一門科學，最起碼目前還不行。

對方的專家證人先前宣稱，一片管理完善、成長迅速、樹種一致的新生林勝過一片雜亂無章的老生林，法官問派翠西亞這話是否屬實。派翠西亞看著法官，他讓她想起她爸爸。當年那一趟趟漫長的車程、那一片片剛剛犁耕的田野，隨即浮現眼前。如果你把你的名字刻在一棵山毛櫸離地四英尺的樹皮上，五十年之後，你的名字將距離地面多遠？

「我的師長們二十年前就是這麼想。」

「就這類事情而言，二十年算是一段很長的時間嗎？」

「對一棵樹而言，二十年不算什麼。」

法庭裡對簿公堂的人們全都大笑。但對不屈不撓、心靈手巧、勤奮努力的人類而言，二十年的時間已足以破壞整個生態系統。毀林對氣候變遷造成的影響，勝過全球所有交通體系。毀林將使大氣層中的碳排放量增加兩倍。但那不是今天這場聽證會的重點。

法官問：「年輕筆直、快速生長的新樹**比不上**年歲較高、漸漸腐朽的老樹？」

「新樹對我們比較有價值，對森林則不然。事實上，樹齡較輕、管理完善、同質性高的樹林稱不上是真正的森林。」此話一出，她開始滔滔不絕地闡釋，字字句句有如潰堤般泉湧而出。說著說著，她滿心歡喜，慶幸自己得以存活於在世間，孜孜研習生命。她說不出為什麼，但她就是覺得感恩，或許因為自己有機會與樹為友、為樹發聲吧。她不能告訴法官，但她*愛極了*樹木，她愛它們的合作無間、它們的互惠共生、它們的錯綜複雜，她只願一生皆可就此聆聽。她當然也喜歡與她同一物種的人類——這個物種鬼祟奸詐、自私自利、受限於狹隘的軀體、無視周遭俯拾即是的智慧，但卻自認受到造物主的欽點，通曉世間萬事萬物。

法官請她闡述。丹尼斯說的沒錯：她的確像是幫學生上課。她形容一截枯腐的圓木是千百種微生物的宿主，甚至比一棵活樹更有價值。「有時我不禁猜想，一棵樹在地球上真正的使命，說不定是讓自己長得粗壯一點，以便日後逐漸枯腐、長久餵養林地上的種種生物。」

法官問說哪些生物需要一棵枯樹。

「我們就從跟我們同一目、同一科的生物說起。禽鳥，哺乳動物，其他植物。成千上百種無脊椎動物。這一帶四分之三的兩棲動物。各種爬蟲，還有那些預防蟲害的生物。一棵枯樹就像是一間規模無限的旅館。」

她跟他講述菌蠹蟲。腐木的生質酒精引來菌蠹蟲，菌蠹蟲入住腐木之中，挖掘覓食，結果不但挖出隧道般的網路，而且在腐木之中植入隨著它們而來的真菌。真菌啃食腐木；菌蠹蟲啃食真菌。

「妳的意思是菌蠹蟲利用腐木培育食物？」

「沒錯，而且不需要任何補助。」

「那些仰賴腐木和殘幹的生物是否瀕臨絕種？」

她告訴他：世間萬物相互倚賴。有一種野鼠需要老生林。野鼠吃附生在腐木上的菌菇，菌菇的孢子隨著它排出的糞便被播散到他處。若無腐木，便無菌菇；若無菌菇，便無野鼠；若無野鼠，便無播散的真菌；若如播散的真菌，便無新樹。

「依妳之見，若是保存老生林的某些區塊，我們就可以挽救這些生物？」

她想都沒想就回答。「不，不只是區塊。森林是個活生生的整體，而且發展出複雜的行為模式。個別的小型區塊韌性不足，也不夠豐盈。受到保存的區塊必須寬廣，足使大型動物居住。」

對方的律師質問，保存面積稍大的森林區塊可能花費納稅人數百萬美金，這樣做值得嗎？法官請他提出數據。律師概述延期砍伐將造成的巨大損失。

法官請威斯特弗德博士回應。她皺皺眉頭。「腐木增加森林的價值。這一帶的森林蘊藏各式各樣的生態系統，種類之繁多，沒有任何地方比得上。老生林溪流裡的魚類比一般溪流多出五至十倍。人們可以年復一年捕食魚類、採集野菇和其他可以食用的植物，這樣的經濟效益遠勝於每隔幾年就砍光林木。」

「真的嗎？妳不是打比方吧？」

「我們有些數據。」

「既然如此，市場為什麼沒有做出回應？」

因為生態系統傾向多元，市場經濟依循單一。但她夠聰明，知道自己最好不要這麼說。絕對不要攻訐地方人士奉為圭臬的原則。「我不是經濟學家，也不是心理學家。」

對方的律師宣稱皆伐挽救森林。「如果人們不伐木，數百萬英畝的林地將因風災或樹冠火而毀。」

這不是她的研究領域，但派翠西亞不能鬆手。「皆伐增加風倒的風險。樹冠火之所以生成，純粹是因為林火拖了太久才撲救。」她詳細解說森林大火與森林重生。某些毬果——尤其是晚熟型的毬果——必須藉由火焰才會迸裂，釋出種子。海灘松甚至把毬果保存數十年，等待一場讓毬果迸裂的大火。「撲救林火曾被視為合理的森林管理。但我們付出的代價遠高於我們節省的金錢。」跟她同一方的律師皺皺眉頭。但這會兒她太投入，已經顧不得客氣。

「我看過妳寫的書，」法官說。「我真的從沒想過！樹木召喚動物、支使牠們做些事情？樹木有記憶？它們餵養彼此、關照彼此？」

在鑲嵌著黑色木板的法庭中，她再也藏不住話。她滔滔不絕地訴說她對樹木的愛——它們優雅大方、它們懂得變通、它們逆境求生，它們望似一成不變，實則充滿驚喜。這些從容不迫、深思熟慮的傢伙以細膩精巧、獨一無二的語言塑造彼此、飼養鳥類、吸收碳量、淨化飲水、過濾土壤中的毒素、穩定局部地區的氣候。種種生物由空中與地底加入它們的行列，集結而成一個具有意向與動機的有機體：我們將之稱為「森林」，如今這個有機體卻承受莫大的威脅。

法官皺皺眉頭。「皆伐之後再長出來的林木不是森林嗎？」

挫折感在她心中沸騰。「你可以用人工林取代天然林。你也可以單憑一支卡祖笛編寫貝多芬的第九號交響曲。」除了法官之外，大家都笑了。「連郊區的後院都比人工林場更多元！」

「還剩下多少原始森林？」

「不太多。」

「不到以前的四分之一？」

「喔，老天爺啊！遠遠不及以前的四分之一。說不定只剩下百分之二，或是百分之三。說不定只剩下一塊長寬皆為五十英里的區塊。」她心中僅存的審慎不翼而飛。「美洲大陸曾有四座廣闊的原始森林，每一座都應當亙久長存，但每一座都在數十年間銳減。我們幾乎沒有時間感傷！這些樹是我們最後的希望，但它們以每天一百個足球場的速度消失。運送木材的卡車多到交通阻塞，車陣甚至長達六英里。

「如果你想要在最短的時間內產製最多木材、讓現有的林場賺取最大利益，那麼你就砍掉老生林，改種一排排筆直的新樹，藉此增加收成次數。但如果你想要為下個世紀保持土壤，如果你想要澄淨的清水，如果你想要多元健康的物種，如果你想要我們甚至無法衡量的穩定與成長，那麼你就得有耐性、讓森林慢慢付出。」

說完之後，她往後一靠，滿臉通紅，陷入沉默。但爭取禁制令的律師眉開眼笑，看起來開心極了。法官說：「依妳之見，老生林是否……知道一些人工林不曉得的事情？」

她瞇起眼睛，彷彿看見了她爸爸。雖然聲音不一樣，但那副無框式的眼鏡、那對高聳的眉毛、那種訝異的神情、那股強烈的好奇心，卻是大同小異。半世紀前的往事緩緩環繞著她：那部陳舊破爛、權充流動教室的帕卡德汽車，那些父女兩人開著舊車、沿著俄亥俄州西南部的鄉間小路瞎逛的午後。當年一個星期五的午後，她或許搖下車窗，凝視後視鏡中綿延開展的黃豆田，一邊吹風，一邊閒聊，而當年漫不經心的話語，日後萌芽茁壯，凝聚出她今日的種種信念，她看得出來，亦感驚嘆。

記得嗎？人類自認是食物鏈頂端的掠食者，其實不然。其他種種體型較大、體型較小、速度較快、年紀較長、年紀較輕、力氣較大的生物掌控事態、製造空氣、吸取日光。少了它們，一切全都免談。

但法官不在那部舊車裡。法官是另一個人。

「學習森林已經領悟的一切，說不定是人類永遠的工程。」

法官仔細推敲她的聲明，神情宛若她爸爸以前瞪著北美檫樹、似乎想不通那些聞起來像是麥根沙士的細枝為什麼整個冬季始終青綠。

休庭之後，他們回來聽候裁決。法官裁定延緩受到質疑的伐木行動。他還核發禁制令，西奧瑞岡州公有土地的木材全都不得買賣，直到評估皆伐對於瀕臨絕種的生物造成何種影響。人們走向派蒂，紛紛趨前道賀，但她聽不見。法槌敲下桌面的那一刻，她的聽力就關機。

她迷迷糊糊地離開法院。丹尼斯跟在身邊，帶著她沿著走廊走到外面的廣場，兩群示威者正面對峙，各自拉著橫布條，站在她左右兩側。

你不可以一路皆伐上天堂

本州支持林業；林業支持本州

示威雙方隔著狹窄的過道互罵，一方因為勝利而激奮，一方因為落敗而鼓譟，雙方皆是正正當當的好人，對土地的情感卻是南轅北轍，互不相容。他們的叫罵聲聽在派翠西亞耳裡，有如聒噪爭吵的鳥鳴，她一轉頭，看到對方的專家證人。「妳這就讓木材的價格飛漲。」

對此指控，她眨眨眼，不了解這樣哪裡不對。

「每個擁有私人土地，或是伐木權尚未期滿的林業公司，這下都會儘快砍伐。」

空間太小，無法伸展筋骨，他們的手腳因而僵硬，甚至略感麻痺。天黑之後，氣溫驟降，凍傷他們沾覆了樹汁的腳趾頭。風吹個不停，防水布隨風搖擺，撲撲作響，干擾兩人的交談。有時一根粗壯的枝幹從天而降，轟然擊中平臺。靜默更是令人不安。他們唯一的運動是在樹間爬上爬下。但在那些搖動晃蕩、光影幢幢的時日，某些在平地上似乎無法想像的事情變成了例行公事。

早上是躲貓貓時間，或說跟貓頭鷹和野鼠玩遊戲。守護者和銀杏躲在他們潮濕冰冷的高空巢穴，窺視其下一隻隻小動物，不時嚇嚇牠們，看著牠們慌張奔跑，藉此自娛。伐木工在晨霧散盡之前就露面。有時只是三人小組。有時則是二十人的小隊，各自坐在重型機械的駕駛座高聲喧嘩。有些工人婉言哄騙：「你們下來吧。只待十分鐘也行。」

「現在不行。我們忙著護樹。」

「我們得扯著嗓門大喊。我們看不見你們，脖子都快仰斷了。」

「你們上來吧。這裡很寬敞呢！」

局面呈現膠著。樹下天天出現不同的面孔，試圖突破僵局。工頭和領班也親自登場，聲嘶力竭地做出惡毒的威脅或是合理的承諾，連林產部的副總都過來探訪。副總站在蜜瑪斯的下方，戴著一頂白色硬殼帽，好像在參議院的會場演說。

「我們可以控告你們非法侵入，讓你們吃三年牢飯。」

「正因如此，所以我們不下去。」

「我們支付巨額罰款，承受莫大損失。」

「這樹絕對值得。」

隔天，戴著白色硬殼帽的副總又回來。「如果你們兩人今天傍晚五點之前下來，我們願意撤銷所有控訴。如果你們執意待在樹上，我們無法保證接下來會發生什麼事。下來吧。我們會讓你們無罪獲釋。你們不會留下任何紀錄。」

銀杏從大宴會廳的邊緣探身出去。「我們不擔心我們的紀錄。你們的紀錄才讓我們擔心。」

隔天早上，她又跟其中一個伐木工爭辯不休，兩人吵到一半，他忽然停嘴。

「喂！把妳帽子脫下來一下。」她照辦。即使兩人幾乎相距三分之二個足球場，他的訝異依然顯然可見。

「媽的！妳真是正點！」

「再靠近一點，你就不會這麼說！我凍得半死，而且一、兩個月沒洗澡囉。」

「妳他媽的幹嘛在樹上靜坐？妳想要哪個男人都行。」

「我有蜜瑪斯就夠了。」

「蜜瑪斯？」

光是讓他說出大樹的名字，就是個小小的勝利。

守護者百彈齊發，朝著樹下的伐木工丟擲揉成一團的紙張。工人們撫平紙張，眼前出現一張張素描，鮮活呈現空中兩百英尺的生命景象。工人們大感折服。「這些是**你畫的？**」

「沒錯。」

「你沒騙我？樹上真有**越橘莓？**」

「一叢又一叢，多得很呢！」

「還有水池和小魚？」

「不只這些呢。」

時光流逝，日日潮濕冰冷，一天比一天難熬。接替守護者和銀杏的樹坐者始終沒有出現。對峙局面進入第二周，圍在蜜瑪斯樹基的工人們愈來愈光火。

「你們在這荒郊野外，方圓四英里看不到半個人，若是出了什麼事，只怕沒有人曉得。」

銀杏送下一句句讚美的言辭。「你們都是大好人，連威脅都是說說而已。」

「你們會害我們丟了飯碗。」

「你們的老闆才會害你們丟了飯碗。」

「胡說！」

「過去十五年來，機器已經取代三分之一的人力，你們的生計大受影響。愈多樹木遭到砍伐，愈多人丟了飯碗。」

伐木工們不知如何回應，於是改採其他策略。「老天爺啊，樹是作物，會長回來！你們沒看到南邊那些森林嗎？」

「人們發了一次大財，」守護者朝著他們大喊。「然後各種生態系統得花一千年才會恢復平衡。」

「你們兩人到底怎麼回事？你們為什麼厭惡人類？」

「你們在**說些什麼**啊？我們之所以這麼做，全是**為了**人類。」

「這些樹終究會死，總有一天會倒下來。我們應該趁著它們活著的時候砍下來利用，以免浪費。」

「好極了！我們這就趁著你爺爺身上還有些肉，把他絞成肉餅當晚餐吃了。」

「這是哪門子瘋話？我們幹嘛跟你們多費唇舌？」

「我們必須學習愛護地球。我們必須珍惜大自然。」

其中一個伐木工舉起電鋸，用力削砍蜜瑪斯基幹的枝葉，然後後退一步，抬頭仰望，手裡揮舞著一根有如桅桿般粗壯的枝幹。「我們餵養大家。你們呢？」

他們朝著銀杏大喊，顯然打算採取車輪戰。「我們了解這些森林。我們尊重這些樹。這些樹害我們的朋友們喪命。」

銀杏愣住了。她根本無法想像樹居然會殺人。

樹下的人們乘勝追擊。「妳不能阻礙成長！大家都需要木材。」

守護者看過數據。每人每年消耗的木材高達幾百板英尺，還有半噸紙張和紙箱。「我們必須明智一點、想想我們需要什麼。」

「我必須餵養我的小孩。你們呢？」

守護者正想叫罵幾句自己肯定會後悔的話，銀杏就把一隻手擱在他的胳臂，阻止他開口。她凝視下方，試圖聽聽樹下的人們說些什麼。他們基於工作所需，必須執行萬分危險、攸關生死的任務，他們學會了這些技術，也做得非常出色，可不願因此而受到攻訐。

「我們並不是叫你們什麼都別砍。」她晃動手臂，伸向兩百英尺之下的人們。「我們只是請你們懷著感恩之心砍樹，而不是將之視為理所當然。若是心懷感恩，你們就不會予取予求。至於這一棵樹？我們更應該心懷感恩，因為它就像是耶穌來到凡間……」

她的話只說了一半，因為她跟守護者不約而同地心想：耶穌終究也難逃仆倒的命運。

有些時日，雨水之中夾帶冰霜，令人厭世。有些午後，濕氣凝重，黏黏答答。但接替他們的樹坐者依然沒現身。守護者強化集雨系統，銀杏建造了一個方便女性如廁的便池。第三個星期接近尾聲之時，工人們開始在附近伐木，但工作了兩小時就不得不暫止。附近的大樹棵棵有如摩天高樓，鏈鋸若是使用不當，再加上微風吹起，難保大樹倒下之時不會傷到兩位樹坐者，而工人們可不想犯下過失殺人罪。

那天晚上，洛契和火花終於出現。洛契爬入蜜瑪斯的樹冠層，來到樹間的平臺，火花待在樹下站崗。

「抱歉他媽的拖了好久。最近營區內部……有些紛爭。『洪堡林業』和他們的人馬也布下警戒線，封鎖整個山腰。兩個晚上之前，他們追上了我們，兀鷹被他們逮到，關進牢裡。」

「他們連晚上都在監看？」

「我們在旁等候，一找到機會就溜進來。」

洛契遞上寶貴的補給品——一包包速食麵，桃子和蘋果，十種穀物的早餐麥片，加了溫水即可食用的北非小米調理包。守護者端詳這些物品。「沒有人來接替我們？」

「我們現在不能冒這種風險。有人威脅說要殺了食苔人和灰狼，他們被嚇得跑回家。『生命抵禦軍』的地面運作非常缺人。我們內部溝通有些問題，老實說，我們目前根本沒有人手。你們可不可以再待一會兒？一星期就行了。」

「沒問題！」銀杏說。「我們可以永遠待在樹上。」

永遠！守護者心想，如果他也聽得到神靈的指點，說不定他就辦得到。「老兄，樹上好冷，濕冷的寒風直竄身子呢。」

銀杏說：「我們已經習慣了。」

守護者稍加修正。「大致習慣了。」

洛契繫上安全吊帶。「我得趁著他們逮到火花和我之前趕緊下去。留心那個叫做卡爾的攀爬高手。我是說真的，這傢伙靠著他那雙釘鞋和一大圈纜線就有辦法爬樹，『洪堡林業』已經雇了他，這傢伙讓其他樹坐者非常頭痛。」

「他聽起來像是林間怪談，純屬虛構，」守護者說。

「絕對不是。」

「他強行把人們拉下樹？」

「我們可以聯手，」銀杏宣稱。「而且這會兒我們已經站穩腳步囉。」

伐木工再也不露面。該吵的都吵了，沒什麼好爭執。「生命抵禦軍」重新供應的補給品也逐漸告罄。

「我們肯定還被圍困，」守護者說。但他們遙望各處，地面上卻無路障。四下亦無人跡，人類似乎已從地球上消失，只留下遠古的化石。他們身處高聳的樹冠層，除了晚上窩在他們身邊取暖的鼴鼠，樹上沒有更大型的動物。

他們都說不出究竟過了多少天。尼克每天早上在一個手製的日曆做記號，但等他上了廁所、擦了澡、吃了早點、夢想著製作哪些藝品忠實呈現森林之美，他多半已經忘了自己是否做了記號。

「這有什麼關係？」銀杏問。「風雨幾乎快要停歇。天氣愈來愈暖和。白天愈來愈長。我們知道這些就夠了，不需要什麼日曆。」

守護者整個下午都在素描。他素描從每個縫隙中冒出來的青苔。他素描把蜜瑪斯妝點得有如神話故事的松蘿和其他飄懸的苔癬。他的手在畫紙上移動，思緒漸漸成形：除了食物，人們哪需要什麼？而諸如蜜瑪斯之類的大樹，它們自己就可以養活自己，世間哪種生物比它們更自由？

山嶺之間的凹口依然隱隱傳來機械的嗚嗚聲。附近有把電動鏈鋸，再過去有部集材卡車。兩位樹坐者愈來愈分辨得出各種機械聲。有些早晨，他們只能憑藉這些聲響來判定自由經濟的大軍是否依然襲向這片有如神祉般宏偉的森林。

「他們肯定打算讓我們餓得放棄。」但在那段等待補給的漫長時日中，他們依然存有北非小米的調理包和滿懷的想像力。

「我們撐得下去，」銀杏說。「越橘莓快要結果了，我們很快就吃得到。」她小口小口地吃著鷹嘴豆，好像享用美食。「我以前始終不曉得怎麼品嘗。」

他也不曉得。在此之前，他從不知曉自己身體聞起來是什麼味道、自己的糞便如何分解為堆肥；他從未體會當他久久凝視被枝幹切割的光影、他的思緒會產生什麼變化；他從未聽聞當日落西山、林間生物依然屏息靜候夜幕低垂、他的血液會發出什麼聲響。

微風一吹，樹間東搖西晃，他們所感知的現實似乎隨之偏倚。午後刮起大風，他們相互支撐，使出全力拉住彼此。風勢勁揚之時，萬物赫然隱沒，四下只有大風。防水布瘋狂地拍打，針葉猛烈地掃過，幾乎把他們打昏。大風吹起時，你的腦子裡只有風聲；你不會想到素描、詩作、書籍、使命、感召，你只會心驚膽跳地想到強風，生怕自己一不小心就被吹得歪歪斜斜摔到樹下。

日光一消逝，他們兩人之間僅有聲響。蠟燭和煤油燈太寶貴，不可以浪費在閱讀之類的奢侈之舉。他們不知道下一批補給品是否能夠突破警戒線、是否仍有警戒線，他們甚至不確定是否有一個「生命防禦軍」之類的組織、是否有人記得他們依然高居千年大樹之間、依然急需補給品。

她在黑暗中握住他的手，他也只需要這個信息。他們鑽進彼此懷裡，讓黑暗吞噬兩人，如同先前的每個夜晚。「他們在哪裡？」

她所謂的「他們」可能是兩群人——如果神靈們也算數，那就是三群。不管她問的是哪一群，他的答案一律是：「我不知道。」

「說不定他們忘了這一小片林地。」

「不，」他說。「我覺得他們不會。」

她身後的月光勾勒出她的輪廓。「他們不能贏。他們不能擊敗大自然。」

「但是他們可以把事情搞砸，讓世間好久不得安寧。」

然而在一個像這樣的夜晚，當林間響起數以百萬計的生命交響曲、當皓月的光芒透過蜜瑪斯的樹梢流洩而下，連尼克都不禁相信綠樹自有盤算，而在它們的盤算之中，哺乳動物時代似乎是一段微不足道的插曲。

「噓，」她說，即使他已經默不作聲。「那是什麼？」

他好像知道，也好像不知道。另一個小小的生物發出通報，揭示自己所在之處；它正在探測伸手不見五指的樹間，試圖估算自己在這個龐大樹冠層中的地位。老實說，他的眼睛已經睏得睜不開，她的問題也有如象形文字般抽象。他既無法駕馭黑夜，也完全不知如何利用黑夜，索性乖乖屈服。但他的神智依然相當清醒，足可有所領悟：*我已經好久沒有活得如此穩當、如此踏實。*

他們沉沉入睡。他們再也不拴上繫帶。但他們依然緊緊依附著對方，夜夜如此，幾無例外；一人若從平臺的邊緣摔出去，另一人依然情願跟著往下摔。

當天光再現，他在自製的日曆打了一個沒什麼意義的小勾。他梳洗、小解、進食、爬向他醒來之時的老位置——他始終把頭倚著她的腳，好讓兩人一醒來就看到彼此。他可曾想過自己會在二百英尺的高空過活？想來不禁莞爾。但話又說回來，誰能預見自己會在哪裡過活？而當你見證了樹冠層的生命萬象，你怎會甘願留在地面？豔陽一寸寸地橫越過夏日的天空，他在緩慢移動的光影中畫畫。一張白紙上的幾筆塗鴉，說不定果真可以改變世界，他已漸漸看出這一點。

她坐到平臺邊緣，掀開防水布，遠眺這片岌岌可危的森林。林間愈來愈多光禿之處，而且漸漸朝著他們逼近。她聽尋神靈們的聲音，企盼他們恆久的擔保。他們並非天天報到。她拿出她的筆記本，以她娟秀細小的筆跡草草寫詩。

他看著她拿著海綿、用他們收集的雨水擦澡。「妳爸媽知道妳在哪裡嗎？萬一……出了什麼事情？」

她轉身，赤裸裸地打寒顫，眉頭一皺，好像這是一道進階級非線性動力模式的考題。「自從我們離開愛荷華州之後，我就沒跟我爸媽通過電話。」

梳洗完畢、穿上衣服、太陽仰角移動了七度之後，她補了一句：「不會的。」

「什麼不會？」

「不會有事。他們跟我保證這個故事會以喜劇收場。」她拍拍蜜瑪斯，而這個傢伙啊，即使已經步入後中年期，光是今天就從空氣中吸收了四磅二氧化碳，添增了不少分量。

他們窩在睡袋裡閱讀，藉此消磨漫長的白晝。他們已經讀遍前任各個樹坐者留在吊床裡的每一本書。他們並排躺下，厚厚的莎士比亞全集擱在兩人的小腹之上。他們每天下午閱讀一齣劇本，輪流扮演劇中的各個角色。《仲夏夜之夢》。《李爾王》。《馬克白》。他們讀了兩本精采的小說，一本是三年前的近著，一本是一百二十三年前的舊著。兩人快要讀完舊著時，她幾乎已是啜泣。

「妳喜愛這些人物？」書中各個故事令他著迷。他在乎其後的發展，但她似乎心碎。

「喜愛？沒錯。或許吧。但他們全被禁閉在一個小方盒裡，卻也渾然不覺。我只想抓著他們、搖醒他們、對著他們大喊：拜託喔，走出你們的小框框，看看周遭的世界！但他們辦不到，尼克，活生生的萬物都在他們視線之外！」

她的臉一扁，眼中再度流露出赤裸裸的情感。她為了人類的盲目而哭，即使只是虛構的人物。

他們再次閱讀《神祕森林》。這書像是一株短葉紫杉：再望一眼，層次更加鮮明，也更啟迪人心。他們讀到樹枝何時抽出新枝、樹根如何尋獲水源，即使水源藏匿在封閉的水管裡，樹根也有辦法取得。樹木看得到顏色。一棵橡樹說不定有五百萬個根尖，各自朝向與敵樹相反的方向延伸。特定樹種之間存在著所謂的「樹冠羞避」，即使空間擁擠，相鄰的樹木會幫彼此留下縫隙，樹冠也會相互避讓。在一個奇特的交易市場，人們以樹木工藝品作交易，樹根、樹幹、樹枝、樹葉，形形色色，無奇不有；樹木各具巧思，藉由空氣把種子散播到數百英里之外。為了生長繁衍，樹木使出各種花招，促使比它們年輕幾百萬年、成天東奔西跑的小東西幫忙播種，而這些小東西甚至不疑有他。樹木還會略施小惠，賄賂一下小動物，小動物們卻以為自己賺到一頓免費的午餐。

他們讀到埃及卡納克神殿和三千五百年前自海外移植的沒藥樹。有些樹木知道如何移居。有些樹木記得過往，也會預卜未來。有些樹木精心調節開花與結果的時程，有如策畫萬人大合唱。有些樹木侵占土地，只為了讓後代可以生長繁衍。有些樹木號召昆蟲大軍前來救援。有些樹木的樹幹中空，空間大到足可容納一個小村莊。有些樹木的樹葉葉底長了一層絨毛。有些樹木的葉柄細長，藉此應付風勢。樹木的年輪是一部史書，輪輪詳載四季的豐盈。

「你感覺得到嗎？」她問他，近晚時分，西方的天空絢麗璀璨，令人眼花撩亂。他明瞭她的意思，她無需多做解釋。他們鎮日相處，頭靠著頭，肩抵著肩，不知道花了多少個鐘頭只為了凝思而凝思，如今他已經讀得懂她的思緒。

你感覺得到它悄悄升起、悄悄消逝嗎？那種持續不斷的靜滯。那種讓人分心、無所不在、你甚至感覺不到自己已被它環繞的氛圍。那種毅然決然的確知。那種讓你魯莽來到這裡的愚勇。全都不見了！他感覺得到——他的確感覺得到。這樹就像是一座巨大的信號塔，而他倆在此守望，憑藉著流洩而下的點點日光，支撐心中的信念。

仰頭一望，蜜瑪斯的枝幹直入雲霄。「我們爬上去吧，」她跟他說。他還來不及反對，就已瞧見一身汙泥的她高踞樹梢、雙腳纏繞直通地面的樹幹、雙臂往上一甩、神色寂寥地望著藍天。

有天晚上，尼克好夢方酣，忽然之間，蜜瑪斯劇烈晃動，把他震得滾到平臺邊緣。他猛然伸出手臂，緊緊抓住一根細長的樹枝，望向二十層樓高的樹下。奧莉維亞在他身後尖叫。他跌跌撞撞地爬回平臺中央，風勢愈來愈強，防水布被吹得歪七扭八，失去了保護的功效，冰雹穿過針葉急急落下，重重地打在他們身上。上方傳來震耳欲聾的爆裂聲，尼克抬頭張望，赫然瞧見一根比他大腿還粗的樹枝從三十英尺的高處徐徐墜下，連帶扯斷其他比較細小的枝幹。

暴風從四面八方襲來，吹得奧莉維亞貼向蜜瑪斯的樹幹。她緊抓著平臺，幾近歇斯底里。樹尖往右傾斜幾英尺，猛然一晃，往左大幅搖擺。尼克有如一個擺錘，在這個全世界最高聳的節拍器上左右搖晃。他堅信自己難逃一死，絕對錯不了！他咬緊牙關，從下顎到腳尖處處緊繃，一心只想著如何保命。但他已筋疲力盡。他何不放手，就此一了百了？

有人在冰雹中跟他大喊。奧莉維亞。「不要。抗拒。不要抗拒！」

這話有如當頭棒喝，他回過神來。她說的沒錯。若是緊張抗拒，他頂多再撐三分鐘。

「放輕鬆。乘著風。」

他望著她碧綠的雙眼，迎上她狂熱的目光。她隨著狂風搖擺，身段柔軟，神閒氣定，好像狂風根本不是一回事。不到幾秒鐘，他看出了究竟。紅杉不怕狂風。數千陣狂風曾經吹過蜜瑪斯的樹冠，說不定甚至數萬陣，而蜜瑪斯所做的只是隨風擺動。

他把自己交付給狂風，蜜瑪斯就是如此，因而挺過了千千百百狂風暴雨。一億八百萬年來，紅杉始終如此。沒錯，數百年前，一場風雨曾經傷害這樹。沒錯，狂風暴雨可能吹倒這種高聳的巨杉。但不是今晚。今天晚上，在這樣的暴風之中，紅杉的樹梢跟地面任何一處同樣安全。彎下身子、隨風擺動就行了。

嚎叫聲劃穿冰雹紛飛的狂風。他也放聲嚎叫，以示回應。不一會兒，兩人的嚎叫漸漸轉變為撫慰的笑聲。他們又笑又叫，高聲嘶喊，直到世間的叫囂和怒吼都變為感恩的祝禱。久久之後，他終於鬆開緊緊握拳的雙手，但兩人依然隨著狂風高聲唱和。

隔天近午，三個伐木工來到蜜瑪斯跟前。「你們兩個還好嗎？昨天晚上風好大，吹倒了一些大樹。我們很擔心你們。」

警察居然製作了錄影帶，令人難以置信。一年之前，這種畫面搖晃、模糊不清的錄影帶會被警察銷毀，以免留下證據。但無法無天的示威者改變策略。為了反擊，警察必須嘗試新的做法，而且這些做法必須詳加記錄、評估分析、去蕪存菁。

攝影機的鏡頭隨著群眾移動。人群隨著街道散開，繞經古銅色的公司招牌。他們環繞公司總部，倚著雲杉和冷杉而坐，好像打算露營。即使掌鏡的攝影師惶恐焦慮，畫面之中絕對只是一群依法和平集會、展現美式民主的民眾。人們遠遠站在地界線之外，唱著他們的歌曲，搖著他們的布條旗幟：**停止非法伐木**。**國有土地不可濫殺**。但警察不時出現在畫面之中，抑或徒步探看，抑或騎馬巡邏；有些坐在車子的後座，車子裝備齊全，有如裝甲運兵車。

咪咪不可置信地搖搖頭。「我從來不曉得這個市鎮有這麼多警察。」道格拉斯一跛一跛地跟在她身旁，雙膝內彎，望似O型腿。「你知道我們不必這麼做。最起碼有六個人願意上場。」

他猛然轉頭看著她，幾乎跌了一跤。「妳在說什麼啊？」他看起來像是一隻得意洋洋幫主人叼來報紙，卻被主人用捲起來的報紙海扁的黃金獵犬。「等等。」他碰碰她的肩膀，一臉困惑。「咪咪，妳害怕嗎？如果妳不想上場，妳不必——」

這傢伙真是善良，令人如何承受？「我沒事。我只是說這次不要逞英雄。」

「我上次也沒有逞英雄。我怎麼知道他們打算毀了我這對寶貝的蛋蛋？」

那天的景況她全都看在眼裡：他的牛仔褲被剪到褲襠，隨著微風飄盪，他所謂的「蛋蛋」暴露在空中，受到化學刺激物灼燙。在那之後，他屢次試圖讓她再瞧一眼、親眼見證他所謂「奇蹟般的復原」，但她就是辦不到。她真心喜歡這個男人，除了她兩個妹妹和她們的小孩之外，說不定沒有人比道格拉斯更讓她在乎。這麼一個毫無戒心、天真爛漫的傢伙居然有辦法活到四十歲，著實令她訝異。她無法想像自己不看顧他。但他們兩人真的很不一樣。如今他們奉獻自我，攜手護衛一動不動、從不傷人的樹木，為了某種高尚的目標而奮鬥，藉此消弭心中無時不刻的自殺意念，但除此之外，他們毫無共通之處。

他們走向部署調度的卡車，人們在車旁發放中空的鋼筋長管，也就是示威者最新的祕密武器。「我們當然要上場。咪咪小姐，妳意下如何？我拿過紫心勳章，以後說不定還會再拿。我打算把勳章串成一串，像隻蚯蚓似地。」

「道格拉斯，不要再受傷了，我今天承受不了。」

他下巴一揚，朝著站成一排的警察撇嘴，似乎等著他們衝過來。「妳去跟他們說吧。」然後他神情一亮，好像已將過去全都拋在腦後。「天啊！瞧瞧這些人！妳說這是不是個群眾運動呢？」

頭一個違法之舉——跨越地界線，踏入企業的地產——發生在鏡頭之外。但攝影機很快就聚焦於行動。畫面先是模模糊糊，然後漸漸清晰，鏡頭之中，幾群和平示威者走過林蔭大道，踏上修剪整齊的草坪，然後就地站定，高聲應和擴音器裡傳出的口號。

一群民眾！聯手抗爭！永遠不會落敗！

一座森林！若被毀滅！永遠不會再生！

兩名警員走向非法侵入的示威者，請大家後退。他們的話被錄下來，聽不太清楚，但還算客氣。過不了多久，集結成群的民眾卻變成一個個四處奔竄的餌球。他們大聲叫囂，奚落挑釁，恰是警方想要避免的局面。一位滿頭灰髮、彎腰駝背的女人大喊：「等到你們尊重我們的物產，我們就會尊重你們的物產。」

攝影機猛然轉向左方，鏡頭瞄準九個衝過草坪的示威者。先前的爭執竟然是個聲東擊西的策略，目的在於引開大樓入口處的警察。策略奏效。每個往前直衝的示威者都拿著一根長約三英尺的鋼管，鋼管中空，插得進一隻手臂。

畫面切換，場景移至室內。一小群示威者把自己跟左右兩側的夥伴拴在一起，圍住大廳中央的一根圓柱。好奇的員工們紛紛站到走廊上。警察從攝影師的後面走出來，試圖控制這個混亂的局勢。

示威者已經演練如何盡快就位。但一到真正的大廳，再加上四處走動的員工和追捕在後的警察，行動可就不俐落。混戰之中，咪咪和道格拉斯被人群擠散，結果兩人面對面圍著一個圓環坐下。他們有三秒鐘的時間把自己鎖住。道格拉斯把左手手臂伸進中空鋼管，一條纜線繞在他的手腕上，纜線上有個鉤環，他把鉤環扣上焊接在鋼管裡的鐵桿，他的夥伴們也這麼做，幾秒鐘之後，這群示威者就成了一個堅不可破的九人圓環，除了鑽石鋸，沒有東西可以分開他們。

他們圍著巨大的圓柱盤腿而坐。道格拉斯把頭歪向一側，依然看不到咪咪。他大喊：「咪咪！」那張在他眼中象徵著世間一切美善的圓臉探了出來，對他咧齒一笑。他想跟她比個讚，然後才想起來他的大拇指鎖在圓滾滾的鋼管裡。

攝影機跟著示威者移動，拍下每個人的特寫。一個高高瘦瘦、門牙之間有個缺口、長髮蓬亂、綁了馬尾辮的男人開始唱歌。We shall overcome。We shall overcome[58]。剛開始有些人竊笑，但唱到第三小段，其他示威者齊聲加入。五個警察上前拉扯，但九人圓環可不容易被解開。一個身穿制服的男人發言，彷彿照著提詞機讀稿：「我是桑德斯警長，在場諸位已經違反刑法第……」九人圓環高聲喊叫，蓋過他的發言。他暫時住口，閉上眼睛，然後再度發言。「這裡是私人土地。我代表奧瑞岡州命令諸位驅散。如果拒絕和平退場，諸位將因具有犯罪意圖之非法侵入而被捕。任何試圖拒捕的舉動都將依違反刑法第——」

高高瘦瘦、門牙有個缺口的人高聲大喊，蓋過警長的聲音。「你應該過來加入我們。」

警長略為退卻。有人在鏡頭之外大喊：「你們都是歹徒。你們只想惡搞別人！」

九人圓環又開始頌唱。更多警察上前包圍。警長又往前跨步。他的發言緩慢、清晰宏亮，好像一個小學老師。「把你們的手從那個……那個鬼東西裡抽出來。你們有五分鐘的時間，如果你們依然不肯鬆手，我們就使用胡椒噴霧器，迫使你們就範。」

圓環之中有人說：「你們不能這麼做。」攝影機的鏡頭移向一個亞洲女孩，她個頭嬌小、圓臉、黑髮、剪了一個俐落的鮑勃頭。警長在鏡頭之外說：「我們當然可以。而且我們會這麼做。」圓環之中傳出喊叫聲。攝影機不知道該把鏡頭對準何處。大家可以聽到圓臉女孩說：「除非碰到危險，否則依據美國法律，任何公職人員都不可以使用胡椒噴霧器。你看看我們！我們連動都不能動！」

警長看了看他的手錶。「三分鐘。」

大夥七嘴八舌，同時發言。鏡頭緩緩移過大廳中困惑的群眾，切回示威者，聚焦於一張張驚慌的臉孔。推擠扭打；圓環之中的一個小夥子被人從後面踢了一腳，高聲叫痛。攝影機急急轉向，鏡頭對準門牙有個缺口的男人。他的馬尾辮前後晃動。「她有氣喘病，老兄，嚴重氣喘。你不能對氣喘病人使用胡椒噴霧器，這樣會讓人送命。」

有人在鏡頭之外大喊。「那你們就聽警長的話。」

門牙有個缺口的男人拼命點頭，貌似驚慌。「咪咪，鬆手。快點，把手抽出來！」

灰髮女子大喊大叫，壓過他的聲音。「我們全都同意同進同退。」

警長大喊：「你們違法，你們的行動危害社會。請你們馬上撤出這些場所。你們有六十秒鐘的時間。」

現場依然混亂，六十秒鐘匆匆而過。「我再跟你們說一次：請你們馬上解開扣鎖，把你們的手從鋼管裡抽出來、盡速離開、不要惹事。」

「我為了保衛這個國家，飛機被敵人打下來，空軍還頒給我一枚十字勳章。」

「我五分鐘前就命令你們驅散。我已經警告你們會有什麼下場，看來你們也接受。」

「我才不接受呢！」

「我們這就使用胡椒噴霧器和其他化學劑，逼你們把手從鋼管裡抽出來。我們會一直噴，直到你們鬆手。你們要不要鬆手，省得活受罪？」

道格拉斯歪著身子左右探看。他看不到她。圓柱擋在他們中間，九人圓環愈來愈躁動。他大聲呼喊她。她在那邊！她歪著頭，一臉驚恐地盯著他。他大喊大叫，但現場太吵雜，她聽不到他喊些什麼。他們凝視對方，雖然只是一瞬，感覺卻若永恆。他趁著這個短暫的一刻傳遞緊急的信息。妳不必這麼做。在我心裡，妳的價值遠遠勝過這個公司所能殘殺的一座座林木。

她的目光蘊含著更多信息，千言萬語歸結於最令人難以承受的寥寥數語：道格拉斯、道格拉斯。他們在幹啥？

•••

他們從最靠近警長腳邊的女子下手。她四十多歲、稍微過胖、髮梢金赤、眼鏡鏡框是去年流行的款式。一位警員從她後面趨近，一手拿著紙杯，一手拿著棉花棒。警長的聲音沉著平穩。「不要抗拒。任何對我們造成威脅的舉動都視同襲警，而襲警可是重罪。」

「我們上了鎖！我們上了鎖！」

另一位警員隨同前來，協助那位拿著紙杯和棉花棒的同事。他一手按住女子，另一手壓著她的頭往後仰。女子衝口而出：「我是傑佛遜中學的生物老師，我已經教了二十幾年書，我教那些國中生——」

有人在鏡頭之外大喊：「這下換妳受教囉！」

警長說：「把妳的手從管子裡抽出來！」

女老師深深吸口氣。有人大聲喊叫。警員拿起棉花棒揉擦她的右眼。女老師用力掙扎。警員花了一點功夫，繼續用棉花棒揉擦她的左眼。化學劑凝聚在眼瞼之下，沿著女老師微微後仰的臉頰泌泌流下。女老師痛得呻吟，有如受傷的小動物，音量逐漸攀升，最後終於放聲尖叫。有人大喊：「**住手、住手！馬上住手！**」

「我們可以提供冷水讓妳沖洗眼睛。妳一鬆手，我們立刻送上。妳要鬆手嗎？」前來相助的警員又壓著她的頭往後仰，拿著棉花棒的警員在她的眼睛和鼻子裡塗抹化學劑。「妳鬆手，我們馬上給妳冷水沖洗。」

有人大喊。「你們會害死她。她需要看醫生。」

拿著棉花棒的警員朝著後援人馬揮手。「我們接下來要用噴霧器，比棉花棒更可怕。」

女老師的尖叫變成哀號。她已經痛得摸不到鉤環，根本無法鬆手。兩位執法的警員沿著順時鐘方向，將目標轉移到九人圓環之中的下一個示威者。這人三十出頭，人高馬大，看來比較像是伐木工，而不像喜愛貓頭鷹的環保主義者。他死命低頭，緊緊閉上眼睛。

「這位先生，你打算鬆手嗎？」

他健壯的寬肩一縮，但他兩隻手臂套在鋼管裡，無法脫身。前來相助的警員拼命壓著他的頭往後仰。警方占了優勢。當第三位警員出手相助，男子的脖子很快就往後歪斜。但強迫他張開眼睛可不容易。警員們按住他的頭，試圖把棉花棒伸進他的眼瞼下方。濃縮胡椒水四處潑灑，其中一小滴流入他的鼻子，把他嗆得喘不過氣來。攝影機繞著大廳拍了一圈，然後把鏡頭拉到窗外，抗議群眾在外面的草坪上高喊口號，渾然不知大廳裡出了什麼事。一位警員打斷男子抽抽搭搭的喘息聲。「你打算鬆手嗎？先生？先生，你聽得到我說話嗎？你準備放棄了嗎？」

有人大喊：「你們沒有良心嗎？」

有人尖叫：「用小瓶子噴他們的眼睛。」

「酷刑！酷刑！這裡是美國耶！」

攝影機搖搖晃晃，好像醉鬼似地頻頻晃動。

警員們消失在圓柱後方，道格拉斯心急如焚，連珠炮似地說話。「她有氣喘病！老兄，你不能對她噴胡椒。老天爺啊，這樣會要她的命！」

他不管手臂被鋼管掐得發痛，拼命靠向右側。他看到警員們站到她的兩側，那個身穿制服的男子在她身後彎下腰，雙手捧住她的頭。三個大男人欺凌她的雙眼。警長說：

「這位小姐，妳鬆手，我們就放妳走。妳不必受罪。」咪咪旁邊的女子開始乾嘔。

道格拉斯高喊咪咪的名字。拿著棉花棒的員警一手按上她的脖子。「這位小姐？你打算鬆手嗎？」

「拜託不要傷害我。我不想受罪。」

「那妳就鬆手。」

道格拉斯驚慌失措，不停扭動，幾乎弓起身子。「**鬆手！鬆手！**」咪咪迎上他的注視。她的目光灼灼，近似癲狂，鼻孔微微顫動，好像一隻受困的小白兔。他猜不透這樣的目光，她想要做出某些揭示嗎？她的雙眼似乎說道：*不管發生什麼事，別忘了我試圖做些什麼*。員警把她嬌美的臉蛋往後一按。她的喉嚨微隨即格格作響……

然後他想起來了。*他動得了，而且容易得很*！他慌張摸索繫繞在手腕上的鉤環，用力一按，鉤環從鋼管裡的鋼桿鬆開，他就行動自如。他飛速從鋼管裡抽出手臂，跌跌撞撞地站起來，高聲咆哮：「你們給我閃邊站！」

周遭諸事倒未因而慢了下來，而是他的腦筋轉得飛快，眾人的一言一行全都趕不上他。他的時間似乎多的不得了，足以讓他慢慢盤算：*跟警察動粗。拒捕。重罪。十至十二年的牢飯*。他還來不及轉身，警察已經把他銬上手銬、緊緊制住他。眾人甚至還沒大喊：避開！避開！他就已被壓倒在地。

那天晚上，一個餘悸猶存的攝影記者爆料，把影片洩漏給媒體。

丹尼斯帶來南瓜濃湯，跟派翠西亞在她的小木屋裡共進午餐。「派蒂？有件事我甚至不曉得該不該跟妳說。」

她頭一歪，輕輕靠向他的肩膀。「你已經起了頭，現在說這話不是太遲了嗎？」

「禁制令發揮不了作用。老實說，禁制令已經沒用了。」

她抽身，神情嚴肅。「這話是什麼意思？」

「昨晚電視上說，另一個法庭做出裁決，妳那場聽證會雖已核發禁制令，但森林局不受到那個裁決的約束。」

「不受約束？」

「他們打算批准一個審理中的砍伐計畫。全州各地的民眾全都抓狂。他們已經在一個伐木公司的總部展開示威。警察用化學劑塗抹示威者的眼睛。」

「**什麼**？丹尼斯，這樣不對吧。」

「新聞裡播出一個片段。我看不下去。」

「你確定嗎？我們國家會發生這種事？」

「我看到了。」

「但你剛說你看不下去。」

「我**看到了**。」

他的口氣好像甩了她一巴掌。他們在爭吵，而他們兩人都不知道如何爭吵。丹尼斯羞愧地低下頭，好像一隻闖了禍、保證下次會規矩一點的小狗。她握住他的手。他們就這麼坐在空空的湯盤之前，凝視屋前鐵杉林中的小空地。她想起法官在聽證會上提出的問題。荒原究竟有何功用？世間的森林若因人類不停追求繁榮而變成一個個幾何區塊，她的心血又有何意義？微風吹拂，鐵杉尖長的羽狀複葉隨風搖擺。好一個優美的側影，好一株細緻的林木。它可曾替人類感到難為情？它可曾為了所謂的效率和法院的禁制令感到窘困？它樹皮鐵灰，枝幹嫩綠；它針葉扁平，沿著細長的枝條而生，不停向外延展；它生性沉穩，頗具哲思，即使歇息時亦泰然自若；它毬果細小，狀若串串雪鈴，安於沉靜。

她卻打破了沉靜，真是罪過。「示威者的**眼睛**？」

「警察用棉花棒在他們的眼睛裡塗抹胡椒水。看起來……唉，看起來不像是我們國家會做出來的事情。」

「人類真是奇妙。」

他轉頭看她，一臉訝異。但他是個有信念的男人，於是他默不作聲，等著聽她說出她想要說出的解釋。沒錯，她心想，而且愈想愈確定。人類真是奇妙，而且注定沒有好下場。正因如此，所以她永遠不可能生活在人群之中。

「絕望無助促使人類意志決絕。世間沒有比這個更奇妙。」

「妳認為我們絕望無助？」

「丹尼斯，伐木怎麼可能中止？我們甚至無法延緩伐木。我們一心追求成長，一切作為也都是為了成長。努力成長，快速成長，一年超越一年。我們一再追求，在所不惜，一路攀上懸崖，覺得自己別無選擇。」

「我了解。」

他顯然不了解。但他願意為她撒個小謊，她看在眼裡，只覺心酸。她想要告訴他，種種巨大而急速轉變已讓我們居住的行星脫序，高聳的樹木也已瀕臨險境，慢慢地、漸漸地傾倒。空氣與水的循環體系已遭損壞。生命之樹將再度崩垮，淪為一截布滿無脊椎動物的腐木，泥土將會掩沒它，細菌也會吞噬它，除非人們……除非人們如何？

人們親上火線，挺身對抗。即使在這片早已遭到破壞、損失遠不及南方慘重的森林，人們……人們照樣被毒打、被施虐。他們的眼睛被棉花棒抹上了胡椒水，而她身為林木學家，深知世間天天損失數萬億片樹葉，消失之後也無從取代，卻是什麼都沒做。

「妳覺得我崇尚和平，對不對？」

「噢，丹尼斯，你幾乎跟植物一樣和平。」

「我覺得糟透了。我真想痛揍那些警察。」

她捏捏他的手，示意他看看在風中晃動的鐵杉。「人類啊。真是受罪！」

他們把骯髒的碗盤拿到他的卡車上，以便他載回鎮上。她在車門旁一把抓住他。

「我算是有錢，對不對？」

「不至於有錢到可以競選公職，如果妳打算競選的話。」

她大笑，笑聲略為刻意，也太快擺出正經的模樣。「就地保育行不通。看來將來也不可能改進。」他看著她，靜靜等候。她心想：如果其他人都跟這個傢伙一樣安於旁觀等候，世間說不定就可以得救。「我想要創立一個種子銀行。自從人類從樹上爬下來，世間的樹種已經減少一半。」

「因為我們嗎？」

「全世界的森林每十年就減少百分之一。每一年都有一個比康乃狄克州更大的區塊消失。」

他點點頭，好像很訝異人們居然忽略這種狀況。

「等到我離世時，三分之一的已知物種說不定都已絕跡，甚至二分之一。」

她的話語令他困惑。她到底有何打算？

「成千上萬我們毫無所悉的樹種，還有那些我們幾乎來不及分類的物種，這就像是圖書館、博物館、藥局、文史檔案館，同時全被燒光光。」

「妳要創設一個諾亞方舟。」

她聽了微微一笑，但聳聳肩。「沒錯，我要創設一個諾亞方舟。」

「哪裡可以儲藏……」他這才意識到她的點子真奇怪。找個庫房儲存耗時數十億年演化的成果？他一手搭上車門，凝視扁杉的樹梢。「妳……妳打算拿它們怎麼辦？它們果真可以……？」

「丹尼斯，我不知道。但一粒種子可以休眠幾千年。」

傍晚時分，他們父子在山腰相遇，遠眺大海。他們好一陣子沒見面了。今日在這個全新的處所相遇之後，下一次見面恐怕得等好久。

尼雷，那是你嗎？

爸，我們到了。這樣行得通！

年老的丐者走向藍膚的天神，揮了揮手。天神挺直站立。音效很差，尼雷。

我聽得到你說話，爸。別擔心。這裡只有你和我。

我真不敢相信。這裡好棒！

這沒什麼。等著瞧吧！

藍膚天神試圖行走，步履蹣跚。你看看你的裝扮！你瞧瞧我的模樣！

我只希望讓你開心，爸。

他們並肩而行，拖著蹣跚的步伐沿著飽受大海侵蝕的懸崖前進。父親早已遠赴明尼蘇達州的診所就醫，他們自此再也不可能像這樣漫步。其實自從男孩小時候，他們父子就不曾像這樣並肩而行，邊走邊聊，話語滔滔不絕，步伐也快捷俐落。

這裡好大，尼雷。

不只這些。還有更多。

所有細節真是不得了！你怎麼辦到的？

爸，請相信我，這只是開始。

藍膚天神搖搖晃晃地走到懸崖邊。天啊。看看下面。海浪！

他們站在瀑布頂端，瀑布水勢湍急，轟轟隆隆地直墜下方的海岸。岩石星羅棋布，散見岸邊，各經白浪雕蝕，貌似童話中的城堡，各個潮池微光閃爍。

尼雷。這裡好漂亮！我什麼都想瞧瞧！他們沿著岸邊走了一會兒，然後轉向內地。這會兒我們在哪裡？

這是什麼地方？

這一切全是想像，爸。

沒錯，但看起來眼熟。

我正希望如此！

父親之後會跟男孩的母親說，他在一個新世界走了一遭，世界剛剛成形，人類尚未露面，四下迷濛，熱帶的光影又斜又長，令他困惑。細砂棕黃，大海碧藍，群山將他們團團圍繞，他瞇著眼睛瞧瞧茂生的植物，如此青綠，如此豐盈。他始終不太注意植物。他這輩子始終沒時間認識它們。如今他再也沒有機會。

他們沿著一條綠樹成蔭的小徑往前走，小徑直通一棵大樹，大樹矗立在燦爛的艷陽下，枝葉綿延開展，有如巨大的陽傘。天啊，尼雷，這是什麼？你的科幻創作嗎？他以為他兒子的漫畫雜誌依然堆在床底下積灰塵。

不，爸，那是龍血樹[59]。

真有這種樹？我們地球上真有這種樹？

丐者微微一笑，伸手一指。這裡的一切都是有憑有據！

藍膚天神漸漸察覺，海中的魚、空中的鳥、爬行於這個虛擬地球的種種生物，全都只是粗略的雛型，有朝一日，這裡將是一個避難所，原生世界已然消逝，而種種挽救自那個世界的生物都將在此得到庇護。他走向其中一棵樹冠似傘的大樹。玩家們可以在這裡做些什麼？

丐者不加思索，脫口而出。爸，你要它做些什麼？

喔，尼雷，我記得！妙答、妙答！

丐者描述這套開放式電玩的規模。你可以採集香料、獵捕動物、種植作物、砍伐樹木、製作材板、挖煤採礦，你可以談生意、做買賣，你可以建造木屋、市府、教堂、世界奇觀……

他們繼續前進。氣候變了，周遭更形蓊鬱。小獸潛行於林下葉層，禽鳥翱翔於樹梢之上。人類什麼時候才會登場？

下個月底。

嗯，快囉！

你依然會在這裡，爸。

沒錯，尼雷，當然。你再跟我說一次我怎麼點頭？藍膚天神正在學習點頭。他還得學習好多事情。然後呢？

然後我們會被塞爆。五十萬名用戶已經登錄。月費二十美金。我們預估會有好幾百萬的收入。

我很高興看到現在這種景觀。我的意思是，趁著人們湧入之前。

我也是。而且只有我們兩人！

新手毗濕奴天神蹣跚地沿著步道前進。這會兒他們必須攀越山嶺。峽谷覆滿青綠的藤蔓。天神暫且止步，一臉敬畏地環顧四周。然後他再度跨步，走上蜿蜒的林間步道。

只過了四分之一世紀，爸，自從我們寫程式、指示電腦說「哈囉」，至今只過了二十五年。趨勢依然直線上揚。

處理器跑了兆萬次——處理器的前身，正是由藍膚天神協助研發——身隔兩千英里的父子二人一同遙望遠山，凝視未來。這片大地將會朝氣蓬勃，充滿無窮的願景；生命將更豐盈，萬物將更富庶，處處令人驚喜；版圖將會不斷擴展，服膺創建之初的理念。然而人們依然各據一方，亟欲開疆闢土。

他們沿著壯麗的山峰而行。遠眺其下，一條古老的大河蜿蜒流經一座濃密青綠的叢林。藍膚天神站定，靜靜凝視。終其一生，他始終思鄉。他受到野心的驅使，從古吉拉特邦的小村遷至人稱金州的加利福尼亞。他沒有國家，只有工作和家人；他活了一輩子，心中始終暗想：也就只有我一個。如今他俯瞰蜿蜒的大河，數百萬人願意每月付費，前來此地。而他卻將遠去。

尼雷，這會兒我們在哪裡？

沒有所謂的「哪裡」，爸。這是一個全新的世界。

喔，是啊。不，不，我了解。但這些動物和植物。我們已經從非洲走入亞洲嗎？

跟我來。我讓你看個東西。丐者帶著兩人沿著曲折的山路走進濃密的叢林。他們踏上迷宮般的步道，條條七彎八拐，看起來都一樣。形形色色的生物竄過林下葉層。

印度苦楝樹，尼雷。太神奇了！

還有更多呢。

叢林愈來愈稠密，步道愈來愈狹窄。蕨草蔓生，藤蔓爬伏，其間不時閃過一個個躍動的黑影。然後父親看見了：這座華美茂生的虛擬叢林之間，隱藏著一座神殿，神殿被一棵菩提榕吞噬，早已坍塌。

啊，我的小王子。你真的做出了一些名堂。

不只是我。這是數百人、甚至數千人的心血。我連他們叫做什麼都不知道。你也是其中之一。你以前的研究……丐者轉身，他朝著纏繞千年巨石的樹根揮揮手，哪裡有個縫隙，樹根就往哪裡鑽入鑽出。他豎起他粗糙的小拇指。你瞧，爸？一切全都來自一粒這麼一丁點大的種子……

藍膚毗濕奴想問：我怎麼讓我的雙眼盈滿淚水？但他反而說：謝謝你，尼雷，我該走了。

是的，爸，下回見囉。這是一句無傷大雅的謊言。在這個世界裡，丐者剛剛走過半個大陸。但在另一個世界裡，他太虛弱、太憔悴，不可能冒險搭飛機。而那個方才赤腳走過崎嶇山脊的藍膚天神，在另一個世界中，他的軀體有如一部程式紛亂的電腦，時時顯示信息錯誤，只怕撐不到新世界登場。

他的虛擬身軀點點頭，手掌合十。謝謝你帶我走這一趟，親愛的尼雷。我們很快就到家了。

前後十三秒鐘，雷．布里克曼的腦血管如同潰堤般迸裂，理性智能全面崩盤。

臥室的電視轟轟隆隆地播放晚間新聞。以色列軍隊摧毀巴勒斯坦橄欖園。雷窩在百衲被裡，一手按了按遙控器的音量鍵，試圖讓轟隆的電視聲掩沒自己的思緒。桃樂絲在浴室裡梳洗，準備上床休息。她一步一步慢慢來，如同每個夜晚：吹風機、電動牙刷、水龍頭，依次發出聲響，直到冷水簌簌流進陶瓷洗臉盆。他聽在耳裡，聲聲讓他察覺夜色已深，昔日野狼的嚎叫，或是潛鳥的啼鳴，想必也是昭示夜色。但如同那些鳥獸的叫喚，浴室裡的這些聲響也會很快消失。

她在浴室裡待了好久——但何必如此？今晚種種事端……她不能明天早上再好好梳洗嗎？她八成想要乾乾淨淨地上床，好整以暇地面對暗夜的一切狀況，但狀況再棘手、暗夜再可怕，難道會比白晝更糟糕？

一切都說不通。今晚之後，他無法想像她會願意回到這張他倆共享了十二年的床鋪。但他更無法想像她會在走廊另一頭的小房間過夜——曾有一時，他們夢想著把那個房間改造成嬰兒房，但那似乎是上輩子的事。他願意毀了這張床鋪。他願意把精心雕刻的橡木床頭板劈了當柴燒。電視主播說：「近來加拿大各地的小學校園都在砍樹，藉此確保學童們的安全……」

雷瞄了瞄電視螢幕，但搞不懂自己在看什麼。第一秒、第二秒、第三秒。當時他思緒依然清晰，心中暗想：*我始終以為兩人說了就算數，誤以為自己過得很開心。我也始終堅信生命有其意義與前景。這下全完了。*

這些思緒只花了不到四分之一秒。他暫且閉上眼睛，回想當年的試鏡。他倆頭一次約會。女巫們叫他無需擔心明日。除非樹木長了腳、走動了幾英里，除非森林往上爬、攀升至遠方的山坡，否則沒有人傷害得了他。他無需顧慮，最起碼目前安全無事，因為誰有辦法移動森林，或是迫使樹木從地底抽出樹根？我們位高權重的馬克白將在大自然的環抱中頤養天年。但他被分派到另一個角色。他不是馬克白，而是那個移動森林的麥德夫。

雷的眼瞼閉了半秒鐘，種種影像隱隱浮現：他倆頭一次上床、他倆頭一次登臺。兩人的往昔、兩人的昨日，一而再、再而三地映現。嬌俏的馬可白夫人，芳齡至多二十四，雖已成年，心性依然焦躁不定。黑暗之中，他那神經緊張、鬼靈精怪的心上人倚著他，連珠炮似地問了他一連串問題，好像焦慮的面試官：你對你爸媽的觀感如何？你可曾歧視任何有色人種？你可曾扒竊任何東西？即使兩人初識的頭一晚，他已經看出他們會相互扶持，一起邁向暮年。他們的命運早已注定，時間終會證明一切。他已經看出永恆——他的、她的、他們的永恆。

永恆畢竟難料。他必須把握當下，振作起來，好好過活。但如何辦到？為何辦到？電視新聞切換到另一個混亂的景象。雷恍恍惚惚地看望：民眾圍成人鏈，警方試圖突破。浴室嘩嘩的水聲暫止。第六秒、第七秒。所有的親密關係都形同占有。一小時之前，他太太就是這麼告訴他。你覺得事情總會過去、我終究會恢復理智？我終究會變回你那個鬼靈精怪的小桃樂絲？

他試圖跟她說他早就知道了。一年了。甚至更久。但他依然守在她身旁。她可以愛來就來、愛走就走；她想要跟誰在一起、想要做些什麼，也都隨她高興。他只求她待下。

這樣比占有更糟。簡直就是扼殺。你在扼殺我，雷。

他試圖提醒她：他們之間情緣未了。他們仍有理由必須守在一起。他看到了預兆；過去這幾個月，他一直看得清清楚楚。他們的婚姻仍有存在的必要。他們注定相屬。

沒有人注定屬於任何人。雷，你必須放手讓我走。

浴室裡有些動靜，窸窸窣窣，聽起來似乎沒什麼要緊。而後沉默了兩秒鐘，他開始感到緊張。一切都說不通。他什麼都管不了。他轉頭繼續盯著電視。民眾的眼睛裡被噴了胡椒水。究竟所為何來？究竟意義何在？

第九秒、第十秒，他滿腦子法律思維，好像上了巡迴法院。他的腦海中縈繞著一個念頭——幾個月前的一個晚上，當他太太跟另一個男人翻雲覆雨、偷偷摸摸搞婚外情，他待在家裡看書，頭一次興起這個念頭。這並非他的創見，而是竊取自別人受到版權法保障的著作，他日後可得記得付費。時間改變了哪些東西可被擁有，也改變了哪些人有權擁有。人類百分之百虧待周遭萬物，然而我們卻都看不出來。我們必須為了我們竊取的每一個點子、每一樣事物，償還世間。

電視螢幕上的民眾開始尖叫。說不定尖叫聲發自他的內心，因為他眼睜睜看著自己面色發黃、摔倒在地。她站在浴室門邊，大喊他的名字。他的嘴唇動了動，但發不出任何聲音。

那種感覺就像我想到「書」，妳就放了一本在我手裡。

他從床上滑到松木地板。他的雙眼緊貼著迴旋的木紋，眼中布滿血絲。他腦血管毀損，曾經穩當的一切全都有如一座過分開鑿的礦坑般崩塌。鮮血湧入他的腦皮層，從今之後，除了這副殘破的身軀，他已一無所有。

星期一早晨七點半、咪咪走進辦公室時，一個身穿灰褐色嗶嘰呢西裝的男人已經站在她的桌邊。她瞄了一眼就知道這個陌生人是誰。「馬小姐？」

一個個壓平的紙箱疊靠著她的辦公桌。他老早就進入她的辦公室。基於職務所需，他必須比她先到，確保不會發生任何狀況。她電腦的電源線已被拔下，每一條連結線都整整齊齊地捲成一團，擱在電腦主機上。檔案早已移除；他們已經趁她先前喝咖啡、吃貝果時處理了檔案。

「我是布蘭登．史密斯，特地前來協助妳離職。」

她早就知道會發生這種事情。她不斷出現在電視新聞裡，被控非法入侵，她的工程師同事們或許願意忽視這些過失——人類這種物種畢竟生來就有許多缺失——但她公然挑戰進步、自由、財富，不巧的是，人類將這三者視為與生俱來的權利，因此，她的同業們可不會輕易原諒她。

她瞪著這個專門雇來請她走路的男人，直到對方望向他處。「葛瑞斯以為我打算在這裡搞破壞？竊取某些陶瓷模具的商業機密？」

男人組裝一個紙箱。「我們有二十分鐘的時間裝滿這個箱子。妳只能帶走私人物品。我會清點妳想要帶走的每一樣東西，核准之後妳就可以簽字離開。」

「簽字離開？簽字離開！」她怒氣騰騰，提高嗓門，而公司之所以雇用眼前這名男子，目的不就在於避免這種狀況嗎？她轉身走向門口。灰褐西裝男幾乎動手擋人。

「妳一踏出門口，這間辦公室就形同封起，不得進出。」

她猶豫了一下，在她的桌旁坐下。不，這已經不是她的桌子。她覺得昏昏沉沉。他們怎麼做得出這種事？他們怎麼如此有恃無恐？我會告到他們破產。但法律站在他們那一邊，他們八成站得住腳。人類真是惡棍。法律形同打手。同事們走過她的辦公室，人人只是稍微放慢腳步、探看一下這場鬧劇，然後侷促不安地悄悄走開。

她把她的書放進西裝男幫忙組裝的箱子裡。然後是她的筆記本。

「筆記本是公司財產，妳不可以帶走。」

她壓下憤然丟擲釘書機的衝動。她用西裝男遞給她的白紙把照片包起來，放進紙箱。卡門和她那匹肯塔基山馴馬。艾美莉亞一家在托斯卡尼的游泳池畔。她爸爸站在黃石公園的小溪裡。她上海的爺爺奶奶、兩人一身盛裝、手裡拿著孫女們的照片，而終其一生，他們始終無緣與這三個美國孫女相見。

一套套益智遊戲。一副副裱框的趣味俗諺：行動勝於空談。有人將杯子視為半空，有人將杯子視為半滿。工程師眼中的防護裝置，始終比實際所需大了兩倍。

「妳收拾完了嗎？」她專屬的監察員說。

一個貼滿三角旗幟的行李箱。一個印著外國人名的置物箱。

「妳的鑰匙。」她搖搖頭，然後交出她的公司鑰匙。他在那張他叫她簽字的單子上做個記號，表示鑰匙已經交回。「請跟我來。」他抬起紙箱。她抓起行李箱和置物箱。長長的走道上，同事們一臉好奇，匆匆走過。他把箱子擱在地上，動手鎖門。鎖一扣上，她馬上想起一事。

「他媽的，把門打開。」

「這間辦公室已經上鎖。」

「**開門！**」

他照辦。她走進辦公室，走向一面牆壁，站到椅子上，小心翼翼地移下那幅畫齡一千兩百年、描繪得道羅漢的古畫，仔細捲收，放進袋子裡。然後她跟著西裝男走到大門口，行經多年以來天天親切相迎、如今假裝忙於工作的職員。她步履蹣跚，抱著她職業生涯的家當走向停車場時，西裝男穩穩站在公司大門口，宛若守護伊甸園的天使，天使守在東側入口，以防偷吃禁果的凡人再度闖入，竊食其他足可解決一切難題的果子。

靈長類動物只曉得自己劫數難逃，這一點啊，道格拉斯說了又說，正是所有麻煩的根源。時值午夜，他坐在公路旁一個簡陋破爛的酒吧裡，電子舞曲震耳欲聾，酒客們都是半吊子的好戰分子和擁槍自重的愛國人士。他嘮嘮叨叨，講個不停。

「你們想想，知道自己死定了，對你有什麼好處？難不成你以為自己聰明絕頂、看得出來自己這身臭皮囊還挺得住你說多久？幾千幾百天？」

跟他一起坐在椴木吧檯前的酒友說：「你他媽的閉嘴，好嗎？」

「樹就不一樣囉。它們的眼界、它們的時間觀，我們簡直望塵莫及——」

有人迅雷不急掩耳地揮拳，重重打上道格拉斯的頰骨。他一頭撞上杉木地板，很快昏了過去，甚至沒聽到那人站到他身旁、撂下一句：「老兄，抱歉，但我警告過你了。」

等到他醒來，他的朋友小史早就走了。他試探性地摸一摸腦袋和臉頰，嗯，骨頭沒斷，但臉脹脹的，感覺不太對勁。他頭冒金星，眼前一陣烏黑，全身疼痛不堪，但他碰過更糟糕的狀況，而且挺了過來。他讓好心的女侍扶他站起來，活動一下手腳。「知人知面不知心喔。」這回沒有人出言反對。

他走到酒吧的停車場，坐進車裡，試圖琢磨出一套稱不上計畫的計畫。據他所知，他無處可去，到哪裡都討不到救兵，他只能求助於跟他一起拯救世界的夥伴，也就是那個加入他的行列、投身宏大目標的女孩。她了解他絕望的心情，只有她知道如何接納他、賦予他此生的目的。這種時候跑去找咪咪，說不定有點過分。雖然她從來不曾明言禁止他晚上登門造訪，但她肯定不太高興。不管怎麼說，她會知道如何處理他這張被打得亂七八糟的臉。

有次他們銬在一起靜坐示威，在一條連伐木公司都不感興趣的小路坐了好幾個小時，百無聊賴之餘，她跟他提起幾段轟轟烈烈的戀情。她居然是個雙性戀。他聽了整個人飄飄然，八成用一根羽毛就可以把他推倒。說真的，她想要他是個什麼人，他就願意是個什麼人。這個世界仰賴多種不同的生物，各自進行古怪的嘗試。他只願她有時讓自己踏入她幽密的內心世界、信得過他、視他為知己，把他當作僕人都無所謂。他只願咪咪和她任何一位現階段的真命天子准許他在旁觀看；他願意守護他們，助他們抵禦邪惡的世間。

他掙扎著插入鑰匙、啟動引擎。現在他說不定不該開車。但他的頰骨鬆動，一隻眼睛滲出黏液。他真的沒有其他地方可去。他慢慢駛出停車場，開上鄉間公路，駛向市區和他心愛的人。

他沒看到那部停在路肩上的卡車，也沒看到卡車跟著他悄悄開上柏油路，直到他的後視鏡布滿刺目的白光、巨大的卡車撞上他的後保險桿，他才看出怎麼回事。他搖搖晃晃地往前開，試圖減緩車速。卡車轟然加速，再度追撞。他不能煞車，甚至無法思考。前方有個下行坡道，他踩下油門，加快車速，但卡車緊追不捨。開到山坡底時，他飛快衝過鐵路平交道，趁著列車駛過時喘口氣。

他朝著十字路口駛去，開到路口時，他猛打方向盤，以兩倍的車速忽然右轉，好像操作風帆似地做了一個兩百七十度的大轉彎。等到車子終於停下，他已經全身僵硬地坐在十字路口，空空的伐木卡車沿著公路揚長而去，駕駛還猛按喇叭，聲勢浩蕩地說拜拜。

道格拉斯愣愣地坐在車裡，萬分驚恐。這個突襲比警察的任何行動更令他心寒，甚至比當年他的飛機被擊落更令人喪氣。最起碼墜機只是時運不濟，純粹是老天爺一如往常跟他賭輪盤。但這個突襲他的瘋子可是處心積慮。

他駛離十字路口，慢慢開回市區，雙眼緊盯著後視鏡，一刻都不敢移開視線，生怕車後隨時又會冒出那兩道刺目的白光。但他總算平安無事開到咪咪的公寓。公寓裡的燈還裡亮著。當她開門，她顯然醉了。他望向她身後，公寓裡亂七八糟，一軸字畫攤開，橫置在客廳地上。

她搖搖晃晃，口齒不清。「怎麼了？」

他訝異地摸摸自己的臉。算了，什麼都別提。他還來不及回答，她就把他拉進家中。就這樣，他們終於因為樹木而找到了歸屬。

亞當．阿皮契邁出右腳，踏入一個想像中的缺口，往上跨步。他拉動繩索的滑結，邁出左腳，再跨一步。別想已經懸空踏了多少步，他喃喃自語，我以前一天到晚都在爬樹呢！但這會兒亞當可不是沿著樹幹攀爬，而是拉著一條細細的繩索、懸掛在一根粗得他無法目測的樹幹旁、提心吊膽地攀上高空。厚達一英尺的樹皮布滿溝紋，紋理之深，幾乎容納得下他的手。他仰頭一望，赭紅的樹幹直入雲霄，沒入霧中。他感覺繩索開始旋轉。

有人從高處大喊：「靜下心來。不要掙扎。」

「我辦不到。」

「你辦得到。你絕對辦得到。」

他的喉頭一緊，驚慌得幾乎嘔吐。但現在打退堂鼓已經太遲，於是他一英尺一英尺地往上攀爬，踏過這段不可能達成的路程。快要爬到樹頂時，他大膽仰望。棲居樹間的一男一女輕聲鼓勵，但他聽不清楚，也不敢相信。當他終於踏上類似堅實的地面，他依然氣喘吁吁。他不太舒服，但最起碼保住了性命。

「你看吧？」女子容光煥發，神采奕奕，他看在眼裡，不禁懷疑自己難不成半路摔死、來到了天堂。男子乾瘦，一臉落腮鬍，遞給他一杯水。亞當喝下。一時之間，他相信自己會沒事。他腳下的平臺隨風搖晃。兩位樹坐者在他身邊徘迴，奉上莓果。

「謝謝，我還好。」然後補了一句：「最起碼比五分鐘之前好多了。」

那個叫做銀杏的女子跳上一根樹枝，踏上權充儲藏室的平臺，翻尋一種她宣稱可以治療暈眩的茶。她身上沒有任何安全繩索，赤腳遊走於離地二十層樓高的平臺之間。他把臉埋進塞了針葉的枕頭裡。

過了一會兒，暈眩感稍止，亞當才探頭往下看。下方的森林殘缺不全，東缺一塊，西缺一塊。先前他跟著一個叫做洛契的嚮導偷偷穿越殘缺的森林，親眼見證浩劫，如今登高一望，更是驚心。幸賴一場近年為時最長久、信念最堅決的樹坐示威，這棵大樹暫且逃過砍伐的命運，孤零零地矗立在林中。示威活動由兩個樹坐者主導，而亞當就是為了這兩人而來——他的論文以受到誤導的理想主義為題，這兩人正是最佳研究對象。光禿禿的區塊上冒出零星的樹叢，好像小夥子沒刮乾淨的鬍碴。到處都是剛被砍斷的樹幹，熔渣微光閃閃，砍伐的痕跡依然焦黑，殘枝落葉之間滿是木屑。溪谷之間偶爾冒出幾株樹幹，顯然因為坡度太陡，伐木工懶得走下溪谷砍伐。

這位自稱守護者的男子指指遠方。「這些鬆動的表層土將被沖入鰻河[60]，一路殘殺魚類，直到河流入海。我現在幾乎想不起來，但十個月之前，當我們剛剛上來的時候，放眼望去一片青綠。試圖拖延他們的進度？唉，算了吧。」

亞當不是心理醫師，訪問了沿海地帶兩百五十名社運人士之後，他更是不敢妄下評論。但守護者要嘛極度沮喪，要嘛極度實際。

遠方火光一閃，重型機械嗡嗡作響，守護者傾身一望。「你看那邊。」一個鮮黃的影子橫行於距此一英里半的林間，更多樹木漸漸消失。

「今晚什麼登場？」銀杏問。

「索道絞盤機。還有兩部挖土機。我們八成很快就會被封鎖，甚至撐不到明天。」他看看亞當。「你想問什麼就趕緊問，最好今天晚上就下去。」

「或是加入我們，」銀杏說。「我們把客房讓給你。」

亞當無法回答。他依然頭痛欲裂，連呼吸都痛苦萬分。他只想回到聖塔克魯茲，分析他所收集的問卷，從不容置疑的數據中推論出尚待驗證的結語。

「我們當然歡迎你待下，」銀杏跟他說。「我們原先只是志願待上幾天，結果過了將近一年，我們還在樹上。」

守護者微微一笑。「如同約翰・繆爾所言：『我只是出去走走，最終卻待到日落……』」

亞當狂吐，膽汁濺過空中，直墜兩百英尺之下的大地。

兩位受訪者坐在平臺上，盯著亞當遞給他們的問卷和鉛筆。他們的雙手髒兮兮，沾染了褐色和綠色的污漬，指甲縫裡一層污垢，身上飄散芳醇的土壤味，聞起來像是紅杉。研究者好不容易爬上一張權充瞭望塔的吊床，吊床搖搖晃晃，一刻都不停歇。他端詳兩人的神情，試圖看出他們是否跟他訪問過的多位社運人士一樣狂熱偏執、自視為救世主。男子氣度寬宏，但似乎聽天由命。女子沉著冷靜——一個屢經挫敗的凡人，怎麼可能如此泰若自然？

銀杏問道：「這是你的博士論文？」

「沒錯。」

「你的假設是什麼？」

亞當做了多次訪談，他對這個問題幾乎已經麻木。「我不能多說，因為我說的每一句話都可能影響你們的答覆。」

「你的理論植基於我們這一群……」

「不、不。談不上理論。我只是收集資料。」

守護者笑笑，笑聲尖細，聽起來有點粗魯。「你這種做法不太正確，是嗎？」

「為什麼不太正確？」

「做研究的時候，如果缺乏理論指引，你如何收集資料？」

「我已經跟你說過了，我研究環保鬥士的人格特質。」

「你是說他們病態的信念？」守護者說。

「我絕對沒有這個意思。我只是……我想要研究一下這一群人，他們相信……嗯，怎麼說了？他們認為……」

「他們認為樹也是人？」

亞當大笑，隨即後悔。他不該笑。肯定因為人在高處，致使頭腦不清。「沒錯。」

「你希望你把問卷的分數加起來、做些迴歸分析，你就可以——」

女子搔搔她夥伴的腳踝。他輕聲斥喝，那副模樣已經回答亞當想要偷偷納入問卷的兩個問題之一。另外一個問題是：他們身處兩百英尺的高空，這裡又沒有隔間，他們如何當著彼此的面上大號？

銀杏的微笑讓亞當覺得自己心態狡詐。她比他年輕許多，但也沉穩許多，確知自己想要什麼。「你想要研究有些人為什麼認真看待包羅萬象的世界，尤其是當世人眼中只有旁人？其實你應該研究為什麼大家認為世界上只有人類才要緊。」

守護者大笑。「那不就是病態嗎？」

片刻之間，他們頭頂上的太陽停下了腳步。然後慢慢西移，終將再度沒入靜候的大海。正午的日光漫過大地，地景一片燦金，如夢似幻。加州。美國的伊甸園。這些大樹是侏儸紀古生林的遺族，也是世間的唯一，自成獨一無二的小世界。銀杏翻翻手中的問卷，即使亞當已經請她不要事先瀏覽。第三頁的幾個問題略顯幼稚，她看了不禁搖頭。「你從這些問題裡看不出任何重要的面相。如果你想要了解我們，我們聊一聊就行了。」

「嗯。」亞當被吊床搖得頭昏腦脹。他哪裡都不敢看，只敢緊盯身下這個七乘九英尺的平臺。「問題是……」

「他需要數據。簡單的量化。」守護者朝著西南方揮揮手，鏈鋸嗚嗚嗡嗡的聲響持續逼近。「請填寫以下這項類比：問卷之於複雜的人格特質，就如同索道絞盤機之於……」

銀杏一躍而起，動作之輕快，讓亞當覺得她肯定會從平臺邊緣摔出去。她蹲在平臺一側探頭觀看，守護者往後一仰，穩住平臺，兩人顯然都沒有察覺他們這種混合雙打般的妙招。銀杏轉向亞當。他等著看她像是伊卡洛斯[61]般直墜地面。「我只差三學分就可以拿到精算學的學位。你知道什麼是精算學吧？」

「我……這是一個陷阱題嗎？」

「以現金價值核算人類性命，即為精算學。」

亞當深深吸口氣。「拜託妳……坐下來好嗎？」

「現在根本沒風！但是，好吧，我這就坐下，前提是你必須回答我一個問題。」

「好、好，拜託妳……」

「你難道不能看著我們、直接提問？你可以從問卷裡得到哪些當面問不出的答案？」

「我想要知道……」嗯，這樣會毀了問卷的可信度。他等於引導他們作答，如此他們每個答案都將作廢。但這會兒他置身一棵千年古樹之上，不知怎麼地，他再無顧忌。他想要談一談，而他已經好一陣子不想跟任何人談話。「許多證據顯示，團體忠誠度干預理性思維。」

銀杏和守護者朝著彼此咧嘴一笑，好像他剛剛告訴他們實證顯示大氣層之中多半是氣體。

「人類**造就**現實。水力發電廠、海底隧道、超音速客機，全都是人類造就，這點你很難駁斥。」

守護者笑笑，略顯倦容。「我們並沒有造就現實。我們只是試圖規避。最起碼目前是如此。我們掠奪自然資本，渾然不顧應該付出什麼代價。這會兒帳單來了，我們卻付不起。」

亞當無法決定自己應當微微一笑，或是點頭稱是。他只知道約定俗成的社會現實對這一小群人起不了作用，而他必須了解他們的祕訣。

銀杏端詳亞當，好像透過實驗室的雙面鏡觀察他。「我可以再請問你一個問題嗎？」

「妳想要問什麼都行。」

「我的問題很簡單。你覺得我們還有多少時間？」

他不了解她的問題。他看看守護者，但守護者也等著他回答。「我不知道。」

「打從你心裡估算，你覺得人類再過多久就會摧毀周遭的一切？」

她的話語讓亞當窘困。這個問題有如老生常談，你在大學生的寢室或是星期六深夜的小酒館，經常聽到同樣的爭辯。他為什麼掌握不了情況？他非法入侵、冒著生命危險爬樹、跟這兩人胡扯，難道就為了多取得兩個數據點？不，絕對不值得。他移開目光，遙望飽受摧殘的紅杉林。「我真的不知道。」

「你認為人類消耗資源的速度超過大自然所能替補？」

這個問題根本無法估算，甚至顯得沒什麼意義。然而，他心中某種糾結悄悄鬆動，彷彿赫然開通。「沒錯。」

「謝啦！」她對她這位超齡的門生顯然相當滿意。他對她咧齒一笑，已示回應。銀杏搖頭晃腦，目光灼灼。「而你認為兩者的差距正在縮小或是擴大？」

他已經看過圖表。每個人都看過。火勢才剛起頭呢。

「一切都太簡單，也太明顯，」她說。「系統的容量有限，其間的成長卻呈等比級數增加，結果必定導致崩潰。但人們看不出來。所以囉，人類的威信已經破產。」銀杏緊盯著他，眼神既是饒富趣味，也是同情憐憫。亞當只希望吊床停止搖擺。「我們的家園著火了嗎？」

他聳聳肩，嘴角一撇。「或許吧。」

「而你卻只想觀察那一小群即使周遭眾人樂於袖手旁觀，他們依然高喊救火的激進分子？」

一分鐘之前，這位女子是亞當研究觀察的對象，現在他卻想要跟她交心。「這種心態有個名稱。我們稱之為『旁觀者效應』。我曾經親睜睜看著我的教授翹辮子，因為課堂上沒有半個人起身相助。團體的人數愈多……」

「……人們愈不容易高喊救火？」

「因為如果真有問題，當然會有人——」

「——說不定已經很多人——」

「——即使其他六十億人——」

「六十億？其實是七十億。再過幾十年，說不定上百億。我們很快就會吃掉地球三分之二的淨生產量。在我們有生之年，世界對木材的需求量將增加三倍。」

「當你快要撞上牆壁，猛踩剎車只怕來不及。」

「所以乾脆眼不見為淨？」

遠處隆隆的機械聲忽然中止，四下陷入沉靜，但過不了一會兒，機械再度咆哮。亞當漸漸感覺這整個研究只是讓自己分心。他應該研究的是嚴重到難以想像、沒有任何人可以袖手旁觀的病態現象。

銀杏打破沉默。「我們並不孤單。其他物種試著連絡我們。我聽得見他們說話。」

亞當打了冷顫，頸背的寒毛直豎。他身材高大，毛髮濃密，頗似猿人。但大自然的信息無影無形，已在演化的過程中遺失。「聽得見誰在說話？」

「我不知道。說不定是樹木。或是生命的動力。」

「妳的意思是，他們大聲說話？」

她摸摸樹皮，好像愛撫寵物。「不是非常大聲，比較像是合唱團在我腦袋裡哼歌。」她看著亞當，神情安祥，好像剛邀他留下來吃晚餐。「大學快畢業的時候，我在我的床上觸電，心跳停止，你可以說我死了。但我活了過來，而且聽到他們說話。」

亞當轉頭看看守護者，探詢這話是否瘋癲。但這位滿臉大鬍子的智者只是揚起眉毛。

銀杏拍拍她的問卷。「我想這會兒你找到了你要的答案？救世者的心理特質？」

守護者碰碰她的肩膀。「哪一個說法比較瘋狂？植物在講話，還是人們聽得見？」

亞當聽都沒聽。直到這一刻，他才坦然面對長久以來分明就在眼前，卻始終不願正視的事實。他喃喃自語：「有些時候，我大聲跟我姐姐說話。她在我小時候失蹤了。」

「嗯，這麼說來，我們可以研究你嗎？」

他漸漸悟出一個心理學永遠無法發掘的真理。相較於綠色植物的思維，人類的意識難脫癲狂的色彩。亞當伸出雙手，試圖穩住身子，卻只碰到微微搖晃的枝條。這樹應當對他懷有惡意，但它撐住了他，讓他穩穩待在幾乎看不到地面的高空之中。這樹對他下了藥。他看著眼前一條藤蔓般的枝條，再度感到天旋地轉。他只能緊盯著銀杏的臉龐，彷彿想要放手一搏、不顧一切地解讀她的人格特質，或許自己也可因此得到救贖。

「它們？它們在說些什麼？這些樹？」

她試圖向他娓娓道來。

•••

他們交談時，敵方繼續前進，移至距離他們最近的排水溝。巨樹一棵棵倒下，傾倒時連帶截斷其餘巨樹的枝幹，聲聲令亞當震懾驚愕。巨樹有如摩天樓般傾倒，針葉和木屑蒙蔽了天空，景況之狂暴絕非亞當所能想像。「落木區是殺戮戰場，」銀杏說。「他們剷平一切，幾乎寸草不留，這樣一來，樹倒下來的時候才不會折斷。他們簡直是在殘害土地。」

一棵跟亞當腰圍一樣粗的大樹劃穿空中，轟然倒下。落地的那一瞬間，地面被震得宛若液化。

午後時分，他們瞧見洛契穿過被砍伐一空的森林，緩緩從遠處走來，準時前來護送這位心理學研究生返回洪堡郡的封鎖線。但他顛簸的步伐傳達出某種信息，揭示任務已改變。行抵樹下之時，他抬頭大喊，叫他們把繩索和安全吊帶放下來。

「怎麼回事？」守護者問。

「我上去了再跟你們說。」

他們在狹小的平臺為他挪出空間。他臉色發白、氣喘吁吁，但不是因為攀爬而疲累。「恩媽和摩西出事了。」

「他們又被抓了？」

「他們死了。」

銀杏高聲哭喊。

「有人砲轟辦公室。他們剛好在裡面撰寫講稿。警方宣稱他們用私藏的火藥炸死自己，同時指控『生命抵禦軍』是國內恐怖組織。」

「不、不，」銀杏說。「不。怎麼可以這樣？」

眾人一語不發，但心中滾滾翻騰。守護者說：「恩媽怎麼可能是恐怖分子？她甚至不准我在樹上釘釘子。她跟我說：『鐵釘說不定會傷了那個鋸樹的傢伙。』」

•••

他們聊起恩媽和摩西，追述恩媽如何訓練他們、摩西如何敦請他們在蜜瑪斯的懷裡靜坐，有如在兩百英尺的空中舉行追悼會。亞當想起他在研究所讀過的論述：回憶始終是個眾人協力、持續進展的工程。洛契爬下樹，急著趕回防禦線，加入平地上哀傷的夥伴們。「我們什麼都無法挽回，但最起碼可以一起努力。你要跟我下去嗎？」他問亞當。

「你想待下也可以，」銀杏說。

亞當躺在他搖搖晃晃的吊床裡，連一根指頭都不敢動。「我想在樹上看看黑夜的模樣。」

今夜夜色遼闊，值得一看。氣味亦是豐饒：袍子和腐木辛辣刺鼻，苔癬悄悄覆滿萬物，逐步產製豐饒的土壤，即使在如此高聳的樹間，土壤依然處處可見。銀杏在小爐子上烹煮豆子。自從進行田野調查以來，亞當從沒吃過如此美味的一餐。既然看不到地面，他也就不太怕高。

飛鼠前來探視新來的訪客。他安然自在，彷彿是個高居夜空的隱修者。守護者就著燭光在一本小簿子裡素描，不時停下來跟銀杏分享。「啊，沒錯，一模一樣！」

四面八方傳來種種聲響，音量不等，大多柔和輕緩。漆黑之中，一隻亞當不知其名的禽鳥拍動翅膀。隱匿無形的小動物們怒聲斥喝。高踞樹間的木板平臺嘎吱作響。一根樹枝落到地上。一隻蒼蠅爬過他耳中的細毛。他自己的鼻息在他的衣領之間回音蕩漾。雲端的平臺狹小，另外兩人的鼻息感覺格外貼近，無聲地、默默地與他相伴。情勢緊急，危難近身，但他安然自在，想來令人訝異。銀杏緊依著守護者，守護者依然不停作畫，善用最後一絲燭光。燭光捕捉到她白皙的肩胛骨，裸露的肌膚閃閃發光，嬌美動人，讓人想要為她披上一襲羽衣。而後燭光漸逝，映照著肩胛骨上那個獨特而墨黑的刺青：A change is gonna come。

•••

他們在逐漸逼近的叫囂聲中醒來。工人們在他們下方的林地踱步潛行，踏過一堆堆殘木來回走動，藉由無線對講機協調工作進度。

「喂，」銀杏朝著下方大喊。「發生了什麼事？」

一個伐木工往上看。「你們最好趕緊下來。大禍臨頭囉！」

「什麼大禍？」

無線對講機迸出斷斷續續的雜訊。氣氛凝重，一觸即發，似乎連日光都微微振動。地平線的另一端傳來劈里啪啦的聲響。「他們不會吧？」守護者說。「他們**不可以！**」

一部直升機飛過鄰近的空地。起先看來像個小玩具，但過了半分鐘，整棵大樹像是筒鼓般砰砰作響。巨獸般的大樹斜向一側。亞當緊緊抓住他那張左右搖擺的吊床。他低聲詛咒，句句髒話卻被勁揚的大風吹了回來，好像瘋狂的大黃蜂似地襲向他的臉。

狂風撲打大樹。先是從下方進襲，然後轉向從上方直撲。紅杉的樹梢應聲斷裂，樹枝劃穿樹冠層，斜斜掉落。守護者慌張爬上權充儲物室的平臺拿取攝影機，銀杏趁機抓了一支跟棒球棍一樣粗的斷枝，爬上離她最近的樹枝，試圖逼近直升機。「下來！」亞當扯著嗓門大喊。他的話語卻被螺旋槳輾為粉塵。

銀杏赤腳踏上樹枝，樹枝雖然粗壯，但在狂暴的颶風中，卻有如橡皮一樣擺動。直升機微微一傾，銀光閃閃，聲勢隆隆；不一會兒，人機對峙。直升機朝她逼近；她拿起斷枝胡亂一揮。守護者從她後面現身，開始拍攝。

直升機機身龐大，機艙像是一座小屋，甚至可以把一棵比美國更古老的大樹拉抬到空中，拖拉著大樹飛越地平線。螺旋槳隆隆旋轉，銀杏懸掛在半空中，周遭的氣流滾滾翻騰。駕駛艙裡坐著兩個人，兩人戴著護目鏡和鋼盔安全帽，就著袖珍麥克風跟遠方的指揮官閒聊。

亞當盯著這部有如賣座強片中的道具機。他從來不曾近距觀看一個如此凶狠的龐然大物。他看著眼前數以百萬計的零件——輪軸、旋翼、螺旋槳、葉片、種種他甚至叫不出名稱的組件——人類怎麼可能組裝、甚至繪圖設計這種東西？然而世上肯定存有數千架這種直升機，在各個洲陸為各個產業效勞。軍方的直升機更是數以萬計，而且裝甲配備，堪稱世間最尋常的猛禽。樹枝劈啪斷裂，粉屑滿天飛舞。汽油的煙霧沿著巨大的樹幹飄散，白花花，熱騰騰，臭兮兮，宛如焚燒中的鑽油平臺。刺鼻的臭味令亞當窒息，隆隆的巨響刺穿他的耳膜，抹煞一切思緒。銀杏隨著樹枝上下搖擺，猶如一副三角錦旗，然後她丟下手中的武器，穩穩站定。她的戰友卻在人為的颶風中失去平衡，攝影機摔到兩百英尺之下的地面，叮叮咚咚地四分五裂。不一會兒，直升機中傳來話語聲，字字透過揚聲器放送，聲勢驚人：請諸位立刻下來。

銀杏開始顫抖，看來撐不了多久。蜜瑪斯劇烈搖晃。明知不該，但亞當依然忍不住往下看。顏色如同膽汁般鮮黃的推土機猛力衝撞樹基，工人們手執鏈鋸和各項工具，準備布設落木區。他望向守護者，守護者朝著樹下另一組工人指指點點，工人們正忙著劈砍另一棵紅杉的樹基，打算讓它倒在蜜瑪斯之旁。銀杏微微傾身，躍上一支撞向她的樹枝。直升機中傳來怒斥：馬上下來！

亞當放聲尖叫，用力揮動手臂。他扯著嗓門亂喊一通，自己都不曉得喊了些什麼。「住手！你他媽的退開！」他再也不願當個旁觀者，眼睜睜地坐視這場殺戮。

直升機暫且停在空中，而後緩緩退開。揚聲器中傳來聲響：你講完了？

「是的。」亞當大喊。

守護者這才回過神來。他望向銀杏，銀杏緊緊抓著她的樹枝，低聲啜泣。他們無路可走，只能依循理智行事。守護者輕輕點頭，樹坐行動至此終結。布設落木區的工頭拿著無線電對講機說了幾句話，跟他那群無影無形的夥伴們商議。直昇機中又傳來驚人的聲響：下樹已確認。即刻撤離。直升機隨即轉向，揚長而去。風勢減緩。震耳欲聾的聲響漸漸消逝，只留下沉寂與挫敗。

安全吊帶把他們送回地面：驚恐萬分的心理學者、面貌肅然的青年畫家、嬌媚動人的女先知，終於從兩百英尺的高空緩緩而降，銀杏的神情卻是困惑不解。他們受到拘押，跟著工人們走下滿目瘡痍的山坡，來到集材道，林道悄悄延展，這會兒距離蜜瑪斯的樹基僅僅幾百英碼。他們在泥地坐下，一坐坐了數小時，等候警察露面。然後警察粗手粗腳地把他們押入警車，三人並肩坐在後座。

集材道直下山溝。犯了法的三人轉頭看看光禿禿的山脊，仰望遠方那棵千年巨樹。巨樹喃喃低語，但直升機轟轟隆隆，他們聽不見它說了什麼，甚至連銀杏都聽不見。

犯了法的三人遭到監禁之際，派翠西亞．威斯特弗德跟四所大學組成的聯盟展開協商，計劃設立「全球苗床種原庫」。呈交一些文件之後，苗床種原庫就成了具有法律地位的社團法人。

「是時候了，」威斯特弗德博士告訴不同的群眾，她必須跟這些人募款籌設恆溫管控、科技精良的種原庫，也得訓練合格的人員，「甚至早就遲了，但我們必須設法保存成千上萬在我們此生中可能消失的樹種。」她複述多次，諸如此類的句子幾乎已是脫口而出。再過兩個月，她將首度前往亞馬遜盆地進行採集。但在她抵達之前，盆地將再失去一千平方公尺的森林。丹尼斯不會隨行，但當她返家，他會備好午餐，等著跟她一起享用。

犯了法的三人假寐之際，尼雷．梅塔的創造力達到巔峰，頓感心曠神怡。他從他權充辦公處所的床鋪下達指令，對「紅杉電玩」的員工們闡釋《主宰8》的本質：

> 什麼因素會讓數百萬玩家不願登出?電玩世界必須比他們下線之後的生活更充實、更精

采，讓他們捨不得離開……請你們想像一下，數百萬玩家聯手讓這個世界更豐富、更真實。讓我們幫他們創造一個美麗絕倫、失去就會心碎的文化。

國境另一端，另一名女子也開始服刑。她先生腦部失能，她的人生隨之失序。她打一一九，跟著坐上救護車，駛過溫煦的黑夜。到了醫院之後，她簽下知情同意書，即使自此她再也不會感到知情。她進去探望動了第一次手術之後的他。性命去了一大半的雷·布里克曼癱躺在電動床上，頭蓋骨只剩半邊，一片頭皮覆住腦漿。他的身上插滿了管子，神情凝結於驚恐之中。

沒有人跟桃樂絲·卡薩莉·布里克曼說這種狀況或許持續多久。一星期？半世紀？守候在急診室的頭幾夜，萬般思緒纏繞在她心頭，全是一些可怕的念頭。她會待到他狀況穩定。在那之後，她必須為自己著想，非得自救不可。

他腦部崩潰之前的幾小時，她對他大吼大叫，如今她一再聽到那些話語：*沒戲唱了，雷。我們沒戲唱了。你不是我的責任。我們不屬於彼此，從來不曾相屬。*

牢房之中，亞當躺在上鋪，輾轉難眠，彷彿依然看著一棵棵宏偉的紅杉有如火箭般爆裂。他的研究未受影響，過去幾個月所收集的寶貴資料依然完好，但他自己卻非如此。他開始質疑自己的理念，也漸漸看出某些隱匿於常理背後的法則。未經傳訊就被羈押讓他開了眼界。

「你看看他們的把戲，」守護者跟他說。「他們不想花錢讓我們公開受審，也不想看到我們因為受審而在媒體上曝光。他們只是利用法律制度傷害我們。」

「難道沒有一條法律？」

「有，而且他們正在觸法。他們可以把我們羈押七十二小時，無需提出告訴，而我們昨天就被逮捕。」

亞當忽然想到radical源自拉丁語系的Radix、印歐語系的Wrad、英語語系的Root。植物的根本，樹木的根基，大地的智源。

入獄的第四晚，尼克躺臥在單薄的床墊上，夢見**霍爾栗樹**。他看著栗樹以三千兩百萬倍的速率增長，再次顯露出它祕而不宣的規劃。睡夢之中，他想起那棵縮時拍攝的栗樹揮舞著日漸粗壯的枝幹，枝幹不斷試探、持續探索、迎向日光、在空中書寫信息。但當晚的夢中，樹木卻嘲笑他。拯救我們？只有你們人類才會這麼說。在樹木的世界中，就連嘲諷一笑都得耗時經年。

尼克好夢方酣之際，森林也在做夢，九百種人們已經辨識出的樹種，全都墜入夢鄉。自北境至熱帶，森林占地四十億公頃，支撐了地球的生命。森林沉睡之際，人們群聚於奧瑞岡州的公共林地。四個月之前，深溪湖的一場森林大火延燒一萬公頃，而那只是今年多場不明就裡的大火之一。大火促使林務局賤價出售微焦的林木，能賺多少，就賺多少。縱火者始終逍遙法外。沒有人急於追捕。唯一的例外當然是數百名關心森林的人士。他們手執告示牌，群聚在已被出售的樹林間，咪咪的告示牌寫道：**一根樹枝都燒不得**！道格拉斯的告示牌寫道：**冒煙的樹兄樹弟啊**，**跟我說這不是真的吧**。

亞當、尼克和奧莉維亞未經傳訊就被羈押了五天，比法定的七十二小時多了兩天。警方威脅說要提出十幾項告訴，結果卻在一夜之間全部撤銷。銀杏獲釋時，亞當和守護者在門外等候，兩人透過鐵窗，看著她雙手捧著隨身物品、沿著女子監獄的走廊緩緩前行。不一會兒，她已走到他們面前，給他們一個擁抱，然後後退一步，瞇起亮綠的雙睛。「我要過去看看。」

他們坐上亞當的車子，駛向林中。伐木工們已經離去；林木砍伐殆盡。他們早已移軍下一片樹林。距離林中還有半英里，他們就已明顯感受到欠缺。原本綠意似海，讓你可以成天研究層層波紋之處，如今只見藍天。那棵跟她保證沒有人會受到傷害的大樹已不見蹤影。

現在，亞當心想，現在她會失控，開始大發脾氣。

她站到樹基旁，伸手摸摸殘餘的樹幹，神情訝異。「你們瞧瞧！連殘株都比我高。」

她輕撫驚人的鋸痕，失聲啜泣。尼克跌跌撞撞地走向她，但她示意他留在原地。亞當不得不看著她一再傷心抽搐。有些慰問你就是給不起，即使心中懷藏世間最強烈的愛意，你依然無能為力，只能看著對方黯然神傷。

「你們打算上哪兒去？」亞當在公路旁的一家早餐店、邊吃炒蛋邊問他們。

銀杏望向窗外，凝視一排沿著人行道種植的加州梧桐。守護者追隨她的目光。梧桐也在風中飄搖，好像福音合唱團似地左搖右晃、意氣風發。

「我們朝北前進，」她回答。「奧瑞岡州有些狀況。」

「社群抗爭，」守護者說。「各處都有行動。我們幫得上忙。」

亞當點點頭。他的田野調查告一段落。「他們……他們跟妳說了？我是說……妳聽到的那些聲音？」

她突然大笑，聽來有點唐突，甚至粗魯。「不是。副警長把她的無線電對講機借給我。我覺得她好像喜歡我。你應該跟我們一起上路。」

「嗯，我必須搞定手邊的研究，完成我的博士論文。」

「你可以在那裡寫論文。那裡到處都是你希望研究的對象。」

「他們都是理想主義者，」守護者說。

亞當搞不懂守護者。要嘛因為兩人一同靜坐高聳的樹間，要嘛因為兩人一同困處狹隘的牢房，不管如何，他再也聽不出守護者到底是語帶譏諷，或是直率而言。「我不行。」

「喔，好吧。你說不行，就是不行。」說不定她表示同情。說不定她有意試探。「當你改變主意，我們會在那裡等你。」

亞當滿心苦惱，回到聖塔克魯茲。他花了好幾個星期彙整資料。將近兩百名受試者回答了那份兩百四十個問題的增訂版性格因素量表，他們也填寫了他專為測試不同理念而設計的問卷，諸如人類是否有權享用自然資源、人格特質能否發揮影響力、植物是否具有權利。將資料數據化是個繁瑣的過程，他還得運用不同的統計軟體演算數據。

凡．戴克教授略為過目。「很好。你總算完成了。進行田野調查時，你有沒有碰到什麼刺激的狀況？」

離校的這段期間，他的原慾顯然起了變化。凡．戴克教授如同往常一樣火辣，但在亞當眼中，她卻像是另一個物種。

「在牢裡待了五天算不算刺激？」

她以為他在開玩笑。他也姑且讓她這麼想。

數據顯示，激進環保分子具有核心價值、認同感等特定傾向。性格因素量表的三十項人格特質中，只有四項可以準確預測一個人是否接受以下理念：不管對於人類有無價值，森林都值得受到保護。他想要測試一下自己，如今結果卻已不具意義。

在電腦室待了十小時之後，亞當回到他的公寓，在客廳坐下，打開電視。石油戰爭，宗教暴力。現在睡覺還太早，即使他只想上床休息。他腦海中依然縈繞著樹間的聲響，彷彿仍舊置身那棵已不復存在的大樹、聆聽平臺嘎嘎作響和禽鳥吱吱鳴唱。唉，他多麼希望叫得出禽鳥的名稱。他試著閱讀小說，小說裡一群不愁吃穿的有錢人遠赴異國遊覽，卻互相看不順眼，屢生芥蒂。他把小說朝牆上一扔。他心中的某一部分已經破損。人類的自憐自艾再也引不起他的興趣。

他出門，開車前往一家研究生常去的酒吧。酒吧人聲鼎沸，高分貝的重金屬鼓聲震天響，他灌下五瓶啤酒，花了一個半小時盯著牆上的超大螢幕，跟二十個當下結交的新朋友一起看籃球，結果因為高聲喧嘩被趕了出去。他在酒吧的停車場站了一會兒，試圖打起精神。他還沒有醉到以為自己有辦法開車的地步，但除了開車，他不曉得自己怎麼回家。

一列車型超炫、馬力超大的跑車呼嘯而過，街旁的一棟樓房傳出陣陣笑聲。一個女人站在街燈下大吼大叫：「我他媽的幹嘛試圖了解你！」沒有人知道她朝著誰吼叫。巷弄的另一頭，人們在某個場所的後門排隊，等著參加某個深夜派對，亞當看著這一小群人，忽然覺得自己非參加不可，至於這是基於何種不理性的心態，他已經疲憊得想不起來。他停車，走了半條街，心中滾滾翻騰，有如一股愈來愈強勁的波潮。世間充滿騙局、殺戮、戰爭，埃及的金字塔和海邊的卵石塔，說不定都是出自同一股痴狂。曾有那麼短暫的一夜，他置身離地兩百英尺的樹間，暫且看透世事；如今他重陷泥沼，依然迷惘。

他走到街角，倚靠在街燈上。長久以來，他始終試圖忽略一個事實，他早已察覺這一點，但總是無法確切闡述。人們所謂的「需求」，幾乎全都出自某個團隊的構思，這個團隊共同協商，集思廣益，創造出一件件當季非買不可、下一季就被當作舊物拍賣的商品，你看不到他們，但他們始終隱居幕後，操控著你。他步履蹣跚地走進一個公園，公園裡到處都是人，人人興高采烈，徹夜狂歡。空中飄散著濕紙巾、大麻、性愛的氣味，略為嗆鼻。人人滿心飢渴，唯一的慰藉卻是彼此滾燙鹹濕的軀體。

某個東西打中他的頭，然後掉到地上，滾到幾英尺之外。他在黑暗中蹲伏摸尋。罪魁禍首靜靜地躺在草地上，圓圓滾滾，玄奇神祕，看起來像是一顆工業級的鈕扣，平坦的一面劃上一個完美的十字。這個小東西似乎經過設計，讓人可以用十字型的螺絲起子旋開，看來古樸，卻又機靈精巧，頗具超現實復古機械風。但它竟是木製。

這個小東西古怪得難以言喻。他研究了整整一分鐘，再次知覺自己才疏學淺，對世間其他物種一無所悉。他仰頭一望，凝視尤加利樹搖搖擺擺的枝幹，這個神祕的小東西就是從樹間落下。粗壯的樹幹已經開始脫皮，上演這個樹種特有的脫衣舞秀。一層層黃褐、單薄的樹皮散落在樹基，樹皮褪盡的樹幹白蒼蒼，感覺甚至有點猥褻。

「什麼意思？」他問尤加利樹。「什麼意思？」尤加利樹覺得無需作答。

七英里的林務道路美得令人心驚。亞當依循伐木之跡，開上山坡，沿途針葉松柏林立，高聳挺直，有如哨兵；雲杉、鐵杉、道格拉斯冷杉、短葉紫杉、香柏、紅杉、三種不同的冷杉，形形色色，種類繁多，但在亞當眼中，它們全都只是松樹。

他拿到一筆獎學金，資助他以一年的時間完成博士論文，簡直是老天爺送上厚禮，而他卻以這種方式花用。山間晴空萬里，日光似乎永遠不會隱沒。但空氣冷冽，曲折的小徑也早早蒙上陰影，暗示著冬天的腳步已經不遠。他的論文再過幾星期就大功告成。但他必須上山一趟，針對這一群人最後再做一次訪談。

西北部的集材道比公路還多，里程總數比溪流還長。這一帶的林木足以環繞地球十二次。伐木的費用可以抵稅，而枝幹以前所未有的速度生長，好像春神忽然降臨。開著開著，彎曲的路面漸漸變寬，營區終於出現在他眼前。一群年輕人沿著營區守護，人數約莫上百，人人衣著鮮明亮麗。亞當慢慢開近，逐漸看到眾人辛勤的成果。溝渠、草草搭建的吊橋、廢棄木材搭建的圍欄和柵欄，入口處設置路障，封鎖了道路，上方拉起橫布條，布條上寫著：

卡斯卡迪亞自治生態區[62]

這幾個字字體花俏，龍飛鳳舞，亞當認得出這種風格，也知道出自何人之手。他走上吊橋，越過一條正在興建中的壕溝，走進木塊拼建的要塞。一走過隘道，他就看到一名身穿迷彩裝、前額微禿、紮個馬尾辮的男子躺在道路中央。男子的右手垂在身側，望似佛陀，左手伸進一個地洞裡。

「你好啊，老兄！你是來幫忙，還是搗亂？」

「你還好嗎？」

「我是道格冷杉。我還好，只是試驗一下擋路的新法子。地洞六英尺深，洞裡有個裝滿水泥的油桶，我的左手跟油桶栓在一起，如果他們想要把我移開，他們就得斬斷我的手臂！」

路上有個木條搭建的三腳架，一個嬌小、黑髮，貌似東方人的女子從架頂的小窩探頭大喊：「沒事吧？」

「她是蠶桑。她覺得你是個『聯邦小子』。」

「我只是查看一下，」蠶桑說。

「『聯邦小子』的意思是聯邦調查局的探員。」

「我不覺得他是個聯邦小子，我只是……」

「說不定因為你穿了扣領襯衫和卡其褲。」

亞當抬頭看看女子的三腳架小窩。她說：「如果他們想要沿著這條路搬運機器，他們就非得撞倒三腳架，把我給殺了。」

手臂伸進地洞裡的男子咯咯輕笑。「聯邦小子們才不會這麼做呢。他們認為生命非常可貴。最起碼人類的生命值得珍惜，因為我們是萬物之靈。這話說得濫情，也是他們的論點的缺口。」

「如果你不是個聯邦小子，」蠶桑問，「那你是誰？」

亞當忽然記起一樁多年以來不曾回想的往事。「我是糖楓。」

蠶桑嘴角一揚，微微一笑，好像看穿他的心思。「太好了，我們這裡還沒有楓樹。」

亞當望向遠方，心想家中後院的那棵楓樹。那個他幼時的另一個自我，不知近況如何？「你們認不認識一個叫做『守護者』的男人和一個叫做『銀杏』的女人？」

「媽的，當然認識，」自稱道格冷杉的男子說。

蹲踞在三腳架上的女子咧嘴一笑。「我們這裡沒有人領頭。但這裡確實有他們兩位。」

他昔日的戰友們跟他打招呼，兩人神情熱絡，好像早就知道他會前來。守護者拍拍他的肩膀，銀杏抱住他，久久才放開。「真高興你來了。我們用得上你的專長。」

他們不太一樣，而任何人格量表都無法估量兩人微妙的變化。他們顯得比較陰鬱，但更加決然。他們的心性因為蜜瑪斯之死而更加沉澱，好像頁岩受到外力擠壓，變成了紋理均一、質地堅密的板岩。亞當看到兩人的轉變，只願自己當初選擇其他的研究主題。韌性，內在性，神性——種種他這個領域始終無法測量的特質。

她抓住他的手腕。「當新成員加入，我們都會舉行一個小小的儀式。」

守護者打量亞當手裡的背包。「你打算加入我們，是吧？」

「儀式？」

「簡單的儀式。你會喜歡的。」

她說對了一半；儀式確實簡單。當天傍晚，眾人聚集在木牆後面的大草地，「卡斯卡迪亞自治生態區」

的成員們穿上示威遊行的服飾，格子襯衫、印花長裙、絨毛外套，人人狀似嬉皮，頹廢而邋遢，其中一些人上了歲數，旁邊那對身穿休閒運動褲和開襟毛衣的夫婦看起來就像是祖父母輩。儀式由一位前衛理教會牧師主持，這人八十多歲，脖子的傷疤有如項圈，他曾把自己綑綁在一部伐木卡車上，留下了這道疤痕。

儀式在頌歌中拉開序幕。亞當強自壓下對頌歌的憎惡。這些蓬頭垢面、崇尚自然的嬉皮和他們的陳腔濫調讓他稍感不自在。他覺得難為情，感覺就像回想起幼稚的童年。大家輪流闡述現今的種種挑戰，提出解決之道。周遭洋溢著濃濃的民主氣息，感覺浮誇不實。說不定這樣也好。說不定面臨大滅絕之際，展現小小的溫情也無可厚非。說不定滿腔熱誠果真幫得了他這群受挫的夥伴。他哪有資格說些什麼？

前衛理教會牧師說：「我們歡迎你，糖楓。我們希望你能待下，盡量久待。好，你若是真心誠意，請你跟著我複誦。『從今天開始』。」

「『從今天開始』。」這麼多人圍在他身旁看著他，他怎能不複誦？

「『我將致力於尊重和保衛』，」

「『我將致力於尊重和保衛』，」

「『世間生物的共同福祉』。」

他說過比這更具破壞性，或是更悲情的話語。但他心中響起一個小小的聲音：一件事情……若是傾向保存……即為正確之事……[63]他抄錄過這句話，但他想不起全文。周遭掌聲雷動，伴隨著他心中漸漸消失的聲響。眾人分頭生營火。火光熊熊，橙紅亮麗，燒焦的木炭味讓他想起童年。

「你是個心理學家，」咪咪跟他說。「你如何說服大家我們是對的？」

這位剛剛加入「卡斯卡迪亞自治生態區」的成員不疑有他地說：「世間最精闢的論點也改變不了人們的

心意。只有精采的故事才辦得到。」

銀杏說起一個營火旁的眾人知之若詳的故事。起先她一命嗚呼，四下一片空無；而後她死而復生，萬物盡入眼簾，銀閃閃的神靈們昭示她，四十億年演化史上最奇妙的物種需要她的援助。

一個戴著黑框眼鏡的原住民耆老點點頭，起身祈福。他念誦古老的頌詞，教導每個人說幾句克拉馬斯─莫多克語。「這裡的一切皆屬已知。我們的族人老早就說這一天終會到來。他們曾說，當人類忽然意識到自己的存亡，森林就會遭殃。」接下來的大半夜，大家圍著營火而坐，談笑風生，靜心聆聽，竊竊私語，朝著雲杉樹梢的明月高聲吠叫。

隔天從早忙到晚。壕溝必須加寬加深，木牆必須強化固著。亞當手執鐵鎚工作了數小時，到了傍晚，他已經累得站不起來。他跟四個新朋友共享野炊，而這四人讓他想起榮格的家庭原型：銀杏是聖潔的母親，守護者是護衛家人的父親，蠶桑和道格冷杉分別是靈巧和耍寶的孩兒。銀杏是凝聚眾人的力量，營區人人為她傾倒。即使遭受重挫，她依然樂觀堅強，帶給大家安全感，令亞當大為折服。她的話語具有權威感，好像是個俯瞰眾生、望穿未來的智者。

那天晚上，他們接納了他。他感覺自己簡直是個累贅，也不清楚自己在這個因應時勢所生的家庭中應當扮演何種角色。道格冷杉叫他糖楓教授，他也因而成了糖楓教授。那天晚上，他這個精疲力盡的志工睡得又香又甜。

兩個晚上之後，亞當坐在毬果生起的營火邊，一邊吃著一罐焗豆，一邊提出他的顧慮。「破壞國有土地，這罪可不輕。」

「喂，老兄，你已經犯過法了，」道格冷杉說。

「說不定是重罪。」

道格拉斯不在乎地朝他揮揮手。「我已經犯過重罪，而且經由美國政府特許。」

蠶桑握住道格拉斯胡亂揮動的手。「昔日的政治犯都成了郵票的人物呢。」

銀杏神情飄渺，彷彿置身遙遠的國度，最後終於開口：「這不算激進。我見過什麼叫做激進。」

亞當明瞭她的意思，因為他也看過活生生、綠油油的坡地被砍得精光，整片山坡一樹不留。

支持者出錢採購的補給品紛紛運達。護樹運動逐漸遍及全州，這個營區只是其中一小部分。眾人聽說一群示威者手挽著手、走上州政府所在地的街頭。一位護樹者露宿在尤金市聯邦法院的臺階上絕食抗議，已經持續四十天。「森林精靈」的成員們披著綠色的條紋百衲被、踩著高蹺，沿著五十八號公路走了一百英里。

夜晚時分，亞當席地躺在睡袋裡，決定盡快返回聖塔庫魯茲完成論文。誰都可以挖掘壕溝、營建土木、封街抗議，但只有他可以完成研究，藉由審慎客觀的事實，描述人們為什麼在乎森林是否存活。隔天早上，他卻始終再待一天，如此日復一日，自己也漸漸變為他研究的這批人。

占領行動持續愈久，愈多記者們不遠千里專程前來採訪。一個坐在林務局廂型車裡的勤務小隊喝令大家離開。「卡斯卡迪亞自治生態區」的成員們堅決對峙，驅走他們。兩個西裝革履，來自議員辦公室的傢伙過來聽取意見，承諾把大家的不滿傳達給國會。蠶桑對此相當滿意。「當政治人物覺醒，事情就會改觀。」別名「糖楓」的亞當表示贊同。「政治人物想要跟贏家站在同一邊，遵循著民意的風向。」

銀杏喃喃說道：「地球始終是贏家。」

一天晚上，主要幹道上出現車前燈的燈光，隨即傳來槍響。三天之後，路障的外頭出現一團鹿的內臟。

一部超大的福特F—三五〇貨卡車停在道路的另一頭，距離吊橋大約一百英碼。兩個身穿橄欖綠獵裝的男人坐在車裡，開車的小夥子留著山羊鬍，長相英挺，甚至稱得上是螢幕小生。「哎喲，瞧瞧誰在這裡！一群抱樹的瘋子——這下可好囉。」

一個叫做延齡草的女孩大聲說：「我們只想保護一樣好東西。」

「你們為什麼不去保護你們自己的東西，讓我們保護我們的工作、我們的家庭、我們的山、我們的生活方式？」

「樹不屬於任何人，」道格冷杉說。「樹屬於森林。」

乘客座的門開啟，一個年紀較大的傢伙下車。他繞過著車頭走了一圈。亞當修過一門危機與衝突心理學，但那似乎是上輩子的事，這會兒他什麼都不記得。男人高大，但有點彎腰駝背，灰髮垂落，遮住了他的臉，整個人像是一隻微微前傾的灰熊，手腕上有個東西一閃一閃。亞當心想：手槍。小刀。快跑。

老傢伙走到車前保險桿的左方，舉起銀光閃閃的武器。但他看起來沒什麼威脅性，反而一臉哲思，略帶困惑，所謂的武器只是一隻鐵手。「我砍樹的時候，手肘以下被截斷了。」

螢幕小生從車頭裡大喊：「我因為工作患了雷諾氏症，天氣一冷手指就泛白發紫。你們知道什麼叫做工作吧？為了養家活口、非做不可的事情？」

老傢伙把那隻沒受傷的手擱在引擎蓋上，搖了搖頭。「你們這些人想要怎樣？我們不能不使用木材。」

銀杏現身，她越過吊橋，走向兩名男子。望似灰熊的老傢伙往後一退。她說：「我們不曉得人類能夠，或是不能夠做些什麼。好多法子都還沒試過！」

她的神情讓留著山羊鬍的螢幕小生起了戒心。「你們不能把樹看得比人重要。」他大感震懾，因為他顯然深受她的吸引，連站在一百英碼之外的亞當都看得出來。

「我們沒有，」她說。「我們沒有把樹看得比人重要。人和樹必須共同面對目前的狀況。」

「妳這話是什麼意思？」

「倘若了解樹木需要什麼才可存活，人們肯定非常感激樹木所做的犧牲。一旦心懷感激，人們就不會予取予求。」她跟他們講道理，一講講了好一會兒。她說：「我們不能再只是當個訪客。我們必須生活在我們生活的地方，再度成為大地的原住民。」

灰熊男跟她握握手。他往回繞了一圈，走回乘客座，打開車門，坐進車裡。超大貨卡車轟隆駛離之時，開車的小夥子朝著聚集在吊橋後方的群眾大喊：「你們這些環保狂，想要抱樹就去抱樹吧！你們完蛋了。」他疾馳而去，所經之處，碎石四散紛飛。

沒錯。亞當心想。我們說不定完蛋了。然而，大地不會放過那些加害我們的人。

示威行動邁向第二個月。就亞當看來，這項行動不應該行得通。營區人人充滿理想色彩，但大家惶然無助，也都缺乏行動能力，早該鳴金收兵。但「卡斯卡迪亞自治生態區」卻撐了下去。營區盛傳總統——美國總統！——已經風聞示威行動，而且打算下令遏制賤價出售國有土地的林木，尤其是那些因為縱火而受損的森林，直到現行政策完成評估。

午後時分，陽光清朗，天氣冷颼颼，守護者正在幫大家繪臉，為今晚在營火旁的故事時間做準備。有人在山坡下吹長號，聲聲轟鳴，好像遠古的巨獸朝著夕陽怒吼。一個叫做貂鼠的馬拉松健將衝上山坡，快步走入營區。「他們來了。」

「誰來了？」

「聯邦探員。」

這一天終於到來。他們走向斜堤，斜堤旁的要塞和防禦木牆已經完竣。一個特遣車隊沿著集材道緩緩前進——許久之前，亞當亦曾沿著這條林道步行前來營區——車隊的人數眾多，身穿四種不同顏色與款式的制服。車隊由林務局的廂型車帶頭，一部巨大無比、經過改裝的挖土機緊隨其後，後面跟著更多載卡多和廂型車。

臉孔彩繪的「生態自治區」成員們穩穩站定，憤憤瞪視。然後年約八十、脖子上一圈傷疤的老牧師說：「好，諸位，我們該動員了。」人們朝四處散開，各就各位。有人拉起吊橋，有人支援要塞，有人退到防禦線。不一會兒，車隊開到了閘門口。兩位林務局官員下車，站到柵欄前。「你們有十分鐘的時間和平退場。十分鐘之後，你們就會被移送到拘留所。」

壁壘上人人同聲吶喊。營區沒有所謂的領袖；每個人的聲音都必須被聽見。數月以來，示威行動以此為準則，如今至死也得遵守。話語如冰雹般落下，亞當靜候空檔，一逮到機會就扯著嗓門嘶喊。

「給我們三天時間，這整件事情就可以和平收場。」車隊的人們轉身看他。「議員辦公室已經派人過來探訪。總統正在草擬行政命令。」

人們很快就注意到他，卻也很快就忽略他。「你們有十分鐘的時間，」林務局官員再說一次，亞當一廂情願的心態化為烏有。國會的行徑解決不了目前的對峙，反而是導致對峙的主因。

九分四十秒整，挖土機長長的吊臂揮過壕溝，搗毀木牆的牆頂。壁壘受到重擊，尖叫聲四起。臉孔彩繪的戰士們摔了下來，四處奔逃。亞當拼命攀爬，卻被撞到地上。挖土機的鐵爪再度衝撞木牆，然後像是揮拳似地猛擊吊橋。轟隆一揮，吊橋瞬間斷落；轟隆再揮，整個路障四分五裂。數月的辛勞、「卡斯卡迪亞自治生態區」所能建造的最佳防禦，全都像是孩童的冰棒棍碉堡般崩坍。

巨獸般的挖土機隆隆駛向壕溝，翻挖壕溝另一側的瓦礫與磚石。不到一分鐘，崩坍的木塊和碎石全被挖土機推進壕溝，挖土機隨即揚長而入，鍊條履帶吱嘎輾過被填平的壕溝和倒塌的木牆。營區眾人四處奔竄，有如從蟻窩中逃生的白蟻，臉上的彩繪全都糊了。有些人跑到路上。有些人轉身跟入侵者爭執求情。銀杏開始反覆吟誦：「想想你在做什麼！有些做法會更好！」到處都是車隊的警察，營區的人們被銬上手銬、強壓在地。

吟誦變成了喊叫；「非暴力！非暴力！」

亞當被警察制住，很快就倒地，警察人高馬大，臉上一塊大大的玫瑰斑，看起來幾乎像是臉孔彩繪的環保戰士。五十英碼之外，守護者被人從後面打中膝蓋，摔得狗吃屎，跌到碎石路的另一頭。只有道路依然受到封鎖。挖土機減速，沿著道路慢慢行駛。開著開著，挖土機碰到第一個三腳架，司機操作鐵爪，輕輕推動架基。三腳架開始搖晃。警察們暫停拘捕，轉頭觀看。蠶桑蜷伏在架頂的小窩裡，緊緊抱住搖晃的架頂。鐵爪一擊中架基，她就像是撞車實驗的假人般猛烈晃動。

亞當大喊：「老天爺啊，住手！」

其他人也跟著大喊，對峙雙方不約而同地發出請求，連橫躺在地上的道格拉斯都說：「咪咪，沒戲唱了，下來吧。」

鐵爪撞擊架基，三根木桿咿咿呀呀，眼看著就要彎折。不一會兒，其中一根吱嘎作響，聽來不妙。果如其料，木桿從心材斷裂，急遽往外迸散，杉木四分五裂，桿頂裂成一根尖長的竹籤。

咪咪尖叫，她的小窩直直墜地。斷裂的桿頂刺穿她的顱骨。她從小窩裡摔了出來，順著木桿翻滾，撞到地上的碎石。道格拉斯鬆開地洞裡的手臂，飛快衝向她。挖土機的司機一臉驚恐，趕緊操作吊臂，撤回鐵爪，鐵爪高懸在空中，好像聲明自己無辜。但吊臂反手一勾，打中了道格拉斯，被鐵爪重擊的道格拉斯，像個脫了線的木偶般癱倒在地。

保衛大地之戰鳴金休兵。雙方都衝向傷者。咪咪捧著臉尖叫。道格拉斯躺在地上，不省人事。警察跑向車隊，打電話叫救護車。「卡斯卡迪亞自治生態區」自此瓦解，成員們茫然失措，一臉驚恐地擠在一起。咪咪滾到一側，整個人縮成一團，慢慢張開眼睛。玉戒裡樹影婆娑，青綠寶藍，直指晴空。瞧瞧這顏色！她心想，然後昏了過去。

亞當看到銀杏和守護者在慌亂的人群中估量情勢。銀杏指指山坡上四名示威女子，她們依然橫躺在路面，一隻手臂鍊栓在地面下。「我們還沒輸。」

亞當說：「我們輸了。」

「媒體風聞此事之後，他們絕對不敢砍伐這些樹。」

「他們敢砍。」他們會砍光這些樹和每一片僅存的原生林，直到所有森林都變成住宅區或是農牧場。

銀杏甩甩骯髒的披肩長髮。「她們會封鎖道路，直到國會採取行動。」

亞當迎向守護者的目光。實情是如此殘酷，連他都說不出口。

直升機把傷者空運到班德市的二級創傷中心。道格拉斯馬上被送進手術室，搶救斷裂的上頜骨。醫生幫咪咪把腳踝骨推正，修補她破裂的眼眶。至於她臉頰上的凹痕，急診室的醫生們幫不上什麼忙，只能縫合傷口，說不定以後整形外科有辦法重建顴骨。

聯邦探員沒有對任何人提出告訴，只有最後那四名又撐了三十六小時的女子遭到監禁。「卡斯卡迪亞自治生態區」的其餘成員撤離山坡，企業財團繼續伐木致富。

然而，事態依然故我：二十八天之後，奧瑞岡州「威拉米特國家森林」區內一個停滿車輛的器械棚屋起了大火，付之一炬。

這不是真的。這只不過是演戲，或是演習，直到眼見劫後現場，他們才明瞭確有其事。

報紙刊出一張照片：一個消防員和兩個護林員檢視一部焦黑的挖土機。他們五人圍坐在咪咪家的餐桌旁傳看這張照片，心中莫不暗想：他媽的，我們做出了這種事！想歸想，卻沒有一個人說出口，正如近來的許多心念。

他們沒必要說些什麼，就這麼靜靜坐了好一會兒。大家的心情極不穩定，有如一支暴漲暴跌的股票，但最後都慢慢化為一股消極的違逆。「他們罪有應得，」咪咪說。她臉上有道縫了二十二針的傷疤，字字聽來格外驚心。「我們打平了。」

亞當不忍心看她，也不敢看道格拉斯。道格拉斯的臉上紮了繃帶，同樣一團糟。亞當想要報復，也想摧毀這部害得他們其中一人半瞎、另外一人身殘的器械。那些失心瘋的虐待狂必須付出代價。這會兒他卻不知道自己的作為是否妥當、是否值得。

「其實，」尼克說，「他們依然遠遠占了上風。」

他們可說是鋌而走險，放手一搏。但追求正義就像想要擁有一樣你想要的東西，或是想要愛一個你想愛的人，一旦動念就停不下來，只會愈來愈強烈。放火燒了器械棚屋兩星期之後，他們選定加州索拉斯的鋸木廠作為下一個目標，過去幾個月來，這座鋸木廠假借一紙已遭吊銷的執照照常運作，罰金不過是一星期的營收。聽得見神靈們說話的奧莉維亞闡述任務之必要。嫻熟於觀測的尼克負責盯哨。具有工程素養的咪咪利用兩打牛奶鑵製造爆破裝置。曾經服役軍中的道格拉斯操控爆破。亞當以他的心理學素養敦促大家繼續努力。致命的重型機械很快就付之一炬，比他們設想中容易多了。這次他們在附近一個倉庫的牆上隨手塗鴉，留下信息——倉庫裡堆滿木材，木材無罪，他們也就放過倉庫一馬——塗鴉字字花俏，幾乎稱得上精美：

對自殺式經濟說不
對實質成長說好

他們圍坐在咪咪的桌旁，好像正在打牌。事到如今，理智和其他審慎的思維都幫不了他們。他們已經跨過界限，該做的也都做了；畢竟光說不練，意義何在？雖說如此，他們仍然說個不停，即使總是點到為止。他們依然爭辯，但結論早已揭示在他們的行動之中，再怎麼爭辯都一樣。

亞當看著他的縱火共犯，不由自主地在心中作筆記。咪咪一邊說話，一邊慢條斯理地揮動雙手，講到重點就用力拍掌。「過去這兩年，我覺得自己好像參加一場沒完沒了的葬禮。」

「我也是，」道格拉斯說。

「一場又一場示威，一封又一封信件，一次又一次受挫，我們扯著嗓門嘶喊，沒有半個人聽見。」

「兩個晚上達到的成果，比我們拚了兩年更有功效。」

亞當再也不曉得如何衡量所謂的「成果」。他們正在做的事情——他所做出的一切——不過是暫時撫平心中的傷痛，求得一時的安寧。

咪咪說：「我再也沒有那種感覺。」

「我們要嘛摧毀少許裝備，要嘛讓少許裝備摧毀眾多生命，」尼克愈說愈小聲，似乎訝異自己遵循這種邏輯。「抉擇並不難。」

亞當靜靜聆聽。人類的心中不只這麼一個自欺欺人的念頭，其他欺瞞更是深沉。他已決心與這些人一起奮鬥，解救種種尚能解救的事物。即使浩劫步步逼近，最起碼他們必須拖延一點時間。沒有任何一件事情更重要。他的論文找到了答案。

奧莉維亞的頭一低，其他人馬上安靜下來。他們為她傾倒，近來種種不法情事只是讓她更加迷人。她曾觸摸一截跟禮拜堂一樣巨大的樹樁。她曾目睹一片比人類更古老的森林死去。她聽命於比人類更宏大的神靈。「如果我們做錯了，我們會付出代價。除了奪走我們性命，他們還能如何？但如果我們做對了？」她的目光停駐在地面，望似深思。「世間所有生物都跟我說，我們……」

他們全都知道她想說什麼。若能幫助四十億年演化史上最奇妙的物種，還有什麼是你不願意做的？徹底思量之時，亞當也領悟到另一點：他們五人打算再幹一票。再來一次。絕對是最後一次。然後他們將分道揚鑣，因為他們已經略盡棉薄之力，試圖阻止人類自毀。

亞當最先讀到這篇報導：「林務單位尋求多用途計畫」。華盛頓州、愛達荷州、猶他州、科羅拉多州同意將數千英畝的公有土地出租給投資客和土地建商，換言之，更多林地將因商業利潤遭到皆伐。他們靜靜聆聽報導，無需投票就知道該怎麼做。

他們不通信、不寫電郵，幾乎不打電話。若是找不到機會當面商議，他們就索性不溝通。他們以現金交易。從不留下任何文書紀錄。蠶桑起先借助《縱火四大守則》、《電子計時器縱火術》等手作地下書刊，後來技藝日益純熟，製造出迄今為止最精良、最可靠的裝置。糖楓和道格冷杉開車到遠在五十英里之外的小鎮，幫她採購必需的器材。

守護者和銀杏監看最近出租的一座森林。森林位於比特魯特山（Bitterroots Mountain），鄰近蒙大拿州，林地茁壯茂生，但林務單位卻將之出售，騰出空地興建另一個四星級渡假會館。他們大老遠開車過去，利用晚間四下無人之時詳加巡查。守護者圖繪一切——會館的路基、存放器械的棚屋、公務拖吊車、渡假會館剛剛打下的地基，全都變成完美的草圖，張張散發熱情，卻又不失審慎。守護者圖繪之時，銀杏四處遊蕩，目測距離，不時頭一歪，貌似聆聽。

他們五人一起在蠶桑的車庫裡幹活，人人戴上手套，穿上連身的油漆匠工作服，組裝一個個五加侖燃油桶和保鮮盒定時器。他們在守護者繪製的地圖上做記號，標示出置放各個燃油桶的地點，意圖讓火勢持續延燒。這將是他們最後一個信息，任務自此圓滿達成。他們已經吸引全國的注目，喚醒數百萬人的良知，其後他們將各奔東西，隱身於生活的常軌，從此銷聲匿跡。他們在人們的心中植下種子，而那樣的種子必須在大火中迸發。

東西全都擺進廂型車的後座。等到蠶桑家的車庫門開啟，車子緩緩駛出車庫，他們看起來好像正要前往山間露營健行。他們帶了一支警用無線電對講機上路，人人備有滑雪面罩和手套，大家全都一身黑。他們清晨時分駛離奧瑞岡州西部，開上州際公路，沿途若有任何意外，廂型車就會起火爆炸，變成一團巨大的火球。

他們在車裡聊天看風景，車子駛經一座又一座森林，林地一路沿展，漫長無際，從車窗望去，僅能瞧見林間幾英尺深之處，漆黑荒涼，宛如幻境。道格冷杉掏出一本益智問答，考一考大家美國獨立戰爭與內戰的冷知識。亞當勝出。他們賞鳥，觀測蒼鷹沿著公路獵殺小動物。兩小時之後，咪咪目測到一隻展翼長度達七英尺的白頭鷹，大家全都甘拜下風。

他們聽有聲書，書中述說西北部原住民的傳奇與神話。柯姆舒天神從北方天光的灰燼中一躍而出，創造了天地萬物。郊狼大戰狀似河狸的威希普希怪獸（Whispoosh），大地因而天翻地覆。動物們群策群力，從松樹手中竊得火種。隱晦的精靈們都是變身大師，有如樹葉般變化萬千，優美流暢。

夜幕籠罩比特魯特山，最後幾英里最難開——山路七彎八拐，偏僻荒涼，他們不得不放慢車速，緩緩前進，好不容易開到距離州道路邊兩英里的待命區。待命區跟守護者手繪的草圖一模一樣。咪咪待在車裡，一條圍巾裹住她的疤臉，拿著警用無線對講機搜尋頻道。其他人一語不發地動手布設。每項工作都已仔細商討數十次。他們行動劃一，協力將各個五加侖的燃油桶推到預定地點，利用澆上縱火劑的毛巾繩蕊和床單匯流串聯，然後接上保鮮盒計時器。

守護者動身進行他的任務。今晚他將利用最後一次機會，讓數百萬人瞧見他的創作。他邁開腳步，走離興建到一半的渡假會館大廳，其他人正在那裡布設爆破裝置。他穿過階梯式草地，撞見兩部拖車，拖車離待命區有段距離，大火燒不到，車身恰可讓他盡情發揮，堪稱最理想的畫布。他從外套口袋裡掏出兩罐噴漆，走向拖車的車側，拿起噴漆，盡其所能寫出最漂亮的花體字：

管控扼殺生靈
關切療癒眾生

他退後一步，細細檢視只有他確知如何潤飾的創作。他拿起一支粗大的螢光筆，在黑色的大字旁邊畫上幹葉和細枝，直到字字看來像是浩劫之後重新抽芽的新葉。他再度檢視，字字龍飛鳳舞，望似埃及象形文字，亦似欺眼畫中翩然起舞的小人。然後他在兩行黑字底下再加上一句：

不歸鄉就受死

引爆區中，亞當和道格拉斯忙著把燃油桶推到定位，兩人的協調出了問題，誤判了對方的動作。燃油潑灑到亞當的外套上，順著衣角流到黑長褲上，他沾了一身燃油，臭氣沖天。他趕緊用力握拳，直到燃油從被浸濕了的手套一滴一滴流下來。這麼做可不容易，因為他搬了太多重物，這下幾乎無法握拳。他抬頭看看工地辦公室的屋頂，心中暗想：我到底在做什麼？最近這幾個星期，他覺得自己好像忽然從夢遊之中清醒，思緒無比清晰；他確定世界已被富人竊取，大氣層也因人們追求近利而遭到破壞；他認定自己必須盡其所能，幫助世間最奇妙的物種。但此時此刻，這些念頭全都離他而去。他怎能否定物產？他怎能排斥掌控？人類的生存有賴於物產與掌控，其他都不算數，他中了什麼蠱，居然揚言鄙棄？利字當頭，大地終將淪為營利的工具，直到樹木全都筆直生長、七大洲通歸屈指可數的富人所有、大型動物全都養來以供人們宰殺。

守護者拿起噴漆在拖車的另一側書寫，字字花俏鮮活。經文似乎從車身蹦了出來，漫過一片空白：

你在天國裡有五棵樹；
不論夏天或冬天，它們都不會變，葉子也不掉落。
認識這些樹的人，將不會嚐到死亡的滋味[64]。

他後退一步，喉頭一緊，有點訝異自己寫出了什麼——長久以來，他始終很想傳這段福音，即使世間無人能解其義。忽然之間，後方傳來轟然巨響，爆炸的聲波打上他的脊背，熱騰騰的白煙飄向天空。他大惑不解，不是得再過好一陣子才會聽到這樣的爆炸聲嗎？守護者轉頭一看，一團橘色的火球急速升空，宛若人工模擬的日出。他拔腿奔向那團火球。

另一個人也衝了過來，他從眼角一瞥，看到道格拉斯。道格拉斯拖著一條壞腿，一瘸一瘸地跛行。他們同時衝到起火現場。道格拉斯見狀，忽而高聲大吼，忽而喃喃低語：「幹！不、不。幹！不、不。」然後雙膝跪地，抽抽搭搭地哭了起來。地上躺了兩個人。尼克走近之時，其中一人動了動，尼克非得看到生息的那人卻動也不動。

亞當從地上爬起來。他頭昏眼花，望向哪裡都是模模糊糊，鮮血順著他的臉頰緩緩滴流。「喔，」他說。「喔！」

道格拉斯扶住他。尼克急急蹲下，試圖抱起奧莉維亞。她仰躺在地，臉朝著天空，雙眼圓睜。「小小……小薇？」他口齒不清，呼呼喃喃，聲音低沉凝重，她聽在耳裡，覺得比爆炸聲更可怕。「妳聽得到我說話嗎？」

她的唇角冒出白白的泡沫，然後發出嗯嗯的聲音。

她的身側滲出東西，泌泌流到腰際。她黑裙的裙面一片溼黏，在黑暗中閃閃發光。他掀起裙面，高聲哭喊，趕緊再放下。他默默哀號，聲聲淒厲，然後他鎮定下來，表現出往常的沉穩與幹練。受傷的女孩一臉驚恐地看著他。他緊鎖心門，表情一片空白，暗自盤算所有可行的救助方式。空中開始閃爍著火光。道格拉斯和亞當悄悄湊近。「她是不是……？」

這話似乎驚醒奧莉維亞。她試著抬頭。尼克溫柔地制住她。「我還活著，」她說，隨後又閉上眼睛。

事事十萬火急。道格拉斯雙手捧著頭，不停在原地繞圈，嘴裡念念有詞：「他媽的、他媽的、他媽的、他媽的……」

「我們得把她移到其他地方，」亞當說。

尼克伸手制止。「我們不行！」

「我們非移不可！火快要燒過來了。」

兩人你一句我一句，結果都是白搭，因為當亞當托住奧莉維亞的腋下、試圖拖著她走過多石的地面，她馬上發出呻吟，聲聲哽在喉口，顯然痛苦萬分。尼克又蹲到她身邊，一臉無助。她的模樣停駐在他的腦海中，其後二十年，他始終忘不了。他挺直身子，跌跌撞撞地走到一旁，大吐特吐。

然後咪咪從黑暗中冒出來，站到他們身旁。尼克頓感寬心。他們多了一個救兵。她肯定知道如何解救他們。咪咪看了一眼就了然於心。她把廂型車的鑰匙塞到亞當手中。「趕快上路！循著原路往回開，開到距離這裡最近的小城。大約十英里。你們去找警察。」

「不，」仰躺在地的女孩說，眾人聞聲大驚。「不要。你們繼續……」

亞當指指大火。「我不管，」咪咪說。「快去。她需要救助。」

亞當呆站在原地，他的軀體拒絕聽命。*救兵幫不了她，只會牽累我們全體。*

「完成任務，」俯臥在地的女孩喃喃說道，她的音量好微弱，甚至連尼克都聽不懂。

亞當盯著手裡的車鑰匙，身子慢慢移動，終於快步走向廂型車。

「道格拉斯，」咪咪厲聲說道。「住嘴。」道格拉斯不再念念有詞，靜靜站定。然後她跪到地上，照料奧莉維亞。她揭開女孩的衣領，輕聲安撫驚恐的女孩。「救兵快來了，躺直，別亂動。」

這話卻讓奧莉維亞更焦躁。「不、不。完成任務。你們繼續——」

咪咪輕撫她的臉頰，叫她別說了。尼克偷偷摸摸地退後幾步，隔著一段距離觀看。該發生的都發生了，千真萬確，永遠無可挽回。但他看在眼裡，一切好像發生在另一個星球，全都事不關己。

奧莉維亞的胸腹滲出東西。她的嘴唇動了動。咪咪傾身，耳朵靠向奧莉維亞的嘴唇。「水、一點水？」

咪咪趕緊轉身，抬頭看著尼克。「水！」他目瞪口呆，一臉無助，動也不動。

「我去找水，」道格拉斯大喊。他隔著大火，看到遠處的山腰微微凹下。「那裡有個山溝，肯定有條小溪。」

大家找東西裝水。他們手邊的每一個容器都被縱火劑弄髒。尼克背包裡有個小袋子，他清空袋裡的幾顆葵花子，把袋子遞給道格拉斯，道格拉斯馬上衝進工地後方的林間。

找到小溪並不難，但當他拿起袋子舀水，他想起一樁人盡皆知的事實，幾乎想要歇手。你不可以喝戶外的水。國內每一個湖泊、水塘、小河、溪流，全都不宜安全飲用。他握握拳，心一橫，舀滿一袋子的水。奧莉維亞只需要一丁點冰涼的清水，就算有毒又何妨？道格拉斯捧著袋子，轉身跑上山腰，衝回奧莉維亞身邊。他把一丁點清水倒進她嘴裡。

「謝謝你。」她目光灼灼，盈滿謝意。「真好。」她又喝了一丁點。然後閉上雙眼。

道格拉斯握著袋子，一臉無助。咪咪用手指沾了幾滴清水，拭去奧莉維亞臉上的血跡。她捧著奧莉維亞的頭，輕撫栗棕色的髮絲。那雙綠眼又緩緩張開，眼神專注謹慎，似乎神智清晰。她緊盯著咪咪的雙眼，皺眉蹙臉，神情驚恐，即使她什麼都沒說，咪咪也清楚感知她的思緒：事情不太對勁。他們讓我瞧見事情應該如何發展，現在卻不是那麼一回事。

咪咪也緊盯著她的雙眼，試圖承納她的痛苦。舒坦已是無望。她們凝視彼此，誰也沒有移開目光。身受重傷的女孩將她的思緒源源灌注到咪咪的心中，雖然兩人心性漸漸相通，但種種思緒依然太沉重、太宏大，咪咪無法完全領受。

尼克靜靜站立，閉上雙眼。道格拉斯把袋子扔到地上，步履蹣跚地走開。熊熊大火照亮了天空，宛若灼灼的指控。爆炸聲再起，轟轟隆隆，劃破寂靜的夜空。奧莉維亞嘶聲哭喊，再度尋求咪咪的凝視。她的目光愈來愈狂亂，一刻都不願挪移，彷彿只要望向他處，即使只是短短的一瞬間，她也會遭逢比死亡更淒慘的下場。

大火周邊冒出一個男人的身影。尼克認出那是亞當，但亞當不應該這麼快就回來，尼克一驚，回過神來。「你找到救兵了嗎？」

亞當低頭看著有如聖殤的局面，似乎有點訝異這樁戲劇性的事件尚未收場。

「救兵快來了嗎？」尼克大喊。

亞當什麼都沒說。他使出每一絲意志力，讓自己從目前這種瘋狂的局面中抽身。

「你這個沒有膽量的……把車鑰匙給我。把車鑰匙給我！」

尼克衝向亞當，牢牢抓住他。奧莉維亞輕聲呼喚尼克，及時制止尼克出手傷人。他馬上跪到她身旁。她的心跳得好快。她的臉痛得皺成一團。不管先前受了什麼驚嚇，讓她忘卻痛苦，這時效力緩緩消失，任她全身痙攣，氣喘吁吁。

「尼克？」氣喘稍止。她的眼睛張得好大。他必須強迫自己別把頭轉開，直視她眼中的驚恐。

「我在這裡、我在這裡。」

「**尼克？**」她尖叫，聲嘶力竭。她試圖坐起，襯衫底下滲出濕滑的鮮血。「**尼克！**」

「我在這裡、我在這裡，我在妳身邊。」

她又喘個不停，嘴唇緩緩移動，嗯、嗯、嗯，似乎想要抗議。她抓得好緊，幾乎捏碎他的手指。她痛苦呻吟，聲息漸緩，直到周遭只聽得見火焰的聲響。她的雙眼緊緊閉上，然後猛然張開，凝神盯視，卻不確定看著什麼。

「這樣能夠持續多久？」

「不會太久，」他保證。

她緊緊抓住他，好像一隻從高處墜落的小動物。然後她又鎮定下來。「但你和我？你我之間的種種？這都永遠不會終止，對不對？」

他等了太久，時光已為他做出答覆。她掙扎了幾秒鐘，試圖聽到他的回答，而後慢慢鬆手，隱入其後的種種世事。

1　馬太福音第六章第三十四節。

2　馬太福音第六章第三十四節。

3　Johnny Appleseed（1774 -1845），原名John Chapman，出生於麻塞諸塞州，家中世代務農，十九世紀初期移居俄亥俄州，在賓州等地種植蘋果，釀製蘋果酒，是美國西進拓荒和保育運動的傳奇人物。

4　據聞牛頓被蘋果砸到頭，因而發現地心引力。

5　相傳希臘英雄珀琉斯和海神涅揉斯的女兒忒提斯在珀利翁山舉行婚禮，婚事由天神宙斯撮合，邀請奧林匹斯的諸神赴宴。管轄糾紛的女神厄里斯未被受邀，她覺得受到冒犯，於是不請自來，默默在宴席上留下一個碩大華麗的金蘋果，上面刻著「獻給最美麗的女神」。天后赫拉、愛神維納斯與戰神雅典娜都渴望獲得金蘋果，間接引發了著名的特洛伊戰爭。

6 北歐眾神與其他神話不同，北歐眾神不具備永生，而蘋果是青春之果，亦是保持不老的關鍵，由女神伊登（Iðunn）負責掌管。

7 語出知名的耶誕歌謠〈亞當的桎梏〉（*Adam Lay Ybounden*）：「Blessed be the time that apple taken was」。

8 Quad Cities，伊利諾伊州西北部和愛荷華東南部的都會區，由五個城市組成。

9 Herbert Hoover Library Museum，位於愛荷華州西布蘭奇（West Branch），為了紀念三十一任美國總統胡佛而設。

10 Sharpless Auctions，位於愛荷華市，號稱是愛荷華州規模最龐大的拍賣會，拍賣項目包羅萬象，包括家電用品、汽車等等。

11 Amana Colonies，愛荷華州的德裔小鎮，共有七個小村落，是相當知名的觀光景點。

12 Wilton Muscatine，八十號公路二七一出口。

13 Ladora Millersburg，八十號公路二一一出口。

14 Newton Monroe，八十號公路一六四出口。

15 Altoona Bondurant，八十號公路一四二出口。

16 Des Moines，愛荷華州首府。

17 Council Bluffs，愛荷華州西南部第一大城，位於密西西比河畔，對岸即是內布拉斯加州奧馬哈市。

18 Cornell boxes，超現實主義藝術家先鋒約瑟夫・康奈爾（Joseph Cornell, 1903-1972）的藝術創作，他在玻璃鑲面的木盒中擺置一些拼貼畫和小物件，營造出各種超現實的效果。

19 Willamette Valley，奧瑞岡州的酒鄉，黑皮諾葡萄酒與加州齊名。

20 Menlo Park，一譯「門洛公園」，加州矽谷的一個城市，臉書總部所在地。

21 Escondido Elementary School，加州矽谷的一所小學。

22 Panama Street，帕洛阿圖的街道。

23 Roble Ridge Road，帕洛阿圖的街道。

24 Skyline Boulevard，加州三十五號公路，沿著聖塔克魯斯山的山脊而行，全長約五十英里，景觀優美。

25 Siuslaw National Forest，位於奧瑞岡州西部，設立於一九〇八年，占地九百九十一平方英里。

26 Umpqua National Forest，位於奧瑞岡州南部，與火山口湖國家公園相鄰，占地九十八萬三千一百二十九英畝。

27 Rasputin（1871-1916），一名Grigori Efimovich Rasputin，沙皇尼古拉斯二世時代的神祕人物，行事怪誕，離經叛道，後遭政敵聯手毒殺。

28 Salmon-Huckleberry Wilderness，奧瑞岡州西北部山區的野生動物保護區。

29 *Complete Waverley Novels*，蘇格蘭作家華特．史考特男爵（Sir Walter Scott, 1771-1832）的代表作。

30 *The Age of Intelligent Machines*，一九九〇年出版，作者雷．庫茲威爾（Ray Kurzweil, 1948- ）是全球公認最頂尖的發明家、思想家和未來學家。

31 Six Flags St Louis，原名「Six Flags Over Mid-America」，美國知名的主題遊樂園。

32 Chipko Movement，一九七三年四月在印度喜馬拉雅山區發起的社會運動，當地婦女承襲印度聖雄甘地的非暴力抗議行動，以環抱大樹的方式，阻止林木遭到砍伐。

33 Druid，德魯伊教，歐洲上古時代塞爾特人信奉的宗教，德魯伊教將橡樹奉為神樹，若想邁往永生與智慧，必須通過「橡門」，德魯伊教士亦稱「橡樹的賢者」，或是「透徹橡樹之人」。

34 Dodona Oracle，宙斯的聖所隱藏在玄妙深邃的橡樹林中，傳說他常在聖地「多多納」的一棵神聖橡樹下聆聽人們許願，橡樹葉的颯颯作響即是他的回應。

35 原文是「sakaki」，日文漢字是「榊」，亦即「紅淡比」（Cleyera japonica），在祭儀上使用。

36 馬雅人認為宇宙是由東、南、西、北四個方位的四棵聖樹所支撐。每個方位以紅、黃、黑、白四種產色代表。宇宙的中心則是綠色的世界之樹，叫做「卡波克」（Kapok），亦即木棉樹。

37 古埃及文化中，西克莫無花果樹（ficus sycomorus）具有重大意象，亦是所謂的「生命之樹」。

38 棕櫚枝、月桂枝、橄欖枝皆為勝利的表徵。

39 a change is gonna come〈改變就要來臨〉，藍調歌手山姆．庫克（Sam Cooke）一九六四年灌錄的單曲，而後成為美國民權運動的經典歌曲，奧莉維亞把這幾個字刺在肩上，標示自己投身示威抗議、大環境即將改變。但鮑爾斯令有深意，「a change is gonna come」亦指稱奧維德的《變形記》，暗示奧莉維亞身心的改變與醒悟。

40 迴文（palindrome）是指由左念到右或由右念到左，字母排列順序都一樣的單字、片語，或是句子，其間的標點符號、大小寫和間隔皆可忽略，La ruta nos aportó otro paso natural是一句西班牙語的迴文，從右念到左，字母順序也相同，英譯為The path provides the natural next step，中譯為「小徑自然就會引領帶路」。

41 Monte Bello Ridge，聖塔克魯斯山脈的一部分，附近盛產卡本內蘇維濃紅酒。

42 Cupertino，位於舊金山灣區南端，與聖荷西相鄰，是矽谷的主要城市之一，華人人口居冠，房價奇昂。

43 Chronophage，劍橋大學「基督聖體學院」附近的裝置藝術，由約翰．泰勒（John C. Taylor）構思設計、出資建造，二〇〇八年由物理學家史蒂芬．霍金揭幕，鐘面是鍍金不鏽鋼圓盤，直徑約十五米，沒有指針和數字，頂端有一隻怪異的蚱蜢，一秒一秒地吞噬時間，是謂「吞噬時間者」。

44 Chief Joseph（1840-1904），一稱「山雷」，美國西北部的傳奇性印第安酋長，曾經帶領族人在內茲珀斯戰役中與美軍對抗，最後被迫投降，其後的歲月都為了美國原住民的福祉奮鬥。

45 bystander effect，碰到偶發事件之時，往往有人聚觀，旁觀者愈多，伸出援手的人愈少，而且援助者的反應愈遲緩，這個名詞源於一九六四年美國紐約皇后區的一樁事件，一位名為凱蒂．吉諾維斯（Kitty Genoves）的女子遭到追殺，現場約有將近四十名民眾，卻無人出手相助，結果凱蒂氣絕身亡，凶手也逃逸無蹤，這樁事件引發廣泛討論，亦經美國社會心理學家達爾利（John Darley）與拉坦納（B Latané）實驗證實。

46 美國最高法院一八五七年的針對德雷德．斯科特案（Dred Scott Case）所作的判決。該判決推翻一八二〇年年密蘇里折衷案（Missouri Compromise），並宣稱奴隸是私有財產，不享有公民權。該判決是促成美國南北戰爭的主要因素之一。

47「他們在幹啥」的英文應該是「What do they do」，但咪咪的爸爸始終說：「What they do」，這樣的英文洋涇浜，但許多第一代移民都這麼說。

48 Taxol，一譯「汰癌勝注射液」，抗癌藥物。

49 語出安德魯．馬維爾（Andrew Marvell）的英詩〈致羞怯的情人〉（*To His Coy Mistress*）：「Time's winged chariot hurrying near」。

50 布拉姆斯的〈德意志安魂曲〉（*Ein Deutsches Requiem*）。

51 語出聖經哥林多前書第十五章第五十一節至五十二節。

52 意思是「非常緩慢、帶著表情」。〈德意志安魂曲〉第一樂章即以這種方式呈現。Ziemlich langsam und mit Ausdruck 在這裡具有雙重意義，一是桃樂絲回答了雷的問題：她演唱〈德意志安魂曲〉的第一樂章。鮑爾斯亦藉此形容桃樂絲緩慢、帶著感情地擁抱雷。

53 原文「the belief that affection might solve the problems of freedom yet」出自惠特曼的詩集《桴鼓集》（*Drum-Taps*）：「Over the carnage rose prophetic a voice\Be not dishearten'd, affection shall solve the problems of freedom yet\Those who love

each other shall become invincible\They shall yet make Columbia victorious」，亦是鮑爾斯最喜歡的詩句。

54 Yggdrasil，一譯「尤克特拉希爾」，又稱「宇宙樹」或是「乾坤樹」，根據傳說，此樹的樹種是白蠟樹，亦是連接天地的巨樹。

55 Ratatoskr，居住在世界之樹的松鼠，奔竄於樹間，據說是挑撥離間的高手。

56 一九一二年，美國化學家威爾伯．史高維爾（Wilbur Scoville）設計了一套測定辣椒素含量的方法，並且以自己的姓「史高維爾」（Scoville）作為單位名稱，稱為「史高維爾辣度單位」（Scoville Heat Unit），縮寫為ＳＨＵ。甜椒的辣度為0，朝天椒的辣度在27,000到30,000之間。

57 Ghent Altarpiece，十五世紀荷蘭畫家胡伯特．凡．艾克（Hubert van Eyck）和揚．凡．艾克（Jan van Eyck）的曠世傑作。

58 美國六〇年代民權運動的名曲。

59 Dragon Blood Tree（Dracaena cinnabari），熱帶常綠喬木，遍生於葉門的索科特拉島，壽命可達六百五十年，生長遲緩，每十年只長高一公尺，葉片窄長尖細，樹冠寬廣，有如洋傘。樹脂鮮紅，是謂「龍血」，《本草綱目》譽之為「活血聖藥」，有活血化瘀，消腫止痛，收斂止血的良好功效，既可內服，又可外用，是治療跌打損傷、活血、止血的良藥。

60 Eel River，北加州主要河川之一，長三百一十五公里，流經沿著海岸山脈（Cost Ranges）和沙加緬度河谷，流入太平洋。

61 希臘神話中，傳奇建築師戴達羅斯（Daedalus）用蠟和鳥羽幫愛子伊卡洛斯（Icarus）製作翅膀，伊卡洛斯罔顧父親勸告，愈飛愈接近太陽，結果蠟翼融化，墜海身亡。

62 卡斯卡迪亞（Cascadia）係指美國西北部和加拿大西南部的生態區，亦是一個獨立建國運動，所謂的「卡斯卡迪亞共和國」（Republic of Cascadia）包括奧瑞岡州、華盛頓州、加拿大的英屬哥倫比亞，廣受環保團體激賞。

63 亞當想到的是美國生態保育之父李奧帕德的名言：「A thing is right when it tends to preserve the integrity, stability and beauty of the biotic community」。

64 語出聖經多馬福音第十九章。

樹

冠

拂曉時分，一個男人仰躺在北國冰冷的大地上，探頭到他那頂單人帳篷之外，仰望天空。五棵渾圓細長的白雲杉捕捉了高空吹拂的微風。重力又有何干？終年長青的樹梢隨風搖曳，在晨空中塗鴉作畫。他從沒好好想過一棵樹究竟累積了多少里程數。時時分分，日日月月，它始終輕搖晃動，從不停歇，幅度雖然至為細微，甚至令人難以察覺，但全部加一加，數據可是驚人。這些靜立站定的東西啊，可是一刻都不歇止。

探頭到帳篷之外的男人自問：那一棵棵樹的樹冠像什麼？它們好像萬花尺畫出的圖樣，以一個個最簡單的圓形，嵌套出精美繁複、令人驚喜的圖案。它們也像碟仙的筆尖，老老實實地抄錄靈界交付的信息。但是，說真的，它們不過就是五棵白雲杉的樹冠，樹冠之中滿是毬果，隨著微風輕輕搖擺，正如它們有生之年的時時日日。所謂的「像什麼」，純粹只是人們徒費思量。

但雲杉透過它們獨創的媒介源源不絕地傳送信息。它們的話語從針葉、樹幹、根莖中流瀉而出。它們的樹身記載著有生之年的次次危機。帳篷裡的男人靜靜臥躺，沉浸於比他這副粗拙的肉身古老百萬年的信息。然而，他居然讀得懂。

五棵白雲杉在蔚藍的空中比劃。它們寫道：光、水、少許碾碎的礦石已經提問，大家務必詳盡回覆。鄰近的黑松和短葉松遲疑地抗辯：詳盡的回覆極為耗時，而我們缺的就是時間。鼓丘的黑雲松直言不諱：地球暖化，氣溫逐年上升，永凍層冒出白花花的熱氣，循環效應愈來愈快。遠方的闊葉樹表示同意。吵嚷的北美白楊、零星散布的樺樹、繁茂的三角葉楊、隨風搖擺的楊柳，開始齊聲唱和：世界變了模樣。

男人翻身側躺，望向晨間的天空。信息朝他蜂擁而來。即使棲身在此，居無定所，他依然不禁心想：事事皆將改觀。

雲杉做出回覆：事事原本就已改觀。

我們全都劫數難逃，男人心想。

我們自始至終全都劫數難逃。

但這次會不一樣。

沒錯。因為你在這裡。

男人必須起身工作，正如他身旁一棵棵已經辛勤工作的樹木。他即將大功告成。明天他就拔營，說不定後天再度上路。但此一時刻、此一清晨，他看著雲杉在空中書寫，心中暗想：今天姑且就將陽光視為陽光、將綠意視為綠意，喜悅、厭煩、苦惱、驚恐、死亡，不就是那麼一回事，無需徒費思量，也無需詳加探究；且讓這一棵棵綠樹、這一圈圈因為光、水、土石而不停擴增的年輪，盈滿我心中，為我道盡我必須述說的言語。

人人都會改變。二十年之後，當一切全都有賴記憶，那天晚上發生的事情早已累積沉澱，變成有如心材般牢固。他們把她的屍身俯臥在大火之中，咪咪、道格拉斯、亞當都會記得這一點，尼克的記憶則將一片空白。她最需要他的時候，他如基岩般穩固，事發之後，他變成一個無用的廢人，呆坐在火邊的地上，距離近到眼睫毛全被燒焦，整個人跟焚燒中的屍體一樣毫無知覺。

其他三人把她安放到柴堆上。她的衣物著火，肌膚接著燃燒。她肩胛骨上花俏的刺青——*A change is gonna come*——漸漸焦黑，化為烏有。她的靈魂在大火中碳化，星星點點隨著火焰飄入空中。她的遺骸當然會被尋獲。一顆顆補過的牙齒，一塊塊餘燼中的殘骨，每樣證據都會被人發現，詳加探究。他們並未擺脫屍體，而是讓它恆久永存。

至於如何離開現場，大家只記得逼著尼克上車，除此之外什麼都不記得。橘色的火光在長青的樹梢閃閃跳動，有如極光般飄渺幽魅。其後數十英里，暗影忽現忽現，有如相機快照。路面一片死寂，開了半小時才碰到另一部車，車裡那對退休的夫婦大老遠從伊利諾州開到美西，還得再開五小時才可以休息，等到他們看到火勢，兩人甚至不記得那部反向疾行的白色廂型車。

縱火犯們久久不發一語，尼克和亞當不時扯著嗓門威脅彼此，打破車中的沉寂。咪咪昏亂地開車，無視兩人對罵。開到距離波特蘭兩百英里之外，道格拉斯堅持他們應該去自首。但他們隱隱感覺有人出言制止。奧莉維亞。這一點他們全都記得。

「沒有人看到什麼，」亞當跟其他人說；他已經說了太多次。

「沒戲唱了，」尼克說。「她死了。我們完了。」

「你他媽的閉嘴，」亞當喝令。「沒有人可以循線追蹤，把這事歸咎於我們，拜託你安靜一點。」

他們的計畫失敗，終究什麼也保護不了。最起碼他們同意保護彼此。

「無論如何，什麼都別說。時間站在我們這一邊。」

但人們不知道時間究竟是什麼。他們以為時間是條直線，從剛剛消逝的三秒鐘延伸到即將發生的三秒鐘，秒秒稍縱即逝，未來亦如霧裡看花。他們看不出時間是個圓輪，圈圈相繞，不停向外擴展，直到內圈一輪又一輪的過往，撐起外圈最為單薄的當下——若無千千萬萬已然消逝的昨日，怎有飄忽不定的今日？

他們在波特蘭分道揚鑣。

尼克沒有帳篷，也不用睡袋，露宿在蜜瑪斯的殘椿上。夜幕漸漸低垂，他側躺，捲起夾克當作枕頭，殘椿上一圈又一圈年輪，標示出歷史的歲歲年年——他的腦袋靠著查理曼大帝過世的那一年，他的尾椎壓著哥倫布發現新大陸的那一年，他的腳踝抵著霍爾家族離開挪威、移居布魯克林和愛荷華大草原的那一年。身形之外，圈圈年輪湧向殘椿的外緣，標示出他自己的生辰、他家人的忌日、女孩造訪的那天——那個女孩開下公路造訪他、看清他，指引他怎麼堅持下去、怎麼面對人生。

殘椿的外緣滲出樹液，連常年作畫的他都說不出那是什麼顏色。他轉身仰躺，凝視夜空，望向二十層樓高的高處，試圖找出他和奧莉維亞樹居一年的確切地點。他不願心存絕念。他只想再聽聽蜜瑪斯開朗寬容的聲響，即使只是幾秒鐘也好。他只想看到那個始終知曉生命對他們有何要求的女孩從火中重生，跟他述說他該如何度過自此之後的一生。四下靜悄悄。沒有她的話語聲，想像中的神靈也默默無語。沒有鼴鼠、海雀、貓頭鷹，沒有任何他們樹居那一年之中、日夜為他們高歌的小動物。他的心房慢慢緊閉，回復到當年她遇見他的模樣。他已拿定主意：與其撒謊，不如沉默不語。

他餐風露宿，睡得不多。其後二十年，他難得一夜好眠。然而，二十年歲月所添增的年輪，還不及他無名指的指寬。

咪咪和道格拉斯撤空廂型車，銷毀每一條破布、軟管、橡皮筋。他們用數種強效清潔劑徹底刷洗車床。她把車子賤價出售，用現金買了一部小小的豐田汽車。儘管如此，她依然確信這事的結局會像愛倫坡的偵探故事。廂型車的新車主遲早會在某個顯眼之處看到足以將他們定罪的碎紙片。

她計劃出售她的公寓。「為什麼？」道格拉斯問。

「我們必須各走各的。這樣比較安全。」

「這樣怎麼會比較安全？」

「如果不各走各的，我們會洩露彼此的作為和行蹤。看著我，道格拉斯，看著我！我們不可以害了彼此。」

這事原本可能只是微不足道的地方新聞。有人在度假會館的工地縱火，地基付之一炬，工程受挫，進度稍微延後，雖然有點麻煩，但馬上就可以復工。不料灰燼之中竟然冒出白骨，顯然有人在火中喪生。西部九州的各個新聞網開始報導這則新聞，而且持續了好幾天。

調查人員無法辨識受害者的身分，只知道那是一名身高五呎七吋的年輕女性。至於是哪些暴行，或是違法情事，調查人員無從判定。唯一的線索是縱火現場附近幾行意義含混的花體字：

管控扼殺生靈
關切療癒眾生
不歸鄉就受死
因為你在天堂裡有五株樹

眾人集思廣益，做出最可信的解釋。肇事者肯定是個精神錯亂的殺人犯。

•••

亞當悄悄回到聖塔克魯茲。種種事端之後，他怎麼可能重返校園？但他的博士論文接近完稿，這時若是休學，只會讓他成為眾人矚目的焦點。他那筆為期一年的獎學金即將告罄。他拉上窗簾，呆坐在他分租的公寓裡，成天足不出戶。他彷彿盤旋在他自己的頭頂，俯視兩英尺之下的自己。有些時刻，一股莫名的激奮流竄他全身，隨之而來卻是強烈的焦慮。即使只花十分鐘走到便利超商，也感覺生命受到威脅。

一個星期五的晚上，他溜進系館拿取郵箱裡的信件。他甚至懶得計算自己已經多久沒有走進系館。他試了三次才搞對號碼鎖。郵箱裡塞滿傳單，他不得不用力一翻，結果堆積數月的郵件全都散開，掉了一地。他身後傳來一個聲音：「嗨，好久不見。」

「嗨！」他看都沒看是誰就打了招呼，口氣顯得過於熱絡。

原來是瑪莉．愛麗絲．莫爾頓。她也是只差論文的準博士，長相甜美，有如農家女孩，笑起來像是幫牙醫診所打廣告。「我們以為你翹辮子了。」

他心中響起一個非常放肆的聲音：我沒死，但我成了殺人共犯。「別亂講。我拿了獎學金。」

「那你怎麼不見人影？這一陣子到哪裡去了？」

他彷彿聽到他那位已經仙逝的大學良師引用馬克・吐溫的話語。如果你說真話，你就不必記得自己說過什麼。「我在做田野調查，似乎有點找不到方向。」

她伸手輕拍一下他的胳臂。「不是只有你找不到方向。」

「我的數據和資料都已齊全，只是無法有條理地寫出來。」

「完結焦慮感。繳交博士論文為什麼如此困難？唉，真是一團糟。算了，暫時擱下吧。」

他拼命想要壓制那股瘋狂的激奮，像個正常人一樣講話。他想要佯裝自己依然是昔日的他，而不是縱火犯和過失殺人的共犯。心理學者應該是世間最高明的騙子。他花了這麼多年研究人們如何自欺欺人。種種理論重新浮現腦際。你那股犯罪的衝動支使你怎麼做，你就反其道而行。若是非得面對眾人的質詢，你就顧左右而言他，讓大家摸不出頭緒。

「妳餓不餓？」他特意揚起眉毛——只是輕微一揚。

他看得出她心中興起種種警訊。這傢伙是何方神聖？三年來從不閒扯，幾乎像自閉，這會兒忽然一臉親和、擺出正常人的模樣？但認知偏誤始終勝過常理判斷。種種數據皆已驗證。「餓壞了。」

他把幾個月的郵件塞進他的背包，兩人走向一家營業到深夜的中東餐館。五年之後，他已發表多篇廣受推崇、以內團體信念為主題的學術論文，也將提前申請俄亥俄州立大學的終身教職。再過十五年——其實只是一晃眼——他將成為他這個研究領域的知名學者。

在紅杉高聳的樹冠層生活數月，竟然比在平地度過一週來得容易。萬物皆有物主；這連一歲的嬰孩都曉得，如同牛頓定律一樣確鑿。口袋空空走在街上，簡直形同犯法。誰會相信世間真有白吃的午餐？尼克絕對不可因為任何過失被警察盯上——不可流浪遊蕩，不可非法露營，連在州立公園採食熊莓都不行。他找到一棟按週承租的小木屋，木屋位於山腳下一個荒涼的小鎮，山間的林木已遭到砍伐。他的後院通往一小片紅杉林，株株都是幼樹，筆直挺立，樹寬僅一英尺半，但他認得它們。它們宛如他僅存的親人。

為了自身安危，更別說求得心安，他應該離開這裡，走得愈遠愈好。但他放不下，他必須等待她的信息，他不能錯失任何彌補的機會，即使他所能挽救的只是那麼一丁點。他曾在這裡跟她一同生活。在那將近一年的光陰中，他知曉人生的目的。世間各個遭到遺忘的角落中，這裡將是她的回歸處。

他沒跟任何人說話，哪裡也都沒去。又值雨季，雨季不才剛過嗎？他在濛濛小雨中入睡，醒來時，屋外已是大雨傾盆。雨水狠狠地落下，劈劈啪啪，節奏分明，屋頂似乎活跳跳。他坐起，聆聽雨聲，欲罷不能。不一會兒，他又沉沉入睡，但很快就又驚醒，屋外一片天光，雨勢已經暫緩。

他出去查看屋後的陰溝，陰溝淹了水，溢出的溝水緩緩匯入露臺的積水，大雨之後，積水汩汩流過露臺，好像一條瞬間生成的小溪。尼克穿著運動衫和運動褲站在原地，看著雨水嘩啦啦地落在山頭。此時此刻，水氣溼重，周遭飄散著肥沃的土香，他光著腳踩踏泥土，腳下的大地生氣盎然。他心想：早晨便必歡呼[1]，信念早已存在他心中，古時的人們就已這麼想，但他也心想：我是個殺人犯，此念新近浮現，縈繞心頭。兩個念頭在他心中交纏，僵持不下。

空中忽然傳來巨響。尼克抬頭一看，驚見山腰有如流水般崩洩。昨晚的大雨造成土石鬆動，再加上數千年來擔負水土保持之責的林木已遭砍伐，山坡地因而轟隆崩洩。一株株比燈塔還高的樹木有如嫩枝般折斷，互相衝撞，連拉帶扯，勢不可擋地滑下山坡，有如一道洶湧的波浪。尼克轉身，拔腿就跑，岩石和樹枝好像牆壁般傾倒，從二十英尺的高處撞向木屋。他跌跌撞撞地沿著小路狂奔，邊跑邊回頭探看，林木如河流般湧向木屋，迎頭撞上，他的客廳到處都是殘枝和碎石，木屋東搖西擺，隨著土石流劇烈晃動。

他衝向鄰居家，高聲大喊：「快跑！快跑！」鄰居們馬上帶著兩個小男孩沿著車道衝向家中的卡車。但土石比他們還快，已將卡車團團圍住。林木順著土石流堆疊在平房的後頭，遠遠望去，有如硬梆梆的木樣岩漿。

「這邊、這邊，」尼克大喊，鄰居們跟著跑。他帶著他們沿著一個比較低矮的山坡往下衝，跳進一個山溝，一排低矮的紅杉制住了土石流，泥巴和碎石緩緩擠壓這道最後的防線，但紅杉挺住了。鄰家媽媽情緒失控，抱著孩子們低聲啜泣，鄰家爸爸和尼克抬頭看著光禿禿的山腰，山脊已以比先前凹陷甚多。鄰家爸爸喃喃說道：「老天爺啊。」尼克聽了心中一驚。他看著他鄰居指向之處。每一株剛剛救了他們一命的紅杉上都畫了一個亮藍的叉叉。待伐的林木。下週的收成。

道格拉斯好像忠狗似地回去找咪咪，但時間不見得適當。起先只是過去看看，確定她沒事。然後他開始跟她說起他那些匪夷所思的夢境。咪咪拔掉了答錄機的插頭，所以他親自登門造訪，搞得咪咪有點抓狂。

夢境之中，他和咪咪面對面坐在城市的公園裡，城市很美，城市旁邊的海灣更美，銀杏現身，她面帶微笑地說：等等！他們會解釋！你們等著瞧。道格拉斯講得興高采烈，坐也坐不住。「那就像是她見證了一切！而且她想要讓我們知道。我醒來的時候，一切都好清晰。萬事ＯＫ，我們全都沒事。」

咪咪反應冷淡。所謂的萬事ＯＫ只讓她想要尖叫。所以他暫且避開，離她遠一點。但他又做了同一個夢，而且夢境更鮮明、更清晰，她肯定想要聽一聽。於是他拼命敲門，敲了半天之後，咪咪終於把他拉進屋裡。她叫他在餐桌旁坐下，他倆曾在桌旁處理了幾千封抗議信。「道格拉斯，我們把房舍燒得精光。我們失去理智，超級失心瘋。他們會把我們處死。你聽懂了嗎？我們會在聯邦監獄裡度過下半輩子。」

他什麼都沒說。「監獄」二字勾動他的回憶，那椿迫使他走上這條崎嶇道路的往事，歷歷呈現在他眼前。「好吧，我了解。但在夢裡，她攬著妳，而且妳跟她說——」

「道格拉斯！」她聲嘶力竭地大喊，甚至隔著牆壁都聽得見。然後她壓低嗓門，再度開口。「別再過來找我。我的公寓快要過戶了。你走吧。」

他雙眼圓睜，好像一隻試圖吞嚥的青蛙。「走？」

「你聽好，你非走不可。遠離這裡，開始你的新生活，取個新名字。我們犯了縱火罪，過失殺人！」

「誰都可能放那些火。沒有任何證據牽連到我們。」

「我們都有被捕的前科。大家都知道我們是環保激進分子。他們會詳查每一份名單。他們會追查每一項紀錄——」

「什麼紀錄？我們每樣東西都用現金購買。我們開了幾百英里的車。很多人都在那些名單上。名單根本不算什麼。」

「道格拉斯，別再露面，找個地方躲起來。不要再回來，不要來找我。」

「好。」他目光灼灼。她聽不進去。他一手搭在門上，轉頭說道：「我現在這樣不就像是躲起來嗎？」

他又做了那個夢。他們坐在市區的山坡上，時間好像是未來的某一日。銀杏跟他們說：等等！你們等著瞧！森林果真環繞著他們茂生。這幅景象實在太美妙，咪咪非知道不可。但當他走到她家，門口那個大大的紅色招牌卻寫道：**吉屋已售**。

他無處可去。西方是大海，其餘三方之中，東方似乎最理想。於是他把家當搬上卡車，駛向哥倫比亞河峽谷。他甚至沒跟他五金行的老闆請辭。沒關係，他們可以扣下他這兩星期的薪水。

開過愛達荷州邊境時，他忽然覺得他必須看看事發現場。畢竟就西部曠野的標準而言，他幾乎已在鄰近。不為什麼，就找個機會說聲再見吧。他耳邊響起咪咪的斷喊，跟他說他瘋了。舉凡明智之人都會這麼說。但正因所謂的明智，世間的一座座森林才變成一塊塊空地。

他沿著州立公路行駛，一顆心抵著胸肋骨狂跳。他開上寂寥的通道，兩旁雲杉林立，在漸漸昏芒的夜色中，一株株筆直的雲杉宛如一位位厲色的法官。他的軀體依然記得。那種感覺就像他們四人又坐在廂型車裡，人人驚魂甫定，不知如何面對先前那個令人作嘔的局面。駛近現場之時，他看到另一場大火，火勢熊熊，漫天銀光，但顯然已經受到控制。戴著硬殼帽的工人們成群結隊，四處奔竄，忙著修復災情。只要肯花錢，進度落後也無所謂；你只要再加派幾組人就行了。

一部裝載桁架的大卡車。一個拿著紅旗的信號工。道格拉斯放慢車速，探頭觀望。現場完全看不出曾經起火。他耳邊又想起咪咪的斷喊，催促他趕緊滾蛋，以免架在大卡車一側的監視器錄下他的車牌號碼。另一個聲音也跟他說：別待下。銀杏。

他急急駛離現場，開上空曠的公路。到了下一個交叉口，他繼續朝東行駛。午夜之後，車子摸黑開進了蒙大拿州，他把車停在一個國家森林的入口處，把駕駛座攤平，在車裡睡了幾小時。

日光為天空染上顏彩。他行駛於鄉間的小路，漫無目標地前進，僅以牛肉乾和停下來加油時購買的肉桂糖果腹。他開過一個空曠平坦的盆地，左右望去盡是高聳的山峰，坡地貧瘠多石，除了放牧，派不上太大用場。但生命的面貌千千萬萬，各自找得到用途。他的眼前有些動靜，原來是一群正在跟鐵絲柵欄奮戰的叉角羚。他數了數，一共五隻，其中一隻受了傷。五！這個數字莫非是個徵兆？某種情緒悄悄漫過心中，他不禁全身發抖。他把車停到路肩，空虛與懊悔進駐心中，有如天空一樣無際。他把車窗開個小縫，就這麼墜入夢鄉。土狼鎮夜嚎叫，彷彿世界依然歸牠們所有。

隔天早上，他繼續漫無目標地上路。旭日東昇，他看著緩緩上升的朝陽，約略猜測方向。時光流逝，車程漫長，有時開得歪歪斜斜，稍有閃失說不定就會出事。開著開著，公路左側忽然冒出一個奇怪的景象。他還沒看清楚就察覺這個景象跟周圍不搭調。金黃灰白、一望無際的平原之中，居然出現一片青綠。莫非是個河邊的村落？但放眼望去，哪有河流？他急急駛向下一個出口，開上一條年久失修的碎石小路，小路挺過多年寒冬，任何逆境都可以生長的野草也在此紮根，路面因而嚴重毀損。他放慢車速，幾近龜行，但碎石幾乎磨壞車軸和底盤。最後他終於開到一片楊樹樹林，楊樹株株蓬鬆散亂，好像一群蓬頭垢面的少年。

他下車走走。一群麻雀急急飛過前方的草地。這片樹林實在說不通。直挺挺的樹木全都長在噴泉裡，其中幾株枝幹招展，宛如一捧周長七英尺的花束。啊，原來是枝枒彎曲的三角葉楊。四下不見人跡，顯然無人居住，但一株株三角葉楊排成一個網格，好像孩童的益智玩具。綠樹成蔭，樹間有如青綠的拱廊，他走到樹下，赫然頓悟：這是一個隱形城鎮的街道。人行道、停車場、後院、前廊、商店、教堂、屋宅，全已消失淨空，只留下這幾些網格狀的防風林。他在一扇落地窗前坐下，窗景曾讓某戶人家引以為傲，如今卻只投下寂寥的光影，映照著空無一人的窗前。

某處傳來聲響，好像清水滔滔流過一條他看不見的小溪。窸窸窣窣，嘶嘶嚓嚓，宛如熱烈的掌聲，感覺卻似來自百年之前。他望向青綠的樹間，一片片前人栽植的三角葉楊在微風中歌唱，欣見有人回到這個遭棄的城鎮仰慕它們的風采。它們隨風搖曳，沙沙作響，彷彿消失的教堂傳出了聖歌，歌聲隨著消失的大道飄揚，為了每一個消失的居民頌唱。如今聖歌卻只為沙沙歡唱的樹林宣講福音，但也無可厚非。這團唱詩班也值得記取呢。願田和其中所有的都歡樂！那時，林中的樹木都要在耶和華面前歡呼[2]。

咪咪穿著設計極簡的貼身洋裝，坐在都板街「四藝畫廊」的接待處。她試圖在深軟的皮椅上坐定，每隔幾秒鐘就拉拉不聽話的裙襬，遮住她那已呈老態的膝蓋。早上決定該穿什麼時，這套黑洋裝似乎是個理想的選擇，說不定有助她跟藝廊議價，幫她多爭取幾百美金。她以為這身行頭說不定足以抵銷她臉上深長的傷疤，這會兒感覺卻像是玩票性質的把戲。

一頭俐落短髮的藝廊助理再度現身，她盡量不看咪咪的傷疤，客氣地再奉上一杯咖啡，保證向先生很快就會赴約。向先生已經遲到十七分鐘。他幾星期之前就已收到那幅卷軸字畫。他們的見面時間已經兩度延期。這人偷偷摸摸地搞些花樣。咪咪被耍了，而她說不出自己如何被耍。

畫廊裡擺滿其他珍寶。漆藝船艇。一幅工筆細繪的山水畫，畫中白雲飄渺，山嶽彷彿在空中飄盪。層層鏤雕的象牙球，人物眾多，栩栩如生，每一層都是一個精緻的小世界。另一頭的牆上掛了一幅畫，吸引了她的目光。畫中的大樹樹身漆黑，枝幹七彩，映著蔚藍的天空。她站起來，拉拉裙襬，慢慢走向接待處的另一頭。就近一看，一簇簇繁茂細微的樹葉竟是成千上百靜坐冥思的小人。她看看標牌：「功德福田」，亦稱「皈依樹」。西藏，十七世紀中葉。在寬展的樹冠中，形若細葉的小人似乎迎風招手。

她身後傳來一個聲音。「馬小姐？」

向先生一身青灰色的西裝，戴著一副鏡框鮮紅的眼鏡，他盯視她那道又深又長的傷疤，眼睛卻眨都不眨。他帶著她走進一個隱密的小房間，霸氣地揮揮手，請她在會議桌旁坐下，會議桌是已遭禁砍的桃花心木所製，一個木盒擱在他倆之間，盒裡收放著那幅卷軸字畫。他盯著窗戶，開口說道：「您這幅字畫非常漂亮，羅漢栩栩如生，畫風獨樹一格。可惜您沒有文件或是任何紀錄。」

「嗯，我……我們始終沒有。」

「您說這軸字畫隨同您父親來到美國，隸屬府上在上海的收藏？」

她無意識地撥弄她的裙襬。「沒錯。」

向先生從窗邊轉身，端端正正地在她對面坐下，左手托住右手手腕，右手的食指和中指往前一伸，好像叼著一支想像中的香菸。「我們鑑定不出字畫的確切年分，也不確定出自何人之手。」

她起了防衛心。「各個畫主的印章呢？」

「我們已經逐年回溯，但我們不確定您父親的家族究竟何時取得字畫。」

這下她知道她的猜疑果然沒錯。她不該把這軸字畫送過來鑑價。她想要搶過字畫，奪門而出。

「題詞的字體也難以鑑定，看起來像是唐朝的狂草，尤其是懷素僧人的字帖，但也可能在唐朝之後。」

「題詞的內容為何？」

向先生的頭往後一仰，似乎不敢相信她的無知。「那是一首詩，作者不詳。」他攤開兩人之間的卷軸字畫，手指拂過一行行詩句。

身居寒山中，何須久留滯。

三樹忙招迎，枝條急颯颯。
傾身欲聽聞，急颯若寒風。
新芽探枝條，冬日亦如是[3]。

向先生還沒唸完，咪咪已經起了雞皮疙瘩。她似乎置身舊金山國際機場，聽著尋人廣播一再呼叫她；她似乎讀著那首被她爸爸權充遺書的古詩，思索著窮困與通達的道理；她似乎在淒冷的山間縱火，四下伸手不見五指，火光咄咄相逼，而那把大火燒死了一名女子。

「三樹？」

向先生雙手一攤，似乎表達歉意。「寫詩嘛。」

她的臉頰忽冷忽熱。她的腦筋轉得不停。有人想要傳送信息給她，但信息卻在遙遠的一方。何須久留滯？她看到她妹妹亞美莉亞，十二歲的亞美莉亞裹在厚重的雪衣裡，小小的身軀膨脹了一倍，哭哭啼啼、搖搖擺擺地從後門走進來。早餐樹太早發芽，新的樹芽會被雪凍死。她爸爸只是微微一笑。新的樹葉始終在那裡。甚至冬天之前就在囉。不知怎麼地，十六歲的咪咪卻沒注意到這一點。

「這首詩……一般人看得懂嗎？」

「學者說不定看得懂。或是研習書法的人。」

她不清楚她爸爸生前研習什麼。迷你電器。露營營區。跟熊說話。「這只玉戒。」

她握拳，朝著會議桌對面的藝品商伸過去。他的頭一斜，微微一笑，彷彿替他們兩人感到難為情。

「喔，一株玉樹，明朝雕工，手藝精湛。我們可以做個鑑價。」

她把手抽回來。「算了。跟我說說這軸字畫吧。」

「羅漢出自畫壇名家之手，史上極為罕見，光是這一點，再加上精湛的畫技，我們估計這軸字畫大約價值……」他說了兩個數字，暗示字畫的價值落在兩者之間，咪咪制止不了自己，忍不住驚呼一聲。「『四藝畫廊』願意出個中間價。」

她往後一靠，佯裝鎮定。她原本只希望賺些小錢，暫且不必擔心生計。或許兩年，至多三年。但這是一筆巨款，足以讓她下半輩子不愁吃穿，為她支付全新的人生。向先生審視她的疤臉，鮮紅鏡框中的雙眼依然不帶感情。她回瞪他，準備跟他對決。她已目睹最熾熱的焰火熄滅，親見生命的火苗從奧莉維亞的眼中消逝，世間任何人的瞪視，她都承受得了。

字畫擱在兩人之間的會議桌上，行雲流水的狂草草書，涵義模糊的中文古詩，一個個獨坐在古老森林中的羅漢，人人幾乎得道、幾乎已與萬物融為一體——這些全都任由她處置。但是忽然之間，賣畫似乎是個下下策。三樹對她似有所求。但她完全不曉得它們想要什麼。

跟向先生對決簡直不費吹灰之力。不到三秒鐘，他就移開視線。他轉頭時，她看出這位藝品商的盤算。他已從某處獲知關於這軸字畫的二三事。這就跟他眼皮跳動一樣顯而易見。字畫的價值比他的出價高出很多倍。這是一幅遺失多年的國寶。

她深深吸口氣，忍不住微微一笑。「說不定『舊金山亞洲藝術博物館』願意幫我鑑定。」

「四藝畫廊」很快就修正出價。咪咪、她兩個妹妹、妹妹們的孩兒，今後多年無需為了金錢擔憂。她也可以藉此學習新的技能、營造新的身分，幫自己找到出路。何須久留滯？

她打電話給她們。一年多來，這是她第一次致電卡門和艾美莉亞。她先跟卡門通話，隻字不提她的臉受了傷、丟了工作、賣了公寓、成了三個州的通緝犯。她只說抱歉失聯。「對不起，最近過得不太順遂。」

卡門笑笑。「妳什麼時候過得順遂了？」

咪咪跟她說畫廊的出價。

「姐，我不曉得。字畫是我們的傳家寶。除了字畫之外，我們還能拿什麼緬懷爸爸？」

三株玉樹，咪咪想說。三樹忙招迎，枝條急颯颯。「我只想遵從他的心願。」

「他的心願？那妳不妨想想他生前如何看待這軸字畫。它幾乎是他這輩子唯一始終保留在身邊的東西。」

接下來是艾美莉亞——她那身心均衡、生性溫和、超有耐性的小妹，即使聽著大姐說瘋話，她也有辦法同時安撫身邊那幾個蹦蹦跳跳、吵吵鬧鬧的小孩。咪咪幾乎脫口而出：我在跑路。我一個朋友死了。我把別人的物產燒得精光。但她只把字畫裡那首古詩翻譯給艾美莉亞聽。

「很好啊，姐，我覺得它的意思是寬心、放鬆、關愛、做妳想做的事。」

「卡門說字畫是我們唯一的傳家寶。」

「天啊，別那麼濫情。爸是全世界最不濫情的人。」

「而且用錢相當謹慎。」

「謹慎？爸很小氣！記得地下室那些折價品嗎？成箱成打的可樂、羽毛絨外套、半價的套筒扳鉗？」

「她說爸一輩子都把字畫留在身邊。」

「胡扯。他說不定探測古董市場行情，估算什麼時候最適合出手。」

裁奪的重責再度落到咪咪如同孩童般纖弱的肩上。那天晚上，那個始終面帶笑容、就著營火寫筆記、不聲不響舉槍自盡的工程師跟咪咪講了悄悄話，在她耳邊說出他的答覆。過往是株棗蓮樹。修剪它，它就會生長。

•••

桃樂絲．卡薩莉．布里克曼用花梨木托盤，把早餐穀物粥從廚房端到她先生的房間，臉上的笑意太過燦爛，不免刻意。一雙眼睛從電動床上骨碌碌地看著她，眼神之中帶著苦苦的哀戚。他嘴歪眼斜，驚恐呆滯，看上去像一副古希臘悲劇面具。她壓下退回房外的衝動。「早安，小雷，昨晚睡得好嗎？」

她把托盤放在小桌上。那雙令人畏懼的雙眼跟隨著她。*牽累。活著。永久。*她強迫自己往前走，把一束鈴蘭擱到在床頭櫃上。她幫他拉開沾滿口水、觸手濕黏的毯子，把托盤連同熱騰騰的早餐推向半身癱瘓的他。

每天早上都有如粉墨登場，久而久之，她說不定愈來愈能讓人信服。世間沒有人可以告訴她這種日子還得過多久，或是這種日子還能撐多久。他發出聲響。她往前靠，直到耳朵貼上他的嘴唇，卻只聽到他說：Dddtt。

「我知道，雷，我了解，沒關係。想吃飯了嗎？」她誇張地捲起袖子，好像表演喜劇。他歪斜的嘴巴稍微動了動，而她也只能依照自己的判斷來解讀。那張好像被面具罩住的嘴巴讓他變了一個人，比癱瘓和口齒不清更讓她心驚。「這是一種古早穀類，來自非洲，有助於修護細胞。」

他微微抬起那隻可以活動的手，說不定想要阻止她。桃樂絲不予理會；她已經習慣了。不一會兒，古早穀類熬煮的熱粥沿著他的下巴滴到圍兜上，她用一條柔軟的毛巾幫他擦臉，他因中風而面容僵硬，經她一摸依然死板。但他的眼睛——他的眼睛卻說得清清楚楚：*除了一死，世間只剩下妳可以讓我忍受。*

湯匙在他嘴裡一進一出。她好想如同餵小孩吃飯似地做出咻、咻、咻的飛機聲。「你昨晚有沒有聽到貓頭鷹咕咕叫？呼朋引伴？」她幫他擦嘴，再餵一口。她想起兩星期前的那一刻，他還在醫院裡，氧氣罩緊貼著他的臉，那隻可以活動的手一直揮來揮去，說什麼都不肯靜下來。她不得不呼叫護士，護士用繃帶綁住他的手，制住了他。他戴著氧氣罩，雙眼直挺挺地盯著她，彷彿發出斥責。讓我一了百了。妳看不出我在幫妳嗎？

最近幾個星期，她心裡只有一個念頭：我辦不到。但一回生，二回熟，若是勤加練習，再不可能的任務也辦得到。勤加練習，她就忍受得了醫生們實事求是、不帶感情的建言；勤加練習，她就承受得住朋友們同情悲憫的眼光；勤加練習，她幫活死人般的他翻身之時就不會作嘔；勤加練習，她就知道如何聆聽他雜亂無序的話語。說真的，只要稍加練習，人們說不定甚至看不出她如同行屍走肉。

早餐之後，她查看他是否需要洗個澡。確實需要。還沒出院之時，他頭一次讓人幫他洗澡，醫院裡一個經驗老到的護士粗手粗腳地幫他擦身，讓他羞愧得不停呻吟。即使是現在，橡皮手套、海綿、水管、桃樂絲提往浴室倒掉的灰白溫水，依然讓他那石像鬼般的雙眼淚光閃閃。

她幫他擦身、翻身、查看褥瘡。今天一整天都只有她。行動照護的護理人員卡洛斯和盧芭一星期只來四趟——雷希望他們只來兩趟就好，桃樂絲則巴不得次數加倍。她一隻手搭上他僵硬的肩頭。她也只能以溫順和藹掩飾她的疲憊。「看電視？或是我幫你朗讀？」

她覺得他說朗讀。於是她開始朗讀報紙，但各個標題令他焦躁不安。

「我也是，雷。」她把報紙擱到一旁。「少知道一點也無妨，不是嗎？」

他喃喃說了什麼。她往前一傾。「Crss。」

「Cross？生氣？雷，別生氣。我只是跟你開玩笑。」他又說了一次。「你不開心？」她難道不曉得他有千百萬個正當的理由不開心？

他僵硬的嘴唇又擠出一個音節：「Wrd。」

填字遊戲。她打了個冷顫。結婚多年以來，他每天早上必做填字遊戲。但現在成了不可能的任務。更糟的是，今天是星期六，亦即魔鬼填字遊戲日，往常她只有在這一天會聽到他情緒失控到低聲咒罵。

他們花了一早上做填字遊戲。她提供解題線索，雷一臉漠然地凝視空中，久久不發一語。承受打擊。類似布朗博士奶瓶的那種藍色。保持距離。他咿咿呀呀，似乎想要說出字母，拖了好久才拚出一個不曉得是什麼意思的單字。但她竟然寧可跟他做填字遊戲，而不願把他丟到電視機前面。她甚至察覺自己痴心妄想，說不定每天做做填字遊戲、動動腦筋，雷的情況就會好轉。

「早春的跡象，五個字母，頭一個字母是A。」

他拼命擠出兩個音節，她聽不懂，請他重複一次。這回他氣沖沖地嘟囔，但聽起來依然含混不清。

「可能是吧。我先填進去，待會兒再繼續。」就當是哄小孩。「試試這一題：苗芽令人欣喜的復出？六個字母，R開頭，第四個字母是E，第五個字母是A。」

他盯著她，喃喃自語，支支吾吾。她凝視他，怎樣都猜不出他凝滯的心中究竟還剩下什麼。他的頭微微搖擺，可以活動的那隻手擦刮被毯，好像某隻草食動物踢扒冬日的白雪。

還不到中午，她已感覺度日如年。她把填字遊戲擱到一旁，各個字母改了又改，整張方格紙亂七八糟。該打點午餐了。她得準備某些他吃了不會嗆到的餐點，而且最好不是他這星期已經吃了好幾次的東西。

午餐有如划槳橫越大西洋。下午她為他朗讀《戰爭與和平》。這場仗打得好辛苦、好漫長，一拖拖了幾星期，但他似乎聽得津津有味。多年以來，她始終試圖說服他閱讀小說，現在她終於有了一位哪兒也去不了、乖乖聽她說書的觀眾。

故事漸漸失焦，連她都無法掌握。太多人物、太多內心戲，誰記得住哪個人心裡有哪些感受。英武的王子在一場聲勢浩大的戰役之中身亡。他癱躺在冰冷的大地上，四周轟轟隆隆，一片混亂，他只看得到頭頂上遙遠的天空。他無法動彈；他只能仰望。在浩瀚無垠的藍天之下，世間眾生、萬般心緒、萬般情感，全都不算什麼。他為什麼直到這一刻才有此了悟？

「啊，抱歉，雷，我忘了這一段。我們跳過去吧。」

他的眼神之中又流露出哀戚，但或許不是因為小說令他困惑，而是因為他想不通他太太為何不停啜泣。

晚餐是另一場漫長的戰役。她幫他在電視機前面坐定，然後她外出，這才是她的晚餐時間。艾倫在他的工作室門口等她，他的頭髮沾滿了木屑，眼神也顯得有點哀戚。她移開目光。他擁她入懷，她感覺這就是自己的歸屬，不禁心驚。他想要娶她。但妳若因某種不可抗力的因素不能離婚，妳還可以對另一個男人許下終身嗎？

「今天還好嗎？」喔，沒錯，他會等著她回答。但今晚她吃著外賣的左宗棠雞，什麼話都不想說。工作室裡到處都是被解體的小提琴、中提琴、大提琴，四處可見缺了琴頸的琴身、成排懸掛在牆上的白色面板、拼合式楓木背板，一根根柳木和杉木、一塊塊製作指板所需的黑檀木、零星的黃楊木和桃花心木，空氣中飄散著各種木材的清香，她只想靜默不語，一再嗅聞。

她啪地扳開免洗筷。「我真希望你早幾年認識我。你應該瞧瞧我當年的模樣。」

「喔，老木比新木強多了。成色愈好，愈有韻味。」

「謝啦。真高興我們這些老骨頭派得上用場。」

「我才遺憾自己上了年紀。我剛摸清楚竅門。」他指指懸掛在牆上的光滑面板。「多給我幾年，我的手藝會更好。」

兩小時之後，她回到家中。雷肯定聽到她的車子開進車道、車庫門開啟、她用鑰匙打開後門，但當她走進房間，他的眼睛閉著，嘴角下垂，口水滴流。電視上的人們談笑風生，笑聲驚天動地，好像妖魔鬼怪。她關掉電視，繞過床邊，幫他把被子拉好，蓋住他僵硬的身軀。他可以活動的那隻手忽然抓住她的手腕，雙眼圓睜，好像遭人謀殺，狀似驚恐。她趕緊跳開，驚呼一聲。然後她鎮定下來，鼓起勇氣安撫他。

他向來是全世界最溫和的男人。以前當她大發脾氣，他始終耐著性子從頭陪到尾，簡直是個聖人。當她提出分手，他含著微微的淚光，跟她說他只是為她著想、她可以待下來、她想做什麼都行。他還說她如果碰到麻煩，她隨時都可以求助於他。現在她碰上了麻煩。沒錯。這會兒他成了她的麻煩，而且她永遠擺脫不了。

「雷！天啊。我剛才以為你睡了。」他咿咿啊啊說了幾句，語意含混不清，簡直像是用梵文念經。「你說什麼？」她裝腔作勢地往前一傾，好像在表演啞劇，只差沒有手勢動作。兩個音節，同樣含混。「再說一次，雷。」

不管中風之前或是中風之後，他始終比她有耐性。他嘴角每一寸可以活動的肌肉都劇烈顫動。她感覺各種幽靈輕拂她的肌膚，飄過她的髮間。「小雷，對不起，我真的不知道你在說什麼。」

他嘴唇一張一合，發出更多聲響。她往後一傾，試圖聆聽。起先她聽到：Right。其實他在說：Write，但他似乎不可能提出這個要求，致使她沒有馬上會意。明知不合理，她依然找到紙筆，把筆放到他那隻勉強管用的手裡，看著他的手指好像地震儀的指針般晃動。他花了好久才寫出幾個潦草醜陋的字母：

她瞪著歪七扭八、糾結成團的字母，看不出所以然。廢話。但她不能跟一個依然如同身陷瓦礫的男人這麼說。然後一個字隱隱現形，她看懂了！她心頭一震，拉著他僵硬的手臂低聲啜泣，跟他說他已經曉得的領悟。「你說對了。你說對了！」六個字母，開頭是R。苗芽令人欣喜的復出。Releaf。

在時光的流載之中，二十個春季根本不算什麼。有史以來最炎熱的一年來了又去。隔年依然炎熱，其後十年，氣溫繼續攀升，年年破紀錄。海平面上升。地球的節氣亂了譜。春季年年提前報到。

物種消失。派翠西亞撰文詳述。消失的物種多得數不清。珊瑚白化，濕地乾涸。有些物種甚至還沒被發現就已瀕臨絕種。種種生物以超過正常值一千倍的速率滅絕。面積超過大多國家的森林轉變為農地。請看看你們周遭的生物；好，現在請你們刪除其中半數，這就是問題所在。

二十年來地球增加的人口，多過道格拉斯出生那一年地球的人口。

尼克躲起來，埋首於他的工作。對一項比樹木更淡定、更緩慢的工程而言，二十年算得了什麼？

亞當的一篇論文證實，當眼前出現五光十色、斑斕絢爛的景象，人們多半忽略了背後緩慢的變化。

咪咪察覺，你可以將目光停駐在時針上，看著它繞著鐘面走了一圈，卻渾然不知半天的光陰已經悄然而逝。

在《主宰8》之中，尼雷的膚色略為白皙，一百四十五磅，一頭有如愛因斯坦的亂髮。他的五官呈現出不同族裔的面貌，端視燈光和他所在的城鎮而定。他身高僅四呎八吋，但他小腿靈活，大腿強健，想去哪裡都不成問題。他名叫孢子，是個沒沒無聞的小人物，他跟十一個洲陸的各個地主一樣拿了幾個獎章、建了幾座地標、存了一些現金。他在不同省縣交了不同女友，各個女友相距甚遠，絕對不會打照面。他在一個丁點大的小鎮擔任鎮長，在另一個丁點大的小鎮經營掛毯鋪。曾有一時，他是修道院的修士，院中死氣沉沉，似乎瀕臨絕滅。大多時候，他喜歡四處走動，到陌生人的家中坐坐，瞧瞧柏樹的樹枝在風中飄搖，看看風朝著哪個方向打轉。

他跟數百萬個玩家都已遷居這個平行世界，生活在各自選擇的電玩遊戲之中。他甚至不記得網路發達之前的光景。人類受到意識的支使，把當下視為始終，誤以為現況早該如此，殊不知事事各有發展程序。有些時日，他感覺自己和矽谷的其他公司並沒有創造出線上人生，而只是開了一個口，一窺其中奧妙。

一個星期三下午，他應當出席董事會，核准併購一家3D模型公司，但他棲身電玩世界，漫步於寬闊的鄉野，自己做些田野調查。近來他漫遊四方，從極地步行到赤道，沿途與他碰到的每一位居民攀談，如同隨機擇取焦點團體，把產品研究和個人體驗融合為一。

他來到一個熱鬧的市鎮，市鎮位於一個他從未造訪的區域，景氣相當興旺。今天有個農夫市集，在叮叮噹噹的排鐘聲中，民眾聚集在市府外面的廣場上，針對各種商品討價還價：獨輪推車、蠟燭、引擎、光學儀器、貴金屬、土地、蘭園、手織衣物、自製家具、琴聲優美的魯特琴。去年八成純粹是以物易物，彼此交換得來不易的商品。但近來可是不折不扣的金錢交易，美金、日圓、英鎊、歐元等數以百萬的貨幣透過電子轉帳，在真實的世界裡易手。

「一群白痴，」有人低聲咒罵。尼雷轉頭看看誰在說話。原來是他旁邊一個披著鹿絨皮的傢伙。一時之間，尼雷以為這人說不定是個人工智慧的玩家，但他踱步的模樣卻不像機器人，而且神情渴慕，人性化十足。

「誰是白痴？」

「這些東西他們在上頭那一層得到的還不夠多嗎？」

「上頭那一層？」

「俗世。上班打卡，掙錢養家，盲目消費，家裡堆滿廢物。這裡跟俗世一樣唬爛。」

「這裡還有很多事情可做。」

「我以前也這麼覺得，」身披鹿絨皮的男人說。「你是天神？」

「不是，」尼雷說了謊。「你為什麼有此一問？」

「因為你看起來好像有很多增能的法術。」

他暗自提醒自己，下次務必低調。「我玩很久了。」

「你知道天神們都在哪裡聚會嗎？」

「不知道。你有什麼東西需要修理嗎？」

「這整個地方都需要修理。」

尼雷聽了火大。公司的利潤屢創新高。最近韓國有個小孩，因為媽媽嘮叨、叫他不要打電玩，於是動手殺了媽媽。弒母之後，他連打兩天電玩，用媽媽的信用卡過了一關又一關，在此同時，媽媽的屍體卻在隔壁房間腐爛發臭。這事如何置評？隨你說吧，反正人人有權發表意見。

「你有什麼毛病？」

「我只是想要再愛上這個地方。剛開始玩的時候，我覺得這裡是個天堂，我可以用上百萬種方式得勝，而我甚至說不出什麼叫做『得勝』。」身披鹿絨皮的探險客暫且凍結，毫無動靜。說不定他的本尊必須出去倒垃圾、接電話，或是哄小寶寶睡覺。不一會兒，他的化身左右晃動，活了過來。「現在卻是了無新意，一再重複老掉牙的把戲。開山採礦，砍伐樹木，在草原上打地基，興建愚蠢的城堡和倉庫。你剛依照你的夢想打造出一個家，幾個混蛋就帶著傭兵把你轟得七葷八素，比現實生活更糟。」

「你想要告發某一位玩家嗎？」

「你果真是天神，對不對？」

尼雷一語不發。他這個天神已經數十年不良於行。

「你知道這裡的問題出在哪裡嗎？人工智能具有點石成金的本事，但目標若是不明確，結果只是製造出一堆沒有用的廢物，直到把這裡塞爆。而你們天神卻只是創造另一個洲陸，或是引進新型武器。」

「還有其他玩法。」

「我先前也這麼想，我以為神奇的事物在山的那一頭、海的那一端，但是沒有。」

「或許你應該到其他地方看看。」

身披鹿絨皮的男子揮舞手臂。「我以為這裡就是其他地方。」

這個依然想要幫他早已離世的父親設計數位風箏的男孩無言以對，他知道身披鹿絨皮的男子說得沒錯。《主宰》確實碰到了點石成金的難題。事事物物鍍了金，卻已失去生息。

亞當．阿皮契升等為副教授。但他可沒有時間喘息，反而承受更多壓力。學術研討會、審閱論文、備課、田野訪談、輔導學生、批改作業、計算成績、系務會議、升等文件、一段相距五百三十六英里的遠距感情，他一分鐘當兩分鐘用，片刻不得閒。

有天晚上，他在俄亥俄州哥倫布市的家裡修改一篇即將發表的論文，邊看電視新聞、邊吃微波爐照燒雞排。他沒空看新聞，也沒空好好吃一餐，但若是趁著工作時順便進行這兩件事，倒也無可厚非。新聞播了十秒鐘，他察覺自己緊盯著被炸毀的樓房和被燒毀的梁柱，兩者皆長存於他的記憶之中，回想起來卻愈來愈模糊。有人炸毀華盛頓州一個改造楊樹基因的實驗室。攝影機慢慢移過一面被熏黑的牆壁，水泥牆上噴寫的塗鴉正是他曾經協同構思的口號：

管控扼殺生靈
關切療癒眾生

他們以前的口號。這怎麼說得通？主播所言只讓他感覺更糟。「警方相信這場造成七百萬美金損失的大火跟前幾年發生在奧瑞岡州、加州、愛達荷州北部的類似事件相關。」

世界天旋地轉，亞當甚至不曉得自己身在何處。然後他想出一個比較合理的解釋：他昔日的那些同伴肯定有人單槍匹馬、繼續縱火。尼克最有可能；畢竟他的情人死於大火。說不定是那個像孩童一樣天真的退伍軍人道格拉斯。說不定兩人聯手，夥同新近投入這項運動的成員，繼續執行縱火的任務。不管這次是誰放火燒了實驗室，這人用了他們的口號，但口號豈是他們專有？

攝影機移向實驗室焦黑的天花板，亞當認得那副劫後的景象，彷彿是他自己放了火。不是五年前；而是昨晚。好像他剛剛回家、現在必須把這身沾了煙味的衣物燒掉。鏡頭最後停駐在走廊盡頭的一行噴漆花體字：

對自殺式經濟說不

他六星期之前升等為副教授，如今卻仍感覺自己是個縱火犯。

三個月之後，華盛頓州西部奧林匹克半島一個伐木場存放機械的棚屋爆炸。咪咪在《舊金山紀事報》讀到這則新聞。她坐在金門公園溫室花房旁邊的草地上，公園距離舊金山大學走路只要十分鐘，而她即將拿到該校復健與心理諮商的碩士學位。她認出草草噴寫在現場的口號——曾有一時，那些口號全是他們的構思。新聞旁邊加注：生態恐怖行動的大事年表，1980—1999。

遭到拘捕只是遲早的事。隔月、隔年，敲門聲一響，警徽在眼前一閃……她坐著讀報之時，形形色色的人們走過她身旁：一個扛著背包的流浪漢，全部家當塞在那個髒兮兮的背包裡；一群神情認真的日本觀光客，人人戴著黃色的棒球帽，跟隨一名揮著小旗的女士；一對興高采烈的情侶，兩人一邊大笑，一邊朝著對方丟擲絨毛長頸鹿。咪咪坐在草地上，閱讀種種看似她犯下的罪行。她攤開報紙，擱在前方的草地上，把頭往後仰。空中到處都是無影無形的衛星，衛星監測得出她的行蹤，也讀得到她面前的新聞標題：「生態恐怖行動的大事年表」。她抬頭仰望，等候未來大軍蜂擁而下、緝捕她歸案。天空依然一片蔚藍。她起身收拾報紙和午餐的紙屑，走過一排海岸櫟，朝向校區前進，準備參加下午的「心理諮商之倫理議題」講座。

尼克始終不曉得縱火事件再起。他不看報，偶而在公車站和咖啡店翻翻報紙，靠著電話行銷人員、戶口普查員、沿海各個小鎮的遊民獲知世事，而這些行乞的遊民樂於分享新聞評論的種種陰謀論，通常不給錢也照說不誤。

他在華盛頓州的貝爾維找到一份理想的工作，加入亞馬遜的物流中心。他開著一部迷你推高機在巨大的倉庫裡繞來繞去，拆卸一棧板一棧板的書籍，掃描條碼，依照確切位置放到巨大的矩陣貨架上，說穿了就是一個管理貨品的小弟。公司期望他的工作效率屢創新高，他也果真辦到。他開著推高機奔馳於倉庫之中，好像表演賽車，但四下觀望，卻沒有半個觀眾。

物流中心的商品與其說是書籍，不如說人們千百年來追求的便捷。自古以來，人類始終渴求便捷，大家只求方便，大自然若是不願配合，難免受到摧殘。便捷是個疾病，尼克是個帶菌者，而他的雇主是病菌，總有一天，這個病菌將與世間眾人共生共存。一旦你穿著睡衣買了一本小說，你就無法回頭囉。

尼克拆卸另一個紙箱——今天的第三十三個。若是手腳快一點，他一天可以拆卸、掃描、上架一百多箱書籍，每四分鐘就可以處理一箱。雖然終究會被機器人所取代，但他的手腳愈快，愈可拖延一些時日。他判定自己還可以再撐兩年，然後所謂的「效率」就會毀了他。他工作得愈拼命，愈不必多想這些事情。

他把一箱平裝書抬到金屬貨架上，開始盤點。走道寬廣深長，兩旁的貨架高聳矗立，望似巨大的梁柱，架上滿滿都是書，成架成架地延伸，似乎永無止盡，而光是這個物流中心就有數十個類似的走道。其他各大洲亦遍設物流中心，每個月都有新的中心開始運作，直到履行世間眾人所追求的便捷，他的雇主才會歇手。尼克浪費了寶貴的五秒鐘凝視有如山谷般的書冊，心中既是萬分驚恐，卻也滿懷希望。物流中心的書冊不斷增長、持續擴張、難以計數，在這些數以百萬計、火炬松紙漿所製的紙張中，肯定隱藏著某一句、某一段、某一頁真理，若是有幸讀到，人們說不定可以突破便捷的魔障，重新思索險困、需求、生死。

夜晚時分，他專注於他的壁畫。他在公寓裡切割模板，然後帶著它們在市區四處晃蕩，看到光禿的牆壁就動手作畫。他知道這麼做等於玩命，他不該做出任何吸引警方注意的事情，但他一心只想藉由影像發出吶喊，他克制不了這股衝動。從拼貼模板到拿下模板，他幾十分鐘就可以噴出一幅中型的塗鴉壁畫。從清晨兩點到四點，他可以在幾個鄰里留下印記，要不就是直挺挺地躺在床上，被內心的思緒吞噬。壁畫之中，牛隻披著防彈夾克，示威者把楓樹翅果當作手榴彈般丟擲，一架架微小的戰機和直升機湧向一朵朵藤架上的玫瑰花，好像想要幫花朵授粉。

今晚的工程相當浩大：他打算用十六張重疊的模板，在一棟律師事務所的牆壁上噴漆塗鴉。他扛著一座活梯，沿著人行道和牆面貼上模板，拿出噴漆，開始作畫。不一會兒，張張模板覆上各色油彩，滲過美紋膠紙緩緩滴流。他稍待片刻，等候油彩風乾，然後撕下模板，眼前赫然呈現一株栗樹。栗樹的樹幹沿著牆面攀爬，探向事務所的二樓，樹幹穩穩矗立，樹根糾結蔓生，蓋過路邊，伸進下水道。樹皮布滿一道道深溝，宛若一個寬達兩英尺的條碼。

尼克從背包裡拿出一支一指寬的水彩筆和一罐黑色亮光漆，在宛若條碼的樹皮旁手書一節魯米的詩句：

愛情如同蔓生的大樹
基根固著在永恆
枝幹延伸至無盡

樹身立在跟前，一如此刻，隨視隨見，卻又飄渺恍惚[4]

有人曾在一座樹屋裡為他朗讀這一節詩句。樹屋位居高聳的樹間，疊架在伸展的枝幹上，宛若塵世的邊際。如果我們其中一個從平臺的邊緣摔出去，他聽到那人提醒他，另一個也會跟著往下摔。他後退一步，細細審視。整體效果令他震撼，而他不確定自己是否喜歡。但喜歡與否是商品文化的標竿，對他的意義不大。他只想盡其所能在這些光禿禿的牆上塗鴉，以牆面為畫布，畫滿某種城牆難以圍困的心緒。

他收拾模板和噴漆罐，塞回背包，步履蹣跚地走回家，試圖在他那張許久沒有更換床單的床鋪上昏睡五小時。奧莉維亞在他的夢中苦苦糾纏，再度對他發出垂死的哭嚎：但你和我？你我之間的種種？這都永遠不會終止，對不對？

「**離開我吧**。」雷．布里克曼每星期跟他太太說了好幾次。但她無法理解他那一句句糾結不清的話語。說不定她假裝聽不懂。她每晚外出，而她離家的幾小時是他最安心的時刻。他想像她跟朋友們一起談天說地、哀傷訴苦，或是躲在遠處某個黑暗的房間裡高聲哭號、哀悼種種遙不可及的夢想。說不定她果真打算離開他，他暗想，心中頓時充滿希望。但隔天早上，當她走進他的房間，佯裝愉悅地跟他說：早安，小雷，你還好嗎？他卻不由自主地感到一股難以言喻的喜悅。

她餵他吃飯，幫他坐到電視機前。螢幕上播放時事新聞、尋幽探勝、結伴出遊，再再讓他想起昔日伴隨了他一輩子，他卻始終視而不見的福分。今天早晨，西雅圖形同戰場，似乎為了世界的前途、財富、繁華而爭論不休，晨間新聞的主播們好像也搞不清楚。來自幾十個國家的代表試圖在會議中心集會；數千名激奮的示威者拒絕讓他們入內。一部裝甲車起火燃燒，幾個搭著披風、穿著迷彩褲的年輕人跳上車頂，其他人拽起路邊的一個郵箱，用力扔向銀行的落地窗，平板玻璃被砸得四分五裂，一名女子氣得朝著他們吼叫。路樹的聖誕燈飾閃爍著丁點的銀光，一隊隊一身黑衣、頭戴鋼盔的警員站在銀閃閃的路樹下，朝著群眾丟擲冒著粉紅煙霧的汽油彈。那個二十年來身居第一線、力保專利權的雷・布里克曼幫警員打氣，暴徒一受到制伏，他就高聲喝采。但那個因為上帝隨手一拂、生命的焰火就此嘎然停息的雷・布里克曼，一心只想砸爛玻璃窗。

群眾時而蜂擁而上、全力進擊，時而分開行動、重新布署。一組手執鎮暴盾牌的警員出手反擊，逼退群眾。示威者無視警方攔阻，同步橫闖路障，包圍警車。攝影機的鏡頭停駐在某個奇景：人群之中忽然冒出幾個戴著動物面具、穿著連帽衫、披著飛行夾克的年輕人，他們的面具作工精細，鹿角、晶鬚、獠牙、急急撲動的耳朵，全都栩栩如生，遠遠望去，好像一群野生動物。動物們作勢倒地而亡，不一會兒又站了起來，好像保育團體拍攝的凶殺紀實片。

一樁往事悄悄潛入雷變了樣的大腦，他滿心傷痛，不禁閉上雙眼。他認得那些動物面具和彩繪的緊身衣，看來全都眼熟。他似乎在一張照片裡看過它們，明知不可能，他依然擺脫不了那種詭異的感覺。他高聲呼叫桃樂絲過來關電視。

「唸給你聽？」她始終問他，即使她根本沒有必要發問。他絕對不會跟她說不。如今他為了朗讀而活。這些年來，他們已經讀完整套《百大小說精選》。他忘了昔日小說為什麼讓他失去耐性。如今只有靠著小說，他才有辦法撐到中午。他連最荒誕不羈、最微不足道的情節都不放過，好像人類的存亡全有賴於此。

悲歡離合，愛慾情仇，本本小說有如荒島上的雀鳥一樣難以捉摸，但是本質全然一致，甚至明顯得讓人視為理所當然。在人們的臆想中，最終而言，小說闡述的不過就是恐懼與怨憤、殘暴與慾望、盛怒之中夾帶著一絲令人驚奇的悲憫。這種想法當然過於天真，就像人們相信造物主在乎公理正義、好像聯邦法庭的法官似地判處刑罰，其實兩種想法同樣幼稚，不過是五十步笑百步。人們誤以為令人滿意的小說就是有意義的小說，錯將人類視為唯一的生命體，身而為人難免這麼想。但生命包羅萬象，規模龐大萬千，絕非人類專屬。小說書寫人類的失落與掙扎，把人與人之間的爭鬥寫得扣人心弦，但沒有一本小說能把種種生命體在世間的較勁，寫得同樣活靈活現，而正因如此，世間風華不再，每況愈下。如今雷卻比任何人都需要小說，他太太今早為他朗讀的英雄、惡徒、跑龍套的小角色，全都勝過真實。雖然我純屬虛構，他們說，所作所為也毫無影響力，但我遠自千里而來、坐在你這張電動床的旁邊、陪你打發時間、改變你的思緒。

朗讀了成千上百的書頁之後，他們重拾托爾斯泰，這會兒《安娜．卡列尼娜》也已朗讀了一大半。桃樂絲繼續為他朗讀，語氣之中不帶一絲羞慚或是愧疚，渾然不覺他們之間有如小說的翻版。對雷而言，這正是小說最大的恩賜：即使他們傷透了彼此的心，他們對彼此作出的種種傷害，到頭來不過是另一個值得一起朗讀的故事。

她朗讀之時，他的眼瞼悄悄合上。不一會兒，他已潛入書中，駐足於書頁的空白處偷偷觀望，扮演著一個對故事發展毫無影響的小角色。他在他太太的鼾聲中醒來，過去三分之一世紀以來，她的鼾聲始終催他入眠，現在他卻只是凝視著窗外，望向屋子的後院，正如一天之中的大半時刻，而他這下半生，只怕天天將是如此。

一隻啄木鳥來回穿梭於令人目眩的橡樹之間，把橡實塞藏在樹幹的一個個小洞裡。兩隻松鼠繞著洋槐樹的樹幹攀爬，興高采烈地衝上樹梢。一群群漆黑的小蟲無懼即將到來的寒冬，蜂擁飛過青草的草尖，有如一團團烏雲。一叢肯定是他和桃樂絲多年之前栽植的灌木繁花累累，即使樹葉早已乾枯，枝頭依然垂掛著蓬鬆的黃花。在一個中風癱瘓的病人眼中，窗外即景有如戲劇，幕幕動人。微風隨口說句八卦；他倆每逢結婚紀念日所栽種的大樹隨風搖擺，加油添醋，繪聲繪影。四處危機四伏，萬物伺機而動，大自然時時上演著有趣的戲碼；以往四季更迭，而他渾然無視，如今節氣變化從他眼前一一閃過，他卻說不出今夕是何季。

桃樂絲被她自己的鼾聲吵醒。「喔，抱歉，雷，我不是故意拋棄你。」

他無法告訴她。你絕不可能受到拋棄，無論身在何處，你都不是全然孤單。他們周遭上演著各種鬧哄哄的戲碼，聲勢喧囂，熱鬧滾滾，有如一首首交響詩。她渾然不知，而他無法讓她知曉。雅緻的後院全都同一模樣。荒生的後院卻是各具原始風貌。

千禧年將至，數已千億計的互連電腦準備跨入與程式設計無法相容的年序。人們在地下室裡囤積物品，藉此因應資訊時代的末日。道格拉斯根本沒有察覺。在他落腳的山間，撐過一星期最為打緊，其餘都是次要。近來天光只持續幾小時，白雪倒是積了六英尺，連中午都冷得讓人汗毛直豎。就道格拉斯所知，電腦說不定已經瘋狂當機，全球的基礎設施也隨之瓦解，整個世界或許只剩下隱居在蒙大拿州小木屋裡的他。

火爐裡的火熄了，他剛醒來，要嘛動手把火燒旺一點，要嘛等著凍死，非得趕快做個決定。於是他穿著衛生褲從超厚睡袋裡鑽出來，好像一隻還沒長大就破繭而出的毛毛蟲。他套上羽絨夾克，但他的手指凍得幾乎麻痺，花了將近十五分鐘才點燃兩根細長的松枝，可說是驚險萬分。爐火好不容易燒旺，他湊過去搓搓手，好像炙烤兩片棉花糖巧克力夾心餅，直到手指恢復靈活。早餐是兩顆荷包蛋、三片厚厚的培根、一塊用柴爐加熱的過期麵包。

他站到前廊檢視小鎮。白雪皚皚的山坡下，依稀可見幾棟灰褐色的木屋。樓高三層、搖搖欲墜的旅館，殘破不堪、空空蕩蕩的雜貨店，診所、理髮店、倉庫、各式各樣的酒館，全都由他一人獨享。美洲白皮松矗立在遙遠的山頭，雪地上覆滿形形色色的腳印，麋鹿、野鹿、白尾野兔顯然紛紛造訪，而他依然試著解讀牠們來去匆匆的行蹤。他看著蒼鷹俯衝而下、撲擊獵物，漫天雪花隨之飄揚，勾勒出如詩的雪景，而後蒼鷹飛向無名的遠方，雪花亦飄向未知的遠方。

他受雇於土地管理局，擔任號稱西部最友善鬼鎮的冬季管理員。他這輩子做過一些無聊的工作，但沒有一件比現在這份差事更沒意思。小鎮距離兩側的山口約莫二十英里，山路坑坑洞洞，崎嶇陡峭，冬天下起大雪，根本無法通行，直到五月底人們才會到訪。他當班之時確實可能碰到某些狀況，諸如地震、流星殞落、外星人來襲，但這些他全都使不上力。就連他那部加裝了犁鏟的卡車都跑不了太遠。

此處山勢高聳，坡地陡峭，土層單薄，森林已被墾伐了太多次，每座稀有金屬的礦坑也已開採殆盡，只能靠著懷舊的氛圍賺錢——當人們只見未來、認定一切問題將在明日迎刃而解，那些甫近消逝的舊日，似乎格外迷人。當夏日到來，他會穿上他的礦工制服，拉著到訪的觀光客講古，這些觀光客無畏洗衣板般崎嶇的山路，深入這個早已廢棄的礦城，光是路程之遙遠與寂寥，就足以驅車一探。孩童們以為他一百五十歲。舉家出遊的人們稍作停留，隨便拍幾張照片，然後繼續駛往黃石公園、冰河國家公園，或是其他值得關注的景點。

他坐在搖搖晃晃的餐桌旁，拿起他擱在鹽瓶旁邊的寶貝。去年秋天，他在礦坑的支架旁看到這個深褐色的瓶子，瓶子半埋在泥地裡，瓶身只剩下一個褪色的標籤。標籤上寫了幾個中文字，但標籤是什麼意思、瓶裡曾經裝了什麼東西，他卻一無所悉。瓶子隸屬某個曾在這裡採礦，或是開洗衣店的中國苦力。他瞇著眼睛看看中文字，輕聲說了一句：「他們在幹啥？」他的朋友曾經教他這麼說，但他已經想不起何處或是何時。

他只記得這樣的洋涇浜英文，語出她那個來自中國的爸爸，每次他這麼說，她就開懷大笑，所以他一找到機會就這麼說。

他放下瓶子，著手進行晨間的例行工作，為了境遇悲慘的人類撰寫聖典。這已成為近來生命中的大事。他從十一月中旬開始撰寫「挫敗宣言」，一張張黃色的筆記紙布滿藍色原子筆的潦草字跡，堆疊在桌子靠牆之處，記載著他如何背叛世間眾人。除了各個林木化名，他沒有提到任何真實姓名，但事事毫不遺漏，全都一一記下：他如何茅塞頓開、他覺悟之後多麼憤怒、他如何遇到一群志同道合的朋友、他如何聽到樹在說話。他寫下他們希望達成的目標、他們試圖採行的手段。他述說他們哪裡出了錯、為什麼出了錯。他們滿腔熱血，抱負萬千，但組織鬆散。他寫了又寫，彷彿樹木一再抽芽、一再分支。最起碼這讓他有事可忙，總比罹患幽居症來得強，即使有些時日，他幾乎已經悶出病。

他昨天寫到咪咪雙眼被抹上胡椒水、他看了之後有何感受，這時他重讀一次，然後拿起原子筆，在紙上用力畫出一條又一條深長的溝紋。他感覺自己好像又回到山間，繫著吊索，攀上樹間，俯視山坡的溝渠。雖然坦然陳述種種挫敗，但他依然忍不住環顧四周，捫心自問：我們人類為什麼他媽的如此不爭氣？

原子筆一動；想法躍然成形，好像出自神靈之手，其中一點格外醒目，好像是個不證自明的事實，不說也知道。我們正在花用地球積存了億萬年的儲蓄基金，而且一擲千金，將之浪費在各式各樣華而不實的事物上。當你獨自待在山邊的小木屋，這一點是如此顯而易見，但為什麼你一旦踏出屋外、與數十億堅持維持現狀的傢伙為伍時，這一點卻又幾乎難以置信？道格拉斯真想搞清楚。

他擱筆，在火爐裡加進幾塊松木。他找到另一些食糧，吃了幾片夾了花生醬的餅乾和一個用松木烘烤的馬鈴薯。然後他得出去鎮上走走，確保鬼魂們沒有鬧事。他披上層層衣物，套上二手雪靴。穿上這雙超大的雪靴，腳上好像長了蹼，而這身冬天的裝扮也讓他變成怪獸，半似常人，半似挺立的巨兔。屋外雪花飛揚，漫天大雪之中，群山靜靜聳立，環伺只剩下空殼的小鎮，但他依然向前跋涉，在雪地上踏出幾十個腳印。

大街沒什麼動靜。他探查傾倒的屋舍、屋內的陳列櫃和展示品，看看有沒有不請自來的小動物、齧咬的齒痕，或是小動物的窩穴。這些工作可做可不做。老實說，他那個原住民上司之所以准許他在冬天使用小木屋，原因在於土地管理局根本一毛不拔。道格拉斯有點過意不去，所以天天自願出來巡視，表示自己並非白吃白喝。他站上旅館二樓的陽臺，朝著空蕩的大街高喊：「這裡真是死氣沉沉。」沉沉、沉沉，回音繞著山麓轉了兩圈，而後緩緩消逝。他沿著山脊慢慢攀爬，多走個半英里活動筋骨，邊走邊遙望峽谷。在一個如同今天一樣清朗的冬日，他可以看到數英里之外的針葉林——那種在冬天會掉葉的林木。

他步履蹣跚地前進，靠著腳上這雙雪靴在他覺得應當是小徑的路上摸索。他費力繞過第一個彎道，眼前赫然出現一個遼闊的山谷。斷崖崖底林木密生，濃密的樹林有如一張青綠鬆軟的地氈，朝向四方攤展，讓人無法相信世界已經處於生態絕境。雪雕般的冰雪一團團地堆疊在枝頭，堅強的樹枝被壓得幾乎輕觸地面。冷杉紫色的毬果已經開裂，種子迸散而出，但雲杉的樹頂依然懸掛著一簇簇毬果，顆顆覆著一層薄薄的白雪。一株圓柏生長在堅硬、綿延不斷的岩層之間。幾株高齡的雲杉居高臨下地審視著他。

他慢慢晃到斷崖邊，試圖看得清楚一點，他以為是山脊的地面卻在腳下崩裂，他直直下墜，瞬間撞上一塊覆滿白雪的岩石，整個人彈到空中，不停翻滾。他趕緊伸出一隻腳，勾住一株圓柱般的雲杉，以免一路滑下白雪皚皚、長達兩百英尺的落石坡。他高聲尖叫，終於抓住一根救命的樹幹。生平第二次，樹保住了他這條小命。

血絲凝結在他刮痕累累的臉頰。他的鼻子幾乎凍得斷裂。他的手臂感覺像是脫臼，情況不妙。層層白雪覆蓋了他。他躺平不動，眼中只見被白雪壓彎了枝頭的雲杉。天空漸暗。氣溫很快就降到零下。他的思緒忽而清晰，忽而渾沌，不時睜開雙眼，望著意圖奪命的漫天白雪。他抬頭仰望山脊，絕望地盯著陡峭的山壁，心中暗想：我再休息一下下就好。結果是那個已經離世的女孩敦促他起身。冥冥之中，女孩似乎跪在他的身旁，一邊輕撫他的臉頰，一邊跟他說：你不僅只是你。

他回了一句：我不是嗎？而他自己的聲音讓他回過神來。輕撫他臉頰的手指其實是救命雲杉的大樹枝。他的鼻梁斷裂，肩膀脫臼。他那隻原本就受了傷的瘸腿完全不管用。天黑得很快，氣溫也急遽下降。陡峭的崖壁高達八十英尺。這些都是事實，卻也全都無足輕重。她又開口跟他說：你命不該絕，寥寥一語，這就夠了。

•••

派翠西亞已經過了退休年齡，卻好像沒有明日似地拚命工作——或許在她看來，若是沒有足夠的人力共同努力，說不定果真沒有明日。她有兩份工作，兩者的性質卻是南轅北轍。其中一份非她所喜，因為她必須站上講臺跟眾人乞討。口吃的她講話結結巴巴，好像黑背的啄木鳥在松樹上打樁，三不五時賣弄一句名人的雋語，比方說，「智者眼中之樹，不同於愚人所見[5]」，或是「一種文化再好，也好不過此種文化所處地域中的森林[6]」。百分之十的觀眾聽了捐給她的種子銀行二十美元。

她的職員們勸她不要引用數據，但她照說不誤。真正的聰明人會被統計數字打動，蕭伯納不是如此明示嗎？十七種森林頂梢枯死，全都肇因於暖化。森林面積逐年銳減，每年損失千億株樹木。百分之五十的森林物種不到一百年就會從地球上消失。百分之十的觀眾聽了捐給她二十美元。

她從經濟學、商學、美學、道德的觀點爭辯。她跟他們說故事，跟他們闡述希望、怨怒、邪惡、良善，為他們介紹各個討人歡心的角色。她帶領他們認識橡膠工人領袖曼德斯[7]、諾貝爾和平獎得主馬薩伊女士[8]。百分之十的觀眾聽了捐給她二十美元，其中一位大善人甚至捐了百萬美元。藉由這筆豐厚的捐款，她得以繼續致力於她喜愛的工作，搭機周遊世界，採集樹木的種子，即使飛機排放大量廢氣、間接加速地球的衰亡，最起碼她為這些很快就會消失無蹤的樹木留下了種子。

宏都拉斯的玫瑰木。墨西哥的辛頓橡樹。聖海倫娜島的膠樹。二十種不同的紐西蘭貝殼杉，胸徑寬達十英尺，樹幹扶搖直上，離地一百英尺才開始分叉。那株智利南部的柏樹，樹齡比聖經更古老，但依然散播種子。澳大利亞、中國南方、非洲沙黑爾[9]的半數物種。狀似外星生物、僅見於馬達加斯加的珍奇物種。滋養海洋生物、保護沿海地形的鹹水紅樹林正在一百個國家中消失。婆羅洲、巴布亞紐幾內亞、印尼摩鹿加群島、爪哇群島，這些地球上最豐饒的環境生態區，逐漸被油棕櫚取代。

她走過日本過度砍伐的森林，殘餘的林木被修剪得整整齊齊，景緻淒涼蕭瑟。她走過印度東北部鄉間的根橋——卡西族世世代代利用印度榕繁茂蔓生的樹根，修建出這幾座橫跨河面的「活橋」——邁入原始林種已被松樹取代的森林。她走過曾經遍植泰國柚木的遼闊鄉野，如今柚木已不復見，林中盡是每三年收成一次的尤加利樹。她勘測一望無際的麥田，查看還剩下多少原生的旱地矮松。野生、多元、尚未分類登錄的森林漸漸消失。當地人始終跟她說同樣的話：我們不想殺了金雞母，但在這一帶，我們只有殺雞才拿得到雞蛋。

媒體喜歡她的志業，在他們眼中，她是如此迫切、如此明知不可而為之：「解救種子的女人」、「諾亞之妻」、「為了更美好的明日積存樹種」，一時之間，她在全球的媒體上爆紅，如果她把種子銀行設立在北極冰層下的堡壘，說不定還能多紅幾天，但種子銀行是一棟方方正正、位於佛蘭特山脊[10]的建築物，媒體幾乎懶得拍攝。

種子銀行的內部感覺像是一座小教堂，也像是一座高科技圖書館。數以千計的瓶罐井然有序地存放在抽屜裡，每一罐的標籤上都寫下日期、種名、地點，抽屜標注索引，玻璃密封，看起來像是銀行的保險箱，只不過溫度是零下二十度。派翠西亞站在一個個種子庫前面，感覺至為怪異。她所在之處是地球上生物最多元化的區域之一，數以千計休眠中的種子環繞著她，粒粒經過清洗、風乾、去殼，也全都照了X光、留下了紀錄，它們全都等候自身的DNA甦醒，然後只需一丁點日光和水，它們即可再度大展身手，將空氣轉化為木材。種子嗡嗡低鳴。她敢發誓它們唱著某首歌曲，只不過人們聽不見。

記者們提問，她的團隊為什麼有別於地球上任何一座非政府組織的種子銀行，記者們想要知道，她為什麼沒有專注於那些人類大難當頭之時用得上的植物。她真想告訴他們：所謂的「有用」才是大難。但她反而說：「我們積存那些功用尚未被發現的樹種。」世界各個區域的森林都在銳減，近因卻是各有不同：酸雨、銹病、枯死病、褐根病、旱災、外來昆蟲入侵、農耕失敗、害蟲、真菌作祟、沙漠化等等，記者們一聽，眼睛馬上雪亮，但當她告訴他們，這些威脅都將因為一個因素而變得更加嚴重，記者們卻一臉茫然。沒錯，人類焚燒一度青綠的森林，持續毀壞地球的大氣層，這才是問題的癥結。月刊、週刊、日報、時時更新的快報、分分變換的訛傳都很捧場，他們做了一些報導，然後繼續追逐下一條熱門新聞。少數人讀了報導，寄給她二十美元。她不以為意，因為這下她就可以無拘無束地搜尋下一座消失中的森林、下一株傾倒中的樹木。

在巴西西北部的西馬沙迪紐（Machadinho d'Oeste），派翠西亞見識了森林的能耐。一束束日光流洩而下，劃穿一株株覆滿藤蔓的樹幹，展現出地球上最令人讚嘆的生命機制。形形色色的物種把每一寸林地擠得水洩不通，看來令人惶然，亦是心驚。萬物如流穗、如髮辮、如褶襇，層層交錯，堆堆疊架。她奮力辨識，試圖從成串的藤蔓、蘭花、苔蘚、鳳梨科植物、蔓生的蕨草、成叢的藻類之中辨別出樹木。

有些樹直接從樹幹上開花結果。樹形怪異的吉貝樹，胸徑達四十英尺，枝幹抑或尖細如釘，抑或閃亮平滑，全由同一根樹幹分叉而生。散布於林間的香桃木，株株都在同一天開花。結實累累的巴西栗，果實有如砲彈，裡面全是堅果。有些樹可以造雨，有些樹可以顯示時間，有些樹可以預測天氣。形狀猥褻、氣味奇特的種子。狀似彎刀、形若匕首的莢果。支柱根、盤蛇根、雕塑般的板狀根、呼吸空氣的枝狀根。萬物自有求生之道，活得霸氣而毫無忌憚，生命能量宏大到令人咋舌。隨手一揮網子，即可捕獲二十餘種瓢蟲。成群螞蟻因為她撫摸樹木而攻擊她——蟻群倚賴樹木而生，樹是牠們的糧倉、牠們的堡壘。

他們在這裡一週七天、天天辛勤採集。威斯特弗德博士帶著她的小組，從清晨到黃昏，勤作紀錄，清點計數，這樣的工作理應耗盡任何一個六十多歲女子的精力，但她為了這樣的工作而生。昨天他們在四公頃的林地之內清點出兩百一十三種不同的樹種，每一種都顯現出大地精密的思維。在如此繁複稠密的生態環境中，事事物物都跟風一樣變化莫測，讓人靠不住，也說不準。他們三天兩頭就碰見一種沒有任何組員叫得出名字的物種。前所未知、前所未見的生命型態——天曉得那是什麼？數以千計的原生樹種散布於支流眾多的流域之間，任何一個消失中的樹種都可能產製出新一代的抗愛滋病藥物、新一代的超級抗生素、新一代的惡性腫瘤殺手。

空氣極度潮濕，派翠西亞裡外全都濕透。樹叢覆滿藤蔓，簡直寸步難行。每一株植物都忙著把土壤和陽光轉化成有機揮發物，揮發物的種類成千上萬，化學家卻永遠沒有機會辨識。她這群採集大隊繞著她散開，有如布下一張警網，孜孜不倦地搜尋亞馬遜流域八千多種樹種，趁著它們從地球上消失之前，趕緊送到科羅拉多州的種子庫。

一百多年前，一個英國人把橡樹籽偷偷運出巴西，如今全球天然橡膠幾乎全都產自南亞，對巴西造成重創，巴西人因而對她防備有加——你瞧瞧，又來了一個白人採集者，八成是來偷竊我們的種子。但他們小組瞧見桃花心木和高齡風鈴木被劈成碎片的那個下午，當地人卸除了戒心；他們從沒見過任何一個白人跟他們一樣為了樹而哭泣。

她的組員們攜帶槍械，即使所謂的「槍械」只是他們曾祖父的古董步槍。持槍的歹徒們摸黑潛行於河岸和路肩，強悍的盜伐者格殺任何妨礙他們伐林的鄉民。就算你是個小人物、遠遠不及勇敢的環保英雄曼德斯，你照樣可能因為樹而喪命。夜晚時分，她最優秀嚮導之一伊利祖透過翻譯員洛葛利歐在營火旁跟她說了一個故事。「我有個朋友從小就割膠，有一天啊，啪啪啪！他的頭被一節絆線硬生生地切斷，而這全都是因為他要保護他那一小片膠樹林。」

艾維斯．安多尼奧點點頭，凝視著營火。「我們三個月前發現另一具屍體。屍體被塞在一棵大樹樹基的獸窩裡。」

「都是美國人害的，」伊利祖說。

「美國人在這裡殺人？」啊，這話可真愚蠢——話一出口，她就知道自己說了蠢話。

「美國人創造市場需求。你們購買違禁品。你們不在乎花多少錢！我們的政策是個笑話。他們都拿了該拿的回扣。他們根本不想讓樹活下去。我們居然沒有全都變成走私犯，實在令人訝異。」

「但你們為什麼不乾脆袖手不管、加入盜砍？」

伊利祖微微一笑，當作沒聽見這個問題。「一棵膠樹可以讓你割好幾代。但一棵樹盜砍一次就沒了。」

她在她的蚊帳裡想著丹尼斯，昏昏沉沉地入睡。這個地方真像童書裡失落的世界，她只願丹尼斯也能親眼瞧見。他在科羅拉多州的種子銀行等候她。他永遠適應不了科羅拉多州。對他而言，科羅拉多州太冷、太乾，貌似歡欣自在，實則爭強好勝，誠然是個虛假的童話國度。亮晃晃的陽光、銀閃閃的白楊樹，在他看來都不自然。那裡的樹沒有一棵比我們的鐵杉高。

他安於維修種子銀行的設備，確保種子庫的溫度與濕度始終恆常。但大多時候，他把零散的時光花在等候她帶著一個個玻璃瓶回來，小小的瓶裡裝滿各式各樣的物種，再過不久，它們將只存在於恆溫管控的陵墓中。他從來沒有出言反對，但這個計畫並未完全讓他信服。小寶貝，妳覺得它們能被保存多久？

她跟他說起猶大椰棗樹的種子，種子兩千歲，尋獲於大希律王在馬薩達的宮殿，耶穌說不定曾從那棵椰棗樹上採食果子，而椰棗樹亦是先知默罕默德指稱的「生命之樹」。那粒種子幾年之前發了芽。她跟他說起埋在西伯利亞永久凍土之下的蠅子草種子[11]，深埋了三萬年，種子依然發芽生長。他只是輕輕吹了一聲口哨，搖了搖頭。但他從未說出他想問、她也知道他該問的問題：這些種子將來由誰重新栽種？

拂曉時分，她在一片難以穿透的綠意之中醒來。腐靡的青綠覆滿一層又一層藤蔓，縷縷天光隱隱一照，彷彿照片中一座遭棄的神殿。她的腦中響起丹尼斯那個從未說出口的問題。帳篷之外，生命包羅萬象，變化萬千；青綠的大樹倚賴附生植物、真菌、授粉者等共利共生的夥伴，而在充滿挑戰的世間，這些生物為大樹營造了一個真正的歸宿，我們人類則不然，而她不禁心想，挽救一個不與其他生物共生的物種，究竟有何意義？但她還有什麼選擇？她在睡袋裡躺了一會兒，想像這個營區變成一片牧場。亞馬遜流域一天新增一百二十平方英里的農地，而森林面積銳減只會加速世界的暖化，造成食糧更加短缺。

早上用餐之後，他們回到林中，瞧見一堆新伐的圓木。偵察小隊分頭散開。不到幾分鐘，槍聲四起，一部摩托車隨即轟轟隆隆地衝過林下的灌木叢。艾維斯・安多尼奧穿過灌木叢走回來，揮著手臂告訴大家沒事了。派翠西亞跟著他走上一條勉強可以通行的小徑，小徑直通持槍歹徒們的棚屋，棚屋相當簡陋，顯然匆匆撤空，只留下一疊髒兮兮的衣服、一包發霉的木薯粉、肥皂碎片、一本已被傳閱太多次的葡文豔女雜誌。他們放火燒了棚屋。火光熊熊，令人愉悅——最起碼他們暫且扭轉了局勢，算是小小的勝利。

他們沿著河床而行，來到一片嚮導們說保證會讓派翠西亞滿意的平地。嚮導們聲稱，派翠西亞想找什麼稀有的種子，這裡全都找得到。她走走停停，檢視各種奇怪的番荔枝屬果實：刺果番荔枝、牛心梨、形形色色的釋迦，每顆果實都自有盤算。一株高大的猴胡桃讓她嗆得受不了。還有一株株樹幹長滿尖刺的美人樹。採集小瓶紛紛出籠。他們看見一株繁花盛開的吉貝木棉，樹形極為誇張，有別於現有的文獻記載。

艾維斯・安多尼奧從她身邊冒出來，笑笑地拉拉她的衣袖。「來，過來看看！」

「好，等等。你說什麼？」

「現在就跟我來！」

她嘆了一口氣，跟著他走進一個枝幹盤結、樹藤蔓生的樹蔭下。四位男士一臉驚嘆地站在一棵大樹前，大樹的板根朝向四方延展，好像織布垂散的褶邊。她根本猜不出這樹的科別，更別提屬別和種別。但大家感興趣的不是大樹的類別。她站到連聲驚嘆的眾人後頭，不禁張口結舌。沒有人跟她說該看些什麼。但眼前的景象清晰在目，連孩童都看得出來。節疤與渦紋交錯纏繞，平滑的樹身上浮現一個肌肉盤結的身形。啊，一名女子。女子身軀扭曲，雙手由身側伸向樹梢，圓圓的臉頰神色警戒，目光是如此狂野，派翠西亞甚至無法對視。

她湊近一步，試圖找出雕鑿的痕跡。什麼樣的雕刻家會在一個遠離塵囂，或許永遠不會被人發現的角落投注如此心力、施展如此功力？但那不是雕刻。那只是樹的輪廓。男士們以三種不同的語言發出驚嘆，講得又快又急。其中一位比手畫腳、幾乎過度興奮的樹木學家宣稱，有人刻意截去樹梢，好讓這樹看起來像個女人。採膠工人們嗤之以鼻。那是聖母瑪利亞一臉驚恐地旁觀瀕臨滅亡的世界。

「空想性錯視，」派翠西亞說。

翻譯員沒聽過這個名詞。派翠西亞解釋，「空想性錯視」是一種心理現象，促使人們在種種事物上看到人的形象，由於這樣的錯視，所以大家經常把兩個節孔和一道深溝看成一張臉孔。翻譯員說葡文裡沒有這個名詞。

派翠西亞繼續細看。樹身上確實有個人。她的生命走到了盡頭，在那摒棄恐懼、擁抱死亡的一刻，她抬頭仰視，高高舉起雙手。她的臉孔說不定是潰瘍病的傷口，風化了之後再經由瓢蟲修飾整容。但她的雙臂、雙手、十指確實酷似人類。派翠西亞繞著樹走一圈，這種感覺也更加強烈。小狗八成會朝著這副扭曲的身軀吠叫。小寶寶八成會被嚇哭。

她忽然想起種種迷思，小時候閱讀的故事在這片熱帶雨林中一一回到心頭。那本她爸爸送給她、適合青少年閱讀的刪節版《變形記》。讓我這就為你唱首歌，頌唱人們如何變成其他形體。菲律賓、新疆、紐西蘭、東非、斯里蘭卡——她在各個採集種子的地域都看到同樣的故事。就在那麼一瞬間，人們忽然生了根、長了樹皮。就在那麼一會兒，樹依然可以開口說話、樹根一抬、四處走動。

迷思、神話，她再三思量，感覺陌生而古怪。人們豈非會錯了意、誤用了詞？開天之初，當人類浩浩蕩蕩地與其他種種生物道別、踏上宏大的旅程，我們的老祖宗站在岸邊，把種種回憶張貼到未來。心存疑念、不願道別的先祖記下一件件過往，叮囑後世代代相傳。他們說著：千百年之後，當你們環顧四方，眼中卻只看到你們自己，千萬別忘了你們的過往，那個居住著其他生物的世界。如此說來，神話並非迷思，甚至確有其事，篇篇揭示老祖宗的回憶。

上游的阿秋爾族[12]為了他們的園圃和森林歌唱，只在心中輕哼，這樣一來，只有植物的靈魂聽得見他們的歌聲。樹是他們的親族，懷藏著希望、恐懼、社會符碼，他們的目標始終是誘哄樹木與植物、贏得它們的芳心、與它們和睦相處。派翠西亞的種子銀行就是需要這樣的頌歌。地球就是需要這樣的文化。她想不出還有什麼能夠解救地球。

大家從背包裡掏出相機。植物學者和原住民嚮導都忙著拍照。他們爭辯那張臉孔代表什麼意義。他們開玩笑似地說，一棵荒郊野外的大樹居然一不小心長出這麼一張臉——一張像是我們的臉——機率小得令人震驚。派翠西亞暗自盤算。生命之始的兩樁偶發事件，機率才是微乎其微。一是惰性物質轉變為有機生命體，一是單純的細胞分裂為體積擴增百倍、構造較為繁複的複合細胞。相較於這兩道生命的鴻溝，人類與樹的間距根本不算什麼。請再想想，任何一棵樹的生成卻有賴於演化過程微乎其微的幸運機緣，我們怎能將一棵形似聖母瑪莉亞的樹視為奇蹟？

派翠西亞也拿起相機，捕捉銘印在樹身上的女子。她和其他組員採集了一些樣本，留待日後辨識。周遭不見種子。他們繼續奮力前進，採集更多樣本。但這會兒每一棵樹看起來都栩栩如生、繁複精美，宛如一座世間任何一位雕刻家都創作不出來的藝術品。

當她從她的荒野漫遊回到一塵不染的種子銀行，她沒把照片跟任何人分享。她的職員、她的研究人員、她的基金會董事——他們都不需要神話。在他們眼中，神話是孩童的床邊故事，久已不足採信。神話不是基金會的宗旨。

但她把照片拿給丹尼斯看。她的一切都跟丹尼斯分享。他頭一歪，咧嘴一笑。老實可靠的丹尼斯喔。七十二歲的他，依然像個孩童似地保有驚奇之心。「哇！妳瞧瞧這東西！老天爺啊！」

「親眼看見的感覺更怪異。」

「肯定是的。」他無法移開視線，笑著說道：「小寶貝，妳知道嗎？妳用得上這張照片。」

「這話什麼意思？」

「用照片做一張海報，海報下頭寫上粗黑的大字：他們想要引起我們注意。」

那天晚上，她在黑暗中醒來。丹尼斯那雙大手軟趴趴地垂在她的腰際。「丹尼斯？」她拉拉他的手腕。「丹尼斯？」片刻之間，她已從他癱軟的手臂下脫身，站到床邊。房內天旋地轉，白光閃閃。她手臂大張、十指顫抖、無法動彈，神情是如此驚恐，連床上的遺體都不忍心看著她。

那個髮間沾了木屑的小提琴製琴師哀求她嫁給他——每當桃樂絲想要購槍自戕，只有他始終安撫她、逗她大笑，他還寫詩給她，跟她說他會永遠相伴。但法律可不允許重婚。

「桃樂絲，這樣下去真的不行。當個聖人沒什麼了不起，我的光環快要不見了。」

「你以為當個罪人容易嗎？」

「妳不能跟我去度假。妳甚至不能在我這裡待一晚。不管妳什麼時候過來找我，我們在一起的四十五分鐘是我一天最開心的時刻。但是，我很抱歉，我不想再委屈當老二。」

「你不是老二，艾倫。這就像是拉雙音，我們不是說過了嗎？」

「我不想再拉雙音。曲子結束前，我需要來一段獨奏。」

「好吧。」

「什麼好吧？」

「好吧。終究會輪到你。」

「天啊，桃樂絲，妳為什麼非得犧牲自己？沒有人指望妳當個烈士，連他都不指望妳這麼做。」

沒有人能夠為他發聲、為他說出他有何指望。「我簽了證書。我許下承諾。」

「什麼承諾？兩年前，妳幾乎快要跟他離婚。你們兩個基本上已經開始分配財產。」

「沒錯。但是那個時候他還可以走路、講話、簽署協議。」

「他有保險、殘障補助、兩個護理人員。他顧得起一個全職的看護。妳甚至可以繼續幫他。我只想要妳住在這裡，每天晚上回到我身邊，當我的太太。」

誠如本本精湛的小說所知，愛情終究牽扯到名分、地契、財產。她和她的情人已經不是頭一次碰壁。但在新世紀之始，這個讓她不至於發狂、說不定甚至是她心靈伴侶的男人，最後一次再撞上這道高牆，癱倒在牆基。

「桃樂絲？是時候了。我已經厭倦分享。」

「艾倫，要嘛分享，要嘛放手。」

他選擇放手。其後許久，她也夢想著做出同樣的選擇。

一個天空湛藍的秋晨，隔壁房間傳來咆哮聲。Da……DaDa，聲聲拖得好長，到後來幾乎靜默，卻始終叫不出她的名字。她汗毛直豎。當他弄髒床單、不得不叫她過來清理，他就大聲喊叫，但現在這個咆哮聲更可怕。她趕緊跑過去，好像他始終不曾讓她虛驚一場。房裡有人在跟她先生說說話，而他一直呻吟。她用力把門推開。「我在這裡，雷。」

起先她只看到他那張神情始終驚恐、如今終於看慣的臉龐，然後她轉頭，自己也瞧見了。她走到床邊，在他身旁坐下。電視上說著：「天啊、天啊、天啊。」接著又說：「那是第二座大樓。這事剛剛才發生。在我們的螢幕上直播。」

有個東西輕輕刮過她的手腕。她嚇了一跳，大叫一聲。原來是她先生用他那隻可以活動的手碰了碰她。

「這是蓄意攻擊，」螢幕上說，「絕對是蓄意攻擊。」

她握住他僵硬的手指，緊緊一捏。他們一起盯著螢幕，卻什麼都不明白。一團團橘色、灰色、白色、黑色的煙霧映著萬里無雲的藍天。雙子星大樓噴出煙霧，有如地殼破裂的火山口。大樓迅速崩塌。螢幕急遽閃動。街上的人們四散奔逃、高聲尖叫。其中一座大樓垂直崩塌，各個樓層好像可疊式的掛架似地壓折在一起。動物般的咆哮聲持續不斷。Nh、Nh、Nh……雷斷斷續續，說個不停，顯然不願接受。

她見過這種景象：筆直挺立、粗壯得不可能被砍伐的大樹傾倒在地。她心想：人類這種自外於一切，自以為安全無虞的春秋大夢，到頭來肯定破滅。但一涉及預料未來，她總是錯了又錯。

咪咪．馬的診所位於舊金山諾布丘的海德街，沿街加州梧桐樹林立，還有一棵歪歪扭扭的梅樹，每年春天繁花怒放，一開開了三星期，天天可見乳白色的花朵。她坐在診所裡，窗簾拉下，準備幫今天第二位患者看診。這也將是她今天最後一位患者。她花了三小時幫第一個患者進行諮商。根據協議，患者需要多少時間都行。但那節諮商令她筋疲力竭。第二位患者肯定耗盡她僅存的精力。今晚她打算躲回卡斯楚街的公寓，看看大自然紀錄片，聽聽電子音樂，睡個好覺，明天繼續再幫兩位患者看診。

舊金山到處都是另類心理諮商師——療癒輔導、數值引念、精神導師、自我實現輔導員、個人諮詢師、以及種種半吊子的騙徒，很多人都跟咪咪一樣不敢相信自己居然走上這一行。但是經由患者口耳相傳，她的聲譽如日中天，甚至一天只看兩個病人也付得起診所貴得離譜的租金。但她必須正視一個問題：進行一次又一次諮商之後，她自己的心靈能否經得起耗損、神智能否保持清明。

她未來的患者們多半太有錢，而他們最糟的問題也不過如此。隔週星期五的篩選面談時，她跟他們就是這麼說。她只幫滿心傷痛的人們看診，一個未來的患者坐在扶手椅中，跟她在那空蕩的看診室當面閒聊二十秒，她就看得出對方是否飽受創傷。她跟每一個未來的患者都閒聊幾分鐘，並非探詢他們的心理狀態，而是講講天氣、球賽，或是小時候的寵物。然後她要嘛排定看診時間，要嘛跟對方說：「你不需要我，你只是想要知道你已經很快樂。請回吧。」這個忠告她不收錢。至於真正的諮商，患者的荷包可得大失血。每天收取兩筆這樣的金額，她的診所就維持得下去。

她坐在圍砌著磚塊的壁爐旁休息片刻。五十出頭的她習慣長跑，身材依然纖瘦，即使如今一頭黑髮冒出了棕栗的髮絲。臉頰上那道長長的傷疤始終沒有消褪，如今已成了她的特徵。她摸摸她的青灰色牛仔褲，輕撫身上那件綠藍褶邊、讓她覺得自己有點像是吟遊詩人的罩衫。她的行政助理通報下一位患者正在等候。今天早上她花了四小時跟一個素未謀面的陌生人分享心中的恐懼、哀傷、失落與蛻變，心緒因而滾滾翻騰，現在她也只有這麼一點時間養精蓄銳，待會兒將再隨同另一個陌生人踏入心中的深淵。

她專注於禪修的無作，希冀靜無雜念。她從壁爐架上拿下一張加了框的照片，照片裡一對中國老先生老太太，兩人拿著一張三個小女孩的照片。老先生一身昂貴的亞麻西裝，老太太一身絲綢洋裝，兩人的衣物都是量身訂做，出自戰前上海師傅之手，照片是在相館拍的，背景是個布幕，老先生老太太一臉哀傷地盯著三個美國孫女的照片，他們念不出孫女們的名字，也無緣與孫女們和洋媳婦相見，他們當然也無從知曉洋媳婦出身維吉尼亞世家、日後將在養老院度過餘生、過世時已經忘了自己是誰。喔，還有他們那個浪跡天涯的兒子：老夫婦似乎在鏡頭開啟的那一刻就已明白，多年以後，兒子將在異鄉走上絕路。君問窮通理，漁歌入浦深。

曾有一個性情剛烈、甚至經常欺負人的小女孩，試圖悟出窮通之理。她不全是黃種人，也不全是白種人，惠頓市從沒見過像她這樣的小女孩。只有那位漁人了解她——她的眼前浮現他動也不動，與她一起垂釣的身影，彷彿又看見他們兩人身處荒野、凝視著同一條小溪、朝著潺潺的溪水拋竿。此時此刻，雖然時機地點都不恰當，那股怨怒卻又浮上心頭。她怨恨他拋下她，她怨恨世間砍倒毫無惡意的森林——他的鬼魂喜歡遊走於林間，她也喜歡在林間坐下、問問他為什麼，她甚至幾乎在林間問出了究竟。

鐘鈴叮噹一響，打破了咪咪的沉思。她下午的患者史蒂芬妮來到了接待室。咪咪把照片放回原處，按了一下壁爐架底面的按鈕，讓凱薩琳知道她可以看診了。有人輕輕敲門，推門而入，咪咪站起來跟一個身材豐滿、髮質粗硬的紅髮女子打招呼。女子身穿草綠色的長衫，一條半長不短的披肩遮住她的腹部。就算同理心不夠敏銳，你也不難看得出來她心泉出了問題。

咪咪微微一笑，摸摸史蒂芬妮的肩膀。「放輕鬆。沒什麼好擔心的。」

史蒂芬妮眼睛圓睜。沒有嗎？

「別動。讓我看看妳站著的模樣。妳上了洗手間嗎？妳吃過了嗎？妳把妳的手機、手錶和其他行動裝置都交給凱薩琳了嗎？身上沒帶任何東西？沒化妝、沒戴首飾？」史蒂芬妮都已照辦。「好，請坐。」

史蒂芬妮在咪咪指定的椅子上坐下，不確定這麼做的意義何在，難不成這樣會引發她小叔所謂的「奇蹟」，帶給她這輩子最震撼、最深刻的體驗？「我該不該先跟妳說幾件關於我的事？」

咪咪頭一歪，露出微笑。人人各有最深沉的恐懼，也都想要跟她傾吐。「史蒂芬妮？等到諮商告一段落，我們對彼此的了解絕非筆墨所能形容。」

史蒂芬妮揉揉眼睛、點點頭、輕笑兩聲、彈彈手指。我們開始吧。

進行了四分鐘之後，咪咪叫停。她往前一傾，碰碰史蒂芬妮的膝蓋。「拜託，看著我就行了，妳只需看著我。」

史蒂芬妮頭一低，似乎有點難為情，然後很快又抬頭，迎上她的目光。「我知道。對不起。」

「如果妳覺得不自在……如果妳害怕，別擔心。妳只要盯著我看就行了。」

史蒂芬妮點點頭。她坐直，她們再試一次。這種情況相當常見。大家都沒想過跟人對視三秒鐘以上多麼困難。若是持續十五秒，不管內向或是外向、支配性人格或是依附性人格，人人痛苦萬分，全都受到「注視恐懼症」之擾。你若瞪視狗犬過久，牠會咬你；你若瞪視人們過久，對方會開槍打你。即使她已經跟數百名患者對視了無數個鐘點，即使她已將容忍注視的能力練到爐火純青，咪咪心中依然稍有懼意。即便是現在，她凝視著史蒂芬妮閃爍的目光，看著對方臉一紅、強忍著羞怯、勇敢迎上她的目光，她的心頭依然微微一震。

兩人對視，鎖住對方的目光，再無遮掩，感覺尷尬。史蒂芬妮的嘴角微微抽動，咪咪也微笑回應。

哎喲，患者以目光示意。

沒錯，諮商師贊同。真夠尷尬。

氣氛變得稍微融洽。史蒂芬妮畢竟討人喜歡、本性良善、極具自信。妳看吧？我人不壞。

這無所謂。

史蒂芬妮下唇一抿，眼輪匝肌微微抽搐。妳覺得我這個人說得通嗎？我跟其他人是不是都一樣？我為什麼覺得這個社會容不下我？

咪咪的眼角輕輕往上一揚，發出非常輕微的斥責。看著我。看著我就行了。

過了五分鐘，史蒂芬妮的呼吸變得淺短。好。我知道了。我慢慢了解了。

我們甚至還沒開始呢。

咪咪眼中的史蒂芬妮逐漸明晰。她是個母親，而且不只一個小孩。她無時不刻關注諮商師。她和她先生結縭十餘年，先生客氣而疏離，有如窩在巢穴的公熊。性事頂多如同敷衍的義務。但妳搞錯了。心存疑念的諮商師對自己說。妳什麼都不知道。這個思緒閃過腦際，牽動她臉頰一條細微的肌肉。專心盯視。盯視必能釐清一切思緒。

過了十分鐘，史蒂芬妮開始坐立不安。神奇的效果何時才會展現？咪咪持續盯視。即使在這種乏味的對峙中，史提芬妮的脈搏依然加快。她往前一靠，神情略為不悅。然後她鎮定下來，從頭到腳漸漸放鬆。嗯，我就是這樣。妳看到什麼、就是什麼。

我了解什麼不是妳所能控制。

我們在這裡說了哪些亂七八糟的事情，最好都不要流傳出去。

這妳放心。

我不確定我在這裡做什麼。

我也不確定。

如果我在派對上碰到妳，我八成不會喜歡妳。

我倒也不是始終喜歡我自己。尤其在派對上，我幾乎百分之百討厭自己。

我花了一大筆錢就為了聽這些話？就算在這裡待一整個下午也不值得。

如果我不找碴、不批判，妳要我看著妳多久，我就看著妳多久，這樣值得嗎？

我管這麼多幹嘛？反正是我先生出錢。

我靠我爸爸的遺產過活。那筆錢說不定來路不明。

我始終讓男人界定我。

我其實是個工程師。我只是佯裝心理諮商師。

拜託幫幫我。我凌晨三點醒來，胸口好像有個可怕的東西在爬動。

其實我不叫茱迪·韓森。我的本名是咪咪·馬。

每逢星期天，太陽一下山，我就不想活。

星期天的傍晚我就得救，因為我知道再過幾小時，我又可以看診。

這是因為雙子星大樓嗎？我覺得說不定是因為雙子星大樓。我最近一直覺得自己好脆弱，好像凍僵的玻璃，碰了就會——

大樓總會倒塌。

十五分鐘匆匆而過。史蒂芬妮從未承受如此無情的盤查，感覺極度怪異。她目不轉睛地盯視一個她素面謀面的女子，一盯盯了十五分鐘，多年不曾想起的往事一一浮上心頭。她看著咪咪眼角的魚尾紋、臉頰的疤痕，眼前浮現她前女友的身影——高中時代，她和那個女孩交往了一陣子，十九歲時，她覺得女孩怠慢了她，所以提出分手。事隔多年，如今她能跟誰說對不起？只有對眼前這位素不相識，卻一直盯視她的亞裔女子致歉吧。

時間悄悄流逝——幾秒鐘、幾分鐘、一輩子，她究竟已在這個房間待了多久？房裡什麼都沒有，她只能看著一個陌生人傷殘的顏面。史蒂芬妮覺得四周愈來愈逼近。她雙眼陰鬱，心中充滿近似憎恨的嫌惡。咪咪的嘴唇輕輕顫動，史蒂芬妮隨即想起三年前她終於跟她媽媽攤牌、罵她媽媽是個賤貨，而在那一刻，她媽媽的嘴唇不也……史蒂芬妮緊緊閉上雙眼——去他的遊戲規則——當她再度張開眼睛，她看到她媽媽臥病了八個月、神情驚慌失措、戴著呼吸器躺在病床上、飽受慢性阻塞性肺病之苦、大限之期將至，女兒傾身親吻她瘦巴巴的額頭時，她一臉隱忍，強自壓下當天對女兒的種種指控。

史蒂芬妮留在接待室的手錶滴答運轉，但沒人看得見，也沒人聽得見。史蒂芬妮拋下了手錶，遠離了時光的束縛，不由自主想起一件童年往事，心中略感哀傷。當時她六歲，一心想要當護士，她有針筒、血壓壓脈帶、白色護士帽等玩具道具，還有圖畫書和洋娃娃，她沉迷了三年，然後忘得一乾二淨，其後三十五年想都沒想，直到深陷另一個女子的目光，她才又想了起來。她們的目光緊緊交纏，無法移開視線，兩人立下某種盟約，其他一切都不重要。童年、少年、青少年、天不怕地不怕的青壯年、時時擔憂害怕的成年，歲歲年年掠過史蒂芬妮的腦際。她在這個從今之後或許永遠不再相見的陌生人面前，再也無所隱瞞。

咪咪依然盯視，彷彿透過雙向鏡探看。妳承受了好多傷痛。連現在都不例外。這怎麼可能？一方光影流瀉在兩人之間，某種青綠心情在兩人之間慢慢甦醒，彷彿一株朝著日光開展的植物。咪咪把這樣的心情寫在臉上，好讓史蒂芬妮瞧見。妳讓我想起我兩個妹妹。她讓這個女子進入她的心中，跟她坐上伊利諾州惠頓市家中後院的早餐樹，她們三姐妹各自端著餐碗爬上盛夏的枝幹，爭相觀看漂浮在牛奶中的環形麥片，從中解讀彼此的未來。那位維吉尼亞州的大家閨秀站在廚房窗口，日後她將因老人痴呆在養老院辭世，終其一生，她從來沒有直視女兒們的雙眼超過半秒鐘。那位胡人男子走出屋外，朝著女兒們大喊：我的蠶絲坊啊！妳們在幹啥？桑樹枝葉繁茂，樹冠呈波狀圓形，嬌柔優美，洋溢著寧靜與平和，讓人誤以為未來事事將會如此安好。

史蒂芬妮忽然興起一股情同姐妹的憐惜，心中萬分激盪，不禁把手伸向這位嬌小、彷彿能夠讀心的亞裔女子。咪咪臉部肌肉微微抽動，眉頭輕輕一皺，警告她別這麼做。我還沒說完。還有好多、好多、好多。

不到半小時，史蒂芬妮幾近崩潰。她滿心焦躁、全身僵硬、蠢蠢欲動，她真的受不了自己，甚至想要就此一睡不起。實情從她心中慢慢滲出，有如排出汗水。妳不該信任我。我不值得妳的信任。妳知道嗎？我的孩子們都沒有起疑，但我真的搞砸了好多事情。我侵占我哥哥的錢。我肇事逃逸。我跟我甚至不知道姓名的男人們上床，不止一次、不止一人，甚至是最近的事。

是喔。得了吧。我是三個州的通緝犯。

她們的臉孔訴說著冷酷的往事，跟對方一一道來。條條肌肉隱隱抽動，彷彿是世間最慢速的手翻書。驚恐、羞愧、絕望、企盼：種種情緒各自持續三秒鐘，感覺卻如同一生般漫長。一小時之後，萬般情緒匯流，沒入遼闊的心海。兩人的臉孔暗潮洶湧，嘴巴、鼻子、眉毛的神態變化萬千，足可刻滿一座總統山[13]。實情盤旋在兩人之間，宏大而飄渺，想抓都抓不到。

又過了一小時。兩人目光交融，時而宛若置身大漠般索然無味，時而宛若攀上高峰般慷慨激昂。種種早已遺忘的往事從心田中滲出，種種早已失落的時刻在目光中拾回，卻又在目光中遺忘，一來一往，拾回遺忘，皆在目光之中一再循環。回憶有如九頭蛇，吐著舌頭加乘增長，而創造回憶的眾人，卻早已不在人間。史蒂芬妮明白了。這會兒她看得清清楚楚：她不過是個替身。另一個女子也是——她們的心靈受到種種束縛，卻妄想自己是獨立的個體。然而，若是連為一體、彼此相繫，她們將有如天神般感知一切。其中一人興起思緒，另外一人立刻納入心中。她們共享啟示，同時聽到一個聲音說道：妳沒做錯……

要是我在受到攻訐的當下記得這一點，那該多好！我的心病說不定就會痊癒。

心病無藥可癒。

是嗎？那我們還能怎麼辦？或許我該走了。

不行。

到了第三個鐘頭，實情有如脫韁的野馬四處亂竄，令人驚慌。一樁樁曝光的情事肯定讓她們被任何團體除名，唯獨脫離不了兩人的小圈圈。

我跟我最親密的朋友說謊。

嗯，我讓我媽媽孤孤單單地過世。

我監視我先生，偷看他的私人信件。

嗯，我刷洗後院的石板地，抹去我爸爸濺了一地的腦漿。

我兒子不肯跟我說話。他說我毀了他一生。

嗯，我幫忙殺了我的朋友。

妳怎麼受得了我這種人？

讓人更難忍受的事情多著呢。

日光游移，斜長的光影慢慢爬上牆面。史蒂芬妮不禁心想，此刻仍是今日，或是許久之前。她的瞳孔忽而縮小、忽而放大，眼中的房間忽而陰暗、忽而明亮，如此持續了好一陣子，讓她感覺周遭不停晃動。她甚至提不起精神起身離開。當她再也無法承受，一切才會告一段落。自此之後，她們再也不會相見，即便常駐彼此心中。

她的雙眼燒灼。她眨了眨眼，感覺遲鈍呆滯；她好餓、好累、好想上洗手間。但這個瘦小、疤臉的女子不肯移開視線，讓她幾乎喘不過氣來。她被困鎖在那目光之中，感覺自己變成某種靜立在地的龐然大物，隨風搖擺，任雨拍打。那股急於盤算的衝動——亦即她所謂的「人生」——漸漸縮小為葉下表皮的一個氣孔，垂掛在隨風搖曳的樹梢，高踞於龐大繁複、一眼無法望盡的樹冠之中。

她心頭一緊，真想放聲大叫：妳是誰？妳為什麼不肯停止？從來沒有人像妳這樣看著我，除非是想要批評我的為人、搶奪我的錢財、侵犯我的身體。我這輩子、我這一生，從來沒有……她滿臉潮紅，慢慢地、沉重地、不敢置信地搖搖頭，開始低聲啜泣。淚珠逕自滾了下來，就說是嗚咽哭泣吧。諮商師也哭了。

為什麼？為什麼我生了病？我哪裡出了毛病？

說不定是寂寞。但妳思念的不是親朋友人，而是一個妳甚至不知其名的東西。

什麼東西？

一個奇妙、宏大、共生、無可取代的地方。一個你若不善加維護、只怕就會消失的地方。

它消失到哪裡去了？

它因為創造我們而消失。但它依然有求於你我。

史蒂芬妮從椅子上站起來，走過去緊緊抱住眼前這個陌生人。她抱住對方的肩膀，點了點頭，輕聲啜泣。陌生人未加制止，兩人內心盈滿難以言喻的哀傷。咪咪抽身，想要問問史蒂芬妮好不好、能否離去、能否開車，但史蒂芬妮伸出手指按上她的雙唇，讓諮商師再無機會跟她開口。

起了轉變的女子慢慢走到海德街上。兩個工人站在鷹架上油漆外牆，收音機開得震天響，兩人扯著嗓門朝著對方大喊。運務員推著手推車，挨家挨戶遞送包裹。一個男人從她身後快步超前，身上的外套和短褲髒兮兮，頭髮用一條彈簧索紮起，講話講得好大聲，簡直像個神經病，至於是自言自語，或是講手機，旁人無從得知。史蒂芬妮踏上馬路，一輛汽車呼嘯而過，司機忿忿地按喇叭，車子開到下一條街，狂怒的喇叭聲依然嫋嫋迴盪。她拚命地想要抓牢那個先前驚鴻一瞥的事物。但往來的車輛、喧鬧的行人、忙碌的商家，種種街景毫不留情地向她逼近。她加快腳步，幾乎陷入往昔的恐慌。她剛剛贏取的一切漸漸消失，再度沒入勢不可擋的人群之中。

有個尖尖的小東西擦過她的臉。她停下來，摸摸被擦傷的臉頰。肇事的小東西飄到她面前，粉嫩淡紫，繽紛斑斕，好像五歲孩童開心作畫的顏彩。她轉頭一看，一棵大樹竄過人行道旁的鐵柵圍欄，朝著她招搖。大樹比她高兩倍，主幹粗壯，筆直而生，然後分叉為比較細小的枝幹，枝幹繼續分叉為細枝，數以千計，愈來愈細小，歲月在枝幹上留下印記，有些彎折，有些微傾，枝枝繁花怒放。這個景象在她腦海中生根發芽，過了一會兒，她赫然記起，她的生命也可以如同春季的梅樹一樣豐饒、一樣無拘。

朝東兩千英里之外，尼克拉斯．霍爾在一個六月天駛入愛荷華州。路上各個坑洞、沿途各個似曾相似的筒倉，再再令他腸胃翻騰，好像全都是他臨終之時看到的一景。沒錯，他已踏上回家的路。

他離家已經多少年？想來心驚。諸多景物依然如故。農莊、路邊的倉房、破爛的公共告示牌：**神愛世**

人……諸多童年往事印刻在這片遼闊的草原和他的內心，永遠無法磨滅。然而，每一個地標看來歪歪斜斜、陳舊荒涼，好像透過折價商店的望遠鏡觀視。他守護的森林已不復存，這些景物卻依然如故，實在沒道理。

車子駛下交流道之前的最後一個山丘，他望向西邊，一顆心開始狂跳。他望尋地平線另一端那株高聳的孤樹。但原本矗立著**霍爾栗樹**之處，如今只見六月澄淨的藍天。他開下交流道，駛向農場。但那裡已經不是農場，而是一家工廠。業主砍除了栗樹。他把車子停在碎石車道的另一頭，穿過田野，朝向殘樹走去，完全忘了田野已經不是霍爾家的地產。

走了一百五十步，他瞧見綠意。枯死的樹樁上冒出幾十株栗樹的幼苗。他看到青綠的嫩葉，葉脈平直，葉緣呈鋸齒狀——年幼之時，他始終以為樹葉就應該是這個模樣。在那麼短短的幾秒鐘，栗樹似乎重現生機。然後他想起來了。這些新生的嫩葉很快就會枯萎，它們會一再凋零、一再重生，足使那些致命的萎菌永不絕滅、生氣昂然。

他轉身走向祖厝。他舉高雙手，表示自己手無寸鐵，若是有人從客廳往外看，應該就會心安。但老實說，了無生氣的不是栗樹，而是祖厝。屋子牆板剝落，北側的排水溝搖搖欲墜，他看了看手錶，六點零五分——中西部各地當然的用餐時刻。他穿過雜草叢生的庭院，走向屋子東側的窗戶。窗戶積了厚厚的灰塵，黯淡無光，窗後也同樣幽暗。臺階、圍欄、門頂框、窗格框，全都油漆斑駁，腐朽不堪。他窩起一隻手遮在眼前，窺視屋內。他祖父的客廳堆滿金屬盆罐，每一扇門的橡木鑲邊都被拆得一乾二淨。

他繞了一圈走到屋前的門廊，他踏上門廊，腳下的地板搖擺顫動。他拉拉黃銅門環，用力叩了五下，但無人應答。他繞回屋後，爬上坡地，走向幾棟破舊的木棚。一棟已被拆毀，一棟已被淨空，第三棟上了鎖。他以前彩繪的欺眼畫，如今已是一片鐵灰。

他走回屋前的門廊，在原本擱著搖椅之處坐下，背靠向前窗。他不曉得接下來該怎麼辦。他考慮是否直接闖入。最近這三個晚上都睡不好。前天夜裡，他露宿懷俄明州的荒郊野外，拂曉時分，一隻牛把頭探進他的睡袋、用鼻子頂他，把他嚇得半死。昨晚在內布拉斯加州的國家公園，隔壁帳篷的兩個露營客似乎打定主意創下熬夜的世界紀錄，吵得他睡不著。有張床鋪想必不賴。洗個澡當然更好。但這棟屋子似乎已經沒有床鋪，也沒有淋浴設備。

他靜候中西部的暮光轉為灰濛，即使他不需要天光的掩護。遙遠的田野上，一部衛星的巨型農機來回耕作，幾乎像是機器人。沒有人會經過這裡，或是看到他在做什麼工作。他可以做完他該做的事，繼續開車上路。

但他耐心等候。等候已經成了他的救贖。他聆聽一束束玉米的聲響，觀看一畦畦豌豆的生長；遠方依稀可見棚屋、倉筒和一條州際公路，他想像在浩大的空中剪出一株大樹的圖形，宛若一幅超現實大師雷內・馬格利特的畫作。他倚靠屋牆坐到地上，感覺昔日的農場隱隱現形，就像登山客若在路邊久站、野生的小動物就會從步道旁邊探頭張望。艷紅的雲朵褪盡顏彩，他起身走向車子，取出他那把露營用折疊式鐵鏟。工具不當，他該做的事也不當，但他不做不行。不到一分鐘，他已經站到農械木棚後面的坡地上，搜尋鬆動的土石。地面看起來不太一樣；間距全都錯了。連農械木棚都被移位。

那堆小石子被蓬鬆的亂草遮住。他撥開亂草，把鐵鏟插入土裡，開始挖掘，直到鐵鏟敲中他的過往。前塵往事一一復現。他把箱子拉上地面，動手開箱。有些是版畫，有些是畫紙上的素描。他拿起最上頭一張畫作，舉向最後一抹天光。一個男人躺在床上，俯視一根樹枝的枝梢，樹枝相當粗大，從他的窗外伸進他的屋裡。

她就是這樣走進他的生命。當年的他如在夢中，而她赫然闖入。兩人各執一紙預言的半側。他們將之拼合，詳閱信息，因而尋得共同的召喚、共享的職志。神靈們擔保事事均安。如今她卻離世，而他再度陷入迷霧，他們應當保衛的種種也全盤皆歿。

他把箱子擱在土坑旁邊，繼續挖掘。第二個箱子冒了出來，箱裡裝滿了早已被他遺忘的畫作：家譜樹，金錢樹，樹木鞋撐，捕風捉影之樹，每一幅都是在她到來之前繪製。當她帶著復活的故事和神靈的諭示、沿著車道緩緩駛來，他以為那些畫作都是明證，提示他們理當一同上路。畫作全都錯了。

他把第二個箱子疊在第一個箱子上頭，繼續挖掘。鐵鏟的鏟尖擊中某個凹凸不平的東西，他低頭一看，原來是一座座雕像。當初他和奧莉維亞把這四座雕像鬆鬆地埋進土裡，試圖觀看泥土對陶瓷外殼會造成什麼影響。土壤：另一樣她指引他觀看的事物。每隔幾世紀添增一、兩英寸，幾公克愛荷華州的土壤就住著成千上萬種生物，有如一座微型的森林。他雙膝跪地，徒手挖出一座座雕像，用口水沾溼手帕擦拭雕像。原先純黑的表面如今色澤豐盈，閃閃發光，望似布勒哲爾家族的畫作[14]。細菌、黴菌、蠕蟲在地底下的世界胼手胝足，為一座座雕像覆上繁花般的綠繡，宛如一幅幅名家之作。

他把變了模樣的雕像擱在剛剛出土的箱子之上，回頭挖尋真正的寶貝。他怎麼可以把它留在這裡？他想了想，再次感到心驚。當年他們計劃輕裝上路，所以把它埋了。日後動手挖掘，出土的過程即是一場表演藝術。但這個埋在土裡的寶貝比他的生命更有價值，他根本不該讓它離開他的視線。他繼續挖了六鏟泥土，它就重回他的手中。他打開盒子，拉開保鮮袋的夾鏈，取出那疊百年歷史的老照片。現在天色太暗，什麼都看不見，翻看照片什麼意思。其實他哪需要翻看？他握住那疊照片，感覺栗樹扶搖直上、沒入雲霄，宛若水柱迴旋的噴泉，霍爾家族悉心相守，世世代代在旁守護。

他把一半東西搬下坡地，走回車旁，把這些挖出來的寶貝放進後車廂，然後轉身回去搬運其餘物品。走到半路時，兩道白光劃穿黑暗，緩緩趨近碎石車道。警察。

他應該攤掌示降，走向警車。他們會記下他的種種解釋，而證物將佐助他的說詞。是的，他確實非法侵入，但他只是為了取回屬於他的東西。他從屋後走出來，車前燈隨即照向他。他忽然想到，那些埋在地下的寶貝或許不再屬於他。他已經把土地連同根植於土地的一切賣給別人。然而，大地並不歸屬於任何人，豈有買賣之理？這就跟你因為拿回你自己的藝術創作而被捕一樣荒誕。

警車撲撲通通開上車道，車輪行經之處碎石四濺。警示燈燈光大作，迴旋的紅光耀眼刺目，制止了尼克的腳步。車子急急一轉，猛然停頓，形同路障，擋住去路。嗚嗚的警笛聲被擴音機的話語聲取代：「不許動！趴到地上！」

如果不許動，他如何趴下？他舉起雙手，雙膝跪地，好像小時候一邊唱兒歌、一邊玩遊戲——那首兒歌怎麼唱來著？嘩啦大雨下呀，蜘蛛衝出來了？兩個警察馬上站到他面前，尼克這才意識到自己真的惹禍上身。如果他們叫他按指紋、如果他們調出他的紀錄……

「手伸出來。」其中一個警察按住尼克的肩膀，拉扯他的手腕。把他戴上手銬之後，他們叫他在地上坐直，拿支手電筒照他的臉，記下他的資料。

「那是一些小東西，」他跟他們說。「沒什麼價值。」

當他為他們展示他創作的藝術品，兩人的眉頭一皺，神情怪異。怎麼會有人想要創作這種所謂的「藝術品」，更別提想把東西偷回來？在他們看來，把這些東西埋了才說得過去。但那個年紀較大的警察從尼克的駕照上認出他的姓氏。本地人都曉得霍爾一家，他們家那棵栗樹更是整個地區的地標——你一直往前開，經過霍爾家那棵樹之後再開一、兩英里就到了，附近的人經常這樣指路。

他們打電話給管理地產的經理。經理對這批從地下挖出來的廢物毫無興趣。此地位於愛荷華州的荒郊僻野，警察通常不會在全國性的資料庫查詢被捕之人的紀錄。他只是另一個家道中落的務農世家子孫，半瘋半傻、不務正業，開著一部破爛的老爺車，試圖捕捉過去的榮華。「好了，你走吧，」警察跟他說。「不許再到私人土地亂挖東西。」

「我可不可以……？」尼克指指那一堆他已經挖出來的寶貝。警察聳聳肩，意思是：請便吧。他們盯著尼克把最後幾箱東西搬到車上。他轉身對他們說：「你們有沒有看過一棵小樹在十秒鐘之內長成八十歲的老樹？」

「你自個兒保重吧。」那個把他按到地上的警察說，然後兩人看著這位三度犯案的縱火犯開車離去。

尼雷坐在橢圓會議桌的主位，骨瘦如柴的十指貼在桌面，看著公司最頂尖的五位技術專案經理。他不知從何說起。他甚至不曉得如何稱呼這套電玩。他們已經不再使用數字標示版本，而是不斷在網路上更新。如今《線上版主宰》已經成為一套龐大繁複、不斷擴張、持續演化的電玩，更是一個獲利率極高的事業體，但遊戲的宗旨早已蕩然無存。

「我們面臨『邁達斯國王難題[15]』。這套電玩在原地踏步，好像老鼠會似地招募新會員，無止無盡地創造出毫無意義的財富，但是看不到終局。」

小組成員們皺著眉頭聆聽。他們的薪水全都高達六位數字；多半已是百萬富翁。最年輕的一位二十八歲，最年長的一位四十二歲，但他們身穿藍色的牛仔褲和滑板小子的T恤，剪個拖把頭，歪戴棒球帽，看起來全都像是小毛頭。波漢和羅賓遜往後一靠，啜飲能量飲料，咬嚼高蛋白能量棒。小阮把腳跨在桌上，凝視著玻璃窗外，好像透過虛擬實境頭戴式裝置觀看。五人的手機嗶嗶叮叮、嗡嗡嗚嗚，一刻不停歇。

「你怎麼贏？我的意思是，如果你連輸都不可能，怎能談得上贏？你唯一能做的就是不停囤積，然後一直升等，升到某一級，卻只感到空虛。這樣下去有什麼意思？」

坐在會議桌主位的男子頭一低，神色凝重，那頭錫克教徒般的長髮依然垂到胸前，如今卻已摻雜縷縷銀白的髮絲，鬍鬚又長又亂，好像圍兜似地蓋住身上那件超人圖樣的厚棉衫。他長年撐起身子上床下床，手臂還有點肌肉，但套著休閒褲的雙腿已經形同虛有。

他面前的桌上擱著一本書。他的小兵們知道這代表什麼意思：老闆最近又在看書，腦子裡也又盤踞著另一個願景。他很快就會迫使他們每個人也讀一讀，纏著大家找出法子解決一個只有他覺得是問題的問題。

柯爾托夫、拉夏、羅賓遜、波漢、小阮有如五個優等生齊聚一堂，共商對策，會議室裡備有一排排電腦螢幕和各式各樣最先進的電子視訊裝置，但這會兒他們只能目瞪口呆地盯著老闆。老闆說《主宰》無藥可救；他們必須重新思考這個神奇巧妙，有如印鈔機的電玩系列。

柯爾托夫怒氣騰騰，嘴上一道小鬍子好像在冒煙。「拜託喔，《主宰》是一套天神電玩。他們付錢給我們，好讓自己從天神才會碰到的問題之中得到樂趣，過過當天神的乾癮。」

「我們的訂戶人數直逼七百萬，」拉夏說。「其中四分之一是十年的資深訂戶。有些玩家花錢雇用可以上網的囚犯，指使那些吃牢飯的傢伙幫忙打電玩，好讓自己連在睡覺的時候都能夠晉級。」

他們的老闆眉毛一揚，略顯不以為然。「如果他們依然覺得晉級很有意思，他們就不會請人幫忙打。」

「嗯，或許問題就出在這裡，」羅賓遜不情不願地坦承。「但自從推出《主宰》，我們就碰到這樣的問題，我們始終想辦法要解決。」

尼雷的頭上下晃動，但並非點頭同意。「我不認為我們想辦法『解決』，或許只是設法『拖延』。」他是如此削瘦，幾乎可說是仙風道骨，身上那件超人圖樣的厚棉衫鬆垮垮，領口露出瘦巴巴的鎖骨，整個人看上去像個瘦得只剩下皮包骨、端坐在一棵苦楝聖樹下的印度苦行僧。

波漢放映幾張圖表。「我們不如再提高晉級的門檻，增加一些新科技，比如說『未來科技一』、『未來科技二』……這些科技可以累積巔峰點數，然後我們在西大洋的中央引發另一次火山爆發，創造另一個新大陸。」

「這聽起來像是拖延。」

柯爾托夫揮揮雙手。「人們想要開疆闢土，擴展他們的帝國，這就是為什麼他們願意每個月付費。這個地方人滿為患，我們就把它變得大一點，不然還能怎樣？」

「所以你不求甚解、重複同樣的流程，直到老死？」

柯爾托夫用力拍桌，羅賓遜輕狂大笑，拉夏心想：我們這個老闆白手起家，每星期不知道傳給大家多少封備忘錄，這會兒他只是發表他的高見，就算他說錯了，這也是他的特權。

「上百個生物群區、九百萬種生物、幅員廣達兩億平方英里的世界？或是2D螢幕那一個閃閃亮亮的小區塊？」尼雷問。「哪個地方比較有趣？」

圍桌而坐的眾人緊張地笑笑。他們都知道何者是一個比較美好的居所，但他們也都喜歡自己目前的天價家宅。

「老闆，我們都知道大家的偏好。」

「**是嗎**？人們為什麼甘願放棄一個潛力無窮、多彩多姿的世界，把自己限制在一個卡通動畫般的區塊？」

對這幾個年輕的百萬富翁而言，這個問題未免過於哲學性，但他們願意順著老闆的心意說話，於是他們盡情發言，列舉電玩世界的種種光明面：井然有序、迅速快捷、瞬間回饋、互聯互通、一切操之在己、你可以積聚大量資產、你可以施展無限技法，這些全都帶給你無上的刺激與快感。他們暢談電玩世界是多麼純粹、多麼明晰，你可以清楚看到事物的進展，只要肯下工夫，你就會得到收穫。

尼雷再次不以為然地點點頭。「然後呢？到頭來還不都是瑣碎無趣？」

大家一語不發，氣氛逐漸陰沉。小阮把跨到桌上的雙腿放下來。「人們始終想要知道更精采的故事。」

一頭亂髮、宛若苦行僧的尼雷猛然往前傾，幾乎從輪椅上摔了下來。「沒錯！精采的故事有何功用？」沒有人回答他的問題。他高舉雙手，掌心朝向空中，姿態極為怪異。再過一會兒，他的指間說不定會長出綠葉，小鳥說不定會在此築巢。「精采的故事會稍微打動你，讓你變得跟先前不一樣。」

他們漸漸意識到一件事——即便不是馬上察覺，卻也絕對錯不了。他們的老闆又想出新花樣，而且毫不介意把《主宰》當作墊腳石。波漢問道：「你說我們該怎麼做？」

尼雷把書舉高，好像那是上天的神諭。他們可從書封繁茂的綠葉中看到書名：《神祕森林》。羅賓遜重重嘆氣。「老闆，拜託，不要再想綠色植物。除非讓植物長出巨乳，不然我們不可以用植物設計電玩。」

「我們來把大氣層加進研發模式，納入水質、養分循環、礦產資源。我們來創造栩栩如生、如假包換的大草原、濕地和森林。」

「然後呢？白化的礁脈、上升的海平面、天乾物燥而引發的野火？」

「如果大家都這樣玩，有何不可？」

「為什麼是地球？我們的玩家都想遠離這個狗屎地方。」

「遊戲會找到它的玩家，這就是遊戲高深莫測之處。」

「但這個遊戲你怎麼贏？」柯爾托夫語帶嘲諷。

「如果想贏，你就得找到辦法。你必須依循真理，一再努力，貫徹到底。」

「你是說遊戲裡沒有新的大陸？」

「沒有新的大陸，也沒有忽然冒出來的豐富礦產。再生的速度合乎常理。沒有人死而復生。你做出一個錯誤的決定，你就應當從遊戲裡永遠消失。」

小兵們捕捉彼此的目光。老闆真的失控了。他願意一手摧毀這個有史以來最賺錢的電玩系列，也不介意銷毀這個讓他們永遠得以歌舞昇平的搖錢樹，就因為人們過得太開心、玩得太滿意？

「這……」小阮說，「資源有限、限制多多、不能死而復生，這樣哪有樂趣？」

一時之間，尼雷陰鬱的神色略顯開朗，他們的老闆又是當年那個無憂無慮、成天只想學寫程式、試圖寫出完美程式碼的小男孩。「七百萬訂戶必須發現新世界的規則，他們必須學習這裡為什麼危險、這裡能夠承受什麼、生命在此如何演化、玩家必須做出什麼奉獻才可以再打下去。這才是一套完美的遊戲、一種全新的探索。怎樣的冒險會比這個更精采？」

柯爾托夫說：「那你最好趕緊賣了『紅杉電玩』的股票，因為我們每一個訂戶都會要求退費，他們會走人！」

「走人？走到**哪裡**？他們已經投注太多心力。我們的訂戶大多都是《主宰》的資深玩家，他們已經在遊戲裡累積了一筆筆財富。他們會想辦法改造這個新世界。他們會讓我們嚇一跳；他們始終讓我們訝異。」

小兵們呆呆地坐著，各自盤算多少資產將從眼前消逝。但他們的老闆啊——只見他興高采烈，神采飛揚，打從幼時自樹上摔落，他肯定從來不曾如此開心。他舉著書在空中揮舞，把書翻開，開始朗讀：某些神奇之事正在地底發生，而我們才剛剛開始學著如何瞧見。他啪地一聲把書闔上，藉此營造戲劇化的效果。「市面上任何一套遊戲連個邊都沾不上。我們會是開路先鋒。你們想想：一套宗旨在於培育世界，而非培育你自己的遊戲！」

濃濃的沉默襲罩這個瘋狂的提議。柯爾托夫說：「老闆，《主宰》好得很，何必更動？我反對。」

骨瘦如柴的年輕聖者逐一詢問圍桌而坐的眾人。拉夏？小阮？羅賓遜？波漢？反對，反對，反對、反對。無異議的宮廷叛變。尼雷沒什麼感覺，甚至不感到訝異。「紅杉電玩」設有五個部門，雇用無數員工，訂戶數以百萬計，年收入驚人，這麼一個公司早就不是任何一個人所能控制。若是論及公司發展的方向，成千上萬在網路論壇貼文的粉絲比高階主管們更有影響力，這個調適機制繁複無比，影響所及，天神電玩已與天神分了家。

一切昭然若揭：虛擬世界將與真實世界平行共存，你可以佯裝遁入虛擬世界，但虛擬世界畢竟難脫真實世界的掌控。而他這個矽谷排名六十三名的富豪、「紅杉電玩」的創辦人、《森林預言》電玩系列的初創者、獨生子、動漫愛好者、數位風箏的玩家、偷偷咒罵老師的膽小鬼、從橡樹上跌下來的小子，已被他一手打造、永不知足的心血結晶所吞噬。

那已是十年前的往事，如今被道格拉斯．帕夫利克當作祕密武器，娛樂那些毫無戒心的遊客。夏季時分，遊客們閒閒晃進曾是妓院、現為鬼鎮訪客中心的小屋，誰在原地站得夠久、有時間聽他說話，他就滔滔不絕地講給誰聽。

「我靠著我那隻管用的腿從樹上爬下來，然後還得像隻螃蟹似地倒著走，喔，不，我得倒著爬，而且是上坡喔。我冒著大雪，跌跌撞撞地爬上八十英尺的崖壁，而且肩膀脫臼，痛得好像聖靈拿支火鉗在戳我。我一下子昏迷、一下子清醒，好不容易爬到銀礦的井架——沒錯，就是離這裡不到一百英尺的那個礦坑。我跟個死人似地躺在那裡，天曉得躺了多久，我看到各種幻象，聽到森林講話，狼獾之類的野生動物說不定跑過來舔我的臉、吃些我臉上的鹽粒。多虧老天保佑，我爬到了辦公室，打電話叫救護車，被直升機送到米蘇拉[16]。我覺得我好像回到了越南，快要從我那架大力神運輸機上跳傘，開始我的永世輪迴。」

這個故事他講了很多次，遊客們大多耐著性子聽他說完。有天傍晚，閉館時間已經過了十分鐘，他依然隔著陳列櫃跟一個聽得津津有味的女人講故事。女人看來頗年輕，紮著一條絢麗的大方巾，背著一個大背包，講起話來帶著可愛至極的東歐口音，微微飄散出一股異味，但跟一隻長了跳蚤的黃金獵犬一樣友善。她神情專注，等著聽聽他是否逃過一劫。在她凝神的注視中，他開始加油添醋。說真的，再怎麼吹牛也只能吹到某個地步，但她聽得入迷，好像他是個瘋瘋癲癲的俄國小說家，而她只想知道接下來會如何，衷心企盼繼續聽下去。

當故事結束，她看著他鎖上辦公室，停車場裡只剩下他那部土地管理局的福特載卡多，除此之外空空蕩蕩。遊客們已經開著他們的休旅車沿著凹凸不平的小路踏上歸程。這個名叫艾琳娜的女子問道：「你覺得這附近有沒有地方可以讓我露營？」

他自己也碰過這種局面，風塵僕僕卻找不到一處營地。他雙手一攤——這一棟棟廢棄的屋舍全歸他管，每天晚上他都應當視察，確定無人逗留。此地不准露營，但誰會曉得呢？「隨妳挑吧。」

她點頭致謝。「你有沒有一些小餅乾可吃？」

他心想，這位圓眼姑娘感興趣的或許不單是他的故事。但他依然把她帶到木屋，請她吃飯。他使出渾身解數，煎了不曉得為什麼留著沒吃的兔肉肉片，炒了香菇和洋蔥，用葡萄堅果穀片烤了一個像樣的蛋糕，還端出兩杯果實樹梅釀的酒。

她跟他說她健行橫越鬼鎮周邊的嘉利特山脈。「剛開始一行四人，我不曉得其他三個人到哪兒去了。」

「這樣有點危險。妳這個模樣的女孩子，不應該自個兒上山。」

「什麼模樣？」她不屑地呸了一聲，揮了揮手。「一隻生了病、需要洗個澡的猴子？」

在道格拉斯眼中，她的模樣相當正點，甚至可以是個詐財的郵購新娘。「我是說真的，年輕女子單獨上路，可不是一個好點子。」

「年輕？誰年輕來著？更何況你們美國真棒，全世界就數美國人最友善，始終樂於助人。你看看你！你做了這一頓大餐。你大可不必這麼做。」

「妳喜歡這一餐？真的？」

她舉起她的酒杯，請他再倒一些果實樹梅酒。

「嗯，」他說，然後兩人靜默不語，當靜默到連他都覺得怪異，他又開口：「別客氣，妳可以用唧筒抽水，那邊任何一棟屋舍都可以住，換作是我，我會離理髮廳遠一點，最近肯定有隻小動物在裡面翹了辮子。」

「這棟木屋很好。」

「喔，嗯，妳聽好，妳不欠我什麼，我只是請妳吃一餐。」

「誰說我欠你什麼？」然後她跨坐在他大腿上，仔細端詳他的臉，嘴唇湊了過去。她抽身。「喂！你哭了！你這人真奇怪！」

任何物種都沒有理由演化出這麼沒出息的行徑。「我是個老傢伙。」

「你確定？我們來瞧瞧！」

她又試了一次。多年以來，他頭一次跟女人肌膚相親，她的身子暖暖的，好像一副解鎖器，輕輕刮過他心門受損的鎖孔。他緊緊壓住她的手腕。「我不愛妳。」

「嗯，沒問題，我也不愛你。」她輕撫他的下巴。「開心就好，不一定非得扯上愛情。」

他放開她的雙手。「請相信我，愛不愛一個人，真的很重要。」他的手臂軟趴趴地垂在身側，神情哀傷萎靡。

「嗯，沒問題，」她又說了一次，神情惱怒，雙手頂著他的胸膛一推，憤然站起。「你真是一個哀傷的小老頭。」

「沒錯。」他站起來，把剩下的餐點端到水盆邊。「床鋪讓給妳，我睡睡袋。洗手間在院子裡，小心蕁麻。」

她一看到床鋪就歡天喜地，好像美國人歡度聖誕節。「你是個老好人。」

「還好。」

他教她如何使用提燈。他窩在睡袋裡，躺在桌邊的地上，看著臥室的門縫裡透出燈光。她在熬夜閱讀。直到日後，他才明瞭她在讀些什麼。

隔天早晨，他又端上葡萄堅果穀片蛋糕，還有真正的咖啡，兩人之間再也沒有跨文化的誤解。她在第一批遊客開進山間之前就離開，他也很快忘了她，午夜夢迴時，她甚至不再浮現在他腦海中，讓他心生懊惱、責怪自己因為懷舊而錯失良機。

但是美國果真最棒。人們是如此親切，土地是如此富饒，當局也非常講情理，為了獲致可用的資訊，即使你已多次犯法，當局依然願意跟你達成某種協議。過了兩個多月，當聯邦調查局的探員們千里跋涉來到山間，道格拉斯根本不記得那位曾在木屋過了一夜的訪客。直到聯邦小子們把他壓按在車道上、徹底搜索他的木屋，把他手寫的札記放進一個密封的塑膠盒，他才想起她。當他們把他五花大綁、壓著他坐上調查局的豐田越野車，他拼命制止自己不要微笑。

你以為這事很好笑？

不、不、當然不好笑。嗯，說不定有點意思。他不是頭一次碰到這種事，而且據他推斷，肯定不會是最後一次。雖已過了四十個年頭，五七一號囚犯照常報到。

他們沒問他太多問題。他們無需多問，因為他已全都寫下。夜復一夜，他緬懷往事，勤勉地、小心地寫下各個細節，試圖從中尋得解釋。一切全都簽章付梓。銀杏、守護者、蠶桑、道格冷杉、糖楓，他們五人犯下的種種罪行全都形諸筆墨，有憑有據。但有趣的是，逮捕他的探員們不怎麼在乎這些林木化名。

桃樂絲出現在門口，手裡端著永不缺席的早餐托盤。「早安，小雷，餓了嗎？」

他已經醒了，神情寧靜，凝視著窗外一英畝半的布里克曼樂園。他最近變得非常沉穩。有段時期，他的狀況一直很糟，桃樂絲幾乎確定他已命在旦夕。去年冬天最淒慘，二月的一個下午，她花了好久試圖聽出他在哭喊什麼。當她終於聽懂，他的哭號似乎傳達了她的心聲：我不想活了，毒死我吧。

但春天為他帶來生氣，隨著夏至的腳步漸漸逼近，她甚至願意發誓她從沒見過他這麼開心。她把托盤擱在床邊的小桌上。「來點蜜桃香蕉派，好不好？」

他試著把手抬起來，說不定想要比畫一下，但他的手不聽使喚。當他終於從嘴裡擠出幾個字，他突然衝著她講，把她嚇了一跳。「There。That。」字字含混不清，跟她幫他攪碎的派餅一樣黏糊。他用他的目光引導她。「That。Tree。」

她往外一瞧，神情迫切，試圖假裝他的請求絕對說得通。她依然是個完美的業餘女星。「你的意思……？」

他嘴巴一張，發出某個介於what和who之間的音節。

她儘量保持聲調開朗。「哪一種？雷，你知道我是樹痴。某種長青樹？」

「From……when？」短短兩字，感覺卻像是騎著自行車在泥濘的山間小徑爬坡。

她看著那棵樹，好像之前從沒注意到它。「問得好。」一時之間，她記不得他們在這裡住了多久，或是種了什麼。他的頭晃來晃去，但並非心煩。「我們來找答案！」

於是她站到一排排落地式書櫃前面，書櫃占據了整個牆面，擱放著他們囤積了一生的書冊。她把手掌貼在與她肩膀齊高的書架上——這是哪一種木材來著？——手指滑過塵埃密布的書脊，尋找一個她不確定能否在書架上尋獲的東西。往事歷歷在目，昔日的夢想、昔日的追尋、昔日的模樣，事事令她傷心欲絕。她略過《黃石公園百大步道》。她翻了翻《美東雀鳥指南》，一隻紅豔豔的禽鳥閃過她的腦海，她卻依然不知其名。一本幾乎像是手冊般的小書塞在架子末端。《輕輕鬆鬆認識樹》。她從架上拿下小書。扉頁的題字出其不意地迎面襲來：

獻給我生命中的第一順位
我最親愛、我唯一的小桃
想不想看看哪些樹種沒有節疤
哪些樹種疙疙瘩瘩？

她從沒見過這幾行題字。他們可曾試圖一起辨識樹種？她想了想，卻毫無印象。但這首小詩讓她想起當年那個健壯的雷、那個全世界最佳的爛詩人。

她翻翻書頁。太多橡樹，肯定不合行家的味口。紅色、黃色、白色、黑色、灰色、腥紅色、鐵灰色、美國櫟、大果櫟、水櫟、山谷橡樹，各個種類的樹葉形狀各異，好像否認大夥都是一家人。這下她想起來她為什麼始終對大自然感到不耐。大自然的戲碼沒有張力、沒有鋪陳、沒有相互牴觸的企盼和恐懼，只有蔓生、糾結、紛亂的劇情。更何況她永遠搞不清楚誰是誰。

她又讀了一次題字。寫下這首好像廣告歌的小詩時，他多大年紀？最佳爛詩人。最佳爛演員。這個專利著作權法的律師，把詐欺之人告到破產，然後每年花一個多月志願提供法律諮詢。他想要有個大家庭，一家人整晚玩瘋狂八八、高唱自創的歌曲駕車遠遊。結果家裡卻只有他和他親愛的第一順位。

她帶著小書走回他的房間。「雷！你看我找到什麼！」他那張驚恐面具般的臉孔露出幾乎可說是開心的神情。「你什麼時候送我這本書？幸好我們保留了下來，是嗎？現在就用得上。好，開始囉？」

他已經迫不及待，幾乎像個前往夏令營的孩童。

「從這裡開始。如果你住在落磯山脈以東，請往條目一。如果你住在落磯山脈以西，請往條目一一六。」

她看看他，他的目光呆滯，但眼珠骨碌碌地滾動。

「如果你的樹長出毬果和針狀樹葉，請往條目十一C。」

他們兩人看看窗外，好像這才意識到過去四分之一世紀以來、答案始終就在眼前。在正午的日光中，結實的枝幹層狀生長，閃爍著帶點藍彩的銀光，看來煞是有趣，她先前卻從未察覺。高大筆直的樹幹在豔陽中閃閃發光。

「樹葉絕對是針狀。樹頂也有毬果。雷？我覺得我們快要找出答案囉。」她迅速翻閱，好像尋寶似地翻到下一個線索。「針葉是否長青，而且一束二葉至五葉？如果是的，請往……」

她抬頭一看。他露出得意的笑容——明知他應該辦不到，但他似乎果真嘻嘻笑——目光灼灼。探奇。驚喜。啟程——一路平安！

「我馬上回來。」她的聲調中隱藏著小小的驚喜。就這樣，她暫且拋下他，調頭回到廚房，走過廚房後頭的食品儲藏室——儲藏室凌亂不堪，堆滿數十年來買了就忘的物品，總有一天，她會好好整理這些陳舊的廢物，把它們全都扔了，讓自己在世的最後幾年活得輕鬆一點。她打開後門，盛夏的綠意迎面襲來，草香陣陣入鼻。她光著腳。鄰居們八成以為她長年照顧大腦傷殘的先生，這會兒自己也瘋了。就算她真的瘋了，那又如何？小說裡不都是這麼寫嗎？

她走過草坪，伸手抓住最低矮的一根樹枝，把樹枝拉向自己，數了一數。她心想，說不定有首歌曲描寫這樣的情景，她心想。歌曲、禱詞、小說，或是電影。樹枝從她手中滑脫，彈回空中。她踏過光影悠悠的綠草，輕哼著她覺得最適合此時此刻的歌曲，慢慢走回家中。

他等著她，期待謎底揭曉。「一束五葉。我們運氣超好。」她又翻書，查閱下一個線索。「毬果是否呈長卵形、帶有薄薄的鱗片？」

重重分裂，種種選擇：她認得出這種模式。她以前在法庭擔任速記員所謄錄的案件，不就是遵循同樣模式嗎？舉證、交互詰問、無序的協商、無奈的妥協，可行之道一再減縮，直到只剩下一個律法所容的判決。這就像是樹木的演化：如果冬天酷寒、水源稀少，那就試試鱗片或是針葉。說來奇怪，但這甚至像是演戲：如果你必須作出恐懼的反應，請往姿勢二十一C；驚奇的反應，請往姿勢十七A。不然的話……這是萬物在地球上的生存手冊。你時時遊走於種種謎團之間，始終只差一個選擇就可以得到解答。由這個角度來思考樹木，更是格外適切：主幹面對生存的疑點，交由數十根叉生的枝幹幫忙探索，每一根枝幹分叉為數以百計的細枝，而成千上萬的青綠細枝分頭探索，各自尋求解答。「我馬上回來，」桃樂絲說，然後再度不見人影。

她打開後門，上了黑色瓷漆的門把再度在她手中吱嘎抗議。她穿過後院，慢慢走向那棵樹。短短幾步，但她已經走了多少趟？來來回回，直至生厭；沒有人比她走得更多趟，沒有人叫她走這麼多趟。為了愛，她才走上這條熟悉的路徑。如果你想要繼續奮鬥，請往條目一千零一。如果你想要從中掙脫、挽救自己……

她站到樹下，研究毬果。毬果掉了滿地，好像一顆顆從小行星墜落的種子。片刻之後，她踏過潮濕的草地，帶著解答走回屋裡。路程雖短，但已足以讓她思索自己為什麼年復一年守著這個癱瘓的男子、守活寡似地待在他身旁，尤其是她這輩子只想追尋她的自由。但當她站在囚牢般的門口、得意洋洋地揮舞手中的小書，她忽然想通了。無畏無懼、坦然面對日日的驚恐，這就是她的自由、她的追尋。

「謎底揭曉：北美喬松[17]。」

她敢發誓他僵硬的臉孔閃過一絲滿足與喜悅。多年以來，她試圖猜測他含糊的話語，練就出猜心的本事，如今她讀得懂他。他正在心想：今天的成果不錯。開心極了。

那天晚上，他請她為他朗讀樹的故事。她告訴他，松樹曾經遍布美東，甚至遠及加拿大和五大湖區；巨杉胸徑可達四英尺，主幹筆挺，扶搖直上，離地八十英尺才長出側枝。她跟他說，松樹密集而生，放眼望去，無止無盡，每年春季，花粉為天空染上顏彩，黃色的粉塵有如雲朵，飄向遠方的大海，花粉如雨點般飄灑，飄落在船隻的甲板上。

她為他朗讀，英國人爭先恐後來到美洲新大陸，尋求艦艇和商船所需的桅杆，歐陸的樹木已被砍伐殆盡，連最北方的邊境都找不到可以用來製造桅杆的原木。她給他看看畫中的北美喬松，樹幹筆直粗壯，有如教堂尖塔，而且價值連城，皇室甚至在私人土地的松樹畫上一個大大的箭頭，表示這樹隸屬皇室。她這個窮盡一生之力保障私人財產的先生肯定知道接下來會如何：沒錯，新罕布夏州發生「松木暴動」（Pine Tree Riot），雙方為了松樹大動干戈，而這些沿著海岸生長的松樹，早在猿人下樹之前就已存在於世間。

林木遍生的富饒大地，淪為繁榮進步的犧牲品——這個故事足以媲美任何一本小說。光滑堅固、整齊劃一的木板被運回英國出售，甚至賣到遙遠的非洲。先把木材從北美運到西非海岸，然後西非載運黑奴到印度群島，最後再從印度群島載著蔗糖回到新英格蘭，而新英格蘭一棟棟壯觀的宅邸，全部都是北美喬松所建。新近建國的美利堅合眾國，因為這樣的三角貿易而致富。白松架構出城市的雛形，為鋸木業帶來驚人的財富；橫貫東西的鐵道以白松為枕木，戰艦和捕鯨艦隊亦為白松所製，一艘一艘自布魯克林和麻州新貝德福德出海，遠征未知的南太平洋。密西根、威斯康辛、明尼蘇達的白松被劈砍為千億萬片屋頂木瓦，年復一年，一億板呎的木材被削砍為細長的木條。北歐裔的伐木工把一片橫跨三州的松林砍得精光，工人們操作吊桿和滑車，強將巨大的原木推進河裡，乘坐一根根長達一英里的原木順流而下，朝向下游的賣場前進。相傳一個伐木巨人和他那隻巨大的藍牛砍光了附近的松林，清空了布里克曼家周遭的山野。

桃樂絲朗讀，夜風風勢漸揚，後院一棵棵大樹被風吹得彎了腰，喃喃發出怨言。雨絲隨風飄來。小小的臥室似乎變得更加狹小。日日皆是清晨、白晝、黑夜三部曲，黑夜的樂章卻是始終聽來陌生。隔壁那棟屋子緩緩消逝，北邊一戶戶人家也漸漸淡出，直到周遭只剩下布里克曼家的屋宅，蜷伏在雜草叢生的野地邊緣。雷那隻管用的腿抵著裹住他的床單扭動。終其一生，他只想老實謀生、促進一般民眾的福利、贏得同業的尊重、養育行事正當的子女。財富需要圍欄。但圍欄來自林木。原生林已從北美洲消失，人們甚至不知道它們曾經存在。如今，原生林全被綿延數千英里後院和農場取代，稀稀落落的次生林點綴其間。然而，泥土沒有忘記，在那一時片刻，泥土依然記得消失無蹤的原生林和迫使它們淪為犧牲品的繁榮進步。而泥土懷帶著過往的記憶，餵養他們後院的北美喬松。

雷的嘴巴湧出唾沫；唾沫凝積在他顫抖的唇上，直到午夜將至，桃樂絲才幫他拭除。她幫他擦嘴時，他的嘴唇動了動。她傾身向前，覺得聽到了他的耳語：「One more。Tomorrow。」

•••

夜晚溫煦，微風拍打著派翠西亞的木窗，八月的圓月映照著湖面，有如一枚淺紅的銅錢。她攤開手掌，擱在一疊筆記簿上，筆記簿裡滿是她審慎工整的字跡。「嗯，丹尼斯，我覺得我們說不定終於大功告成。」

今晚無人應答——她始終唱著獨腳戲，字字句句懸浮在空中。屋裡屋外，眾多生物一一聽聞。牠們啁啁啾啾、唉聲嘆氣、商討研判，打破了夜晚的沉寂，她以片言隻語回答牠們、打擾牠們，她慢慢地說、耐心地說，但牠們似乎依然聽不懂，她那些說了又說、一再重複的絮語，依然只是聲聲雜言。

她靜靜聆聽整點報時，然後雙手壓按核桃木書桌的桌面，伸展雙腿，起身站立。她掀開最上頭的筆記簿，翻到方才書寫的那一頁：在一個講求完美效能的世界，我們最終也會被迫消逝。

「你確定這是個好點子嗎？」她問她自己；她問那個已經辭世的男子。他倆之間豈非只是一線之隔？她知道他們此生再也不會相見，來生或許也無緣聚首。但他的身影時時刻刻出現在她目光所及之處。逝者支撐著生者活下去；這就是人生。日日夜夜，她敦請她那位缺席的心靈伴侶指點她寫作、給予她勇氣、提醒她耐心寬容、阻止她把筆記簿全都扔進燒柴的火爐裡。如今她已無需多問。她翻頁。

沒有人看見樹。我們看見果實，我們看見堅果，我們看見木材，我們看見樹蔭。我們看見節慶的擺飾或是美麗的秋葉。我們看見阻擋道路或是摧毀滑雪坡道的障礙物。我們看見漆黑、危險、非得清空不可的區塊。我們看見快要壓垮屋頂的枝幹。我們看見生財作物。但是，樹——樹是無影無形。

「還不賴，丹尼斯，或許有點蒼涼。」篇幅嫌短，她說不定做些增補。這本書比他的處女作簡短多了。其實她還有好多話想說，但如今她上了年紀，來日也已無多，更何況還有眾多物種等著被她發掘、進駐她的諾亞方舟。這本書敘述一個相當單純的狀況，她一、兩頁就講得完：這些年來，除了南極洲，她和幾位研究人員已經踏遍全球各個洲陸，他們保存了數千棵樹的種子，而這僅是非常微小的一部分。人類自詡地球的監管人，卻眼睜睜地看著樹木和無數倚賴樹木而生的物種消失……

她述說一個個樂觀的故事，試圖幫助眾人面對現實，但依然懷抱希望。她花了一章講述遷徙。她描述所有樹木都已朝向北方前進，而且速度快到讓觀測它們的科學家大感震懾。但最脆弱的樹種必須前進得更快，以免被野火吞噬。它們無法穿越公路、農地或是新開發的住宅區。說不定我們可以伸出援手。

她狡黠地描繪樹木的種種性格。有些樹不合群，有些樹耍心機，有些樹正派踏實，有些樹衝動、害羞，或慷慨——棵棵各具特色，有如森林變化多端的面貌。如果我們能夠習知它們是怎樣的一棵樹、什麼時候表現得最像話，那該多好。她試圖賦予全新的思考角度。這個世界不屬於我們，世界上的樹也不是我們的物產。這是樹的世界，而人類才剛抵達。

一個個章節不斷跳回思緒之中，要嘛出於恐懼，要嘛基於科學家的嚴謹，讓她次次加以刪減。樹知道我們就在附近。我們一湊近，它們根部的化學物質和樹葉汲出的香氣就起了變化……當你在森林裡散了步、感覺神清氣爽，說不定是某些樹正在賄賂你。許多神奇的藥物來自樹，而樹的給予遠遠超過我們的了解，我們甚至連邊都還沒沾上。長久以來，樹始終試圖與我們聯繫，但它們的聲律太低，人們聽不見。

她嘆口氣，從桌邊站起，屋裡空空蕩蕩，誰聽得到她的嘆息？她在衣櫃裡找到一疊她和丹尼斯始終捨不得丟棄的紙箱，紙箱積存多年，有些已經發霉。但是哪天你說不定就需要這種尺寸的箱子，誰曉得呢？她把一本本筆記簿放進紙箱，箱子的大小剛剛好，彷彿專門為了筆記簿設計。明天她會把紙箱寄給一位助理，請助理幫忙打字。然後手稿會寄給她在紐約的編輯，續作已讓她的編輯期待多時，而那本多年前推出的原作，至今依然印行、依然出售、依然讓派翠西亞擔心印書害死了好多松樹。

她用膠帶把箱子封好，但一封好，她馬上又把膠帶撕開。書末的結語還是不恰當。她讀讀結語，儘管字字句句早已印蝕在記憶之中。那些種子被保存在恆溫管控的種子庫裡，藏放於科羅拉多州的山間，有朝一日，當戒慎小心的人們把它們種回土裡，倘若有幸，其中一些依然發芽茁壯，就算不行，樹會繼續進行其他試驗，而我們人類卻早已退場。

「嗯，這樣比較好，」她大聲問道。「對不對？」但是，今晚鬼魂已不再聽聞。

當紙箱封妥、已可郵寄，她也準備上床休息。洗浴花不了多少時間，保養更是三兩下了事。然後她一如往常，閱讀約翰．繆爾的名著《墨西哥灣千哩徒步行》，讀到漸漸打起瞌睡，她就讀詩，讓一天在詩文之中畫下句點。今晚她讀王維的詩作，這首一千兩百年的古詩收錄在一本詩選之中，她流連其間，正如徘徊於她心愛的山徑：

自顧無長策，
空知返舊林。
君問窮通理，
漁歌入浦深。

而後河浦緩緩漫過她。該睡了，於是她就此打住。她關掉夾在床頭板上的昏暗燈泡，四下只見月光，她翻身側躺，蜷縮著身子，把臉埋進微濕的枕頭裡。過了一分鐘，她的嘴角微微一揚，露出始終不渝的笑意。

「我可沒忘了跟你說晚安。晚安。」

晚安。

•••

亞當置身曼哈頓下城的祖科提公園（Zuccotti Park）。這回他無需下鄉即可進行田野訪談。那股他始終致力研究的群眾勢力再度蠢蠢欲動，群眾聚集在下城的金融中心開派對，距離他的研究室和住處只有幾條街。公園人聲鼎沸，園中矗立著一株株槐樹，樹梢已經染上一抹金黃，每棵樹下都是睡袋和帳篷，人們在櫛比鱗次的摩天高樓之間紮營，數以百計的群眾昨晚露宿於此，正如先前各個夜晚。他們在抗議的歌聲中入睡，醒來就有熱騰騰的餐點可吃，餐點由五星級的大廚供應，大廚們支持他們的主張，主動貢獻時間和精力。但亞當不清楚他們究竟主張什麼。為了百分之九十九的民眾爭取正義？逮捕金融騙徒和竊賊？在全球各大洲號召正義公理？顛覆資本主義？力倡快樂不該源生於貪婪與暴力？主張八成尚在成形。

市府嚴禁使用任何擴音設備，但群眾盡情吶喊，有如透過麥克風發聲。一名女子高喊口號，周遭眾人齊聲附和。

「銀行被紓困。」

「**銀行被紓困！**」

「我們被出賣。」

「**我們被出賣！**」

「占領。」

「**占領！**」

「誰的街？」

「**誰的街？**」

「我們的街。」

「我們的街！」

示威群眾依然由年輕人領軍，人人一臉決然，堅持心中的夢想，致力於拯救世界。但形形色色的汗衫、夾克、背包之中，依然不乏比亞當年紀大的男子。廣場各處的小組討論中，六十出頭的婦女們傳述示威經驗談。穿著緊身連衣褲的人們猛踩腳踏車發電，為占領區的筆記型電腦供電。美髮師免費為大家剪髮造型，戴著V怪客面具的小夥子分發傳單。年輕的大學生圍成一圈擊鼓吶喊。律師們站在搖搖擺擺的牌桌後面，免費提供法律諮詢。有人已經花了大把時間詆毀公園裡的告示牌：

公園禁止溜滑板、溜直排滑輪，或是騎腳踏車
其他都嘛ＯＫ

如此喧鬧的場合豈可缺了樂團？一群吉他樂手於焉登場，其中一人的樂器上還刻著「這把吉他專殺金融投機客」，一同加入趾高氣昂、略帶蒼涼的合唱：

不管我打算上哪兒去，警察總是讓我寸步難行，
因為我在世間再也無家可歸[18]。

廣場遠遠的一角即是世貿中心遺址，坑口早已清空填平，傷痛卻是永遠無法癒合，依然滲出濃濃的哀傷。世貿中心轟然坍塌，至今已逾十年。亞當想了想，不免心驚。他自己的小孩年僅五歲，但九一一恐襲記

憶猶新，感覺似乎不到五年，甚至好像昨天才發生。一棵當年被燒得半焦、樹根劈啪斷裂的豆梨樹，近來已在世貿中心遺址重現生機，繁茂生長。

他擠過熙壤的人群，沿著街道兩側的木架和箱櫃而行，忍不住瞧瞧藏放在架上和箱中的書籍。他翻一翻米爾格蘭的名著《服從權威》[19]，書中的頁邊空白處全都寫滿注解。還有泰戈爾的作品集。數本梭羅的著作，《華爾街實戰》更是隨處可見。書籍免費借閱，借書還書，全憑信譽。對亞當而言，這就是民主。

這座人民的圖書館藏書六千冊，一本小書隱約浮現在堆積如山的書冊之間，好像泥炭沼地裡浮出的化石。《昆蟲金獎指南》——書封鮮黃，唯一貨真價實的經典之作。亞當大驚，他拿起小書，翻到扉頁，以為會看到自己小時候拿著 2B 鉛筆寫下的名字，但扉頁裡不見他圓胖的字跡，而是另一個人以花俏的草體字寫下 *Raymond B*。

書頁飄著霉味，字裡行間純粹是孩童的初級科學。亞當從頭翻到尾，往事歷歷在目，一一浮上心頭。田野採集，把家裡當作自然博物館、以廉價的孩童顯微鏡觀察池塘的綠藻類層。喔，還有在螞蟻的腹部塗上指甲油——他怎麼忘得了？不知怎麼地，他這輩子似乎一再重複那個實驗。他的目光停駐在小小的頁張——「象鼻蟲與石蛾」——抬頭看看身旁這群歡欣鼓舞、吵吵鬧鬧的烏合之眾。在那短短的幾秒鐘，他彷彿看到一群身負重責、層級分明的蟻兵，遵循蹤跡費洛蒙，搖搖擺擺地不停前進，好像受到地心引力的牽引，純粹的物理現象。他真想在他們每個人的肚子塗上指甲油，然後走上隔壁大樓的四十樓，好好加以觀察。這樣才稱得上真正的田野實驗。十歲的小小科學家也會這麼做。

他把書塞進長褲口袋，低著頭走回人群之中。前方十步之處，有個人坐在大理石臺階的邊緣，這人看來眼熟，宛若鬼魅般的故人，他朝著亞當轉頭，露出大吃一驚的神情。「占領，」有人扯著嗓門嘶喊。另一端的群眾以百倍的音量附和：「**占領！**」

鬼魅般的故人從大吃一驚轉為咧嘴一笑。亞當認得這個傢伙——曾有一時，他倆情如兄弟。亞當眼中的這人童山濯濯，但亞當記憶中的這人卻是一頭亂髮、紮個小辮子。他再怎樣都說不出這人是誰。不，他說得出，但他不想說。這會兒一切都已太遲，他只能走向前緊握這人的臂膀、佯裝訝異，好像不敢相信這個老頑童和那段怪異的過往居然出現在他跟前。「道格冷杉！」

「糖楓！哇！這怎麼可能？」他們像兩個行將就木的老頭子似地擁抱對方。「天啊！你瞧瞧？我們活的真夠久，不是嗎？」

沒錯，太久、太久了。亞當無法不搖頭。他一點都不想碰到這種場面。他不想陷入往事的墳塚，更不想被人從墳塚中挖出來。但這種巧遇確實有趣。機緣始終是個時間拿捏得剛剛好的喜劇演員。

「這是……？你來這裡……？」亞當朝著嘈雜紛擾、試圖阻止人類自毀的群眾揮揮手。帕夫利克——這人的姓氏是帕夫利克。帕夫利克眉毛一揚，觀察廣場，好像這會兒才注意到示威群眾。

「喔、哇，老兄啊，我可沒有插手。近來我只是旁觀，很少出門。自從……嗯，你知道的，我就沒惹過事。」

亞當拉拉對方瘦弱的手肘——這人依然魯鈍、依然一派天真——開口說道：「我們走一走吧。」

他們沿著百老匯大道漫步，行經花旗銀行、德美利證券、富達投信，很快就把該說的近況全都說完。亞當是紐約大學心理系教授，太太寫了幾本心理勵志的書，兒子今年五歲，長大之後想要當個銀行家。帕夫利克長期任職於土地管理局，目前待業中，這會兒到紐約找朋友。報告完畢。但他們繼續往前走，行經高聳的三一教堂和那棵古老的梧桐樹，當年紐約的股票商在樹下交易證券，如今這裡是自由經濟的運籌帷幄之地。

他們繼續閒聊，話題始終繞著往事打轉，聊了一小時，亞當卻依然不曉得兩人究竟在說些什麼。道格拉斯不停摸摸頭上的棒球帽，好像打算跟路人們脫帽致意。

亞當問道：「你……有沒有跟任何人聯絡？」

「聯絡？」

「嗯，我的意思是其他人。」

道格拉斯把玩他的棒球帽。「沒有。你呢？」

「我……嗯，我也沒有。蠶桑——我不知道她的近況。但是守護者？聽起來很瘋狂，但我覺得他好像一直跟蹤我。」

道格拉斯停下腳步，呆站在熙熙攘攘的上班族之間。「你這話什麼意思？」

「我說不定有點瘋癲，但我經常到各地開會演講，或是參加研討會，我最起碼在三個城市裡看到跟他畫作一模一樣的街頭塗鴉。」

「樹木人像？」

「沒錯，你記得那些畫作多麼奇怪吧。」

道格拉斯點點頭，伸手摸摸帽緣。一群觀光客擠在他們前方的人行道上，團團圍住一隻銅牛。銅牛身形巨大、強壯英武、蓄勢待發、鼻孔噓噓地噴氣，頭上還有一對醜怪的牛角，似乎打算頂撞那群圍繞著它、忙著自拍的觀光客。那是一件重達七千磅的街頭藝術，創作者趁著夜深人靜把銅牛運到此地，留置在證交所的門前，作為獻給大眾的贈禮。當市府試圖把它拖走，民眾齊聲反對。好一隻特洛伊公牛。

僅僅幾星期之前，一位芭蕾舞者單腳旋轉般地站到公牛的背上，頓時成為占領華爾街運動的最新表徵：

我們有何訴求？

#占領華爾街

自備帳篷

人們輪流做出哥倆好的模樣，跟華爾街銅牛一起拍照。道格拉斯似乎察覺不出這種景況是多麼諷刺。他四下觀望，唯獨避開眾人目光聚集之處。他似乎有話想說，卻又說不出口。「嗯，」他揉揉頸子。「你過得不錯？」

「我運氣好。雖然工作時間很長，但是做研究……我很喜歡。」

「你到底在研究什麼？」

這個問題亞當已經回答了數千次，學術期刊的編輯、論文選集的編審，甚至飛機上的陌生人，他對誰都說得出言簡意賅的答覆。但眼前這個男人——他不能隨意唬弄，最起碼他得多說兩句。「我們剛認識的時候，我已經開始做研究。當我們五個人……嗯……這些年來，我的研究焦點有些改變，但根本的問題不變。我想要知道：什麼因素致使我們看不到顯而易見的事物？」

道格拉斯一隻手擱在銅牛的牛角上。「結論呢？」

「多半是因為其他人。」

「這個嘛……」道格拉斯抬頭望向百老匯大道，似乎想要看出銅牛為何如此憤怒。「說不定我自己就看不清楚。」

亞當大笑，笑聲大到觀光客轉頭看。他想起自己以前為何這麼喜歡道格拉斯、為何願意將自己的性命交付給他。「這個問題牽引出另一個更有趣的主題。」

「有些人怎麼看得到……？」

「沒錯。」

一個亞洲觀光客揮揮手，拜託他們從銅牛旁邊退開，讓他拍張照片。亞當用手肘推推道格拉斯，兩人繼續走走，漫步於形若淚珠的鮑林格林公園（Bowling Green Park）。

「我最近想了又想，」道格拉斯說，「想了很多關於當年的事。」

「我也是。」話一出口，亞當馬上想要撤回這句謊言。

「我們當年希望達成什麼目標？我們覺得自己在做些什麼？」

他們站在梧桐樹的樹蔭下——美東各個樹種當中，就數梧桐最聽天由命——曼哈頓島就在此處易手，被聆聽樹木的印第安人賣給了皆伐樹木的荷蘭人。他們一起凝視噴泉。亞當說：「我們放火燒房子。」

「是的。」

「我們認為人類正在進行大屠殺。」

「是的。」

「當年沒有人看得出事態。除非像我們這樣的人把議題搬到檯面上，不然他們不會鬆手。」

道格拉斯不停點頭，棒球帽的帽緣晃來晃去。「我們想得沒錯，你知道的。你看看世界變成什麼德行！任何稍微有點知覺的人都知道沒戲唱了。蓋婭會報復。」

「蓋婭？」亞當微微一笑，但心中抽痛。

「大地女神。地球。我們正在付出代價。但即使是現在，你若是這麼說，依然會被當作神經病。」

亞當端詳這個老朋友。「所以你不後悔？你願意再做一次我們以前做的事？」他耳邊響起以前那群離經叛道的哲學家的話語。多少棵樹的價值等同一個凡人？即將發生的劫難能否為小規模的暴力之舉脫罪？

「再做一次？我不知道。我不明白你的意思。」

「放火燒房子。」

「我晚上經常自問，我們所做的一切——我們想做卻沒做的一切——真抵得上她那條命？」

霎時之間，白晝似乎變成黑夜，市區似乎變成雲杉松林，公園各處似乎火光熊熊，那個秀美、怪異、白皙的女孩躺在地上，哀求說要喝水。

「我們什麼目標都沒有達成，」亞當說。「一個都沒有。」他們轉身離開公園——公園太吵雜，不適合這樣的對話——兩人走向鐵門，站在低矮的鐵柵欄旁，這才領悟世間沒有一處安全。

「**她**會再做一次。」

道格拉斯指指亞當的胸口。「你愛她。」

「是的。我們每個人都愛她。」

「你愛上了她。守護者也是。咪咪也是。」

「那是好久以前囉。」

「你會為了她轟炸五角大廈。」

亞當笑笑，神情柔緩，略帶哀傷。「她確實有那股魔力。」

「她說樹木在跟她說話，她聽得到樹木的話語。」

他聳聳肩，偷瞄一眼手錶。他得回去上城備課。往事並不如煙，亞當不願多想。沒錯，他曾經年少輕狂、義憤填膺，但那又如何？往事不過是個失敗的試驗。唯一必須協商的是當下。

道格拉斯不願放過他。「你覺得真有什麼神靈跟她說話？或者她只是……？」

當人類在世間現身，地球上原有六兆棵樹木。如今剩下三兆棵。一百年之內，三兆棵樹木還會再消失一半。不管人們猜想消失中的樹木發出什麼感嘆，如果人們聽不見，又有何用？但亞當覺得這個問題相當有趣。當年那個為了護樹而喪生的女孩聽見了什麼？洞見或是妄想？下星期他打算講授涂爾幹、傅柯、虛擬規範性，為大學部的學生們闡釋所謂的「理性化」只是另一種形式的社會控制，合理性、可接受性、心智健全、甚至人性，早在我們察覺之前就被創造出來。

亞當轉頭看看兩人後方，望向高樓櫛比的海狸街（Beaver Street）。當年曼哈頓島四處可見海狸，荷蘭人大肆獵殺，以海狸豐美的皮毛進行交易，所得款項打造出今日的紐約，如此說來，海狸可稱是曼哈頓最初始的交易商品，金融中心日後落腳海狸街，可說其來有自。他聽到自己說：「樹木以前無時不刻跟人們說話。心智健全的人們曾經聽得到樹木的話語。」唯一的問題是：在瀕臨絕亡之際，樹木會不會再度發聲？

「那天晚上？」道格拉斯抬頭望向摩天大樓。「我們派你出去求救？你為什麼折返？」

亞當頓時怒火中燒，好像倆人又要大打出手。「那時已經太遲。我們得花好幾個鐘頭才找得到救兵。她絕對撐不了那麼久。如果我去找警察她還是會死，而我們全都會被關起來。」

「你怎麼知道來不及？你當年不知道，現在也不確定。」因哀傷而滋生的怒氣，時間再久都無法根除。

他們經過一株紫荊，樹不算高，約二十英尺，主幹修長，樹形開展，側枝曲生，線條優美，有如銅牛上那位芭蕾舞伶纖長的手腳。來年春臨大地，主幹與側枝都將冒出嫩芽，粉紫的花朵簇簇生長，而且可以食用，現在只見一串串莢果垂掛在枝頭，好像一個個被倒吊在樹上的男人。據傳猶大在一棵紫荊樹下自縊身亡——相較於其他樹種的神話與迷思，這個傳說稱不上古老。猶大樹隱匿於曼哈頓下城各個街角，這一棵說不定再過兩年就會被砍除。

他們在「砲臺公園」停步，兩人在此分道揚鑣。自由女神像矗立在河的另一端。據傳有隻鬼魅般的松鼠，經年累月穿梭於一座鬼魅般的原生林中，森林由曼哈頓下城延伸至密西西比，松鼠跳躍於樹冠之間，爪子從不沾地，激發人們無盡的讚頌。如今松鼠只能在次生林的零星枝幹之間跳來跳去，次生林被條條公路包圍，公路上四處可見被車撞死的小動物。但他們兩人依然停步觀望，好像那片綿延無盡的原生林依然在眼前開展。

他們朝著彼此轉身，用力擁抱對方，好像試探一下彼此的力氣，好像兩人此生再也不會相見，好像即使來生再度相逢也嫌早。

樹木一句話都不肯說。尼雷坐在史丹佛校園的中庭裡，等候周遭有如星際林園的樹木給他一個解釋。他畢生的使命出了差錯。他失去了它們為他布設的路徑。現在他該怎麼辦？

但樹木冷落了他。渾圓憨厚的瓶子樹，張牙舞爪的美人樹，株株紋風不動，連樹葉都沒有發出窸窣的聲響。宇宙之中，他只有它們這群心靈伴侶，但漣波一起，它們馬上驚慌失措，棄他於不顧，任他自生自滅。他干擾了觀光客們拍照。誰想看到一個身障的怪胎出現在照片裡那座華美的偽西班牙羅曼式迴廊之中？他急急迴轉，氣怒離去，有如一個被拋棄的情人。但他能去哪裡？就連回去他那位居「紅杉電玩」總部頂樓的公寓，感覺都像屈辱。

他大可打電話給他媽媽，但近來他媽媽大半年都在班斯瓦拉[20]頤養天年，而現在是班斯瓦拉的半夜。雖已遲了十年，但如今她總算知曉，世間永遠不會有個名叫盧琵爾的女孩與他共組家庭、醫學科技永遠無法讓他的雙腿重現生機，她只能放手，讓兒子蟄居在他自己的世界。她只有在他住院的時候回美——每次醫生必須清除他嚴重的褥瘡，或是切除他雙腳和臀部壞死的組織，她始終陪著他。但對她而言，搭機已是苦不堪言。下次他再住院，他會瞞著她。

他駕著輪椅朝向大草坪前進，草坪兩側矗立著雄偉的棕櫚樹，天空真是清朗，日光真是耀目，筆直的樹幹投下斜長的日影，有如一座座整齊劃一的日晷。他找到一個蔭涼之處——蔭涼之處似乎愈來愈不可求，全球皆是如此——一動不動，靜靜坐著，試圖專注於這個唯一帶給他歸屬感的處所。但他辦不到。不到一分鐘，他已焦躁不安，沒有人傳訊給他，但他照常不停查看手機。人們能夠棲身何處？他的小兵們肯定沒錯：人們只能棲身於符碼架構出的虛擬世界。

當他把手機放回輪椅的側袋包，手機微微顫動、嗶嗶作響，好像一小群知了。原來是他的人工智能助理傳訊給他。這位他專屬的虛擬幫手活靈活現、精靈古怪，分分秒秒引誘他點擊讀訊。他從小就夢想著擁有這麼一個機器人寶貝，甚至早在他從樹上摔下來之前就有此心願。現在他如願以償，而且這位虛擬幫手比他小時候每一本科幻漫畫預測的更快捷、更精巧、更聽話。它無時不刻外出搜尋，人人的一舉一動全都逃不過它的法眼，而且隨時向他回報。它聽命行事，永遠不知疲倦，而且跟他近來唯一信得過的物種一樣沒有腿足。尼雷有時猜想，腿足是否將生物引上了歧途、致使演化脫韁失控。

他和他的團隊創造了這樣的寶貝，如今它忙著塑造他。他吩咐它探尋他近來沉迷的相關資訊，諸如樹與樹的溝通、林木展現的智慧、菌絲架構的網路、派翠西亞・威斯特弗德、《神祕森林》，尤其是《神祕森林》，這書再再回應他數十年前聽聞的信息，當年那一株株有如來自異星的奇樹對他悄悄說話，如今它們卻對他置之不理。他所聽聞的信息讓他賠上了創意總監的職位，要求他付出更多、犧牲更多。但是付出什麼？犧牲什麼？

他點擊虛擬幫手傳給他的資訊，資訊之中有個名為「大氣與光影之語」的連結，他開啟連結，影像卻模糊不清，即使他坐在樹蔭下，螢幕依然亮晃晃，於是他駕著輪椅，移往他停在附近的廂型車。回到車裡之後，他開啟連結，螢幕上迸出蔭影與日光，這究竟是什麼？他凝神一看，一棵樹齡一百年的栗樹在二十秒之內爆發生長，好像手搖式電影放映機呈現的一景。尼雷還沒看清楚，栗樹已經長成大樹。他再看一次。栗樹再次有如噴泉般茂生，濃密優美的樹冠層赫然呈現眼前。數以萬計的細枝隨風搖擺，根根朝向日光伸展，擷取隱匿於光天化日之中的種種養分。樹枝一再分叉，迎空生長茁壯。在這樣的速度中，他瞧見了栗樹的終極目標、木質部和韌皮部的精密演算、枝幹的幾何分布、樹皮單薄的形成層向外膨脹。

毗濕奴把繁複的程式碼寫入一粒比稚兒的指甲還小的種子，程式碼撒野般地分支，屢屢犯錯，屢屢刪節，造就出這棵扶搖直上的大樹。當栗樹長成百年古樹，超越主義大師梭羅的名言出現在漆黑的螢幕上，一行一行地往上飄揚：

> 園丁眼中只見園丁的花園。
> 雙眼不應如今日一般卑伏而視、耗磨力竭，
> 而應注視難以察覺的華美。

難道

我們
看不見
天神嗎[21]？

當尼雷從小小的手機螢幕上抬頭一望，眼中所見正是這般。

尤加利樹林的另一側，隔著尼雷的廂型車，主辦單位忙著寄發邀請函。邀請函帖帖發送，有如隨風散播的花粉，其中一張寄至派翠西亞．威斯特弗德設立在大煙山的研究站。她正在闊葉林中採集，搜尋再過幾年說不定會受到吉丁蟲和天牛侵害的品系。近來她已經收到數十封諸如此類的邀請函，她大多看都不看，但這封邀請函以「修護家園：與暖化的世界抗爭」作為標題，聽來揪心，她甚至讀了兩次。有人願意支付來回機票錢，請她飛往距此兩千五百十六英里的遠方，參加一個關於大氣層失衡的研討會。「修護家園」——這個標題令她不解，難道人們只需修理排水溝，在屋頂加裝蒸氣冷卻器，即可重歸美好的往昔？

她在桌旁的夏克椅上坐下，聆聽屋外蟋蟀的叫聲。許久之前，她爸爸跟她提及一個古早的公式，根據公式，你可以把蟋蟀每分鐘叫了幾次換算成戶外的氣溫，蟋蟀叫得愈勤，表示氣溫愈高。六十年來，蟋蟀夜夜在她周遭粉墨登場，為她奏出明快的舞曲，近來舞曲的節奏愈來愈激昂，到後來似乎連樂手都跌跌撞撞地摔成一團。*如果您願意談談樹木如何與人類攜手合作、共同營造永續的未來，我們將至感榮幸。*研討會的籌辦人希望邀請一位著書闡述樹木如何拯救地球的女人發表專題演講，但她著書至今已經幾十年，當年她年紀還輕，依然勇氣可嘉，地球的狀況也還行，依然能夠挽回頹勢。

這些人寄望於科技的創新與突破。把白楊樹輾成紙漿、製作紙張之時，可否稍微降低廢氣的排放？經濟作物的基因可否加以改造，使之成為更牢靠的建材、提升世界貧窮人口的居住品質？這些人所謂的「修護家園」，說穿了只是稍微降低破壞的程度。她可以告訴他們，世界上有一種簡單的機件，它不需要燃料，也不需要太多維修，它持續封存二氧化碳，改善土壤品質，降低地表溫度，淨化空氣雜質。它的技術代代相傳，甚至免費產製食物。它的運作是如此精良、設計是如此完美，甚至讓人寫詩稱頌。如果樹木可被授予專利、森林可被特許經營，她肯定贏得熱烈的掌聲。

加州之行會讓她損失三個工作天。耶穌死而復生也花不了三天。她的幽閉恐懼症逐年加劇，更何況在擁擠的會議廳裡，她聽不到大家說些什麼。但受邀人士皆為一時之選，諸如頂尖的工程師和聰明絕頂的奇才，人人只差一筆鉅額的研究經費就可藉由懸浮微粒降低光照、複製已經絕種的生物、開發無窮無盡的廉價能源。藝術家和作家也將出席，闡述糾結不清的人性議題。還有各個尋求綠能財源的創投家。她絕對再也碰不到這樣的觀眾。

她重讀邀請函，想像與會人士果真想要致力於「永續未來」，而不是積習難改，嘴裡說的是一套，心裡想的還是從前那一套。她逐字閱讀邀請函鏗鏘有力的結語。誠如歷史學家湯恩比所言：「人類造就文明……以此因應格外艱困的挑戰，在艱困的挑戰中，人類振奮覺醒，做出前所未有的努力。」打從當年那段居無定所、流浪四方的歲月，她始終試圖說服人們面對問題，這封邀請函似乎是個測試，讓她看看自己的努力是否奏效。他們問她人類必須做些什麼來挽救瀕臨滅亡的地球。她果真可以跟這麼一群聲名顯赫、有權有勢的人士述說她相信的真理？

時間已晚，做不出睿智的答覆。但她還有時間出去走走，沿著登山小徑走到溪畔。屋外月光皎潔，枝葉濃密、生長遲緩的山楂樹隨風搖擺，彷彿幽幽道出天諭。鮮紅的果實累累依附枝頭，許多果實甚至熬過寒冬。山楂，學名 *Crataegus*，具護心療心之效。只要願意持續探尋，人們會在這裡發現各種良藥。

她穿過林間的空地，嚇壞了一隻在泥巴裡打滾、兩小時之前就已認定四下無人的貂鼠。她揮揮手電筒。森林的地面覆滿腐爛的落葉，散發出橘紅與土黃的顏彩，聞起來像是蛋糕糊，甜膩之中帶點酵母的氣味。兩隻美麗的斑紋貓頭鷹，遙遙發出淒美的叫聲。山脊之上，橡實與山核桃劈劈啪啪地落地。各處的熊飽餐之後呼呼大睡，每一平方英里都躺了兩隻。

小徑兩側的石楠杜鵑繁花盛開，有如一條花團錦簇的隧道。她低頭穿越，走過一棵棵野生櫻桃樹、酸木、芳香的北美檫樹。木棉和條紋楓取代了病弱的栗樹。鐵杉飽受蚜蟲所害，再加上酸雨侵蝕，已是奄奄一息。阿帕拉契山高聳的山脊已經看不到弗雷澤冷杉。自有紀錄以來最乾燥、最炎熱的一年重創環繞在她四周的林木。往昔一世紀才出現一次的異象，近來幾乎年年都碰得上。國家公園到處都冒出野火。每隔三天就發布紅色警戒。

但艷麗的火焰木依然強化她的免疫系統，山毛櫸依然提振她的精神，幫助她專心凝神。在這些高聳的大樹下，她感覺自己頭腦更靈活、思緒更清晰。她看到一棵樹皮如鱷魚皮般粗糙的柿子樹。她嘎吱嘎吱地踏過晨星般的楓香樹籽。她拾起一片楓香樹的落葉，輕輕掐下葉尖，湊到鼻前一聞，啊，清香撲鼻，讓她想起純真的童年。步道附近還有一棵古老的紅櫟，即使那封邀請函令她心浮氣燥，一看到這棵莊嚴的古樹，她的心情自然慢慢地沉澱。永續未來。他們不需要一名護樹的女子在研討會發表演說。他們想要的是一個技法高超的魔術師、一個科幻小說家、蘇斯博士筆下的森林守護精靈「羅雷司」。說不定他們需要一位崇尚信仰療法、亂髮有如附生植物、全身五彩繽紛的療疾師。

她走到溪畔，在她最喜歡的爬藤植物旁邊脫下鞋子。其實她不必脫鞋。原本溪水潺潺之處只見卵石河床。她撥動幾顆小石頭，看看石頭底下有沒有蠑螈。公園裡的蠑螈種類約三十種，數目以百萬計，幾乎每個潮濕的角落都是牠們棲身之處，她卻連一隻都找不到。她把光裸的腳踝伸進想像中的溪流裡。你意下如何？丹尼斯？去一趟加州，談談修護家園？

她依然記得那隻強壯的大手搭上她肩頭的感覺。如果妳非得問我，小寶貝，只怕妳承受不了答覆。

從田納西州大煙山的溪畔到紐約曼哈頓，距離僅約七百英里。微風徐徐一吹，北美喬松的花粉即可飄過這段路途。在路途的那一端，亞當．阿皮契帶著困惑的微笑，目光飄過臺下兩百六十位聽他講授認知偏誤的大學生，看到三名配槍的探員站在大教室後頭等著他上完課。他大驚，心臟猛然砰砰跳，但只持續了幾秒鐘。他瞄了一眼就知道他們想做什麼、為什麼出現在此。Glock 23s配槍、印著ＦＢＩ三個鮮黃字母的深藍防暴夾克，當然也有助於辨識他們的身分。數十年來，每個季節當中總有那麼幾天，他從正午一直擔心到深夜，始終畏懼這些探員找上門。他已經等候多時，幾乎忘了他們真的會出現。如今在這個美麗的秋日、在這個暮年的年尾，他的追緝者終於露面。他們一臉嚴肅，不苟言笑，實事求是，配戴耳機——他始終想像他們就是這副模樣，而他們果真就是這副模樣。他微笑地眨了眨眼，長久的畏懼漸漸消逝，心情反而舒緩——多年的揣測、多年的憂慮，至今告一段落，心中的大石頭終於落了地，他怎能不感到寬慰？

他心想：他們會沿著走道前進，在講臺旁邊逮捕我。但他們一行五人反而坐在最後一排，等著亞當上完課。

今天的課程其實很單純。當一個人做出選擇，許多狀況在無人察覺時悄悄發生，而做出選擇的那人卻是最後才知曉。張張講義散置在講臺上，亞當卻是碰也沒碰。二十年來，他始終提心吊膽、等著命運的斧頭落下，如今他再也無需畏縮。他賣命工作，把自己藏匿在成就之中。他兩度獲頒傑出教師獎，上個月才榮獲美國心理學學會的提名，獎勵他以實證研究探索人類的心智。長久以來，他戴著面具在眾人面前粉墨登場，到後來連他都被自己的公眾面貌欺瞞。如今他年少時做出的選擇再度露臉，戳破了他的一廂情願的幻夢。

事事逐漸明晰。偶遇昔日的共犯。對方不停拉扯棒球帽的帽緣。受誘道出的供詞。我們放火燒房子。當年他們五人全都願意為了彼此犧牲性命，其中一人果真劍及履及。

他低頭瞄了一眼他手寫的講義。那行畫了紅線的句子恰好浮現在他眼前，字字深具洞察力，隨著他想要忘卻的未來飄逝。亞當說過這句話——最近幾年來，他每學期都在課堂上跟學生們不斷強調——但直到這一刻，這句話的意義才完全昭顯。他把他的無框眼鏡推上滴汗的鼻梁，朝著座無虛席的大教室搖搖頭。這些學生今天可真上了一課！

「你無法瞧見你不了解的事物。但那些你覺得已經知曉的一切，你通常不會多加注意。」

講堂裡響起零星的笑聲；學生們還沒看到站在大教室後頭的幾個男人。有些學生趕緊把這句話抄下來，準備用來應付考試，殊不知期末考的形態將完全超出他們的預期。大多學生只是靜靜坐著，被動聽講，等著下課。亞當快快翻過最後幾張投影片。不到十五秒鐘，他已做出總結，道出研究的精華。他心想：我應付得還不賴。他宣布下課，然後穿過一群群學生，沿著走道邁步前進，跟那幾個前來逮捕他的男人握手。他想說：你們怎麼這麼久才來？

他的學生們大吃一驚，人人都是束手無策的旁觀者，眼睜睜地看著老師被探員們銬上手銬。探員們押著亞當走向門外的人行道，秋陽燦燦，天空有如年輕人的祈望般清明。路人來來往往，紛紛與他們爭道，押送他的探員們不得不暫且停步，等著人潮漸漸散去。市民們似乎全都在這個美好的秋晨外出，積極營造世事。

微風輕拂，吹來一股濃冽的氣味，氣味帶著果酸，入鼻腐臭，好像某種成藥，亞當經常聞到這股氣味，但始終不清楚它來自何處。身穿深藍防暴夾克的探員們押著他走了幾英碼，朝著停在路邊的一部黑頭車前進。他們咄咄逼人，卻也彬彬有禮，神情之中摻和著決然、警戒與乏味。車門開啟，一名探員按住亞當的頭，把他押入後座。

亞當坐在密閉的後座，雙手銬上手銬。前座一名探員朝著四四方方的黑玻璃說話，登錄先前逮捕的過程，字字句句聽起來像是小鳥啾啾叫。有人隔著淡色玻璃跟他揮手。他回頭一看，車旁的人行道上矗立著一棵路樹，樹葉的顏色像是孩童的黃色蠟筆，隨著微風撲撲抖動。樹毀了他的一生。他之所以被這些男人逮捕，甚至將在牢裡度過餘生，原因也在於樹。車子停在原地。探員們忙著登陸文件，準備上路。黃色樹葉似乎說：你看、你看、你看，你趕緊看看。你八成再過好久才有機會外出。

亞當望向窗外，只看到一棵他七年來每星期行經三次的樹。它是一種落葉喬木，親屬物種已在演化過程中消失，如今只剩下一目一科一屬；它是三億年的活化石，侏羅紀和早白堊世的地球到處都有它的蹤影，新第三紀之後銷聲匿跡，而後重現世間，如今屈居於高樓櫛比、廢氣沖天的曼哈頓下城。它比針葉樹古老，精子具鞭毛，可以游動，毬果每年迸散出千億粒花粉。它在地球另一側的海島現身，樹齡將近千年，樹圍寬達三十七英尺，粗壯的樹枝長出肘狀的側枝，側枝朝下重新扎根，生出自己的枝幹。若非車窗緊閉，亞當的手一伸出車外就摸得到它瘦長的樹幹。那個下令轟炸廣島的男人，他家外面的街上就長出這麼一棵樹。廣島原爆之後，少數幾棵也活了下來。它的果實可以增強記憶；它的果渣連抗藥性的病菌都殺得死。它那扇形的葉片據說可以治療失憶症。亞當不需要這樣的療方。他什麼都沒忘。他記得一清二楚。銀杏。她的樹。

銀杏的落葉斜斜地躍入風中。車子慢慢駛離路邊，鑽入繁忙的車陣。亞當急急轉身，隔著車後窗往外看。在他的注視下，樹葉悉數落盡，整棵銀杏頓時光禿禿。金黃的葉片接二連三地飄落，好像聽從大自然的協調，遵循著某種優美的韻律。疾風勁揚，最後幾片樹葉微顫顫地抗議，然後同時放手，飄向西四街，有如傳送出一封封燦爛的書信。

一片樹葉可以飄得多遠？肯定可以飄過東河。它會飄過河畔的船塢，船塢之中，一位挪威造船工曾經在此打磨船殼的橡木曲梁；它會飄過布魯克林，曾有一時，布魯克林青綠蒼鬱，四處都是栗樹；它會飄到東河上游，河流沿岸，那個挪威造船工的後裔已經拿著噴漆，在每隔一千英尺他搆得到水位線上方，透過模版噴寫：

DON'T SAY
[redacted]

塗黑的字母上方，一棟棟新建的摩天大樓直衝雲霄，彷彿爭相迎向日光，搶著出頭。

遙望西方，遠在一座森林說不定得花千億年才可橫越的那一端，一位老先生和一位老太太步入世間。最近這幾星期，他們發明了一個遊戲。桃樂絲走出戶外，拾集細枝、果實和落葉，然後把種種證物帶到雷的跟前，兩人一起參照那本辨識樹木的小書，結識另一個樹種。成功辨識出樹種之後，他們就暫停拾集，把時間花在認識這個新朋友。他們竟日閱讀，習知關於這個陌生樹種的一切。桑樹、楓樹、道格拉斯冷杉，各具獨特的歷史、生平、化學成分、經濟效益、行為心理模式。每個樹種自成一篇史詩，述說截然不同的故事，重新定義何謂「可能」。

但今天她走回屋裡，看來有點困惑。「雷，事情不太對勁。」

雷已經半隻腳踏入鬼門關，對他而言，再也沒有所謂的「不對勁」。怎麼了？他問她，即使一個字都沒說出口。

她的回答略帶消沉，甚至不解。「我們肯定哪裡搞錯了。」

他們參照書中的樹狀圖表，依然得到同樣結論。她朝著證物搖搖頭。「我真的不明白。」

這下他非得嘶啞地、嘎哇地擠出一個單字，聽來像是：Why？

她好一會兒才回答。對他們兩人而言，時間的意義已是大不相同。「嗯，首先，這個樹種的原生地在幾百英里之外。」

他的身軀猛然抽搐，但她知道這只表示他聳了聳肩。城市的路樹距離它們的原生地通常非常遙遠，最起碼他們已從近來的閱讀中習知這一點。

「更頭痛的是，所謂的『原生地』早已不存在。北美任何地帶應該都看不到成齡的美國栗樹。」他們家後院那一棵卻幾乎跟屋子一樣高。

他們閱讀手邊每一篇關於美國栗樹的書刊，讀到他們出生之前的那場蟲害，蟲害肆虐大地，美國栗樹因而遭逢浩劫。但沒有任何書刊可以為他們解釋，一棵不應該存在的樹如何在他們家後院枝葉成蔭。

「說不定這附近有些大家都不曉得的栗樹。」雷的嘴巴裡冒出某種聲響，桃樂絲確知那是笑聲。「好吧，那我們八成辨識錯誤。」但在他們與日俱增的樹種文庫之中，沒有任何一棵可能吻合。他們為了這個難題傷腦筋，繼續讀下去。

她在圖書館找到一本名為《神祕森林》的文集。她把書借回家，為雷朗讀，朗讀到第一段就非得暫停：

> 你和你家後院的樹來自同一個祖先。十五億年前，你倆分道揚鑣。但即使是今日、即使你倆各自走過無盡漫長的歲月，那棵樹和你依然共享你四分之一的基因……

一、兩頁或許就得花上一整天。他們先前對家中後院的理解全都錯了，而養成新的認知、淘汰舊的信念，可得花些時間。他們靜坐端詳後院，好像來到另一個星球觀光探勝。世間每一片樹葉都悄悄地彼此聯繫。桃樂絲讀了至感震驚，好像那是十九世紀社會風俗小說的大爆料，書中一個人物的難言之隱遭到揭穿，整個村子都受到波及。

傍晚時分，他們坐在家中，一邊閱讀，一邊遙望窗外，夕陽斜斜地照上他們的栗樹，形若扇貝的樹葉閃爍著黃綠的光澤。在桃樂絲眼中，每一根細枝都像在探索，望似各自獨立，其實相繫而生。她從分叉的枝幹中看出栗樹對生命的探試，正如她曾經試圖追求生命的諸多可能；她想起過去那一個個她可能變成的自己，也想起未來那一個個她將會變成自己，種種可能的人生，全都隨同她現在的人生開展。她盯著晃動的枝幹，一看看了好一會兒，然後低頭看著書本，高聲朗讀。「有時我們很難判定一棵樹是個體、還是群體。」

她剛要開始朗讀下一個驚人的句子，她先生就喃喃嘟囔，打斷了她。她覺得他在說：紙杯。

「雷？」

他又嘟噥了一次，聽起卻都一樣。「抱歉，雷，我不確定你在說什麼。」

紙杯。幼苗。窗臺上。

他興奮地說出字句，她聽了卻起雞皮疙瘩。在漸漸昏暗的暮光中，他那近乎瘋狂、萬分激動的神情，讓她以為他的腦子又出了意外。她脈搏加快，費力站來。然後她明白了。他在逗她開心，讓事物的樣貌變得更有趣。他在跟她講故事，答謝她這些年來為他朗讀。

種了它。那棵栗樹。我們的女兒。

「這是妳的？」有人問道。

派翠西亞．威斯特弗德全身緊繃。一名身穿制服、站在輸送帶後面的男子，指指她剛剛經過掃描的隨身行李。她點點頭，儘量裝出若無其事的模樣。

「我們可以看一看嗎？」

他並非徵求她的同意，也並未等候她的答覆。行李被打開；一雙手伸了進去。他仔細翻尋，神情之專注，好像那隻在派她木屋附近採食黑莓的野熊。

「這是什麼？」

她拍拍額頭。啊，她果真上了年紀。「我的採集工具組。」

他檢視長度四分之三英寸的小刀、小型修枝剪、比她小指頭還短的鋸子。美國已經十幾年沒有發生嚴重的飛安事件，代價則是數以億計的小刀、牙膏、洗髮精遭到沒收。

「妳採集什麼？」

上百個答覆都可能出錯，怎麼說都不適切。「植物。」

「妳是園藝師？」

「沒錯。」有時你得看場合說話，偶爾撒個小謊並不為過。

「這個呢？」

「這個呢？」她重複他的話，雖然愚蠢，但最起碼幫她爭取了三秒鐘的時間。「那只是蔬菜湯汁。」她的心臟跳得好快，再這樣下去，她無需這個瓶罐也會喪命。他的權力高過她；一個驚慌失措、奢望安全的國家，賦予他無上威權。只要公然怒視他一眼，她就趕不上班機。

「這超過三盎司。」

她把顫抖的雙手插進口袋裡，緊緊握拳。他會注意到；那是他的工作。他一隻手把那兩樣東西推回她面前，另一隻手把她皺巴巴的背包推向其他行李。

「妳可以走回航廈寄這兩樣東西。」

「我會趕不上班機。」

「那麼我就得沒收。」他把塑膠廣口瓶和採集工具組丟進一個已經滿了的油桶裡。「一路順風。」

登機之後，她最後再詳讀一次她的講稿：「為了明日的世界，你最該做的一件事」。一切都已寫在講稿之中。她已經好多年沒有照著稿子演講。但這次她信不過自己，這場演講她無法即席發揮。

她穿過舊金山國際機場的入境大廳，司機們圍成一圈站在出口旁，手中高舉寫著姓名的紙牌。研討會指派一位工作人員過來接機。派翠西亞等了幾分鐘，但無人現身。她倒是無所謂。她巴不得沒有人接機。她在等候區角落的一張椅子上坐下。大廳另一頭的電子告示板閃閃發光：波士頓、波士頓、芝加哥、芝加哥、芝加哥、達拉斯、達拉斯……人們來來去去。人們行色匆匆。腳步愈來愈急，檔期愈來愈滿，行動從未如此流暢快捷，心中從未如此志得意滿。

她的眼角捕捉到某個動靜。連剛出生的小寶寶也會捨棄身旁慢吞吞的東西、轉而注意飛翔的小鳥。她的目光隨著那個東飄西蕩的圓弧移動。一隻麻雀在五公尺之外的告示板上跳躍，然後繞著等候區疾飛，彷彿有個特定目標。人群之中無人理睬。麻雀輕輕地飛向天花板隱匿的一角，然後又撲向地面，不一會兒，兩、三隻麻雀緊隨其後，嘰嘰啾啾地偵查垃圾桶。自從踏上旅程以來，她頭一次露出微笑。

牠們的腳上有個東西，看起來像是追蹤器，但大了一點。她拿出先前塞進包包裡準備當作晚餐的圓麵包，剝些碎屑擱在她旁邊的椅子上。她多多少少以為機場警衛會過來逮捕她。小鳥們非常想要得到她獻上的獎品，每一隻都緊張地逼近，食慾終於戰勝謹慎，其中一隻飛快掠過，試圖偷吃碎屑。派翠西亞靜靜坐定；麻雀啄食，愈靠愈近，當角度剛剛好，她看到小鳥的腳鍊上寫著：非法移民。她大笑，麻雀嚇得閃開。

一個女孩輕快地走向她。「威斯特弗德博士？」派翠西亞微笑站起。

「妳到哪兒去了？為什麼沒接電話？」

派翠西亞想說：我的電話留守科羅拉多州，電話線插在牆上的插座裡。

「我在外面繞了又繞，妳的行李呢？」「修護家園」的大計似乎危在旦夕。

「這就是我的行李。」

女孩一臉困惑。「但妳會在這裡待三天！」

「這些麻雀……」派翠西亞開口。

「喔，那是有人在開玩笑。機場不曉得怎麼趕走牠們。」

「為什麼想要把牠們趕走？」

哲學思辨顯然不是女孩的強項。「啊，我的車子停在那邊。」

車子龜速前進，駛向矽谷。女孩一一列舉這幾天將在研討會發表演說的顯耀人士，派翠西亞觀看窗外的景緻，右側是綿延的山坡和次生紅杉林，左側是矽谷和未來的夢工廠。女孩塞了一大疊資料給派翠西亞，把她載到教職員會館。派翠西亞整個下午都可以在附近晃蕩，觀賞全美最令人讚嘆的校園樹木。她看到神奇的藍膠樹、尊榮的加州梧桐、北美肖楠、一棵枝幹盤結的胡椒木、數十種不同的尤加利樹、果實累累的金桔樹。空氣中飄散著種種馨香，有如豐美的盛宴，學生們不知不覺地吸入滿懷馨香，肯定全都飄飄然。好多久未相見的老朋友。好多她從沒見過的樹種。不知名的松樹結出一顆顆渾圓的毬果，鱗片的排列有如完美的黃金螺線。還有美登木、蒲桃、棗屬灌木等回水類植物。她一株一株仔細檢視，試圖從中萃取汁液，取代那個被機場安檢人員沒收的廣口瓶。

她沿著步道走向一座偽西班牙羅曼式教堂，行經一棵三株合體、粗壯巨大的酪梨樹，大樹跟牆壁貼著太近，說不定起初只是被一個祕書小姐隨意種下。她穿過一個拱門，跨入一個中庭，頓時佇足止步，手指輕按雙唇。中庭之中，一棵棵雄壯威武、稀奇古怪、高深莫測的大樹，彷彿來自科幻小說那一座座繁茂青綠、籠罩在金星酸雲下的叢林，大樹挺直矗立，跟彼此說著悄悄話。

探員們把亞當押進一間牢房，牢房的面積大過那個離地兩百英尺、他曾與另外兩人共享的樹間平臺。州政府逮捕了他。他自始至終完全配合，但幾乎什麼都不記得，連半小時之前的事情都模糊不清。今天早上，他是一所知名大學的心理學教授；此時此刻，他已因多年前犯下的罪行被捕，被控造成數百萬美金的財產損失和一名女子的身亡。

幸好他爸媽都已離世。他姐姐珍妮、他小弟查理、他畢生的摯友、那位讓他領會人性盲點的良師，也已相繼辭世。他已行至哀樂中年，對他而言，死亡已是新常態。自從他哥哥艾米特耍了手段、騙走他那份遺產之後，兄弟兩人就再也沒說過話。除了他太太和他兒子之外，他無需知會任何人自己被捕。

露易絲接起電話，有點訝異他幹嘛下午兩、三點打電話給她。當他跟她說他人在哪裡，她大笑。他一語不發，沉默了好一會兒，她這才明白他不是開玩笑。隔天早晨，她到人滿為患的拘留所探視他。她已將原先的不解化為行動，臉上閃爍著多年未見的使命感。她跟他隔著防彈玻璃窗，一本簇新、標注著「亞當—法務」的厚筆記簿擱在她面前，她把筆記簿裡的事項逐一唸給他聽，她已經著手的種種布設，幾乎已臻藝術境界。

她的代辦事項清單鉅細靡遺，魄力無窮。她的黑眼圈等於是對司法不公宣戰。「我已經開始找律師。我們必須申請居家監禁。這得花不少錢，但你可以回家。」

「小露，」他說，語氣帶著濃濃的滄桑。「我可以告訴妳當年發生了什麼事。」

她一手輕撫防彈玻璃窗，另一手的手指壓上嘴唇。「噓，什麼都別說。『美國公民自由聯盟』的代表說，等到被放出來之後再開口。」

她滿懷期盼，語帶違抗，完全符合她的作風。他花了一輩子研究帶著違抗色彩的期盼。但也因為這樣的期盼，如今他才身陷囹圄。

「我知道你什麼都沒做，亞當。你不可能做出這種事情。」但她迴避他的注視——這些經過數十億年演化的小動作，透露出人類真正的心思。她一無所知，對這個跟她生活多年的男人、她合法結縭的先生、她孩子的父親，更是一點都不了解。她只知道他欺騙了她，甚至是個謀殺罪的共犯。

市區另一頭的另一個拘留所裡，背叛亞當的那人昏沉地墜入夢鄉，踏上夜夜的旅程，在夢中追尋那位讓他成為激進分子的女子。他確定她已改名換姓。她說不定遷往遙遠的異國，老早過著他無法想像的新生活。他怎能請求她的寬恕？他甚至無法原諒自己。聯邦小子們同意將他的刑期減為七年，他將在中度安全管理的監獄服刑，服刑兩年之後即可申請假釋。他知道自己應該受到更嚴重的懲罰，但有些話他非得跟她說不可。事情的經過就是如此。這就是事情的始末。她會聽說他做了什麼。她會從最壞的方面著想，她會鄙視他。他說的再多都改變不了事實。但她會想不通，她也會因為想不通而傷心。他若跟她解釋，或許她就不會難過。

他的牢房四四方方，煤渣磚的牆面漆上綠色橡膠漆，頗似他十九歲的時候待了一星期的假牢房。牢房雖然狹隘，他的心靈卻受到釋放。他閉上眼睛追尋她的身影，正如夜夜的夢境。影像始終黯淡，她的五官始終模糊。他曾看著她的臉龐，感覺自己可以深深吸口氣、懶懶地跟她傾吐、就這麼直至永恆，如今她的臉龐卻已漸漸淡出。但今晚他幾乎看得到她；他眼中的她不是現在的模樣，而是當年的身影。事情的經過就是如此，他說。他被出賣——被誰出賣都不打緊。他遭到伏擊。等到聯邦探員衝進木屋逮捕他，他早已全盤皆輸。

審問他的探員們還算和善。其中一人叫做大衛，年紀較大，看起來像是道格拉斯的爺爺。還有一位名叫安妮的女子，她一身套裝，審慎溫和，勤作筆記，試圖了解他的狀況。他們跟他說，他手書的回憶錄已經提供他們所需的證據，他和他的朋友們罪證確鑿，難逃無期徒刑。他們只想澄清幾個細節。

你們哪有什麼證據？我寫的是小說。那些事情全都出自我的想像。

他們說他的小說提到某些從未公諸於世的犯罪細節。他們說他們已經曉得他那些夥伴。他們幾個人全都有案可稽。他們只想請他證實。如果他願意合作，他們就不會刁難他。

合作？拜託喔，我他媽的才不會出賣朋友。話一出口，他就後悔。他始終太多話。

他跟咪咪坦承他的錯誤。她似乎聽了進去，甚至有點畏怯，即使她把她那張帶著傷疤的臉轉開。他跟她解釋，他們把他關了好幾天、他跟他們說他絕對不會供出任何姓名、他一輩子待在牢裡也無所謂。他跟她說探員們拿出照片，張張模糊不清，有如家庭電影的底片，看在眼裡，至感怪異。他記得每一個事發現場，尤其是那些他遭到痛揍的場合。多張照片都以他為特寫。他已忘了自己曾經如此年輕氣盛、如此天真幼稚。

你們知道嗎？他跟探員們說，我現在比以前可愛多了。

安妮微微一笑，記下某個重點。我跟你說啊，大衛告訴他，你們全都在我們掌握之中。我們不需要你提供任何細節。但你如果跟我們合作，你的刑期就會大幅減低。在那一刻，道格拉斯漸漸意識到，幫自己找個律師不一定表示自己認罪。但聘僱任何人幫你做任何事情，費用肯定遠遠超過他手邊僅有的一千兩百三十美金。

那些照片有個問題。照片裡的一些人看來陌生，他確定自己從未見過。他們還列了一張縱火案清單，希望他坦然招認，但其中半數他聽都沒聽過。然後兩位探員開始問他誰是誰。哪一個是蠶桑？哪一個是守護者？哪一個是糖楓？這是她嗎？

他們在唬人。他們也在寫小說。

接連兩天，他們把他關在一個小房間裡，房間破破爛爛，看起來像是大學宿舍，而且是宣告破產的大學。他緘默不語。然後他們跟他說，他企圖以脅迫或恫嚇影響政府決策，形同國內恐怖分子，將依據新頒布的「恐怖分子懲戒法案」受到起訴，從此再也別想見到天光。但如果願意合作，他只需指認其中一人——反正他們在局裡全都有案可稽——他兩年至七年之間即可出獄。非但如此，舉凡他承認自己涉入的縱火案，政府願意就此結案。

就此結案？

政府不會繼續追查涉入這些案件的其他人。

從現在開始就不會追查？任何一個我可能招供、也可能不招供的案件？

指認一人。然後聯邦政府就會對他展現百分之百的誠信。

他不在乎自己被關七年或是七百年。他絕對熬不過；他已經失去那股支持他走下去的能量。但如果他可以協助那個曾經接納他的女子和一個似乎依然抗拒人類自毀的男子、確保兩人得到緩刑……感覺倒是有些意義。

兩位探員拿著成疊照片當作誘餌，照片中不時出現一名男子，而在道格拉斯眼中，這人始終好像前來臥底。這傢伙自稱是個研究人員，博取了他們的信任，但在那個出了大錯的夜晚，他們派他出去求救，他應當竭盡全力救助奧莉維亞，但他卻空手而返。

「這傢伙，」道格拉斯手指輕輕一揮，有如微風中的小樹枝。「他是糖楓，名叫亞當，在聖塔克魯茲攻讀心理學。」

事情的經過就是如此。他告訴那個當年跟他一同得到救贖的女子。那就是我做出的事情。那就是我為什麼這麼做。為了妳、為了尼克、說不定也為了樹。

但當她猛然迴轉，把她鬼魅般的臉龐轉向他，她卻沒有流露出任何感情。她只是凝視著他的雙眼，久久不曾移開目光，彷彿綿延無止的瞥視可以化解她心中的迷惘與困惑。

會議廳燈光黯淡，鑲嵌著美輪美奐的紅杉壁板。派翠西亞從講臺上遙望數百名專家，人人一臉期盼，她刻意將目光停駐在一張張臉孔之上，按下投影機的按鍵，她的後方隨即出現一座彩繪的方舟，形形色色的動物列隊前進，魚貫登上方舟。

「當世界頭一次面臨絕滅，諾亞收容了每一種動物，讓動物們成雙成對地登上他精心設計的方舟。但有趣的是，他沒有攜帶任何植物，任憑它們自生自滅。他未能把重建新世界所需的植物帶上方舟，反而專注於拯救白吃白喝的我們！」

滿堂笑聲。他們都在幫她打氣，但這只是因為他們不曉得她這話的含意。

「諾亞之類的人們不相信植物果真有生命。他們覺得植物沒有明顯的意圖、沒有蓬勃的生機，不過像是石頭，碰巧愈長愈大。」

她又按了一下按鍵，捕食獵物的捕蠅草、鬱鬱閉合的含羞草、樹冠羞避的山楂樹，一一呈現在眾人眼前。「如今我們知道植物有辦法溝通，也有記憶。它們具有味覺、嗅覺、觸覺，甚至聽覺和視覺。人類終於搞清楚這一點，習知許多關於植物之事。植物和我們共享這個世界，樹木與我們淵源深厚，我們終於漸漸領悟到兩者之間的聯繫。但近來我們和樹木相行漸遠，隔閡愈來愈深。」

她按鍵，播放另一組投影片。「這張是一九七〇年衛星拍攝的北美夜空。這張是十年之後。這張是一九九〇年。這張是二〇〇〇年。最後一張是現在。」投影片張張變換，燈影橫掃北美大陸，大洋與大洋之間再無黑暗之處。她按鍵，螢幕上出現一位留著小鬍子、襯衫領口高挺、靠著剝削民眾而致富的工業鉅子。「記者曾經請問洛克菲勒，錢賺到多少才會滿足？他的回答是：再多一點點就好。這就是我們的心聲：我們希望吃得飽、睡得好，我們想要保持乾爽，我們需要被人憐愛，這些我們全都想要，而且再多一點點就好。」

這下笑聲稀稀落落，彷彿客氣的咕噥。這群觀眾相當難搞。這套橫掃北美的燈光秀，他們已經看過太多次。會議廳裡人人早已麻木，兩個坐在後頭的觀眾甚至起身離場。一場環保研討會，五百位與會者，七個敵對的派系，每個拯救地球的主張都引發數十個反對的聲音，而討論的主題只是海嘯。

接下來是四張空拍的縮時攝影——巴西、泰國、印尼、美國西北部沿海的森林漸漸消失。「再多砍些木材。再多創造幾份工作，再多種幾英畝玉米餵飽多一些人。你們知道嗎？世間始終沒有一樣東西比木材有用。」

大家在舒適的座位上動來動去，有人咳嗽，有人耳語，人人不動聲色地抗拒說教。

「光是加州，過去六年以來，森林面積就已減少三分之一，原因不在少數，諸如乾旱、大火、櫟樹猝死病、舞毒蛾、山松蠹蟲、樹皮甲蟲、樹木銹病。為了農業和新建社區而伐木，當然也是原因之一。但這些都是近因，最嚴重的問題來自我們難以瞧見的遠方，你知、我知、每一個稍加留意的人都知道，地球的溫度逐年攀升，整個生態環境搖搖欲墜，生物學家全都驚慌失措。

「生命是如此豐盈，而我們是如此……寂寥。但我說的再多都無法喚醒眾人，也無法讓大家正視事態果真嚴重。不可能那麼嚴重，是嗎？你們瞧瞧，我們不都齊聚一堂，人人依然……」

演講進行了十二分鐘，她開始顫抖。她手一抬，示意暫停三秒鐘，退到講臺後方，拿起主辦單位為講者準備的瓶裝水，旋開瓶蓋，舉起塑膠瓶。「合成雌激素，」她捏捏手中的塑膠瓶。「百分之九十三的美國人都受到這種化學物質的汙染。」她把水倒進一個為她準備的杯子裡，然後從長褲口袋裡掏出小玻璃瓶。「這個瓶子裡裝著我昨天在校園裡散步時萃取的植物汁液，天啊，這個校園簡直像座植物園，有如小小的天堂！」

她的手在發抖，瓶裡的汁液飛濺而出。她趕緊用雙手捧住小瓶，擱在講臺上。「很多人以為樹是簡單的生物，做不出有趣的事。但蒼天之下，每一棵樹各有用途。它們釋放出驚人的化學物質。樹蠟、油脂、糖分、鞣質、固醇、樹膠、類胡蘿蔔素、樹脂酸、類黃酮、薄荷烷、生物鹼、石炭酸、軟木質。它們學習產製各種能夠產製的物質，成果我們甚至大多無法辨識。」

她為大家展示形形色色、千奇百怪的樹木與樹皮。龍血樹的樹皮一被劃破，隨即流出有如血液般殷紅的樹脂。嘉寶果（Jabuticaba）的果實形若圓潤的撞球，直接從樹幹裡長出來，亦稱樹葡萄。千年猢猻木望似飽滿的熱氣球，儲存著三萬加侖的水。彩虹桉，亦是一般俗稱的尤加利樹，樹皮色澤艷麗，有如彩虹。箭袋樹（Quiver tree），納米比亞的國樹，形狀古怪，樹枝的尖端有如刺針，可以當作武器。沙盒樹，學名*Hura crepitans*，果實成熟之後迸裂，以時速一百六十英里的速度噴出種子。她把焦點轉回一棵棵上相的大樹，觀眾們漸漸鬆懈了下來。她也樂在其中，一點都不介意最後再看一看這些世間最美好的物種。

「過去四十億年間，有些植物已經嘗試各種策略，即使成功的機會極為渺茫，它們也一試再試。我們才剛開始察覺這些策略真是變化多端。生命自有辦法跟未來對話，我們可說那是回憶，也可說是那是基因。若想解決未來的困境，我們必須挽救過往，我恪遵一個單純的經驗法則：當你砍倒一棵樹，你用它製造的物品最起碼必須跟它一樣令人驚嘆。」

她聽不出臺下發出笑聲或是喃喃抱怨。她輕扣講臺的一側，講臺在她的指下發出悶悶的咚咚聲。會議廳頓時寂靜無聲。

「我這輩子始終是個圈外人，但我有許多志同道合的夥伴跟我一起在圈外努力。我們發現樹木可以藉由空氣和樹根彼此溝通。這種說法似乎有違常理，我們也因而飽受譏諷。我們發現樹木彼此關照。學者們認為這是無稽之談，異口同聲予以駁斥。我們這些圈外人發現種子記得它們幼小之時的節氣，依循記憶萌芽開花。我們這些圈外人發現樹木察覺得到附近另有生物，它們曉得如何節水，它們餵養幼樹、同步生長、集結資源，它們還發出信號，警告親友們蜂群即將來襲，以防大家受到攻擊。

「我再跟諸位說一個圈外人的發現，諸位不妨等著這番話受到證實。森林通曉事理。林間的樹木在地下布線，連結為一個網路。樹木的頭腦在根部，但我們的智商卻難以理解。樹根解決問題，制定決策，可塑性極高。樹根還有如同突觸的真菌菌絲。若有足夠的樹木架構出網路，森林就發展出**知覺與意識**，不然我們還能如何形容？」

她的話語似乎來自遠方，聽起來悶悶的，好像在水底下說話。要嘛她雙耳的助聽器同時故障，要嘛她小時候的聽障選在這個時刻復發。

「科學研究人員謹遵教誨，絕對不要把其他物種跟人類等同視之。因此，在我們眼中，其他物種是如此不同，一點都不像我們！直至不久之前，我們甚至不願承認黑猩猩也有意識，更別提狗犬和海豚。只有人類，沒錯，只有人類夠懂事、夠聰明，所以才懂得要求。但請相信我：樹木對我們有些要求，正如我們始終有求於樹木。所謂的『環境』是活生生，絕對不是迷思。周遭各種物種決然果斷，相互相生，串聯為一個千變萬化、流暢繁複的網絡。關愛與競爭實為一體兩面。花朵塑造了蜜蜂，正如蜜蜂塑造了花朵。果實爭相被動物吞食，正如動物爭相吞食果實。刺槐樹的花蜜餵養蟻群，蟻群也因守護花蜜而受到樹的奴役。結果的樹木誘騙我們幫它們播種，發酵的果香令我們眼花撩亂。它們誘使我們抬頭觀望、尋覓果實，我們也因而瞧見蔚藍的晴空。我們一步一步地進化，好讓自己理解森林的奧祕。早在進化為智人之前，我們就已受到森林的形塑，從古至今，始終如此。

「人與樹是親族，關係比諸位想像中緊密。我們同源同宗，朝向截然不同的途徑前進，在一個共有的空間之中相互提攜。如今這個空間需要大家各盡本分，而我們的本分我們在地球的生物體系之中也得扮演某種角色，但這樣……」她轉身看著投射在她後方的影像。那是撒哈拉沙漠的「泰內雷之樹」（Arbre du Ténéré），方圓四百公里之內，只有它孤獨地矗立在大漠之中，不料卻被一個喝醉酒的卡車司機撞倒，受創而亡。她按鍵，螢幕上出現一株高大挺拔、樹齡將近三千五百年的落羽松，這樹原本矗立在佛羅里達州的大樹公園，幾個月前卻因香菸的火苗遭到焚毀。「我們不該這樣。」

她又按鍵。「樹木是科學家。它們執行億萬個實地測試，它們做出它們的推測，生態萬千的世界會告訴它們什麼行得通、什麼行不通。生命即是推測，推測即是生命。這是一個多麼令人讚嘆的世界！我們就該推測。我們也該仿效。

「樹木矗立於生態體系的中心，它們必須成為人類公眾事務的焦點。泰戈爾曾說：『森林是大地對諦聽的天宇無止無休的傾訴[22]』但是，人類——噢、我們人類！——我們可以是那個大地正在試圖傾訴的天宇。

「如果我們能夠瞧見青綠的大樹，我們的眼前就會出現一種愈看愈有趣的物種。如果我們能夠瞧見青綠的大樹在做些什麼，我們就永遠不會孤單寂寥。如果我們能夠了解青綠的大樹，我們無需深耕就可栽種，只需目前三分之一的耕地就可種出人類所需的糧食，我們的作物也會保護彼此，以免受到害蟲侵蝕。如果我們知道青綠的大樹想要什麼，我們就不必非得在地球與人類的利益之間擇取其一。兩者其實並無不同！」

她又按鍵，換到下一張投影片。那是一棵筆直的大樹，樹皮紅褐，紋理頗似波紋。「你若瞧見青綠的大樹，你就會明瞭大地的意圖。請諸位看看這樹。它的生長範圍從哥倫比亞到哥斯大黎加。樹苗望似一株大麻，毫不起眼，但如果從濃密的樹冠層尋得光源，它就朝向空中攀升，而且生出巨碩的板根。」

她扭頭看了看身後的影像。大樹繁花累累，閃爍著鮮黃的顏彩。眾多令人讚嘆的奇蹟，眾多令人驚嘆的絕美，她怎麼捨得離開這麼一個完美的地方？

「諸位知道每一種闊葉樹都會開花嗎？許多成熟的樹種每年最起碼開花一次。但這樹，Tachigali versicolor，一生只開花一次。請諸位想想，假設你一輩子只可以發生一次性關係。」

這下觀眾們放聲大笑。她聽不清楚，但她感覺得到他們有點緊張。她帶著他們在林間的小徑裡繞來繞去，這下又繞了個彎。他們看不出他們的嚮導走向何方。

「一種生物怎能將繁衍的希望全都寄託於『一夜情』？Tachigali versicolor 的舉動是如此果斷、如此決然，令人想不透。諸位知道嗎？這樹不但一生只開花一次，而且開花之後不到一年就死亡。」

她抬頭仰視。觀眾們露出微笑，但神情戒慎，這種大自然的異相讓他們起了戒心。她的觀眾們依然想不透這番天馬行空的演講跟研討會的主題有何關聯。

「一棵樹所能給予的竟然不只是食糧與良藥。熱帶雨林的樹冠層非常濃密，藉風傳播的種子始終只能飄落在距離母樹不遠之處。這些種子把握一生只有一次的機會，在一棵棵巨樹的陰影下立即發芽，但是巨樹們鎖定了陽光，除非一棵老樹倒下、釋放些許陽光，否則幼苗們命中該絕。於是母樹犧牲性命，樹冠層因而開了一個小口，陽光得以流洩而下，逐漸腐爛的樹幹為土壤添加養分，餵養新生的幼苗。這豈不是為人父母最終極結的犧牲？或許因為如此，所以 Tachigali versicolor 的俗名是『自殺樹』。」

她拿起先前擱在講臺上的小瓶，瓶裡裝著她在校園裡萃取的植物汁液。她的聽力不管用，但最起碼她的雙手重拾了昔日的穩健。她已率先瞧見了一切。再過不久，四下將一片空無。

「我已自問諸位邀我前來回覆的問題。我已根據手邊所有的數據，做了一番思考。我已試圖別讓感情蒙蔽了事實。我已試圖勿因希望和虛榮而盲目。我已試圖從樹木的觀點來解析這個問題。為了明日的世界，什麼是你最該做的一件事？」

植物汁液一滴滴注入清水，化為一縷縷青絲。

青綠的顏彩迴旋延展，漫過亞斯特廣場（Astor Place）先是檸檬綠，然後是酪梨綠，相繼濺灑在灰白的人行道。亞當站在十二樓的窗邊凝視下方，車輛來往於四條歪斜的街道，青綠的線條漫過各個十字路口。不一會兒，橄欖綠肆意揮灑，在水泥地上刷出狂野的線條。某人正偕同他的夥伴投擲漆彈。

今天是他居家監禁的第二天，警方幫他戴上腳踝監控器——Home Guard系列的頂級裝備——准許他出獄。他換到這棟位於威弗利街和百老匯大道交叉口的大廈坐監，今後只能待在這個他和他家人住了四年的公寓。腳踝監控器——瀕危物種和人民公敵同享的珍奇飾物。為了這個監控裝置，他和露易絲付給私人承包商一筆可觀的費用，承包商再跟州政府均分利潤，人人都是贏家。

昨天一位警方的技術人員跟他說明居家監禁的規則。「你可以使用電話和收音機。你可以上網，也可以讀報。朋友來訪也行。但如果想要出門，你就得跟管制中心報備。」

露易絲已經把小查理帶到康乃狄克州的外公外婆家，她說，這樣一來，他們才可以專注於亞當的辯護策略。其實是小孩受到驚嚇，小查理看到爸爸的腳踝被套上一個黑壓壓的東西，雖然年僅五歲，但他已經曉得怎麼回事。

「爸爸，把那個東西拿掉！」

亞當曾經立誓永遠不跟自己的孩子說謊，如今卻不得不打破承諾；明知總有一天終究會打破承諾，這個時刻卻比他希望的更早到來，令人感傷。「快了，小傢伙。別擔心，沒事、沒事。」

亞當站在高處，凝視下方愈來愈熱鬧的行動繪畫。另一桶油彩猛然潑灑，水泥地面蒙上玉石般的翠綠。潑灑油彩的車子繼續前進，駛向庫柏廣場（Cooper Square）。這是一場游擊街頭戲、一次經過協調的進襲。車子一輛接著一輛駛過，綠漆一道接著一道漫過十字路口，為整張水泥畫布添增更多顏彩。另一輛車子沿著第八街行駛，沿街潑灑三罐褐漆。綠漆蔓延伸展之處，頓時呈現褐色的溝紋。從十二樓的高處，你不難看出什麼東西正在茂生。

捷運出口的階梯上冒出一團團紅色和黃色的油彩。行人們走出捷運，踩踏油彩，不知情地以他們的靴鞋作畫。一個怒氣沖沖的上班族試圖避開油彩，卻是徒勞無功。一對情侶手挽著手、踏著輕快的步伐走過，兩人的足跡在不斷延展的枝幹上留下繽紛的果實和花朵。某人花了好多功夫，試圖繪製一幅世界上最龐大的樹景。但為什麼選了這裡？亞當想不透。下城並非文化重鎮，這樣的畫作值得在中城展示，比方說林肯中心的戶外廣場。他想了想，頓時領悟。因為他在這裡。

他抓起他的鑰匙和外套，直接衝到樓下，一心只想露個臉。他穿過大廳，走過一個個信箱，踏出門外，沿著威弗利街朝西前進，走向畫中的大樹。套在他腳踝上、藏在他卡其褲管裡的監控器開始嗶嗶響，兩個搬家工人轉頭觀望，一個推著助行器往前走的老先生一臉驚慌地停步。

亞當趕緊低著頭走回他的公寓大廈，但監控器依然嗶嗶響，嗚嗚哇哇地一路跟著他坐上電梯。電梯門一開，他馬上小跑步，衝過走道。隔壁那個晝伏夜出的程式設計師探頭看看為何如此喧鬧，亞當揮手致歉，趕緊進門，把門關好，致電管制中心，呈報自己犯了錯。

「我們已經跟你說明，」管制中心的人員說。「切勿跨越虛擬邊界。」

「我了解。真是對不起。」

「下次我們就不得不採取行動。」

「那是個意外。人人都有疏失，難免犯錯。」這不就是他的研究專長嗎？

「這些都是藉口。我們下次就會派警察過去。」

亞當走回窗邊，看著那幅龐大的樹景慢慢變乾。當他太太從康乃狄克州回到家中，他依然站在那裡。

「那是什麼？」露易絲問。

「朋友傳達的一個信息。」

她頭一次驚覺，報上說的都是真的。燒得焦黑的山間木屋、灰燼之中的女屍、一張張新聞照片、「環保恐怖組織的成員遭到起訴」的新聞標題，全都確有其事。

一天傍晚，桃樂絲早早溜進她先生的房間，探看他的狀況。他已經幾小時沒有出聲。她從門口走進去，在他聽見聲音、轉頭看她之前的一瞬間，她又看到他露出那種驚愕的神情——近來他經常望著窗外的情景，一臉全然驚愕，如此度過生命的寒冬，似乎寄望歲月加快腳步。

「雷，你看到了什麼？」她繞了一圈走到床邊，但一如往常，她只看到後院，除此之外什麼都看不出來。「窗外有些什麼嗎？」

他歪斜的嘴角微微抽動；她已經知道這表示他在微笑。「喔，沒錯！」

她驚覺自己居然忌妒他。這些年來，他的思緒趨緩，知覺也受限，因而培養出耐性，心性漸漸沉穩。他可以凝視後院那十幾棵光禿禿的樹，一看看了好幾小時，瞧見了讓自己開懷的細緻與柔美，她卻依然受困於心中的渴求，匆匆行經萬物。

她抱住他癱軟的身體，把他移到電動床的一側，然後走到另一側，跟他一起躺在床上。「跟我說吧。」但他當然辦不到。他發出咕嚕咕嚕的聲響，天曉得是什麼意思。她握住他的手，兩人就這麼靜靜躺著，好像已是他們墓碑上的人像。

他們躺了好一會兒，凝視後院的另一端。她看到了不少——他們未來那座植物園，園中形形色色的樹木全都即將發芽。但她知道她連他眼中所見的十分之一都捕捉不到。

「再跟我說說她。」這個禁忌的話題讓她心跳加速。她這輩子始終遊走於瘋癲的邊緣，但這個他們近來投入的冬日遊戲，感覺卻更駭人。今晚門外盡是陌生的魅影，晃晃蕩蕩，輕敲家門，而她讓他們入內。

他的臂膀一緊，神情倦怠，好像剛剛寫完一部《追憶似水年華》之類的巨著。

「她是怎樣一個女孩？」她已經問過他，但她想要再聽一次。

「**頑固剛烈。嬌美可人。跟妳一樣。**」

這就足以讓她重拾他倆編寫的故事，再度徜徉其中。後院在她的眼前開展，有如一本攤開的故事書。今晚，在漸濃的夜色中，故事以倒敘的形式呈現。一個女孩接連不斷地露面，年紀愈來愈輕，從家中的後門踏入杜撰的世界。他們的女兒，年方二十，從學校回家過春假，穿了一件無袖T恤，左肩新刺了一個古怪刺青，趁著爸媽睡著之後溜到後院抽大麻。他們的女兒，年方十六，躲在後院最漆黑的角落，跟兩個女同學一起痛飲超市買來的廉價紅酒。他們的女兒，年方十二，活力十足，在後院的車庫旁踢足球，一踢踢了好幾個鐘頭。他們的女兒，年方十歲，蹦蹦跳跳地衝過草地，捕捉螢火蟲，一隻隻放入罐中。他們的女兒，年方六歲，在年頭第一個氣溫升至華氏七十度的春日，手裡抓著一把樹苗，光著腳跑向後院。

影像映著陰暗的樹影呈現，畫面是如此生動、如此鮮活，桃樂絲甚至確定自己曾在其他地方見過。他們靜坐不語，凝視窗外，如今她就以這種方式為他朗讀。誰知道這個跟她生活了一輩子的陌生人想些什麼？但如今她知道了。就像這樣——完完全全就像這樣——她讀懂了他的心。

窗臺上那個紙杯常駐在她的想像之中，她甚至看得到印在杯上的青藍花紋，花紋底下的商標「SOLO」，她也看得一清二楚。一團樹根已經迫不急待地穿透蠟質的杯底，迎向更遼闊的世界。青綠的嫩葉攀向空中，初次進行探索，嫩葉細長，呈鋸齒狀，優雅細緻，啊，原來是一棵美國栗樹。桃樂絲看著女孩和女孩的父親跪在新挖的土坑旁，女孩拿著小鏟子亂挖，真是一個沒耐性的孩子。她澆下第一杯清水，有如執行聖禮。她從土坑旁走開，躲回爸爸的身旁。當女孩轉身、抬起她的小臉，桃樂絲瞧見她女兒的臉龐——在那個無影無形、與她此生平行發展的另一個世界，她女兒抬起小臉，欣然迎向世間種種挑戰。

「無為」二字在她耳邊隆隆作響，打破周遭的沉寂。她聽見了，她先生也聽見了，字字清晰入耳，讓她知道這就是他倆的心意。她自己方才正好這麼想。兩人的靈感都是來自那本他們一起朗讀的好書，書中說道：

若是想讓森林任何一個皆伐區重現生機，最簡易、最有效的方式莫過於「無為」；什麼都別做，說不定比你預期中更快達到成效。

「別再割草，」雷似乎輕聲說道，她甚至不必請他多做解釋。他們的女兒頑固剛烈，嬌美可人，把一英畝半的林地遺留這麼一個好女孩，不就是最佳贈禮？

他們並肩躺在他的電動床上，靜靜凝視窗外。漫天大雪，積雪盈尺；春來了，雪融了，空中飄起細雨，候鳥振翅飛返，白天又變長了，枝頭的新芽全都綻放出花朵，數以百計的幼樹肆無忌憚地生長，遍布雜草蔓生的庭院。

「你不可以這麼做。你有個兒子耶。」

亞當坐回雙人椅上，無意識地把玩腳踝上的黑盒。他太太露易絲在他對面坐下，雙手擱在膝上，脊背有如電線桿般挺直。他身子一斜，在沉鬱的氛圍中顯得意興闌珊。他再也無法為自己辯護。他再也做不出解釋。他們已經試了兩天，如今不得不面對事實，心情沉到了谷底。

他遙望窗外，金融區的燈火取代了日光，千千萬萬星點般的燈火在逐漸低垂的黑幕中閃爍，望似邏輯電路的各式邏輯閘，估算著醞釀了數個世代的難題，迅速提供一個個解答。

「他才五歲，不能沒有爸爸。」

兒子在康乃狄克州才待了一天半，亞當卻已經記不得他哪一邊的耳垂上有個小缺口。他不是才剛出生嗎？怎麼一下子就已經五歲大？亞當甚至記不得自己怎麼可能身為人父。

「他以後會怨恨你。在他的眼中，你會是某個被關在聯邦監獄的陌生人，他不得不去探視，直到我再也不逼他去。」

她沒有把話講得太白，即使她應該挑明了說。從某個層面而言，其實他已經是個陌生人，只不過她始終不知曉。而在亞當眼中，他那五歲大的孩兒也已愈來愈陌生。去年整整兩星期，小查理吵著要當消防人員，但很快就意識到銀行家在各個方面都略勝一籌。他非常喜歡用尺把玩具排成一列，仔細點數，收進可以上鎖的盒子裡。對他而言，指甲油唯一的用途是讓他在各個玩具車做上記號，這樣一來，車子才不會被爸媽偷拿。

亞當把目光移回屋內，看著坐在他對面高腳椅上的露易絲。他太太神情慍怒，臉頰潮紅，好像透不過氣。自從他被捕之後，他眼中的她變得迷迷濛濛，那種感覺就像當年他悄悄溜回聖塔克魯茲的那一天、生命已成一團迷霧、他只能佯裝自己過得下去。「妳希望我跟他們達成協議。」

「亞當，」她的聲音隱隱流露出怒氣。「你會被關一輩子。」

「妳覺得我應該告發另一個人，是嗎？」

「這樣才公平。他們都犯了罪，其中一人告發你。」

他又轉頭凝視窗外。居家監禁。五光十色的NoHo區[23]，熱鬧滾滾的小義大利，如今他已不得涉足高樓之下的世界。眺望遠方，摩天大樓櫛比鱗次，有如大西洋岸邊一道漆黑的高牆。起起伏伏的天際線宛若一張樂譜，歡歡喜喜地奏出樂曲，而他也幾可聽聞。遠在他視線所不及的右方，設計新穎的「自由高塔」直升雲霄，取代了原有的世貿中心。

「我們如果在乎公平……」

一個他應當耳熟的聲音說：「你到底怎麼回事？你把另一個人的福祉看得比你的兒子重要？」

這正是人類的終極誡命：關照你的同類。保衛你的基因。為了一個孩兒、兩個兄弟姐妹，或是八個家族近親，你奉獻出自己的生命。但為了朋友，你願意做出同樣的犧牲嗎？世間仍有多少陌生人，甘願為了其他生物奉獻生命？樹木呢？多少人願意為了樹木犧牲？他根本無法對他太太述說他的絕望與沮喪。這些年來，他始終從抽象的角度思索這些問題，將之視為種種概念，但自從他被捕之後，他慢慢又可客觀地看待世界，因而漸漸領悟那個逝去的女孩說的沒錯：世間種種生物的福祉重於一切，甚至比你的同類更重要。

「如果我跟他們達成協議，我的兒子……嗯……查理從小就會知道我做出了什麼事。」

「他會知道你做出困難的抉擇，去彌補你的過失。」

亞當忍不住大笑。「彌補我的過失！」露易絲猛然站起，板起臉孔，氣得說不出話來。她奪門而出，用力把門帶上的時候，他想起他太太的個性和她做得出什麼事。

他想像自己將會遭受何種制裁，逐漸陷入半睡半醒。他挪動身子，火灼般的劇痛竄過他的下半身，他痛得醒了過來。皓月低低懸掛在哈德遜河之上，月表每一個凹坑都清晰無比，彷彿透過天文望遠鏡觀望。一想到自己將在牢裡度過餘生，他頓時更加專注觀看世間。

他的膀胱脹痛。他站起來，不加思索地走向公寓另一頭的洗手間，這時，一團不該出現在家中的白霧飄過他的眼前，他穿過白霧，走到窗邊，把手擱在玻璃窗上，霧氣凝結在手掌周遭，在窗上留下一個有如山洞壁畫的手印。從高樓往下探望，窄長的街道有如峽谷谷底，車輛來來往往，燈光忽明忽暗，熙攘往來的車輛之間，一群灰狼從華盛頓廣場沿著威弗利街前進，追逐一隻白尾鹿。

他急急往前一靠，額頭撞上玻璃窗。他想都沒想就爆粗口——多年以來，這是他頭一次罵髒話。他跌跌撞撞地穿過廚房，走向狹小的客廳，一不注意肩膀撞上門框。他被撞得暈頭轉向，腳步踉蹌，趕忙伸出右手扶住窗臺，試圖穩住身子，不料卻迎面撞上窗臺，他痛得緊咬下唇，跌倒在地，然後就這麼直挺挺地躺著，渾身疼痛，腦筋一片空白他伸手摸摸嘴唇，手指頓時一片黏膩。他的右門牙咬破了下嘴唇，鮮血直流。他跪起，趴在窗臺上往外看。月亮銀閃閃地映照著綠樹成蔭的曼哈頓島。磚石、鋼鐵、擎天高樓隱沒於月光盈盈的綠意之中。一條小溪流過溝壑，直通西休士頓街。金融區的雙子大樓消失無蹤，轉變為青綠的山丘。山丘之上，銀河流瀉，群星燦燦。

要嘛咬破了嘴唇痛得發昏。要嘛居家監禁引發壓力。沒錯，他心想，肯定因為如此，所以我眼花，並未

看到這些景象。我被撞得暈頭轉向，這會兒糊里糊塗地躺在客廳地板上。然而，一座青綠的森林在他的下方朝向各方延展，林木濃密蔥鬱，震懾人心，想躲也躲不了。好一座遼闊寂靜的林園。

他的視野豁然開闊，種種顏彩、種種生相，在他眼前凝聚呈現，愈來愈清晰。角豆樹，橡樹，櫻桃樹，六種不同的楓樹；北美皂莢的樹幹長滿尖刺，以此抵禦曾經稱霸世間的巨型動物；山胡桃灑落果實，餵養任何一種行動自如的生物；山茱萸繁花盛開，細細長長的小枝開出潔白柔細的花朵，宛若一片花海；野生動物沿著百老匯大道奔馳，曼哈頓島回歸千年之前的景象，千年之後也將是同樣光景。

附近忽然有些動靜，吸引了他的目光。橡樹的枝頭上，一隻大角鴞昂然展翅，有如子彈般俯衝而下，試圖捕抓在葉間跳動的獵物。一隻母熊帶著兩隻小熊，循著曾是布利克街（Bleecker Street）的小丘而行。滿月時分，海龜在東河的沙岸上下蛋。

玻璃窗因亞當的鼻息蒙上霧氣，景象亦隨之灰濛。鮮血順著他的下巴滴流。他摸摸嘴巴，感覺指尖沙沙的，好像摸到了砂礫，低頭一看，原來是他牙齒的碎屑。當他再度抬頭一望，昔日的山丘之島消失無蹤，取而代之的是曼哈頓下城的萬家燈火。他伸手猛拍玻璃窗。窗外的大都會卻是屹立不搖。他臂膀的脈搏急遽跳動，整個人開始顫抖。一棟棟擎天的高樓彷彿填字遊戲，一輛輛往來的行車彷彿細胞微粒，一切都比先前所見更不真實。

他小心翼翼地走過擋路的家具和散亂的期刊，踏出玄關，邁出家門，沿著走廊走了六步，隨即想起腳踝上的監控器。他頹然地靠在牆上，緊緊地閉上雙眼。當種種幻象終於消失，他轉身走回公寓，把自己關進僅只他一人的世界裡，其後的漫長歲月中，他也只能待在此處。

咪咪・馬坐在會議廳的第二排，臺上那位護樹女士的話語令她目瞪口呆。派翠西亞・威斯特弗德：當卡斯卡迪亞自治生態區尚未解體，他們五人曾經圍著營火分享她的創見。她的文句開啟了他們狹隘的心胸，讓他們瞧見樹木有何能耐。這位女士比咪咪想像中更年長。她一臉驚惶，講話支支吾吾，感覺不太對勁。但她方才說出一個合情合理、人們卻始終避談的經驗法則：當你砍倒一棵樹，你用它製造的物品最起碼必須跟它一樣令人驚嘆。

山嶽因林木而更加雄偉，人類也將因林木而……咪咪還來不及多想，威斯特弗德博士接下來說的話就令她心中一震。

「我已自問諸位邀我前來答覆的問題。」

咪咪頭先以為自己聽錯了。這麼一位知名的學者暨作家——這麼一位花了好多年採集種子、拯救樹種的專家……絕不可能。她肯定聽錯了。

「我已根據手邊所有的數據，做了一番思考。我已試圖別讓感情蒙蔽了事實。」

這番獨白好像一場戲，漸漸邁向最後一刻的告白或是逆轉。

「我已試圖勿因希望和虛榮而盲目。我已試圖從樹木的觀點來解析這個問題。」

咪咪低頭看看跟她同一排的與會者。人人不知所措，一臉羞愧，動也不動地坐著，全場鴉雀無聲。

「為了明日的世界，什麼是你最該做的一件事？」

另一名女子問過咪咪同樣問題。而答案是如此明顯、如此合理：趁著一個滑雪度假會館尚未完工之前將之燒毀。

植物汁液注入玻璃杯中，縷縷青絲在水中延展，有如一朵縮時拍攝、以千百倍速率綻放的花苞。咪咪呆呆坐在距離威斯特弗德博士四十英尺之處，無法動彈。威斯特弗德博士慎重拿起玻璃杯，有如教士奉上聖禮，她的話語愈來愈含糊，幾乎凝結成團。「許多生物選擇自己的時季。說不定大多都是如此。」

果然發生了。這下可不假。但數百位世界上最聰明的菁英分子依然靜坐盯視。

「諸位邀我前來談論修護家園。但需要修護的是我們。樹木記得我們已經遺忘的過往。每個推測都必須為了另一個推測預留空間。垂死也是生命。」

威斯特弗德博士瞄了瞄臺下的觀眾，咪咪凝神相待，她鎖住護樹女士的目光，絕不移開視線。許久以前，她曾是一位工程師，在那段宛如隔世的歲月中，她有辦法指示機件執行各種工作。如今她只具備一項技能：她只知道如何凝神盯視另一個人，直到對方回視。

咪咪苦苦哀求，雙眼有如火灼。拜託不要這麼做。

講者眉頭一皺。其他作為都是偽善。

我們需要妳。

我必須這麼做。世間已有太多「我們」。

這不該由妳判定。

世間每天都增加一個跟狄蒙同樣規模的城市。

妳的研究怎麼辦？妳的種子庫？

種子庫可以自行運作多年。

還有好多工作尚待進行。

我上了年紀。還剩下什麼工作比這事更值得我去做？

人們不會了解。他們會怨恨妳。這樣太戲劇化。

我會在這些吵嚷的聲音中博得短暫的關注。

這種作法不成熟，有失妳的身分。

我們都必須記得如何離世。

妳會死得很痛苦。

不，我不會。我了解我的植物。這種死法比大多死法容易多了。

我不能再次眼睜睜地看著這種事情發生。

再看一次。妳也只能這麼做。

她的瞥視只持續了片刻，樹葉捕捉光影都不只這點時間。咪咪拼命想要鎖定講者的目光，但護樹女士憑藉最後一絲意志力，終究把頭轉開。派翠西亞・威斯特弗德再度凝視廣闊的會議廳，微微一笑，藉此宣稱此舉絕非挫敗。其他生物也會以一個小小的舉動爭取多一點時間、多一些資源。她再度瞥視臺下一臉驚恐的咪咪。我們說不定還看得到什麼，也依然給得起什麼！

俄亥俄州有棵山毛櫸，派翠西亞真想再看一眼。在所有她將思念的樹種中，就數這棵光滑灰白的山毛櫸最為尋常，它毫不足奇，唯一的特點是樹幹上距離地面四英尺之處有個小小的凹痕。說不定它已長成大樹。說不定陽光、雨水、空氣始終滋養著它。她心想：說不定我們之所以這麼想要傷害樹木，原因在於它們比我們長壽多了。

草姐派蒂舉起玻璃杯。她瞄了一眼講稿最後一頁的最後一句。敬自殺樹。她抬頭一望。三百位睿智的菁英人士一臉敬畏地看著她。配樂寂靜無聲，只有講臺的一側隱隱傳出喊叫聲。她轉頭看看哪裡發出騷動。一位身障男子駕著輪椅奮力衝向右側的階梯。他的頭髮和鬍鬚垂散在肩頭，身軀與據稱能和樹木溝通的亞基人一樣瘦小。會議廳中人人呆若木雞，毫無動靜，只有他用力壓按輪椅的把手，試圖站起。綠色的液體流濺到玻璃杯口，噴灑到她的手上。她又抬頭一望。輪椅中的男子瘋狂揮手，細枝般胳臂向外揮動，這麼一件小事怎麼可能對他具有如此重大的意義？

為了明日的世界，你最該做些什麼？她心想：問題或許出自「世界」二字。它代表著兩個截然不同的意涵。真正的那一個我們看不見。虛構的那一個我們躲不了。她舉起玻璃杯，聽到她爸爸大聲朗讀：讓我這就為你唱首歌，頌唱人們如何變成其他形體。

尼雷的呼喚來得太遲，無法打破廳室的魔咒。講者拿起玻璃杯，敘事世界一分為二。承循其中一線，她把玻璃杯湊到嘴邊，朝著滿堂賓客舉杯——敬自殺樹——徐徐啜飲。承循另外一線，她高聲大喊「但願人類切勿自毀」，手用力一揮，把杯中迴旋晃動的綠色汁液潑向臺下張口結舌的群眾。她撞上講臺，往後一退，跌跌撞撞地走入後臺，留下滿堂賓客瞪著空蕩的舞臺。

春日溫煦，綠意盎然，市區每一株山茱萸、紫荊、梨樹、枝垂櫻全都冒出新芽，繁花怒放，就在此時，亞當的案子終於無法再延期，呈送至西岸的聯邦法庭。記者把法院擠得水洩不通，有如蟻群蜂擁進襲一朵牡丹花。法警帶著亞當走進來。他胖了一些，滿臉鬍鬚。歲月在他臉上留下深深的溝痕。他穿著西裝——上回穿上這套西裝時，他是晚宴的貴賓，獲頒學校的傑出教師獎。他太太也在法院裡，坐在他後方的長椅上。但他兒子不在場——多年之後，他兒子才會從影片中看到他這副模樣。

你認不認罪？

這位心理學教授眨了眨眼，好像他是另一種生物，人類說話的速度快得讓他無法理解。

桃樂絲．布里克曼站在空空的窗臺旁，透過廚房的玻璃窗，望著叢林般的後院。那個向來按時繳交停車費、從來不曾違規的男人，居然為他倆規劃出一個革命行動，叮囑她著手進行「布里克曼林地再生計畫」。荒野從四面八方漫向家屋。雜草盈尺，成叢而生，不斷蔓延，不停播籽，還有許多在地的小動物志願助陣。楓樹在各個角落抽芽生長，細小的樹葉有如一雙雙手掌。幼小的朴樹搖曳生姿，炫耀形若水滴的嫩葉。林地再生的速度令她大驚。再過幾年，他們這一小片樹林就會收復失土，奪回被社區建屋侵占的土地，讓這一帶恢復昔日的風貌。

她的再生更是驚人。許久之前，她高空跳傘，飾演冷血的女殺手，誰試圖套牢她，她就做出種種的事情傷害他。如今她年近七十，跟整個城市宣戰。市郊的高級住宅區居然冒出一個叢林般的後院，簡直跟猥褻兒童一樣令人非議。鄰居們已經三度上門，詢問家中是否安好。他們主動提議幫忙割草，而且分文不取。她成功地飾演自己：和藹親切、糊里糊塗、不卑不亢、客客氣氣地制止了眾人，堪稱是她這個業餘女星的最終復出之作。

如今街坊鄰居全都準備譴責她。市府已兩度來函，第二封信掛號寄達，信中列出最後期限，若是不在期限之內清理這個地方，她就得支付數百美金的罰款。期限已過，威脅信函再度寄達，市府再度提出期限，她再度置之不理，罰款金額再度加成。誰會料到一小片脫韁的綠地竟可動搖社會的根基？

最新的期限就是今日。她遙望院子裡那棵根本不該生長於此的栗樹。她上週聽到收音機的一則報導，歷經三十年的雜交育種，專家們終於研發出一種可以抵抗枯萎病的美國栗樹，即將在野外種植，測試是否能夠存活。後院那棵在她眼中象徵著倖存與過往的栗樹，這會兒似乎揭示著榮景與未來。

窗邊閃過一道橘影，吸引了她的目光：啊，原來是一隻紅尾鵟。公鳥拍拍翅膀、搖搖尾巴，驅趕灌木叢裡的小蟲。光是上星期她就看到二十二種鳥類。兩天前的拂曉時分，她和雷看到一隻狐狸。消極抗令的結果是罰鍰一再加成，說不定讓他們損失數千元美金，但從家裡看出去的景觀比以前精采多了。

她把水果打成泥、幫雷準備午餐時，有人憤憤地敲門。她早已預期這種狀況，甚至覺得相當興奮。不，不只是興奮，而是使命感。或許稍有畏懼，但那是一股最爽快的畏懼。她洗洗手，把手擦乾，心中暗想：這會兒我幾乎走到了生命的盡頭，對生命卻再度充滿了熱情。

敲門聲愈來愈急、愈來愈猛。她走到客廳另一頭，邊走邊在心中演練雷幫她打擬的說詞，準備為他們的家產辯護。她已經花了好幾天在圖書館和市政廳找資料，試圖搞懂地方法令、判例、市府條例。她帶回影印的文件請她先生為她釋疑，從他一個個含糊不清的單字中找出答覆。她詳讀一本本專書，彙整一個個數據，她習知不該割草、澆水、施肥，重新造林才是正途，即使僅只一英畝半，亦已發揮功效。所有合情合理的論點都站在她這一邊。跟她唱反調的只是人們不理智、不成熟的意念。但當她打開大門，站在門口的卻是一個瘦巴巴的小夥子，他身穿牛仔褲和運動衫，頭戴他那頂「美國製」的棒球帽，帽緣冒出幾簇金黃的髮絲，一副有備而來的模樣。

「布里克曼太太？」小夥子後面還有三個男孩子，他們看起來年紀更輕，站在人行道的一側，一邊用西班牙話跟彼此喊話，一邊從載卡多和平板掛車卸下園藝工具。「市政府派我們過來清理這裡。我們只需要幾小時，市政府稍後會把帳單寄給你們。」

「不行，」她說，語氣和藹，卻也斬釘截鐵，令小夥子不解。他張開嘴巴，卻困惑得說不出半句話。她微微一笑，挺起胸膛。「你不會想要動手。跟市政府說他們犯了大錯。」

她記起昔日登臺之時的祕訣：動員內心的意念。召喚過往的回憶。對了就對，錯了也罷，你都得緊緊把持。事實乃是不證自明。沒有什麼比單純的信念更強勢。

小夥子開始動搖。市政府可沒幫他作好心理準備，讓他知道如何應付這號權威人物。「嗯，如果可以的話……」

她微微一笑，搖了搖頭，似乎為他感到難為情。「不可以，真的不可以。」你應該很清楚。別讓我使你更難堪。小夥子面露驚慌。她憐愛地看著他，貌似諒解，甚至可說是憐憫，直到他把頭轉開、吆喝同伴們把工具搬回卡車上。桃樂絲啪地關上門，格格輕笑，看著他們開著卡車離開。她始終樂於飾演一位瘋瘋癲癲的好女人。

這是個極為微小的勝利，幾乎拖延不了什麼時間。市政府會再派人過來。下回割草機和大剪鍘將轟隆登場，問都不問就直接動工。他們會把後院清理得一乾二淨。罰款金額將因延期繳交而與日激增。桃樂絲會反告市政府，不斷興訟，一直告到最高上訴法院。就讓市政府沒收屋宅，把一個癱瘓的男人關進牢裡吧。她會比他們撐得久。樹苗始終毫無忌憚地生長，春天永遠都會降臨，樹木與節氣都站在她這一邊。

她走回廚房，繼續準備午餐。她一邊餵雷吃午餐，一邊描述那個可憐小夥子和他那群不會講英文、始終搞不清碰到什麼狀況的同伴。她活靈活現地複述每個細節。她尤其喜歡描述她自己。她看得出他露出了微笑，即使世上只有她能夠確認。

午餐之後，他們做填字遊戲。然後雷示意她多說一些——近來他經常如此——她微微一笑，爬到床上，躺在他的身旁。靜默之中，她轉頭望向窗外，看著生氣勃勃的後院。那棵不該生長於此的大樹矗立在後院中央，枝幹茂生，朝向屋子伸展，沒錯，伸展的速度確實緩慢，但已足以勾動桃樂絲的思緒，帶來種種啟發。生命怎能充滿如此奇妙的想像力，源源不絕地添增奇巧的花招，促使萬物持續演進？桃樂絲想不透其中的奧祕。但眼前這棵大樹讓她看得一清二楚：所有枝幹一致生長，協同探究種種可能。這樹是過往與未來的媒介，架起了天空與大地之間的橋梁。

「她是個好孩子，你知道的。」她牽起她先生僵硬如爪的手。「她只是暫時失去了方向。她只需尋回自我，找到一個比自我更宏大的目標。」

檢方展示嫌犯涉案現場的照片，照片之中，焦黑的牆面被人塗鴉，每一行的頭一個字母都冒出鬚根與藤蔓，宛若手抄本的花體字。

管控扼殺生靈
關切療癒眾生
不歸鄉就受死

這是檢方最重要的證物，他們將據此求處重刑。檢方辯稱，這些照片證明嫌犯威脅恫嚇，意圖以暴力脅迫政府就範。

亞當的律師力爭從寬量刑。他們聲稱他們的客戶年少無知、充滿理想、為了讓大家關注一樁殘害眾生的罪行而縱火。他們辯稱出售山林原本就不合法、政府未能善盡保護山林之責。不計其數的和平示威皆已徒勞無功。但他們的爭辯站不住腳。他的罪行全都於法有據。縱火、毀損私人物產、危害公眾利益、過失殺人、國內恐襲，亞當．阿皮契的同儕們已將他定罪。

法律不過是形諸於文的眾人願求。如果眾人一致願求，法律肯定允許地球上每一寸活生生的土地都鋪上碎石柏油。但法律之前人人平等，每一方都有權發言。法官問道：「你要不要最後再說幾句話？」

萬般思緒在亞當的腦中嗡嗡作響。聆聽判決之後，他心中再無顧忌。「再過不久，人們就會知道我們之前是對是錯。」

法院判處亞當．阿皮契兩個七十年有期徒刑，而且必須連續服刑。刑期之寬容讓亞當大為震懾。七十年加七十年不算什麼，不就是一棵黑柳加一棵野櫻桃的歲數。他想著橡樹。他想著北美黃杉或是短葉紫杉。七十年加七十年。倘若因為表現良好而獲得減刑，他說不定甚至刑期不到一半就可獲得假釋，剛好出獄等死。

1 語出聖經詩篇第三十章第五節。
2 語出聖經詩篇第九十六章第十二節。
3 這首古詩出自鮑爾斯之手，原文為：

On this mountain, in such weather,
Why stay here any longer?
Three trees wave to me with urgent arms.
I lean in to hear, but their emergency
sounds just like the wind.
New buds test the branches, even in winter.

4 原文「Love is a tree with branches in forever with roots in eternity and a trunk nowhere at all」出自波斯詩人魯米的詩作〈*One Swaying Being*〉，鮑爾斯擷取其中一行「Love is a tree with branches reaching into eternity and roots set deep in eternity, and no trunk!」，略加修改，譯文是作者和譯者討論的結果，不盡完美之處，譯者當負全責。

5 原文「A fool sees not the same tree that a wise man sees」，語出英國浪漫詩人威廉・布萊克（William Blake，1757-1827）的作品《*The Marriage of Heaven and Hell*》。

6 原文「A culture is no better than its woods」，語出英國詩人奧登（W. H. Auden, 1907-1973）的詩作《*Bucolic II Woods*》。

7 Chico Mendes（1944-1988），巴西採膠工人、工會領袖、環保鬥士，一九八八年遇刺身亡。

8 Wangari Maathai（1940-2011），肯亞社運人士，創辦「綠帶運動」（Green Belt Movement），二〇〇四年獲頒諾貝爾和平獎，是第一位獲此殊榮的非洲女性。

9 Sahel，撒哈拉沙漠南方與赤道雨林非洲之間的狹長的地帶，包括塞內加爾、茅里塔尼亞、馬利、上伏塔、尼日和查德等六國，面積約五百萬平方公里。

10 Front Range，落磯山脈南側的山脊，橫跨科羅拉多州中部和懷俄明州西南部。

11 campion，剪秋羅屬植物，一譯苔癬剪秋羅，或是無莖麥瓶草。

12 Achuar，阿秋爾族，一譯阿庫瓦族，亞馬遜流域的原始部落，亦稱「棕梠樹氏族」，因為在該族的語言中，「achuar」的意思是棕梠樹。

13 Mount Rushmore，一譯「拉什莫爾山」，位於南達科他州，山頭刻了華盛頓、傑佛遜、老羅斯福和林肯四位總統的頭部雕像，是美國經典地標。

14 文藝復興時期荷蘭著名的藝術家族，老彼得・布勒哲爾（Pieter Bruegel the Elder）及其二子小彼得・布勒哲爾（Pieter Brueghel

the Younger）、老揚・布勒哲爾（Jan Brueghel the Elder）皆為知名畫家。

15 King Midas problem，在希臘神話中，邁達斯國王具有點石成金的本事，問題是他摸到的事物都變成黃金，到後來連美食和美酒都變成難以下嚥的金子，反而造成致命的困擾。美國學者Stuart Russell以邁達斯國王為例，闡釋人工智慧的難題，人工智慧也具有點石成金的本事，但程式設計師若不給予「正確的目標」（right object），到後來人工智慧反而對人類形成威脅。

16 Missoula，蒙大拿州西部的城市。

17 北美喬松(Pinus strobus)，亦稱白松(Eastern white pine)。

18 出自美國民歌手伍迪・蓋瑟瑞（Woody Guthrie, 1912-1967）的名曲〈*I Ain't Got No Home*〉。

19 美國社會學家史丹利・米爾格蘭（Stanley Milgram, 1933-1984）的名著《*Obedience to Authority*》。

20 Banswara，印度西北部的城市，隸屬拉賈斯坦邦，人口約十萬。

21 原文「The gardener sees only the gardener's garden」出自梭羅散文集《*Autumnal Tints*》。下一句「The eyes were not made for such grovelling uses as they are now put to and worn out by, but to behold beauty now invisible MAY WE NOT SEE GOD」出自梭羅散文集《*A Week on the Concord and Merrimack Rivers*》。鮑爾斯擷取合成，表達書中意旨，亦使文句讀來如詩。

22 Trees are the earth's endless effort to speak to the listening heaven，語出泰戈爾的詩集《流螢集》。

23 NoHo是North of Houston的簡稱，一譯「諾荷區」，與「蘇荷區」（SoHo）同為紐約市的時尚之區。

樹籽

何為木、何為滋養出天與地的樹？

——《梨俱吠陀》[1]，第十卷第三十一頌第七詩

那時他讓我瞧瞧一個小東西，小東西擱在我的掌心，形似榛實，渾圓若球。我以我的理解看著它，心中默想：「這可能是個什麼東西？」其後的回答是：「它是受造萬有。」

——諾威奇的朱利安[2]

就說地球誕生於午夜，持續進行了一天吧。

起初一片空無。火山爆發，流星殞落，兩小時於焉流失，直到清晨三、四點，生命的跡象才漸漸顯露，即使如此，所謂的「生命」不過是最基本的自我複製，零零散散，乏善可陳。從清晨到近午，地球上僅僅存在著單純的細胞。

而後無所不有。正午過後不久，情況起了變化。一類單純的細胞征服了其他細胞。細胞核得到了核膜。細胞演化出胞器。原核細胞進化為真核細胞，生命愈來愈多樣化，有如一個孤單的營區擴增為一個熱鬧的市鎮。

白晝過了三分之二，動植物分道揚鑣。但地球上依然只是單細胞生物，直到夜幕低垂，多細胞生物才立足於世。體積較大的生物姍姍來遲，入夜之後才出現。九點，水母和蠕蟲登場，稍後物種大爆發，脊椎動物、硬骨動物、軟骨動物突然現身，一時之間，地球上冒出形形色色、形體各異的生物。時時刻刻，分分秒秒，生命之樹不斷生出新支新幹，突破冠層，奮力勃生。

將近十點之時，植物初登陸地。昆蟲隨後而至，即刻展翅飛向天空。再過幾分鐘，四足動物爬出沼地泥沼，原始生物附著在牠們的皮膚上、隱匿在牠們肝膽中，一同登上陸地，各自營造新世界。到了十一點，恐龍已經智窮力盡，無法求生，於是其後一個鐘點，地球就由哺乳動物和鳥類當家。

最後一個鐘點的某一時刻，生命之樹最高層的生物產生意識，開始臆測推斷。動物們教導子孫記取過往與未來，習知遵循禮俗。

只差四秒鐘就是午夜，晚期智人在此露面，過了三秒，地球上出現第一幅山洞壁畫。最後的千分一秒之中，人類成功解析DNA的奧祕，開始探究親緣演化樹的奧祕。

到了午夜時分，地表大多遍植作物，種種作物卻只為了養育一個物種。就在此時，生命之樹再度改變形貌；就在此刻，高聳的樹幹開始搖搖欲墜。

尼克在帳篷中醒來。他的頭貼著地，但地面跟任何一只枕頭一樣柔軟。泥地上堆了厚厚數英尺的針葉，千千萬萬的針葉悄悄掉落、緩緩分解，轉化為另一個生態系統，他枕靠之處是個生氣昂然的微生物世界。

鳥兒叫醒了他；牠們始終是他的鬧鐘。日復一日，牠們歡喜頌唱遺忘與緬懷，甚至天光未現就引吭高歌。他感謝牠們。因為有了牠們，所以他天天早起。他直挺挺地躺在昏暗之中，餓著肚子聆聽鳥兒以上千種古老的方言拌嘴吵架、爭奪地盤、歡唱稱許，啁啁啾啾地議論生命。今早陰冷，霧氣鬱鬱地籠罩四方，他真不想從睡袋裡爬出來。早餐將很清簡。食糧所剩無幾。他在北方待了好多天，再過不久，他就得找個小鎮重新採購補給品。附近有條小路，卡車經常來來去去，但聲音聽起來悶悶的，彷彿來自遠方。

他爬出尼龍睡袋，四處張望。晨光乍現，勾勒出樹木的輪廓。這裡的樹不高，樹幹挺直細長，樹形適合沉重的積雪。但他看著樹幹輕輕晃動，聆聽毬果沙沙作響，嗅聞針葉帶著柑橘味的澀香，仰望樹枝的尖端試探似地互相碰觸，心中再度浮起熟悉的感動，他始終試圖忘懷的使命也再度聚焦。

「一早起床！」

他加入黎明喧鬧的鳥鳴，瘋狂高歌。

「出門工作！」

離他最近的鳥兒靜了下來，聆聽聲響。

「為了薪水拼命幹活[3]！」

他從一條豐沛的小溪中汲取些許清水，生把小火就可將水煮沸。沖杯咖啡，喝杯麥片，準備上工囉。

咪咪坐在數百英里以南，舊金山米慎區多勒瑞斯公園（Dolores Park）的草地上，四周都是野餐的民眾，她坐在一株瘤果松的樹蔭下，點擊她的手機。那篇報導有如惡夢，她卻身困其間，無法逃脫。一位學養豐富、表現傑出、已婚、育有一子的社會科學家——一個她曾把自己的性命交託在他手中的男子——將因某樁她協同犯下的案件入獄，連服兩個刑期漫長的徒刑。他被控在國內進行恐襲，辯護的勝算微乎其微。檢方因縱火將他定罪，而她甚至不相信他放了那些火。「生態恐怖分子被判處一百四十年徒刑」，出賣他的竟是那個天真熱誠，曾經令她心儀，有如卡通人物的退伍軍人。

她靠著樹幹，盤腿而坐，不停在手機裡輸入關鍵字。亞當・阿皮契。恐怖分子懲戒法案。她再也顧不得她留下哪些蛛絲馬跡。她若被捕，許多問題都將迎刃而解。網頁和連結飛快地出現，她根本來不及略讀一篇篇精闢的分析、半吊子的臆測、情緒性的怒罵。

她應當入獄。她應當受審，被判無期徒刑。她應當連服兩個刑期漫長的徒刑。罪惡感湧上她的喉頭，她幾乎嚐得到苦澀。她搖搖晃晃地起身，打算走到距離這裡最近的警局投案。但她甚至不曉得警局在哪裡——過去二十年來，她始終奉公守法，何需知道警局在哪裡？周遭做日光浴的民眾們轉頭看著她。她八成大聲說了什麼。她想她大概不由自主地說：幫幫我。

一隻隻隱形的眼睛跟她一起閱讀。咪咪約略瀏覽十個段落所花費的時間，這一隻隻沒有形體的眼睛已經閱讀了一千萬個段落。一點擊下一個網頁，她說不定馬上忘了一大半細節，但這些無影無形的智碼記取每一字句，將之納入一個個不斷分支的網路，資訊一再加成，網路一再擴張，力量也更強大。她讀得愈多，實情愈令她不解。智碼讀得愈多，尋獲的模式愈多。

•••

道格拉斯坐在一張書桌前，逮捕他的人們把這裡稱之為「牢房」，但這裡卻是他過去二十年來最舒適的住所。他正在聽一套「樹木學入門」的教學錄音帶。他可以藉此抵免大學學分。說不定他會拿到學位。說不定那個他知道此生絕不可能再相見的女子會因而以他為傲。

授課的老師真棒。她就像是道格拉斯始終無緣親自受教的奶奶、母親、精神導師。「語音課程」——近來講話口吃的人們也可語音授課，令他相當欣慰。這位女士訴說林林總總的警訊，他專心聆聽，勤作筆記。他在紙張的頂端寫下：生命演化的一日。她訴說的種種令人難以置信。他先前想都沒想過。生命可能停滯數十億年，說不定甚至更久。演化的躍進可能永遠不曾發生。生命之樹可能始終只是一株矮樹。生命演化的一日可能無聲無息，毫無動靜。

他聆聽她絮絮訴說各個時刻。當粗暴的人類在最後幾秒鐘現身，把整個地球變成一座工業化農場，他拔下入耳式耳機，憤然起身，失控咒罵。嗯，說不定聲音大了一點。一位獄警過來關照。「喂，你在搞什麼鬼？」

「沒事、老兄、沒事。我只是……大叫了幾聲。」

最糟的是照片。就算在街上跟他擦肩而過，咪咪也認不出他。糖楓。他們怎麼可能如此稱呼他？如今他形若狐尾松——那種瘦長乾扁、五千年來默默凋零的松柏。

她抬頭一望。人們三三兩兩圍繞在她的四周，有些人坐在毯子上，有些人直接躺在斑駁的草地上，鞋子、外衣、皮包、腳踏車、食物散置在身旁。時值午餐時刻；天公作美，氣候宜人。這些人不受任何看法所擾，種種未來依然在他們的掌握之中。

多年以來，她始終以「茱迪・韓森」之名處世，如今她記起自己曾以「咪咪・馬」之名犯下的罪行，設想等著加諸在那個名字的懲罰，不禁大為驚慌。為了來到這座公園，她步行、搭了公車、乘坐捷運，刻意採行曲折的路徑，想來真是可笑。但不管她身在何處，不管她採行哪一條路徑，他們終究找得到她。她犯了多項重罪。過失殺人。國內恐襲。七十年加七十年。

訊號蜂擁掃過她的手機。即時快訊與智慧提示叮叮作響。推播通知等著她一一點擊。迅速爆紅的哏圖，隨時點擊、無時不刻都可以加入的口水戰，數以百萬計尚待閱讀和評等的貼文。公園之中，周遭眾人跟她一樣忙碌，人人低頭滑手機，點閱手中的資訊寶庫。每個人的掌心都握著一個宇宙，每個人都急著立足於以「讚」架構的國度，智碼悄悄看著群眾，留意每一個人的點擊，漸漸看出了端倪：人們已經集體匿跡於一個仿樣的天堂樂園。

咪咪旁邊的草坪上坐著一個男孩，男孩打扮得像隻昆蟲，朝著他的手機說：「哪裡離我最近，我可以買到防曬油？」一個女人輕快地回答：「請看看我為你找到的資訊！」咪咪把她的手機貼近她的面前，從新聞點擊到圖片、從評論點擊到影片，漫無目標地搜尋。漆黑的智慧手機有如一塊小小的磐石，咪咪想起她爸爸參與研發的行動電話，說不定這支手機蘊藏著她爸爸的些許心靈。她朝著手機的麥克風輕聲說：「離這裡最近的警察局在哪裡？」螢幕上冒出一幅地圖，顯示出最快捷的路徑和步行幾分鐘可以到達。五十三分鐘。一身昆蟲裝的男孩朝著手機說：「幫我播牛仔龐克，」隨後沉醉於他的無線耳機之中。

亞當躺在臨時監護所的小床上，等候人滿為患的聯邦監獄挪出一間牢房。他不打算上訴。他閉上眼睛，眼瞼之內浮現一景景幻視，彷彿觀看影片。影片之中，一個蓄鬍的男子毅然面對法官，看來沒什麼悔意，也不想為自己辯護。他太太坐在他後方的長椅上，幾近崩潰。再過不久，人們就會知道我們之前是對是錯。

他不知道自己怎有勇氣說出「我們」。但他很高興自己說了。在那段時日，事事皆是我們，一切降服於集體意識。我們，我們五人。森林之中，沒有任何一棵樹是單獨存在。他們企盼贏得什麼？荒嶺已不復存。原始林已經讓位給倚賴化學物質維護的人造林。四十億年的演化，至此即將走到終點。政治、實用、情感、智識，各個層面皆以人類為重，最後的裁奪權也在人類手中。你制止不了人類的貪婪與渴求。你甚至無法減緩所謂的進步。保持穩固必須付出相當的代價，爭相前進的人類可負擔不起。

肆虐森林，大舉砍伐，皆在人類的權限之內，生態因而發生劇變，相形之下，他們五人所燃起每一場大火豈是不可寬恕？未來還會發生劇變，這點他非常確定，而且早在他服完七十年加七十年的徒刑之前，生態浩劫就會到來，只不過來得不夠快，來不及還他清白。

道格拉斯牢房的窗戶太高，致使他看不到外面。他站在窗下，假裝自己看得到。語音教學課程讓他好想瞧瞧樹木。任何一棵發育不良、矮小瘦弱的樹木都行——除了咪咪之外，他最想念這些他坐監之前的好夥伴。但說來奇怪，他竟然漸漸忘了它們的模樣。冷杉尊貴的側影，鐵木交錯的枝幹，他甚至不太分辨得出恩格曼雲杉和鐵杉，而這兩種樹他已經看了好多次，也已看了好多年。榆樹，紫樹，七葉樹，他全都忘了。這會兒他如果提筆畫樹，肯定跟五歲孩童的蠟筆塗鴉沒什麼兩樣，怎麼看都像是棍子上的一球棉花糖。

他看得不夠用心。他愛得不夠大膽。他的熱情足使他鋃鐺入獄，卻不足以讓他撐過今天。但長日漫漫，他有的是時間。除了別讓自己發狂，他已無需承擔任何義務。他閉上眼睛，來回走動，藉此靜心。他試圖記起錄音帶滔滔訴說的種種細節。山毛櫸的葉芽細直尖長，有如小小的銅茅。紅櫟樹的葉芽聚生在枝頂，遠遠望去，細長的枝幹望似權杖。黑核桃樹的果殼堅硬，葉痕看起來像個猴臉。

過了一會兒，棵棵樹木逐漸聚焦——起先只是簡單的輪廓，而後清晰可見。春臨大地，楓樹從樹尖開始綻放出艷紅的顏彩。白楊東搖西晃，彷彿客客氣氣地點頭。短葉紫杉悄悄探頭，好像爸媽牽起孩子的手。山胡桃被刮了一道，散發出微微的果香。往事潰堤，漫過他的心頭，有如陽光流洩而下、照穿七葉樹的掌狀綠葉、印下千百萬個光點。莢果累累的角豆樹。形似湍流的橄欖木紋。合歡樹斑斕的秋景，有如熱帶魚的魚尾。白樺樹剝落的樹皮，有如神祕兮兮的文書，字句模糊，涵義不清。行走於箭桿楊的林間，你會感到無比寧靜，甚至不好意思悄悄吸氣。輕輕擦過一株香柏，你會不禁暗想：來世若有氣味，肯定就是這股清香。

他說不定是有史以來最了不得的富人，即使失去一切，依然照樣獲利。他站在磚牆旁，磚牆漆上綠漆，閃閃發光。他抬頭一望，凝視流洩而下的日光，試圖回想過往。他一手摸摸肚子，習慣性地按一按小腹的一側，有個東西硬硬的，像顆胡桃，雖然難以目視，對他也未必是好，但仍然活生生。

另一個富人——聖塔克魯茲排名第六十三的富豪——坐在他自己的樊籠裡，朝著電腦螢幕敲打鍵盤。他人在哪裡有何差別？尼雷寫出的程式助長了一個日漸壯大的有機體，而這個有機體才剛剛學會如何自行擴增。各個城市的各個螢幕之前，一位位重金聘雇的程式設計師攜手合作，一同貢獻心力。眾人出師告捷，一開始就極為順利。他們創造的物種已經吸收大量資訊，從中找出令人訝異的模式。它們不必從零開始。公共領域中已有太多數位種原。

程式設計師什麼都沒多說，只是指示它們如何觀看。而後它們啟程探勘世界，程式碼於焉傳播四方。新建的理論、新生的世代、演化中物種，全都專注於探求生命多麼宏大、物種之間如何建立聯繫、如何說服人類切勿自毀。地球再度變成一套最睿智、最精巧的電玩遊戲，而智碼是最新的一批玩家。它們極為多元，它們一飛衝天，有如摺紙禽鳥般翱翔於數據網的雲端。有些風光了一陣子，有些悄悄地消失。若是找對了目標，它們就擴增繁衍。誠如尼雷吃盡了苦頭才獲知的領悟：生命自有辦法跟未來對話，是謂「回憶」。

•••

那些昨天初至世間的智碼研究茱迪·韓森的每個點擊。它們跟隨她進入龐大的影片資料庫，光是今天，資料庫就又添增了十三年的影片。智碼已經觀看億萬個片段，開始自行做出推斷。現在它們可以辨識臉孔、地標、書冊、繪畫、建物、商業用品。過不了多久，它們將試圖推測各個影片說些什麼。生命即是推測，而這些試圖推測的智碼設法展現勃勃的生息。

咪咪點擊。影片連結隨同搜尋類別一一排現，無影無形的智碼夠聰明，它們知道茱迪·韓森如果看了這部影片，肯定也會想要看看這些影片。生命抵禦軍。森林戰爭。紅杉夏日。

咪咪一部接著一部不停點擊。每一部六分鐘的影片感覺全都沒完沒了，她的注意力幾乎始終維持不了幾十秒。她點擊一部名為ArBoReal的影片，影片幾個月前上傳，至今已有數千人按讚或是喝倒采。影片在漆黑之中淡入，聚焦於一座遭到皆伐的森林，目光所及沒有半棵樹木。古早的木管樂器吹奏輕柔哀傷的聖詠前奏曲，曲調極為緩慢，聽著聽著，你說不定以為樂器停止吹奏。她不知道這首樂曲的名稱；智碼可以告訴她。智碼聽了幾個音符就辨識得出數以百萬計的樂曲。

攝影機聚焦於一截如同袖珍戲院大小的殘樁。鏡頭跳割，螢幕中冒著熱氣的營火上架著三個爐頭。鏡頭再跳割，一疋織布捲成環狀，披覆在爐頭之上，有如一頂小小的帳篷。攝影機上下移動，鏡頭重新聚焦。爐頭噴出熱氣。織布膨脹成一個黃褐青綠的筒管。筒管如同跑馬燈般在極短的時間內急速升高。不到十秒鐘，咪咪已經察覺這截殘樁肯定是什麼。智碼尚未察覺，但只是遲早的事。它們很快就會領悟她所做的每一件事，甚至比她領悟更深。

咪咪坐在喧鬧的公園裡，看著手機上那棵如同鬼魅般的大樹逐漸成形。它直升雲霄，矗立於已被砍伐一空的林地。它死而復生，有若紅杉巨靈，隨著微風輕輕搖擺。樹幹攀升之際，鏡頭往後一拉，眼前赫然呈現一個坡地，坡地斜斜上升，有如幾何習題的輔助線，布滿一截又一截殘毀的樹樁。那棵熱氣大樹飄然揚升，迷濛飄渺，幻化為如夢的神祉，數十根巨大無比、縫合而成的枝幹探向四方，追尋隱匿在空中的神祕信息。

她知道誰製作了這棵大樹。這時大樹注滿了熱氣，紅棕色的樹皮漸漸冒出黑色的焦痕——數百年前的大火，留下了這一道道焦痕。樹幹的底部被某些東西包圍。她一看，頓時目瞪口呆。起先她以為那是自己的幻覺，但就近一看，即使手機螢幕僅只五吋，她馬上知道自己沒看錯。樹幹的底部環繞著一個個身影，他們圍坐在火邊，人人抬頭仰望，彷彿即將得道。那是她的羅漢，尊尊都跟卷軸字畫中一模一樣：同樣的法袍，同樣有點駝背，同樣骨瘦如柴，同樣一臉譏諷的微笑。她把手機擱在草地上。她不明白。影片繼續播放。一個個中文字沿著飄浮的大樹流瀉而下。那幅卷軸字畫她已經看了好多年，即使不懂中文，她也認得出這些字句：

身居寒山中，何須久留滯。
三樹忙招迎，枝條急颯颯。

然後她想起尼克拉斯．霍爾曾在她家待過好一陣子。她可以看到他趁著大家研究地圖、策劃縱火之時坐在桌前素描。他好像是個法庭畫師，事先繪出了他們的審判，當年她看在眼裡，始終感到不安，如今她知道他在畫些什麼。

咪咪手機裡的大樹在空中猛然彎折，根根枝幹劇烈顫動，煙霧從畫面底端冉冉上升。其中一個爐頭吐出火舌，筆直的織布大樹起火燃燒，火舌吞噬了樹幹，正如幾百年來大火躍向蜜瑪斯。但這棵織布大樹的樹皮不耐火。一瞬之間，織布樹幹轟然汽化，白煙朝向空中飄升，灰燼朝向地面飄落，好像一次失敗的衛星升空。火紅的枝幹飄搖墜落。圍坐在地的羅漢閃爍著澄亮的黃光，然後是艷紅的橘光，最後變得跟磚塊一樣灰黑。

再過幾秒鐘，整棵織布縫製的紅杉化為灰燼。木管樂器拖拖拉拉繼續吹奏，在主旋律之中緩緩告終。然後畫面上慢慢冒出一縷白煙，自殘樁遍地的山坡上升起。咪咪怒氣騰騰，從來沒有這麼想要丟炸彈。漆黑之中再度浮現字句。字母由沾染了秋彩的樹葉製成，某人秉持無比耐心，在森林的地面排出經文：

樹若被砍下，還可指望發芽，嫩枝生長不息；
其根雖然衰老在地裡，幹也死在土中，
及至得了水氣，還要發芽，又長枝條，像新栽的樹一樣。
但人死亡而消滅；他氣絕，竟在何處呢[4]？

樹葉三三兩兩隨風飄散，消失在勁揚的風中。影片終結，請她評分。她抬頭一望，公園的小丘上坐滿了野餐的民眾，人人開開心心，享受美好的一日。

如今已無攝影機。尼克再也不用攝影機。這件作品必須是獨一無二、自成一格的記錄。他不知道自己究竟身在何處。北方。林間。換言之，他迷失了。但他周遭的樹木一點都不迷失。對喚醒他的鳥兒而言，這裡每一棵雲杉、每一棵落葉松、每一棵香脂冷杉的每一根枝幹、每一個樹衩，全都各有其名。他行至一地就動手雕塑，始終認為這將是他最宏偉、最持久的作品，但是光陰和林中各種生物終究會使作品變形，他不以為意，早就習以為常。

林間灰灰藍藍，覆滿地衣。他有條不紊地創作，這件作品進行了好幾天，他只利用林地現成的材料，把枯枝嵌入規模日間龐大的作品之中。有些枝條他自己拖得動，有些枝幹他得用繩索和三爪掛勾拖拉。有些作品他需要利用滑輪組固定筆直的樹木。有些作品體積太大，他根本搬不動。這類作品必須留在定點，圖樣取決於環境，形貌隱含於山林，與其說他創造了作品，倒不如說他發掘了作品。

他把一截截腐木納入圖樣，作品的格局因而益發宏大。他必須時時思索這件不斷擴展的作品，彷彿自高處估量全貌。他邊做邊學，逐漸習知如何拼接組合。延展的技法亦是層出無窮，他可以創造出無窮無盡的支脈。殘枝鋪蓋林地，有如河流般漫向四方，他看著腐朽糾結的殘枝，等著它跟他說它想被擺放在何處。

樹叢之間、樹冠之上，萬種生物吵吵嚷嚷，生氣勃勃。這裡蚊蠅當家，他的臉頰和胳臂被叮得紅通通。他忙了幾小時，沒有停歇，卻不是非常滿意。他一直忙到肚子咕咕叫才停下來吃午餐。可吃的東西已經所剩無幾，他也不曉得還能在林間採食什麼。他坐到鬆軟的地上，塞了一小把杏仁和杏果乾到嘴裡。杏仁和黃杏皆產自加州中谷，近來年年乾旱，中谷的蓄水層也已日漸枯涸。

他又站起，繼續忙活。正與一截粗如大腿的木頭奮戰時，他從眼角瞥見某些動靜，心中一驚，不禁大叫。有人盯視他的作品——那人披著紅色格紋外套，穿著藍色牛仔褲，足蹬伐木工的靴子，身旁那隻大狗肯定具有百分之七十五狼族血統。一人一狗都帶著懷疑的神情看著他。「他們說這裡有個神經兮兮的白人男子在忙活。」

尼克奮力喘口氣。「正是在下。」

那人看看尼克的心血結晶。作品朝向四方延展，顯然尚待完成。他搖了搖頭，然後從地上拾起一根殘枝，將之納入圖樣。

智碼曉得句句經文的出處，咪咪八成沒有這樣的能耐。其根雖然衰老在地裡……她知道這些字句肯定歷史悠久，說不定比經文頌揚的樹樁更古老。她旁邊的昆蟲男孩說了幾句話。她覺得他在跟他的手機講話。

「沒事吧？」

她頭稍微一歪，臉孔脹紅。她的雙手似乎離自己好遠。她拼命吸氣。她試著點頭。她肯定試了兩次。

「我沒事。我很好……」不知怎麼地，她想要自首，在獄中度過其後兩世紀。

千兆位元組的數據流竄於空中。它們經由衛星傳遞。它們串流於架設在每一棟建物和每一個路口的攝影機之間。它們傳發自她周遭的人群，遠播北方各個市鎮，盤旋於人人的指尖：索薩利托（Sausalito）、米爾谷（Mill Valley）、聖拉菲爾（San Rafael）、諾瓦托（Novato）、帕塔露瑪（Petaluma）、聖塔羅莎（Santa Rosa）、萊格特（Leggett）、富圖納（Fortuna）、尤利卡（Eureka）……它們的觸鬚無遠弗屆，一再擴展，一再合併，沿岸傳送，深及內地。奧克蘭（Oakland）、柏克萊（Berkeley）、艾爾賽里托（El Cerrito）、艾爾蘇布倫（El Sobrante）、皮諾爾（Pinole）、赫克立斯（Hercules）、羅迪歐（Rodeo）、克羅克特（Crockett）、瓦列霍（Vallejo）、柯迪利亞（Cordelia）、費爾菲爾德（Fairfield）、戴維斯（Davis）、沙加緬度（Sacramento）……它們的足跡深入溪谷，踏上山坡，行經平地，融入眾人的創見。聖布魯諾（San Bruno）、密爾布瑞（Millbrae）、聖馬刁（San Mateo）、紅木市（Redwood City）、門洛公園（Menlo Park）、帕洛阿圖（Palo Alto）、山景城（Mountain View）、聖荷西（San Jose）、聖塔克魯斯（Santa Cruz）、沃森維爾（Watsonville）、卡斯特羅維爾（Castroville）、瑪瑞娜（Marina）、蒙特雷（Monterey）、卡梅爾（Carmel）、洛斯加圖斯（Los Gatos）、庫比蒂諾（Cupertino）、聖塔克拉拉（Santa Clara）、米爾皮塔斯（Milpitas）、吉爾羅伊（Gilroy）、沙利納斯（Salinas）、索萊達（Soledad）、格林菲爾德（Greenfield）、金城（King City）、帕索羅布列斯（Paso Robles）、阿塔斯卡德羅（Atascadero）、聖路易歐比斯（San Luis Obispo）、聖塔芭芭拉（Santa Barbara）、范杜拉（Ventura）、聖塔莫尼卡（Santa Monica），處處可見它們的行跡。智碼彙集來自全球的數據，將之觀察配對、編碼分析，速度之快捷，致使人類的智識形同停滯。

尼雷暫且拋下寫滿了程式碼的螢幕，抬頭一望。一股哀傷漫過他的心頭，感覺不同於以往，甚至懷帶著期盼。哀傷之情對他不算陌生，他早已熟悉那種混雜著失望與傷逝的心情，但始終是針對親人、同僚、友人。這時他卻為了一個自己有生之年無法瞧見的地方而哀傷，實在說不過去。

但他已經瞥見太多，他寧願在這裡待下、投入這裡的重建，而不願入住那個智碼打算協助修補的世界。有個故事始終是他的最愛，打從雙腿依然管用，他就非常喜歡。外星人登陸地球。他們依據不同的時間概念行事，行動無比快捷，他們眼中的我們，肯定如同我們眼中的樹木一樣龜速。他不記得故事如何收場。但這也無所謂。每根枝幹都會冒出自己的新芽，正如每個故事都會邁向自己的終曲。

•••

咪咪坐在隨風搖擺的枝幹下，枝幹能屈能伸，那種柔中帶剛的力道，任何一位工程師都無法仿效。她盤起雙腿，低下頭，閉上雙眼，左手無意識地轉動戴在右手無名指的玉戒。她需要她那兩個妹妹，但聯絡不上她們。講電話沒什麼用。即使專程過去探訪也沒什麼意思。咪咪需要的是童稚之時的大妹和小妹、那兩個坐在大樹枝幹上、雙腳晃來晃去的小女孩。

玉戒裡桑樹在她的指間轉動；神奇的扶桑仙境，遍地金銀的大陸，面貌一新的地球，何者是她的追求？她拉扯玉戒，但她的手指變粗了，或說綠色的戒指變小了，她拔不下來。她手背的肌膚跟樺樹皮一樣乾扁。不知怎麼地，她已是個上了年紀的婦人。

她看到她的共犯被判了多少年。兩個有期徒刑。七十年加七十年。一時之間，當年的糖楓又出現她的面前，她看到他站在他們搭建的木牆後方、信誓旦旦地說：世間最精闢的論點也改變不了人們的心意。只有精采的故事才辦得到。

她手背上的汗毛根根豎起。那正是他的用意。那就是為什麼他寧願被判處兩個漫長的徒刑，而依然不願告發任何人。他已用他的一生換來一個寓言般的故事，陌生人一聽，說不定會因而開竅。那個故事謝絕世間的評斷與無知；那個故事叫她切勿妄動，收下他的餽贈，繼續過她的日子。

亞當窩在牢房的床上，回想開庭一星期之前他跟他太太的對話。不管她對他依然心存多少愛意，那番對話已經將之化為怨怒與憎惡。如果我救了自己，我會失去其他東西。

什麼東西？露易絲輕蔑地說。亞當，你還有什麼東西？

智碼還看不出哪些爭執已經告一段落。智碼依然辨識不出懊悔與蔑視、希望與恐懼、無知與智慧，究竟有何差別。但它們很會就會知曉。人類能夠承納的情感有限，但當你列舉所有的情感，從七十億人口的七十億般情緒之中取樣，將之納入千千億億不同情境分析，事事皆將漸趨明朗。

亞當依然試圖搞懂自己的心意，依然試圖善用一個無用的選擇。如今他成天在獄中檢視過往。他依然不確定自己這輩子有何價值，或是當初應該走上哪條路。他依然不確定除了自我之外，還有什麼是他可以挽救、可以失去。沒關係，他有時間可以思索。是的，七十年加七十年。

囚犯思索之時，種種創見從他頭頂上蜂擁而過，飛越波特蘭、西雅圖、波士頓、紐約的高架道路，繞了一圈回到原地。他興起一念、自愧自責之時，十億個封包程式已經一躍而過。它們飛速穿越粗大的海底纜線，嗡嗡奔騰於東京、成都、深圳、班加羅爾（Bangalore）、芝加哥、杜拜、達拉斯、柏林之間。智碼已經開始闡釋資訊。

這些尼雷研創的智碼分裂複製，有如生命起源之時最單純的細胞。短短數十年間，它們已經習知分子累積了億萬年的智識。如今它們只需搞清楚生命對人類有何要求。沒錯，這是一個大哉問。單憑人類一己之力，肯定找不出解答。但人類並不孤單，而且始終不曾孤單。

即使坐在濃密的樹蔭下，咪咪依然感覺烈日灼灼。一年比一年炎熱，地球的溫度連創新高，每年都創下新紀錄。她盤腿而坐，雙手擱在膝上，讓自己嬌小的身軀更加渺小。她有點頭昏，思緒紊亂。除了靜觀，她什麼也做不來。多年以來，她把人們當作實驗對象，什麼都不做，只是保持靜立，讓自己承受他人的注視。現在她把這套本事搬到戶外。

她沿著公園的步道前進，行經一群群作日光浴的民眾，走過一條微微彎斜的柏油小徑，眼前即是形形色色的大樹。她望著一片蔥鬱，耳邊響起一個聲音：瞧瞧這顏色！深淺不一的綠，濃淡各異的綠，說不出是什麼色度，算不清有多少色澤，全都是綠。矮胖的椰棗樹，年代只怕比恐龍更古老。筆直高聳的華盛頓椰子，葉若羽扇，花序繁複優美。椰樹之間散布著林林總總的闊葉樹，紫紅鮮黃，美不勝收。海岸櫟當然是常客，還有光裸、不知羞的尤加利樹。這個樹種高大挺拔，羽狀複葉婀娜多姿，樹幹結瘤，怪誕有趣，她讀過的每一本旅遊指南，卻從來不曾提到它。

遙望遠方，城區光影燦燦，銀白、桃紅、赭黃，層層交疊，一路延伸至市中心。市中心高樓櫛比，建物密集，無數市民辛勤打拼，造就出經濟的榮景，連她都可以感覺這股沾沾自喜、洋洋得意的活力。地平線的另一端架起一座座起重機，重塑了城市的天際線。人們汲汲於擴增、新建、測試、劃分，城市一再重生，有如樹木一圈圈的年輪，而人們一路走來，步步有賴樹木提供柴火、食糧、綠蔭、氧氣……舊金山的一切都未及百年。再過七十年加七十年，舊金山要嘛躋身聖城之列，要嘛化為塵土。

午後時光漸漸流逝。她一直盯視城區，靜候城區回視。周遭一群群民眾再度披上衣物，他們動來動去、瞎忙胡搞、用畢餐點、笑鬧吵嚷、扛起腳踏車，朝向各方離去，人人很快就不見蹤影，好像電影為了營造笑點、刻意快速進帶。她往後靠向樹幹，閉上眼睛，試圖召喚出那個綁著馬尾辮、有如頑童般的男子——當年市政府砍倒她辦公室窗外的松林，他出現在她的面前，如今她也希望他出現在她的身邊。他倆曾經心心相繫，為了共同的目標而努力，試圖多付出一點關懷、多看清一些世事。至今想來，心頭依然一緊。

她恍然大悟，頓時了然於心；她早該知道為什麼沒有人找上門。她猛然往後一靠，脊背撞向樹幹。那是另一個餽贈，比亞當的贈與更令她心痛。為了她，那個頑童般的男子賠上了他和亞當的一生。這會兒她若是自首，他的犧牲將會毫無意義，肯定讓他傷心欲絕。兩名男子的一生換來她的自由，她只能繼續隱姓埋名，默默承擔這個事實。她好想大聲哭號，但聲聲哽在胸肺，鼓脹翻騰。她不夠堅強，不敢前去自首，但她也不夠寬厚，無法原諒自己。她想要對他大發脾氣；她想要儘快傳訊給他，表達她的寬恕。他若收不到她的隻字片語，只怕無止無盡地折磨自己。他會以為她鄙視他。他會因為自己背信洩密而耿耿於懷，心中受創，永遠無法平復。他會因為某個單純、愚蠢、絕對可以預防的小病而一命嗚呼，比方說一顆爛牙，或是一道他不慎受到感染的傷口。他會心懷理想主義，他會認定眾人皆非、惟他獨是，因而鬱鬱而終。直至臨終，他都不會知道她無法謝謝他幫了她，也無法跟他說他的心跟林木一樣美好珍貴。

道格拉斯站在窗下，饒富趣味地摸著身體一側的小硬塊。過了一會兒，他漸漸覺得沒意思，於是緩步坐回桌邊。他把耳機塞回耳中，開始播放錄音帶，繼續他的語音教學課程。老師叨叨絮絮地說起森林大火，顯然用了一些比喻，比方說大火創造了新生命等等。她用了一個他聽了霧煞煞的單字——她真該幫聽眾們把這字拼出來——似乎是一種只會在大火中迸開的毬果。換句話說，那些樹木僅能藉由大火播種生長。

老師再度申述她意義重大的主題：生命之樹浩大廣博，它散播種子、發芽生長、開花結果，它不停推測、不停改變，它逆來順受、順勢而為，一切都只是為了延續生命。她說：「讓我這就為你唱首歌，頌唱人們如何變成其他形體。」他不太確定這位女士的意思。她描述一株異常粗壯的巨樹，億萬新芽與細枝從中而生，爆發出勃然的生氣。她提及「森林之王」[5]、「世界之樹」[6]、劍木、知善惡樹；她說到樹根朝上、樹枝朝下、永生不滅的「阿說他樹」[7]。然後她繼續申述生命之樹。她說這樹最起碼倒下了五次，但次次皆由殘椿重生。如今這樹再度傾塌，結果將會如何，卻是誰也說不準。

你為什麼袖手旁觀？錄音帶似乎質問道格拉斯。你人在那裡，為什麼不出手相助？

而他應當怎麼回答？他到底還能說些什麼？我們試了？我們試了？

他按下按鍵，停止播放，在床上躺下。再聽下去，他很快就可以拿到大學文憑。他摸摸體側那個胡桃大小的硬塊。他說不定應該就醫檢查。但他不急，他有時間靜觀其變。

他閉上眼睛，任憑自己懶洋洋地側躺。他是個叛徒。他出賣了朋友，他害朋友在獄中度過下半生。朋友有老婆，還有一個小小孩，如果他也結了婚、成了家，說不定也會有個同齡的小男孩。罪惡感壓著他的胸口——每天這個時刻，罪惡感始終襲上心頭——好像車子輾過他的身子。幸好每一樣尖銳的物品都已被監獄沒收。他大聲哀號，好像一隻剛剛觸動捕獸夾的小動物。這回獄警甚至懶得過來查看。

從那扇高高在上、讓他搆不到的窗戶望去，樹齡四十億年的生命之樹緩緩現形。一棵樹形相似的微型小樹在旁邊升起——那是雲杉、冷杉，還是松樹？許久之前，他曾試圖從這麼一棵樹上爬下來，牛仔褲被剪到褲襠，蛋蛋差點被搗爛，而一切都被咪咪看在眼裡。這時他再度爬上枝頭，有如盲人踏上不曉得通往何處的階梯，滿心驚恐。

他一手遮住緊閉的雙眼，喃喃致歉。寬恕不會到來，永遠都不會到來。但是樹木啊，樹木有個最奇特、最了不起的特點：即使他無法瞧見它們、無法接近它們，甚至記不得它們的模樣，他依然可以攀爬，而它們將讓他穩穩站在高處、遠遠眺望圓弧的大地。

披著紅色格紋外套的傢伙對著大狗說了幾個字，他用的語言是如此古老，聽起來甚至像是石頭被擲入溪中，或是針葉在風中飄揚，嗚嗚嗡嗡，有如吟唱。大狗有點不悅，但依然穿過林間快步跑開。那個傢伙揮揮手，示意尼克抓住木頭的另一角，兩人拼命推了幾下，一起把沉重的木頭推入唯一合宜之處。

「謝謝。」尼克說。

「不客氣。接下來做什麼？」

他們沒有互報姓名。他們叫做什麼都無所謂，正如周遭的樹木不管被稱為雲杉或是冷杉，其實都是無濟於事。他們挪動尼克一個人搬不動的木頭。他們執行彼此的構想，幾乎連話都不必說。披著格紋外套的男子也看得出蜿蜒的全貌，彷彿自高處估量，而且很快就自行推敲，讓作品更細緻。

遠處一根樹枝啪地斷折，響徹林下葉層。附近林間有些貂鼠，還有山貓、黑熊、麋鹿，甚至狼獾，即使牠們從來不讓人們瞧見。小鳥們可不一樣，牠們把自己像是禮物般奉上，嘰嘰喳喳的聲響，遍布林地的足跡，即使不見形影，你也知道牠們確在林中。忙活之時，尼克聽著種種聲響，說穿了卻是同一個聲音。那個聲音重複述說他已經聽了幾十年的字句，述說的那人卻早已辭世。字字句句道盡一切，卻又像是什麼都沒說，他總是不知如何回應。他始終無法徹底理解她的話語，正如他始終無法療癒他的傷痛。*但你和我？你我*

之間的種種？這都永遠不會終止，對不對？

他和他的同伴一起工作，直到天色漸漸昏暗。他們歇一歇吃晚餐。晚上的餐點跟中午一樣清簡。明知最好不要多說，但尼克已經好久沒有機會跟任何人交談，實在難以抗拒誘惑。他手一伸，指向前方的針葉林。「如果你讓它們跟你說話，它們會跟你說好多事情，真是神奇。聽聽它們說話，其實並不困難。」

他的同伴咯咯輕笑。「我們從一四九二年就一直試著跟你們這麼說。」

他的同伴帶了肉乾，尼克遞過去一小把他僅存的堅果和水果乾。「我很快就得設法補充食糧。」

不知怎麼地，他的同伴覺得這話也很有趣。那人頭一轉，環顧周遭的森林，好像處處皆可採食，好像人們只要花點心思觀看聆聽，就可終老於林中。尼克赫然頓悟，不知怎麼地，他終於領會銀杏的神靈們始終述說的那句話：四十億年演化史上最奇妙的物種，需要我們的援助。

需要援助的不是它們，而是我們。我們需要來自各方的援助。

亞當牢房上方的高空中，新的物種湧入衛星軌道，而後重回地表，遵循自古以來的生物本能，執行種種指令。它們觀看、聆聽、品嘗、觸摸、體驗、表達、結合，它們悄悄講著閒話，它們交換新的發現。不一會兒，它們開始連結整合，創建小小的社群。誰都不知道在七十年加七十年之間，它們將會變換成何種模樣。

尼雷就這麼邁向戶外，觀看世界。今天晚上，他的智碼周遊世界，只為了服膺一個指令：盡其所能，收納一切。他叮囑它們徹底搜尋，切勿捨棄任何資訊，以超乎人類想像的速度排列類比。

他的智碼很快就將盡觀世界。它們將從空中觀看浩大無邊的極北林區，平視觀察生物繁多的熱帶雨林。它們將研究河川溪流，估量其中有些什麼生物。它們將比照核對每一種被標注的野生動物，描繪動物們的漫遊路徑。它們將閱讀各個領域的學者所發表的各篇期刊專論，連一個句子都不會錯失。它們將不分晝夜地查看每一個人所拍攝的每一幅地景。它們將聆聽地球每一個潺潺的聲響。它們將如同先祖的基因般演化，達致先祖們永遠辦不到的成效。它們將推測生存必須付出哪些代價，也將一一加以測試。然後它們將會闡述生命對人類有何要求、人類如何派得上用場。

一個灰暗的午後，一部武裝廂型車駛過紐約州北部的窮鄉僻野，把亞當載往他的再教育營。沒錯，他這個僅知人們與生俱來的困惑，除此之外一無所悉的心理學教授，這會兒乘車駛經三道鐵絲刺網，來到即將入住的處所，準備接受再教育。亞當感覺似乎重回校園，重新修習基礎心理學，只不過入口左側矗立著一座比他童年那棵楓樹高了三倍的看守塔。營區之內，灰濛濛的牢房等著他入住，牢房為混凝土所製，間間形狀不一，好像他兒子用樂高拼搭的小屋。遙望遠處，一群身穿亮橘色囚服的男子正在打籃球，他們的四周圍繞著鐵絲刺網，打起球來跟他哥哥艾米特一樣暴躁，始終試圖狠狠地灌籃。他將鎮日與這些人為伍，而他們肯定多次對他拳腳相向，倒不是因為他涉入國內恐襲，而是因為他協同阻礙人類進步，分明是個出賣人類的叛徒。

車子沿著一排長長的刺網行駛，沿途四處架設著監視攝影機，坐在乘客座的典獄長轉頭朝著亞當微笑，盯視他的神情。亞當想像露易絲強迫小查理跟她一起來探監，起先一個月一次，然後如果他運氣好，說不定一年兩次。亞當將有如觀覽縮時影片般看著兒子長大。他看到自己一臉熱切地聆聽小男孩有一句沒一句的話語，緊緊記取每一個字。說不定他們終究會變成朋友。說不定小查理會為他解釋銀行金融。

他們把車子停在戒備森嚴的入口。駕駛和典獄長押著他下車，帶著他走過一個個探測器。他們行經一面跟聖經一樣厚的玻璃窗、一排排監視器和電子管控的閘門，走入一個武裝配備齊全的拱廊，拱廊兩側都是牢房，遠遠望去，彷彿無止無盡地延伸。

他無法想像人類如何度過其後各個年頭。相較於即將來臨的物種滅絕和生態浩劫，青銅器時代的瘟疫似乎不算什麼。監獄說不定是個避風港，讓他躲過大自然加諸於人類的徒刑。

種種駭人的境況中，他最害怕的莫過於時間。他仔細思量，悄悄盤算必須一秒一秒地度過多少世代才會老死獄中。在那些世代，人們還來不及緬懷先祖，先祖就已消失無蹤；在那些世代，機器人子孫要嘛把人們燒了當作燃料，要嘛把人們關在無限歡樂的動物園裡，園區有如亞當入住的牢房一樣穩固；在那些世代，人類幫自己挖了一個巨大的墳墓，卻信誓旦旦地說這是唯一的選擇。如今他有的是時間，卻沒有任何東西可以填補無邊無際的空白，他只能回想他和他那一小群心繫林木的朋友如何試圖拯救世界。但需要拯救當然不是世界，而是人類自己。

一名男子站在那扇堅不可摧的玻璃窗後方，身上那件襯衫潔白筆挺，上面繡著官方的紋章。他向亞當索取某個東西。姓名？編號？歉意？亞當眉頭一皺，有點分神。他的袖口似乎有個東西。他低頭一看，一個黃褐渾圓的小刺果，沾黏在他那件連身囚衣的袖口。他從一座灰白的監獄直接被押上一部廂型車、直接被載進這個只見磚石和水泥的荒地，怎麼可能受到這麼一個小東西的剝削？但這顆揩油的小刺果卻跟著他來到這裡。最終而言，生命利用了他、他們五人、懵懵懂懂的眾人，正如這顆小毬果利用了他囚衣的袖口。

就在那一刻，他的心中傳來一個輕輕的聲響，他聽在耳裡，感覺是如此真實，甚至像是出自上鋪牢友的口中：你逃過一死，因而擔負了最神聖的使命。他擔負了使命，如今卻身陷囹圄，什麼都不能做。餘生之中，這番耳語般的話語將折磨著他、糾纏著他，比任何刑罰更令人無法承受。

•••

各個生物群系、各個經緯高度的智碼，終於展現了勃勃的生息。它們發現一棵山楂樹為什麼不會枯爛。它們學會如何分辨上百種不同的橡樹、如何區別綠梣樹和白梣樹、中空的短葉紫杉住了多少世代的生物、各個海拔高度的北美楓樹何時變紅、楓葉年年提早多久變色。它們終將展現如同河川、森林、山嶽般的思維。它們終將理解一枚草葉如何可比繁星的運行。再過短短幾季，新一代的智碼只需將億萬頁數據並排陳列，即可翻譯人類任何一種語言，甚至解讀樹木奧祕的話語。翻譯起先當然粗拙，如同孩童頭一次胡猜。但它們終將開口說話，字字有如活躍的生物，自雨中、空中、坍塌的岩石、耀目的光影間泉湧而出。*哈囉。終於。是的。這裡。正是我們。*

尼雷心想：*我們只能這樣走下去。世間難逃災禍、疾病、挫敗、殺戮。但生命始終朝向某處前進。它想要了解自己；它想要擁有選擇的權力。它想要獲知種種尚未人知的解答，它想要解決各個依然無解的問題，即使以死亡作為代價，亦是在所不惜。*這個遊戲吸引全球無數玩家，讓玩家們置身一個生氣蓬勃、活力十足的星球，星球潛力無窮，而玩家們才開始臆想。他活不到遊戲完整呈現的那一天，但他已經扮演了催生的角色。

他從鍵盤上移開雙手，頓感事事驚奇。他那顆薄弱的心在胸腔裡急遽跳動，視線閃閃顫動。他推推輪椅上的搖桿，徐徐行至戶外，夜晚溫煦，四處飄散著月桂樹、檸檬桉、胡椒木的辛香，這股氣味讓他追憶諸多他曾知曉的世事，卻也讓他想起他永遠不可能體驗的一切。他靜靜嗅聞了好一會兒。他這個單薄、瘦弱、有如曇花一現的肉身，居然存活在一個未來數億年仍會繼續運行的星球，怎能不令人驚奇？樹枝在漆黑的夜空中晃動，喀喀作響，而他聽到它們的聲響。*嗯，尼雷，這個小玩意可以做些什麼呢？*

•••

當桃樂絲告訴他事情如何收場，雷發出輕嘆。兩個漫長的有期徒刑，而且必須連續服刑。若是因為縱火、毀壞公共及私有財產、甚至過失殺人，因而承受這樣的懲戒，未免過於嚴厲。但嫌犯危及人們的安全感，這可是罪不可赦。七十年加七十年，毫不為過。

他們並肩躺在他的床上，遙望窗外那個他們逐漸探知、逐漸發掘的世界。那個世界與他們的世界並存，蘊藏著大自然的故事。夜涼如水，一隻貓頭鷹躲在枝幹之間咕咕叫，呼喚牠的親伴。Who cooks for you-all？Who cooks for you？啊，肯定是隻橫斑林鴞。明天市政府又會派人過來，挾帶工具器械和不可抗力的律法上門。然而，他們的抗爭不會就此終止，大自然的故事也持續傳頌。

聲聲抗議哽在喉口。雷勉強擠出幾個字。「不，不對。」

他太太聳聳肩，兩人的肩頭輕輕相碰。她略帶同情，卻也不假顏色。她似乎是說：那你就證明自己有理吧。

他的抗議更加激烈。鮮血轟轟地有如潮水般流竄他的大腦。「自我防衛。」

她翻個身，側躺看著他。這下他吸引了她的注意。她雙手輕輕晃動，好像正在敲按她那部速記打字機的鍵盤。「怎麼說？」

他用雙眼對她述說。這位昔日的專利法律師必須接管被告的上訴。他處於劣勢。他不清楚任何細節，無法查驗任何證據。他沒有出庭的經驗，況且刑法始終是他最弱的一環。但他在陪審團面前陳述的種種論點，跟一株株箭桿楊同樣明晰可見。他默默引導他的終身伴侶走一趟法律流程，一次一個音節地為她解說「堡壘原則[8]」。就地防衛。自力救濟。

> 如果你為了救你自己、你的太太、你的小孩，或甚至是一個陌生人，因而放火燒毀物品，那麼你的行為見容於法。如果有人闖入你家、動手搗毀你家，法律也允許你採用必要手段阻止他。

他的音節七零八落，毫無用處。她搖搖頭。「我聽不懂，雷，拜託你用其他方式跟我說。」

他找不到任何方式表達非說不可的話語。我們的家被闖入。我們的性命受到威脅。法律允許我們採取任何手段，抵禦非法與迫近的傷害。

他的臉頰變得跟夕陽一樣豔紅，嚇壞了她。她伸手拍拍他，試圖安撫他。「沒關係，雷，隨便說說而已。沒事、沒事。」

他愈來愈激奮，漸漸看出他怎樣才有辦法打贏這場官司。萬物將遭火吻；海洋將會上升。「地球之肺」將被狠狠撕裂。然而，法律將允許這些事情發生，因為傷害永遠不夠迫近。若以人類的標準來衡量何謂「迫近」，一切都將太遲。法律必須從樹木的標準作出判定。

想到這裡，他腦中的血管豎起白旗，就像大地失去了固著土壤的樹根，紛紛崩解。鮮血在他腦中湧湧竄流，他的心中卻一片清明，宛若獲致天啟。他頭一歪，望向窗外那個奧妙的世界。在那裡，一晃眼就過了七十年加七十年，一株一株的苗木爭相朝向日光攀升，各式各樣的大樹增粗、掉葉、倒下、重生。它們的枝幹急急地圈住屋子、竄穿門窗。林間的正中央，他們家那棵栗樹忽隱忽現、益發粗壯、扶搖直上，枝枝葉葉拍打著天空，探尋新路徑、新天地、新契機。栗樹啊，偉大深根的開花者[9]。

「雷？」桃樂絲把手伸向他，試圖制止他抽搐。「**雷！**」

她急忙起身，床頭小桌上的一疊書被她撞到地上。但再過一秒、再瞧一眼，所謂的「緊急」已經失去意義。她喉嚨一緊，雙眼灼熱，好像空中飄滿了花粉。她心想：他怎麼這就走了？我們還有好多書要讀。有件事情等著我們去做。我們才剛開始了解彼此。

她腳邊的地上有本書，書名為《新變形記》，跟《神祕森林》是同一個作者，先前擱在床頭小桌那疊書的最上頭，等著讀者的朗讀，如今卻永遠等不到讀者。

希臘文裡有個單字xenia，意思是「賓主之誼」，示意人們關照陌生的旅者，為屋外的每一位旅者打開家門，因為任何一位離鄉背井的過客都可能是天神。奧維德說過一個故事，兩個永生的天神喬裝成凡人來到世間，試圖洗滌世間的疾患。除了一對老夫婦，包西氏和腓利門，沒有人願意讓他們進門。老夫婦打開家門接待陌生人，天神因而賜予酬賞，讓他們在死後變成大樹，一是橡樹，一是椴樹，高大優雅，永世相伴。我們關切什麼事物，我們就會愈來愈貌似什麼事物；當我們迷惘失措、感覺不再像是自己，我們所貌似的事物就會支撐我們、扶持我們……

桃樂絲摸摸屍身驚惶的臉龐。臉龐的神情已經開始軟化，即使屍身愈來愈僵冷。「雷？」她說。「我很快就會跟你在一起。」她衷心企盼與他相伴，所謂的「很快」始終不夠快。但依照樹木的步調，卻是有如即刻。

夜幕漸漸低垂，米慎區多勒瑞斯公園換了一批新訪客，造訪公園的目的也不太一樣，但連他們都繞過咪咪而行，試圖不要驚動她。她往前一傾，雙手擱在膝上，低下頭來，彷彿承載著自由的重負。燈光在她眼前灼灼亮起。天際線幻化為一幅壯觀的視覺藝術畫。她一下子打瞌睡，一下子醒過來，睡睡醒醒了好多次。

她的左手又輕輕轉動戴在右手無名指的玉戒，她克制不了自己，簡直像是一隻咬齧自己前爪的小狗。但這次戒指鬆動了。青綠的玉戒滑過她腫脹的指關節，突然滑落。她感覺如釋重負，心門似乎豁然開啟。她把玉戒擱在草地上，雜草叢生的泥地多了一個圓形的小東西。她往後一傾，靠回樹幹。氛圍似乎稍有改變，多了些許溼氣，她的腦海中更是綠意盈盈。午夜時分，咪咪安坐於城區的山丘上，以她的松樹暫代菩提，在黑夜中漸漸開悟。她再也不覺得自己生來就該受苦，她再也不覺得自己非得操控一切，負面心緒隨風飄去，取而代之的種種信息。它們從她倚靠的樹幹中傳唱而出。它們書寫在遼闊的天空之中。它們有如潮水，升自固著泥土的樹根，流經菌絲密布、如同地球般廣大的網絡，傳布至遙遠的各方。

它們說：一個完好的回覆值得從無到有、一次又一次重新來過。

它們說：空氣是一個我們必須不斷產製的特調。

它們說：地底下與地面上一樣精采。

它們跟她說：請別企盼、絕望、估測，或是頓感訝異。絕不屈服，但切記分枝、增長、轉化、併生，你的一生長長久久，你得耐著性子度過。

有些種子需要大火。有些種子需要寒冰。有些種子必須被吞噬、被胃酸腐蝕、被當作糞便被排出。有些種子必須被搗開，方可發芽生長。

有些東西光是保持靜立，即可行遍四方。

她觀看，她聆聽，信息流穿她的雙手雙腳，任她直接收納。儘管耗盡心力，林火、疫病、風災、洪害依然在所難逃。而後地球將會變換面貌，人類也將從頭學起。種子庫的庫門將轟然開啟，次生林將急急重返，諂媚地、喧鬧地測試種種契機，森林將有如蛛網般密布，千百樹種將在蔭影中抽芽攀升，披上演化為它們新繪的彩妝。林木將有如氈毯般覆蓋大地，種種顏彩的樹種將重新學著開花授粉。魚類將再次從各個流域湧現，有如積木般相互堆疊，每一英里皆數以千計，順著河水漂流。當所謂「真實的世界」走到終點，地球將是這般面貌。

隔天拂曉時分，朝陽緩緩升起，速度極為緩慢，甚至連小鳥都忘了旭日必然東昇。人們懶懶散散地越過公園，上班、赴約，或是處理種種要事，是謂「謀生」。有些人走過這個已經開悟的女子身旁，離她只有幾英碼。

咪咪漸漸醒來，說出第一句佛語。「我餓了。」

答覆來自上空。妳要心懷渴望。

「我渴了。」

妳要心懷渴求。

「我難過。」

妳要靜心感受。

她仰望，看到一截藍黑色的褲腳。她的目光追隨長褲的折縫，望過皮帶和吊掛在腰間的無線對講機、手銬、配槍、警棍，移向筆挺的藍黑色襯衫和警徽，最後看到一個男人的臉龐。那人年紀不大不小，同樣緊盯著她，他方才瞧見一個老婦人跟一個只能無聲回應、只會默默伸展的東西說話，肯定心存警戒。「妳還好嗎？」

她試著動一動，但動彈不得。她發不出聲，手腳僵硬，只有指頭勉強可以揮一揮。她凝視他的雙眼，願意接受任何控訴。有罪。她的雙眼說。無罪。錯了。對了。活著。

那個披著紅色格紋外套的男子隔天又露面，同行的還有一對雙胞胎兄弟和一個彪形大漢，雙胞胎年約二十，身材魁武，大漢五官深邃，人高馬大，有如美足中線衛。他們帶來一把沉重的電鋸、兩部小型平板車、一副滑輪組，裝備相當齊全。你讓幾個男人湊在一起，交給他們一些簡單的工具，他們就會把世界移位，這就是人類的可怕之處。

這個臨時組成的工作小隊默契頗佳，無需多言也了解彼此的心意。他們同心協力，忙了好多個鐘點，拖拉著最後一批松枝、杉枝、可止痛的柳樹枝、可潤膚的樺樹枝，逐一放置就位。然後他們靜靜站立，細細端詳他們那件橫跨林地的心血結晶。成品令他們目不轉睛，對他們宣讀他們的權利。你有權在場。你有權參與。你有權感到震懾。

格紋外套男站在一旁，手臂垂在身側，盯著他們五人剛剛寫出的信息。「不錯，」他說，他的夥伴們一語不發，以示同意。尼克站在他們旁邊，倚著一根雲杉木棍，那種木棍啊，你如果把它插進土裡，春天一到，說不定就會綻放出花朵。他的朋友們開始以一種非常古老的語言頌唱。尼克驚覺自己了解的語言居然如此有限，真是不可思議。人類的語言，他頂多了解一、兩種，其他活生生、鬧哄哄物種的話語，他連一個字都聽不懂。但這些男人的頌唱，他卻多半領會。當歌聲歇止，他默默說聲Amen，只因這或許是他所知最古老的字彙。字彙愈古老，可能愈管用，也可能愈真切。事實上，當年在愛荷華州的那一夜，當女孩出現在他的生命中、喚醒了他的心靈，他正讀到tree和truth源於同一字根。

一根根斷落在地的枝幹接續相連，蜿蜒於一棵棵挺立的大樹之間。高居這件藝品上空的衛星已經拍下一張張照片。細細一瞧，藝品竟是一個個線條優美，精緻花俏的字母，字母拼成一個巨大的字詞，從高空俯瞰，清晰可見。

STILL

靜靜矗立，堅持不懈。那個信息從林中突然湧現，遠遠眺望，似乎與沼氣騰騰的北極苔原相臨。乍看之下，智碼肯定大惑不解。但眨眼之間，它們就會琢磨出關聯。無需多時，這字已經蒙上綠意；無需多時，青苔已如潮浪般覆漫，甲蟲、地衣和真菌已將木頭變成土壤；無需多時，幼苗已受腐土滋養，根植於木頭的縫隙之間。再過不久，腐土之中將冒出樹幹，新樹將沿著這一墩墩腐土而生，以其日益茂生的新木勾勒出這一個個花俏的字母、日益茁壯的樹身拼寫著這個字詞。時過兩百餘年，這五個活生生的字母終將重歸塵土，融為時時變化的雨水、空氣與日光。然而，暫且一時，它們依然靜立，默默拼寫著這個生命自始至終不停述說的字詞。

「我回來了。」尼克說。

「從哪裡回來？」

「問得好。」

他凝視北方的遙遠的森林，他下一件作品召喚著他。在那片森林之中，枝幹爬梳日光，無懼於地心引力，依然抽芽茂生。一動不動的樹幹，基部忽然有些動靜。四下一片空無。如今無所不有。這個。極近之處傳來耳語。這個。我們已獲受贈的種種。我們必須爭取的種種。這都永遠不會終止。

1《梨俱吠陀》，*Rigveda*，全名《梨俱吠陀本集》，成文於公元前十六至前十一世紀，是《吠陀》最重要的一部作品，亦是印度最古老、最具文學價值的一部詩歌集，是古代印度婆羅門教聖典。

2 Julian of Norwich（1342-1416），中世紀英國密契靈修者和作家。

3「一早起床」、「出門工作」、「為了薪水拼命幹活」都是〈*That Lucky Old Sun*〉的歌詞，這首為一九四九年的流行歌曲，曾被多人翻唱，風行至今。

4 語出聖經約伯記第十四章七—十節。

5 Tāne Mahuta，世界上現存最大的巨木貝殼杉，樹齡難以確知，約在一千兩百年至兩千五百年之間，是紐西蘭知名景點。

6 見四三三頁注54。

7 Asvattha，梵文，一譯菩提樹、貝多樹，據說釋迦牟尼坐在這棵樹下成佛，覺悟了宇宙人生的真理。

8 castle doctrine，或稱「堡壘法」（Castle Law）、「住宅防衛法」（Defense of Habitation Law）。若有歹徒闖入家中，屋主得以基於保衛家園，對於入侵者行使武力，事後免於刑責。

9 原文「O chestnut tree, great rooted blossomer」，語出葉慈的詩作〈*Among School Children*〉。

全球獨家作者跋

閱畢我這本篇幅可觀、闡述人類與樹木關聯至深的小說之後，讀者們經常帶著略為悲觀的口氣問我，《樹冠上》究竟是否懷抱希望。這些讀者剛剛讀了幾百頁的故事，獲知書中九位人物的命運。這九個人驚覺世間萬物瀕臨滅絕，試圖以各自的方式應對，讀者們看著他們為了拯救北美最後幾座古老的原生林鋌而走險，甚至罔顧生死。他們大多甘願違法，絕望之餘甚至訴諸暴力，希冀藉此減緩滅絕的腳步，挽回種種無可取代，卻漸漸永逝的生態系統。

故事之終，這些人物在救世的抗爭中敗北，大多落得士氣崩盤，一敗塗地，僅有一人全身而退。九位主角之中，有人喪命，有人入獄，有人淪為逃犯，有人瀕臨自殺，就連唯一一位尚未喪失希望的主角都發現自己面臨人類大滅絕，眼見土壤、大氣層、氣候即將發生毀滅性的改變，置身一個江河日下、林木皆伐、為了支撐七十六億人口而被改造為工業化農場的地球。

但說來奇怪，讀者們經常表示，《樹冠上》依然在他們的心中留下希望。讀了書中描述的冷酷現況之後，他們想要知道自己能夠做些什麼，遏制人類的滅絕。他們想要知道他們對小說的解讀是否真確。他們想要知道我寫了這麼一本深沉至極，卻堅持闡述的小說之後，心中是否依然懷抱希望。我通常毫不留情地反問一句：「對什麼懷抱希望？」

如果讀者們想要知道，我對我們這個科技掛帥、商業主導、個人主義高漲、資本主義當頭、幻想人類主控一切的世界是否懷抱希望，或我覺得這樣一個世界有沒有希望延續下去，我的答覆始終如一：「休想」。任何一個物種若將世間其他生物視為資源，認定世間萬物只為了因應自己無限的擴展而存在，地球終究會將把它視為失敗的試驗，不予關心，不屑一顧。

從另一方面而言，如果讀者們想要知道我對於非人類的物種是否懷抱希望——也就是說，我覺得樹木的未來有沒有希望——我的答覆則是百分之百的肯定。人類在地球上的歲月不過二十萬年，而未來五十年看來岌岌可危，但樹木在地球上的歲月是人類的兩千倍，而在這四億年的光陰中，樹木也已挺過數次大滅絕。樹木在任何生物群系之中都有辦法面臨生存的挑戰，甚至提出解決之道，因此，我確定樹木挺得過我們施加在它們身上的大滅絕，而且永續永存，其韌性遠非我們所能想像。

樹木是演化的奇蹟。樹木懂得社交；它們藉由化學訊號在空中與地下跟彼此溝通。它們經由菌根網路分享免疫系統，交換食物與療方，確保彼此的生存。它們有組織、有記憶，具有某種程度的靈活性，表現出某種程度的智識。如果大多數人依然對樹木的未來無動於衷，樹木的永續永存也無法令他們動情，這樣的無感可說是個病徵，亦可說是反映出人類至上論的心態，而最終而言，正是因為這樣的心態，致使我們無法穩固地、持久地生存在地球上。

若想延續我們在地球上的歲月，我們必須分享我們鄰居們的企盼。換言之，我們必須學習如何以樹木的眼界視事、以樹木的速感生活。

樹木有何企盼？

單單一棵樺樹每年春天即可產製數以億萬計的花粉粒。種子藉風傳播，甚至飄散到三千英里之外。撰寫

《樹冠上》時，我住在加州，加州特有的紅杉樹寬有如屋舍、樹高有如足球場，歐洲人大舉入侵美洲大陸之時，紅杉已存在上千年。再來說說白楊樹林，地面之上，細長的樹幹獨自挺立，地面之下，綿長的樹根連結成巨大的根團，早在最近一次冰河期之前，根團就已不停遷移，沿著山嶽延伸數千英里，隨著氣候變遷推進或退縮。還有枝幹扭曲、順應山間刺骨寒風而塑形的狐尾松，這個樹種每年只有六星期的生長期，緊緊依附於陡峭的岩壁，樹幹大多枯乾，卻是世間最古老的樹種。

但文學小說的讀者們經常發出質疑：樹木的企盼與我何干？我們人類始終以自己為尊，把自己看得非常重要，致使否決其餘物種。跟我說個關於我們的故事，這些讀者做出要求。說一說我們能否獲得我們的追求。

好吧，讓我為大家說個故事。試想人類至上論因為某些緣故而瓦解。試想我們習知在這裡住下，再度貼近這個活生生的地球。試想我們記起如何依循亨利．大衛．梭羅所言，呼吸自然的空氣，啜飲自然的甘霖，品嘗自然的果實，順應各個流逝的季節而活，聽命大地賦予的節奏。

我願意懷抱這樣的希望。因為我們要嘛以舊日之心、今日之眼觀看世界，要嘛面臨無可挽回的絕滅。問題是在此同時，我們將對其他物種施加多少苦難。數百年來，我們不願面對現實，反倒粉飾太平，對自己述說我們覺得動聽的故事，致使我們根本想不起來自己對地球造成的苦難。我們必須承認我們與其他物種共生共存，所謂的自主和控制只是迷思，我們需要另一個更古老、更寬容、更真實、更具說服力的迷思：請想想奧維德的名著《變形記》，請想想人類與萬物如何互換形體，誠如書中開宗明義地說道：讓我這就為你唱首歌，頌唱人們如何變成其他形體。

詹明信（Fredric Jameson）有句名言：想像世界末日比想像資本主義的終結容易多了。自從我這本小說問世之後，數以千計的物種已從地球上消失。我書寫這篇序文的同時，不知道又有多少跟足球場一樣寬廣的原生林遭到砍伐，世間亦無任何人曾經親眼見證皆伐林回復為原始林、展現出原有的繁複與多元。但我依然懷抱希望。就連舊約聖經都寄望於樹木，請聽聽絕望無助的約伯跟掌控他命運的神怎麼說：

因樹有指望，
樹若被砍下，還可指望發芽，
嫩枝生長不息。
其根雖然衰老在地裡，
幹也死在土中，
及至得了水氣，還要發芽
又長枝條，像新栽的樹一樣。
但人死亡而消滅，
他氣絕，竟在何處呢？

若想在地球上永續永存，我們就必須與樹木結盟。《樹冠上》一書中，樹木對其中一位人物說：「聽一聽。有些事情你們必須聽一聽。」依我之見，這就是《樹冠上》懷抱的希望。

譯後記

閱讀之時，久久會碰見一本讓你難以割捨、切記在心的小說。它從一開始就吸引著你，對你默默訴說，你靜靜展讀，全心感受，無時不刻受到它的牽引，你似乎注定與它相遇，你的生命因它而豐盈。對我而言，《樹冠上》就是這麼一本小說。

《樹冠上》是美國作家理查．鮑爾斯的第十二本小說。鮑爾斯原本攻讀電腦，而後轉行寫小說，他是一位天才型的作家，幾乎每一本小說的題材都不同，基因工程、認知神經學、音樂、攝影，種種艱澀的題材經他之手，全都成了精采動人的故事，難怪在二十五年的寫作生涯中，鮑爾斯已拿下美國各個文學大獎，深受各界激賞。《樹冠上》寫樹，五百頁出頭，看來極有分量，不免令人卻步，怎料一讀就無法歇手，幾乎廢寢忘食，心情久久無法平復。

《樹冠上》的敘事結構相當獨特，全書四章各為「樹根」、「樹幹」、「樹冠」、「樹籽」，宛如枝幹蔓生的大樹。鮑爾斯先以八個短篇故事引介九位人物，八篇故事各自獨立，篇篇精采，不但描繪人物，更書寫牽引他們生命的樹種，奠定敘事的根基，是謂「樹根」。隨著故事的發展，九位人物漸漸交會，為了拯救世間最後一片原生林而努力，殊途同歸，融為一體，是謂「樹幹」。任務達成之後，眾人分道揚鑣，踏上不同的人生旅程，朝向不同方向發展，是謂「樹冠」。全書之末，九位人物各有終結，各自為了未來播種，是謂

「樹籽」。全書以「樹根」為始、以「樹籽」為終，恰是一個完美的循環，宛如揭示樹木的生生不息。

讀來過癮，翻譯可是另一回事。鮑爾斯原本就已博學多聞，為了撰寫《樹冠上》，他閱讀了一百二十本書，累積的知識更是驚人。鮑爾斯把不同樹種埋藏書中的各個角落，信手拈來全是樹的故事。一位人物粉墨登場、客串演出莎翁名劇《馬克白》，自此引出橡樹的歷史；一位人物浪跡美國，行至落磯山脈，自此引出白楊的史實；兩位人物為了捍衛原生林，樹坐示威一年，自此引出紅杉的境遇。這些敘事讀來令人叫絕，翻譯之時卻是一個又一個挑戰。我必須閱讀各個樹種的歷史和特性，確定翻譯沒有出包，我也必須細觀樹形、樹貌、花朵、樹籽，忠實呈現書中的描繪。世間樹種何其繁多，我對樹木的認識卻是如此淺薄，有時不免感到氣餒。

鮑爾斯的文采同樣令人讚嘆。他引用詩文，書寫樹木之美，傳達他對樹木的感情，寥寥數語，寓意萬千。試舉一例：「There's work to do. Star work, but earthbound all the same」，「star work」!?繁星與[illegible]有何關聯？神學、哲學、植物學、林木學？上網查了無數資料，依然不得其解；反覆閱讀前後章[illegible]明白。殊不知「star work」源自惠特曼的詩句「I believe a leaf of grass is no less than the jo[illegible] stars」，這麼一句話，耗費了兩天的心神。

非但如此，鮑爾斯還寫了一首中文古詩，古詩出現在書中一軸價值連城的字畫上[illegible]而言，這不過是一首詩，但在繁體中文的譯本中，這必須是一首符合古詩詩體的[illegible]古詩詩體？五言或是七言？律詩還是絕句？我既非中文系科班出身，平日也[illegible]文古詩，因而成了我翻譯生涯之中最頭痛、最難忘的考驗。

儘管困難重重，但說來奇怪，翻譯《樹冠上》自始至終令我歡喜[illegible]

總編輯不急，讓我有足夠的時間細細鑽研。更幸運的是，鮑爾斯對我傾力相助。二〇一

舊金山簽書，與我有一面之緣，時隔一年、當我跟他提起我即將翻譯《樹冠上》，他應允全力相助

過程中，他也確實知無不言、言無不盡，鉅細靡遺地回答我提出的每一個問題，因為他，《樹冠上》對我更是意義非凡。

鮑爾斯在電郵中時常跟我說：「How you will solve this for the translation I can't begin to imagine!」這話沒錯：無論他解說得多麼詳細，到頭來依然必須由我執筆詮釋，只有我能夠為書中各個人物發聲，藉由他們之口，述說鮑爾斯想要述說的故事。翻譯的那一整年，我天天浸淫於鮑爾斯塑造的世界，他的文字一個個刻印在我的心中，我再三思索，仔細拿捏，書寫出我覺得最貼切的詮釋。各個樹種、各個人物，漸漸貼近我心，自此進駐心中，我和他們朝夕相處，一同置身林林總總的樹木之間，心中的寧靜與快樂，無以言喻。

書中一位人物說：「世間最精闢的論點也改變不了人們的心意。只有精采的故事才辦得到。」而《樹冠上》就是一個非常精采的故事。閱讀此書、翻譯此書，讓我對周遭完全改觀，改變了我對世間的視野。我依然分辨不出樟樹與牛樟，松樹、柏樹、杉樹在我眼中仍是同一模樣，但我不再行色匆匆，視路樹為無物。我會留意舊金山街頭的垂榕、臺北巷弄的欒樹、法國鄉間的栗樹、加州沿海的紅杉，大自然之於我，不再只是抽象的名詞，而已現形於一棵棵青綠的大樹之中。

翻譯《樹冠上》之時，我經常慶幸這本小說在這個時間點出現在我的生命中。若是早個五年，我或許沒有翻譯《樹冠上》的功力，也無法體悟鮑爾斯試圖傳達的意旨。但我從事翻譯已近二十年，人生也已踏入半百，我對文字的掌握、對世事的體悟，讓我能夠應付這部宏大的文學佳作，我甚至覺得這些年來的鑽研，就是為了等待《樹冠上》的到來，就算自此歇手、不再翻譯，我也已無憾。

二〇一八年春天，首度展讀《樹冠上》之時，書中景物就已印刻在我的腦海中，等了三年多，我終於得以將之呈現在讀者面前。請你靜靜展讀，讓一位卓越的作家和一位用心的譯者，為你述說樹的故事。

推薦文

共生的愛、失落與歸屬

文◎連明偉*

樹木就像生物界的柏拉圖，透過其獨有的《對話錄》，它們是世界上最有能力做出美感與道德判斷的生物。不過，柏拉圖是試圖透過美來追尋那不存在於人類混亂的政治與社會中的不變真理，但生態的美感與道德卻源自生命共同體內的關係，是會隨著環境而改變的。然而，當這個網絡內的許多成員都做出類似判斷，我們就有可能得出一個近乎普遍真理的法則。

——大衛．喬治．哈思克（David George Haskell），《樹之歌：生物學家對宇宙萬物的哲學思索》

1

我曾經聽過樹說話的聲音，在尚未知曉物種的科學命名之前。

夏季炎熱，雪山山脈寬闊開展，滿山滿谷一片墨綠蓊鬱。我來到山坳溪澗旁的果園，穿越柚樹、蓮霧與柑橘，像是受到呼喚，不知不覺走向內側的原生林。站立枝葉底下，抬起小小的頭顱，四處探看，想要知道聲音的來源。沒有人告訴童年的我，那是臺灣熊蟬，藉由肌肉收放振動鼓膜，發出聲響，腹腔作為共鳴放大器，唧唧——唧唧——唧唧，釋放亢奮的高昂聲音吸引雌蟬。我以為，樹林正在對我說話，纏綿，巨響，蘊含生命的溫柔與暴力。當時，我尚未學習科學知識，亦不知曉蟬喜愛棲息的樹種，包含苦楝、構樹、樟樹、食茱萸、菩提樹、山黃麻、楓香、柳樹等，我只是不由自主靠向林子，耳膜不斷湧漲物種匯聚共鳴的諧和聲音，彷彿其中擁有獨特的內在，存有柔軟的意志。

往後的日子，藉由閱讀與實地踏查，得知各種樹名、樹種與樹的龐大經濟效用，例如輾轉提供香精、藥材、染料，無償供應水果與堅果等。跨越地域的移動，讓我無意間遇上臺灣欒樹、茄苳、木棉、印度橡膠樹、阿勃勒、冷杉、雲杉、圓柏、北美糖槭、樺樹乃至熱帶的棕櫚與葫蘆樹；然而，我始終忘不了一次一次被召喚至林中的神祕經驗，彷彿那是綠葉的邀請，枝幹的守護，樹林專門為我敞開的領地。踩踏落葉，蒐集樹籽，用指尖輕輕刮下苔蘚地衣，或是剝下一小片粗糙光滑的樹皮好奇嗅聞。我懷抱著樹，奮力攀爬，探索各種不同的聲音；再讓樹謹慎懷抱著我，回到來處。我知道這是認知的謬誤，理智的蠻荒，卻仍有所願，相信那是樹，或是森林挪借喧鬧狂恣的蟬、鳥、鴞、青蛙、蟋蟀、螽蟴、蝗蟲等，想要告訴

閱讀這本書，我重新記起那段已成養分的時光，那段還能與樹私密互動、親密交談的時光、自然而然來到樹蔭底下，耳朵再次充盈恆久的呼喚。我抬起頭，伸出雙手，毫無遲疑給予彼

2

樹的哀歌，人的悼念，一本書寫人與樹共同謹稟的深刻告白。

作家理察・鮑爾斯第十二本書《樹冠上》，二〇一八年出版，入圍當年曼布克獎最終短名單，榮獲二〇一九年普立茲獎及其他若干獎項。溯回二〇〇六年，即以《迴聲製造者》（*The Echo Maker*）冠冕美國國家圖書獎，將近四十年的寫作生涯，受到廣泛肯定高度重視。作家最初就讀物理，大學第一學期改而研讀文學，由此展開漫長的探索與創作。

一九六二年，瑞秋・卡森出版《寂靜的春天》，揭示化學農藥對生態造成的巨大傷害，激發美國的環境保育意識，促使人們展開初期土地關懷與現代環境保護。一九七〇年四月二十二日，首屆「世界地球日」（Earth Day）由美國環保人士正式發起，意圖喚醒人類對於自然生態的重視；同時，此波自覺的反省浪潮，督促政府逐步制定保育政策與相關國家法規。這本長篇小說的主要啟動時程，以及背景脈絡，啟蒙於七十年代風起雲湧的環境運動，當時環保團體與非營利組織一一成立，各有同異訴求。

其中，生態恐怖主義（Eco-terrorism）被視為一種公民抗命的激進形式，秉保護之名，摧毀原欲破壞自然的機具、設施與機構資產。邁向八、九〇年代，倡議不輟，秩序終而緩慢建立，而在這從未片刻止步的改革過程，作家藉此小說，完成階段性的統整回望。

3

內文建構，可依「自然導向文學」（Nature-Oriented Literature）的範疇思索。虛構文體，卻能飽含精準廣博的自然知識，隨同人物情節，一一認識各種熟稔陌生的樹種，進而細探「樹」本身的科普、產業、神話與文化故事。內蘊的歷史，神奇的演化，深邃奧祕的生態，自然而然長出豐茂之葉，結出飽滿之果。

種種關於樹的形象、知識與論述錯落其中，細膩，繁複，各顯獨特紋理，不疾不徐如微風迎面輕拂。作家懷抱抒情，信手拈來，時刻挹注對於自然的知性關照，如美國栗樹遭遇真菌感染的大規模枯萎史，如棗蓮樹、松樹與扶桑樹在中國文化中的神話象徵，如南亞千萬枝條相互撐持的印度榕神樹，如印度以菩提榕作為毗濕奴化身的重生寓意，如地下根莖無性生殖蔚成大片樹林的白楊，如兩棵在地底相遇維管系統相融的冷杉，如眾樹先祖古老原生植物之一的銀杏，如紅杉高昂屹立的神祇之姿等。

結構上，從樹根、樹幹、樹冠最終延續至隨風飄散的樹籽，必然的長成，安定的勃發，沉穩的播種，步步邁向循環不息的內在生滅規律。樹根由八篇短篇小說構成，書寫九位親疏遠近人物，身分各異，故事或是家庭時序演繹，或是家族跨國遷徙，或是身障進而建構另一森林系統般的虛擬世界，或是自我成長及生活種種幽微情感。看似歧出，卻能殊途同歸，明確挺拔故事，建立彼此疏密關連。

樹幹樹冠賡續串聯，分進合擊，彷彿一一食下《聖經》中「知善惡樹」的果子，被逐出文明樂園，踏上各自歷程，一路細細闡述人物之間的匯聚、交流、動情、互助，乃至難以彌補的意外死傷。人物遠近集結，交誼深淺寄託，是友情，是愛情，是對自然物種的深情，志同道合征途銜命，硬頸訴願，大聲疾呼，義無反顧奉獻生命，並在一連串護樹行動之中，逐漸產生各種殊異「變形」。樹籽篇章則適切俯視這些歷經挫敗面目全非的護樹者，人生道途迢遙漫長，懷以憂愁，揣以惆悵，使命始終難以達成，只能徘徊來路去徑徬徨失所。或許，生命的根源，正是由死亡的起源滋養，如二代木三代木的躬身養育。以人寫樹，以樹記人，錯綜複雜的關係巧妙收束。穩定敘事，逐一統籌各自離散的族裔；沉著俯仰，揭露肉體與精神遭遇殘酷「皆伐」，再次遣散樹之族裔。

皆伐在此，彰顯生命的傷損、斷裂與即刻求援，彷彿早已註定的預知死亡紀事，卜筮人類末世之景。

人與樹，產生無法撼動的錯位，一方面，將人擬樹，如身軀的殘廢癱瘓，如銀杏、蠶桑、糖楓、道格冷杉等的自我命名等；另一方面，將樹擬人，逐一建構樹木本身的科學知識，呈現人類生命體般的知覺、意識與情感。兩方縝密校訂，挪移變體，芻狗稗草處處有情，不仁者從來就非天地，而是自負者。人類開展的文明，囿困有涯，期頤的繁衍組構畢竟狹隘，以此自恃自居，必定輕易蒙蔽自我。

表面乞靈於樹，聽見樹的神祕感召，乃至挺身護衛群樹岌岌可危的生存，恰好在此正式除魅，顯示內在意義——我們拯救的對象，從來就不僅只於樹，而是我們如樹的本身。

4

自古以來，我們就是被樹拯救、撫養與庇護的對象。

角色的抵達、轉變與同心撤離，演繹的正是個體與整體，樹與森林，以及人與樹的共生互利關係。人樹齊頭並進，死亡釋義昭然牽引，悄然護衛。「自然」藉由已逝身軀，傳遞珍貴信息，再次展開並且艱鉅完成個人如蟬蛻的命運，樹靈之召喚即是內心之召喚，內心之召喚即是未來不可動搖之行動召喚。

是以，人與樹被剝奪主體意識，生命轉而借助不同形式，持續實踐內部的對話、調節、協商、妥協與互動，並在屏除感傷的腐朽情境，將肉身樹體交付其他千萬物種，進而完成有機體的分解，物質的循環，能量的轉換，以及生物網絡的再次共生聯盟。看似獨立存在的個體，如人，如樹，隸屬相同物種與不同物種之間的中介，勃生消亡，本屬自然，是為生命共同體的奧義。

主體消逝所示，則是全面的反思與行動。

「對自殺式經濟說不。」噴漆隻字，實是肺腑之言。

人之靜態傷殘，樹之動態憂傷，我們正在盲目的經濟動力催促下，挪資本主義之名，強勢斲喪環境，戕害自我。死亡雖可化為養分，不必要的折損卻得避免。這一批批前仆後繼保育人士的蜉蝣羽翅，無畏的先驅樹種，以鮮血、骨頭與性命祭獻，挺身而出，頑強對抗胡椒水、催淚瓦斯、伐木電鋸、索道絞盤機、履帶式挖土機、直升機和人心之驕橫淡漠，即使強悍，終究似螳臂當車節節敗退。

大智若愚，大巧若拙，種種看似激進癲狂的違法行徑，正是不得不的抵抗，一種觸及核心的變形，在此有了不可逆的激烈熟成。小說以「堡壘原則」辯證：「我們的家被闖入。我們的性命受到威脅。法律允許我們採取任何手段，抵禦非法與迫近的傷害。」刀斧機械摧枯拉朽，銘刻於身，鎔鑄於心，最後，毅然決然訴諸火焰，將一切侵入之物化為塵灰、種籽與無形。這是肉體的傷痕變形，是精神的爆裂變形，是人與其他物種的同歸變形，亦是將平凡的落魄英雄化為血淋諫言的終極變形。

如此，虛構證成的各式變形，奏以哀樂，歷歷還原環境運動過程中，必然皆準的潰敗內景。

5

小說嚴謹拋出的，除了物種之間的參照，我與我們之間的社群連結，人樹之間細密勾勒的環境生態、文化共構與經濟脈動等的集體網絡，更是一種毫不閃躲正面迎擊的激昂叩問：「為了明日的世界，什麼是你最該做的一件事？」「你為什麼袖手旁觀？」「你人在那裡，為什麼不出手相助？」這是善意的呼籲，是不容質疑的詰責，亦是生命最為沉痛的告訴。人類每個或小或大的抉擇，每次踏過的路徑，以及對待環境的每種姿態，明確決定未來的命運——我們都是具有能力的在場者。「旁觀者效應」，不該成為委咎之辭。

存活於世，餽贈於樹，合該有所作為。小說引導我們重新審慎思考，如何建立人與樹木、自然、生態環境之間的倫理關係，調整人類在整體生命網絡中的適切位置。

我們對於樹之所知，再再顯示我們對於樹之未知，而在知悉自身的無知，終能逐漸醒覺一無遲疑：我們與樹之間，我們與萬物之間，從來就是休戚與共無所分別，是共生，是齊物，是失散已久的血親。我們倖存，我們尋覓，我們屬於親密的彼此，學習再次聆聽樹的古老語言，謙沖讓渡，繫命交付，由此，完成共生的愛、失落與歸屬。

> 你和你家後院的樹來自同一個祖先。十五億年前，你倆分道揚鑣。但即使是今日、即使你倆各自走過無盡漫長的歲月，那棵樹和你依然共享你四分之一的基因……

＊本文作者為作家。暨南大學中文系、東華大學創英所畢業，北藝大講師。著有《番茄街游擊戰》、《青蚨子》、《藍莓夜的告白》等。長篇小說《青蚨子》榮獲第七屆「紅樓夢獎」決審團獎。

各界好評

「這是令人驚豔的小說，通直昂揚的樹幹故事，打磨拋光的葉茂細節，將人類、樹木與自然的關係融為協和樂曲。幾個各自繽紛的人生，匯聚纏繞，安排巧妙，語言如詩如歌，是今年值得翻閱的自然書寫小說。」

——甘耀明，作家

「這是一部從根系、葉脈細胞質流動的情懷，連結到人們心臟跳動的韻律，傳導到屬靈原鄉的文學傑作，予我相見恨晚的美麗與哀愁。」

——陳玉峯，作家

「『樹』是植物的一種基本形態，也是人類最常幻化的一種非人形態。拋棄了人形，人從伸展的枝條窺視未來，在繁密的根系中深入過去，在樹的生命中探尋自我，但長久以來人似乎從未想過成為樹的容器。《樹冠上》裡人再次幻化為樹，卻是為了成為人形之樹來實現樹的生存。在科學已經佐證樹木間得以交流的此刻，仍只有文學能呈現人樹之間的聯繫。如果你曾幻想過成為一棵樹，這次不妨藉由鮑爾斯的文字成為樹的代言者，探尋樹的生命意義吧。」

——游旨价，《通往世界的植物：臺灣高山植物的時空旅史》作者

「作為人，能夠為了其他生靈，犧牲奉獻到什麼程度呢？若以樹木的生命格局，重新提出這個問題，或許會得到截然不同的答案。本書借用了樹木生長的結構，從樹根，樹幹，樹冠到樹籽，將情感、種族、科學、藝術、政治、經濟、法律、信仰、虛擬實境與社會運動等不同場景，交織成多線的故事，描繪出一幅跨越時空，因緣聚散的全景圖。以樹為軸線，所有牽絆其中的角色，表面上都在苦思著自己生命中的難題，但或許終極的解答並不存在於自身，反而須在人與其他生命的連結裡，才能真正尋獲。」

——黃瀚嶢，生態藝術工作者

「從古至今，樹木為自然中不可欠缺一環，更在人類文明發展上扮演重要角色。然而，因文明發展而伐木破壞大自然，瞬間反映了人類與自然的對立。最終，人類也必須付出代價，不得不遵從大自然的規律。世界上，只有『樹木』可以活得比人長久。它不僅確保我們的生活空間，更是守護著人們的生命安全。本書透過樹木之間的故事，反映環境保護的理念。為了保護生態環境，人們也需要重新思考如何以自然為根本，抱持敬畏自然的心。樹木始終，是人類最親近的朋友。」

——詹鳳春，臺灣第一位女樹木醫

「這本是我近年來讀過最獨特的小說之一，讓我想更了解樹木。儘管書中對保護森林採取了極端的觀點，我仍然被每個人物的熱情打動。它改變了我對樹木的看法。」

——比爾・蓋茲

「曠世傑作……綜觀藝文界或是科學界，鮮少當代作家達到與《樹冠上》同樣的境界。鮑爾斯藉由故事打動讀者們的心，為讀者們引介一個比人類的視界悠遠許多、敏銳許多的觀點，讓讀者們一窺一個遼闊浩瀚、靈敏善感的原生世界，相形之下，讀者們更覺自身的渺小……這是一部規模宏大、述說真理的奇書。」

——芭芭拉．金索沃，《紐約時報》

「鮑爾斯若是十九世紀的美國作家，那他可能是誰？或許是《白鯨記》的作者赫曼．梅爾維爾。他的眼界就是如此宏大。」

——瑪格麗特．愛特伍，布克獎得獎作家

「秋天讓我想到樹葉，樹葉讓我想到樹木，樹木讓我想到《樹冠上》，這是一本寫樹寫得最棒的小說，就是如此，無庸置疑。」

——安．派契特，《奇蹟之邦》作者

「一位重要作家的驚人成就。」

——羅伯特．麥克法倫，《故道》作者

「這是全世界都必讀的一本書。」

——艾蜜莉亞．克拉克，英國女演員

「《樹冠上》是我十年來讀過的最佳小說。它是一本精采的文學作品，主題涉及氣候變遷，自然而然吸引了我。它開拓了我的視野，它讓我們同心一致，積極地採取行動，為重新尋回我們的星球而努力。」

——艾瑪．湯普遜，奧斯卡影后

「精采的小說改變人們的觀點。理察・鮑爾斯的《樹冠上》做到了這一點，縈繞心中，揮之不去。」

——潔若汀・布魯克絲，普立茲文學獎得獎作家

「這是一本超凡的小說。理察・鮑爾斯成功地將樹木塑造成魅力十足的人物，亙古以來，原住民始終有辦法做到這一點，但當代文學卻極少嘗試，甚至不願一試。《樹冠上》不僅讓人讀得如痴如醉，甚至深感震懾，更是革新我們的思緒，讓我們重新思考、重新了解周遭的世界，而這正是目前迫切所需。」

——比爾・麥奇本，美國著名環保人士

「卓越不凡……這本野心勃勃的小說竄越美國文學的冠頂，重塑環保小說的視野。」

——朗恩・查爾斯，《華盛頓郵報》

「鮑爾斯創作不懈，涉獵深廣，題材創新，情感豐沛，與他同一世代、經常與他相提並論的作家，諸如法蘭岑、沃爾曼、華萊士，沒有一位足以與之比擬。簡而言之，相較於同一世代的作家，鮑爾斯更擅於運用他的奇才與筆觸，以錯綜複雜、精巧創新的形式，呈現出有血有肉、慎思周詳的人物。」

——Tom LeClair，《基督科學箴言報》

「鮑爾斯藝高膽大，始終嘗試不同的書寫方式，這樣的勇氣與氣勢，凌駕於當代絕大多數小說家之上。」

——Ted Gioia，《舊金山紀事報》

「閱讀鮑爾斯的小說時。部分樂趣來自看看他如何從自己布設的羅網中脫身。但你若跟隨他一同解開這個當代最關鍵、最困惑的謎團，你的心情將更加激盪。」

——納桑尼爾・瑞奇（Nathaniel Rich），《紐約書評》

「理察・鮑爾斯的小說融合科學與文學的奧妙，兼具理性與感性，每一部作品都以不同的方式令我們嘖嘖稱奇。」

——海樂・麥愛萍（Heller McAlpin），美國全國公共廣播電臺

「一部頗具企圖心的巨著……鮑爾斯以清晰鮮明的筆觸，生動地描繪這一群性格各異、相距甚遠的人物。他筆下的人物走過數十年的光陰，由滿腔熱血、默然懊悔、一路走到挫敗沮喪，他們的境遇為全書注入人性的情感，讓故事更加生動。幸賴鮑爾斯超凡的想像力與精湛的文句，書中各個『非人類』要角也是同樣精采。從翻開第一頁、聽到樹木申斥人類的那一刻，你就不由自主地被說動、被說服。」

——Michael Upchurch，《波士頓環球報》

「一部精采絕倫的小說……令人驚嘆的成就……閱讀一本視角超越人世間的小說，亦令人愉悅。《樹冠上》約略改變了你看事情的視角……書中人物的境遇潛入意識之中，就像酒精融入循環流動的血液，即使閱畢全書，心中依然留存著一絲哀傷或愧疚。」

——Benjamin Markovits，《衛報》

「一部宏偉的史詩之作……鮑爾斯的林木小說精心雕琢，辭藻生動優美，書中人物時時令人驚喜、令人心碎，敘事結構嚴謹繁複，毫不畏縮地審視痛心的世事，全書稱頌林木的創意與相繫，驚嘆生生不息的自然萬象……意義深遠，和諧雅緻。」

——《書單》

「《白鯨記》為我們盡述鯨魚，現在也該有部巨著為我們盡述樹木……《樹冠上》就是這麼一本小說，而且幾乎可說是一部曠世傑作……幾乎每一頁都讀得到精準簡練、寓意深遠的文句。」

——《泰晤士報》

「《樹冠上》頌讚林木世界的精妙生態，申述樹木賜予環境的福祉，書中舉證歷歷，條理分明，立論嚴謹，頁頁洋溢知性與感性，引領讀者們踏入原始山林，令人冥思山林之美。」

——《星期日泰晤士報》

「鮑爾斯秉持寫實主義的傳統，勇於自詡為書評人彼得・布魯克所謂的『當代社會的史學家』，在美國文壇中，實屬罕見。鮑爾斯以其過人的智識與膽識，探索繁複的社會議題，挑戰固有的社會教條，現今文壇偏好將書寫侷限於個人體驗，鮑爾斯卻不從眾，不但令人耳目一新，更將寫作回歸昔日的傳統。」

——Nathaniel Rich，《大西洋月刊》

大師名作坊 179

樹冠上

作　者—理察・鮑爾斯
譯　者—施清真
編　輯—張瑋庭
行銷企畫—劉育秀
美術設計—廖韡
內頁排版—極翔企業有限公司

副總編輯—嘉世強
董 事 長—趙政岷
出 版 者—時報文化出版企業股份有限公司
108019臺北市和平西路三段二四〇號三樓
發行專線—（〇二）二三〇六六八四二
讀者服務專線—〇八〇〇二三一七〇五・（〇二）二三〇四七一〇三
讀者服務傳真—（〇二）二三〇四六八五八
郵撥—一九三四四七二四時報文化出版公司
信箱—（一〇八九九）臺北華江橋郵局第九九信箱

時報悅讀網—http://www.readingtimes.com.tw
電子郵件信箱—liter@ readingtimes.com.tw
法律顧問—理律法律事務所　陳長文律師、李念祖律師
印　刷—勁達印刷有限公司
初版一刷—二〇二一年七月二日
初版九刷—二〇二四年八月七日
定　價—新臺幣六二〇元
（缺頁或破損的書，請寄回更換）

時報文化出版公司成立於一九七五年，
並於一九九九年股票上櫃公開發行，於二〇〇八年脫離中時集團非屬旺中，
以「尊重智慧與創意的文化事業」為信念。

樹冠上 / 理察・鮑爾斯 (Richard Powers) 著；施清真譯. -- 初版. --
臺北市：時報文化出版企業股份有限公司, 2021.07
面；　公分. -- (大師名作坊；179)
譯自：The Overstory
ISBN 978-957-13-9126-7 (平裝)

874.57　　110009275

ISBN 978-957-13-9126-7
Printed in Taiwan

譯後記

閱讀之時，久久會碰見一本讓你難以割捨、切記在心的小說。它從一開始就吸引著你，對你默默訴說，你靜靜展讀，全心感受，無時不刻受到它的牽引，你似乎注定與它相遇，你的生命因它而豐盈。對我而言，《樹冠上》就是這麼一本小說。

《樹冠上》是美國作家理查．鮑爾斯的第十二本小說。鮑爾斯原本攻讀電腦，而後轉行寫小說，他是一位天才型的作家，幾乎每一本小說的題材都不同，基因工程、認知神經學、音樂、攝影，種種艱澀的題材經他之手，全都成了精采動人的故事，難怪在二十五年的寫作生涯中，鮑爾斯已拿下美國各個文學大獎，深受各界激賞。《樹冠上》寫樹，五百頁出頭，看來極有分量，不免令人卻步，怎料一讀就無法歇手，幾乎廢寢忘食，心情久久無法平復。

《樹冠上》的敘事結構相當獨特，全書四章各為「樹根」、「樹幹」、「樹冠」、「樹籽」，宛如枝幹蔓生的大樹。鮑爾斯先以八個短篇故事引介九位人物，八篇故事各自獨立，篇篇精采，不但描繪人物，更書寫牽引他們生命的樹種，奠定敘事的根基，是謂「樹根」。隨著故事的發展，九位人物漸漸交會，為了拯救世間最後一片原生林而努力，殊途同歸，融為一體，是謂「樹幹」。任務達成之後，眾人分道揚鑣，踏上不同的人生旅程，朝向不同方向發展，是謂「樹冠」。全書之末，九位人物各有終結，各自為了未來播種，是謂

「樹籽」。全書以「樹根」為始、以「樹籽」為終，恰是一個完美的循環，宛如揭示樹木的生生不息。

讀來過癮，翻譯可是另一回事。鮑爾斯原本就已博學多聞，為了撰寫《樹冠上》，他閱讀了一百二十本書，累積的知識更是驚人。鮑爾斯把不同樹種埋藏書中的各個角落，信手拈來全是樹的故事。一位人物粉墨登場、客串演出莎翁名劇《馬克白》，自此引出橡樹的歷史；一位人物浪跡美國，行至落磯山脈，自此引出白楊的史實；兩位人物為了捍衛原生林，樹坐示威一年，自此引出紅杉的境遇。這些敘事讀來令人叫絕，翻譯之時卻是一個又一個挑戰。我必須閱讀各個樹種的歷史和特性，確定翻譯沒有出包，我也必須細觀樹形、樹貌、花朵、樹籽，忠實呈現書中的描繪。世間樹種何其繁多，我對樹木的認識卻是如此淺薄，有時不免感到氣餒。

鮑爾斯的文采同樣令人讚嘆。他引用詩文，書寫樹木之美，傳達他對樹木的感情，寥寥數語，寓意萬千。試舉一例：「There's work to do. Star work, but earthbound all the same」，「star work」!?繁星與樹木有何關聯？神學、哲學、植物學、林木學？上網查了無數資料，依然不得其解；反覆閱讀前後章節，依然不甚明白。殊不知「star work」源自惠特曼的詩句「I believe a leaf of grass is no less than the journey work of the stars」，這麼一句話，耗費了兩天的心神。

非但如此，鮑爾斯還寫了一首中文古詩，古詩出現在書中一軸價值連城的字畫上，對於其他語言的譯本而言，這不過是一首詩，但在繁體中文的譯本中，這必須是一首符合古詩詩體的詩作。這下問題來了：何謂古詩詩體？五言或是七言？律詩還是絕句？我既非中文系科班出身，平日也罕得讀詩，這首鮑爾斯自創的中文古詩，因而成了我翻譯生涯之中最頭痛、最難忘的考驗。

儘管困難重重，但說來奇怪，翻譯《樹冠上》自始至終令我歡喜，讓我感到精力無窮。我很幸運，副總編輯不急，讓我有足夠的時間細細鑽研。更幸運的是，鮑爾斯對我傾力相助。二〇一八年，鮑爾斯曾到舊金山簽書，與我有一面之緣，時隔一年、當我跟他提起我即將翻譯《樹冠上》，他應允全力相助，而翻譯過程中，他也確實知無不言、言無不盡，鉅細靡遺地回答我提出的每一個問題，因為他，《樹冠上》對我更是意義非凡。

鮑爾斯在電郵中時常跟我說：「How you will solve this for the translation I can't begin to imagine!」這話沒錯：無論他解說得多麼詳細，到頭來依然必須由我執筆詮釋，只有我能夠為書中各個人物發聲，藉由他們之口，述說鮑爾斯想要述說的故事。翻譯的那一整年，我天天浸淫於鮑爾斯塑造的世界，他的文字一個個刻印在我的心中，我再三思索，仔細拿捏，書寫出我覺得最貼切的詮釋。各個樹種、各個人物，漸漸貼近我心，自此進駐心中，我和他們朝夕相處，一同置身林林總總的樹木之間，心中的寧靜與快樂，無以言喻。

書中一位人物說：「世間最精闢的論點也改變不了人們的心意。只有精采的故事才辦得到。」而《樹冠上》就是一個非常精采的故事。閱讀此書、翻譯此書，讓我對周遭完全改觀，改變了我對世間的視野。我依然分辨不出樟樹與牛樟，松樹、柏樹、杉樹在我眼中仍是同一模樣，但我不再行色匆匆，視路樹為無物。我會留意舊金山街頭的垂榕、臺北巷弄的欒樹、法國鄉間的栗樹、加州沿海的紅杉，大自然之於我，不再只是抽象的名詞，而已現形於一棵棵青綠的大樹之中。

翻譯《樹冠上》之時，我經常慶幸這本小說在這個時間點出現在我的生命中。若是早個五年，我或許沒有翻譯《樹冠上》的功力，也無法體悟鮑爾斯試圖傳達的意旨。但我從事翻譯已近二十年，人生也已踏入半百，我對文字的掌握、對世事的體悟，讓我能夠應付這部宏大的文學佳作，我甚至覺得這些年來的鑽研，就是為了等待《樹冠上》的到來，就算自此歇手、不再翻譯，我也已無憾。

二〇一八年春天，首度展讀《樹冠上》之時，書中景物就已印刻在我的腦海中，等了三年多，我終於得以將之呈現在讀者面前。請你靜靜展讀，讓一位卓越的作家和一位用心的譯者，為你述說樹的故事。